U0063683

繁簡體字用法字典

作者介紹

江藍生 中國社會科學院語言研究所研究員，1967 年畢業於北京大學中文系，1981 年獲中國社會科學院研究生院文學碩士學位，曾任中國社會科學院副院長、語言研究所所長，文史哲學部主任，中國辭書學會會長。主要從事漢語史研究，著作有《魏晉南北朝小說詞語匯釋》、《近代漢語虛詞研究》(合著)、《唐五代語言詞典》(合著) 等五部，發表有關漢語歷史語法和詞彙方面的學術論文四十餘篇，翻譯國外學者漢語史研究著作多部。主持修訂《新華字典》第 11 版和《現代漢語詞典》第 6 版。

陸尊梧 中國社會科學院語言研究所研究員，1968 年畢業於南開大學歷史系，1981 年獲中國社會科學院研究生文學碩士學位。主要從事辭典學研究和辭典編纂。主持編寫了《歷代典故辭典》、《唐代詩詞語詞典故詞典》，參加編寫了《現代漢語詞典》(補編本)、《古今漢語實用詞典》、《新編實用漢語詞典》等辭書。

繁簡體字用法字典

江藍生　陸尊梧

商務印書館

繁簡體字用法字典

作　　者：江藍生　　陸尊梧

責任編輯：何紅年

封面設計：李景民

出　　版：商務印書館 (香港) 有限公司

　　　　　香港筲箕灣耀興道 3 號東滙廣場 8 樓

　　　　　http://www.commercialpress.com.hk

發　　行：香港聯合書刊物流有限公司

　　　　　香港新界荃灣德士古道220－248號荃灣工業中心16樓

印　　刷：美雅印刷製本有限公司

　　　　　九龍官塘榮業街 6 號海濱工業大廈 4 樓 A 室

版　　次：2023 年 4 月第 14 次印刷

　　　　　©1995 商務印書館 (香港) 有限公司

　　　　　ISBN 978 962 07 0172 6

　　　　　Printed in Hong Kong

版權所有　不得翻印

目　錄

前　言

　　漢字有三千多年的歷史，自從有漢字以來，就存在着簡體字，簡體字產生的根本原因就在於人們要求文字便於使用。

　　文字起源於圖畫，從圖畫到文字就是一個簡化的過程。漢字形體經歷了多次演變，從甲骨文、大篆、小篆、隸書直到楷書，可以說主要是字體的簡化過程，其演變趨勢都是朝着便於使用的方向發展。自從隸書楷書通行以後，歷代都力圖建立正體字的規範，但是在民間從未停止過創造和使用便於記、認、讀、寫的簡體字（或稱俗字）。儘管簡體字不能取得跟正體字同等的社會地位，仍有爲數衆多的簡體字被後世沿用，顯示出簡體字強大的生命力。中國在五十年代中期開展的文字改革運動，以及國務院公佈的《漢字簡化方案》，就是順應漢字發展的總趨勢而採取的重要措施。《漢字簡化方案》公佈迄今，已有三十八個年頭，在文化教育方面產生了巨大的社會效應，是非功過，自有公論，無須我們在這裏多加評論。

　　這本字典收入了一九八六年重新發表的《簡化字總表》裏的全部 2235 個簡化字；另外，《第一批異體字整理表》中的 39 個選用字習慣上被看作簡化字，本字典也一併收入，全部共 2274 個簡化字。簡化字是個專稱，用以跟古今統稱的簡體字加以區分。

　　本字典分註音釋義和說解兩部分，主要特色反映在說解裏。在這一部分，我們介紹了簡化字的部首、字形結構、構字方法、簡化方法，此外還根據古代的字書、韻書和民間寫本、刊本等文獻資料,介紹某些簡化字或簡化方法在漢字字體變遷史上的根據和先例。讀者由此可以看出,簡化字的確定遵循了"約定俗成"的原則,大都具有久遠的歷史基礎和廣泛的群眾基礎。爲了幫助讀者正確地使用簡化字,弄清某些簡化字跟繁體字之間的複雜關係,我們還在形、音、義各方面做了相應的辨析。此外,還附帶介紹了與簡體字相對應的繁體字的部首歸屬和它的異體,以方便於想查繁體字的讀者。總之,本字典的宗旨是試圖寓實用性與學術性爲一體,希望對不同文化層次的讀者都有一些用處,至於實際做得如何,那只有聽從讀者們的評判。

本字典引用的歷代字書、韻書如下,字典正文裏不再標明其時代和作者。

《説文解字》　東漢·許慎著

《玉篇》　梁·顧野王撰

《干祿字書》　唐·顏元孫撰

《一切經音義》　唐·釋慧琳撰

《刊謬補缺切韻》　唐·王仁昫撰

《廣韻》　宋·陳彭年、丘雍等修定

《集韻》　宋·丁度、宋祁等重修

《類篇》　宋·王洙、司馬光等修纂

《龍龕手鏡》　遼·釋行均撰

《篇海》　金·韓孝彥撰　其子韓道昇撰《改併四聲篇海》

《字彙》　明·梅膺祚編

《正字通》　明末·張自烈撰

《康熙字典》　清·張玉書、陳廷敬等編

《碑別字新編》　秦公輯　(文物出版社)

劉復、李家瑞合編的《宋元以來俗字譜》(一九三〇年初版,下簡稱《俗字譜》)共收集了宋元明清十二種坊間刻本,諸書使用的簡體字達六千多個,其中有三百多個字跟《簡化字總表》相同,本字典在說明簡化字的來歷時充分利用了這部資料。現將十二種刊本抄列於下(帶 ～～ 的是簡稱),供讀者了解。

1.《古列女傳》 宋刊
2.《大唐三藏取經詩話》 宋刊
3.《京本通俗小説》 影元鈔本
4.《古今雜劇三十種》 元刊
5.《全相三國志平話》 元至治刊
6.《朝野新聲太平樂府》 元刊
7.《嬌紅記》 明刊
8.《薛仁貴跨海征東白袍記》 明刊
9.《岳飛破虜東窗記》 明刊
10.《目蓮記彈詞》 清初刊
11.《金瓶梅奇書前後部》 清嘉慶刊
12.《嶺南逸事》 清同治刊

其中《京本通俗小説》一種,據近人繆荃孫説是他據元人鈔本影刻的,但國內外學者已舉出許多證據表示懷疑,我們也注意到該書用字與《俗字譜》所錄清刊三種有不少共同之處,爲謹慎起見,本字典除非沒有其它資料可證,一般不引此書爲證。此外,《俗字譜》也偶有疏漏,我們核對了《三國志平話》上、中、下卷,卷上 22 頁"討护百姓",護簡作护,《俗字譜》漏收。

敦煌寫卷是民間俗字、簡體字的淵藪,其時代又早於宋元《俗字譜》各書,不可不利用。筆者曾細閱過十幾種敦煌變文原卷縮微膠片和影印本,此外還利用了周紹良、白化文、李鼎霞《敦煌變文補編》及所附《俗字表》(北京大學出版社 1989),利用了潘重規等所編《敦煌俗字譜》(臺北石門圖書公司 1978),最近又參考了張涌泉《敦煌俗字研究》(博士論文,未刊)。以上資料數量眾多,題名編號等情況複雜,爲節省篇幅,本字典統稱之爲敦煌寫本。

五代南唐僧人所編禪宗語錄《祖堂集》(二十卷)刊於高

麗高宗三十三年,約當南宋淳祐五年,字體多傳唐五代之舊,與敦煌寫本的字體往往共通,很有參考價值。筆者調查了前十卷,並對照利用了日本漢學家太田辰夫先生所編的《唐宋俗字譜·祖堂集之部》(汲古書院　1982)。

除了上述重要資料之外,筆者還調查了金刻本《劉知遠諸宮調》殘卷、影元刊《元典章》和明萬曆刊本《唐三藏西遊釋厄傳》(《古本小說叢刊》第一輯)。在《釋厄傳》中,發現了《俗字譜》諸書未見的簡體字如坛(壇)、壳(殼)等。

本字典在編寫過程中得到肖丁先生指教頗多,謹此表示衷心的感謝。由於水平所限,本字典在體例和内容上一定有疏漏和錯謬之處,極願聽到專家和廣大讀者的意見,使我們將來有機會把它修改得好一些。

江藍生　陸尊梧
1994 年 8 月

凡　例

　　一、本字典共收字 2274 個,其中包括一九八六年重新發表的《簡化字總表》裏的全部 2235 個簡化字和《第一批異體字整理表》中的 39 個選用字(習慣上被看作簡化字)。

　　二、本字典以筆畫爲序,筆畫數相同的以橫、豎、撇、點、折(一丨丿丶一)爲序排列。

　　三、簡化字和跟它相對應的繁體字並列爲詞頭,中間用雙豎綫‖隔開。字頭下面的數字表示該字的總筆畫數。一個簡化字對應不止一個繁體字時,分別出條,在該簡化字字頭的右上角標上 1、2 等。如:干¹‖乾　干²‖幹

　　四、字頭後依次標上漢語拼音、註音字母及粤語音(國際音標)。一字多音的,在字頭後標上(一)(二)等,按音釋義、舉例;不止一個義項的標以①②等。如:

与‖與　(一)yǔ　ㄩˇ　jy⁵　①給……　②交往……
³　　₁₃
　　　　(二)yù　ㄩˋ　jy⁶　參加,參預……

字頭不能單用或只是構詞詞素的出複音詞釋義,外加【　】號,如【瑪瑙】【鴛鴦】等。

　　五、由於本字典的主旨在於介紹繁簡字的對應關係和簡化字的有關知識,所以單字釋義力求簡明扼要,以現代義爲主,酌收古義(標以〈書〉)和方言義(標以〈方〉);義項不求面面俱到,以區別於一般的字典。

　　六、舉例以詞組爲主,一般先列字頭在前面的例詞,然後再列字頭在中間和後面的例詞。如無合適的詞組,就舉句子爲例。例詞之間用單豎綫丨隔開。字頭在例中用～代替。

七、説解部分是本字典的重點,另起一行開始。其内容分爲兩大方面:

(1)簡化字字頭的部首(按《新華字典》和《現代漢語詞典》部首索引的體例,採用"多開門"的方法,即把部首不明朗的難檢字分別歸入各疑似部首中,本字典把跟繁體字部首一致的放在前面)、字形結構、造字方法、簡化方法或來歷、是否爲簡化偏旁。

(2)需要另加説明的問題(前加 * 號)。諸如繁簡字在形、音、義各方面的複雜關係、繁體字字頭的異體及其部首(按《康熙字典》,並指出《漢語大字典》歸部不同的。繁體字部首跟簡化字一致的,不區別簡化偏旁,如言同讠,不再説明);需要説明的問題不止一個時,標上(1)(2)等。

八、本字典採用文字學上通用的一些術語,現簡介於下。

獨體字:指只有一個單個的形體,不是由兩個或兩個以上的形體組成的漢字。如:丑、升爲獨體字,醜、陞爲合體字。

形聲字:漢字結構中由表示意義的部分和表示讀音的部分共同組成的合體字。表義部分稱爲形旁(也稱意符),表音部分稱爲聲旁(也稱音符)。如:醜字形旁爲鬼,聲旁爲西。担字形旁爲扌,聲旁爲旦。

會意字:漢字結構中用兩個或兩個以上的字合表一個意義的合體字。如:日月爲明,小土爲尘(塵),人米爲籴(糴)等。

本字:①指直接爲表示某一詞義而造的漢字,跟假借字相對。如古文獻中的"蚤起""三遺矢",早、屎分別爲蚤、矢的本字,蚤、矢分別爲早、屎的假借字。②指初文,即同一個字的初期寫法,對後起字而言。如然、电是燃、電的本字,燃、電則分別是然、电的後起字。

奇字:王莽時造字條例之一,大體根據戰國時通行於六國的文字改變而成。如无爲無的奇字。

異體字:音同、義同而形體不同的字。如弃與棄、迹與跡、蹟等。

俗字:異體字的一種,多指流行於民間的、多數爲簡體的文字,跟正字相對而言。

九、本字典爲繁體字本,爲方便讀者檢索,書前有從簡體查繁體和從繁體查簡體兩種筆畫索引,書後另附漢語拼音音序索引。《簡化字總表》第二表中的14個簡化偏旁(讠〔言〕饣〔飠〕𠃓〔昜〕纟〔糸〕𰆊〔臤〕𦍌〔𤇾〕𠂉〔臨〕只〔戠〕钅〔金〕𭕄〔𦥯〕𰀁〔睪〕𢀖〔巠〕亦〔䜌〕呙〔咼〕)一般不能獨立成字,未收入正文和索引。

一、從簡化字查繁體字

轍〔轍〕	554	鯛〔鯛〕	561	蹑〔躡〕	567
辚〔轔〕	554	鲸〔鯨〕	561	蟒〔蟎〕	567

二、從繁體字查簡化字

11 畫

【一】

〔責〕责 154
〔現〕现 155
〔甌〕瓯 156
〔規〕规 154
〔殼〕壳 101
〔埡〕垭 221
〔掛〕挂 222
〔掗〕挜 222
〔捨〕舍 186
〔捫〕扪 51
〔掆〕㧏 99
〔堝〕埚 298
〔頂〕顶 156
〔掄〕抡 100
〔執〕执 50
〔捲〕卷 196
〔掃〕扫 51
〔堊〕垩 228
〔萊〕莱 300
〔萵〕莴 301
〔乾〕干 3
〔梘〕枧 162
〔軛〕轭 170
〔斬〕斩 170
〔軟〕软 171
〔專〕专 11
〔區〕区 14
〔堅〕坚 111
〔脣〕唇 306
〔帶〕带 226
〔厠〕厕 167
〔硃〕朱 65
〔麥〕麦 94
〔頃〕顷 170

【丨】

〔鹵〕卤 111
〔處〕处 37
〔敗〕败 177
〔販〕贩 178
〔貶〕贬 178
〔啞〕哑 243
〔閉〕闭 77
〔問〕问 78
〔婁〕娄 273
〔唡〕啢 313
〔異〕异 86
〔國〕国 173
〔喎〕㖞 313
〔帳〕帐 119
〔東〕岽 176
〔崍〕崃 315
〔崗〕岗 119
〔圇〕囵 118
〔過〕过 54

【丿】

〔氫〕氢 256
〔動〕动 50
〔偵〕侦 183
〔側〕侧 183
〔貨〕货 184
〔進〕进 95
〔梟〕枭 191
〔鳥〕鸟 38
〔偉〕伟 66
〔徠〕徕 328
〔術〕术 28
〔從〕从 18
〔針〕钍 179
〔釬〕钎 179
〔釧〕钏 180
〔釤〕钐 180
〔釣〕钓 180
〔釩〕钒 180
〔鈫〕钕 181
〔釵〕钗 181
〔貪〕贪 187
〔覓〕觅 187
〔飥〕饦 74
〔貧〕贫 188
〔脛〕胫 263
〔週〕周 190
〔魚〕鱼 191

【丶】

〔詎〕讵 81
〔訝〕讶 81
〔訥〕讷 82
〔許〕许 82
〔訛〕讹 82
〔訢〕䜣 82
〔訩〕讻 83

〔詢〕询	207	〔傖〕伧	138	〔趙〕赵	222
〔詣〕诣	207	〔憺〕怊	200	〔趕〕赶	297
〔諍〕诤	207	〔窩〕窝	449	〔摟〕搂	418
〔該〕该	207	〔禎〕祯	348	〔摑〕掴	359
〔詳〕详	208	〔褘〕祎	203	〔臺〕台	48
〔詫〕诧	208			〔摳〕抠	223
〔詡〕诩	208	**【一】**		〔墊〕垫	224
〔裏〕里	113	〔肅〕肃	209	〔壽〕寿	94
〔準〕准	336	〔裝〕装	445	〔摺〕折	99
〔頎〕颀	337	〔遜〕逊	286	〔摻〕掺	360
〔資〕资	337	〔際〕际	145	〔摜〕掼	360
〔棄〕弃	132	〔媽〕妈	88	〔勤〕勤	361
〔羥〕羟	393	〔預〕预	353	〔蔞〕蒌	419
〔義〕义	7	〔綆〕绠	354	〔蔦〕茑	160
〔煉〕炼	274	〔經〕经	218	〔蓰〕苏	104
〔煩〕烦	339	〔綑〕捆	298	〔蔔〕卜	1
〔煬〕炀	134	〔綃〕绡	355	〔蔴〕麻	390
〔塋〕茔	160	〔絹〕绢	355	〔蔣〕蒋	419
〔熒〕荧	161	〔綉〕绣	355	〔蓺〕艺	53
〔煒〕炜	197	〔綏〕绥	355	〔構〕构	164
〔遞〕递	341	〔綈〕绨	356	〔樺〕桦	305
〔溝〕沟	136	〔彙〕汇	41	〔橙〕桤	304
〔漣〕涟	342			〔覡〕觋	363
〔滅〕灭	30	**14 畫**		〔槍〕枪	164
〔湞〕浈	342			〔輒〕辄	367
〔滌〕涤	343	**【一】**		〔輔〕辅	368
〔獅〕狮	277	〔瑪〕玛	94	〔輕〕轻	240
〔塗〕涂	343	〔璉〕琏	357	〔斳〕堑	368
〔滄〕沧	136	〔瑣〕琐	357	〔匱〕匮	364
〔愷〕恺	280	〔瑲〕玱	155	〔監〕监	311
〔愾〕忾	138	〔馭〕驭	150	〔緊〕紧	311
		〔摶〕抟	97		
		〔摳〕抠	98		

二 畫

厂 ‖ 廠
2　15　　　chǎng　祒　tsɔŋ² 〔敞〕

①工廠：～房｜～家｜加工～｜出～。②在空地上存放貨物或進行加工的場所：煤～｜木～｜貨～。

〈說解〉 厂，厂部，獨體結構，象形字。廠的異體爲廠，簡化爲厂，保留了原字的外圍輪廓。
＊(1)厂，古本有此字，主要有兩讀。一讀 hǎn 厂ㄢˇ，象形字，表示山崖的形狀。《說文》："厂，山石之厓巖。"此義現在已不用。另一音讀 ān ㄢ，同庵，多用於人名，現在很少用，不易跟簡化字的厂(廠)發生混淆。清刊《目連記》廠簡作厛，已見簡化端倪。(2)舊以廠爲正體，廠爲俗體。廠歸广部，廠歸厂部。

卜 ‖ 蔔
2　14　　　·bo　·ㄅㄛ　bak⁹ 〔白〕

【蘿蔔】luó·bo ㄌㄨㄛˊ·ㄅㄛ 二年生草本植物，它的主根也叫蘿蔔，是普通蔬菜之一。

〈說解〉 卜，卜部，獨體結構，象形字。借占卜的(bǔ ㄅㄨˇ buk⁷〔波屋切〕)作蔔的簡化字(bǔ 讀輕聲爲 ·bo ·ㄅㄛ)。蘿蔔的卜不單獨使用，不會跟占卜的卜相混。
＊卜(bǔ ㄅㄨˇ buk⁷〔波屋切〕)的意義爲：❶古代用來預測吉凶的活動：～卦｜占～｜未～先知。❷預料，猜想。預～｜吉凶未～。❸選擇：～宅｜～鄰而居。這三項意義跟蔔無關。蔔字舊歸艸部。

儿 ‖ 兒
2　8　　　ér　ㄦˊ　ji⁴ 〔而〕

①小孩子：～童｜～歌｜～戲｜小～科｜嬰～。②兒子：～孫｜～媳｜生～育女。③年輕人（多指男性）：～女英雄｜男～｜健～。④後綴，附在一個音節的後面，使所附音節的韻母

成爲捲舌韻母:花～｜鳥～｜餡～餅｜零碎～｜玩～。

〈說解〉 儿,儿部,獨體結構。由兒字省去上半部的白構成。
* (1)儿是個體簡化字,不作簡化偏旁用,所以倪、猊、睨、蜺、霓中的兒都不能類推簡化爲儿。(2)《説文》認爲儿是人的古文奇字,象形。(3)姓氏兒讀 ní ㄋㄧˊ,不能簡化爲儿。

几 ‖ 幾　　　jǐ　ㄐㄧˇ　gei² 〔己〕
2　　12

①詢問數目:～天｜～人｜～個｜～多。②表示大於一而小於十的不定的數目:～斤梨｜二十～本書。

〈說解〉 几,几部,獨體結構,本爲象形字,讀爲 jǐ ㄐㄧˇ,其義爲 ❶矮桌子:～案｜茶～兒。❷接近,差不多,爲副詞:～乎｜～爲所害。現借作幾的簡化字,是近音替代。几可作簡化偏旁用,如讥(譏)、机(機)等。明刊《釋厄傳》、清刊《目蓮記》《金瓶梅》等已見。
* (1)几作爲幾的簡化字跟原來的几(jǐ)是兩個字,不能混同,不能把所有的几都看成是幾的簡化字。(2)幾字舊歸幺部。

了 ‖ 瞭　　　liǎo　ㄌㄧㄠˇ　liu⁵ 〔了〕
2　　17

明白,懂得,清楚:～解｜～如指掌｜明～｜一目～然。

〈說解〉 了,乙部,獨體結構,本爲象形字。用了作瞭的簡化字是同音替代。
* (1)了的完畢、結束義跟瞭字無關,不能把所有的了都看成瞭的簡化字。(2)瞭望的瞭(liào ㄌㄧㄠˋ liu⁴〔聊〕)仍作瞭,沒有簡化爲了。(3)瞭字歸目部。

三 畫

干¹ ‖ 乾 gān ㄍㄢ gon¹〔干〕
(小字) 3 / 11

①沒有水分或水分很少,跟濕相對:～草｜～旱｜～燥｜～巴巴｜曬～｜乳臭未～。②加工製成的乾的食品:餅～｜豆腐～｜筍～。③空虛,使空無所有:外强中～｜～杯。④徒然:～生氣｜～打雷不下雨。⑤只具形式的:～笑。⑥拜認的親戚關係:～媽｜～爹｜～女兒。

〈說解〉 干,二部或一部,獨體結構,本爲象形字,其義爲:❶盾:～戈。❷冒犯:～犯。❸牽連,涉及:～連｜～涉。❹〈書〉追求(職位、俸祿):～進｜～祿。❺〈書〉水邊:江～。❻天干:～支。用干作乾的簡化字是同音替代。
＊(1)乾有兩讀,一讀 gān ㄍㄢ gon¹〔干〕,簡化爲干;另一讀 qián ㄑㄧㄢˊ kin⁴〔虔〕,如乾坤、乾隆,沒有簡化。(2)乾字舊歸乙部。(3)干又是幹 gàn ㄍㄢˋ gon³〔肝高去〕的簡化字,見下。

干² ‖ 幹 gàn ㄍㄢˋ gon³〔肝高去〕
(小字) 3 / 13

①事物的主體或重要部分:～綫｜～渠｜樹～｜軀～。②幹部:～校｜提～。③做(事):～活｜～工作｜苦～｜巧～。④擔任,從事:～過排長｜～苦力。⑤有能力的:～才｜～練｜精明强～｜才～。

〈說解〉 前略(見干‖乾)。干本讀平聲 gān,用作幹的簡化字是近音替代。
＊幹字舊歸干部。

亏 ‖ 虧 kuī ㄎㄨㄟ kwei¹〔規〕
(小字) 3 / 17

①受損失:～本｜～損｜盈～｜吃～。②欠缺,短少:～欠｜～空｜理～｜血～。③對不起:～待｜～負｜～心。④表示慶幸:

～你提醒｜幸～｜多～。⑤說反話時表示譏諷：～你好意思開口｜～他還算個男子漢。

〈說解〉 亏，二部，獨體結構。虧字原爲形聲字，去掉聲旁雐，用形旁亏做簡化字。金刊《劉知遠》、元刊《雜劇》《三國志》《太平樂府》、明刊《嬌紅記》、清刊《目蓮記》等並見虧簡作亏，亏是虧的異體，今以亏做虧的簡化字。
＊(1)古本有亏字，或寫作亐，讀 yú ㄩˊ jy¹〔于〕，是于的異體，今已不用，不會跟虧的簡化字亏相混。(2)虧的異體有虧，二字舊歸虍部。

才‖纔
3　23

　　cái　ㄘㄞˊ　tsoi⁴〔材〕

副詞。①剛，始：～來｜～吃完飯｜都快中午了～起牀｜這本書寫了三年～寫完。②僅僅：～用了三天就看完了｜這孩子今年～兩歲。③表示只有在某種條件下，然後怎么樣：只有坐飛機去～能趕得上｜必須這樣做～行。④表示強調語氣：南方夏天～熱呢｜他說的話～氣人呢。

〈說解〉 才，一部，獨體結構，會意字。《說文·才部》："才，艸木之初也。"王筠句讀："凡始義，《說文》作才，亦借材、財、裁，今人借纔。"用才作纔的簡化字是恢復古本字。一說爲同音替代。
＊(1)以上副詞各義舊可以用纔，也可以用才。(2)才的才能義跟纔無關，只能用才。(3)才字舊歸手部，《新華字典》《現代漢語詞典》改入一部。纔字舊歸糸部。

万‖萬
3　12

　　wàn　ㄨㄢˋ　man⁶〔慢〕

①數目，十個一千：～分之一｜六～｜百～。②形容衆多：～能｜～花筒｜說一道～｜掛一漏～。③很，極，絕對。副詞：～幸｜～不得已｜～無此理。

〈說解〉 万，一部，獨體結構。漢印中已見。《玉篇·方部》："万，俗萬字，十千也。"今以萬的俗體字万做簡化字。
＊(1)古代北方少數民族有三字爲姓的，如"万紐于"氏（見《廣韻·願韻》），有復姓"万俟"的（見《集韻·德韻》，万俟音mòqí），這個万跟萬的簡化字不是同一個字。(2)萬字舊歸艸部。

与 ‖ 與
3　13

(一) yǔ　ㄩˇ　jy⁵〔雨〕

①給：～人方便｜送～。②交往，友好：～國（友邦）｜相～。③贊許，贊助：～人爲善。④跟。介詞：～虎謀皮｜事～願違。⑤和。連詞：父～子｜城市～鄉村。

(二) yù　ㄩˋ　jy⁶〔預〕

參加，參預：～會國｜～聞此事｜參～。

〈說解〉 与，一部，獨體結構，會意字。《說文·勺部》："与，賜予也，一勺爲与。此与與同。"可知与跟與本爲異體，今以与做與的簡化字。
＊與，舊歸臼部，《漢語大字典》歸八部。

千 ‖ 鞦
3　24

qiān　ㄑㄧㄢ　tsin¹〔千〕

【秋千】qiūqiān ㄑㄧㄡㄑㄧㄢ
運動和遊戲用具。在木架或金屬架上繫兩根長繩，下面栓上一塊板子，人在板上利用腳蹬板的力量在空中前後上下擺動：打～｜～蕩。

〈說解〉 千，丿部，上下結構，會意字（一說形聲字）。千與鞦音同，用千做鞦的簡化字是同音替代。
＊宋·張有《復古篇·聯綿字》："高無際作《鞦韆賦·序》云：'漢武帝後庭之戲也。'本云千秋，祝壽之詞也，語譌轉爲鞦韆。"若據此，鞦韆簡化爲秋千是恢復古代原用字。錄以備考。鞦字舊歸革部。

亿 ‖ 億
3　15

yì　ㄧˋ　jik⁷〔益〕

①數目，一萬萬：中國有十二～人口。②一萬萬人民幣元：這項工程用了三個～。③古代指十萬。

〈說解〉 亿，人部，左右結構，形聲字。把億右半部的意改爲乙是近音替代。

＊聲旁爲意的形聲字中，只有億、憶二字簡化爲亿、忆，其他如懿、臆、癔、鐿等都不能類推簡化。

个‖個
3　10
gè　《さ　go³〔哥高去〕

①量詞：三～人｜差～兩三歲｜猜～八九不離十。②單獨的：～人｜～別｜～性｜單～｜各～擊破。③身材或物體的大小：～子｜矮～兒｜大～行李。

〈說解〉个，人部，獨體結構，會意字。個的異體爲箇，在古文獻中个比箇早見，個更後出。《儀禮‧特牲饋食禮》：“俎釋三个。”《史記‧貨殖列傳》：“竹竿萬个。”箇字始見於《說文》，釋作“竹枚也”。《集韻‧箇韻》：“箇，或作个，通作個。”敦煌寫本及宋元以來的刊本中習用个。今以个做個、箇的簡化字有歷史的基礎。
＊个，舊歸｜部；個歸人部；箇歸竹部。

么‖麼
3　14
‧me　‧ㄇㄜ　mo¹〔魔〕

①後綴：這～｜什～｜怎～｜多～。②助詞，表示假設語氣：不吃～，嘴饞得慌；吃～，又怕發胖。

〈說解〉么，丿部，獨體結構。麼字去掉上半部就成爲么。麼簡作么，明刊本《釋厄傳》、清刊《金瓶梅》《逸事》已見。
＊(1)么，本讀 yāo｜ㄠ jiu〔腰〕，是幺的俗字。《古今韻會舉要‧蕭韻》：“幺，今俗作么。”其義爲：❶細小：幺／么麼(mó ㄇㄜ mo¹〔魔〕)。❷最後面的：幺／么篇｜幺／么妹子。❸數詞一的俗稱：幺／么二三四。現在么成了麼(‧me‧ㄇㄜ mo¹〔魔〕)的簡化字，原來幺、么(yāo｜ㄠ jiu〔腰〕)通用的地方，在簡化字中限用幺，如幺麼、幺叔、幺二三、姓幺等。(2)麼字讀mó ㄇㄜ mo¹〔魔〕時不簡化，仍用麼，只出現在幺麼(yāo mó｜ㄠ ㄇㄜ jiu mo¹〔腰魔〕)一詞中，意思是微小，細小，如幺麼小人(微不足道的壞人)。麼字舊歸麻部。(3)明清刊本中麼又簡作厷，今不從。

广‖廣

3　14

guǎng　ㄍㄨㄤˇ　gwɔŋ² 〔光高上〕

①寬闊,跟狹相對:~場｜~大｜寬~｜地~人稀。②多:大庭~衆。③擴大:~招人才｜推~。④指廣東省或廣州市:~貨｜京~綫｜兩~(指廣東、廣西兩省)。

〈說解〉广,广部,獨體結構。廣字去掉聲旁黃就成爲广。用广做廣的簡化字,保留了原字的外圍輪廓。

＊古本有广字,象形,有兩讀。一讀 yǎn　ㄧㄢˇ jim⁵〔染〕,義爲依山崖建造的房屋。如唐・韓愈《陪杜侍御遊湘西寺獨宿有題因獻楊常侍》詩:"剖竹走泉源,開廊架崖广。"另一讀 ān　ㄢ em¹〔庵〕,同庵,指草屋。如元・袁桷《次韻瑾子過梁山濼》詩:"土屋危可緣,草广突如峙。" 這兩個音義的广字跟簡化字广是兩個字,不能把文獻中的广都看成廣的簡化字。

门‖門

3　8

mén　ㄇㄣˊ　mun⁴〔瞞〕

①裝在房屋、院牆或車船等處的出入口、能開關的障礙物:~板｜~面｜校~｜~廟。②形狀或作用類似門的:爐~｜閘~｜油~｜電~。③封建家族或家族的一支:滿~忠良｜長~長子。④解決問題的途徑:~子｜竅~｜入~｜沒~兒。⑤宗教、學術思想上的派別:~人｜~徒｜佛~｜同~｜左道旁~。⑥一般事物的分類:~類｜部~｜熱~｜五花八~。⑦量詞:一~炮｜三~功課｜兩~技術｜這~親事。

〈說解〉门,門部,獨體結構,象形字。门,由草書楷化而來,敦煌寫本、宋刊《祖堂集》已習見。门可作簡化偏旁用,如:闷(悶)、扪(捫)等。

＊門字自爲部首。

义‖義

3　13

yì　ㄧˋ　ji⁶〔二〕

①正義:~旗｜~不容辭｜仗~直言｜道~｜大~滅親。②合乎正義或公益的:~舉｜~演｜~學。③友誼、情誼:情~｜無情無~。④拜認的親屬關係:~父｜~女。⑤人工製造的:~手｜~肢。⑥意義:~理｜~項｜詞~｜釋~｜貶~。

〈說解〉 义,义部,獨體結構,符號替代字。义跟乂音同,《說文·丿部》:"乂,芟艸也。刈,乂或從刀。"元刊本《雜劇》及《三國志》中以乂代義,元刊《太平樂府》及明清刊本如《白袍記》《逸事》等在乂上加一點作义。义可作簡化偏旁用,如仪(儀)、蚁(蟻)等。

＊義字舊歸羊部。

卫 ‖ 衞

wèi ㄨㄟˋ wei⁶ 〔胃〕

3　15

①保護,防護:～護｜～隊｜～生｜防～｜警～｜自～。②明代駐兵的地點,後只用於地名:威海～(今山東威海市)｜松門～(在浙江省)。

〈說解〉 卫,卩部,獨體結構。卫是符號替代字,可能是由衞字中間上部的𠄢變化而來。一說是用日本字(見易熙吾《簡體字原》25頁),待考。

＊衞的異體爲衛,舊以衞爲正體,衛爲俗體,二字歸行部。

飞 ‖ 飛

fēi ㄈㄟ fei¹ 〔非〕

3　9

①(鳥蟲等)鼓動翅膀在空中活動:～翔｜～禽走獸｜鷄～蛋打｜插翅難～。②利用動力機械在空中行動:～行｜～機｜試～｜起～。③在空中飄浮遊動:～揚｜～沙走石｜大雪紛～。④形容速度很快:～跑｜～快｜～漲。⑤比喻意外的、憑空而來的:～災｜～來橫禍。

〈說解〉 飞,乙部,獨體結構。飛字去掉左下部分就成爲飞。用飞作飛的簡化字,保留了原字的主要特徵。清刊《目連記》簡作乑,《逸事》簡作乑,已見端倪。

＊飛字自爲部首。

习 ‖ 習

xí ㄒㄧˊ dzap⁹ 〔雜〕

3　11

①反復學習、練習:～字｜～作｜復～｜演～。②因常接觸而熟悉:～見｜～用｜～以爲常。③習慣:～俗｜惡～｜積

~｜陳規陋~。

〈說解〉 習,乙部,獨體結構。習字去掉下半部的白和上半部的一個習,就成爲习。用习作習的簡化字,保留了原字最具特徵的部分。
＊習字舊歸羽部。

马 ‖ 馬　　　mǎ　ㄇㄚˇ　ma⁵〔碼〕

3　10

①一種家畜名,頭小面長,耳殼直立,頸部有鬃,四肢强健,善跑,尾生長毛,可供拉車、耕地和乘騎等用:~車｜~到成功｜騎~｜戰~｜懸崖勒~。②大:~蜂｜~刀｜~勺。

〈說解〉 馬,馬部,獨體結構。馬字簡化爲马,保留了原字的輪廓。元刊《雜劇》、清刊《目蓮記》已見。另外元刊《三國志》中以馬爲偏旁的字多簡作马,如驾、骂等。马可作簡化偏旁用,如:骑(騎)、骂(罵)等。
＊馬字舊自爲部首。

乡 ‖ 鄉　　　xiāng　ㄒㄧㄤ　hœŋ¹〔香〕

3　11

①鄉村,跟城市相對:~下｜~鎮｜城~｜入~隨俗｜窮~僻壤。②故鄉,家鄉:~親｜~音｜~情｜回~｜思~｜衣錦還~。③行政區劃的基層單位,由縣或縣下屬的區領導:~政府｜~長。④指處於某種狀態:睡~｜夢~｜醉~。

〈說解〉 乡,乙部,獨體結構。去掉鄉字中間和右邊的部分就成爲乡。乡可作簡化偏旁用,如:芗(薌)、飨(饗)。
＊鄉字舊歸邑部。

四　畫

丰 ‖ 豐
4　18

fēng　ㄈㄥ　fuŋ¹　〔風〕

①盛多,滿:～收｜～盛｜～厚｜～滿｜～產｜～衣足食。②大:～碑｜～功偉績｜～車肥馬。

〈說解〉丰,｜部,獨體結構,會意字,第一筆是橫不是撇。古本有丰字,與豐音同,用丰做豐的簡化字是同音替代。丰可作簡化偏旁用,如:艳(艷)、沣(灃)等。例外是:四川省酆都縣已改爲丰都縣;姓酆的酆不能簡化。

＊古丰字的本義爲草木茂盛。《說文‧生部》:"丰,艸盛丰,丰也。"如丰茸。在這個意義上丰、豐可通用。丰的引申義爲面容豐滿好看:～容｜～采｜～姿｜～神｜～韻。以上各詞古代只用丰不用豐。豐字舊歸豆部。

开 ‖ 開
4　12

kāi　ㄎㄞ　hɔi¹　〔海高平〕

①打開,分開:～門｜～鎖｜離～。②打通,開闢:～路｜～礦｜～隧道。③舒展,開放:～顏｜～懷｜～心｜～花。④融化,解凍:～凍。⑤解除,取消:～禁｜～戒。⑥開動,操縱,發射:～車｜～炮。⑦開始:～學｜～工｜～演｜～業。⑧舉行,開辦:～會｜～工廠｜～醫院。⑨寫出,列出:～單據｜～藥方｜～介紹信。⑩支付:～銷｜～支。⑪設立:～三門課。⑫用在動詞或形容詞後面,表示擴大或開始并繼續下去:消息傳～了｜一過立夏,天氣就熱～了。⑬十分之幾的比例:三七～｜二八～。⑭印刷上整張紙的若干分之一:十六～紙｜三十二～紙。⑮沸騰:水～了。⑯通,透:把話說～了好｜別想不～。⑰容下:地方小,坐不～。

〈說解〉开,一部或二部,獨體結構。開去掉門就成爲开。
＊开的簡化字不能寫作闭。開字舊歸門部。

无‖無
4　12　　　　wú　ㄨˊ　.mou⁴〔毛〕

①沒有，跟有相對：～敵｜～價之寶｜從～到有。②不：～論｜～須。③不論：事～巨細，都要過問。

〈說解〉 无，一部或二部，獨體結構，奇字。無和无古代通用，正式文書只用無，俗文學作品和禪宗語錄集中常用无。敦煌寫本、宋刊《祖堂集》、金刊《劉知遠》中多見无字。以无做無的簡化字有其歷史的基礎。无可作簡化偏旁用，如抚(撫)、芜(蕪)等。

＊(1)无，上面爲二，不可誤作冇。(2)無字舊歸火部。

韦‖韋
4　9　　　　wéi　ㄨㄟˊ　wɐi⁴〔圍〕

①皮革，指經過熟製的柔皮：～編三絕。②姓。

〈說解〉 韦，韋部，獨體結構，草書楷化字。韦可作簡化偏旁用，如伟(偉)、讳(諱)等。
＊韋字自爲部首。

专‖專
4　11　　　　zhuān　ㄓㄨㄢ　dzyn¹〔尊〕

①集中在一件事上：～心｜～科｜～業。②獨自掌管或佔有：～賣｜～權｜～制｜～寵｜～車。③專科學校：大～院校｜師～。

〈說解〉 专，一部或二部，獨體結構，一一ㄅ丶，草書楷化字。专可作簡化偏旁用，如：传(傳)、转(轉)、砖(磚)等。
＊專字舊歸寸部。

云‖雲
4　12　　　　yún　ㄩㄣˊ　wɐn⁴〔云〕

①由水滴、冰晶聚集而成的空中懸浮物：～霧｜～彩｜～端｜

烏～｜煙～。②比喻盛多:～集｜～從。③比喻飄浮不定:～遊四方。④比喻高:～梯｜～髻。

〈說解〉 云,二部,獨體結構,象形字。云是雲的古本字(見《說文‧雨部》),加雨爲形旁是後起字。今以云做雲的簡化字是恢復古本字。云可作簡化偏旁用,如:芸(蕓)、昙(曇)等。

* (1)詩云子曰的云爲說義,云誰之思的云是古漢語助詞,這兩個意義的云跟雲是不同的字,只能用云。(2)云字舊歸二部,《漢語大字典》歸厶部。雲字舊歸雨部。

扎 ‖ 紮
4　10

(一) zā　ㄗㄚ　dzat⁸〔札〕

捆綁,纏束:～辮子｜～褲腳｜包～｜捆～｜結～。

(二) zhā　ㄓㄚ　dzat⁸〔札〕

①駐扎:～營｜～寨。②刺:～針｜～腳。③鑽進去:～根｜～實｜～堆兒。

〈說解〉 扎,扌部,左右結構,形聲字。扎與紮、紥是異體,古代扎、紮、紥三個字都可以用,在簡化字中只用扎。

* 古代扎、紮、紥三字都可以用;駐扎義也可用紮、紥,但以扎字爲多;刺義、鑽進去義只用扎。紮、紥二字都歸糸部。

艺 ‖ 藝
4　18

yì　ㄧ　ŋɐi⁶〔毅〕

①技術,技能:～不壓身｜～無止境｜手～｜武～｜園～。②藝術:～人｜～名｜文～｜曲～。

〈說解〉 艺,艹部,上下結構,形聲字。艺可作簡化偏旁用,如:呓(囈)。

* 藝本義爲種植,引申爲技藝等義。藝字舊歸艸部。

厅 ‖ 廳
4　　25
tīng　ㄊ丨ㄥ　tiŋ¹〔庭高平〕

①聚會、接待客人用的房間，店堂：～堂｜客～｜餐～｜會議～｜大～。②居民住房中的起居室：三室一～。③大機關、大單位裏的一個辦事部門的名稱：辦公～｜人事～。④某些省屬機關的名稱：教育～｜水利～｜財政～。

〈說解〉　厅，厂部，左上半包圍結構，形聲字。原廳字的广改爲厂，聽改爲丁（二字韻母相同）。宋刊《取經詩話》、元刊《雜劇》、明刊《嬌紅記》已見。元明清刊本中又有簡作庁或厛的，今不從。
＊廳字舊歸广部。

历¹ ‖ 歷
4　　16
lì　ㄌ丨`　lik⁹〔力〕

①經過，經歷：～時三年｜來～｜閱～｜履～。②統指過去的各次或各個：～次｜～屆｜～年｜～史。③遍，一個一個地：～訪名山｜～數罪過。

〈說解〉　历，厂部，左上半包圍結構。歷本爲形聲字，從止厤聲。今簡作历，改形旁爲厂，聲旁爲力。历可作簡化偏旁用，如：沥（瀝）、枥（櫪）等。
＊历又是曆的簡化字，見下。歷字舊歸止部。

历² ‖ 曆
4　　16
lì　ㄌ丨`　lik⁹〔力〕

①推算年月日和節氣的方法：～法｜陰～｜陽～｜公～｜夏～。②記錄年月日和節氣的書、表等：日～｜年～。

〈說解〉　前略（見历‖歷）。曆本爲形聲字，從日厤聲。今簡作历，改形旁爲厂，聲旁爲力。
＊曆字舊歸日部。

区 ‖ 區
4　11

（一）qū　ㄑㄩ　kœy¹〔驅〕

①分別，劃分：～分｜～別。②區域：地～｜山～｜風景～｜軍～｜災～。③行政區劃單位：自治～｜市轄～。

（二）ōu　ㄡ　ɐu¹〔歐〕

姓。

〈說解〉区，匚部，左包右結構，用符號ㄨ代替品，区是符號替代字，可作簡化偏旁用，如：讴（謳）、岖（嶇）等。元刊《雜劇》中區簡作区。

巨 ‖ 鉅
4　12

jù　ㄐㄩˋ　gœy⁶〔具〕

大，很大：～輪｜～款｜～幅｜爲數甚～。

〈說解〉巨，匚部，左包右結構，會意字。巨和鉅在以上意義上是異體字，習慣上把巨看作鉅的簡化字。
＊(1)鉅另有以下意義和用法：❶〈古〉堅硬的鐵。❷〈古〉鉤子：網～。❸同詎，爲豈義。古代❶❷兩項用鉅，❸項也可以用詎。(2)鉅的巨大義古代鉅、巨都可以用，在簡化字中只用巨。(3)巨舊歸工部，《漢語大字典》歸匚部。鉅舊歸金部。

车 ‖ 車
4　7

（一）chē　ㄔㄜ　tsɛ¹〔奢〕

①陸地上用輪子行走的交通或運輸工具：～廂｜～子｜火～｜汽～｜馬～。②用輪軸旋轉的機械：～牀｜紡～｜水～。③用車牀切削（東西）：～光｜～圓。④用水車取水：～水。⑤泛指機器：～間。

(二) jū ㄐㄩ gœy¹〔居〕

象棋棋子的一種：～馬炮｜捨～保帥。

〈説解〉 车，车部，獨體結構。车是草書楷化字，可作簡化偏旁用，如：军（軍）、轨（軌）等。
＊車，象形字，舊自爲部首。

冈‖岡　　　gāng　ㄍㄤ　goŋ¹〔江〕
4　　8

較低而平的山脊：～巒｜井～山｜山～。

〈説解〉 冈，冂部，上包下結構。用符號乂代替㡭，冈是符號替代字，可作簡化偏旁用，如：刚（剛）、岗（崗）、纲（綱）等。
＊(1) 冈不同於岗（gǎng ㄍㄤ goŋ¹〔缸〕）。(2)岡字舊歸山部，《漢語大字典》歸冂部。

四

贝‖貝　　　bèi　ㄅㄟ　bui³〔輩〕
4　　7

①軟體動物的統稱，水產中指有介殼的軟體動物如蚌、蛤蜊、鮑魚等：～殼｜～母｜～雕｜乾～｜川～。②譯音用字：～多（梵pattra）｜拷～｜分～。

〈説解〉 贝，貝部，獨體結構，草書楷化字，可作簡化偏旁用，如贺（賀）、财（財）等。
＊貝，象形字，自爲部首。

见‖見　　　jiàn　ㄐㄧㄢ　gin³〔建〕
4　　7

①看到：～聞｜眼～爲實｜視而不～。②覺得出，顯現出：～效｜～分曉｜～高。③會面：～面｜接～｜拜～｜相～。④接觸：這種植物喜陰，怕～光。⑤指明出處或供參考的地方：～該書第八頁｜～上｜～下。⑥對事物的看法、觀點：～解｜

~地｜政~｜主~。⑦助詞, 用在動詞前面表示被動:~笑於
大方｜~重於當時。⑧助詞, 用在動詞前面表示對我怎麼樣:
~告｜~示｜~諒。

〈說解〉 见, 見部, 獨體結構, 草書楷化字, 可作簡化偏旁用,
如:現(現)、宽(寬)等。
＊見, 會意字, 自為部首。見在古代又音 xiàn ㄒㄧㄢˋ jin⁶〔彥〕,
通現, 義為顯露出:圖窮匕首~｜風吹草低~牛羊。

气 ‖ 氣 qì ㄑㄧˋ hei³〔器〕
４　１０

①空氣, 也泛指氣體:~壓｜大~｜氧~｜煤~｜蒸~｜毒
~。②人呼吸的氣息:上~不接下~｜喘~｜嘆~。③指自然
界陰晴冷熱等現象:~候｜~象｜天~。④味兒:~味｜香
~｜臭~｜酸~。⑤指人的精神狀態、作風、習氣:~度｜~
勢｜~魄｜志~｜朝~｜稚~｜書生~｜嬌~。⑥發怒, 生
氣:~急敗壞｜~得不得了。⑦使人生氣:~死我了｜故意~
他。⑧欺負, 欺壓:受~。⑨中醫指人體內能使各個器官正常運
動的原動力:~血｜~脈｜~虛｜元~。⑩中醫指某種病象:
濕~｜痰~。

〈說解〉 气, 气部, 獨體結構。气是氣的本字。《説文・气部》:
"气, 雲气也。象形。"後世文獻中大都用氣字。《説文》以爲氣的
本義爲"饋客芻米", 後寫作餼(簡化字爲饩), 而以氣表雲氣。
今用气做氣的簡化字也可以説是恢復古本字。气可作簡化偏
旁用, 如:忾(愾)、饩(餼)等。
＊明刊本《釋厄傳》中氣簡作气。

升¹ ‖ 昇 shēng ㄕㄥ siŋ¹〔星〕
４　８

①由低向高移動, 跟降相對:~旗｜~天｜~值｜上~｜旭日
東~。 ②(等級)提高:~級｜~官｜~學｜提~｜高~｜
晉~。

〈說解〉升, 丿部, 獨體結構, 象形字。升字古代可表容量, 也可
表上升, 爲了加以區別, 後來另造昇字表示上升。《説文新附》:

四

"昇,日上也。從日升聲。古只用升。"《第一批異體字整理表》把昇併入升。習慣上把升看作昇的簡化字。
* (1)容量單位的升古今均用升。昇字舊歸日部。(2)升,又爲陞的簡化字,見下。

升² ‖ 陞
4　　9

shēng　ㄕㄥ　siŋ¹〔星〕

(等級)提高。同昇②。

〈說解〉 前略(見升‖昇)。《第一批異體字整理表》把陞併入升。習慣上把升看作陞的簡化字。清刊《目蓮記》《金瓶梅》《逸事》已見。
* (1)升字古代既可以表示晉升,也可以表示容量,爲加以區別,曾用陞表示晉升。《廣雅·釋詁二》:"陞,進也。"錢大昭疏義:"陞者,古作升。"(2)容量名古只用升,晉升義升、陞都可用。陞字舊歸阜部。

四

长 ‖ 長
4　　8

(一) cháng　ㄔㄤ　tsœŋ⁴〔祥〕

①兩點之間的距離大,跟短相對。兼指空間和時間:～遠｜～途｜～壽｜～期｜漫～｜來日方～。②長度:周～｜波～｜全～二十公里。③長處:取～補短｜特～｜專～。④擅長:～於寫作｜～於表達。

(二) zhǎng　ㄓㄤ　dzœŋ²〔掌〕

①生,成長:～芽｜～勢｜生～｜揠苗助～。②增加:～力氣｜～見識。③年紀大或輩分高:～輩｜～者｜師～｜我虛～兩歲。④排行最大的:～房｜～兄｜～孫。⑤領導人或主持者:部～｜首～｜校～｜會～。

〈說解〉 长,丿部,獨體結構,草書楷化字,可作簡化偏旁用,如:帐(帳)、张(張)等。
* 長,象形字,自爲部首。

仆 ‖ 僕
4　　14

pú ㄆㄨˊ buk⁹〔瀑〕

僕人，跟主人相對：～從丨奴～丨公～丨男～丨女～。

〈說解〉 仆，亻部，左右結構，形聲字。仆，本讀 pū ㄆㄨ fu⁶〔父〕或 puk⁷〔鋪屋切〕，義爲向前跌倒：前～後繼。今用仆做僕的簡化字是近音替代。清刊《目蓮記》已見。
＊向前跌倒義本用仆不用僕。

币 ‖ 幣
4　　14

bì ㄅㄧˋ bɐi⁶〔弊〕

貨幣：～值丨人民～丨港～丨紙～丨銀～。

四

〈說解〉 币，丿部，上下結構，符號替代字。用丿代替幣字上部的敝就成爲币。
＊币字上部是丿不是一。幣，形聲字，從巾敝聲，歸巾部。

从 ‖ 從
4　　11

cóng ㄘㄨㄥˊ tsuŋ⁴〔蟲〕

①跟隨：～征丨～學。②跟隨的人：侍～丨隨～。③順從：～善如流丨聽～丨依～丨脅～。④採取某種方針或態度：～寬處理丨～嚴掌握丨～簡丨～緩。⑤堂房（親屬）：～兄丨～伯。⑥介詞，表示拿什麼做起點或經過某處：～東到西丨～早上做起丨～讀到寫丨～這條路往西。⑦副詞，從來：～沒見過丨～不覺累。

〈說解〉 从，人部，左右結構，會意字。从是從的古本字，《說文·人部》：“从，相聽也。从二人。”徐灝箋：“从、從古今字，相聽猶相從。”用从做從的簡化字是恢復古本字。元刊《太平樂府》已見。从可作簡化偏旁用，如：𡥧（慫）、𦕁（聳）等。
＊(1)複音詞从容的从讀 cōng ㄘㄨㄥ suŋ¹〔鬆〕。(2)繁體字從在古籍中又通縱，今簡化爲纵。從字舊歸彳部。

仑 ‖ 侖
4　　8

lūn　ㄌㄨㄣ　lœn⁴〔輪〕

①〈書〉條理,倫次。②譯音用字:加～｜拿破～。

〈說解〉 仑,人部,上下結構。用符號ㄥ代替侖下面的部分,仑是符號替代字,可作簡化偏旁用,如:论(論)、沦(淪)、瘪(癟)等。
＊(1)在古籍中侖與倫是古今字。(2)仑容易跟倉的簡化字仓相混,寫時須注意。

凶 ‖ 兇
4　　6

xiōng　ㄒㄩㄥ　huŋ¹〔空〕

①惡,暴:～惡｜～暴｜～殘｜～相畢露｜窮～極惡｜逞～。②厲害,嚴重:吵得很～｜病勢很～。③殺害或傷害人的行爲:～手｜～器｜行～｜幫～。

〈說解〉 凶,凵部,下包上結構,指事字。在上面三項意義中凶和兇是異體字,本用兇,簡化字用凶。
＊(1)凶字以下二義本用凶,不能用兇:❶不幸的,跟吉相對:～事(喪事)｜～信｜吉～難卜。❷年成很壞:～年。(2)兇字舊歸儿部。

仓 ‖ 倉
4　　10

cāng　ㄘㄤ　tsɔŋ¹〔蒼〕

①收藏糧食或其他物資的建築物:～庫｜～房｜米～｜穀～｜鹽～｜貨～。②姓。

〈說解〉 仓,人部,上下結構。用㔾代替倉的下半部,符號替代字。仓可作簡化偏旁用,如:苍(蒼)、抢(搶)等。
＊(1)仓容易跟侖的簡化字仑相混,注意不要認錯寫錯。(2)仓又用在仓促、仓皇等複音詞中。

四

风 ‖ 風
4　　9　　　　　fēng　ㄈㄥ　fuŋ¹〔封〕

①由於氣壓分佈不均而產生的跟地面大致平行的空氣流動：
～雨｜～速｜～力｜暴～｜龍捲～。②借風力吹或借風力吹
乾的：～乾｜～化｜～肉。③風氣，習俗：～俗｜移～易俗｜世
～｜民～。④景像：～景｜～光。⑤態度：～度｜～範｜學～｜
文～｜作～。⑥消息：～聲｜聞～而動｜一點～兒也沒漏。⑦
傳說的，沒有確實根據的：～聞｜～言～語。⑧指民歌：國～｜
採～。⑨中醫指某些疾病：抽～｜中～｜鵝掌～。

〈說解〉 风，風部，上包下結構。用乂代替風字中的虫，是符
號替代字，可作簡化偏旁用，如：疯（瘋）、枫（楓）等。
＊金刊《劉知遠》中風寫作凤，明刊《釋厄傳》中寫作凨，已見簡
化端倪。

四

仅 ‖ 僅
4　　13　　　　　(一) jǐn　ㄐㄧㄣ　gɐn²〔緊〕

單，只。～～｜～只｜不～｜絕無～有。

(二) jìn　ㄐㄧㄣ　gɐn⁶〔近〕

〈書〉差不多，大約：戰所殺害～十萬人《晉書・趙王倫傳》｜潯
陽～四千，始行七十里（白居易詩）。

〈說解〉 仅，人部，左右結構，用符號又代替僅字的右半部，
仅是符號替代字。

凤 ‖ 鳳
4　　14　　　　　fèng　ㄈㄥˋ　fuŋ⁶〔奉〕

①鳳凰，傳說中的瑞鳥、鳥王。～毛麟角｜丹～朝陽｜龍飛～
舞｜百鳥朝～｜家有梧桐樹，引來金～凰。②指鳳形的：～
眼｜～釵｜～尾竹。③特指皇后嬪妃的用物：～冠｜龍車～
輦（龍指帝王）。

〈說解〉 凤, 几部, 上包下結構。用符號又代替鳳字裏面的短横和鳥, 是符號替代字。清刊《目蓮記》《金瓶梅》等已見鳳寫作凤。
* 鳳字舊歸鳥部。

乌‖烏　　　wū　ㄨ　wu¹〔污〕
4　10

①烏鴉, 俗名老鵠 (guā 《ㄨㄚ):～合之象∣月落～啼。②黑, 黑色:～亮∣～溜溜∣～雲∣～髮∣～金。

〈說解〉 乌, 丿部, 獨體結構。乌是草書楷化字, 可作簡化偏旁用, 如:坞(塢)、邬(鄔)等。
* 烏字舊歸火部。

闩‖閂　　　shuān　ㄕㄨㄢ　san¹〔山〕
4　9

①門關上後, 插在裏面使門推不開的木棍或鐵棍:門～∣門已上～。②用閂插門:把門～上。

〈說解〉 闩, 門部, 上包下結構, 會意字。門簡化爲门, 偏旁類推簡化。
* 閂字舊歸門部。

为‖爲　　　(一) wéi　ㄨㄟˊ　wei⁴〔圍〕
4　12

①做, 作爲:～所欲～∣事在人～∣年青有～∣大有可～。②當, 當作:好～人師∣以此～榮∣四海～家。③變成, 成:化險～夷∣一分～二∣成～。④是: 一公斤～兩市斤∣知之～知之, 不知～不知。⑤介詞, 被(跟所合用):～人所不齒∣廣大群衆所喜聞樂見。⑥附在某些單音形容詞後面, 表示程度、範圍:大～激動∣深～不滿∣廣～宣傳。⑦附在某些表示程度的單音副詞後面, 加强語氣:極～興奮∣甚～感動∣尤～出色。

(二) wèi　ㄨㄟˋ　wɐi⁶〔胃〕

①給,替(表示行為動作的對象):～人民服務｜～他高興｜～人作嫁。②表示目的或原因:～了｜～治病而遍訪名醫｜～何。

〈說解〉为,、部,獨體結構。为是草書楷化字,可作簡化偏旁用,如:伪(偽)、沩(潙)等。
＊為和为是異體,舊以為字為正體,歸爪部;为字歸火部。

斗 ‖ 鬥　　　dòu　ㄉㄡˋ　dɐu³〔豆高去〕
4　　10

①對打:～毆｜械～。～爭～。②比賽爭勝:～牛｜～智｜～嘴。③拼合,使湊在一塊兒:～榫兒｜這個布袋是用碎布～成的。④批判鬥爭:批～會。

〈說解〉斗,斗部,獨體結構。此字本讀 dǒu ㄉㄡˇ dɐu²〔抖〕,象形字,意義跟鬥無關。今用斗做鬥的簡化字是近音替代。敦煌寫本金刊《劉知遠》中鬥又寫作闬,明刊《釋厄傳》寫作鬧,已見簡化端倪。
＊(1)斗(dǒu ㄉㄡˇ dɐu²〔抖〕)的意義為:❶容量單位,十升為一斗。❷量糧食的容器,容量是十升:大～進小～出｜海水不可～量。❸形狀像斗的東西:～車｜煙～｜漏～。以上意義從不用鬥。(2)俗寫往往把鬥旁改爲門旁。鬥字自為部首。(3)鬥的異體有鬬、鬭、閗、鬦等。

忆 ‖ 憶　　　yì　ㄧ　jik⁷〔益〕
4　　16

回想,記得:～苦思甜｜回～｜追～｜記～。

〈說解〉忆,忄部,左右結構,形聲字。把聲旁意改成乙(近音替代)就成為忆。

订 ‖ 訂
4 ‖ 9

dìng 　ㄉ丨ㄥˋ 　diŋ³ 〔錠〕

①研究商討後而立下(條約、計劃、章程):～立丨商～。②預先約定:～婚丨～貨丨～戶丨～購丨預～。③改正文字中的錯誤:～正丨考～丨校～丨修～。④把紙或書頁等用綫、鐵絲等裝連在一起:～書機丨合～本丨裝～。

〈說解〉订,讠部,左右結構,形聲字。言簡化爲讠,偏旁類推簡化。

计 ‖ 計
4 ‖ 9

jì 　ㄐ丨ˋ 　gɐi³ 〔繼〕

①算:～算丨～量丨～時丨統～丨總～丨數以萬～。②測量或計算度數、時間等的儀器:溫度～丨伏特～丨時～。③主意,謀略:～策丨～劃丨～謀丨定～丨妙～丨詭～丨權宜之～。④做計劃,打算:從長～議丨好好～劃一下。

〈說解〉计,讠部,左右結構,會意字。言簡化爲讠,偏旁類推簡化。

四

讣 ‖ 訃
4 ‖ 9

fù 　ㄈㄨˋ 　fu⁶ 〔父〕

報喪的通知:～告丨～聞。

〈說解〉讣,讠部,左右結構,形聲字。言簡化爲讠,偏旁類推簡化。

认 ‖ 認
4 ‖ 14

rèn 　ㄖㄣˋ 　jiŋ⁶ 〔形低去〕

①識別,分辨:～識丨～清丨辨～丨誤～。②表示同意:～輸丨～命丨～可丨確～丨否～丨默～。③拜,指跟他人建立親屬或師生關係:～乾親丨～賊作父丨～老師。

〈說解〉认,讠部,左右結構,形聲字。言簡化爲讠(偏旁類推簡化),把聲旁忍改成人(二字音近),就成爲认。

讥 ‖ 譏　　 jī　ㄐㄧ　gei¹〔基〕
4　　19

諷刺,嘲諷:～刺｜～諷｜～笑。

〈說解〉 讥,讠部,左右結構,形聲字。言簡化爲讠,幾簡化爲几,偏旁類推簡化。清刊《金瓶梅》已見。

丑 ‖ 醜　　chǒu　ㄔㄡˇ　tsɐu²〔丑〕
4　　16

①相貌難看,跟美相對:～陋｜～相｜～八怪。②令人厭惡、瞧不起的,壞的:～態｜～聞｜～惡｜出～｜遮～。

〈說解〉 丑,一部,獨體結構,象形字。丑與醜音同,用丑作醜的簡化字是同音替代。
＊(1)丑的下列意義跟醜無關,本用丑:❶地支的第二位:子～寅卯。❷丑時,指夜裏一點到三點。❸戲曲裏的滑稽角色:～角｜小～｜文～｜武～。(2)醜字舊歸酉部。

队 ‖ 隊　　duì　ㄉㄨㄟˋ　dœy⁶〔對低去〕
4　　11

①行列:～列｜～伍｜～尾｜排～｜站～。②具有某種性質的組織、集體:～旗｜～長｜代表～｜消防～｜樂～。

〈說解〉 队,阝部,左右結構。把隊的右半部改爲人,符號替代字。队可作簡化偏旁用,如:坠(墜)。
＊隊爲墜的本字。《説文・自部》:"隊,從高隊也。"段玉裁注:"隊、墜正俗字。古書多作隊,今則墜行而隊廢矣。"隊字舊歸阜部。

办 ‖ 辦　　bàn　ㄅㄢˋ　ban⁶〔扮〕

①處理,料理:～事｜～公｜～理｜～法｜經～｜商～｜

承～。②處治，懲治：懲～｜嚴｜法～。③創設，經營：～工廠｜～學校｜開～｜民～｜合～。④採購，置備：～貨｜～嫁妝｜～酒席｜～置。

〈說解〉办，力部，獨體結構，草書楷化字。漢隸《羊竇道碑》已見办。用一撇一點代替二辛。元刊《雜劇》及《俗字譜》明清刊本習見。
＊辦字舊歸辛部。

邓 ‖ 鄧
4　　14

dèng　　ㄉㄥˋ　dɐŋ⁶〔燈低去〕

①姓。②地名，～縣(在河南省)。

〈說解〉邓，又部或阝部，左右結構。用符號又代替鄧的聲旁登，邓是符號替代字。
＊鄧字舊歸邑部。

劝 ‖ 勸
4　　19

quàn　　ㄑㄩㄢˋ　hyn³〔券〕

①用道理說服他人，使人聽從、接受：～告｜～阻｜～架｜解～｜規～｜奉～。②勉勵：～勉。

〈說解〉劝，力部或又部，左右結構。用符號又代替勸字的聲旁雚，劝是符號替代字。明刊《釋厄傳》、清刊《目蓮記》《金瓶梅》等書已見。
＊勸字舊歸力部。

双 ‖ 雙
4　　18

shuāng　　ㄕㄨㄤ　sœŋ¹〔傷〕

①兩個，多指成對的，跟單相對：～親｜～手｜～方｜成～｜蓋世無～。②量詞，用於成對的東西：一～筷子｜兩～鞋｜買～手套。③偶數的：～號｜～數。④加倍的：～份｜～料。

〈說解〉双，又部，左右結構。又字在古文中是手，双是兩個手並列，會意字。《字彙》："双，俗雙字。"宋刊《列女傳》《取經詩話》

已見,元明清刊本中使用廣泛。双可作簡化偏旁用,如:扨(搜)。
＊雙字舊歸隹部,表示手持二鳥(隹),會意。

书 ‖ 書　　shū　ㄕㄨ　sy¹〔舒〕
4　10

①裝訂成册的閱讀物:～籍丨～報丨～店丨圖～丨辭～丨藏
～。②寫字,記錄:～寫丨～法丨～記員丨板～丨大～特～丨
奮筆疾～。③字體:隸～丨楷～。④信:～信丨～札丨家～。
⑤文件:證～丨聘～丨申請～丨白皮～。

〈說解〉书,丨部或乙部,獨體結構,草書楷化字。《俗字譜》元
明清刊本中作书,與今簡化字形近。
＊書字舊歸曰部。

四

五　畫

击 ‖ 擊
5　17

jī　ㄐㄧ　gik⁷〔激〕

①打，敲打：～打｜～鼓｜～掌｜旁敲側～。②攻打：～潰｜～敗｜～破｜攻～｜襲～。③碰，接觸：撞～｜衝～｜目～者。

〈說解〉 击，一部或凵部，獨體結構。击是把擊字左上部加以省簡而來。
＊擊字舊歸手部。

戋 ‖ 戔
5　8

jiān　ㄐㄧㄢ　dzin¹〔煎〕

【戋戋】〈書〉少，細微：爲數～｜所得～。

〈說解〉 戋，戈部，獨體結構，草書楷化字。戋可作簡化偏旁用，如：浅（淺）、盏（盞）等。敦煌寫本中凡戔旁多寫作戋，今去掉一橫作戋。

扑 ‖ 撲
5　15

pū　ㄆㄨ　pɔk⁸〔樸〕

①用力向前衝，使身體突然伏在物體（或人體）上：～火｜～倒在地｜～到懷裏｜餓虎～食。②快速衝向：直～匪巢｜飛蛾～火。③拍，拍打：～粉｜海鳥～着翅膀。

〈說解〉 扑，扌部，左右結構，形聲字。扑和撲音同義近，用扑做撲的簡化字是同音替代。清刊《目蓮記》已見。
＊扑字本義爲輕打，《集韻·屋韻》："攴，《説文》：'小擊也。'或作扑。"撲字本指手相搏擊，即相撲。扑、撲二字義近，古書中撲多通扑，但鞭扑的扑只用扑，不用撲。

节 ‖ 節
5　　13

　　(一) jié　ㄐㄧㄝˊ　dzit⁸〔折〕

①物體各段之間相連的部位:竹~｜骨~｜關~｜環~。②段落:~拍｜音~｜章~。③量詞,用於分段的事物、文章等:十~車廂｜兩~甘蔗｜三~課｜共分八章十六~。④節日,節氣:~假日｜~令｜春~｜時~。⑥節制,儉省:~約｜~儉｜開源~流｜刪~。⑦事項:禮~｜細~｜不拘小~。⑧操行、品德:~操｜氣~｜變~｜高風亮~｜晚~。

　　(二) jiē　ㄐㄧㄝ　dzit⁸〔折〕

【節子】　樹木的分枝在枝幹上留下的疤痕。
【節骨眼】　比喻起關鍵作用的環節或時機:正幹到~兒上他病倒了。

〈說解〉　节,艹部,上下結構,形聲字。把𣥂頭改爲艹頭,並去掉聲旁即的左半邊就成爲节。明刊《釋厄傳》、清刊《目蓮記》《逸事》已見。节可作簡化偏旁用,如:栉(櫛)。

术 ‖ 術
5　　11

　　shù　ㄕㄨˋ　sœt⁹〔述〕

①技藝,學術:~語｜~科｜藝~｜技~｜算~｜不學無~。
②方法,策略:戰~｜權~｜騙~。

〈說解〉　术,木部,獨體結構。術字去掉形旁行就成爲术。
＊(1)术字本讀 zhú ㄓㄨˊsœt⁹〔述〕,如:白术、蒼术,都是植物名,根莖可入藥。這個意義的术古本用术,不能用術。現在术有了兩個讀音,(只限於普通話。廣州音是同一讀音),作爲術的簡化字讀 shù ㄕㄨˋ,白术、蒼术的术讀 zhú ㄓㄨˊ。(2)術字本義爲"邑中道也,從行,术聲"(見《說文》),舊歸行部,《漢語大字典》改歸彳部。

札 ‖ 劄
5　14　　　　zhá　ㄓㄚˊ　dzat⁸〔扎〕

古代寫字用的小而薄的木片:木～。

【劄子】舊時一種公文,多用於上奏,後來也用於下行。

〈說解〉 札,木部,左右結構,形聲字。札是劄和剳的異體字,習慣上被看作劄和剳的簡化字,古兼用札和劄、剳,簡化字只用札。

*(1)札另有信件義:信～｜書～｜手～。這個意義古只用札,不用劄和剳。(2)劄在古籍中又通扎,音 zhā ㄓㄚ dzat⁸〔扎〕,爲刺、鑽進義,此義不能簡化爲札。(3)剳字舊歸竹部,《漢語大字典》改歸刀部。

龙 ‖ 龍
5　16　　　　lóng　ㄌㄨㄥˊ　luŋ⁴〔隆〕

①古代傳說中的神異動物,能在天上飛,能在海裏游,能興雲降雨:～宮｜～飛鳳舞｜蛟～｜蒼～。②封建時代用龍作爲帝王的象徵,帝王用的器物常加上龍字:～袍｜～牀｜～輦｜～顏大悅。③比喻非凡的人或馬:臥～先生｜人中之～｜～馬。④古生物學上指古代一些巨大的爬行動物:恐～｜翼手～。

〈說解〉 龙,龍部,獨體結構。龍字,漢《白石神君碑》、敦煌寫本時作龙,元刊《雜劇》、清刊《目蓮記》《逸事》等又作龙,今更減一撇,用龙做簡化字。龙可作簡化偏旁用,如:笼（籠）、垅（壠）、庞（龐）等。

*龍字自爲部首。

厉 ‖ 厲
5　14　　　　lì　ㄌㄧˋ　lɐi⁶〔麗〕

①嚴格:～禁浪費｜～行節約。②嚴肅,猛烈:正言～色｜色～內荏｜雷～風行｜變本加～。③同砺（礪）。磨（刀）:秣馬～兵｜再接再～。

〈說解〉 厉,厂部,半包圍結構。厲簡化爲万,偏旁類推簡化。宋刊《列女傳》、清刊《目蓮記》《逸事》已見。

五

＊礪本義爲磨刀石,此義簡作砺,不可用厉。

布 ‖ 佈
5   7   bù ㄅㄨˋ bou³〔報〕

①宣告:～告｜公～｜發～｜開誠～公。②散佈,分佈:～菜｜～施｜傳～｜星羅棋～。③佈置,安排:～防｜～局｜～雷｜除舊～新｜擺～。

〈說解〉 布,巾部,獨體結構,形聲字。布和佈音同,用布做佈的簡化字是同音替代。
＊布的下列意義與佈無關,古只用布:❶棉蔴等織物的統稱。❷古代的一種錢幣:～帛。

灭 ‖ 滅
5   13   miè ㄇㄧㄝˋ mit⁹〔蔑〕

①熄滅:～火｜火～了｜熄～｜撲～。②消滅,使不存在:～蚊｜～族｜～絕｜毀～｜覆～｜磨～。③淹沒:～頂之災。

〈說解〉 灭,火部,獨體結構,會意字(從一從火,一像蓋火物)。滅字減省氵旁和戌就是灭。
＊滅字舊歸水部。

东 ‖ 東
5   8   dōng ㄉㄨㄥ duŋ¹〔冬〕

①方位名,太陽出來的一邊:～方｜～歐｜～風｜山～｜廣～。②主人(古時主位在東,賓位在西):～家｜～道主｜房～｜股～｜做～。

〈說解〉 东,一部,獨體結構,东是草書楷化字,清刊《目蓮記》已見,可作簡化偏旁用,如:凍(凍)、陈(陳)等。
＊東字舊歸木部。

軋 ‖ 軋
5　　8

(一) yà　ㄧㄚˋ　at⁸〔壓〕

①碾，滾壓：～棉花｜～花機。②排擠：傾～。③象聲詞，形容機器開動時發出的聲音：機器～～地響着。

(二) zhá　ㄓㄚˊ　dzat⁸〔札〕

壓：～鋼｜～輥。

〈說解〉 軋，車部，左右結構，形聲字。車簡化爲车，偏旁類推簡化。

占 ‖ 佔
5　　7

zhàn　ㄓㄢˋ　dzim³〔尖高去〕

①據有：～有｜～據｜～領｜侵～｜强～｜霸～。②處在某一位置或屬於某種情況：～先｜～上風｜～便宜｜～優勢｜～多數。

〈說解〉 占，口部或卜部，上下結構，會意字。在上面兩項意義上占、佔是異體字，古用占或佔，簡化字只用占。
＊占又讀 zhān　ㄓㄢ　dzim¹〔尖〕，義爲占卜，這個意義只用占，不能用佔。

卢 ‖ 盧
5　　16

lú　ㄌㄨˊ　lou⁴〔勞〕

①姓。②譯音用字：～森堡｜～布｜～比。

〈說解〉 卢，卜部，獨體結構。卢是新造的簡化字。宋刊《祖堂集》《取經詩話》、金刊《劉知遠》中，盧做偏旁已簡作户，如爐作炉、蘆作芦等；今把户改爲卢，保留了盧字的輪廓。卢可作簡化偏旁用，如：泸（瀘）、垆（壚）、栌（櫨）等，但廬、蘆、爐、驢四個字是例外，分別簡化爲：庐、芦、炉、驴。
＊盧字舊歸皿部。

业 ‖ 業
5　　13

yè　ㅣㅂ˙　jip⁹〔葉〕

①行業:工～ㅣ農～ㅣ商～ㅣ飲食～。②職業:～餘ㅣ就～ㅣ待～。③學業:畢～ㅣ肄～ㅣ修～。④事業:～績ㅣ創～ㅣ不務正～ㅣ成家立～。⑤財產:～主ㅣ家～ㅣ產～。⑥已經:～已ㅣ～經。

〈說解〉 业,业部,獨體結構。業字去掉下半部,保留字頭,就成爲业。业字可作簡化偏旁用,如:邺(鄴)。
＊業沒有簡化爲叶,叶是葉的簡化字。業字舊歸木部。

旧 ‖ 舊
5　　17

jiù　ㄐㄧㄡˋ　gɐu⁶〔夠低去〕

①過去的,過時的:～事ㅣ～式ㅣ～情ㅣ陳～ㅣ守～。②因時間久或經過使用而變色或變形:～家具ㅣ～衣服ㅣ～書ㅣ房子～。③老交情,老朋友:故～ㅣ懷～。

〈說解〉 旧,ㅣ部或日部,左右結構。舊的聲旁臼異體是旧,《干祿字書》:"臼作旧。"去掉舊上部的萑,用臼的異體旧做舊的簡化字。《俗字譜》元明清諸書並見。
＊旧易跟归(歸)混,注意區別。舊字歸臼部。

帅 ‖ 帥
5　　9

shuài　ㄕㄨㄞˋ　sœy³〔稅〕

①軍隊中的最高指揮官:元～ㅣ將～ㅣ主～ㅣ掛～ㅣ統～。②英俊,瀟灑:～氣ㅣ小伙子長得眞～ㅣ字寫得～。

〈說解〉 帅,巾部,左右結構,第二筆是一撇。帅是草書楷化字,左偏旁跟师(師)簡化類型相同。元刊《雜劇》《三國志》、清刊《目蓮記》已見。
＊②項義也用率字。帶領、引導義用率不用帅,如:率領ㅣ率先。

归 ‖ 歸
5　　18

guī　ㄍㄨㄟ　gwei¹〔龜〕

①返回：～國｜～鄉｜～心似箭｜捉拿～案｜回～｜賓至如～。②返還，還給：～還｜～物～原主。③趨向，集中於一處：百川～海｜殊途同～｜衆望所～。④合併：～併｜～總｜～類。⑤屬於：～屬｜～主任管｜劃～上海市。

〈說解〉 归，彐部，左右結構，第二筆是一撇。归是草書楷化字，清刊《目蓮記》《金瓶梅》《逸事》已見。归可作簡化偏旁用，如：峝（歸）。

＊歸字舊歸止部。

叶 ‖ 葉
5　　12

yè　ㄧㄝˋ　jip⁹〔業〕

①植物的營養器官之一，通常由葉片和葉柄組成：～子｜～綠素｜枝～｜茶～｜烟～。②形狀像葉子的：肺～｜百～窗｜千～蓮。③較長時期的分段：十七世紀中～｜清朝末～。

〈說解〉 叶，口部，左右結構。叶字本讀 xié ㄒㄧㄝˊ hip⁸〔協〕，同協：～音｜～韻｜不～。現借作葉的簡化字，近音替代。

＊(1)叶音、叶韻、不叶等讀 xié ㄒㄧㄝˊ hip⁸〔協〕，只用叶字，不能用葉。(2)葉公好龍的葉不讀shè ㄕㄜˋ，仍讀 yè ㄧㄝˋ jip⁹〔業〕。(3)葉字舊歸艸部。

号 ‖ 號
5　　13

（一）háo　ㄏㄠˊ　hou⁴〔豪〕

①呼喊：～叫｜呼～｜狂風怒～。②大聲哭：～哭｜～啕大哭｜～喪｜悲～｜哀～。

（二）hào　ㄏㄠˋ　hou⁶〔浩〕

①名稱：國～｜年～｜字～｜牌～。②名和字以外另起的別號或名以外另起的字：諸葛亮～孔明｜蘇軾～東坡｜宅邊有五柳，因以爲～焉。③指商店：商～｜分～｜銀～｜寶～｜老字～。④標誌，信號：記～｜句～｜暗～｜擊掌爲～。⑤次序，等級：～碼｜編～｜排～｜小～。⑥命令：～令｜發～施令。⑦量

詞:一百多～人｜做成好幾～買賣。⑧切脈:～脈。⑨軍隊、樂隊所用的西式喇叭:～兵｜小～。⑩用號吹出的表示一定意義的聲音:起牀～｜集合～。

〈說解〉 号,口部,上下結構。號去掉形旁虎就成了号。宋刊《祖堂集》及《俗字譜》諸書習見。
＊號字舊歸虍部。

电‖電　diàn　ㄉㄧㄢˋ　din⁶〔殿〕
5　13

①有電荷存在和電荷變化的現象:～波｜～場｜～極｜～燈｜～扇｜～視｜閃～｜發～｜交流～。②觸電:～了我一下｜小心別～着。③電報:急～｜函～｜外～｜通～。④打電報:～賀｜～告｜～匯。

〈說解〉 电,乙部或田部,獨體結構。电是電的古本字,今用电做電的簡化字是恢復古本字。
＊電字舊歸雨部。

只¹‖隻　zhī　ㄓ　dzɛk⁸〔炙〕
5　10

①單獨的,個別的:～身前往｜片紙～字。②量詞:兩～腳｜一～兔子｜一～小船。

〈說解〉 只,口部或八部,上下結構。只字本讀 zhǐ ㄓ dzi²〔止〕,跟隻字音近,用只做隻的簡化字是近音替代。
＊(1)只(zhǐ ㄓ dzi²〔止〕)義爲僅有、僅:～此一家,別無分店｜～知耕耘,不問收獲。這個意義只用只,不能用隻。隻字歸隹部。(2)只又是衹的簡化字,見下。

只²‖衹　zhǐ　ㄓˇ　dzi²〔止〕
5　9

僅,僅有:～有｜～能｜～怕｜～得｜～是｜家裏～我一個人｜～他一人沒來。

〈說解〉 前略(見只‖隻)。用只做祇的簡化字是同音替代。
＊(1)只字上古是語氣助詞,中古以後跟祇通用,簡化字只用只。(2)祇的異體有衹,祇舊歸衣部,祇歸示部。

叽‖嘰　ㄐ ㄐㄧ gei¹〔機〕

5　　15

①象聲詞:～咕｜～～咕咕｜～～喳喳。②譯音用字:嘩～｜咔～。

〈說解〉 叽,口部,左右結構,形聲字。嘰的聲旁幾簡化爲几,偏旁類推簡化。

叹‖嘆　tàn ㄊㄢˋ tan³〔炭〕

5　　14

①因憂悶、悲傷或無奈而呼出長氣:～氣｜～息｜～惋｜憂～｜悲～｜望洋興～｜感～。②因贊賞、佩服而發出聲音:～賞｜～服｜贊～｜驚～。③歌咏,吟咏:咏～｜一唱三～。

〈說解〉 叹,口部,左右結構。用符號又代替嘆字的聲旁莫就成爲叹,叹是符號替代字。
＊(1)偏旁爲莫的字明清文獻中已見用符號又代替的,如明刊《東窗記》《釋厄傳》中難作难,清刊《逸事》中灘、攤作滩、摊等。(2)嘆的異體有歎,古欠旁與口旁字意義多相通。

们‖們　men ㄇㄣ mun⁴〔門〕

5　　10

用在代詞或指人的名詞後面, 表示複數:我～｜他～｜孩子～｜工人～。

〈說解〉 们,人部,左右結構,形聲字。門簡化爲门,偏旁類推簡化。清刊《目蓮記》《金瓶梅》已見。

仪 ‖ 儀
5　15　　　　yí　ㄧˊ　ji⁴〔而〕

①人的外貌和舉止:～容｜～表｜～態｜威～。②禮節:～式｜～仗｜司～｜禮～。③禮品:賀～｜謝～。④儀器:～表｜地球～｜地動～。

〈說解〉 仪,人部,左右結構,形聲字。義簡化爲义,偏旁類推簡化。金刊《劉知遠》、元刊《雜劇》、清刊《目蓮記》《金瓶梅》《逸事》已見。

丛 ‖ 叢
5　18　　　　cóng　ㄘㄨㄥˊ　tsuŋ⁴〔蟲〕

①聚集:～生｜～長｜～集。②生長在一起的草木:～樹｜～林｜花～｜草～。③泛指聚集在一起的人或物:～刊｜～書｜～談｜論～。

〈說解〉 丛,人部,上下結構。丛是新造形聲簡化字,聲旁爲从(從的簡化字),形旁爲一(表示土地)。
＊《字彙·木部》引《漢書·東方朔傳》稱:"菆,古文叢字。"叢歸又部,菆歸木部。

尒 ‖ 爾
5　14　　　　ěr　ㄦˇ　ji⁵〔耳〕

〈書〉①你:～虞我詐｜～輩｜～曹。②如此,這樣:果～｜不過～～。③那,這:～後｜～時。④形容詞後綴:偶～｜率～｜莞(wǎn ㄨㄢˇ wun²〔碗〕)～而笑。

〈說解〉 尒,小部,獨體結構。尒,古又寫作尓,與爾通用。《玉篇·八部》:"尒,亦作爾。"今用尒做爾的簡化字。尒字可作簡化偏旁用,如:迩(邇)、弥(彌)、玺(璽)等。
＊爾舊歸爻部,《漢語大字典》歸一部。

乐 ‖ 樂
5　15

（一）lè　ㄌㄜˋ　lɔk⁹〔落〕

①歡喜,愉快:~趣 | ~觀 | ~不思蜀 | 快~ | 歡~ | 娛~ | 享~。②對做某事感到快樂:~此不疲 | 津津~道。③笑:逗~ | 她特別愛~。

（二）yuè　ㄩㄝˋ　ŋɔk⁹〔岳〕

①音樂:~曲 | ~器 | ~團 | 聲~ | 器~ | 哀~ | 交響~。②姓。

〈說解〉　乐,丿部,獨體結構。乐是草書楷化字,清刊《逸事》已見。乐可作簡化偏旁用,如:烁(爍)、砾(礫)等。
＊樂字舊歸木部。

处 ‖ 處
5　11

（一）chǔ　ㄔㄨˇ　tsy⁵〔柱〕

①居住:穴居野~。②跟他人一起生活、交往:~得來 | ~得好 | 相~ | 共~ | 容易~。③存,居,置身:~境 | ~心積慮 | 設身~地。④辦理:~理 | ~事 | ~置。⑤決斷,懲罰:~分(fèn ㄈㄣˋ fɐn¹〔昏〕) | ~罰 | ~決 | ~懲。

（二）chù　ㄔㄨˋ　tsy³〔柱高去〕

①地方:~所 | 到~ | 各~。②方面:長~ | 短~ | 難~ | 大~着眼,小~着手。③機關或機關裏的一個部門:~長 | 籌備~。

〈說解〉　处,丿部,左下半包圍結構。處的本字爲处,《說文·几部》:"処,……或從虍聲。"《玉篇·几部》:"処,與處同。"《俗字譜》諸書習用处字,今簡化字把处的几改爲卜,清刊《逸事》已見。
＊處的異體有処,二字舊歸虍部。

冬 ‖ 鼕
5　18

dōng　ㄉㄨㄥ　duŋ¹〔東〕

象聲詞,形容敲鼓或敲門等聲音。

〈說解〉　冬,夂部,獨體結構。冬跟鼕音同,用冬做鼕的簡化字是同音替代。
＊(1)春夏秋冬的冬只用冬。象聲詞冬又同咚。(2)鼕字舊歸鼓部。

鸟 ‖ 鳥
5　　11

niǎo　ㄋㄧㄠˇ　niu⁵　〔褭〕

脊椎動物的一綱，卵生，用肺呼吸，全身有羽毛，前肢變爲翅膀，會飛，後肢能行走：～兒｜～槍｜飛～｜駝～。

〈說解〉　鸟，鸟部，獨體結構。鳥簡化爲鸟，保留了原字的輪廓。鸟字可作簡化偏旁用，如岛(島)、莺(鶯)、鸣(鳴)等。
＊烏字簡化爲乌，跟鸟只差中間的一點。

务 ‖ 務
5　　10

wù　ㄨˋ　mou⁶　〔冒〕

①事，事情：事～｜公～｜任～｜庶～｜常～。②從事，致力：～農｜～實｜不～正業。③必須：～必｜～須｜～求｜除惡～盡。

〈說解〉　务，夂部或力部、丶部，上下結構。務字去掉左旁的矛就成爲务。元刊《三國志》已見。
＊務字舊歸力部，《漢語大字典》歸矛部。

刍 ‖ 芻
5　　10

chú　ㄔㄨˊ　tsɔ¹　〔初〕

①喂牲畜的草：～秣｜反～。②割草：～蕘。刍蕘也指割草打柴的人，用作謙辭：刍蕘之言(山野農夫之言，比喻淺陋)。

〈說解〉　刍，刀部或彐部，獨體結構。刍是草書楷化字，可作簡化偏旁用，如：诌(謅)、皱(皺)、趋(趨)等。
＊芻字舊歸艸部，《漢語大字典》歸勹部。

饥 ¹ ‖ 饑
5　　20

jī　ㄐㄧ　gei¹　〔機〕

莊稼收成不好或沒有收成：～荒｜～饉｜大～。

〈說解〉 饥，饣部，左右結構，形聲字。飠簡化爲饣，幾簡化爲几，偏旁類推簡化。
* 饥又是飢的簡化字，見下。饑舊歸食部。

饥² ‖ 飢

饥 5 ‖ 飢 10　　　jī　ㄐㄧ　gei¹〔機〕

餓：～餓｜～寒｜～腸｜～民｜充～。

〈說解〉 前略(見饥‖饑)。飠簡化爲饣，偏旁類推簡化。
* 繁體字饑和飢的意義不同，不能通用；在簡化字中都用饥。

邝 ‖ 鄺

邝 5 ‖ 鄺 16　　　kuàng　ㄎㄨㄤˋ　kwɔŋ³〔曠〕　kɔŋ³〔抗〕(俗)

姓。

〈說解〉 邝，广部或阝部，左右結構，形聲字。廣簡化爲广，偏旁類推簡化。
* 鄺字舊歸邑部。

冯 ‖ 馮

冯 5 ‖ 馮 12　　　(一) féng　ㄈㄥˊ　fuŋ⁴〔逢〕

姓。

(二) píng　ㄆㄧㄥˊ　pɐŋ⁴〔朋〕

〈書〉徒涉，蹚水：暴虎～河。

〈說解〉 冯，冫部，左右結構。馬簡化爲马，偏旁類推簡化。
* 馮字舊歸馬部，不歸冫部。

闪 ‖ 閃

闪 5 ‖ 閃 10　　　shǎn　ㄕㄢˇ　sim²〔陝〕

①迅速側轉身體向旁邊躲避：～避｜～開｜躲～。②(身體)猛

然晃動:腳沒站穩,～了～,差點兒跌倒。③因動作過猛使局部筋肉受傷而疼痛:～了腰。④天上的電光:～電|打～。⑤突然顯現:～念|～現|山後～出一隊人馬。⑥發光,耀眼:～光|～亮|～耀|～燦。

〈說解〉 閃,门旁,上包下結構,會意字。門簡化爲门,偏旁類推簡化。清刊《金瓶梅》已見。

兰 ‖ 蘭　　　lán　ㄌㄢ　lan⁴　〔欄〕
5　　20

①蘭花:春～秋菊|君子～。②蘭草,又名佩蘭。

〈說解〉 兰,八部,上下結構。兰是草書楷化字。
＊(1)兰不是藍和籃的簡化字,因此藍天不能寫作兰天,打籃球不能寫作打兰球。(2)兰不是闌的簡化字,只有攔(拦)、欄(栏)二字的聲旁簡作兰,其他如蘭(阑)、讕(谰)、瀾(澜)都簡作阑,不作兰。蘭字舊歸艸部。

头 ‖ 頭　　　tóu　ㄊㄡ　tɐu⁴　〔投〕
5　　16

①人體的最上部或動物最前部長着眼、口、鼻等器官的部分:～腦|～痛|搖～|叩～。②指頭髮或髮式:剃～|剪～|留～|平～。③物體的頂端、前端、末端:山～|車～|兩～細,中間粗。④事情的起點或終點:從～兒說起|一年到～|提個～兒。⑤物品的殘餘部分:布～兒|粉筆～兒|煙～兒。⑥居於首位的,領頭的,爲首的:～羊|～馬|～領|～子|～目|帶～。⑦第一,開始的,次序在前的:～等艙|～號騙子|～班車|～伏|～幾個。⑧量詞:一～牛|兩～羊|三～蒜。⑨後綴,讀輕聲:木～|骨～|舌～|苗～|念～。

〈說解〉 头,大部,獨體結構。头是草書楷化字。
＊頭字舊歸頁部。

汇¹ ‖ 匯
5　　13

| hui | ㄏㄨㄟˋ | wui⁶ | 〔會低去〕 |

①河流會合到一處:～成巨流｜百川～海。②通過郵局、銀行等把甲地款項劃撥到乙地:～兌｜～款｜～票｜電～。

〈說解〉 汇,氵部,左右結構。匯的異體爲滙,去掉匚内的隹就成爲汇,汇字保留了原字的輪廓。汇可作簡化偏旁用,如:�»(攎)。
＊匯字歸匚部。汇又是彙的簡化字,見下。

汇² ‖ 彙
5　　13

| hui | ㄏㄨㄟˋ | wui⁶ | 〔匯〕 | wɐi⁶ | 〔胃〕 |

①聚集,總合:～編｜～集｜～總｜～印成册。②聚集而成的東西:字～｜詞～｜總～。

〈說解〉 前略(見汇‖匯)。彙與匯音同而意義本不相同,現在把彙併入匯,簡化爲汇。在使用繁體字時,要區別其義項而分別用匯或彙。
＊彙字舊歸彑部。

五

汉 ‖ 漢
5　　14

| hàn | ㄏㄢˋ | hon³ | 〔看高去〕 |

①朝代名。公元前206－公元220,劉邦所建。②漢族:～人｜～語｜～字｜～奸。③男子:～子｜老～｜單身～｜莊稼～｜彪形大～。④指銀河:河～｜星～｜雲～｜氣沖霄～。

〈說解〉 汉,氵部,左右結構。用又代替漢的聲旁莫就成爲汉,汉是符號替代字。以又代替莫,明清刊本中多見。

宁 ‖ 寧
5　　14

| (一) níng | ㄋㄧㄥˊ | niŋ⁴ | 〔檸〕 |

①安寧:～靜。②南京市的別稱:滬～綫。

| (二) nìng | ㄋㄧㄥˊ | niŋ⁴ | 〔檸〕 | niŋ⁶ | 〔擰〕 |

①寧可:～肯｜～願｜～缺毋濫。②姓。

〈說解〉 宁，宀部，上下結構。寧字去掉中間的部分就成爲宁。宁字保留了原字的特徵，宁可作簡化偏旁用，如：泞(濘)、拧(擰)等。
＊宁本讀 zhù 业ㄨ tsy⁵〔儲〕，指宮殿的門和屛之間，現在宁成爲寧的簡化字，爲避免混淆，把讀 zhù 业ㄨ tsy⁵〔儲〕的宁(包括做偏旁的)改爲宀，如伫(佇)、贮(貯)、纻(紵)等。

它 ‖ 牠

tā	ㄊㄚ	ta¹	〔他〕

5　　7

代詞，指人以外的事物：這杯飲料你喝了～吧｜菜吃不了了，把～擱到冰箱裏去。

〈說解〉 它，宀部，上下結構。它字本義爲蛇，古無他字，假借它字代替，後加人旁作佗，隸變後作他。牠，"牛無角也"(見《龍龕手鑑・牛部》)，近代被用作代詞(指動物或人以外的事物)，是它的異體字，一般把它字看做牠的簡化字。

写 ‖ 寫

xiě	ㄒㄧㄝˇ	se²	〔捨〕

5　　15

①用筆書寫、寫作：～字｜～文章｜～信｜抄～｜編～｜改～。②描摹，繪畫：～生｜～景｜～實｜～意｜～眞。

〈說解〉 写，冖部，上下結構，写是草書楷化字，把宀改爲冖，烏改爲与，就成爲写。清刊《目連記》簡作写，與今形近。写字可作簡化偏旁用，如：泻(瀉)。
＊寫字舊歸宀部。

礼 ‖ 禮

lǐ	ㄌㄧˇ	lɐi⁵	〔醴〕

5　　17

①社會生活中形成的爲大家共同遵守的儀式：～法｜～儀｜～炮｜婚～｜葬～｜～典。②表示敬意的言語或動作：～貌｜～節｜敬～｜陪～｜失～｜彬彬有～。③禮物：～品｜～金｜獻～｜送～｜定～｜厚～。

〈說解〉 礼，示部，左右結構。《集韻・薺韻》："禮，古作礼。"敦煌寫本、《俗字譜》諸書習用礼字。

讦 ‖ 訐
5　10　　　jié　ㄐㄧㄝˊ　kit⁸〔揭〕

〈書〉揭發他人的陰私、過失：攻～｜告～。

〈說解〉 讦，讠部，左右結構，形聲字。言簡化爲讠，偏旁類推簡化。

让 ‖ 讓
5　24　　　ràng　ㄖㄤˋ　jœŋ⁶〔樣〕

①把方便和好處給別人：～步｜～位｜～利｜忍～｜禮～｜謙～。②收取一定的代價，把財物的所有權轉給別人：出～｜轉～。③指使，容許，任隨：～他去買｜～我想一下｜別理他，～他走。④被：事情～他給搞糟了。

〈說解〉 让，讠部，左右結構，形聲字。言簡化爲讠（偏旁類推簡化），上代替襄（xiāng ㄒㄧㄤ sœŋ¹〔商〕，二字韻母相近），就成爲让。

五

讪 ‖ 訕
5　10　　　shān　ㄕㄢ　san³〔汕〕

①譏笑：～笑。②難爲情的樣子：臉上發～｜見了他，～～地走開了。
【搭讪】dā·shan 爲了跟人接近或把尷尬的局面敷衍過去而找話説。

〈說解〉 讪，讠部，左右結構，形聲字。言簡化爲讠，偏旁類推簡化。

讧 ‖ 訌
5　10　　　hòng　ㄏㄨㄥˋ　huŋ⁴〔紅〕

亂，潰敗：內～（集團內部因爭權奪利而發生的衝突或戰爭）。

〈說解〉 讧，讠部，左右結構，形聲字。言簡化爲讠，偏旁類推簡化。

讨‖討

₅　₁₀　　tǎo　ㄊㄠˇ　tou² 〔土〕

①征伐:～伐｜征～｜聲～。②索取,請求:～飯｜～債｜～教｜～饒｜乞～。③娶(妻):～老婆。④招,惹:～嫌｜～厭｜～人喜歡｜自～苦吃。⑤商量,研究:～論｜商～｜研～｜探～。

〈說解〉 讨,讠部,左右結構,會意字。言簡化爲讠,偏旁類推簡化。

讫‖訖

₅　₁₀　　qì　ㄑ一ˋ　get⁷ 〔吉〕

①完畢,結束:收～｜驗～｜查～。②截止:起～。

〈說解〉 讫,讠部,左右結構,形聲字。言簡化爲讠,偏旁類推簡化。

* 讫與迄音同義異,應注意區別。迄義爲:❶到:～今未見。❷一直,始終:～無消息｜～未收效。

训‖訓

₅　₁₀　　xùn　ㄒㄩㄣˋ　fen³ 〔糞〕

①教導: ～導｜～練｜～誡｜～令｜教～｜培～｜集～。②教導的話:家～｜遺～。③準則:不足爲～。④詞義解釋:～詁｜～釋｜～義。

〈說解〉 训,讠部,左右結構,形聲字。言簡化爲讠,偏旁類推簡化。

议‖議

₅　₂₀　　yì　一ˋ　ji⁵ 〔以〕

①意見,言論:大發～論｜提～｜建～｜抗～｜異～。②商量,討論:～定｜～案｜～價｜商～｜計～｜會～。

〈說解〉 议,讠部,左右結構,形聲字。言簡化爲讠,義簡化爲义,偏旁類推簡化。敦煌寫本、清刊《目蓮記》《逸事》已見。另,

五

宋元明清刊本中議又簡作议。

讯 ‖ 訊
5　10

xùn　ㄒㄩㄣˋ　sœn³〔信〕

①審問：審～｜提～｜傳～｜刑～。②消息，信息：音～｜通～｜電～｜簡～｜喜～。

〈說解〉 讯，讠部，左右結構，形聲字。言簡化爲讠，偏旁類推簡化。

记 ‖ 記
5　10

jì　ㄐㄧˋ　gei³〔寄〕

①把印象留存在腦子裏：～憶｜～性｜～得｜～恨｜牢～｜切～｜銘～｜忘～。②把話或事物寫下來：～錄｜～載｜～名｜～功。③記寫事物的文字、書册：筆～｜日～｜遊～｜大事～。④標志：～號｜標～｜印～。⑤皮膚上生下來就有的深色斑：孩子身上有一塊黑～。

〈說解〉 记，讠部，左右結構，形聲字。言簡化爲讠，偏旁類推簡化。

辽 ‖ 遼
5　15

liáo　ㄌㄧㄠˊ　liu⁴〔聊〕

①遠：～遠｜～闊。②朝代名，公元 907–1125，契丹人建。③遼寧省的簡稱。

〈說解〉 辽，辶部，左下半包圍結構，形聲字。把聲旁尞改爲了（尞、了音近），就成爲辽。
＊遼字舊歸辵部，下辶部字同。

边 ‖ 邊
5　18

biān　ㄅㄧㄢ　bin¹〔辮〕

①幾何圖形中夾成角的直綫或圍成多邊形的綫段：底～｜斜

~｜對角~。②邊緣：路~｜田~｜河~。③鑲在或畫在邊緣上的條形裝飾：金~｜花~｜鑲~。④邊界，邊境：~疆｜~關｜~防｜戍~｜守~。⑤界限：~際｜無~。⑥邊…邊…：分別用在動詞前面，表示動作同時進行：~說~笑｜~幹~學。⑦方位詞後綴：前~｜上~｜外~｜南~｜左~。

〈說解〉　边，辶旁，左下半包圍結構。元刊《雜劇》《太平樂府》以及《俗字譜》明清刊本中並見（金刊《劉知遠》、元刊《三國志》簡作辺或边）。边可作簡化偏旁用，如：笾(籩)。

出 ‖ 齣
5　　20

chū　ㄔㄨ　tsœt⁷〔出〕

一本傳奇中的一個大段落，或戲曲的一個獨立劇目：第一~｜一~戲。

〈說解〉　出，凵部，獨體結構。出本爲會意字，用出做齣的簡化字是同音替代。
＊(1)出的進出義、產生義、顯露義等跟齣字無關，只用出，不能用齣。(2)齣字舊歸齒部。

发 ‖ 發
5　　12

fā　ㄈㄚ　fat⁸〔法〕

①送出，分給：~貨｜~電報｜~工資｜分~。②射出：~炮｜百~百中。③產生，發生：~芽｜~燒｜~電。④說出：~命令｜~話。⑤擴大，擴展：~揚｜~育｜~達｜~財｜~家｜暴~戶。⑥打開：~掘｜~現｜開~｜揭~。⑦放，散：~散｜揮~｜蒸~。⑧顯現或感覺到：臉~灰｜~癢。⑨起程或開始行動：出~｜~起｜奮~。⑩量詞，用於槍彈和炮彈：三~子彈｜一~炮彈。

〈說解〉　发，又部，左上半包圍結構。发是草書楷化字，可作簡化偏旁用，如：泼(潑)、废(廢)等。
＊發字舊歸癶部。发字又是髮的簡化字，見下。

发² ‖ 髮
5　12

fà　ㄈㄚˋ　fat⁸〔法〕

頭髮：～辮｜～型｜理～｜染～｜～～千鈞。

〈說解〉 前略（見发‖發）。用发（fā ㄈㄚ）代替髮是近音替代。
＊(1)讀平聲的发的各項意義繁體字用發不用髮。(2)髮字舊歸影部。

圣 ‖ 聖
5　13

shèng　ㄕㄥˋ　siŋ³〔姓〕

①最崇高的：～潔｜～地｜～神。②學識、技能有很高成就的人：～人｜～賢｜～手｜詩～｜大～。③封建社會尊稱帝王：～上｜～旨｜～駕。④宗教徒尊稱所崇拜的事物：～經｜～誕｜～靈｜～母｜～明。

〈說解〉 圣，土部，上下結構，符號替代字。用又代替聖字的上半部，把下半部的王改爲土，就成爲圣。元刊《雜劇》、明刊《釋厄記》《白袍記》、清刊《目蓮記》等並見。圣可作簡化偏旁用，如怪（懌）、蛏（蟶）。
＊聖字舊歸耳部。

五

对 ‖ 對
5　14

duì　ㄉㄨㄟˋ　dœy³〔兑〕

①答話：～答如流｜應～｜無言以～。②朝，向：～鏡化妝｜一致～外。③相對，相向：～立｜～抗｜～調｜～比。④對面的，敵對的：～岸｜～手｜～頭。⑤使兩個東西接觸或相配合：～個火兒｜把門～上｜～子。⑥把兩個東西放在一起互相比較，看是否相符合：～筆跡｜～號入座｜校～。⑦相合，適合：～脾氣｜～勁兒｜文不～題。⑧正確，不錯：說得～｜不～就改。⑨介詞，對於，跟：～這事不滿意｜有話～你說。⑩量詞，用於成對的人或物：一～夫妻｜一～耳環。

〈說解〉 对，又部或寸部，左右結構。用又代替對字的左半部，对是符號替代字，明刊《釋厄傳》《白袍記》、清刊《目蓮記》《逸事》等已見。对可作簡化偏旁用，如：怼（懟）。

＊對字舊歸寸部。

台¹ ‖ 臺
5　　14　　　tái　　ㄊㄞˊ　tɔi⁴〔苔〕

①平而高的建築物：樓～｜亭～｜陽～｜炮～｜瞭望
～｜烽火～。②高出地面的設備，便於講話、表演等：講～｜
舞～｜主席～｜登～｜搭～｜月～。③某些當底座用的器
物：燈～｜蠟～。④跟臺形狀相像的東西：窗～｜井～。⑤量
詞：一～洗衣機｜一～節目。⑥臺灣：～胞｜～港～。

〈說解〉 台，口部，上下結構。台與臺音同，用台做臺的簡化
字是同音替代。金刊《劉知遠》、元刊《太平樂府》、清刊《目蓮
記》及《逸事》並見。
＊(1)台字本爲星名——三台星，後用來比喻三公，進而用作
敬辭：～鑒｜～甫｜兄～。(2) 台用於地名讀 tāi ㄊㄞ tɔi⁴
〔苔〕：～州｜天～山(都在浙江省)以上兩項的台均應用台，不
能用臺。臺字舊歸至部。(3)台又是檯、颱的簡化字,見下。

五

台² ‖ 檯
5　　18　　　tái　　ㄊㄞˊ　tɔi⁴〔苔〕　tɔi²〔苔高上〕

桌子或形狀跟桌子類似的東西：～布｜～燈｜～曆｜～秤｜
寫字～｜櫃～｜梳妝～。

〈說解〉 前略 (見台‖臺)。清刊《逸事》簡作枱,枱是檯的異
體,今再去掉木旁簡作台。
＊檯字舊歸木部。

台³ ‖ 颱
5　　14　　　tái　　ㄊㄞˊ　tɔi⁴〔苔〕

【颱風】 發生在太平洋西部和南海海上的熱帶空氣旋渦,是
一種極其猛烈的風暴。

〈說解〉 前略 (見台‖臺)。台和颱音同,用台做颱的簡化字
是同音替代。
＊颱字舊歸風部。

驭 ‖ 馭
5　12

yù ㄩˋ jy⁶〔預〕

駕駛車馬：～手丨駕～。

〈說解〉 馭，馬部，左右結構，會意字。馬簡化爲马，偏旁類推簡化。马做偏旁時，下面的一橫往上挑。

纠 ‖ 糾
5　8

jiū ㄐㄧㄡ geu²〔九〕 dɐu²〔抖〕(俗)

①纏繞：～纏丨～紛丨～葛。②集合(貶義)：～合丨～集。③矯正，改正：～正丨～偏丨～察。

〈說解〉 纠，纟部，左右結構，形聲字。糹簡化爲纟，偏旁類推簡化。

丝 ‖ 絲
5　12

sī ㄙ si¹〔私〕

①蠶絲，是紡織綢緞的原料：～綢丨～綿丨～織品丨抽～丨紡～丨千～萬縷。②像絲的物品：鋼～丨鐵～丨肉～丨粉～丨藕～。③極小，極少：～毫丨一～不差丨一～不掛。

〈說解〉 丝，一部，上下結構。糹簡化爲纟，偏旁類推簡化。丝字下部是一長橫，不是兩短橫。元刊《雜劇》、影元鈔《通俗小說》簡作丝，已見端倪。
＊絲原爲象形字，歸系部。

六　畫

玑 ‖ 璣
6　16

jī　ㄐㄧ　gei¹〔機〕

〈書〉①不圓的珠子:珠~。②北斗七星的第三個星稱天~。③古代的一種天文儀器:璿~玉衡。

〈說解〉 玑,王部,左右結構,形聲字。幾簡化爲几,偏旁類推簡化。王做偏旁,下面的一橫往上挑。

动 ‖ 動
6　11

dòng　ㄉㄨㄥˋ　duŋ⁶〔洞〕

①改變原來的位置或脫離靜止狀態:移~｜搖~｜滾~｜運~｜活~｜~畫片。②動作,行爲:舉~｜行~。③使用,使起作用:~手｜~腦｜~筆｜~心計。④觸動:~心｜~怒｜~火｜~了公憤。⑤感動,震動:~人｜驚心~魄。⑥動不動,表示經常:~輒得咎｜觀衆~以萬計。

〈說解〉 动,力部,左右結構。重改爲云,符號替代字。一說动爲草書楷化字(見易熙吾《簡體字原》24頁)。

执 ‖ 執
6　11

zhí　ㄓˊ　dzɐp⁷〔汁〕

①拿着,握着:~筆｜披堅~銳。②掌握,行使:~政｜~勤｜~教｜~行｜~法。③堅持:~意｜~迷不悟｜固~。④憑單:~照｜回~｜收~。

〈說解〉 执,扌部,左右結構,草書楷化字。宋刊《列女傳》等《俗字譜》諸書習見。执可作簡化偏旁用,如:垫(墊)、挚(摯)等。
＊執字舊歸土部。

巩 ‖ 鞏
6　15

gǒng　ㄍㄨㄥˇ　guŋ² 〔拱〕

①堅固，使堅固：～固。②姓。

〈說解〉 巩，工部，左右結構。鞏字去掉形旁革就成爲巩。古代有巩(gǒng)字，《玉篇·卂部》："巩，抱也。"現用巩做鞏的簡化字也可以看作同音替代。

＊鞏字舊歸革部。

圹 ‖ 壙
6　17

kuàng　ㄎㄨㄤˋ　kwɔŋ³ 〔鄺〕

墓穴：～穴｜打～。

〈說解〉 圹，土部，左右結構，形聲字。廣簡化爲广，偏旁類推簡化。

扩 ‖ 擴
6　17

kuò　ㄎㄨㄛˋ　kwɔk⁸ 〔廓〕

使比原來增大或增多：～大｜～展｜～建｜～充｜～散｜～張。

〈說解〉 扩，扌部，左右結構，會意字。廣簡化爲广，偏旁類推簡化。

扪 ‖ 捫
6　11

mén　ㄇㄣˊ　mun⁴ 〔門〕

摸，按：～心自問。

〈說解〉 扪，扌部，左右結構，形聲字。門簡化爲门，偏旁類推簡化。

扫 ‖ 掃
6　11

(一) sǎo　ㄙㄠˇ　sou³ 〔素〕

①用笤帚等除去灰塵、塵土：～地｜～除｜清～｜灑～。②消除，消滅：～雷｜～盲。③很快地橫向移動：～描｜～射｜～視。

六

(二) sào　ㄙㄠˋ　sou³〔素〕

【掃帚】sào‧zhou　ㄙㄠˋ‧ㄓㄡ　sou³〔素〕dzau²〔爪〕清掃灰土、垃圾的用具。

〈說解〉　扫，扌部，左右結構，草書楷化字。把掃的右下部去掉就成爲扫。清刊《目蓮記》《金瓶梅》已見。

扬‖揚
6　12

yáng　丨尢ˊ　jœŋ⁴〔陽〕

①高舉，向上：～帆丨～手丨～眉吐氣丨趾高氣～丨昂～。②在空中飄動：飛～丨飄～丨紛紛～～。③往上撒：～場丨～水。④傳播出去：～言丨～名丨傳～丨表～丨頌～。

〈說解〉　扬，扌部，左右結構，形聲字。易簡化爲㐬，偏旁類推簡化。＊揚的古體字爲敭，歸攴部。地名只用扬。

场‖場
6　12

(一) cháng　ㄔㄤˊ　tsœŋ¹〔詳〕

①平坦的空地，多用來翻曬糧食：～院丨打～丨曬～。②市集：趕～。③量詞，用於事情的經過：一～春雨丨～～大戰丨夫妻一～。

(二) chǎng　ㄔㄤˇ　tsœŋ¹〔詳〕

①適應某種需要的比較大的地方：～地丨～所丨～面丨操～丨劇～。②戲劇中較小的段落：一幕三～。③物質存在的一種基本形式：電～丨磁～。

〈說解〉　场，土部，左右結構，形聲字。易簡化爲㐬，偏旁類推簡化。

亚‖亞
6　8

yà　丨ㄚˋ　a³〔阿〕

①差，次一等：不～於三級工丨～軍丨～熱帶。②指亞洲：～非丨～運會丨歐～。

六

〈說解〉 亚,一部,獨體結構。亚是草書楷化字,可作簡化偏旁,如:哑(啞)、恶(惡)等。

* (1)亞字舊歸二部,《漢語大字典》歸一部。(2)亞字俗又簡作亚,見元刊《雜劇》、明刊《釋厄傳》、清刊《目蓮記》等。

芎 ‖ 薌
6　14

xiāng ㄒㄧㄤ hœŋ¹〔香〕

〈古〉用來調味的香草。

【薌劇】xiāngjù ㄒㄧㄤㄐㄩˋ hœŋ¹〔香〕kɛk⁹〔屐〕流傳在臺灣、福建南部薌江一帶的地方戲,清末在臺灣形成。

〈說解〉 芎,艹部,上下結構,形聲字。鄉簡化爲乡,偏旁類推簡化。

朴 ‖ 樸
6　16

pǔ ㄆㄨˇ pok⁸〔撲〕

樸素,沒有經過修飾:～實｜～直｜～學｜簡～｜淳～｜質～｜古～。

〈說解〉 朴,木部,左右結構,形聲字。用朴做樸的簡化字是同音替代。古代在樸素義上,朴、樸二字通用。《廣韻·覺韻》:"朴,同樸。"影元鈔《通俗小說》、清刊《逸事》見。

* 朴是多音多義字,除了上面的音義之外,另有 (一) pò ㄆㄛˋ pok⁸〔撲〕朴樹。(二) pō ㄆㄛ pok⁸〔撲〕朴刀。(三) piáo ㄆㄧㄠˊ piu⁴〔嫖〕姓。這三項音義的朴本均用朴不用樸。

机 ‖ 機
6　16

jī ㄐㄧ gei¹〔基〕

①機器:～械｜～電｜主～｜拖拉～｜計算～。②飛機:～艙｜～羣｜～長｜戰鬥～｜客～。③事情變化的樞紐,重要的環節:～要｜～密｜生～｜轉～｜危～。④恰好的時機:～會｜～緣｜乘～｜良～。⑤生活的能力:～能｜～體｜有～體｜無～物。⑥能迅速適應事情變化的:～智｜～靈｜～警｜～變。

〈說解〉 机,木部,左右結構,形聲字。幾簡化爲几,偏旁類推

簡化。明刊《白袍記》《東窗記》、清刊《目蓮記》《金瓶梅》《逸事》
等習見。

权‖權
6　21
<u>quán　　ㄑㄩㄢ　kyn⁴〔拳〕</u>

①權力:~柄丨~勢丨主~丨掌~丨職~。②權利:人~丨公
民~丨選舉~丨發言~。③有利的形勢:主動~丨決定~丨制
空~。④變通:~變丨~宜丨~術丨~謀。⑤〈書〉暫且,姑且:
~且丨~做不知。⑥衡量,考慮:~衡利弊丨~其輕重。

〈說解〉　权,木部,左右結構。用符號又代替雚,权是符號替
代字。清刊《目蓮記》《金瓶梅》已見。明刊本已習以又代替雚。

过‖過
6　11
<u>guò　　ㄍㄨㄛˋ　gwɔ³〔果高去〕</u>

①從一個地點或時間移到另一個地點或時間;經過某個空間
或時間:~來丨~去丨~橋丨~年。②從甲方轉移到乙方:~
戶丨~賬。③使經過(某種處理):~濾丨~磅。④超過(某個範
圍或程度):~量丨~度丨~分丨越~丨跨~丨飛~。⑤因疏
忽而犯的錯誤:~錯丨功~丨記~丨改~丨閉門思~。⑥用在
動詞加得之後,表示勝過或通過:打得~他丨信得~他。⑦用
在動詞後,表示完畢、結束:吃~飯再去丨桃花已經開~了。⑧
用在動詞後,表示曾經發生:到~香港丨得~肺結核。

〈說解〉　过,辶旁,左下半包圍結構。过是草書楷化字,用寸
代替咼。元刊《雜劇》《太平樂府》及明清刊本習見。过可作簡化
偏旁用,如:挝(撾)。
＊⑦⑧兩項意義过讀輕聲。

协‖協
6　8
<u>xié　　ㄒㄧㄝˊ　hip⁸〔脅〕</u>

①共同:~力丨~商丨~議丨調~丨妥~。②幫助:~助丨~理。

〈說解〉　协,十部,左右結構。协是草書楷化字,用办代替三
個力(办的左右兩點各代表一個力)。

*协是十旁,不是忄旁。

压‖壓
6　17　　yā　ㄧㄚ　at⁸〔押〕

①對物體加重力:~力｜~榨｜~碎｜血~｜氣~｜液~。②使穩定,使平靜:~驚｜~咳嗽｜~住火｜~臺戲。③用强力制服:~制｜~服｜~迫｜鎮~｜欺~。④逼近:大軍~境。⑤擱置不動:案子~了一年｜積~。⑥賭博時下注:~寶(也作押寶)。

〈說解〉 压,厂部,左上包圍結構。厂内只保留土,並加上一點,就成爲压。
*壓字舊歸土部。

厌‖厭
6　14　　yàn　ㄧㄢˋ　jim³〔掩高去〕

①因過多而不喜歡:吃~了｜看~了。②憎惡:~惡｜~棄｜~倦｜~煩｜~世｜討~。③〈書〉滿足:貪得無~｜學而不~。

〈說解〉 厌,厂部,左上半包圍結構,去掉厭字的胃就成爲厌。厌字保留了原字的輪廓。清刊《逸事》中壓簡作歷,上半部厭被簡作厌,今簡化方法與之相同。

六

厍‖厙
6　9　　shè　ㄕㄜˋ　se³〔舍〕

①村莊,多用於村莊名。②姓。

〈說解〉 厍,厂部,左上半包圍結構。車簡化爲车,偏旁類推簡化。
*厍不同於庫(kù ㄎㄨˋ fu³〔富〕),少一點。

页‖頁
6　9　　yè　ㄧㄝˋ　jip⁹〔葉〕

①張(指紙):册~｜活~。②量詞。舊指書本中的一張紙,現在多指書本中一張紙的一面:~碼｜第二~。

〈説解〉 页, 頁部, 獨體結構。页是草書楷化字, 跟貝簡化爲貝方法類同。页可作簡化偏旁用, 如: 顶 (頂)、器 (嚣)、须 (須)等。

夸 ‖ 誇　　　kuā　ㄎㄨㄚ　kwa¹ 〔跨〕
6　　13

①説得超過了實際: ～大 ｜ ～口 ｜ ～張 ｜ 浮～ ｜ 虚～。②稱贊: ～奬 ｜ ～贊。

〈説解〉 夸, 大部, 上下結構, 形聲字。誇字去掉言旁就成爲夸。夸是誇的本字,《説文・大部》:"夸, 奢也。"《廣雅・釋詁一》:"夸, 大也。"現用夸做誇的簡化字是恢復古本字。
＊誇、跨、侉、垮、挎、胯等古均作夸, 簡化字只把誇簡化爲夸。夸父(追日)只用夸。

夺 ‖ 奪　　　duó　ㄉㄨㄛˊ　dyt⁹ 〔杜月切〕
6　　14

①强取: ～取 ｜ ～得 ｜ 争權～利 ｜ 掠～ ｜ 巧取豪～。②争先取得: ～魁 ｜ ～標 ｜ ～豐收。③使失去: 剝～ ｜ 褫～。④做決定: 定～ ｜ 裁～。⑤〈書〉(文字)脱漏: 訛～ ｜ 此處～二字。

〈説解〉 夺, 大部, 上下結構。奪字去掉中間的隹就成爲夺。夺字保留了原字的輪廓。清刊《逸事》已見。

达 ‖ 達　　　dá　ㄉㄚˊ　dat⁹ 〔筆低入〕
6　　12

①通: 直～ ｜ 四通八～。②到, 實現: 到～ ｜ 抵～ ｜ 欲速不～。③通曉, 明了: 通～ ｜ 明～ ｜ 通權～變。④表達: 轉～ ｜ 傳～ ｜ 表情～意。⑤指職位高、聲勢顯赫: ～官 ｜ 顯～。

〈説解〉 达, 辶部, 左下包圍結構, 形聲字。达與達古代通用。《説文・辵部》:"達, 達或從大。"《玉篇・辵部》:"达, 與達同。"今用达做達的簡化字。达可作簡化偏旁用, 如: 㳠 (㳡)、挞 (撻)等。

夹 ‖ 夾
6　7

　　(一) jiā　ㄐㄧㄚ　gap⁸〔甲〕

①從兩個相對的方面加壓力，把物體限制或固定住：～板｜～攻｜～角｜～棍｜～子。②夾在胳膊下或手指間：～着皮包｜～着一支煙。③攙雜：～雜｜簡化字～繁體字｜～在人羣中。

　　(二) jiá　ㄐㄧㄚˊ　gap⁸〔甲〕

雙層的：～被｜～衣｜～層。

〈說解〉　夹，大部，獨體結構。夹是草書楷化字，把夾字兩旁的人改成兩點就成爲夹。敦煌寫本、宋刊《祖堂集》等習見。夹可做簡化偏旁用，如：浹(浹)、陜(陝)、篋(篋)等。
　* (1) 夹 (jiā) 的第②義古又作挾，挾是夾的增旁異體字。(2) 夹 (jiá) 古又作袷、袷。(3) 夹肢窩的夹通胳，讀 gā ㄍㄚ gap⁸〔甲〕。

轨 ‖ 軌
6　9

　　guǐ　ㄍㄨㄟˇ　gwei²〔鬼〕

①車行留下的痕跡：～跡。②條形鋼鋪成的供火車、電車通行的道路：～道｜鐵～｜鋼～｜無～電車。③比喻標準、秩序等：常～｜正～｜越～。

〈說解〉　轨，車部，左右結構，形聲字。車簡化爲车，偏旁類推簡化。

尭 ‖ 堯
6　12

　　yáo　ㄧㄠˊ　jiu⁴〔搖〕

傳說中上古帝王名：～舜｜～天舜日。

〈說解〉　尭，一部，獨體結構。尭是草書楷化字，可作簡化偏旁用，如：浇(澆)、翘(翹)等。
　* 尭字上部不是戈，沒有一點。堯字舊歸土部。

划 ‖ 劃
6　　14

(一) huá　ㄏㄨㄚˊ　wak⁹〔或〕

用銳物把別的東西分開，或在表面上刻過去、擦過去：～傷｜～破｜～玻璃｜～火柴。

(二) huà　ㄏㄨㄚˋ　wak⁹〔或〕

①把整體分成幾部分：～分｜～界。②撥給：～撥｜～款｜～給。③設計：策～｜計～｜謀～｜籌～。

〈說解〉 划，刂部，左右結構，用划做劃的簡化字是同音替代。
＊划(huá)的下列意義本只用划，不能用劃：❶划船。❷划算，划得來。

迈 ‖ 邁
6　　15

mài　ㄇㄞˋ　mai⁶〔賣〕

①提起腿向前走、跨：～步｜～進｜～門坎兒。②老：老～｜年～。

〈說解〉 迈，辶部，左下半包圍結構。萬簡化爲万，偏旁類推簡化。元刊《雜劇》《三國志》、清刊《目蓮記》已見。
＊邁爲形聲字，舊歸辵部。

毕 ‖ 畢
6　　10

bì　ㄅㄧˋ　bɐt⁷〔不〕

①完了，結束：～業｜完～｜禮～。②全部，完全：～生｜鋒芒～露。③二十八宿之一。

〈說解〉 毕，十部，上下結構。把畢的上半部改成比，比表音。毕字可作簡化偏旁用，如：筚(篳)、跸(蹕)等。
＊畢字舊歸田部。

贞 ‖ 貞
6　　9

zhēn　ㄓㄣ　dziŋ¹〔晶〕

①忠於自己所看重的原則，堅定不變：忠～｜堅～。②封建禮

敎提倡的女子不失身,不改嫁的道德:~節丨~潔丨~烈丨~婦。③古代指占卜:~卜。

〈說解〉 貞,卜部或貝部,上下結構。貝簡化爲贝,偏旁類推簡化。
＊貞字舊歸貝部。

师‖師
6　　10
shī　ㄕ　si¹〔思〕

①稱某些傳授知識、技術的人:~傅丨老~丨恩~丨尊~。②學習的榜樣;前事不忘,後事之~。③掌握專門學術或技藝的人:技~丨畫~丨工程~丨廚~丨理髮~。④對僧人的尊稱:法~丨禪~。⑤由師徒、師生關係產生的:~母丨~兄丨~妹。⑥軍隊的編制單位,隸屬於軍或集團軍:~長丨軍~旅團營。⑦泛指軍隊:出~丨班~丨勞~丨回~。

〈說解〉 師,丨部或巾部,左右結構。师是草書楷化字,把自旁改爲一短豎和一撇就成爲师。跟帥(帅)簡化方法相同。敦煌寫本已多見,金刊《劉知遠》、元刊《雜劇》等習用。师可作簡化偏旁用,如:獅(狮)、篩(筛)等。
＊師字舊歸巾部。

六

当¹‖當
6　　13
(一) dāng　ㄉㄤ　dɔŋ¹〔璫〕

①相稱:相~丨門~戶對。②應該:應~丨該~。③對着,向着:~面丨~着主任說淸楚。④就在(那個時候、那個地方):~時丨~下丨~場。⑤擔任,充當:~官丨~代表丨~差。⑥承受,承當:~之無愧丨敢做敢~丨不敢~。⑦掌管,主持:~家丨~權丨~局。

(二) dàng　ㄉㄤˋ　dɔŋ³〔檔〕

①合適:得~丨恰~丨不~。②抵得上:一個人~兩個人用。③看作,當作:把他的事~自己的事丨不把人~人丨長歌~哭。④以爲,認爲:別~眞丨我還~他是北方人呢。⑤指事情發生的(時間):~年丨~天。⑥舊時用實物作抵押向當鋪借錢:~票丨典~丨~當。⑦押在當鋪裏的實物:贖~丨當~。

〈說解〉 当, 小部或彐部, 上下結構, 草書楷化字, 清刊《目蓮記》《金瓶梅》《逸事》已見。

* 當字舊歸田部。當 (dàng) ⑥⑦二義又作儅。當又是噹的簡化字, 見下。

当 ² ‖ 噹　　dāng　ㄉㄤ　dɔŋ¹〔當〕
6　　16

象聲詞, 撞擊金屬器物的聲音：～啷一聲丨叮～作響。

〈說解〉 前略見(当‖當)。噹和當音同, 當簡化爲当, 噹也隨之簡化爲当。

* 噹字舊歸口部。

尘 ‖ 塵　　chén　ㄔㄣˊ　tsɐn⁴〔陳〕
6　　14

①塵土：～垢丨～埃丨灰～丨除～器丨風～丨洗～。②指人世, 世俗：～世丨～事丨～寰丨紅～。

〈說解〉 尘, 土部或小部, 上下結構, 會意字。用新造的會意字(小土爲尘)尘做塵的簡化字, 保留了原字的造字方法和上下結構。

* 塵字也是會意字, 從鹿從土, 鹿奔生塵。

吁 ‖ 籲　　yù　ㄩˋ　jy⁶〔預〕
6　　32

爲爭取實現某種要求而呼喊：～請丨呼～。

〈說解〉 吁, 口部, 左右結構, 形聲字。吁字本讀 xū ㄒㄩ hœy¹〔虛〕, 用吁做籲的簡化字是近音替代。

* (1)吁讀 xū ㄒㄩ hœy¹〔虛〕時義爲：❶嘆氣：長～短嘆丨～嘆。❷嘆詞：氣喘～～。這種音義的吁只用吁, 不能用籲。(2)籲字舊歸竹部。

吓 ‖ 嚇
6　　17

(一) hè　ㄏㄜˋ　hak⁸〔客〕

用要挾的話或舉動威脅人：恫～｜恐～。

(二) xià　ㄒㄧㄚˋ　hak⁸〔客〕

使害怕：～唬｜～死｜～人｜驚～。

〈說解〉　吓，口部，左右結構，形聲字。把聲旁嚇改爲下就成爲吓。

虫 ‖ 蟲
6　　18

chóng　ㄔㄨㄥˊ　tsuŋ⁴〔松〕

①蟲子，昆蟲：～害｜～災｜害～｜益～｜寄生～。②〈方〉【長蟲】指蛇。③【大蟲】指老虎。

〈說解〉　虫，虫部，獨體結構，象形字。下面一筆是ㄥ不是一。虫，本音 huī　ㄏㄨㄟ　wei²〔毀〕，指毒蛇。虫很早就借作蟲，原義用虺字代替。《玉篇·虫部》："虫，此古文虺字。"《集韻·東韻》："蟲，俗作虫。"敦煌寫本、宋刊《祖堂集》、元刊《太平樂府》等習以虫代蟲。今用虫做蟲的簡化字有歷史的依據。虫可作簡化偏旁用，如：虸(蟲)。

曲 ‖ 麴
6　　17

qū　ㄑㄩ　kuk⁷〔曲〕

用曲霉和它的培養基製成的發酵物，用來釀酒和製醬：麴～｜酒～。

〈說解〉　曲，｜部或曰部，獨體結構，象形字。去掉麴字的形旁麥就成爲曲。
＊(1)除了做麴的簡化字外，曲字原有下列音義：(一) qū　ㄑㄩ　kuk⁷〔曲〕❶彎曲：～折｜～～彎彎。❷不合正理：～解｜是非～直。(二) qǔ　ㄑㄩˇ　kuk⁷〔曲〕歌曲，樂譜：～調｜樂～｜組～。以上音義的曲跟麴無關，本均作曲。(2)麴的異體有粬。麴字舊歸麥部，粬歸米部。

团¹ ‖ 團

₆　　₁₄　　　tuán　ㄊㄨㄢˊ　tyn⁴〔屯〕

①圓形的：～扇｜～城。②把東西弄成圓球形：～泥球｜～飯團子。③聚會、會合在一起：～聚｜～圓｜～結。④指按一定目的或需要組成的集體：～體｜代表～｜組～。⑤軍隊的一級編制單位，一般隸屬於師：～長｜騎兵～。⑥特指中國共產主義青年團：入～。⑦量詞，用於成圓狀的東西：一～毛綫｜一～亂蔴｜一～糟。

〈說解〉　团，口部，全包圍結構。用符號才代替聲旁專，团是符號替代字。

＊团又是糰的簡化字，見下。

团² ‖ 糰

₆　　₂₀　　　tuán　ㄊㄨㄢˊ　tyn⁴〔屯〕

做成圓球狀的食物：～子｜湯～｜飯～｜菜～。

〈說解〉　前略（見团‖團）。糰字去掉形旁米就成爲團。

吗 ‖ 嗎

₆　　₁₃　　　（一）mǎ　ㄇㄚˇ　ma¹〔媽〕

【嗎啡】　用鴉片製成的有機化合物，白色粉末，醫藥上用作鎮靜劑。

（二）·ma　·ㄇㄚ　ma¹〔媽〕　ma³〔罵〕

助詞。①用在句末表示疑問語氣：近來忙～｜你喜歡～。②用在句中停頓處，點出話題：關於這個問題～，我還不清楚｜他～，當然會去。

〈說解〉　吗，口部，左右結構，形聲字。把馬簡化爲马，偏旁類推簡化。

＊助詞嗎舊時多用麼字。

屿 ‖ 嶼
6　　16

yǔ　ㄩˇ　dzœy⁶〔罪〕

小島:島~ ｜ 沙~ ｜ 鼓浪~。

〈說解〉 屿,山部,左右結構,形聲字。與簡化爲与,偏旁類推簡化。

＊嶼,舊讀 xù ㄒㄩˋ。

岁 ‖ 歲
6　　13

suì　ㄙㄨㄟˋ　sœy³〔碎〕

①年:~月 ｜ ~暮 ｜ 舊~ ｜ 往~。②表示年齡的單位,一年爲一歲:年~ ｜ 周~ ｜ 虛~。③〈書〉年成:豐~ ｜ 歉~。

〈說解〉 岁,山部,上下結構。清刊《目蓮記》《金瓶梅》等書中簡作歩,今改止爲山。岁可作簡化偏旁用,如:哕(噦)、秽(穢)等。

＊歲字從步戌聲,舊歸止部,其異體歳、峸歸山部。

回 ‖ 迴
6　　9

huí　ㄏㄨㄟˊ　wui⁴〔回〕

曲折環繞:~環 ｜ ~旋 ｜ 迂~ ｜ 縈~ ｜ 巡~。

〈說解〉 回,口部,全包圍結構。回是迴的本字,象形,後加辶旁。現用回做迴的簡化字是恢復古本字。

＊回的下列意義傳統只用回,不能用迴:❶從別處到原來的地方:~家 ｜ 返~。❷掉轉方向:~身 ｜ ~頭。❸答復,回報:~信 ｜ ~話 ｜ ~敬。❹量詞,指事情或動作的次數:一~生,二~熟 ｜ 來了三~。❺章回小說的一個段落:百~本《水滸傳》。❻回族。以上意義的回又作囘(異體)。

岂 ‖ 豈
6　　10

qǐ　ㄑㄧˇ　hei²〔起〕

〈書〉疑問副詞,多表示反問:~有此理 ｜ ~非怪事 ｜ ~敢 ｜ ~能。

〈說解〉 岂，山部，上下結構。岂是草書楷化字，把豆改爲己就成爲岂。岂可作簡化偏旁用，如：凯(凱)、闿(闓)等。

则 ‖ 則

6　9　　　zé　ㄗㄜˊ　dzɐk⁷〔仄〕

①規範：準～｜以身作～。②制度，規則：法～｜細～｜總～｜原～｜通～。③量詞，用於分項或文字的條數：日記三～｜試題四～。④連詞：聞過～喜｜欲速～不達｜說的是一套，做的～是另一套。

〈說解〉 则，刂旁，左右結構，會意字。貝簡化爲贝，偏旁類推簡化。

刚 ‖ 剛

6　10　　　gāng　ㄍㄤ　goŋ¹〔岡〕

①硬，堅強：～强｜～勁｜～毅。②正好：～好｜～巧｜～～一脚（指鞋大小合適）。③表示行爲動作發生在不久以前：～才｜～來。④表示勉强達到的程度：～及格｜～看得見。

〈說解〉 刚，刂部，左右結構，形聲字。岡簡化爲冈，偏旁類推簡化。元刊《太平樂府》、明刊《嬌紅記》《白袍記》、清刊《目蓮記》《金瓶梅》等已見。

网 ‖ 網

6　14　　　wǎng　ㄨㄤˇ　mɔŋ⁵〔罔〕

①用綫、繩等結成的捕魚捉鳥的工具：～羅｜～綱｜漁～｜拉～。②形狀像網的東西：～巾｜～球｜電～｜蜘蛛～。③到處分布的組織或系統：公路～｜通訊～｜灌漑～｜聯絡～。④用網捕捉：～着一條大魚。

〈說解〉 网，冂部，上包下結構，象形字。网是網的本字(見《說文・网部》)，今用网做網的簡化字是恢復古本字。

*网字舊自爲部首。網字歸糸部。

钆 ‖ 釓
6　　9

gá　《ㄚ　ga¹〔加〕

金屬元素,符號 Gd,是一種稀土金屬,用做原子反應堆的結構
材料。

〈說解〉　钆,钅部,左右結構,形聲字。金簡化爲钅,偏旁類推
簡化。

钇 ‖ 釔
6　　9

yǐ　ㄧˇ　jyt⁹〔乙〕

金屬元素,符號 Y,用來製造合金和特種玻璃。

〈說解〉　钇,钅部,左右結構,形聲字。金簡化爲钅,偏旁類推
簡化。

朱 ‖ 硃
6　　11

zhū　ㄓㄨ　dzy¹〔豬〕

【朱砂】　無機化合物,紅色或棕紅色,無毒,中醫用做鎮靜劑,
外用治皮膚病,也可做顏料。又叫辰砂或丹砂。

〈說解〉　朱,木部或丿部,獨體結構,指事字。朱砂是一種紅
色礦石,後來加石旁作硃砂。今用朱做硃的簡化字是恢復古本
字。
*朱字義爲朱紅,大紅:~筆｜~門｜~漆。另又用作姓。這兩
項意義本只用朱。

迁 ‖ 遷
6　　15

qiān　ㄑㄧㄢ　tsin¹〔千〕

①移動,轉移:~居｜~怒｜~移｜搬~。②轉變,改變:變
~｜事過境~｜見異思~。

〈說解〉 迁,辶部,左下包圍結構,形聲字。迁爲遷的俗字(見《正字通‧辵部》),宋刊《列女傳》、金刊《劉知遠》、元刊《雜劇》《元典章》、明刊《釋厄傳》等習見。今用迁做遷的簡化字,把遷字的聲旁暜改爲千。迁可作簡化偏旁用,如:跹(躚)。

乔‖喬　　qiáo　ㄑㄧㄠˊ　kiu⁴〔橋〕
6　12

①高:~木。②假扮:~裝打扮。

〈說解〉 乔,丿部,獨體結構。乔是草書楷化字,《字彙補‧大部》已收,清刊《金瓶梅》已見。乔可作簡化偏旁用,如:侨(僑)、荞(蕎)等。
＊喬字舊歸口部。

伟‖偉　　wěi　ㄨㄟˇ　wɐi⁵〔韋〕
6　11

大:~大|~人|~績|雄~|宏~|魁~。

〈說解〉 伟,人部,左右結構,形聲字。韋簡化爲韦,偏旁類推簡化。

六

传‖傳　　(一) chuán　ㄔㄨㄢˊ　tsyn⁴〔全〕
6　13

①由一方交給另一方,由上代交給下代:~遞|~達|~世|遺~|祖~。②傳授:~道|~教|言~身教。③散佈:~播|~染|宣~|流~。④傳導:~電|~熱。⑤表達出:~情|~神。⑥讓有關人到案受訊問:~訊|~案犯|~票。

(二) zhuàn　ㄓㄨㄢˋ　dzyn⁶〔專低去〕

①傳記:~略|小~|自~|列~。②以歷史故事爲題材的作品:水滸~|英烈~。

〈說解〉 传,亻部,左右結構,形聲字。專簡化爲专,偏旁類推簡化。清刊《目蓮記》已見。

伛 ‖ 傴
6　13

yǔ　ㄩˇ　jy² 〔瘀〕

〈書〉脊背彎曲：～僂(腰背彎曲)。

〈說解〉 伛，亻部，左右結構，形聲字。區簡化爲区，偏旁類推簡化。

优 ‖ 優
6　17

yōu　ㄧㄡ　jɐu¹ 〔休〕

①好，美好，跟劣相對：～艮｜～秀｜～異｜～點｜～待。②舊時稱演戲的人：～伶｜名～。

〈說解〉 优，亻部，左右結構，形聲字。憂和尤音近，用尤代替憂是用音近字改換聲旁。

伤 ‖ 傷
6　13

shāng　ㄕㄤ　sœŋ¹ 〔雙〕

①身體受到的損害：～痕｜～勢｜～痛｜～口｜養～｜重～｜槍～。②損害：～害｜～筋動骨｜～感情｜～風敗俗｜勞民～財。③悲哀：～心｜～感｜悲～｜憂～。④因過度而感到厭煩：～食｜帶小孩帶～了。

〈說解〉 伤，亻部，左右結構。把昜改爲力，改換部分偏旁。影元鈔本《通俗小説》已見。
＊昜旁簡化爲㐫，㐫是可類推的簡化偏旁，只有傷字例外，不能簡化爲㐫。

伥 ‖ 倀
6　10

chāng　ㄔㄤ　tsœŋ¹ 〔昌〕

傳説中被老虎咬死的人變成的鬼，這種鬼反過來給老虎做幫兇危害他人：～鬼｜爲虎作～。

〈說解〉 伥，亻部，左右結構，形聲字。長簡化爲长，偏旁類推簡化。

价 ‖ 價
6 / 15   jià ㄐㄧㄚˋ ga³〔嫁〕

①價格，價錢：～碼｜～目｜定～｜物～｜降～。②價值：等～交換。

〈說解〉价，亻部，左右結構，形聲字。價本讀 jiè ㄐㄧㄝˋ gai³〔戒〕，《說文·人部》："价，善也。"此義後來稱被派遣送東西或傳達事情的人，現在已不用。用价做價的簡化字是近音替代（二字聲母相同）。

＊繁體字價右邊的買不能簡化爲貫。只有姓賈的賈才能簡化爲贾。

伦 ‖ 倫
6 / 10   lún ㄌㄨㄣˊ lœn⁴〔侖〕

①人倫：～常｜天～｜亂～。②次序，條理：語無～次。③同類，同等：不～不類｜人才絕～｜無以～比。

〈說解〉伦，亻部，左右結構，形聲字。侖簡化爲仑，偏旁類推簡化。

伧 ‖ 傖
6 / 12   （一）cāng ㄘㄤ tsɔŋ¹〔倉〕

粗野：～俗｜～人。

（二）·chen ·ㄔㄣ tsɐm²〔寢〕

【寒傖】①醜陋，難看：長得～｜這身打扮真～死了。②丟臉，不光彩：又没考上大學，多～。③揭人短，使人丟臉：你別～他了｜叫人家～了一頓。

〈說解〉伧，亻部，左右結構，形聲字。倉簡化爲仓，偏旁類推簡化。

华 ‖ 華
6 / 10   （一）huá ㄏㄨㄚˊ wa⁴〔蛙低平〕

①中華民族或中國的簡稱：～人｜～僑｜～夏｜～語｜中～。②光彩：～麗｜～美｜～燈｜光～。③繁盛：～而不實｜繁

~｜榮~。④奢侈:浮~｜奢~。⑤精華:才~｜英~。⑥〈書〉
敬辭,用於跟對方有關的事物:~誕｜~翰(稱人書信)｜~宗
(稱人同姓)。

(二) huà　ㄏㄨㄚˋ　wa⁶〔話〕

①姓:~佗。②山名:~山。

〈說解〉 华,十部,上下結構,形聲字。华,從十化聲,化與華音
同或音近,华保留了原字的大體輪廓。华可作簡化偏旁用,如:
哗(嘩)、骅(驊)等。
＊華字舊歸艸部。

伙 ‖ 夥
6　　14

huǒ　ㄏㄨㄛˇ　fo²〔火〕

①由同伴組成的集體:團~｜幫~｜入~｜散~。②同伴:~
伴｜同~。③量詞:一~人｜三個一羣,五個一~。④聯合,共
同:~同｜~辦。

〈說解〉 伙,亻部,左右結構,形聲字。夥的本義是多,引申出
夥伴、合夥等義;伙是火的分化字,古代兵制十人爲一火,火長
管炊事,因稱同一火的人爲火伴,後寫作伙伴。上面②③兩項
義伙夥二字可通用。現在用伙做夥的簡化字,不僅語音相同,
而且意義也相近。
＊(1)傳統①④兩項義用夥字,②③兩項義寫夥寫伙都可以。
(2)伙食、家伙等只用伙。(3)夥表示多的意義今仍用夥,不能
用伙,如:成果甚夥｜收益甚夥。夥字歸夕部。

伪 ‖ 僞
6　　14

wěi　ㄨㄟˇ　ŋɐi⁶〔藝〕

①假,跟真相對:~鈔｜~善｜~書｜~君子。②不合法的:~
滿｜~政權｜~組織。

〈說解〉 伪,亻部,左右結構,形聲字。爲簡化爲为,偏旁類推
簡化。

向‖嚮 xiàng ㄒㄧㄤˋ hœŋ³〔向〕
6 17

①對着,跟背相對:～北｜～隅｜～往｜相～而行。②引領:～導。③〈書〉以往,從前:～日｜～者｜～例。

〈説解〉 向,丿部或口部,半包圍結構,會意字。嚮和向古可互用,如《國語·魯語下》:“莫不嚮義。”《補音》:“嚮又作向。”嚮簡化爲向有歷史根據。
＊(1)向的下列意義舊只能用向:❶方向;❷偏向;❸向來;❹介詞,表示動作的方向:～東走。(2)嚮字舊歸口部。

后‖後 hòu ㄏㄡˋ hɐu⁶
6 9

①在背面的,指空間,跟前相對:～門｜～面｜步人～塵｜前～照應。②未來的,較晚的,指時間,跟前或先相對:～天｜～人｜～期｜今～｜此～。③次序靠近末尾的:～排｜～漢｜爭先恐～。④指子孫等後代人:劉備是漢中山靖王之～｜無～。

〈説解〉 后,丿部或口部,左上半包圍結構,會意字。后與後音同,用后做後的簡化字是同音替代。元刊《雜劇》、明刊《釋厄傳》《嬌紅記》《白袍記》、清刊《目蓮記》《金瓶梅》《逸事》等書並見。
＊(1)后本指❶君王的妻子:～妃｜皇～。❷古代稱君主:商之先～。這兩個意義舊只用后,不能用後。(2)後字舊歸彳部。

会‖會 (一) huì ㄏㄨㄟˋ wui⁶〔匯〕
wui²〔煨高上〕 wui⁵〔匯低入〕
6 13

①聚合在一起:～合｜～餐｜～演｜～診｜聚～。②集會:～議｜開～｜廟～｜宴～｜代表～。③某些團體或組織:～社｜～員｜～刊｜工～｜學～｜理事～。④見面:～晤｜～客｜約～｜拜～｜再～。⑤主要的城市:省～｜都～。⑥時機:機～｜適逢其～。⑦理解,懂得:理～｜體～｜誤～｜心領神～。⑧能夠,指有某方面的能力:～幾國外語｜～彈鋼琴｜～開飛機。⑨表示有可能實現:他～有辦法的｜不～不來。⑩付錢:～賬｜～過了。

（二）kuài ㄎㄨㄞ kui²〔繪〕 wui⁶〔匯〕（俗）

總計：～計。

〈說解〉 会，人部，上下結構。会是草書楷化字，把會字人以下改爲云。明刊《白袍記》《東窗記》、清刊《目蓮記》《金瓶梅》《逸事》等並見。

* 會字舊歸曰部。

杀 ‖ 殺
6　　10　　　　shā ㄕㄚ sat⁸〔煞〕

①弄死：～豬｜～敵｜～害｜自～｜屠～｜謀～。②戰鬥：～出重圍。③削弱，消除：～暑氣｜～威風｜拿孩子～氣。④用在動詞後面，表示程度深：氣～｜笑～｜恨～人。⑤收束：～尾｜～褲腿。⑥藥物等刺激皮膚或黏膜而引起的疼痛感：擦上酒精傷口～得慌｜眼藥水～眼睛。

〈說解〉 杀，木部，上下結構。去掉殺字的右半邊就成爲杀。《五經文字・殳部》：“杀，古殺字”。元刊《雜劇》《元典章》、明刊《嬌紅記》、清刊《目蓮記》等已習用。杀可作簡化偏旁用，如：铩(鎩)。

* 殺字舊歸殳部。

六

合 ‖ 閤
6　　14　　　　hé ㄏㄜˊ hap⁹〔合〕

全，滿：～家｜～府｜～村。

〈說解〉 合，人部或口部，上下結構，會意字。閤字去掉門旁就是合。

* 閤只在全、滿義上跟合字通用，舊可用閤，也可用合。但是，合的其它意義如合攏、結合、符合、折合等跟閤字無關，只能用合。

众 ‖ 衆
6　　12　　　　zhòng ㄓㄨㄥˋ dzuŋ³〔種〕

①很多：～多｜～人｜～說紛紜｜寡不敵～。②很多人：～望

所歸｜～所周知｜羣～｜大～｜民～｜出～。

〈說解〉 众，人部，品字結構，會意字。《説文・人部》："三人爲众。"《正字通》："众爲眾本字。"用众做衆的簡化字是恢復古本字，元刊《雜劇》已見。

* 衆字舊字體爲眾，歸目部，《漢語大字典》歸血部。

爷 ‖ 爺
6   12
yé ｜ㄝˊ jɛ⁴〔耶〕

①祖父：～～奶奶。②〈方〉父親：～娘。③對男性長輩或年長者的尊稱：舅～｜大～｜二～。④舊時對官吏、財主等人的稱呼：縣太～｜老～。⑤迷信的人對某些神的稱呼：土地～｜財神～｜竈王～｜閻王～｜佛～。

〈說解〉 爷，父部，上下結構。爺字是形聲字，去掉聲旁耶左邊的耳，並把右邊的阝改爲卩，就成爲爷，爷爲新造形聲字。清刊《目蓮記》《金瓶梅》已見。

伞 ‖ 傘
6   12
sǎn ㄙㄢˇ san³〔汕〕

①擋雨、遮太陽的用具，可開可收：雨～｜旱～｜折叠～｜打～。②像傘樣的東西：～兵｜降落～｜跳～。

〈說解〉 伞，人部，上下結構，象形字。把傘字人下面的四個人改爲一點一撇就成爲伞。伞字保留了原字的輪廓。

创 ‖ 創
6   12

（一）chuāng ㄔㄨㄤ tsɔŋ¹〔瘡〕

①傷：～傷｜～口｜～痕｜～面。②殺傷：重～。

（二）chuàng ㄔㄨㄤˋ tsɔŋ³〔廠高去〕

初次做，開始做：～辦｜～建｜～見｜～作｜開～｜獨～｜新～｜首～。

〈說解〉 创，刂部，左右結構，形聲字。倉簡化爲仓，偏旁類推簡化。

* 創的第二項音義舊又作剏、剙。

杂 ‖ 雜
6　　18　　　　zá　　ㄗㄚˊ　dzap⁹〔習〕

①多種多樣的，不純的：～草 ｜ ～費 ｜ ～居 ｜ 複～ ｜ 閒～ ｜ 龐～。②摻入，混合：攙～ ｜ 混～ ｜ 夾～。

〈說解〉 杂，木部，上下結構。雜字去掉隹旁，並把杂旁上部改爲九，就成爲杂。清刊《目蓮記》簡作杂，俗書卒作卆。故杂可簡作杂。

* 雜字舊歸隹部。

负 ‖ 負
6　　9　　　　fù　　ㄈㄨˋ　fu⁶〔父〕

①用背部承重：～重 ｜ ～薪 ｜ 如釋重～。②承擔，擔當：～擔 ｜ ～責 ｜ 擔～ ｜ 肩。③〈書〉依仗，依靠：～隅 ｜ ～險固守。④遭受：～屈 ｜ ～傷。⑤享有：～有盛名。⑥虧欠：～債。⑦違背：～約 ｜ ～心 ｜ 忘恩～義。⑧輸，失敗：勝～乃兵家常事。⑨小於零的：～數 ｜ ～號 ｜ ～效應。⑩得到電子的（跟正相對）：～極 ｜ ～電。

〈說解〉 负，貝部或刀部，會意字。貝簡化爲贝，偏旁類推簡化。

犷 ‖ 獷
6　　17　　　　guǎng　　ㄍㄨㄤˇ　gwɔŋ²〔廣〕

粗魯、豪放：～悍 ｜ 粗～。

〈說解〉 犷，犭旁，左右結構，形聲字。廣簡化爲广，偏旁類推簡化。

* 犷不讀 kuàng ㄎㄨㄤˋ。

犸 ‖ 獁
6　13

| mǎ | ㄇㄚˇ | ma⁵ 〔馬〕 |

【猛犸】 古代哺乳動物,形狀像象,全身有長毛,已絕種。

〈說解〉 犸,犭旁,左右結構,形聲字。馬簡化爲马,偏旁類推簡化。

凫 ‖ 鳬
6　12

| fú | ㄈㄨˊ | fu⁴ 〔扶〕 |

野鴨。

〈說解〉 凫,几部,上下結構,形聲字。鳥簡化爲鸟,偏旁類推簡化,再去掉鸟下面的一橫就成爲凫。
＊鳬字舊歸鳥部。

邬 ‖ 鄔
6　11

| wū | ㄨ | wu¹ 〔烏〕 |

姓。

〈說解〉 邬,阝部,左右結構,形聲字。烏簡化爲乌,偏旁類推簡化。

饦 ‖ 飥
6　11

| tuō | ㄊㄨㄛ | tɔk⁸ 〔托〕 |

【餺飥】 bótuō 古代一種麵食。

〈說解〉 饦,饣部,左右結構,形聲字。飠簡化爲饣,偏旁類推簡化。

饧 ‖ 餳
6　17

| xíng | ㄒㄧㄥˊ | tsiŋ⁴ 〔情〕 |

①糖稀。②糖塊、麵劑子等變軟:糖～了｜麵～了。

〈說解〉　伆，亻部，左右結構，形聲字。亀簡化爲亻，昜簡化爲
昜，偏旁類推簡化。

壯‖壯
6　7

zhuàng　　ㄓㄨㄤˋ　dzœŋ³〔葬〕

①强健：～健｜～實｜粗～｜苗～｜身强力～。②雄偉，氣魄
大：～烈｜～觀｜～麗｜悲～｜雄心～志｜豪言～語。③增
强，使變得强大、雄偉：～膽｜～聲勢｜以～行色。④壯族。舊
作僮族。

〈說解〉　壯，士部，左右結構，形聲字。把爿簡化爲丬就成爲
壯。金刊《劉知遠》、元刊《三國志》、清刊《金瓶梅》《逸事》並見。
＊壯字右部是士不是土。壯字也歸士部。

冲‖衝
6　15

（一）chōng　ㄔㄨㄥ　tsuŋ¹〔充〕

①交通要道：要～｜首當其～。②快速向前闖，突破障礙：～出
包圍｜～鋒｜～刺｜横～直撞｜氣～霄漢。③猛撞，抵觸：～
撞｜～突｜～犯。④天文學名詞。指火星、木星或土星運行到
跟地球、太陽成一條直綫，地球正處於其他行星與太陽之間的
位置時，叫做冲。

（二）chòng　ㄔㄨㄥˋ　tsuŋ³〔充高去〕

①對着：～北｜～着他說。②根據：～他這麼一說，這事兒準能
辦成｜～你這刻苦勁兒，沒有學不會的。③猛烈，力量大：酒味
兒～｜說話～｜幹活～｜水流得眞～。④衝壓：～牀｜～模。

〈說解〉　冲，氵部，左右結構，形聲字。冲衝二字音同，文獻中
有時通用，用冲做衝的簡化字是同音替代。
＊(1)冲(chōng)字以下各義舊只用冲：❶用液體澆：～茶｜～
洗。❷直上：怒氣～天。❸淡泊：～淡。❹〈古〉幼小：～齡｜～
幼。(2)冲本作沖，冲是沖的俗字(見《玉篇·氵部》)，現在以冲
爲正字，沖爲異體。

六

妆 ‖ 妝
6　　7

zhuāng　　ㄓㄨㄤ　dzɔŋ¹〔莊〕

①打扮，修飾：～扮｜梳～｜化～｜素～｜盛～。②女子或演員身上頭上的裝飾或飾物：卸～｜上～。③嫁妝：～奩。

〈說解〉　妝，女部，左右結構，形聲字。把丬改爲爿就成爲妝。敦煌寫本、宋元以來的刊本中習見爿旁簡作丬。
＊妝的異體有粧，妝歸女部，粧歸米部。

庄 ‖ 莊
6　　10

zhuāng　　ㄓㄨㄤ　dzɔŋ¹〔裝〕

①村落：～戶｜農～｜村～。②封建社會裏君主、貴族、地主等佔有的成片土地：～園｜皇～｜田～。③規模較大或做批發生意的商店：茶～｜錢～｜布～｜飯～。④某些牌戲或賭博中每一局的主持人：輪流做～｜是誰的～。⑤嚴肅，穩重：～嚴｜～重｜端～。

〈說解〉　庄，广部，左上半包圍結構，形聲字。《干祿字書》說庄是莊的俗字，金刊《劉知遠》莊、庄並見，《元典章》庄、庄並見，今以庄爲簡化字。
＊莊字舊歸艸部。

庆 ‖ 慶
6　　15

qìng　　ㄑㄧㄥˋ　hiŋ³〔興高去〕

①祝賀：～祝｜～賀｜～功｜喜～｜歡～｜普天同～。②值得祝賀的周年紀念日：國～｜校～｜廠～。

〈說解〉　庆，广部，左上包圍結構。庆是草書楷化字，把慶字被包圍的部分改爲大。
＊(1)庆字广下是大不是犬。(2)慶舊歸心部，《漢語大字典》歸广部。

刘 ‖ 劉
6　　15

liú　　ㄌㄧㄨ　lɐu⁴〔流〕

姓。

〈說解〉 刘，刂旁，左右結構。用文代替劉的左半部，刘是符號替代字。金刊《劉知遠》、元刊《雜劇》以及明清諸刊本中習見。刘可作簡化偏旁用，如：浏(瀏)。

＊刘字左半部爲文，三劃。劉字舊歸刀部。

齐 ‖ 齊
6　14　　　qí　ㄑㄧ　tsʮi⁴〔妻低平〕

①整齊：書擺得～｜參差不～。②達到同樣的高度：河水～腰深｜樹～了院牆。③同樣，一致，同時：～名｜心～｜～唱｜～步走。④完備，全：～備｜～全｜到～。

〈說解〉 齐，亠部，上下結構。齐是草書楷化字，金刊《劉知遠》、宋刊《取經詩話》已見。元明刊本中多作齐(如《三國志》《釋厄傳》等)，今簡去二橫。齐可作簡化偏旁用，如荠(薺)、剂(劑)等。

＊齊字舊自爲部首。

产 ‖ 産
6　11　　　chǎn　彳ㄢ　tsan²〔燦高去〕

①人或動物生子：～婦｜～兒｜～卵｜臨～｜流～。②創造物質或精神財富：～品｜～值｜～銷｜生～｜出～｜增～。③產品，物產：礦～｜水～｜土～｜特～。④產業：～權｜財～｜資～｜遺～。

〈說解〉 产，亠部或立部，獨體結構。産字去掉下部的生就成爲产。产保留了原字的輪廓。产可作簡化偏旁用，如：铲(鏟)、萨(薩)等。

＊産字舊歸生部。

闭 ‖ 閉
6　11　　　bì　ㄅㄧ　bʮi³〔蔽〕

①關，合：～關｜～合｜～門｜～目｜關～｜封～｜禁～。②堵塞不通：～塞｜～氣。

〈說解〉 闭，门部，上包下結構，會意字。門簡化爲门，偏旁類推簡化。闭，敦煌寫本、清刊《金瓶梅》習見。

六

问 ‖ 問　　　wèn　ㄨㄣˋ　mɐn⁶〔紊〕
6　11

①有不知道或不明白的事請人回答：～詢｜～答｜提～｜疑
～。②為表示關切向人詢問，慰問：～候｜～好｜～安。③審訊，
追究：～案｜審～｜脅從不～。④管，干預：不聞不～｜過～。
⑤向(他人要東西)：我～他借了幾本書｜孩子～我要錢花。

〈說解〉　问，口部或门部，半包圍結構，形聲字。門簡化爲门，
偏旁類推簡化。敦煌寫本、金刊《劉知遠》等習見。

闯 ‖ 闖　　　chuǎng　ㄔㄨㄤˇ　tsɐŋ²〔廠〕
6　18

①猛力向前衝：～將｜～勁｜橫衝直～。②指離家在外謀生、
磨練：～練｜～蕩｜～江湖。

〈說解〉　闯，门部或馬部，半包圍結構，會意字。門簡化爲门，
馬簡化爲马，偏旁類推簡化。

关 ‖ 關　　　guān　ㄍㄨㄢ　gwan¹〔鰥〕
6　19

①閉，合攏：～門｜～閉。②古代在邊境或其它重要的出入地
設置的守衛處所：～口｜～卡｜～防｜邊～｜城～｜海～。
③重要的環節、時機，不易對付的難點：難～｜總算過了這一
～。④起轉折、聯係作用的部分：～節｜～鍵｜機～。⑤牽連，
涉及：～心｜至～重要｜有～方面。

〈說解〉　关，八部，上下結構。《玉篇‧門部》說関是關的俗
體，宋刊《祖堂集》《列女傳》以及元明清刊本中関字習見。現在
再去掉門旁，用关做關的簡化字。
＊關字舊歸門部。

灯 ‖ 燈　　　dēng　ㄉㄥ　dɐŋ¹〔登〕
6　16

①照明或做其它用途的發光器具：～光｜～芯｜～油｜油

～｜電～｜霓虹～。②用液體或氣體做燃料的加熱器具：酒精～｜本生～。③指收音機或電視機裏的電子管：五～收音機｜電視沒有壞，怎麼～不亮。

〈說解〉 灯，火部，左右結構，形聲字。把登換成丁就成爲灯。《正字通·火部》："灯，俗燈字。"金刊《劉知遠》《俗字譜》元明清諸書並見。

＊灯字本讀 dīng ㄉㄧㄥ（《集韻·青韻》當經切），原義爲火或火烈（見《玉篇》《類篇》），後被借作燈的俗字。

汤‖湯

6 12

tāng ㄊㄤ tɔŋ[1]〔倘高平〕

①熱水，開水：揚～止沸｜赴～蹈火｜溫～浸種。②食物煮後所得的汁水：～藥｜米～｜肉～。③烹調後汁水多的副食：菠菜～｜豆腐～。

〈說解〉 汤，氵部，左右結構，形聲字。昜簡化爲𠃓，偏旁類推簡化。

忏‖懺

6 20

chàn ㄔㄢˋ tsam[3]〔杉〕

①悔過：～悔。②過去僧尼道士替人懺悔時唸的經文：拜～。

〈說解〉 忏，忄部，左右結構，形聲字。把原字的聲旁（懺的右半部）改爲千就成爲忏。

＊跟懺簡化爲忏情況相同的有殲（歼）、纖（纤）。但籤簡化爲签，不可類推爲⺮下加千。

兴‖興

6 16

（一）xīng ㄒㄧㄥ hiŋ[1]〔兄〕

①盛，流行：～盛｜～衰｜復～｜時～｜作～。②發動，創辦：～辦｜～工｜～修｜～師動衆｜～利除弊。③起來：～起｜晨～夜寐。④旺盛：～旺｜～盛｜～奮｜振～。⑤〈方〉准許：不～說謊｜不～罵人。

(二) xìng ㄒㄧㄥˋ hiŋ³〔慶〕

興致,興趣:～味｜～頭｜～高彩烈｜高～｜雅～｜盡～｜掃～。

〈說解〉 兴,八部,上下結構。兴是草書楷化字,上部是兩點一撇。敦煌寫本已見。
* 興字舊歸臼部,《漢語大字典》改歸八部。

军 ‖ 軍
6　9

jūn ㄐㄩㄣ gwən¹〔君〕

①有武裝的組織:～隊｜～事｜陸～｜參～｜擁～。②軍隊的編制單位,師的上級:～長｜兩個～。③泛指有組織的集體:勞動大～｜產業大～。

〈說解〉 军,冖部或车部,上下結構。會意字。車簡化爲车,偏旁類推簡化。
* 軍字舊歸車部,《漢語大字典》改歸冖部。

农 ‖ 農
6　13

nóng ㄋㄨㄥˊ nuŋ⁴〔濃〕

①種莊稼方面的生產活動:～業｜～田｜～具｜務～。②從事農業生產的人:～民｜～夫｜～會｜老～｜棉～｜佃～。

〈說解〉 农,冖部,獨體結構。农是草書楷化字。
* 農的古文爲蕽,農、蕽舊歸辰部。

讴 ‖ 謳
6　18

ōu ㄡ ɐu¹〔歐〕

①歌唱:～歌。②〈書〉民歌:吳～｜越～。

〈說解〉 讴,讠部,左右結構,形聲字。言簡化爲讠,區簡化爲区,偏旁類推簡化。

讲 ‖ 講
6　17

　jiǎng　ㄐㄧㄤˇ　gɔŋ² 〔港〕

①說：～話｜～演｜演～｜宣～。②解釋：～義｜～學｜～理｜這個詞有幾種～法。③商議：～價錢。④注重，倡導，追求：衛生｜～團結｜～效益｜～吃穿。⑤論，就某方面說：～人品他不如你。

〈說解〉 讲，讠部，左右結構，形聲字。言簡化爲讠(偏旁類推簡化)，冓改爲井，就成爲讲。講字漢隸《武榮碑》作講，現在據漢隸再簡去右上部的㐄。

讳 ‖ 諱
6　16

　huì　ㄏㄨㄟˋ　wɐi⁵ 〔偉〕

①有所顧忌而不敢說、不願說：～言｜忌～｜隱～｜直言不～。②忌諱的事情：犯了他的～｜別犯～。③舊指帝王或尊長的名字：聖～｜名～｜避～。

〈說解〉 讳，讠部，左右結構，形聲字。言簡化爲讠，韋簡化爲韦，偏旁類推簡化。

讵 ‖ 詎
6　11

　jù　ㄐㄩˋ　gœy⁶ 〔巨〕

〈書〉豈，表示反問：～可｜～料。

〈說解〉 讵，讠部，左右結構，形聲字。言簡化爲讠，偏旁類推簡化。

讶 ‖ 訝
6　11

　yà　ㄧㄚˋ　ŋa⁶ 〔訝〕

驚奇，奇怪：驚～。

〈說解〉 讶，讠部，左右結構，形聲字。言簡化爲讠，偏旁類推簡化。

六

讷‖訥
6　11

| nè | 3ㄜˋ | nœt⁹〔拿術切〕 | nap⁹〔納〕(又) |

〈書〉說話遲鈍：口～｜木～｜～～不出於口。

〈說解〉 讷，讠部，左右結構，形聲字。訥簡化爲讠，偏旁類推簡化。

许‖許
6　11

| xǔ | Tㄩˇ | hœy²〔翔〕 |

①稱讚：稱～｜讚～｜推～。②答應（別人的要求或爲人做事）：～願｜～婚｜以身～國。③同意，允許：准～｜不～。④或者，可能（表示推測）：～是｜或～｜也～。⑤表示程度：～多｜～久｜少～｜些～。⑥〈書〉處，地方：何～人？

〈說解〉 许，讠部，左右結構。形聲字。訥簡化爲讠，偏旁類推簡化。

讹‖訛
6　11

| é | ㄜˊ | ŋɔ⁴〔俄〕 |

①錯誤：～傳｜～誤｜～字｜以～傳～。②敲詐勒索：～詐｜～人錢財。

〈說解〉 讹，讠部，左右結構，形聲字。訥簡化爲讠，偏旁類推簡化。
＊訛的異體爲譌。

䜣‖訢
6　11

| （一）xīn | Tㄧㄣ | jɐn¹〔因〕 |

欣的異體字。

| （二）yín | ㄧㄣˊ |

【䜣䜣】〈書〉恭敬、謹慎的樣子：僮僕～如也。

〈說解〉 䜣，讠部，左右結構，形聲字。訢簡化爲讠，偏旁類推簡化。
＊《第一批異體字整理表》把訢作爲欣的異體字。《簡化字總

表〉恢復讦爲正字。

论 ‖ 論

6　　15

(一) lùn　ㄌㄨㄣˋ　lœn⁶〔吝〕

①分析、說明事理：～述｜～爭｜～文｜議～｜討～｜辯～。
②分析說明事理的話或文章：文～｜言～｜謬～｜輿～。③學
說：唯物～｜信息～｜方法～。④評定：～功行賞｜～罪以
貪污～處。⑤看待，對待：一概而～｜相提並～｜以瀆職～。
⑥按某種標準或類別：～天｜～件｜～斤賣｜～寫詩，還是他
高明。

(二) lún　ㄌㄨㄣˊ　lœn⁴〔倫〕

論語。古書名，內容爲記錄孔子和他的門徒的言行：上～｜
下～。

〈說解〉 论，讠部，左右結構，形聲字。言簡化爲讠，侖簡化爲
仑，偏旁類推簡化。元鈔影刊本《通俗小說》已見。

讻 ‖ 訩

6　　11

xiōng　ㄒㄩㄥ　huŋ¹〔空〕

〈書〉爭論。
【讻讻】形容爭吵聲或紛擾的樣子：議論～｜天下～。

〈說解〉 讻，讠部，左右結構，形聲字。言簡化爲讠，偏旁類推
簡化。
＊訩的異體爲詾、哅。

讼 ‖ 訟

6　　11

sòng　ㄙㄨㄥˋ　dzuŋ⁶〔頌〕

①打官司：～棍｜訴～。②爭辯是非：爭～｜聚～。

〈說解〉 讼，讠部，左右結構，形聲字。言簡化爲讠，偏旁類推
簡化。

讽 ‖ 諷
6　　16

fēng　ㄈㄥ　fuŋ³〔風高去〕

①用含蓄的話指責或勸告：～喻｜～諫｜嘲～｜譏～｜借古～今。②〈書〉誦讀：～誦。

〈說解〉 讽，讠部，左右結構，形聲字。言簡化爲讠，偏旁類推簡化。

设 ‖ 設
6　　11

shè　ㄕㄜˋ　tsit⁸〔徹〕

①布置，安排：～防｜～宴｜～置｜擺～｜架～｜陳～。②籌劃：～謀｜～計｜～圈套。③假設：～想｜～身處地。④〈書〉如果，假如：～若｜～使｜～或。

〈說解〉 设，讠部，左右結構，形聲字。言簡化爲讠，偏旁類推簡化。清刊《目連記》已見。

访 ‖ 訪
6　　11

fǎng　ㄈㄤˇ　foŋ²〔紡〕

①到他人處看望、探詢：～問｜～談｜～友｜拜～｜造～。②調查，尋求：～查｜～求｜～書｜探～｜查～｜私～。

〈說解〉 访，讠部，左右結構，形聲字。言簡化爲讠，偏旁類推簡化。

诀 ‖ 訣
6　　11

jué　ㄐㄩㄝˊ　kyt⁸〔決〕

①就事物的主要內容編成的順口詞句：口～｜歌～。②關鍵性的方法：～竅｜～要｜妙～｜秘～。③分別：～別｜永～。

〈說解〉 诀，讠部，左右結構，形聲字。言簡化爲讠，偏旁類推簡化。

寻 ‖ 尋
6　12

xún　ㄒㄩㄣˊ　tsɐm⁴〔沉〕

①找，搜求：～找｜～求｜～訪｜～味｜找～｜追～。②古代八尺爲尋，倍尋爲常。尋、常都是一般長度單位，後尋常引申爲平常義。

〈說解〉 寻，寸部或彐部，上下結構。尋字去掉中間的工和口就成爲寻，寻保留了原字的輪廓。寻可作簡化偏旁用，如浔(潯)、荨(蕁)等。

＊寻、尋字都歸寸部。

尽¹ ‖ 盡
6　14

jìn　ㄐㄧㄣˋ　dzœn⁶〔進低去〕

①完：窮～｜彈～糧絕｜苦～甘來｜無窮無～。②達到極端：～善～美｜山窮水～。③全部用出：～力｜～忠｜人～其才，物～其用。④用力完成：～職｜～責任。⑤全，所有的：～人皆知｜～數沒收｜前功～棄。

〈說解〉 尽，尸部或尺部，上下結構。尽是草書楷化字，敦煌寫本、金刊《劉知遠》及《俗字譜》諸書並見。《字彙》："尽，俗盡字。"尽可作簡化偏旁用，如荩(藎)、烬(燼)等。

＊(1)盡字舊歸皿部。(2)尽又是儘(jǐn ㄐㄧㄣˇ〔准〕)的簡化字，見下。

尽² ‖ 儘
6　16

jǐn　ㄐㄧㄣˇ　dzœn²〔准〕

①最，極：～西邊｜～東頭。②力求達到最大限度：～早｜～量｜～可能。③讓某些人或事物在最先：～着小孩吃｜先～舊的衣服穿。④【儘自】老是，總是：～颳風｜別～埋怨了。⑤【儘管】即使：～不願意也得去。只管：有事～找我，不要緊。

〈說解〉 前略（見尽‖盡）。儘是從盡分化出來的，簡化字又把它歸併回盡，簡化作尽。

＊儘字舊歸人部。

异 ‖ 異　　　yì　ㄧˋ　ji⁶〔二〕
6　11

①不同,有分別:～己|～議|～口同聲|大同小～。②奇特的:～香|～彩|～想天開|特～|奇～。③驚奇:驚～|詫～。④另外的,別的:～日|～地|～族|～性。⑤分開:離～|同居～爨。

〈說解〉 异,艹部或巳部,上下結構,形聲字。异字上部是巳不是己。异是異的異體字,舊多用異,簡化字只用异。
＊異字舊歸田部。

导 ‖ 導　　　dǎo　ㄉㄠˇ　dou⁶〔杜〕
6　15

①引,領:～航|～遊|引～|領～|倡～。②傳送:～熱|～電|傳～|半～體。③指示教育:開～|教～|指～|～師。

〈說解〉　导,寸部或巳部,上下結構。导是草書楷化字,把上部的道改爲巳。

六

孙 ‖ 孫　　　sūn　ㄙㄨㄣ　syn¹〔酸〕
6　10

①兒子的子女:～子|～女|子～|長～。②跟孫子同輩的親屬:侄～|外～。③孫子以後的各代親屬:重～|曾～|玄～。④植物再生或孳生的:稻～|竹～。

〈說解〉　孙,子部,左右結構。孙是草書楷化字,把右半部的系改爲小。孙可作簡化偏旁用,如遜(遜)、蓀(蓀)等。

阵 ‖ 陣　　　zhèn　ㄓㄣ　dzɐn⁶〔振低去〕
6　9

①古代戰術用語,指作戰隊伍的行列或組合方式:～法|～勢|長蛇～|迷魂～。②戰場:～地|～營|衝鋒陷～。③一段時間:這一～子|休息了一～兒。④量詞,表示事情或動作經過的段落:～雨|一～風|一～掌聲。

〈說解〉 阵，阝部，左右結構，會意字。車簡化爲车，偏旁類推簡化。

*陣字舊歸阜部。

阳 ‖ 陽　　　yáng　丨尢´ jœŋ⁴〔羊〕
6　　11

①太陽，日光：～光丨～傘丨朝～丨向～。②山的南面，水的北面：衡～丨洛～。③露在外面的：～溝丨～奉陰違。④有關活人的或人世的：～間丨～壽。⑤古代哲學認爲宇宙間的一切事物中兩大對立面之一（跟陰相對）：陰～。⑥帶正電的：～極丨～電。

〈說解〉 阳，阝部，左右結構，會意字。《字彙補·阜部》冼注："《道藏》有阳字，與陽同。"明刊《釋厄傳》《白袍記》、清刊《目蓮記》《逸事》等習見。

*陽字舊歸阜部。

阶 ‖ 階　　　jiē　ㄐㄧㄝ gai¹〔佳〕
6　　11

①臺階：～段丨～級丨～梯丨～下囚。②等級：官～丨音～。

〈說解〉 阶，阝部，左右結構，形聲字。聲旁介與皆音近，用介代替皆就成爲阶。

*階的異體爲堦。階歸阜部，堦歸土部。

阴 ‖ 陰　　　yīn　丨ㄣ jɐm¹〔音〕
6　　10

①月亮：～曆丨太～。②天空被雲遮住：～天丨～雨連綿。③不見陽光的地方：～面丨樹～丨背～。④山的北面，水的南面：華～丨江～。⑤背面：～面丨碑～。⑥不外露的：～溝丨陽奉～違。⑦險詐，不光明：～險丨～謀。⑧有關地府鬼神的（迷信）：～間丨～曹地府丨～司。⑨古代哲學認爲宇宙間的一切事物中兩大對立面之一（跟陽相對）：～陽。⑩帶負電的：～極丨～電。

〈說解〉 阴，阝部，左右結構，會意字。把陰的右半部改爲月就是阴。明刊《釋厄傳》《白袍記》、清刊《金瓶梅》等習見。

＊陰字舊歸阜部。

妇 ‖ 婦

6　11　　fù ㄈㄨˋ fu⁵〔扶低上〕

①成年女子：～女｜～科｜～幼。②已婚女子：～人｜寡～｜新～｜主～。③妻子：夫～｜弟～。

〈說解〉 妇，女部，左右結構。婦字去掉右下部分就成爲妇。清刊《目蓮記》《金瓶梅》《逸事》已見。

妈 ‖ 媽

6　13　　mā ㄇㄚ ma¹〔嗎〕

①母親：親～｜後～｜乾～。②稱女性長輩：大～｜姨～｜姑～。

〈說解〉 妈，女部，左右結構，形聲字。馬簡化爲马，偏旁類推簡化。

戏 ‖ 戲

6　17　　xì ㄒㄧˋ hei³〔氣〕

①玩耍：遊～｜兒～。②開玩笑，嘲弄：～弄｜～言。③戲劇，雜技：～曲｜京～｜馬～｜把～。

〈說解〉 戏，戈部或又部，左右結構。用符號又替換戲的左偏旁，戏是符號替代字。

观 ‖ 觀

6　24　　(一) guān ㄍㄨㄢ gun¹〔官〕

①看：～看｜～望｜～光｜參～｜圍～。②景象：景～｜外～｜壯～｜奇～。③對事物的看法：～點｜～念｜悲～｜人生～。

(二) guàn　《ㄨㄢˋ　gun³〔貫〕

道教的廟宇:道～｜白雲～。

〈說解〉 观,見部或又部,左右結構。見簡化爲见,偏旁類推簡化;用符號又替換覲的左偏旁,观是符號替代字。明刊《釋厄傳》及《俗字譜》明清刊本並見。

欢 ‖ 歡
6　　21
huān　ㄏㄨㄢ　fun¹〔寬〕

①快樂,高興:～喜｜～快｜～迎｜聯～｜悲～。②〈方〉活躍,起勁:工作幹得～｜小鳥叫得～｜雨越下越～。

〈說解〉 欢,欠部或又部,左右結構。用符號又替換歡的左偏旁,欢是符號替代字。明刊《釋厄傳》、清刊《目連記》《金瓶梅》並見。

买 ‖ 買
6　　12
mǎi　ㄇㄞˇ　mai⁵〔埋低上〕

用錢換東西(跟賣相對):～菜｜～主｜～賣｜購～｜收～｜探～。

〈說解〉 买,乙(一)部,獨體結構,草書楷化字。把罒改成一,把貝改成头。买可作簡化偏旁用,如:荬(蕒)。

驮 ‖ 馱
6　　13
(一) tuó　ㄊㄨㄛˊ　to⁴〔駝〕

用背部承重:～運｜～轎｜～馬｜～着孩子上街。

(二) duò　ㄉㄨㄛˋ　do⁶〔惰〕

①牲口背部負載的成綑貨物:～子｜卸～。②量詞,用於牲口負載的貨物:運來三～貨。

〈說解〉 驮,馬部,左右結構,形聲字。馬簡化爲马,偏旁類推簡化。

馴 ‖ 馴
6   13

xùn   ㄒㄩㄣ   sœn⁴ 〔純〕

①順從,善良:～服｜～良｜～順。②使順服:～化｜～養｜～虎。

〈說解〉 馴,馬部,左右結構,形聲字。馬簡化爲马,偏旁類推簡化。
＊馴(馴)讀 xún 不讀 xùn。

馳 ‖ 馳
6   13

chí   ㄔ   tsi⁴ 〔池〕

①(車馬等,使車馬等)跑得很快:～行｜～騁｜奔～｜飛～。
②傳播:～名。③〈書〉嚮往:～神｜～想｜心～神往。

〈說解〉 馳,馬部,左右結構,形聲字。馬簡化爲马,偏旁類推簡化。

紆 ‖ 紆
6   9

yū   ㄩ   jy¹ 〔于〕

彎曲,曲折:～曲｜～回｜縈～。

〈說解〉 紆,糸部,左右結構,形聲字。糸簡化爲纟,偏旁類推簡化。

紅 ‖ 紅
6   9

hóng   ㄏㄨㄥˊ   huŋ⁴ 〔洪〕

①像鮮血那樣的顏色:～花｜～旗｜鮮～｜粉～。②象徵喜慶
的紅布、紅綢:披～｜掛～。③象徵順利、成功或受人歡迎、重
視:～運｜滿堂～｜走～。④象徵革命:～軍｜～色根據地。⑤
紅利:分～。

〈說解〉 紅,糸部,左右結構,形聲字。糸簡化爲纟,偏旁類推簡化。

紂 ‖ 紂
6   9

zhòu   ㄓㄡˋ   dzɐu⁶ 〔就〕

我國古代商朝末期的君主,相傳是個暴君:商～王｜助～爲虐。

〈說解〉 纫，纟部，左右結構，形聲字(紂字從纟，肘省聲)。糸簡化爲纟，偏旁類推簡化。

纤¹ ‖ 纏
6　　17

（一）qiàn　　ㄑㄧㄢˋ　hin³〔獻〕

拉船用的繩子：～繩｜～夫｜拉～。

（二）qiān　　ㄑㄧㄢ　hin¹〔牽〕

變壞的絮。

〈說解〉 纤，纟部，左右結構，形聲字。把聲旁牽換成千(二字音同)就成爲纤。
*纤又是纖的簡化字，見下。

纤² ‖ 纖
6　　23

xiān　　ㄒㄧㄢ　tsim¹〔籤〕

細小：～維｜～細｜～巧。

〈說解〉 前略(見纤‖纏)。把纖的聲旁韱改爲千就成爲纤。

纥 ‖ 紇
6　　9

hé　　ㄏㄜˊ　hɐt⁹〔劾〕

【回紇】 huíhé 我國古代少數民族，也叫回鶻，主要分佈在今鄂爾渾河流域。唐時曾建立回紇政權。

〈說解〉 纥，纟部，左右結構，形聲字。糸簡化爲纟，偏旁類推簡化。

纨 ‖ 紈
6　　9

wán　　ㄨㄢˊ　jyn⁴〔元〕

〈書〉很細的絲織品：～扇｜～袴子弟。

〈說解〉 纨，纟部，左右結構，形聲字。糸簡化爲纟，偏旁類推簡化。

六

约 ‖ 約
6 9

yue ㄩㄝ jœk⁸〔若中入〕

①提出或商量(須共同遵守的事項):~定 ｜ ～請 ｜ ～會 ｜ 預～。②約定的事;共同訂立、須共同遵守的條文:條～ ｜ 和～ ｜ 踐～ ｜ 違～。③限制,拘束:~束 ｜ 制～。④節儉,儉省:節～ ｜ 儉～。⑤簡要:由博返~。⑥大概:~計 ｜ ～略 ｜ ～數 ｜ ～有二斤 ｜ 大～。

〈說解〉 約,糹部,左右結構,形聲字。糹簡化爲纟,偏旁類推簡化。

级 ‖ 級
6 9

ji ㄐㄧˊ kɐp⁷〔給〕

①等級:~別 ｜ ～差 ｜ 高～ ｜ 提～ ｜ 降～。②年級:~主任 ｜ 三年～二班 ｜ 升～ ｜ 留～。③量詞,表示臺階、樓梯等的層次:二十幾～臺階 ｜ 七～浮屠。

〈說解〉 級,糹部,左右結構,形聲字。糹簡化爲纟,偏旁類推簡化。

纩 ‖ 纊
6 20

kuàng ㄎㄨㄤˋ kwɔŋ³〔礦〕(俗) kɔŋ³〔抗〕

〈書〉絲綿絮:繒~而衣。

〈說解〉 纩,糹部,左右結構,形聲字。糹簡化爲纟,廣簡化爲广,偏旁類推簡化。

纪 ‖ 紀
6 9

ji ㄐㄧˋ gei²〔己〕

①紀律:風～ ｜ 軍～ ｜ 法～ ｜ 違法亂～。②記載,記錄:~年 ｜ ～傳 ｜ ～念。③古時以十二年爲一紀。現在指更長的時間:世～(一百年)。

〈說解〉 纪,糹部,左右結構,形聲字。糹簡化爲纟,偏旁類推簡化。

纫‖紉　　　rèn　ㄖㄣˋ　jɐn⁶〔刃〕
6　9

①把綫穿入針上部的小孔中:～針。②用針縫:縫～。③〈書〉深深感激:～佩｜至～高誼。

〈說解〉 纫, 纟部, 左右結構, 形聲字。糸簡化爲纟, 偏旁類推簡化。

七 畫

寿 ‖ 壽　　shòu　ㄕㄡˋ　seu⁶〔受〕
7　　14

①活得年紀大：福～｜人～年豐。②年紀，生命：～數｜～命｜年～｜長～｜萬～無疆。③生日：～禮｜～誕｜～桃｜祝～｜拜～。④生前爲死後預備的裝殮物等：～材｜～衣｜～穴。

〈說解〉　寿，寸部，左上半包圍結構，草書楷化字，宋刊《列女傳》、元刊《太平樂府》、清刊《目蓮記》《金瓶梅》等並見。寿可作簡化偏旁用，如籌（籌）、涛（濤）等。
＊壽字舊歸士部。

麦 ‖ 麥　　mài　ㄇㄞˋ　mɐk⁹〔脈〕
7　　11

①一年生或二年生草本植物，子實用來磨麵粉，是我國北方重要的糧食作物：～苗｜～穗｜～粒｜～收｜小～｜大～｜燕～｜黑～。②特指小麥。

〈說解〉　麦，麦部，上下結構。上面是三橫一豎，下面是夂。麦是麥的俗字，敦煌寫本、宋刊《祖堂集》、清刊《目蓮記》等並見。麦可作簡化偏旁用，如：唛（嘜）、麸（麩）。
＊麦作偏旁時，最后一筆是、不是乀。麥字舊自爲部首。

玛 ‖ 瑪　　mǎ　ㄇㄚˇ　ma⁵〔馬〕
7　　14

【瑪瑙】mǎnǎo 一種礦物，主要成份爲二氧化硅，有各種顏色，可做儀表軸承、裝飾品等。

〈說解〉　玛，王部，左右結構，形聲字。馬簡化爲马，偏旁類推簡化。

进 ‖ 進
7　11　　　jìn　ㄐㄧㄣ　dzœn³〔俊〕

①向前移動：～兵｜～攻｜～逼｜挺～｜推～｜行～｜奮～。②從外面到裏面：～入｜～門｜～食｜～公司當秘書。③收入：～款｜～貨｜～賬。④呈上：～獻｜～貢。⑤用在動詞後，表示到裏面：走～｜衝～｜放～衣袋。⑥舊式宅院內平房的一排稱一進：前～｜後～。

〈說解〉 进，辶部，左下半包圍結構。用符號井代替佳，就成爲进，进是符號替代字，可作簡化偏旁用，如：琎（璡）。
＊進字舊歸辵部。

远 ‖ 遠
7　13　　　yuǎn　ㄩㄢˇ　jyn⁵〔軟〕

①空間或時間的距離長：～道｜～古｜～景｜～征｜遙～｜久～｜偏～。②血統關係疏遠：～親｜～房兄弟。③差別程度大：差得～｜～～達不到。④不接近：疏～｜敬而～之。

〈說解〉 远，辶部，左下半包圍結構，形聲字。把聲旁袁換成元（元、袁音同）就成了远。清刊《目蓮記》《金瓶梅》已見。
＊遠字舊歸辵部。

违 ‖ 違
7　12　　　wéi　ㄨㄟˊ　wɐi⁴〔維〕

①不遵從，不依照：～反｜～背｜～犯｜～抗｜事與願～。②別離：久～｜暌～。

〈說解〉 违，辶部，左下半包圍結構，形聲字。韋簡化爲韦，偏旁類推簡化。
＊違字舊歸辵部。

韧 ‖ 韌
7　12　　　rèn　ㄖㄣ　jɐn⁶〔刃〕　ŋɐn⁶〔銀低去〕

受到外力時即使變形也不易折斷，柔軟而結實：～度｜～性｜

七

堅～｜柔～。

〈說解〉 韌，韦部，左右結構，形聲字，韋簡化爲韦，偏旁類推
簡化。
＊韌字舊歸韋部。

划 ‖ 剗
7　　　10
　　　　chàn　　彳ㄢˋ　　tsan² 〔産〕

【一划】yīchàn 一概，没有例外：房子～都是新的。

〈說解〉 划，刂部，左右結構，形聲字，戔簡化爲戈，偏旁類
推簡化。
＊划（剗），又讀 chǎn 彳ㄢˇ，同鏟（鑱）：～平｜～除｜～草。
《廣雅・釋詁三》：“剗，削也。” 王念孫疏證：“剗與鑱，聲義並
同。”

运 ‖ 運
7　　　12
　　　　yùn　　ㄩㄣˋ　　wɐn⁶ 〔混〕

①物體的位置不斷地變化的現象：～行｜～轉。②運送，運
輸：～載｜～營｜～貨｜～銷｜裝～｜空～｜海～。③運
用：～思｜～算｜～筆。④命運，運氣：幸～｜鴻～｜厄～｜
機～｜氣～。

〈說解〉 运，辶部，左下半包圍結構，形聲字。把聲旁軍改爲
云（云、軍韵母相同），就成爲运。
＊運字舊歸辵部。

抚 ‖ 撫
7　　　15
　　　　fǔ　　ㄈㄨˇ　　fu² 〔苦〕

①慰問，安慰：～問｜～恤｜～慰｜安～。②保護，照護：
～育｜～養｜照～。③輕輕地按動：～摩｜愛～。

〈說解〉 抚，扌旁，左右結構，形聲字。無簡化爲无，偏旁類
推簡化。宋刊《列女傳》、元刊《三國志》《元典章》、明刊《釋厄傳》、
清刊《目連記》等並見。

七

* 撫字舊歸手部，以下扌旁字同。

坛¹ ‖ 壇
7　　16

tán　ㄊㄢˊ　tan⁴〔檀〕

①古代舉行祭祀、誓師等典禮用的臺：地～｜社稷～｜登～拜將。②用土石等堆成的臺：花～。③某些會道門等設立的拜神集會的組織：～主。④指文藝、體育的某一領域：詩～｜影～｜足～｜乒～｜樂～｜。

〈說解〉　坛，土部，左右結構。壇的異體爲罎，取壇的左偏旁土和罎的右偏旁中的云，就構成坛。或看作把壇的右偏旁亶改爲云，則爲符號替代字。明刊《釋厄傳》已見。清刊《目蓮記》簡作坺，今不從。

* 坛又是罎的簡化字，見下。

坛² ‖ 罎
7　　22

tán　ㄊㄢˊ　tam³〔談〕

□小腹大的陶器，多用來盛酒、醋等：～子｜酒～｜醋～子。

〈說解〉　前略（見坛‖壇）。罎的異體是壜，從土。現把罎併入壇，簡化爲坛。

* 罎的異體爲壜、罈、墰。罎字舊歸缶部。

七

抟 ‖ 摶
7　　14

tuán　ㄊㄨㄢˊ　tyn⁴〔團〕

①把東西揉成球形：～煤球｜～飯團子。②盤旋：～飛。

〈說解〉　抟，扌部，左右結構，形聲字。專簡化爲专，偏旁類推簡化。

坏 ‖ 壞
7　　19

huài　ㄏㄨㄞˋ　wai⁶〔懷低去〕

①使人不滿意的，缺點多的，品質惡劣的：～人｜～事｜～主意｜～習慣｜工作做得不～。②使變壞：～肚子｜成事不足，

~事有餘。③變得不健全,變得有害:車~了│玩具摔~了│
只許搞好,不許搞~。④用在動詞後,表示程度深:樂~了│愁
~了│累~了│急~了。

〈說解〉 坏,土部,左右結構。把壞的右半邊改爲不就成爲
坏。清刊《目蓮記》已見。
＊坏,本讀 pī ㄆㄧ pui〔胚〕,即坯。指没有燒過的磚瓦、陶器。
《說文·土部》:"坏,瓦未燒。"此義後多用坯。現借坏做壞的簡
化字。坏(pī)爲形聲字,簡化字坏(huài)爲符號替代字。

抠 ‖ 摳　　kōu　ㄎㄡ　keu¹〔溝〕
　7　　14

①用手指或細小的東西向深的地方挖:~耳朵│~鼻子│在
地上~了個小洞。②不必要地深究:~字眼│死~書本。③吝
嗇:這人花錢太~。

〈說解〉 抠,扌部,左右結構,形聲字。區簡化爲区,偏旁類推
簡化。

坜 ‖ 壢　　lì　ㄌㄧˋ　lik⁹〔力〕
　7　　19

地名用字。中壢,在臺灣省。

〈說解〉 坜,土部,左右結構,形聲字。歷簡化爲历,偏旁類
推簡化。

扰 ‖ 擾　　rǎo　ㄖㄠˇ　jiu²〔妖〕
　7　　18

①擾亂,攪擾:~動│~攘│干~│騷~│紛~│困~。
②客套話,因受人款待而表示客氣:叨~│打~│~了他一
頓飯。

〈說解〉 扰,扌部,左右結構,形聲字。憂改爲尤(尤、憂音
近),就成爲扰。
＊簡化字扰跟挠(撓)形近,只差一撇。

七

坝 ‖ 壩
7　24

bà　ㄅㄚˋ　ba³〔霸〕

①攔水的建築物:水~ | 河~ | 暗~。②河工險要處鞏固堤防的建築物:丁~。

〈說解〉 坝,土部,左右結構,形聲字。坝與壩音同,用坝代替壩是同音替代。貝簡化爲贝,偏旁類推簡化。

*坝字義爲平地,《集韻·禡韻》:"坝,平川謂之坝。"此義現存於【坝子】:川西~。

贡 ‖ 貢
7　10

gòng　ㄍㄨㄥˋ　guŋ³〔工高去〕

①古代臣下或屬國獻給帝王的物品:~物 | ~賦 | 進~ | 納~ | 朝~。②封建時代稱選拔人才,舉薦給朝廷:~生 | ~院。

〈說解〉 贡,貝部或工部,上下結構,形聲字。貝簡化爲贝,偏旁類推簡化。

*貢字舊歸貝部。

㧏 ‖ 摃
7　10

gāng　ㄍㄤ　goŋ¹〔江〕

〈書〉用兩手舉重物。現在多用扛字。

〈說解〉 㧏,扌部,左右結構,形聲字。岡簡化爲冈,偏旁類推簡化。

折 ‖ 摺
7　14

zhé　ㄓㄜˊ　dzip⁸〔接〕

①摺疊:~尺 | ~扇。②用紙摺疊而成的册子:奏~ | 存~ | 戲~子。

〈說解〉 折,扌部,左右結構,會意字。折與摺在以上意義上音同,用折做摺的簡化字是同音替代。

*(1)折的下列意義本用折,不能用摺:❶斷,弄斷:~斷 | 骨

~。❷損失,死亡:賠了夫人又~兵丨夭~。❸彎曲:~射丨曲~。❹回轉:~回丨轉~。❺抵作:~合丨~價丨~舊。(2)折另讀 zhē ㄓㄜ dzip〔接〕爲翻轉義:~跟頭丨~騰。又讀 shé ㄕㄜ dzip〔接〕爲斷義:尺子~了;虧損義:~本兒丨~耗。這兩項音義舊只用折。(3)當折和摺的意義可能混淆時,摺仍用摺。

抡 ‖ 掄
7　　11

lūn　ㄌㄨㄣ　lœn⁴〔倫〕

用力揮動:~刀丨~大錘丨~起拳頭。

〈說解〉 抡,扌部,左右結構,形聲字。侖簡化爲仑,偏旁類推簡化。

抢 ‖ 搶
7　　13

(一) qiǎng　ㄑㄧㄤˇ　tsœŋ²〔槍高上〕

①用強力把別人的東西拿過來:~奪丨~親丨~球丨明~暗奪。②爭先,搶先:~話說丨~着打掃衛生。③趕緊,突擊:~收丨~種丨~險丨~救。④刮掉或擦掉物體表面的一層:~菜刀丨~鍋巴。

(二) qiāng　ㄑㄧㄤ　tsœŋ¹〔昌〕

〈書〉觸,碰撞:呼天~地。

〈說解〉 抢,扌部,左右結構,形聲字。倉簡化爲仓,偏旁類推簡化。

坞 ‖ 塢
7　　13

wù　ㄨˋ　wu²〔滸〕

①地勢周圍高而中央凹的地方:山~丨村~丨花~。②〈書〉防禦用的小型城堡。

〈說解〉 坞,土部,左右結構,形聲字。烏簡化爲乌,偏旁類推簡化。

坟 ‖ 墳
7　　15

fén　ㄈㄣˊ　fɐn⁴〔焚〕

埋葬死人的穴和上面的土堆:~墓 | ~山 | 祖~ | 上~。

〈說解〉 坟,土部,左右結構,形聲字。把聲旁賁改爲文(文、賁韵母相同)就成爲坟。《正字通・土部》坟,"一曰俗墳字。"今改攵旁爲文。

护 ‖ 護
7　　20

hù　ㄏㄨˋ　wu⁶〔戶〕

①照顧使不受損害或侵犯:~理 | ~送 | ~衛 | ~城河 | 愛~ | 保~ | 守~ | 看~。②包庇:~短 | 回~ | 袒~。

〈說解〉 护,扌部,左右結構。用新造形聲字护《從扌,戶聲》代替護。元刊《三國志》已見。
＊護字舊歸言部。

壳 ‖ 殼
7　　12

(一)qiào　ㄑ丨ㄠˋ　hɔk⁸〔學中入〕

堅硬的外皮:甲~ | 地~ | 介~ | 軀~。

(二)ké　ㄎㄜˊ　hɔk⁸〔學中入〕

〈口〉義同(一):貝~ | 腦~ | 子彈~。

〈說解〉 壳,士部或几部,上中下結構。去掉殼字右半邊的殳就成爲壳。明刊《釋厄傳》已見。
＊壳字几上沒有一小橫。殼字舊歸殳部。

块 ‖ 塊
7　　12

kuài　ㄎㄨㄞˋ　fai³〔快〕

①成疙瘩或成團的東西:~根 | ~糖 | 煤~ | 磚~ | 土~ | 切成~。②量詞,用於塊狀或片狀的東西:一~豆腐 | 三~肥皂 | 四~花布。③量詞,用於錢幣,相當於圓:一~錢 | 三~銀圓。

④用在"這、那、哪"後,表示地點、處所:我原先就在這~住 | 他們家搬到哪~去了?

〈說解〉 块,土部,左右結構,形聲字。把塊字右邊的鬼換成夬(取快字的聲旁),就成爲块。

声 ‖ 聲
7　　17

shēng　ㄕㄥ　siŋ¹〔升〕

①聲音:~調 | ~息 | ~母 | 雷~ | 槍~ | 出~ | 繪~繪色 | 怨~載道。②發出聲音,講述:~明 | ~言 | ~討 | ~東擊西。③名聲:~望 | ~威 | 政~。④字調:平~ | 上~ | 四~。

〈說解〉 声,士部,上下結構。去掉聲字右上邊的殳和下邊的耳,就成爲声。宋刊《祖堂集》、金刊《劉知遠》已見,《俗字譜》十二書並見。《改併四聲篇海‧士部》引《併了部頭》:"声,音聲。俗用。"

* 聲字舊歸耳部。

报 ‖ 報
7　　12

bào　ㄅㄠˋ　bou³〔布〕

①說給人知道,告訴:~信 | ~喜 | ~喪 | 申~ | 上~ | 呈~。②回答:~友人書 | ~以熱烈的掌聲。③報答:~恩 | ~償。④報復:~仇 | ~怨。⑤報刊:日~ | 周~ | 學~ | 讀~。⑥傳達或發表消息、言論的某些工具:電~ | 警~ | 喜~ | 捷~ | 海~ | 壁~。⑦指電報:發~ | 收~。

〈說解〉 报,扌部,左右結構。报是草書楷化字,幸旁改爲扌。《元典章》及除《取經詩話》外《俗字譜》十一書並見。

* 報字舊歸土部。

拟 ‖ 擬
7　　17

nǐ　ㄋㄧˇ　ji⁵〔耳〕

①起草,設計:~定 | ~稿 | 草~ | 初~。②打算,想要:~於明日赴京 | 此稿不~採用。③模仿:~人 | ~古 | ~作 | 摹~ | 比~。

〈說解〉 扐,扌部,左右結構,形聲字。把擬字的聲旁疑改爲以(以、疑音近),就成爲扐。

扐 ‖ 搜
7　21

sǒng　ㄙㄨㄥˇ　sung² 〔聳〕

①〈書〉挺立:～身。②推:～了他一把。

〈說解〉 扐,扌部,左右結構,會意字。雙簡化爲双,偏旁類推簡化。

芜 ‖ 蕪
7　15

wú　ㄨˊ　mou⁴ 〔無〕

①草長得多而亂:荒～｜田園將～。②雜草叢生的地方:平～。③比喻雜亂:～雜｜～詞｜繁～。

〈說解〉 芜,艹部,上下結構,形聲字。無簡化爲无,偏旁類推簡化。

苇 ‖ 葦
7　12

wěi　ㄨㄟˇ　wei⁵ 〔偉〕

蘆葦:～塘｜～箔。

〈說解〉 苇,艹部,上下結構,形聲字。韋簡化爲韦。偏旁類推簡化。

芸 ‖ 蕓
7　15

yún　ㄩㄣˊ　wen⁴ 〔雲〕

【蕓薹】 yúntái 油菜(油料作物的一種)。

〈說解〉 芸,艹部,上下結構,形聲字。雲簡化爲云,偏旁類推簡化。
* (1)芸香、芸芸眾生的芸古今均用芸,不能用蕓。(2)芸豆的芸在簡化字中也可用云。

七

苈 ‖ 藶
7　19

lì　ㄌㄧˋ　lik[9]〔力〕

【葶藶】tínglì 一種草本植物，開小黃花，果實可以入中藥，有清熱、利尿、祛痰等作用。

〈說解〉 苈，艹部，上下結構，形聲字。歷簡化爲历，偏旁類推簡化。

苋 ‖ 莧
7　10

xiàn　ㄒㄧㄢˋ　jin[6]〔現〕

【莧菜】xiàncài 一種草本植物，莖細長，葉子暗紫色或綠色，可以吃，是普通蔬菜。

〈說解〉苋，艹部，上下結構，形聲字。見簡化爲见，偏旁類推簡化。

苁 ‖ 蓯
7　14

cōng　ㄘㄨㄥ　tsuŋ[1]〔充〕

【蓯蓉】cōngróng 草蓯蓉和肉蓯蓉的統稱，皆可入藥。

〈說解〉 苁，艹部，上下結構，形聲字。從簡化爲从，偏旁類推簡化。

七

苍 ‖ 蒼
7　13

cāng　ㄘㄤ　tsɔŋ[1]〔倉〕

①青色（包括藍色和綠色）：～天｜～翠｜青～。②灰白色：～白｜華髮～顏。

〈說解〉 苍，艹部，上下結構，形聲字。倉簡化爲仓，偏旁類推簡化。清刊《目蓮記》《逸事》簡作苍，與今簡化字形近。

严 ‖ 嚴
7　19

yán　ㄧㄢˊ　jim[4]〔炎〕

①結合得緊沒有空隙，緊密：～密｜～實｜謹～｜～絲合縫。②掌握尺度認眞不通融，嚴厲：～格｜～明｜～整｜森～｜威

～｜莊～｜～陣以待。③程度深：～刑｜～冬｜～重。④指父親：家～｜先～。

〈說解〉 严，一部，獨體結構。去掉嚴字中的敢，並把上邊的兩個口改爲亚(少下邊的一橫)，就成爲严。元明刊本中嚴字多簡作嚴，明清刊本又簡作厰，現在進一步簡化爲严，保留原字的輪廓。严可作簡化偏旁用，如：俨(儼)、酽(釅)。

* 嚴字舊歸口部。

芦 ‖ 蘆　　lú　ㄌㄨˊ　lou⁴〔勞〕
７　１９

蘆葦：～花｜～根｜～蓆。

〈說解〉 芦，艹部，上下結構，形聲字。把盧改換爲户(二字韻母相同)，就成爲芦。金刊《劉知遠》、元刊《雜劇》以及明清諸刊本習見。

* 芦字下邊是户不是卢。聲旁爲盧的形聲字除了蘆、廬、爐、驢四字改換爲户外，其餘簡化爲卢，如：泸(瀘)、颅(顱)等。

劳 ‖ 勞　　láo　ㄌㄠˊ　lou⁴〔盧〕
７　１２

①勞動：～作｜～役｜不～而獲。②勞累辛苦：～乏｜～頓｜～碌｜勤～｜積～成疾。③功勞：～績｜勛～。④慰勞：～軍｜犒～。⑤煩勞：～駕｜有～｜偏～。

〈說解〉 劳，力部或艹部，上中下結構。⺍(熒字頭)簡化爲艹，偏旁類推簡化。宋刊《列女傳》、元刊《雜劇》《太平樂府》、明刊《嬌紅記》、清刊《逸事》等習見。

* 勞字舊歸力部。

克 ‖ 剋　　kè　ㄎㄜˋ　hɐk⁷〔黑〕
７　９

嚴格限定(期限)：～日完成｜～期動工。

〈說解〉 克，十部或儿部，上中下結構，會意字。克剋二字音同,用克做剋的簡化字是同音替代。

* (1)克的以下意義跟剋、尅無關,舊只用克:❶能:～勤～儉。❷克服,克制:～己 | 以柔～剛。❸戰勝:～復 | 攻～。❹公制重量、質量單位,一克等於一公斤的千分之一。(2)剋的異體字有尅。剋字舊歸刀部。

苏¹ ‖ 蘇
7　　19　　　　sū　　ㄙㄨ　　sou¹　〔鬚〕

①植物名:紫～ | 白～。②指鬚狀下垂物:流～。③昏死後又醒過來:～醒 | 死而復～。④指江蘇、蘇州:～劇 | ～繡。

〈說解〉 苏,艹部,上下結構。苏是草書楷化字,用办代替穌。* (1)上面第三項意義舊也用甦。甦是會意字。(2)苏又是嚕的簡化字,見下。

苏² ‖ 嚕
7　　22　　　　sū　　ㄙㄨ　　sou¹　〔蘇〕

【嚕囌】lūsū ①言語繁複:他～了半天也没説清楚。②事情麻煩瑣碎:手續太～。

〈說解〉 前略(見苏‖蘇)。把囌併入蘇,再簡化爲苏。* 除了嚕苏的苏舊用囌外,其它意義的苏都用蘇。

极 ‖ 極
7　　12　　　　jí　　ㄐㄧˊ　　gik⁹　〔擊低入〕

①頂點,盡頭:～光 | 南～ | 電～ | 磁～ | 陰～。②達到頂點,竭盡:～力 | ～目 | 物～必反。③最終的,最高的:～度 | ～端 | ～品 | ～刑。④表示達到最高程度,最:～好 | ～暗 | ～少數 | 美～了 | 高興～了。

〈說解〉 极,木部,左右結構,形聲字。把極的聲旁亟改爲及(及、亟音同),就成爲极。* 极字本指放在驢背上的馱架,《説文·木部》:"极,驢上負也。" 此義現已不用,用极做極的簡化字不會造成意義上的混淆。

杨 ‖ 楊
7　13

| yáng | ㄧㄤˊ | jœŋ⁴ 〔羊〕 |

楊樹，落葉喬木，葉子爲卵形或卵狀披針形，種類很多：白～｜小葉～。

〈說解〉 杨，木部，左右結構，形聲字。易簡化爲㞑，偏旁類推簡化。

两 ‖ 兩
7　8

| liǎng | ㄌㄧㄤˇ | lœŋ⁵ 〔倆〕 |

①數目，一般用於量詞和"半、千、萬、億"前：～個球｜～頭牛｜～千公斤｜～萬元｜～億人。②雙方：～可｜～造｜～端｜～下裏｜～小無猜｜勢不～立。③表示不定的數目，與"幾"相近：過～天｜有～下子｜跟你說～句話。④重量單位，舊制十六兩等於一斤，現市制十兩等於一斤。

〈說解〉 两，一部，獨體結構。把兩字内的兩個人改爲人，並去掉中間的一豎，就成爲两。《元典章》已見。两可作簡化偏旁用，如倆（倆）、辆（輛）等。
＊(1)漢碑中已見從人的兩。另，敦煌寫本《刊謬補缺切韻·養韻》："两，力獎反，再。本作兩。"(2)两字舊歸入部。

丽 ‖ 麗
7　19

| lì | ㄌㄧˋ | lɐi⁶ 〔例〕 |

①好看，美麗：～日｜～人｜富～｜宏～｜淸～｜俏～。②附着：附～。

〈說解〉 丽，一部，上下結構。去掉麗字下邊的鹿，再把上邊的兩短橫改爲一長橫，就成爲丽。敦煌寫本《刊謬補缺切韻·霽韻》載："丽，本作麗"。現在爲便於書寫，把上面連成一橫。丽可作簡化偏旁用，如：郦（酈）、俪（儷）等。
＊麗字舊歸鹿部。

七

医 ‖ 醫
7　18

| yī | ㄧ | ji¹ 〔衣〕 |

①醫生：～師｜～士｜～德｜名～｜法～｜牙～｜獸～。②醫

學：～理｜中～｜西～。③治療：～療｜～治｜～術｜行～。

〈說解〉 医，匸部，左半包圍結構。去掉醫字右上邊的殳和下邊的酉就成爲医。明刊《釋厄傳》《白袍記》《東窗記》、清刊《目連記》《逸事》等並見。

＊醫字歸酉部。

励 ‖ 勵
7　16

| | lì | ㄌㄧˋ | lɐi⁶ 〔麗〕 |

勸勉：勉～｜鼓～｜策～｜激～。

〈說解〉 励，力部，左右結構，形聲字。勵簡化爲万，偏旁類推簡化。宋刊《列女傳》、影元鈔本《通俗小説》並見。

还 ‖ 還
7　16

| (一) huán | ㄏㄨㄢˊ | wan⁴ 〔環〕 |

①返回原地，恢復原狀：～鄉｜～家｜～魂｜～俗。②歸還：～債｜～錢｜清～｜退～｜發～。③回報別人施於自己的行動：～手｜～嘴｜～禮｜以牙～牙。

| (二) hái | ㄏㄞˊ | wan⁴ 〔環〕 |

①表示現象仍在存續或動作仍在進行，依舊：半夜了，他～在加班｜已經是秋天了，樹葉～那麼綠。②表示有所增加或有所補充：南京比上海～熱｜買了兩支鉛筆，～想買一個筆記本。③表示程度上勉强過得去：味道～可以｜屋子倒～乾淨。④表示早已如此：～在三年前，我們就認識了。⑤表示居然如此：他～眞有本事，把電視機修好了。

〈說解〉 还，辶部，左下半包圍結構。用不代替睘就成爲还。不是草書楷化省體。元刊《雜劇》《元典章》及明清諸書中並見。

矶 ‖ 磯
7　17

| | jī | ㄐㄧ | gei¹ 〔基〕 |

水邊突出的岩石或石灘：釣～｜燕子～。

〈說解〉 矾,石部,左右結構,形聲字。幾簡化爲几,偏旁類推簡化。

奁 ‖ 奩
7　　14

lián　ㄌㄧㄢˊ　lim⁴〔廉〕

古代婦女梳妝用的鏡匣:妝～。

〈說解〉 奁,大部,上下結構。區簡化爲区,偏旁類推簡化。
＊奩的本字爲籢。《説文・竹部》:"籢,鏡籢也。從竹,斂聲。"徐鍇繫傳:"籢,斂也,所以收斂也。今俗作匲。"《字彙・竹部》:"籢,藏鏡之柙也。隸作匲,俗作奩。"

歼 ‖ 殲
7　　21

jiān　ㄐㄧㄢ　tsim¹〔簽〕

消滅:～滅｜～擊機｜全～｜圍～。

〈說解〉 歼,歹部,左右結構。歼是新造形聲字,從歹千聲。
＊(1)歼字讀 jiān ㄐㄧㄢ 不讀 qiān ㄑㄧㄢ。(2)跟殲字簡化方法相同的有纖、懺(簡化爲纤、忏),但鐵不是簡化偏旁,如籤字簡化爲签。

来 ‖ 來
7　　8

lái　ㄌㄞˊ　lɔi⁴〔萊〕

①從別的地方到說話人所在的地方: ～信｜～人｜～賓｜歸～｜外～戶｜古往今～。②發生,到來:麻煩～了｜問題全～了。③做某個動作(代替意義更具體的動詞):胡～｜亂～｜我們～盤棋。④未來的:～日｜～年｜～世。⑤從過去到現在:向～｜近～｜生～｜四百年～｜別～無恙。⑥用在個位或"十、百、千"等數詞或數量詞後表示概數:二斤～重｜十～天｜四十～歲｜五百～人。⑦用在另一動詞前面,表示要做某件事:你～唸唸看｜大家～想一想。⑧用在動詞後,表示動作朝向說話的人:送～｜拿～｜買～｜飛～｜快上～。⑨詩歌、熟語等用做襯字:二月裏～好風光。｜不怨天～不怨地。

〈說解〉 来,一部,獨體結構。来是草書楷化字,把來字的两個人改爲一點、一撇和一橫。敦煌寫本、宋刊《祖堂集》及《俗字譜》諸書習見。
*来字舊歸人部。

欤 ‖ 歟

<small>7 17</small>　　yú ㄩˊ jy⁴〔如〕

古漢語助詞，表示疑問，用法跟"乎"大致相同：子非三閭大夫～？

〈說解〉 欤，欠部，左右結構，形聲字。與簡化爲与，偏旁類推簡化。

轩 ‖ 軒

<small>7 10</small>　　xuān ㄒㄩㄢ hin¹〔牽〕

①古代一種有帷幕而前頂較高的車子：朱～｜高～。②有窗的廊子或小屋子：涼～｜怡紅～。③〈書〉窗戶，門：披～｜開～。④〈書〉高：～昂｜～敞。

〈說解〉 轩，车部，左右結構，形聲字。車簡化爲车，偏旁類推簡化。

连 ‖ 連

<small>7 10</small>　　lián ㄌㄧㄢˊ lin⁴〔憐〕

①連接，相接：心～心｜水天相～｜血肉相～。②連續，接續：～年｜～夜｜～陰天｜～軸轉。③包括在內：～皮八斤重｜～根拔｜～我四個人，正好一桌。④軍隊的一種編制單位，由若干排組成：三營八～。⑤表示強調，有"甚而至於"之意：～老師都笑了｜你怎麼～這本書也沒看過。

〈說解〉 连，辶部，左下半包圍結構。車簡化爲车，偏旁類推簡化。
*連字本義爲"負車"，即拉車，會意字，舊歸辵部。

轫 ‖ 軔

<small>7 10</small>　　rèn ㄖㄣˋ jɐn⁶〔刃〕

支住車輪不使其轉動的木頭：發～。

七

〈說解〉 轫,车部,左右結構,形聲字。車簡化爲车,偏旁類推簡化。

卤¹ ‖ 鹵
7　　11

lǔ　ㄌㄨˇ　lou⁵〔老〕

①鹽碱地。②古代指澤鹽,也指鹽鹵。

〈說解〉 卤,卤部,獨體結構。去掉鹵字内的四點就成爲卤,卤保留了原字的輪廓。
＊鹵字舊自爲部首。卤又是滷的簡化字,見下。卤可作簡化偏旁用,如:醶。

卤² ‖ 滷
7　　14

lǔ　ㄌㄨˇ　lou⁵〔老〕

①鹽鹵:～水。②用各種料做湯加澱粉而成的濃汁:～子丨打～丨羊肉～。③用鹽水加五香料或用醬油煮:～鴨丨～牛肉。

〈說解〉 前略(見卤‖鹵)。滷、卤字義相通,本爲一個字,現把滷併入卤,簡化爲卤。
＊滷字舊歸水部。

邺 ‖ 鄴
7　　15

yè　ㄧㄝˋ　jip⁹〔葉〕

古地名,在今河北臨漳西南。

〈說解〉 邺,阝部,左右結構,形聲字。業簡化爲业,偏旁類推簡化。

坚 ‖ 堅
7　　11

jiān　ㄐㄧㄢ　gin¹〔肩〕

①硬,堅固:～硬丨～果丨～冰丨～如磐石。②堅固的東西:攻～丨無～不摧。③堅定,堅決:～守丨～毅丨～貞丨窮當益～。

〈説解〉　坚，土部，上下結構。臤簡化爲収，偏旁類推簡化。敦煌寫本合體字中的臣旁多簡作刂，如堅作坚，監作监，鑒作鉴，藍作蓝等；金刊《劉知遠》、元刊《三國志》等習見坚字。

时 ‖ 時

7　　10　　shí　　ㄕ　　si⁴〔匙〕

①時間：～代｜～期｜～辰｜～分｜古～｜舊～｜即～｜當～。②規定的時間：準～｜按～｜過～｜適～。③季節：四～｜農～｜～令。④鐘點，時辰：～差｜～鐘｜計～｜子～。⑤現在的，當前的：～下｜～新｜～事｜～局｜～價。⑥經常：～常｜～有所聞。⑦有時候，多連用：～近～遠｜～快～慢｜～斷～續。⑧時機：失～｜～不我待｜～來運轉。⑨一時：～興｜～疫｜～運。

〈説解〉　时，日部，左右結構。时是草書楷化字，用寸代替寺。宋刊《取經詩話》、元刊《雜劇》、清刊《逸事》等並見。时字可作簡化偏旁用，如：埘(塒)、鮂(鰣)等。

呒 ‖ 嘸

7　　15　　ḿ　　ㄇ́　　m⁴〔唔〕

〈方〉沒有：～啥。

〈説解〉　呒，口部，左右結構，形聲字。嘸簡化爲无，偏旁類推簡化。

县 ‖ 縣

7　　16　　xiàn　　ㄒㄧㄢˋ　　jyn⁶〔願〕

地方行政區劃的一級：～城｜～治｜～志｜市～｜州～。

〈説解〉　县，厶部，獨體結構。去掉縣字右邊的系，把左上邊的三短橫去掉一橫，把左下邊的小改爲厶，就成爲县。清刊《目蓮記》已見。
* 縣字舊歸系部。

七

里 ‖ 裏
7　　13

(一) lǐ　ㄌㄧˇ　lɐi⁵〔里〕

衣物等不露在外面的那一層,跟"表"、"面"相反:被～｜衣服
～兒｜鞋～子。

(二) lǐ　ㄌㄧˇ　lœŋ⁵〔呂〕

①裏面,裏邊:～屋｜～外｜～院｜內～｜夜～｜笑～藏刀。
②附在"這、那、哪"等後邊表示處所,一般讀輕聲:這～｜頭
～｜哪～有公園?

〈說解〉　里,里部,獨體結構。裏是形聲字,從衣里聲。去掉形旁
衣就成了里。里和裏是同音字,用里做裏的簡化字是同音替代。
敦煌寫本已見,元刊《雜劇》《太平樂府》及明清諸刊本習見。
＊(1)里字以下意義舊只用里,不能用裏:❶家鄉:故～。
❷街巷:～弄｜～巷｜鄰～。❸長度單位,一里等於五百米:
～程｜公～｜一日千～。(2)裏字舊歸衣部。

呓 ‖ 囈
7　　21

yì　ㄧˋ　ŋɐi⁶〔藝〕

夢話:～語｜夢～。

〈說解〉　呓,口部,左右結構,形聲字。囈簡化爲艺,偏旁類推
簡化。

七

呆 ‖ 獃
7　　14

(一) dāi　ㄉㄞ　dai¹〔歹高平〕

頭腦遲鈍,不靈敏:～子｜～頭～腦｜痴～。

(二) dāi　ㄉㄞ　ŋɔi〔外低平〕

面部表情死板:發～｜驚～了｜給嚇～了。

〈說解〉　呆,口部,上下結構。《說文》以爲是古文保,宋、元以
來才被作爲獃的異體,長期混用。習慣上把呆看作獃的簡化
字。現在繁體字用獃,簡化字用呆。

＊(1)呆字又讀 ái 牙ŋoi⁴〔外低平〕，義同上，只用於呆板一詞，這個讀音的呆舊只用於。(2)呆在某地的呆(dāi ㄉㄞ ŋoi⁴〔外低平〕)爲動詞。舊只用呆，不能用獃。(3)獃字舊歸犬部。

呕 ‖ 嘔
7　　14

ǒu　ㄡˇ　ɐu²〔歐高上〕

不由自主地從嘴裏涌出：～吐｜～血｜作～。

〈說解〉　呕，口部，左右結構，形聲字。區簡化爲区，偏旁類推簡化。

园 ‖ 園
7　　13

yuán　ㄩㄢˊ　jyn⁴〔原〕

①種植蔬菜、花果、樹木的地方：～田｜～圃｜菜～｜果～｜西瓜～。②供人遊玩娛樂的地方：～林｜公～｜庭～｜花～。

〈說解〉　園，口部，全包圍結構，形聲字。把聲旁袁改爲元(二字音同)就成爲园。金刊《劉知遠》、元刊《雜劇》《元典章》、明刊《釋厄傳》《嬌紅記》及清刊三書並見。
＊园不是圓的簡化字，圓簡化爲圆，注意區分。

呖 ‖ 嚦
7　　19

lì　ㄌㄧˋ　lik⁷〔礫〕

【嚦嚦】lìlì 象聲詞，形容鳥清脆的叫聲：鶯聲～。

〈說解〉　呖，口部，左右結構，形聲字。歷簡化爲历，偏旁類推簡化。

旷 ‖ 曠
7　　18

kuàng　ㄎㄨㄤˋ　kwɔŋ³〔礦〕

①空而寬闊：～野｜空～｜地～人稀。②心境開闊：～達｜心～神怡。③耽誤，荒廢：～工｜～職｜～課｜～日持久。

〈說解〉 旷,日部,左右結構,形聲字。廣簡化爲广,偏旁類推簡化。

围 ‖ 圍
7　12

wéi　ㄨㄟˊ　wɐi⁴〔維〕

①四周攔擋起來,使裏外不通,環繞:～攻｜～觀｜～困｜包～｜合～｜解～。②四周:四～｜周～｜外～。

〈說解〉 围,口部,全包圍結構,形聲字。韋簡化爲韦,偏旁類推簡化。

吨 ‖ 噸
7　16

dūn　ㄉㄨㄣ　dœn¹〔敦〕

公制重量單位,一噸等於一千公斤,合兩千市斤:～位｜～公里。

〈說解〉 吨,口部,左右結構。吨是新造形聲字,從口屯聲。噸字去掉右邊的頁就成爲吨。

旸 ‖ 暘
7　13

yáng　ㄧㄤˊ　jœŋ⁴〔羊〕

〈書〉①日出:悲白日之不～。②天晴:～雨時有不同。

〈說解〉 旸,日部,左右結構,形聲字。易簡化爲𰯟,偏旁類推簡化。

邮 ‖ 郵
7　10

yóu　ㄧㄡˊ　jɐu⁴〔由〕

①古代傳送文書的驛站。②郵寄:～信｜～遞｜～錢。③有關郵政業務的:～局｜～費｜～件｜～筒｜通～｜付～｜軍～。

〈說解〉 邮,阝部,左右結構。邮是會意字,從垂從阝,表示從都邑到邊陲；郵是形聲字，從阝由聲。邮，本爲地名用字，《玉篇·邑部》："左馮翊高陵縣有邮亭。"《廣韻·錫韻》："邮，鄉名。在高陵。"今借邮做郵的簡化字是同音替代。

困 ‖ 睏
7　　12

| kùn　ㄎㄨㄣ　kwɐn³〔困〕

疲乏想睡：～倦｜人～馬乏。

〈說解〉 困，口部，全包圍結構，會意字。去掉形旁目就成爲困。睏是由困分化出來的後起字，只表示想睡義，現在把睏簡化爲困，是恢復其古本字。

* (1)困的以下意義古只用困：❶陷在艱難的境地：～獸猶鬥｜圍～。❷艱難：～難｜貧～。(2)睏字舊歸目部。

员 ‖ 員
7　　10

| yuán　ㄩㄢ　jyn⁴〔元〕

①指工作或學習的人：～工｜職～｜店～｜海～｜兵～｜教～｜人～｜學～。②指組織、團體中的成員：會～｜黨～｜委～｜議～｜閣～。③量詞，用於武將：一～猛將｜戰將千～。

〈說解〉 员，口部，上下結構，指事字。貝簡化爲贝，偏旁類推簡化。

呗 ‖ 唄
7　　10

| (一) bài　ㄅㄞ　bai⁶〔敗〕

【梵唄】fànbài 指佛教徒唸經的聲音。

| (二) ・bei　・ㄅㄟ　bɛ⁶〔啤低去〕

①表示事情或道理很明顯，容易了解：不懂就下工夫學～。②表示勉強同意或勉強讓步的語氣：去就去～｜拿走就算了～。

〈說解〉 呗，口部，左右結構，形聲字。貝簡化爲贝，偏旁類推簡化。

七

听 ‖ 聽
7　22

| tīng | ㄊㄧㄥ | tiŋ¹ 〔亭高平〕 |

①用耳朵接受聲音：～力｜～診｜～講｜傾～｜收～｜旁～｜偸～。②聽從，接受意見：～話｜我勸他，他一點也不～。③治理，判斷：～政｜～訟。④任憑：～任｜～便｜～天由命。

〈說解〉　听，口部，左右結構。關於此字的來源，說法不一。其一，假借說。听字本讀 yǐn ㄧㄣˇ，爲形聲字，《説文·口部》：“听，笑皃。”《正字通·口部》：“听，俗借爲聽字省文。”其二，草書譌變說。聽的俗體會意字本該作聴，耳字草體彡譌變爲斤（見黄約齋《漢字字體變遷簡史》47頁）。其三，俗字聲旁譌變說。據金刊《劉知遠》聽簡作听，聲旁厅跟斤形近，遂譌作听。宋刊《取經詩話》、元刊《雜劇》、明刊《嬌紅記》等廳簡作厅或厅，可作參證。（筆者）。《俗字譜》自元刊《雜劇》以後諸書都用听，承用已久。

呛 ‖ 嗆
7　13

| (一) qiāng | ㄑㄧㄤ | tsœŋ¹ 〔昌〕 |

由於不小心，吃喝或游泳時水或食物進入氣管引起咳嗽，又突然噴出：～水｜吃飯吃～了。

| (二) qiàng | ㄑㄧㄤˋ | tsœŋ³ 〔唱〕 |

帶刺激性的氣體進入呼吸器官而感覺難受：油煙子眞～人｜誰炸辣椒了，～死人了。

〈說解〉　呛，口部，左右結構，形聲字。倉簡化爲仓，偏旁類推簡化。

呜 ‖ 嗚
7　13

| wū | ㄨ | wu⁴ 〔污〕 |

象聲詞：汽車～地一聲開了過去｜汽笛～～地叫。

〈說解〉　呜，口部，左右結構，形聲字。烏簡化爲乌，偏旁類推簡化。

七

別 ‖ 彆

別　彆　biè　ㄅㄧㄝˋ　bit⁸〔鼈〕
7　14

改變別人堅持的意見：我還眞～不過他。
【別扭】bièniu　不順：鬧～｜這文章挺～。

〈說解〉 別，刂部，左右結構，會意字。別本讀 bié ㄅㄧㄝˊ bit⁹
〔必入〕，跟彆音近，用別做彆的簡化字是近音替代。
＊(1)別(bié ㄅㄧㄝˊ bit⁹〔必低入〕)字以下意義跟彆字無關，
舊只用別：❶分離：～離｜告～。❷區分：分～｜辨～。❸類
別：性～｜級～。❹另外的：～名｜～有用心。❺用別針把一
物附在另一物上：～着胸花。❻插住：腰上～着一枝手槍。
❼不要(表禁止、勸阻)：～鬧｜～去。(2)彆字舊歸弓部。

財 ‖ 财

財　财　cái　ㄘㄞˊ　tsɔi⁴〔才〕
7　10

錢財，財物：～富｜～力｜～源｜生～｜家～｜橫～｜發～。

〈說解〉 財，貝部，左右結構，形聲字。貝簡化爲贝，偏旁類推
簡化。

囵 ‖ 圇

囵　圇　lún　ㄌㄨㄣˊ　lœn⁴〔倫〕
7　11

【圇圇】húlún　完整，整個兒：～吞棗。

〈說解〉 囵，囗部，全包圍結構，形聲字。侖簡化爲仑，偏旁類
推簡化。

贬 ‖ 贬

贬　贬　yàn　ㄧㄢˋ　jim³〔厭〕
7　10

地名用字。贬口，在浙江。

〈說解〉 贬，見部，左下半包圍結構。見簡化爲见，偏旁類推
簡化。

帏 ‖ 幃
7　12

wéi　ㄨㄟˊ　wɐi⁴〔圍〕

①古代指佩帶的香囊。②帳子:重～｜羅～。

〈說解〉　帏,巾部,左右結構,形聲字。韋簡化爲韦,偏旁類推簡化。

岖 ‖ 嶇
7　14

qū　ㄑㄩ　kœy¹〔軀〕

【崎岖】qíqū 形容山路不平:～嶺上行。

〈說解〉　岖,山部,左右結構,形聲字。區簡化爲区,偏旁類推簡化。

岗 ‖ 崗
7　11

gǎng　ㄍㄤˇ　gɔŋ¹〔剛〕

①不高的山或高起的土坡:土～｜山～子｜黃土～。②守衛的處所,也泛指職位:～位｜～哨｜～樓｜站～｜上～｜換～｜加～。

〈說解〉　岗,山部,上下結構,形聲字。岡簡化爲冈,偏旁類推簡化。清刊《目蓮記》已見。

岘 ‖ 峴
7　10

xiàn　ㄒㄧㄢˋ　jin⁶〔現〕

地名用字。峴山,在湖北。

〈說解〉　岘,山部,左右結構,形聲字。見簡化爲见,偏旁類推簡化。

帐 ‖ 帳
7　11

zhàng　ㄓㄤˋ　dzœŋ³〔漲〕

用布、紗等製成的遮蔽用的東西:～幕｜～篷｜蚊～｜軍～。

七

〈說解〉 帳,巾部,左右結構,形聲字。長簡化爲长,偏旁類推簡化。清刊《目連記》已見。

* 帳,舊又同賬。《正字通・巾部》:"帳,今俗會計事物之數曰帳。"但是在簡化字中賬没有併入帳,二字不能混用。

岚 ‖ 嵐

7 12

lán ㄌㄢˊ lam⁴ 〔藍〕

山裏的霧氣:山~|晴~|霧~。

〈說解〉 岚,山部,上下結構,會意字。風簡化爲风,偏旁類推簡化。

针 ‖ 針

7 10

zhēn ㄓㄣ dzɐm¹ 〔斟〕

①縫衣服等用的細長工具,一頭尖,一頭有孔或鈎用來引綫,多用金屬製成:~綫|綉花~。②細長像針的東西:別~|唱~|松~|指南~。③注射用的針劑:打~|防疫~。④中醫用特製的長針刺入穴位治病:~灸。⑤方向,目標:方~|指~。

〈說解〉 针,钅部,左右結構。金簡化爲钅,偏旁類推簡化。

* 針字舊曾寫作鍼。慧琳《一切經音義》卷六十四:"鍼,俗作針。"

钉 ‖ 釘

7 10

(一) dīng ㄉㄧㄥ diŋ¹ 〔丁〕

①釘子:竹~|圖~|螺絲~。②緊跟着不放鬆:~梢|~住對方的中鋒。③督促,催問:~問|你要~着他,免得他忘了。

(二) dìng ㄉㄧㄥˋ diŋ¹ 〔丁〕

①把釘子打進或固定在别的東西上:~釘子|~馬掌|~箱子。②用針綫縫住:~扣子|~帶子。

〈說解〉 钉,钅部,左右結構,形聲字。金簡化爲钅,偏旁類推簡化。

七

钊 ‖ 釗

| zhāo | ㄓㄠ | tsiu[1] | 〔超〕 |

〈書〉勉勵，多用於人名。

〈説解〉 钊，钅部，左右結構。金簡化爲钅，偏旁類推簡化。

钋 ‖ 釙

| pō | ㄆㄛ | pok[8] | 〔撲〕 |

放射性金屬元素的一種，符號 Po。

〈説解〉 钋，钅部，左右結構，形聲字。金簡化爲钅，偏旁類推簡化。

钌 ‖ 釕

| (一) liǎo | ㄌㄧㄠ | liu[5] | 〔了〕 |

金屬元素的一種，符號 Ru，銀灰色，質硬而脆。

| (二) liào | ㄌㄧㄠ | liu[6] | 〔料〕 |

【钌铞】liàodiào 釘在門窗上，用於扣住門窗的鐵片。

〈説解〉 钌，钅部，左右結構，形聲字。金簡化爲钅，偏旁類推簡化。

乱 ‖ 亂

| luàn | ㄌㄨㄢ | lyn[6] | 〔聯低去〕 |

①沒有條理，沒有秩序：～世｜～哄哄｜～七八糟｜忙～｜零～｜混～｜狂～。②武裝騷擾，戰事：～兵｜叛～｜內～｜平～｜暴～｜動～。③使混亂：惑～｜搗～｜攪～｜幾可～眞。④心緒不寧：心煩意～｜心～如蔴。⑤任意，隨便：～跑｜～出主意｜～點鴛鴦譜。⑥指不正當的男女關係：淫～。

〈説解〉 乱，乙部或舌部，左右結構。把亂字的左半邊改爲舌就成爲乱。魏《鄭羲碑》已見。《干祿字書・去聲》："乱、亂，上俗下正。"敦煌寫本、宋元明清刊本習用乱字。
* 亂字舊歸乙部。

体 ‖ 體

体₇ 體₂₂　　tǐ　ㄊㄧˇ　tɐi² 〔睇〕

①身體,有時也指身體的一部分:~溫 ‖ ~重 ‖ ~態 ‖ ~育 ‖ 屍~ ‖ 肢~ ‖ 裸~。②物體,事物:~積 ‖ ~統 ‖ ~制 ‖ 全~ ‖ 羣~ ‖ 團~ ‖ 整~。③文字的書寫形式,作品的表現形式:~裁 ‖ ~例 ‖ ~式 ‖ 文~ ‖ 楷~ ‖ 草~ ‖ 顏~ ‖ 簡~ ‖ 紀傳~。④親身經驗,設身處地地想:~察 ‖ ~會 ‖ ~貼 ‖ ~味 ‖ 身~力行。⑤物質存在的形態:氣~ ‖ 固~ ‖ 液~ ‖ 晶~ ‖ 流~。

〈說解〉 体,亻部,左右結構。體是形聲字,從骨豐聲;体是會意字,從人從本。敦煌寫本、宋刊《祖堂集》、金刊《劉知遠》等簡作躰,會意字,自元刊本始見簡作体。《元典章》及《俗字譜》之明清各書均見体字。
* (1)体本讀 bèn ㄅㄣˋ,是笨的異體,後借爲體字的簡體。(2)體字舊歸骨部。

佣 ‖ 傭

佣₇ 傭₁₃　　(一) yōng　ㄩㄥ　juŋ⁴〔庸〕

①受人雇用:~工 ‖ 雇~。②受雇用的人,僕人:女~。

　　　　(二) yòng　ㄩㄥˋ　juŋ⁴〔庸〕

買賣成交後付給中間人的報酬:~金 ‖ ~錢。

〈說解〉 佣,亻部,左右結構,形聲字。把傭字的聲旁換成用(二字音近),就成爲佣。

伛 ‖ 傯

伛₇ 傯₁₂　　zhòu　ㄓㄡˋ　dzɐu³〔奏〕

俊俏,乖巧。多見於元雜劇。

〈說解〉 伛,亻部,左右結構,形聲字。芻簡化爲刍,偏旁類推簡化。

* 芻旁敦煌寫本已見作刍。

彻 ‖ 徹
7　15

chè　ㄔㄜˋ　tsit⁸〔設〕

①完全,全部:～夜丨～頭～尾。②穿透,透過:～骨丨～底丨洞～丨透～丨通～。

〈說解〉 彻,彳部,左中右結構,中間是七不是土。把徹字的育和攵換成切就成爲彻。

* 澈底一詞跟彻底義同,但澈字沒有併入彻,不能簡化爲彻,更不能寫作沏。沏音 qī　ㄑㄧ　tsɐi³〔砌〕:～茶。

余 ‖ 餘
7　15

yú　ㄩˊ　jy⁴〔如〕

①剩下,剩下的:～力丨～錢丨～生丨～數丨剩～丨節～丨盈～丨死有～辜。②大數或度量單位等後面的零頭:三十～年丨六百～斤丨長有兩丈～。③指某種事情、情況以外或以後的時間:業～丨課～丨公～。

〈說解〉 余,人部,上下結構。余和餘音同,用余做餘的簡化字是同音替代。元刊《雜劇》《元典章》、明刊《嬌紅記》、清刊《目蓮記》等並見。

*(1)余作我的意思時只用余,不能用餘。(2)使用簡化字時,當余和餘的意義有可能混淆時仍用餘,但要把食旁類推簡化爲饣,作馀。(3)餘字舊歸食部。

佥 ‖ 僉
7　13

qiān　ㄑㄧㄢ　tsim¹〔簽〕

①〈書〉全部,都:～無異議。②同"簽":～押。

〈說解〉 佥,人部,上下結構。佥是草書楷化字。可作簡化偏旁用,如签(簽)、剑(劍)等。

谷‖穀
7　　15　　gǔ　ㄍㄨˇ　guk⁷〔菊〕

①莊稼或糧食的統稱：～物｜百～｜五～豐登。②穀子，粟：～草｜～穗。③稻子，稻穀。

〈說解〉　谷，谷部，上中下結構，會意字。谷本爲山谷義，與穀同音。用谷做穀的簡化字是同音替代。宋刊《列女傳》、元刊《太平樂府》《元典章》、明刊《白袍記》及清刊《目蓮記》《金瓶梅》並見。
＊(1)谷作山谷講或作姓，舊只用谷。(2)穀字舊歸禾部，《漢語大字典》歸殳部。

邻‖鄰
7　　14　　lín　ㄌㄧㄣˊ　lœn⁴〔倫〕

①住所接近的人家：～人｜近～｜芳～｜四～｜街～。②鄰近的，相接近：～國｜～家｜～邦｜貼～｜接～。

〈說解〉　邻，阝部，左右結構，形聲字。把鄰字的聲旁換成令就成爲邻。跟鄰字聲旁相同的憐字，唐宋時俗體爲怜(見《干禄字書·平聲》)，鄰字簡化爲邻跟憐作怜類同。
＊鄰字舊歸邑部。

肠‖腸
7　　13　　cháng　ㄔㄤˊ　tsœŋ⁴〔祥〕

①消化器官的一部分，形狀像管子，分小腸、大腸兩部分：～胃｜～炎｜～穿孔。②把魚、肉等塞進腸衣製成的食品：香～｜臘～。③心腸：柔～｜愁～｜古道熱～。

〈說解〉　肠，月旁，左右結構，形聲字。易簡化爲⿰月⿹勹，偏旁類推簡化。

龟‖龜
7　　17　　guī　ㄍㄨㄟ　gwɐi¹〔歸〕

爬行動物的一科，身體長圓而扁，有堅硬的殼，頭、尾、四肢都能縮入殼內，多生活在水裏：～甲｜烏～。

〈說解〉龟，丿部，上下結構。龜字俗寫作龟(元刊《雜劇》)或龜(元刊《太平樂府》、清刊《金瓶梅》等)，今在俗字的基礎上進一步簡化爲龟。龟保留了原字的輪廓。龟可作簡化偏旁用，如：阄(鬮)。

＊龟字又讀 jūn ㄐㄩㄣ gwɐn〔軍〕，義同"皸"，如：龟裂。(2)在龟兹(-cí - ㄘ)一詞裏，龟讀 qiū ㄑㄧㄡ gɐu¹〔鳩〕。(3)龜字舊自爲部首。

犹 ‖ 猶
7　　12

yóu　ㄧㄡˊ　jɐu⁴〔由〕

①如同：～如丨過～不及。②尚且，還：言～在耳丨記憶～新丨意～未盡。

〈說解〉犹，犭部，左右結構，形聲字。把猶字的聲旁改爲尤(酋、尤音近)就成爲犹。明刊《東窗記》、清刊《目蓮記》《金瓶梅》《逸事》等並見。犹可作簡化偏旁用，如：莸(蕕)。

狈 ‖ 狽
7　　10

bèi　ㄅㄟˋ　bui³〔貝〕

傳說中的一種獸，前腿特別短，走路時要趴在狼身上，與狼一起行動：狼～爲奸。

〈說解〉狈，犭部，左右結構，形聲字。貝簡化爲贝，偏旁類推簡化。

鸠 ‖ 鳩
7　　13

jiū　ㄐㄧㄡ　gɐu¹〔救高平〕

斑鳩、雉鳩等的統稱：～集。

〈說解〉鸠，鸟部，左右結構，形聲字。鳥簡化爲鸟，偏旁類推簡化。

条 ‖ 條
7　　10

tiáo　ㄊㄧㄠˊ　tiu⁴〔迢〕

①細長的樹枝：枝～丨柳～丨荆～。②狹長的東西：～幅丨布

~｜金~｜收~。③細長的形狀:~播｜~紋｜~絨。④分項目的:~目｜~款｜~例｜~件｜~陳。⑤量詞,用於長條形的東西:兩~腿｜三~黃瓜｜五~肥皂｜六~帶魚。

〈**說解**〉 条,木部或夂部,上下結構。去掉條字左邊的亻和一豎就成爲条。金刊《劉知遠》、元刊《雜劇》《三國志》、明刊《嬌紅記》、清刊《目蓮記》《逸事》等並見。条字可作簡化偏旁用,如:涤(滌)、绦(縧)等。

＊(1)条字上從夂,三畫,不從夂。(2)條字舊歸木部,《漢語大字典》歸人部。

岛 ‖ 島
7　　10　　　　dǎo　　ㄉㄠˇ　　dou² 〔搗〕

海洋、江湖中被水圍繞的陸地:~國｜~嶼｜半~｜列~｜羣~。

〈**說解**〉 岛,山部,右上半包圍結構,形聲字。鳥簡化爲鸟(偏旁類推簡化),去掉下邊的一橫,就成爲岛。

邹 ‖ 鄒
7　　12　　　　zōu　　ㄗㄡ　　dzɐu¹ 〔周〕

①周朝國名,在今山東鄒縣一帶。②姓。

〈**說解**〉 邹,阝部,左右結構,形聲字。芻簡化爲刍,偏旁類推簡化。金刊《劉知遠》、清刊《逸事》並見。
＊鄒字舊歸邑部。

饨 ‖ 飩
7　　12　　　　tún　　ㄊㄨㄣ　　tɐn¹ 〔吞〕

【餛飩】hún·tun 一種用薄麵片包上餡的麵食,煮熟後帶湯吃。

〈**說解**〉 饨,饣部,左右結構,形聲字。飠簡化爲饣,偏旁類推簡化。
＊飩字舊歸食部。

七

饩 ‖ 餼

xì　ㄒㄧˋ　hei³〔氣〕

〈書〉①糧食，飼料。②贈送穀物、食物。③祭祀或饋贈用的牲口。

〈說解〉 饩，饣部，左右結構，形聲字。飠簡化爲饣，氣簡化爲气，偏旁類推簡化。

饪 ‖ 飪

rèn　ㄖㄣˋ　jɐm⁶〔任〕

做飯做菜：烹～。

〈說解〉 饪，饣部，左右結構，形聲字。飠簡化爲饣，偏旁類推簡化。

饫 ‖ 飫

yù　ㄩˋ　jy³〔于高去〕

〈書〉飽：～聞｜飽～。

〈說解〉 饫，饣部，左右結構。飠簡化爲饣，偏旁類推簡化。

饬 ‖ 飭

chì　ㄔˋ　tsik⁷〔斥〕

①整頓，使有條理：整～。②上級命令下級：～令。

〈說解〉 饬，饣部，左右結構，形聲字。飠簡化爲饣，偏旁類推簡化。

饭 ‖ 飯

fàn　ㄈㄢˋ　fan⁶〔犯〕

①煮熟的穀類食品，特指大米乾飯：～店｜～食｜～菜｜開～｜份～｜夾生～。②每天定時吃的食物：早～｜午～｜晚～。

七

〈說解〉 饭, 饣部, 左右結構, 形聲字。 飠簡化爲饣, 偏旁類推簡化。

饮 ‖ 飲
7　　12

(一) yǐn　ㄧㄣ　jɐm² 〔音高上〕

①喝: ～料 ｜ ～食 ｜ ～酒 ｜ 痛～ ｜ 一～而盡。②可以喝的東西: 冷～ ｜ 熱～。③內心存着: ～恨。

(二) yìn　ㄧㄣ　jɐm³ 〔蔭〕

給牲畜喝水: ～馬 ｜ ～牲口。

〈說解〉 饮, 饣部, 左右結構, 會意字。 飠簡化爲饣, 偏旁類推簡化。

系¹ ‖ 係
7　　9

xì　ㄒㄧ　hɐi⁶ 〔繫〕

①聯結: 聯～ ｜ 維～。②是: 確～實情 ｜ 此～宋代文物。

〈說解〉 系, 纟部, 獨體結構, 會意字。系和係音同, 用系做係的簡化字是同音替代。
*(1)系的以下音義舊只用系: ❶系統: ～列 ｜ 母～。❷高等學校按學科劃分出的教學行政單位: ～主任 ｜ 中文～。(2)系又是繫的簡化字, 見下。係字舊歸亻部。

系² ‖ 繫
7　　19

(一) xì　ㄒㄧ　hɐi⁶ 〔係〕

①牽掛: ～念 ｜ ～戀。②把人或東西捆住後向上提或往下送: 把人～到井裏去。③拴, 綁: ～馬 ｜ ～舟。④拘禁: ～獄。

(二) jì　ㄐㄧ　hɐi⁶ 〔係〕

打結, 扣緊: ～鞋帶 ｜ ～扣子 ｜ ～領帶。

〈說解〉 前略(見系 ‖ 係)。系和繫一音同, 一音近, 用系做繫的簡化字是同音或近音替代。

＊繋字舊歸糸部。

冻 ‖ 凍

dòng　ㄉㄨㄥˋ　duŋ³〔東高去〕

①液體或含水份的東西遇冷凝固：～冰｜～土｜霜～｜不～港｜白菜～了。②湯汁等凝結成的半固體：肉～兒｜魚～兒。③受冷或感到冷：～瘡｜腳～了｜衣服穿少了，～得夠受。

〈說解〉 冻，冫部，左右結構，形聲字。東簡化爲东，偏旁類推簡化。

状 ‖ 狀

zhuàng　ㄓㄨㄤˋ　dzɔŋ⁶〔撞〕

①形狀，樣子：～態｜原～｜異～｜驚慌萬～。②情況：～況｜病～｜慘～｜現～｜情～。③陳述或描摹：～語｜摹情～物。④陳述事件或記載事迹的文字：供～｜訴～｜行～。⑤指訴狀：～紙｜告～。⑥褒獎、委任等的憑證：獎～｜委任～。

〈說解〉 状，犬部或犭部，左右結構，形聲字。把爿簡化爲丬，就成爲状。敦煌寫本、元刊《三國志》、明刊《嬌紅記》、清刊《金瓶梅》《逸事》等並見。

七

亩 ‖ 畝

mǔ　ㄇㄨˇ　mɐu⁵〔某〕

地積單位，一百畝等於一頃：良田萬～。

〈說解〉 亩，田部或亠部，上下結構。畝字去掉聲旁久，就成爲亩。亩保留了原字的特徵。

庑 ‖ 廡

wǔ　ㄨˇ　mou⁵〔舞〕

正房對面和兩側的小屋子，或廳堂下周圍的走廊：廊～。

〈說解〉庀，广部，左上半包圍結構，形聲字。無簡化爲无，偏旁類推簡化。

床 ‖ 牀
7 　 8

chuáng　ㄔㄨㄤˊ　tsɔŋ⁴〔藏〕

①供人躺在上面睡覺的傢俱：～墊｜～架子｜木～｜雙人～｜行軍～。②像牀的器具：冰～｜機～｜鏜～。③某些像牀的地面：河～｜溫～｜苗～。

〈說解〉床，木部或广部，左上半包圍結構，會意字。床和牀是異體，舊均可用(多用牀)，簡化字中只用床。敦煌寫本、金刊《劉知遠》、元刊《三國志》等均床、牀並用。
＊牀字舊歸爿部。

库 ‖ 庫
7 　 10

kù　ㄎㄨˋ　fu³〔富〕

儲存大量東西的建築物：～存｜～藏｜～房｜冷～｜糧～｜金～｜查～。

〈說解〉库，广部，左上半包圍結構，會意字。車簡化爲车，偏旁類推簡化。

疖 ‖ 癤
7 　 18

jiē　ㄐㄧㄝ　dzit⁸〔折〕

一種皮膚病，症狀是局部出現充血硬塊，化膿，紅腫，疼痛。

〈說解〉疖，广部，左上半包圍結構，形聲字。聲旁節簡化爲卩(保留節字右下部分)，就成爲疖。舊以爲卩是節的古字。《玉篇·卩部》："卩，瑞信也。今作節。"

疗 ‖ 療
7 　 17

liáo　ㄌㄧㄠˊ　liu⁴〔聊〕

治療：～程｜～效｜醫～｜診～｜理～。

〈說解〉疗，广部，左上半包圍結構，形聲字。把聲旁寮改爲了，就成爲疗。

应 ‖ 應
7　17

(一) yīng　ㄧㄥ　jiŋ¹〔英〕

①答應：～聲｜喊了半天也沒人～。②答應去做：～許｜～允。③應該：～當｜相～｜一～｜罪有～得。

(二) yìng　ㄧㄥ　jiŋ³〔英高去〕

①回答：～答｜～對｜呼～｜回～。②允許，接受：～募｜～邀｜～考｜有求必～。③順應，適應：～時｜～景｜得心～手。④應付：～急｜～敵｜～接不暇。

〈說解〉应，广部，左上半包圍結構，草書楷化字。清刊《目蓮記》《金瓶梅》《逸事》已見。

这 ‖ 這
7　10

zhè　ㄓㄜ　dzɛ⁵〔借低上〕

①指示代詞，指示比較近的人或事物：～裏｜～樣｜～些｜～孩子｜山望着那山高。②這時候：我～就去買｜他～才明白其中的奧妙。

〈說解〉这，辶部，左下半包圍結構。用符號文代替言，这字是符號替代字。清刊《目蓮記》《金瓶梅》已見。

庐 ‖ 廬
7　19

lú　ㄌㄨ　lou⁴〔勞〕

簡陋的房舍：～舍｜茅～｜草～。

〈說解〉庐，广部，左上半包圍結構，形聲字。把聲旁盧改爲户就成爲庐。宋刊《列女傳》、元刊《雜劇》等三書、明刊《東窗記》已見。
＊盧簡化爲卢，做聲旁時也大都簡化爲卢，如泸（瀘）、顱（顱）等，但在廬、蘆、爐、驢四字中簡化爲户，作庐、芦、炉、驴。

弃 ‖ 棄
7　　13

qì　ㄑㄧˋ　hei³〔戲〕

捨去,丟掉:～置 ｜ ～世 ｜ ～權 ｜ 放～ ｜ 離～ ｜ 毀～ ｜ 背信～義 ｜ 前功盡～。

〈說解〉 弃,廾部或亠部,上下結構,會意字。弃是棄的古文(見《說文・苹》),被收入《第一批異體字整理表》,舊多用棄,簡化字中只用弃。《俗字譜》諸書多用弃字。
* 棄字舊歸木部。

闰 ‖ 閏
7　　12

rùn　ㄖㄨㄣˋ　jœn⁶〔潤〕

一回歸年的時間爲 365 天 5 時 48 分 46 秒。陽曆把一年定爲365 天,所餘的時間約每四年積累成一天,加在二月裏。農曆把一年定爲 354 天或 355 天,所餘的時間約每三年積累成一個月,加在一年裏。這種辦法在曆法上叫做閏: ～日 ｜ ～月 ｜ ～年 ｜ 農曆十九年七～。

〈說解〉 闰,门部,上包下結構,會意字。門簡化爲门,偏旁類推簡化。

闱 ‖ 闈
7　　17

wéi　ㄨㄟˊ　wɐi⁴〔圍〕

〈書〉①宮殿的側門:宮～。②科舉時代稱考場:～墨 ｜ 入～ ｜春～ ｜ 秋～。

〈說解〉 闱,门部,上包下結構,形聲字。門簡化爲门,韋簡化爲韦,偏旁類推簡化。

闲 ‖ 閑
7　　12

xián　ㄒㄧㄢˊ　han⁴〔閒〕

①沒有事做,沒有活動:～空 ｜ ～暇 ｜ ～職 ｜ 得～ ｜ 清～ ｜ 悠～。②器物、產業等不在使用之中:～房 ｜ ～錢 ｜ 這塊地一直

七

～着。③空餘的時間：農～｜冬～｜忙裏偷～。④與正事無關的：～談｜～聊｜～書。

〈説解〉 閑，門部，上包下結構，會意字。門簡化爲门，偏旁類推簡化。敦煌寫本、金刊《劉知遠》以及元明清刊本習見。
＊閑的異體又作閒，但閒字又是間(jiān ㄐㄧㄢ gan¹〔奸〕)的異體。

间 ‖ 間
7　　12

(一) jiān　ㄐㄧㄢ　gan¹〔奸〕

①中間：鄰里之～｜～不容髮。②一定的空間或時間裏：世～｜田～｜民～｜夜～｜期～｜區～。③房間，屋子：車～｜套～｜酒吧～｜亭子～。④量詞，房間的最小單位：一～臥室｜兩～書房｜五～教室。

(二) jiàn　ㄐㄧㄢ　gan³〔諫〕

①空隙：～隙｜親密無～。②隔開，不相連：～隔｜～歇｜紅白相～。③挑撥令人不和：離～｜反～計。④拔去或鋤去：～苗。

〈説解〉 間，門部，上包下結構，會意字。門簡化爲门，偏旁類推簡化。敦煌寫本及《俗字譜》宋元清諸書習見。
＊閒的異體又作閑，但閑字又是閒(xián ㄒㄧㄢ han⁴〔閒〕)的異體。

闵 ‖ 閔
7　　12

mǐn　ㄇㄧㄣ　men⁵〔敏〕

①同"憫"。②姓。

〈説解〉 閔，門部，上包下結構，形聲字。門簡化爲门，偏旁類推簡化。

闷 ‖ 悶
7　　12

(一) mēn　ㄇㄣ　mun⁶〔門低去〕

①氣壓低或空氣不流通所引起的不舒暢感覺：～熱｜～氣

七

｜窗戶太小,有點～。②不聲張,不吭氣:～頭兒幹。③呆在屋裏不到外面去:整天～在家裏練大字。

(二) mèn　ㄇㄣˋ　mun⁶〔門低去〕

---

①心情不舒暢,煩悶:～倦｜苦～｜愁～｜解～｜悒～。②密閉,不透氣:～罐兒｜～子車。

〈說解〉 悶,門部或心部,上包下結構,形聲字。門簡化爲门,偏旁類推簡化。敦煌寫本已見。
＊悶字舊歸心部,《漢語大字典》歸門部。

灿 ‖ 燦

7　　17

càn　ㄘㄢˋ　tsan³〔粲〕

【燦爛】cànlàn 光彩耀眼鮮亮:陽光～。

〈說解〉 灿,火部,左右結構,形聲字。把聲旁粲改爲山(二字韻近),就成爲灿。

灶 ‖ 竈

7　　21

zào　ㄗㄠˋ　dzou³〔早高去〕

生火做飯的設備:～臺｜～間｜大～｜掌～｜煤氣～｜清鍋冷～。

〈說解〉 灶,火部,左右結構,從火從土,會意字。《五音集韻・号韻》:"灶,俗竈。"現在用灶做竈的簡化字。明刊《釋厄傳》、清刊《目蓮記》《逸事》等並見。
＊竈字舊歸穴部。

炀 ‖ 煬

7　　13

yáng　｜尢ˊ　jœŋ⁴〔羊〕

〈書〉①熔化金屬:持就火～之。②燒,焚:詩書～而爲煙。

〈說解〉 炀,火部,左右結構,形聲字。煬簡化爲炀,偏旁類推簡化。

沣 ‖ 灃
7　21

fēng　ㄈㄥ　fuŋ¹〔風〕

地名用字。灃水，在陝西。

〈說解〉 沣，氵部，左右結構，形聲字。豐簡化爲丰，偏旁類推簡化。

沤 ‖ 漚
7　14

（一）ōu　ㄡ　ɐu¹〔歐〕

水泡：浮～。

（二）òu　ㄡˋ　ɐu³〔歐高去〕

長時間地放在水裏泡：～蔴丨～肥。

〈說解〉 沤，氵部，左右結構，形聲字。區簡化爲区，偏旁類推簡化。元刊《雜劇》簡作沤，今把符號又改爲乂。

沥 ‖ 瀝
7　19

lì　ㄌㄧˋ　lik⁷〔礫〕

①液體一點一滴地落下：～血丨～澇。②液體的點滴：餘～。

〈說解〉 沥，氵部，左右結構，形聲字。歷簡化爲历，偏旁類推簡化。

沦 ‖ 淪
7　11

lún　ㄌㄨㄣˊ　lœn⁴〔倫〕

①沉沒：沉～。②沒落，落入：～亡丨～陷。

〈說解〉 沦，氵部，左右結構，形聲字。侖簡化爲仑，偏旁類推簡化。
＊沦跟沧(滄)形近，注意不要混淆。

七

沧 ‖ 滄

| cāng | ㄘㄤ | tsɔŋ¹ 〔蒼〕 |

水青綠色：～海｜～溟。

〈說解〉 沧，氵部，左右結構，形聲字。倉簡化爲仓，偏旁類推簡化。
＊沧跟沦(淪)形近，注意不要混淆。

沨 ‖ 渢

| fēng | ㄈㄥ | fuŋ¹〔風〕　fuŋ⁴〔馮〕(又) |

〈書〉形容水聲。

〈說解〉 沨，氵部，左右結構，形聲字。風簡化爲风，偏旁類推簡化。

沟 ‖ 溝

| gōu | ㄍㄡ | gɐu¹〔鳩〕　kɐu¹〔扣高平〕 |

①人工挖掘的水道，泛指一般的水道：～渠｜～壑｜暗～｜河
～｜地～。②類似溝的凹道：瓦～｜交通～｜軋了一道～。

〈說解〉 沟，氵部，左右結構，形聲字。《改併四聲篇海》引《俗
字背篇》注此字音勾。《康熙字典・水部》："沟，《篇韻》古侯切，
音勾。水聲。"現在借沟字做溝的簡化字是同音替代。

沩 ‖ 潙

| wéi | ㄨㄟˊ | wɐi⁴〔圍〕　gwei〔歸〕 |

地名用字。潙水，在湖南。

〈說解〉 沩，氵部，左右結構，形聲字。爲簡化爲为，偏旁類
推簡化。

沪 ‖ 滬

| hù | ㄏㄨˋ | wu⁶〔户〕 |

上海的別稱：～劇｜津～綫。

七

〈説解〉 沪，氵部，左右結構，形聲字。滬從扈聲，扈又從户聲，把扈改爲户，保留聲旁。

沈 ‖ 瀋

| | shěn | ㄕㄣˇ | sɐm² 〔審〕 |

7　18

地名用字。瀋陽，在遼寧省。

〈説解〉 沈，氵部，左右結構，形聲字。沈本讀 chén ㄔㄣˊ tsɐm⁴〔尋〕，是沉的古字。沈，又讀 shěn ㄕㄣˇ sɐm²〔審〕，通瀋。《集韻·寢韻》:"瀋，《説文》:'汁也。'或作沈。"段注《説文解字·水部》:"沈，或借爲瀋字。"現在用沈做瀋的簡化字是同音替代。

＊沈字用作人姓時，古今均用沈。

忓 ‖ 憮

| | wǔ | ㄨˇ | mou⁵ 〔舞〕 |

7　15

〈書〉①愛憐。②失意:～然。

〈説解〉 忓，忄部，左右結構，形聲字。無簡化爲无，偏旁類推簡化。

怀 ‖ 懷

| | huái | ㄏㄨㄞˊ | wai⁴ 〔淮〕 |

7　19

①胸部，胸前:掩着～｜她一頭撲到媽媽～裏。②胸懷，心意:心～｜壯～｜情～｜介～｜正中下～。③思念，想念:～念｜～友｜～古｜追～｜忘～。④腹中有胎:～胎｜～孕。⑤心裏存有:～恨｜～疑｜不～好意。

〈説解〉 怀，忄部，左右結構。怀，本讀 fù，義爲怒(見《改併四聲篇海·心部》)。現在被借作懷的簡化字。也可看作用符號不代替懷的右偏旁，這跟壞的簡化字爲坏類同。清刊《目蓮記》《金瓶梅》《逸事》已見。

＊怀 (fù) 從心不聲爲形聲字。簡化字怀 (huái) 是符號替代字。

忧 ‖ 慪
7　　14

òu　又`　ɐu³〔漚〕

①鬧彆扭，生悶氣：～氣。②使不愉快，使慪氣：～人｜你不要故意～我。

〈說解〉 忧，忄部，左右結構，形聲字。區簡化爲区，偏旁類推簡化。

忧 ‖ 憂
7　　15

yōu　ㄧㄡ　jɐu¹〔休〕

①憂愁，擔憂：～悶｜～傷｜～慮｜煩～。②使人擔憂的事情：～患｜分～｜隱～｜內～外患。

〈說解〉 忧，忄部，左右結構。忧，是新造形聲字，從心尤聲，尤跟憂音近。
＊憂字舊歸心部。

忾 ‖ 愾
7　　13

kài　ㄎㄞ`　kɔi³〔概〕

〈書〉憤怒，憤恨：同仇敵～。

〈說解〉 忾，忄部，左右結構，會意兼形聲字。氣簡化爲气，偏旁類推簡化。

悵 ‖ 悵
7　　11

chàng　ㄔㄤ`　tsœŋ³〔唱〕

不如意，不滿意：～恨｜～～然｜惆～｜怨～。

〈說解〉 悵，忄部，左右結構，形聲字。長簡化爲长，偏旁類推簡化。

愴 ‖ 愴
7　　13

chuàng　ㄔㄨㄤ`　tsɔŋ³〔創〕

悲傷，傷心：～痛｜～惻｜悲～｜淒～。

〈說解〉　忴，忄部，左右結構，形聲字。倉簡化爲仑，偏旁類推簡化。

灾 ‖ 災
7　　15

zāi　ㄗㄞ　dzɔi¹　〔栽〕

①災害：～民｜～年｜～情｜～區｜水～｜旱～｜火～｜救～｜天～人禍。②個人所遭遇的禍事：沒病沒～｜無妄之～。

〈說解〉　灾，火部或宀部，上下結構，會意字。灾和災是異體，舊多用災，簡化字只用灾。敦煌寫本中灾字多見。

穷 ‖ 窮
7　　15

qióng　ㄑㄩㄥˊ　kuŋ⁴　〔邛〕

①缺乏生產資料和生活資料，沒有錢：～人｜～困｜～酸｜哭～｜一～二白。②窮盡：無～｜理屈詞～｜山～水盡｜日暮途～。③徹底(做)：～究｜～追猛打｜追本～源。④極端：～奢極侈｜～兇極惡。

〈說解〉　穷，穴部，上下結構。把聲旁躬改爲力，力只是符號，穷是符號替代字。元刊《雜劇》《元典章》、明刊《白袍記》、清刊《目蓮記》《逸事》等並見。穷可作簡化偏旁用，如芎(藭)。

证 ‖ 證
7　　19

zhèng　ㄓㄥˋ　dziŋ³　〔政〕

①證明：～人｜～件｜～物｜見～｜求～｜引～｜公～。②證據，證件：～券｜票～｜罪～｜物～｜例～｜工作～｜通行～。

〈說解〉　证，讠部，左右結構，形聲字。证，繁體作証，言簡化爲讠，偏旁類推簡化。《正字通·言部》：“証，與證通。”《說文解字·言部》段注：“証，今俗以証爲證驗字。”現在用证做證的簡化字是同音替代。
＊《說文》：“証，諫也。從言正聲。”此義現在已不用。

诂 ‖ 詁
7　　12

gǔ　《ㄨˇ　gu² 〔古〕

用通行易懂的文字解釋古代語言文字或方言字義：訓～｜字～。

〈說解〉 诂，讠部，左右結構，形聲字。言簡化爲讠，偏旁類推簡化。

诃 ‖ 訶
7　　12

hē　ㄏㄜ　hoʹ〔苛〕

同"呵"，呵斥。
【訶子】hē·zǐ 常綠喬木，果實像橄欖，可入藥，也叫藏青果。

〈說解〉 诃，讠部，左右結構，形聲字。言簡化爲讠，偏旁類推簡化。

启 ‖ 啓
7　　11

qǐ　ㄑ丨ˇ　kɐi²〔溪高去〕

①打開：～門｜～封｜開～。②開始，起始：～動｜～用｜～程｜～明星。③開導：～發｜～示｜～蒙｜～迪。④陳述：～奏｜～事。⑤較簡短的書信：謝～｜公～｜哀～。

〈說解〉 启，户部或口部，上下結構，會意字。启是啓的古字。《說文・口部》："启，開也。"段注："後人用啓字，訓開，乃廢启不行矣。"啓、啟爲異體。現在用启做啓的簡化字是恢復古字。

评 ‖ 評
7　　12

píng　ㄆ丨ㄥˊ　piŋ⁴〔平〕

①評論，批評：～語｜～註｜～傳｜～說｜短～｜時～｜講～｜影～。②評判，評定：～分｜～功｜～級｜～理｜～估。

〈說解〉 评，讠部，左右結構，形聲字。言簡化爲讠，偏旁類推簡化。

补 ‖ 補

7　12　　　bǔ　ㄅㄨˇ　bou²〔寶〕

①添上材料,修理破損的東西,修補:～丁｜～鍋｜～衣服｜縫～｜修橋～路。②補充,填補:～選｜～救｜～缺｜～正｜～考｜～課｜增～｜替～。③補養:～品｜～藥。④用處,益處:不無小～｜無～於事。

〈説解〉　补,衤部,左右結構,形聲字。把聲旁甫(fǔ ㄈㄨˇ fu²〔苦〕)改爲卜(bǔ ㄅㄨˇ buk⁷〔波屋切〕),筆劃減少,表音準確。

诅 ‖ 詛

7　12　　　zǔ　ㄗㄨˇ　dzɔ³〔佐〕dzɔ²〔阻〕

①詛咒:咒～｜謗～。②〈書〉盟誓。

〈説解〉　诅,讠部,左右結構,形聲字。言簡化爲讠,偏旁類推簡化。

识 ‖ 識

7　19　　　(一)shí　ㄕ　sik⁷〔色〕

①認得,懂得:～字｜～破｜～貨｜～大體｜相～｜目不～丁。②知識,見識:學～｜才～｜膽～｜遠見卓～。

(二)zhì　ㄓ　dzi³〔志〕

①記:默～｜博聞強～。②記號,標記:款～。

〈説解〉　识,讠部,左右結構,形聲字。言簡化爲讠,戠簡化爲只,偏旁類推簡化。
＊只爲戠的簡化偏旁,如:帜(幟)、炽(熾)、织(織)等,用只換戠,近音替代。

诇 ‖ 詗

7　12　　　xiòng　ㄒㄩㄥˋ　hiŋ³〔慶〕

〈書〉刺探,察探。

〈說解〉 诇，讠部，左右結構，形聲字。言簡化爲讠，偏旁類推簡化。

诈 ‖ 詐
7　　12　　　　zhà　ㄓㄚˋ　dza³〔炸〕

①欺騙：～騙｜～取錢財｜奸～｜敲～｜詭～｜狡～｜兵不厭～。②僞裝：～降｜～死。

〈說解〉 诈，讠部，左右結構，形聲字。言簡化爲讠，偏旁類推簡化。

诉 ‖ 訴
7　　12　　　　sù　ㄙㄨˋ　sou³〔素〕

①對人說，陳說：～苦｜～說｜～衷情｜陳～｜哭～｜傾～｜申～。②控告：～訟｜～狀｜反～｜上～｜抗～。

〈說解〉 诉，讠部，左右結構，形聲字。言簡化爲讠，偏旁類推簡化。清刊《目蓮記》見。

诊 ‖ 診
7　　12　　　　zhěn　ㄓㄣˇ　tsɐn²〔疹〕

診察病情：～療｜～治｜～所｜～脈｜出～｜初～｜門～｜誤～｜就～｜急～。

〈說解〉 诊，讠部，左右結構，形聲字。言簡化爲讠，偏旁類推簡化。

诋 ‖ 詆
7　　12　　　　dǐ　ㄉㄧˇ　dɐi²〔底〕

說人壞話：～毀｜丑～。

〈說解〉 诋，讠部，左右結構，形聲字。言簡化爲讠，偏旁類推簡化。

诌 ‖ 謅
7　　17　　zhōu　ㄓㄡ　dzɐu¹　〔周〕

編造言詞：胡～｜瞎～一氣。

〈說解〉 诌，讠部，左右結構，形聲字。言簡化爲讠，芻簡化爲刍，偏旁類推簡化。

词 ‖ 詞
7　　12　　cí　ㄘˊ　tsi⁴　〔池〕

①說話或詩文作品中的語句：～語｜～章｜～句｜歌～｜文～｜供～｜賀～｜誓～｜陳～濫調。②語言裏最小的、可以自由運用的單位：～頭｜～尾｜～法｜名～｜動～｜形容～｜同義～。③一種韻文形式，由五、七言詩和民間歌謠發展而來，句子長短不等，又叫長短句：～牌｜～律｜～韻｜填～。

〈說解〉 词，讠部，左右結構，形聲字。言簡化爲讠，偏旁類推簡化。影元鈔本《通俗小說》、清刊《目連記》見。

诎 ‖ 詘
7　　12　　qū　ㄑㄩ　wɐt⁷　〔屈〕

〈書〉①言語笨拙。②同"屈"。

〈說解〉 诎，讠部，左右結構，形聲字。言簡化爲讠，偏旁類推簡化。

诏 ‖ 詔
7　　12　　zhào　ㄓㄠ　dziu³　〔照〕

①告誡：～示｜～告。②詔書：～旨｜下～｜遺～｜罪己～。

〈說解〉 诏，讠部，左右結構，形聲字。言簡化爲讠，偏旁類推簡化。
* 诏字讀去聲，不讀平聲。

七

译 ‖ 譯
7 ‖ 20

yi ㄧˋ jik⁹〔亦〕

翻譯：～音｜～員｜～著｜～稿｜意～｜直～｜筆～｜重～。

〈說解〉 译，讠部，左右結構，形聲字。言簡化爲讠，睪簡化爲
圣(草書楷化)，偏旁類推簡化。

讪 ‖ 詒
7 ‖ 12

yi ㄧˊ ji⁴〔而〕

〈書〉同"貽"。

〈說解〉 讪，讠部，左右結構，形聲字。言簡化爲讠，偏旁類推簡化。

灵 ‖ 靈
7 ‖ 24

líng ㄌㄧˊ liŋ⁴〔玲〕

①靈活：～巧｜～敏｜～便｜機～｜輕～｜失～。②精神，靈
魂：～感｜亡～｜魂～。③關於死人的：～柩｜～位｜～堂｜
守～｜停～｜祭～。④有關神鬼的：～怪｜精～｜幽～｜神
～。⑤靈驗：～丹｜～藥。

〈說解〉 灵，彐部或火部，上下結構，會意字。《正字通·火
部》："灵，俗靈字。"元刊《雜劇》等元明清諸書並見。現在用灵
做靈的簡化字。灵可作簡化偏旁用，如：棂(欞)。
＊(1)《廣韻·青韻》："灵，《字類》云：'小熱皃。'"後借灵爲靈
的俗字。(2)靈字舊歸雨部。

层 ‖ 層
7 ‖ 15

céng ㄘㄥˊ tsɐŋ⁴〔曾〕

①重疊：～出不窮｜～見疊出。②層次：基～｜上～｜高～｜
煤～｜皮～｜土～。③量詞，用於分層的、成層的或可以分項
的：十~樓｜兩~墊子｜還得進一~想｜厚厚的一~灰。

〈說解〉 层，尸部，左上半包圍結構，草書楷化字。把曾改爲
云就成爲层。

迟 ‖ 遲
7　　15

chí　ㄔ　tsi⁴〔池〕

①緩慢：～緩｜～疑｜～誤｜～鈍｜淹～。②比規定的時間或合適的時間晚：～到｜推～｜延～｜～暮。

〈說解〉迟, 辶部, 左下半包圍結構, 形聲字。把聲旁犀改爲尺,更接近現代字音。

张 ‖ 張
7　　11

zhāng　ㄓㄤ　dzœŋ¹〔章〕

①使合攏的東西分開或使縮緊的東西放開：～開嘴｜～翅膀｜～弓射箭｜舒～。②陳設, 料理：～貼｜～羅｜～燈結彩。③看, 望：～望｜東～西望。④開業：開～｜新～。⑤擴大, 誇大：伸～｜聲～｜誇～｜擴～。⑥量詞：兩～紙｜一～牀｜三～桌子。

〈說解〉张, 弓部, 左右結構, 形聲字。長簡化爲长,偏旁類推簡化。

际 ‖ 際
7　　13

jì　ㄐㄧˋ　dzɐi³〔濟〕

①靠邊的或分界的地方：分～｜天～｜無～｜邊～｜涯～。②中間, 裏邊：空～｜腦～。③彼此之間：人～｜國～｜星～空間。④時候：危難之～｜勝利之～。⑤正當：～此盛會。⑥遭遇：～遇｜遭～。

〈說解〉际, 阝部, 左右結構。去掉際字聲旁祭的上部, 就成爲际。际保留了原字的特徵。
＊際字舊歸阜部。下左偏旁爲阝的字同。

陆 ‖ 陸
7　　10

（一）lù　ㄌㄨˋ　luk⁹〔六〕

陸地：～軍｜～路｜～運｜大～｜着～｜水～並進。

（二）liù　ㄌㄧㄡˋ　luk⁹〔六〕

六的大寫。

〈說解〉 陆，阝部，左右結構，草書楷化字。把陸字右邊的聲旁改爲击就成爲陆。

陇 ‖ 隴

lǒng ㄌㄨㄥˇ luŋ⁵ 〔壟〕
7　18

①地名，隴山，在陝西、甘肅交界處。②甘肅的別稱：～西｜～海綫。

〈說解〉 陇，阝部，左右結構，形聲字。龍簡化爲龙，偏旁類推簡化。

陈 ‖ 陳

chén ㄔㄣˊ tsɛn⁴ 〔塵〕
7　10

①擺設，安放：～放｜～列｜～兵百萬。② 述 說：～說｜～述｜～訴。③時間久遠的，舊的：～腐｜～貨｜～年老酒｜～規陋習。

〈說解〉 陈，阝部，左右結構，東簡化爲东，偏旁類推簡化。
＊陳，《説文》以爲從阝從木申聲，爲形聲字。

坠 ‖ 墜

zhuì ㄓㄨㄟˋ dzœy⁶ 〔罪〕
7　14

①落下，掉下：～樓｜～馬｜～地｜～落｜搖搖欲～。②往下垂，垂在下面：豐滿的穀穗～着頭｜石榴把樹枝～得低低的。③垂在下面的東西：扇～｜耳～。

〈說解〉 坠，土部，上下結構，形聲字。隊簡化爲队，偏旁類推簡化。

陉 ‖ 陘

xíng ㄒㄧㄥˊ jiŋ⁴ 〔形〕
7　9

〈書〉山脈中斷的地方，山口。

〈說解〉 陉，阝部，左右結構，形聲字。巠簡化爲圣（草書楷化），偏旁類推簡化。

妪 ‖ 嫗
7　14　　　yù　ㄩ　jy³〔瘀高去〕

年老的婦女：老～｜翁～。

〈說解〉 妪，女部，左右結構，形聲字。區簡化爲区，偏旁類推簡化。

妩 ‖ 嫵
7　15　　　wǔ　ㄨˇ　mou⁵〔武〕

【嫵媚】wǔ·mèi 姿態美好可愛：～多姿。

〈說解〉 妩，女部，左右結構，形聲字。無簡化爲无，偏旁類推簡化。元刊《太平樂府》簡作妩，與今形近。

妫 ‖ 嬀
7　12　　　guī　ㄍㄨㄟ　gwɐi¹〔歸〕

嬀水，河水名，在河北。

〈說解〉 妫，女部，左右結構，形聲字。爲簡化爲为，偏旁類推簡化。

刭 ‖ 剄
7　9　　　jǐng　ㄐㄧㄥ　giŋ²〔景〕

用刀割脖子：自～。

〈說解〉 刭，刂部，左右結構，形聲字。巠簡化爲圣，偏旁類推簡化。

劲 ‖ 勁
7　9　　　(一)jìn　ㄐㄧㄣ　giŋ³〔敬〕

①力量，力氣：～兒大｜有～｜猛～｜加～｜後～｜一股～。②精神，情緒：來～｜帶～｜闖～｜起～｜ ③態度，神情：

嚴肅~兒｜高興~兒。

(二) jìng　ㄐㄧㄥˋ　giŋ⁶〔競〕

堅強有力：~旅｜~敵｜强~｜遒~｜蒼~｜疾風知~草。

〈說解〉 勁，力部，左右結構，形聲字。巠簡化爲圣，偏旁類推簡化。元刊《太平樂府》、明刊《東窗記》簡作劲，與今簡化字形近。

鸡‖鷄
7　21

jī　ㄐㄧ　gɐi¹〔計〕

①一種家禽，品種很多，頭部有紅色肉冠，肉可供食用，母鷄能下蛋：~毛｜~冠子｜公~｜母~｜野~。②像鷄的或像鷄的某些部位的：~胸｜~眼｜~爪瘋｜~心領｜~頭米。

〈說解〉 鸡，鳥部，左右結構。用符號又代替聲旁奚，鸡是符號替代字。鳥簡化爲鸟，偏旁類推簡化。清刊《目連記》《金瓶梅》已見。

* 雞是鷄的異體，鷄舊歸鳥部，雞歸佳部。

纬‖緯
7　15

wěi　ㄨㄟˇ　wɐi⁵〔偉〕

①織物上橫向的紗或綫：~紗｜~綫。②緯度，地理學上假定的沿地球表面與赤道平行的綫：北~｜南~｜高~度。

〈說解〉 纬，纟部，左右結構，形聲字。糸簡化爲纟，韋簡化爲韦，偏旁類推簡化。

纭‖紜
7　10

yún　ㄩㄣˊ　wɐn⁴〔雲〕

形容多而雜亂：衆說紛~。

〈說解〉 纭，纟部，左右結構，形聲字。糸簡化爲纟，偏旁類推簡化。

驱 ‖ 驅
7　21

qū　ㄑㄩ　kœy¹〔拘〕

①趕牲口:～車｜～馳。②趕走:～逐｜～邪｜～散｜～趕。③快跑:前～｜先～｜長～直入。

〈說解〉　驱,馬部,左右結構,形聲字。馬簡化爲马,區簡化爲区,偏旁類推簡化。
＊驅的異體字有敺。

纯 ‖ 純
7　10

chún　ㄔㄨㄣ　sœn⁴〔純〕

①純淨,沒有雜質:～水｜～金｜成分很～。②單純;純潔:～白｜～淨｜～利｜～真。③純熟:工夫還不夠～。

〈說解〉　纯,糸部,左右結構,形聲字。糸簡化爲纟,偏旁類推簡化。

纰 ‖ 紕
7　10

pī　ㄆㄧ　pei¹〔披〕

①布帛絲縷等破壞,披散:綾～了。②錯誤:～漏｜～繆。

〈說解〉　纰,糸部,左右結構,形聲字。糸簡化爲纟,偏旁類推簡化。

纱 ‖ 紗
7　10

shā　ㄕㄚ　sa¹〔沙〕

①用棉、蔴等紡成的較鬆的細絲, 可以捻成綫或織成布:～錠｜紡～｜棉～｜細～。②用紗織成的綫很稀的織物:～布｜窗～｜面～。③像窗紗的製品:鐵～｜塑料～。④某些紡織品的品名:香雲～｜泡泡～。

〈說解〉　纱,糸部,左右結構,會意兼形聲字。糸簡化爲纟,偏旁類推簡化。

七

纲 ‖ 綱
7　　14

gāng　ㄍㄤ　goŋ¹〔江〕

①提網的總繩，也用於比喻：～目｜～舉目張。②指事物的主要部分：～領｜提～｜大～｜政～。③舊時成批運輸貨物的組織：茶～｜花石～。

〈說解〉　纲，纟部，左右結構，形聲字。糹簡化爲纟，岡簡化爲冈，偏旁類推簡化。
＊纲不是網的簡化字，網的簡化字是网。

纳 ‖ 納
7　　10

nà　ㄋㄚˋ　nap⁹〔鈉〕

①收進，放進：～入｜接～｜容～｜收～｜笑～｜閉門不～。②接受：～降｜～諫｜招～。③交付：～稅｜～糧。④享受：～福｜～涼。

〈說解〉　纳，纟部，左右結構，形聲字。糹簡化爲纟，偏旁類推簡化。

纴 ‖ 紝
7　　10

rèn　ㄖㄣˋ　jɐm⁶〔任〕

〈書〉紡織。婦人力於織～。

〈說解〉　纴，纟部，左右結構，形聲字。糹簡化爲纟，偏旁類推簡化。

驳 ‖ 駁
7　　14

bó　ㄅㄛˊ　bɔk⁸〔博〕

①一種顏色夾雜着另外的顏色：～雜｜斑～。②列舉事實和理由，提出自己的見解，否定別人的意見：～斥｜～回｜～價｜反～｜批～｜～回。③用船在岸與船、船與船之間轉運旅客或貨物：～運｜～起～。④沒有動力裝置，靠拖輪拉着或推着航行的船隻：～船｜鐵～。

〈說解〉　驳，馬部，左右結構，形聲字。馬簡化爲马，偏旁類推簡化。
＊駁的異體有駮。

纵 ‖ 縱　　zòng　ㄗㄨㄥˋ　dzuŋ³〔眾〕
7　17

①地理上南北走向的,跟長的一邊平行的:~貫丨~橫丨~向丨~剖面。②從前到後的:~深。③釋放,放走:~放丨~虎歸山。④放任,不拘束:~情丨~酒丨~慾丨放~丨驕~丨寬~。⑤即使:~然丨~使。⑥縱身:身子一~,跳上馬背。

〈說解〉纵,纟部,左右結構,形聲字。糸簡化爲纟,從簡化爲从,偏旁類推簡化。

纶 ‖ 綸　　(一) guān　ㄍㄨㄢ　gwan¹〔關〕
7　14

【綸巾】guān·jīn 古代配有青絲帶的頭巾。

　　　　　　　　　(二) lún　ㄌㄨㄣˊ　loen⁴〔輪〕

①青絲帶子。②釣魚用的綫:垂~。③指某些合成纖維:錦~丨丙~丨氯~。

〈說解〉纶,纟部,左右結構,形聲字。糸簡化爲纟,侖簡化爲仑,偏旁類推簡化。

纷 ‖ 紛　　fēn　ㄈㄣ　fɐn¹〔分〕
7　10

多而雜亂:~亂丨~繁丨~紜丨~爭丨糾~丨繽~丨亂~~。

〈說解〉纷,纟部,左右結構,形聲字。糸簡化爲纟,偏旁類推簡化。元刊《雜劇》已見。

纸 ‖ 紙　　zhǐ　ㄓˇ　dzi²〔子〕
7　10

寫字、繪畫、印刷書報等所用的東西:~張丨~板丨~幣丨報~丨試~丨稿~丨手~。

七

〈說解〉 纸,纟部,左右結構,形聲字。糸簡化爲纟,偏旁類推簡化。

＊紙的異體有帋。

纹 ‖ 紋

wén　ㄨㄣˊ　mɐn⁴〔文〕

①花紋:~理｜條~｜斑~。②紋路:波~｜螺~｜笑~｜裂~。

〈說解〉 纹,纟部,左右結構,形聲字。糸簡化爲纟,偏旁類推簡化。

纺 ‖ 紡

fǎng　ㄈㄤˇ　foŋ²〔訪〕

①把棉、蔴、絲、毛等纖維撚成紗,或把紗撚成綫:~紗｜~織｜~車｜棉~｜混~。②一種較薄的絲織品:杭~。

〈說解〉 纺,纟部,左右結構,形聲字。糸簡化爲纟,偏旁類推簡化。

驴 ‖ 驢

lú　ㄌㄩ　lou⁴〔勞〕

一種哺乳動物,像馬,但與馬有別,耳朵長,多用做力畜:毛~｜野~｜草~。

〈說解〉 驴,馬部,左右結構,形聲字。馬簡化爲马,偏旁類推簡化;盧改爲户,改換聲旁(二字韻母相近)。宋刊《取經詩話》、元刊《雜劇》、明刊《嬌紅記》、清刊《目蓮記》等簡作驴,今進而簡化爲驴。

＊盧字簡化爲卢,但驢字的右半邊不能簡化爲卢。

纼 ‖ 紖

zhèn　ㄓㄣˋ　dzɐn⁵〔真低上〕

〈書〉拴牲口的繩子。

〈說解〉　纠，纟部，左右結構，形聲字。糹簡化爲纟，偏旁類推簡化。

纽‖紐
7　10　　　　niǔ　ㄋㄧㄡˇ　nɐu² 〔扭〕

①器物上可以抓住將器物提起來的部分：秤～｜印～。②紐扣：～子｜衣～。

〈說解〉　紐，纟部，左右結構，形聲字。糹簡化爲纟，偏旁類推簡化。

纾‖紓
7　10　　　　shū　ㄕㄨ　sy¹ 〔舒〕

〈書〉①解除：毀家～難。②寬裕，寬緩：民力稍～。

〈說解〉　紓，纟部，左右結構，形聲字。糹簡化爲纟，偏旁類推簡化。

七

八　畫

玮‖瑋
8　13
wěi　ㄨㄟˇ　wɐi⁵〔偉〕

①一種玉名。②珍奇,珍貴:～奇｜瑰～。

〈說解〉 玮,王部,左右結構,形聲字。韦簡化爲韦,偏旁類推簡化。
＊瑋字舊歸玉部。

环‖環
8　17
huán　ㄏㄨㄢˊ　wan⁴〔還〕

①圓圈形的東西:耳～｜花～｜光～｜玉～。②環節:搜集資料是科研工作最基本的一～。③圍繞:～繞｜～球｜～視｜～行｜回～｜循～。

〈說解〉 环,王部,左右結構,草書楷化字,用不代替環的右偏旁。明刊《釋厄傳》、清刊《目蓮記》《金瓶梅》《逸事》已見。
＊(1)環字右偏旁用不代替,跟還簡化爲还方法相同,但並不是所有聲旁爲睘的字都可以用不代替,如繯、鐶的簡化字爲缳、镮。(2)環字舊歸玉部。

责‖責
8　11
zé　ㄗㄜˊ　dzak⁸〔窄〕

①責任:～無旁貸｜負～｜職～｜塞～。②要求去做或要求達到一定標準:～成｜～令｜督～｜～人寬,～己嚴。③責備,責問:～怪｜～駡｜～難｜指～｜斥～｜苛～。

〈說解〉 责,貝部,上下結構,形聲字。貝簡化爲贝,偏旁類推簡化。清刊《金瓶梅》已見。

現 ‖ 現
8　11

xiàn　ㄒㄧㄢˋ　jin⁶〔彥〕

①現在，此時：～今｜～時｜～役｜～任｜～行犯。②臨時，當時：～編～唱｜～做～吃。③當時就可以拿出來的：～款｜～貨｜～金。④指現款：兌～｜貼～。⑤表露在外面，使人看得見：～身｜～象｜表～｜再～｜呈～｜出～｜實～。

〈說解〉　現，王部或見部，左右結構，形聲字。見簡化爲见，偏旁類推簡化。

表 ‖ 錶
8　16

biǎo　ㄅㄧㄠˇ　biu¹〔標〕

計時用的器具：～針｜～帶｜～殼｜手～｜懷～｜金～。

〈說解〉　表，一部或衣部，獨體結構，會意字。用表做錶的簡化字是同音替代。《紅樓夢》四十五回已見。
＊(1)表的下列意義跟錶無關，只能用表：❶外面，外層，外貌：～面｜～層｜～儀。❷顯示，表達：～演｜～現｜～情｜～揚。❸榜樣：～率｜師～。❹表格：圖～｜調查～。❺計量器：電～｜煤氣～｜水～。❻古代一種奏章文體：戰～｜陳情～。❼中表親戚關係：～兄｜～嬸。(2)表，舊歸衣部，《漢語大字典》歸一部。錶字舊歸金部。

玱 ‖ 瑲
8　14

qiāng　ㄑㄧㄤ　tsœŋ¹〔槍〕

象聲詞，形容玉器相撞擊的聲音：佩玉～～。

〈說解〉　玱，王部，左右結構，形聲字。倉簡化爲仓，偏旁類推簡化。
＊瑲字舊歸玉部。

規 ‖ 規
8　11

guī　ㄍㄨㄟ　kwɐi¹〔歸〕

①畫圓形的工具：圓～｜兩腳～。②規則，成例：～律｜～程｜～

格｜法～｜常～｜家～。③勸告：～勸｜～誡｜～諫。④謀劃，想辦法：～劃｜～定｜～避。

〈說解〉 規，见部，左右結構，會意字。見簡化爲见，偏旁類推簡化。

＊規的異體字爲槻，歸木部。

甌 ‖ 甌
8　11　　　guǐ　ㄍㄨㄟˇ　gwei² 〔鬼〕

匣子：票～｜木～。

〈說解〉 甌，匚部，左包右結構，形聲字。車簡化爲车，偏旁類推簡化。

垆 ‖ 壚
8　19　　　lú　ㄌㄨˊ　lou⁴ 〔盧〕

①黑色的土壤：～土。②舊時酒店裏安放酒甕的土臺子，也借指酒店：酒～｜當～。

〈說解〉 垆，土部，左右結構，形聲字。盧簡化爲卢，偏旁類推簡化。元刊《太平樂府》簡作垆，今不從。

＊壚的異體字爲罏，只用於②項義，舊歸缶部。

頂 ‖ 頂
8　11　　　dǐng　ㄉㄧㄥˇ　diŋ² 〔鼎〕

①人體或物體的最上部：～端｜～峰｜頭～｜房～｜山～｜尖～。②用頭部支承：～碗｜～球｜～着雨就跑了。③支撑，抵住：～上門｜～着不辦。④迎着：～風｜～頭。⑤頂撞：～嘴｜着實～了他兩句。⑥頂替：～名｜以次～好。⑦相當於：老將出馬，一個～倆。⑧指轉讓或取得經營權、租賃權等：～盤｜把這爿店～下來。⑨量詞，用於帶頂的東西：一～帽子｜兩～帳篷。⑩副詞，表示程度最高：～好｜～小｜～出色｜～缺德。

〈說解〉 頂，頁部，左右結構，形聲字。頁簡化爲页，偏旁類推簡化。

拢 ‖ 攏
8　19

lǒng　ㄌㄨㄥˇ　luŋ⁵〔壟〕

①合上，聚到一處：合～｜聚～｜樂得合不～嘴。②收攏：～音｜～住她的心。③靠近，到達：～岸｜靠～｜湊～來。④總合：～共｜～總｜～賬。⑤梳理：～頭｜～子。

〈說解〉 拢，扌部，左右結構，形聲字。龍簡化爲龙，偏旁類推簡化。清刊《逸事》簡作拢，與今簡化字形近。

拣 ‖ 揀
8　12

jiǎn　ㄐㄧㄢˇ　gan²〔柬〕

①挑選：～選｜～重活幹｜專～軟的欺負。②同"撿"。

〈說解〉 拣，扌部，左右結構，形聲字。柬簡化爲东，草書楷化。

担 ‖ 擔
8　16

(一) dān　ㄉㄢ　dam¹〔耽〕

①用肩膀挑：～水｜～土。②擔負，承當：～保｜～任｜～待｜～不是｜～驚受怕。

(二) dàn　ㄉㄢˋ　dam³〔耽高去〕

①擔子：挑～｜重～｜貨郎～。②量詞，用於成擔的東西：一～水｜兩～柴火。

〈說解〉 担，扌部，左右結構，形聲字。担字一讀 dǎn，義爲拂拭(見《玉篇·手部》)。另讀 dān (又讀 dàn)，通擔。翟灝《通俗編·雜字》："担，按：俗以此通擔負之擔。"今則以担做擔的簡化字。元刊《太平樂府》、清刊《目蓮記》《金瓶梅》《逸事》並見。

八

拥 ‖ 擁
8　16

yōng　ㄩㄥ　juŋ²〔湧〕

①抱：～抱｜～膝而坐。②圍着：簇～｜前呼後～。③擠着走：～塞｜蜂～｜～～而入。④擁護：～軍｜～戴。

〈說解〉 擁，扌部，左右結構，形聲字。把聲旁雍改爲用(二字音近)，就成爲擁。

势 ‖ 勢

₈ ₁₃　　shì　ㄕˋ　sɐi³〔世〕

①勢力：～燄｜權～｜得～｜仗～｜失～。②事物力量表現出的趨向：～如破竹｜來～甚猛。③形勢，情勢：山～｜水～｜局～｜攻～｜劣～｜陣～。④姿態：手～｜姿～｜作～。⑤指雄性生殖器：去～｜割～。

〈說解〉 勢，力部，上下結構，草書楷化字。把勢的左上半邊改爲扌就成爲势。宋刊《列女傳》、元刊《雜劇》、明刊《東窗記》、清刊《金瓶梅》等習見。

拦 ‖ 攔

₈ ₂₀　　lán　ㄌㄢˊ　lan⁴〔蘭〕

①不讓通過，阻擋：～阻｜～路｜～截｜遮～｜一條河～住去路。②隔斷：～在中間｜將屋子～成兩間。

〈說解〉 拦，扌部，左右結構，形聲字。把聲旁闌改爲兰(兰是蘭的草書楷化字)，就成爲拦。

㧤 ‖ 攈

₈ ₁₆　　kuǎi　ㄎㄨㄞˇ　kwai⁵〔葵蟹切〕

①用指甲抓，搔：～頭皮｜～癢癢。②挎：～着籃子。

〈說解〉 㧤，扌部，左中右結構，形聲字。匯簡化爲汇，偏旁類推簡化。

拧 ‖ 擰

₈ ₁₇　　(一) níng　ㄋㄧㄥˊ　niŋ⁶〔寧低去〕

①用兩隻手握住物體的兩端分別向相反的方向用力：～手巾｜把衣服～乾了。②用兩三個手指扭住皮肉轉動：～了他一把。

(二) nǐng　ㄋㄧㄥˇ　niŋ⁶〔寧低去〕

①控制住物體向裏或向外轉動：～螺絲｜～瓶蓋兒。②顛倒，抵觸：說～了｜弄～了｜倆人越說越～。

(三) nìng　ㄋㄧㄥˋ　niŋ⁶〔寧低去〕

倔强：脾氣太～｜這孩子～得不行。

〈說解〉 拧，扌部，左右結構，形聲字。寧簡化爲宁，偏旁類推簡化。

拨‖撥

8　15

bō　ㄅㄛ　but⁹〔脖〕

①手腳或棍棒等橫着用力，使東西移動：～門｜～電話｜～動琴弦。②分出一部分給，調配：～款｜～糧｜～付｜分～｜調～。③掉轉：～轉馬頭。

〈說解〉 拨，扌部，左右結構，形聲字。發簡化爲发，偏旁類推簡化。

择‖擇

8　16

zé　ㄗㄜˊ　dzak⁹〔澤〕

挑選：～友｜～吉｜選～｜不～手段。

〈說解〉 择，扌部，左右結構，形聲字。睪簡化爲𠬤，偏旁類推簡化。明清刊本中擇簡作择，與今簡化字形近。

茏‖蘢

8　19

lóng　ㄌㄨㄥˊ　luŋ⁴〔龍〕

【葱蘢】cōnglóng 形容草木青翠茂盛。

〈說解〉 茏，艹部，上下結構，形聲字。龍簡化爲龙，偏旁類推簡化。
＊蘢字舊歸艸部。

八

苹 ‖ 蘋
8   19

(一) píng   ㄆㄧㄥˊ   piŋ⁴〔平〕

【蘋果】 píngguǒ 落葉喬木,葉子橢圓形,開白花,果實圓形,味甜或略酸,是普通水果。

(二) pín   ㄆㄧㄣˊ   pɐn⁴〔貧〕

大萍,俗稱四葉菜,田字草。多年生蕨類植物,生於淺水中:採~。

〈說解〉 苹,艹部,上下結構,形聲字。把聲旁頻改爲平(二字音近),就成爲苹。

蔦 ‖ 蔦
8   14

niǎo   ㄋㄧㄠˇ   niu⁵〔鳥〕

落葉小喬木,莖略能爬蔓,葉子略作心臟形,果實球形,生長在山中。

〈說解〉 蔦,艹部,上下結構,形聲字。鳥簡化爲鸟,偏旁類推簡化。

范 ‖ 範
8   15

fàn   ㄈㄢˋ   fan⁶〔飯〕

①榜樣,標準:~本丨~例丨模~丨示~丨規~。②模子:錢~丨鐵~。③範圍:就~。④限制:防~。

〈說解〉 范,艹部,上下結構,形聲字。范、範二字同音,古已通用。《爾雅·釋詁上》:"範,常也。"唐陸德明釋文:"範,字或作范,同。"今用范做範的簡化字。
＊(1)范本爲草名,也作姓氏;範義主要爲模子、標準,不用作姓氏。(2)範字舊歸竹部。

塋 ‖ 塋
8   13

yíng   ㄧㄥˊ   jiŋ⁴〔營〕

〈書〉墳:墳~丨祖~。

八

〈說解〉 坕，艹部或土部，上中下結構，形聲字。灷字頭改爲艹，偏旁類推簡化。
＊坕字舊歸土部。

荧 ‖ 熒

8　13

qióng　ㄑㄩㄥˊ　kiŋ⁴〔瓊〕

〈書〉①孤單，孤獨：～獨。②憂愁：憂心～～。

〈說解〉 荧，艹部，上中下結構，形聲字。灷字頭改爲艹，偏旁類推簡化。
＊熒字舊歸火部。

茎 ‖ 莖

8　10

jīng　ㄐㄧㄥ　heŋ¹〔亨〕　giŋ³〔敬〕(又)

①植物體的一部分，下部和根連接，上部一般生有葉子、花和果實，有輸送養料和支持植物體的作用：直立～｜攀援～。②像莖的東西：刀～｜陰～。

〈說解〉 茎，艹部，上中下結構，形聲字。巠簡化爲𢀖，偏旁類推簡化。
＊莖字舊歸艸部。

枢 ‖ 樞

8　15

shū　ㄕㄨ　sy¹〔書〕

①門上的轉軸：門～｜戶～。②指重要的或中心的部分：～機｜～密｜～紐｜中～｜宸～。

〈說解〉 枢，木部，左右結構，形聲字。區簡化爲区，偏旁類推簡化。

枥 ‖ 櫪

8　20

lì　ㄌㄧˋ　lik⁷〔礫〕

〈書〉馬槽：老驥伏～，志在千里。

八

〈說解〉 枥，木部，左右結構，形聲字。歷簡化爲历，偏旁類推簡化。

柜 ‖ 櫃　　　gui　《ㄨㄟˋ　gwɐi⁶〔脆〕
8　　18

①收藏衣物、器物、文件等的器具：衣～｜書～｜碗～｜保險～。②指商店的賬房，也指商店：～房｜掌～｜交～。

〈說解〉 柜，木部，左右結構，形聲字。匱簡化爲巨，保留原偏旁的左包右結構。一說貴與巨方言爲同音字。清刊《金瓶梅》已見。*柜字本讀 jǔ ㄐㄩˇ gœŋ²〔舉〕，指柜柳，又名"櫸柳"；柜做櫃的簡化字讀 guì，變爲二音字。

枫 ‖ 楓　　　gāng　《尢　gɔŋ¹〔剛〕
8　　12

【青枫】qīnggāng 即槲櫟，落葉喬木，莖高八九丈，葉子長橢圓形，背面有白毛，果實長橢圓形。

〈說解〉 枫，木部，左右結構，形聲字。岡簡化爲冈，偏旁類推簡化。

枧 ‖ 梘　　　jiǎn　ㄐㄧㄢˇ　gan²〔簡〕
8　　11

指肥皂：番～｜香～。

〈說解〉 枧，木部，左右結構，形聲字。見簡化爲见，偏旁類推簡化。

枨 ‖ 棖　　　chéng　ㄔㄥˊ　tsaŋ⁴〔橙低平〕
8　　8

〈書〉觸動：～觸。

〈說解〉 枨，木部，左右結構，形聲字。長簡化爲长，偏旁類推簡化。

板∥闆
8　17

bǎn　　ㄅㄢˇ　　ban² 〔板〕

【老闆】 lǎobǎn ①私營工商業的產業所有者。②舊時對著名戲曲演員的尊稱。③泛指上司、主人等。

〈說解〉 板,木部,左右結構,形聲字。板與闆同音,用板做闆的簡化字是同音替代。
＊(1)板字的下列意義舊只用板:❶片狀的較硬物體:木～｜鐵～。❷樂曲的節拍:～眼｜慢～。❸表情嚴肅:～着臉。(2)闆字舊歸門部,此字不能簡化爲門内加品。

枞∥樅
8　15

(一) cōng　　ㄘㄨㄥ　　tsuŋ¹ 〔匆〕

冷杉。常綠喬木,樹幹高大,樹皮灰色,木材可製器具。

(二) zōng　　ㄗㄨㄥ　　dzuŋ¹ 〔宗〕

樅陽,地名,在安徽。

〈說解〉 枞,木部,左右結構,形聲字。從簡化爲从,偏旁類推簡化。《正字通・木部》:"枞,同樅。從,古作从。"

松∥鬆
8　18

sōng　　ㄙㄨㄥ　　suŋ¹ 〔嵩〕

①鬆散:～軟｜包綑得太～。②使變鬆:～勁｜一口氣｜～一～腰帶。③解開,放開:～綁｜～手｜～動｜放～。④不緊張,不嚴實:～弛｜～懈｜手頭兒～。⑤用魚、肉等做成的絨狀或碎末狀的食品:肉～｜蝦～。

〈說解〉 松,木部,左右結構,形聲字。鬆字去掉形旁髟就成爲松。另,現代松與鬆音同,用松做鬆的簡化字,也可看作同音替代。清刊《目蓮記》已見。
＊(1)松樹的松意義跟鬆無關,只用松字。(2)鬆字舊歸髟部。

八

枪 ‖ 檜
8　　14

qiāng　ㄑㄧㄤ　tsœŋ¹〔昌〕

①一種舊式兵器，在長柄的一端裝有金屬尖：紅纓～。②發射槍彈的輕武器：～口｜～眼｜～支｜～決｜手～｜步～｜機～。③像槍的器械：焊～｜電子～。

〈說解〉 枪，木部，左右結構，形聲字。倉簡化爲仓，偏旁類推簡化。

＊槍的異體字爲鎗，舊歸金部。

枫 ‖ 楓
8　　13

fēng　ㄈㄥ　fuŋ¹〔風〕

楓樹，落葉喬木，葉子秋季變成紅色，樹脂可入藥：～葉｜～林。

〈說解〉 枫，木部，左右結構，形聲字。風簡化爲风，偏旁類推簡化。元刊《太平樂府》、清刊《逸事》簡作枫，已見端倪。

构 ‖ 構
8　　14

gòu　ㄍㄡˋ　gɐu³〔救〕

①組合，形成：～造｜～詞｜～件｜～思｜～想｜～築。②指文藝作品：佳～。③楮樹。

〈說解〉 构，木部，左右結構，形聲字。把聲旁冓改爲勾就成爲构。构本指构樹，又名楮，後借作構的俗字。《正字通・木部》：“构，俗構字。”今以构做構的簡化字。

杰 ‖ 傑
8　　12

jié　ㄐㄧㄝˊ　git⁹〔桀〕

①才能出衆的人：女～｜俊～｜豪～｜人～｜英～。②才能、成就出衆：～出｜～作。

〈說解〉 杰，木部或灬部，上下結構，會意字。杰字古代只用於人名，後與傑通。《正字通・木部》：“杰，今人以爲豪傑之傑。"就是說杰、傑本爲意義不同的兩個字，後來變成音義全同的異體字。舊多用傑，簡化字中用杰。

丧 ‖ 喪
8　　12

| （一）sāng　　ㄙㄤ　　sɔŋ¹〔桑〕 |

跟死了人有關的，喪事：～事｜～家｜～服｜～葬｜奔～｜治～｜居～｜國～。

| （二）sàng　　ㄙㄤ　　sɔŋ³ |

丟失，失去：～膽｜～命｜～偶｜淪～｜頹～｜玩物～志｜灰心～氣。

〈說解〉 丧，十部，上下結構，草書楷化字。把喪的兩個口改爲一點和一撇就成爲丧。金刊《劉知遠》、元刊《雜劇》、清刊《目蓮記》《逸事》等並見。
＊(1)喪字舊歸口部，它的異體丧舊歸人部。(2)丧，《漢語大字典》歸一部。

画 ‖ 畫
8　　12

| （一）huà　　ㄏㄨㄚˋ　　wak⁹〔或〕 |

①用筆等工具做出圖形或標記：～像｜～圖｜～山水｜～押｜～供｜～地爲牢。②用圖畫裝飾的：～堂｜～屏｜雕梁～棟。③漢字的一筆叫一畫：筆～｜王字四～。

| （二）huà　　ㄏㄨㄚˋ　　wa²〔蛙高上〕
　　　　　　　　　　wa⁶〔話低去〕 |

畫成的藝術品：～片｜～展｜油～｜壁～｜版～｜漫～｜山水～｜風景～。

〈說解〉 画，凵部，下包上結構，會意字（中間爲田，四周爲界綫）。《字彙・田部》："画，與畫同。"現在用画做畫的簡化字。元刊《太平樂府》、明刊《東窗記》、清刊《目蓮記》並見。画字可作簡化偏旁用，如：婳（嫿）。
＊画、畫二字舊歸田部。

八

枣 ‖ 棗

8　　12

zǎo　　ㄗㄠˇ　　dzou² 〔早〕

棗樹，也指棗樹的果實：～紅｜～泥｜小～｜蜜～。

〈說解〉 枣，一部，上下結構，符號替代字。把棗字下面的朿改爲兩點（兩點爲重文符號）就成爲枣。清刊《目蓮記》《金瓶梅》已見。

＊棗字舊歸木部。

卖 ‖ 賣

8　　15

mài　　ㄇㄞˋ　　mai⁶ 〔邁〕

①拿東西換錢：～菜｜～糧｜～身｜～唱｜出～｜拍～｜盜～｜寄～。②爲了自己的利益出賣國家或親友：～國｜～友求榮。③盡量用出來：～勁｜～力氣。④故意表現出來，讓人看見或知道：～功｜～乖｜～好｜～俏｜～人情。

〈說解〉 卖，十部，上下結構，草書楷化字。把賣字上面的士改爲土，下面的貝改爲头，就成爲卖。

＊賣字舊歸貝部。

郁 ‖ 鬱

8　　29

yù　　ㄩˋ　　wɐt⁷ 〔屈〕

①草木茂盛：葱～｜蓊～｜蒼～。②（憂愁、氣憤等）積聚在心裏不得發泄：～悶｜～結｜～悒｜憂～｜抑～。

〈說解〉 郁，阝部，左右結構，形聲字。郁和鬱音同，用郁做鬱的簡化字是同音替代。

＊（1）郁的下列意義舊只用郁：❶香氣濃：濃～｜馥～。❷有文彩：文彩～～。❸姓。（2）郁字舊歸邑部，鬱字舊歸鬯部。

矾 ‖ 礬

8　　20

fán　　ㄈㄢˊ　　fan⁴ 〔凡〕

某些金屬硫酸鹽的含水結晶：明～｜膽～。

〈說解〉 矾, 石部, 左右結構, 形聲字。把礬字的聲旁樊改爲凡(二字音同), 並把原字的上下結構改爲左右結構, 就成爲矾。

矿‖礦 kuàng ㄎㄨㄤˋ kwɔŋ³〔鄺〕 kɔŋ³〔抗〕(俗)
8 19

①礦石, 礦物: ～產 | ～層 | ～藏 | 採～ | 找～ | 富～。②開採礦物的場所: 煤～ | 鐵～ | 銅～。

〈說解〉 矿, 石部, 左右結構, 形聲字。廣簡化爲广, 偏旁類推簡化。
* 礦的異體爲鑛, 鑛字舊歸金部。

砀‖碭 dàng ㄉㄤˋ dɔŋ⁶〔蕩〕
8 14

碭山, 地名, 在安徽。

〈說解〉 砀, 石部, 左右結構, 形聲字。昜簡化爲𠃓, 偏旁類推簡化。

码‖碼 mǎ ㄇㄚˇ ma⁵〔馬〕
8 15

①表示數目的符號: 號～ | 頁～ | 數～ | 電～ | 密～ | 尺～。②表示數目的用具: 砝～ | 籌～。③堆疊: 把磚～齊了。④量詞, 用於事情: 兩～事 | 說完了一～再說一～。

〈說解〉 码, 石部, 左右結構, 形聲字。馬簡化爲马, 偏旁類推簡化。

厕‖廁 cè ㄘㄜˋ tsi³〔次〕
8 11

①廁所: 男～ | 女～ | 公～。②夾雜在其間, 參與: ～身 | 雜～。

〈**說解**〉 厠，厂部，左上半包圍結構，形聲字。貝簡化爲贝，偏旁類推簡化。

＊厠是厠的異體。厠字舊歸广部。

奋 ‖ 奮
8   16

fèn　ㄈㄣˋ　fen⁵〔憤〕

①搖動，舉起：～袂｜～筆疾書｜～臂高呼。②鼓起勁來，振作：～起｜～力｜～發｜激～｜勤～｜振～。

〈**說解**〉 奋，大部，上下結構。去掉奮字中間的隹就成爲奋，奋保留了原字的輪廓。奮作奋，清刊《逸事》已見。

态 ‖ 態
8   14

tài　ㄊㄞˋ　tai³〔太〕

①形狀，狀態：～勢｜形～｜事～｜動～｜固～｜變～。②態度，姿態：表～｜丑～｜神～｜窘～｜體～｜儀～。

〈**說解**〉 态，心部，上下結構。把態字上面的能改爲太就成爲态。態字原爲會意字，簡化字态從心太聲，爲新造形聲字。

甌 ‖ 甌
8   15

ōu　ㄡ　ɐu¹〔歐〕

①小杯子：酒～｜茶～。②溫州的別稱。

〈**說解**〉 甌，瓦部，左右結構，形聲字。區簡化爲区，偏旁類推簡化。元刊《雜劇》簡作甌，與今簡化字形近。

欧 ‖ 歐
8   15

ōu　ㄡ　ɐu¹〔鷗〕

指歐洲：～化｜～美｜東～｜西～。

〈**說解**〉 欧，欠部，左右結構，形聲字。區簡化爲区，偏旁類推簡化。

殴 ‖ 毆
8　15

ōu　又　ɐu² 〔嘔〕

打人:~打｜~傷｜鬥~｜羣~。

〈說解〉 毆, 殳部, 左右結構, 形聲字。區簡化爲区, 偏旁類推簡化。影元刊《元典章》簡作殴, 與今形近。

垄 ‖ 壟
8　19

lǒng　ㄌㄨㄥˇ　luŋ⁵ 〔隴〕

①耕地上培成的一行行的土埝:~溝｜麥~。②田地之間分界的稍微高起的小路:輟耕~上。

〈說解〉 垄, 土部或龙部, 上下結構, 形聲字。龍簡化爲龙, 偏旁類推簡化。

郏 ‖ 郟
8　9

jiá　ㄐㄧㄚˊ　gap⁸ 〔夾〕

①郏縣, 地名, 在河南。②山名, 即北邙山。

〈說解〉 郏, 阝部, 左右結構, 形聲字。夾改爲夹, 偏旁類推簡化。
* 郏字舊歸邑部。

轰 ‖ 轟
8　21

hōng　ㄏㄨㄥ　gweŋ¹ 〔肱〕

①轟擊, 炸:~炸｜炮~｜猛~。②驅逐, 趕走:~牲口｜~麻雀｜把他~出去。③象聲詞, 形容巨大的聲響:~的一聲, 碉堡炸飛了。

〈說解〉 轰, 車部, 上下結構。車簡化爲车(偏旁類推簡化)。用符號又代替轟字下面的兩個車, 就成爲轰。轰字保留了原字的輪廓和結構。轟爲會意字, 轰爲符號替代字。清刊《目蓮記》已見。

顷 ‖ 頃
8　11

qīng　ㄑㄧㄥ　kiŋ² 〔傾高上〕

①地積單位，一百畝等於一頃。②短時間，頃刻：少～｜俄～｜有～。③不久前，剛才：～悉｜～聞。④表示時間的概數，左右：乾隆三十年～。

〈說解〉 顷，頁部，左右結構，會意字。頁簡化爲页，偏旁類推簡化。

转 ‖ 轉
8　18

(一) zhuǎn　ㄓㄨㄢ　dzyn² 〔專高上〕

①改換方向、位置、形勢、狀況等：～身｜～移｜～戰｜～折｜～學｜好～｜倒～｜時來運～。②把一方的物品、意見等傳到另一方：～告｜～送｜～賣｜～租｜～運｜輾～｜批～｜流～｜周～。

(二) zhuàn　ㄓㄨㄢ　dzyn³ 〔鑽〕

①旋轉：～動｜～悠｜打～｜自～｜飛～。②繞着某物運動：～臺｜～椅｜～盤｜～磨｜～圈子。

〈說解〉 转，車部，左右結構，形聲字。車簡化爲车，專簡化爲专，偏旁類推簡化。清刊《目蓮記》已見。

轭 ‖ 軛
8　11

è　ㄜˋ　ak⁷ 〔厄〕

牛馬等駕車拉東西時架在脖子上的器具：車～｜牛～。

〈說解〉 轭，車部，左右結構，形聲字。車簡化爲车，偏旁類推簡化。

斩 ‖ 斬
8　11

zhǎn　ㄓㄢ　dzam² 〔站高上〕

用刀斧等猛力把東西斷開：～首｜～草除根｜腰～｜問～｜

監～。

〈說解〉斬,斤部或車部,左右結構,會意字。車簡化爲车,偏旁類推簡化。

＊斬字舊歸斤部。

轮‖輪　　　lún　　ㄌㄨㄣ　lœn⁴〔倫〕
8　15

①輪子:～輻｜～胎｜～椅｜車～｜齒～｜飛～。②像輪子的東西:日～｜月～｜年～。③輪船:江～｜海～｜客～｜漁～｜班～。④依次接替:～生｜～作｜～班｜～訓｜～流｜番～｜～值。⑤量詞:一一紅日｜甲級聯賽已打了兩～。

〈說解〉轮,車部,左右結構,形聲字。車簡化爲车,侖簡化爲仑,偏旁類推簡化。

软‖軟　　　ruǎn　　ㄖㄨㄢˇ　jyn⁵〔遠〕
8　11

①物體受外力作用後,容易改變形狀:～木｜～糖｜～席｜柔～｜綿～｜疲～。②柔和:～語｜～風｜吃～不吃硬。③軟弱:兩腿發～｜欺～怕硬。④能力弱,質量差:工夫～｜貨色～｜他這兩手還眞不～。⑤容易被感動或動搖:心～｜手～｜耳朵～。

〈說解〉软,車部或欠部,左右結構,形聲字。車簡化爲车,偏旁類推簡化。

＊軟是輭的異體,《玉篇·車部》:"輭,柔也;軟,俗文。"

鸢‖鳶　　　yuān　　ㄩㄢ　jyn¹〔冤〕
8　14

老鷹:紙～｜～飛魚躍。

〈說解〉鸢,鳥部,上下結構,形聲字。鳥簡化爲鸟,偏旁類推簡化。

八

齿 ‖ 齒
8　15

chǐ　ㄔˇ　tsi² 〔始〕

①牙齒，咀嚼器官：～根｜～冠｜～腔｜門～｜犬～｜臼～｜恒～。②像齒的東西：～輪｜鋸～｜梳～兒。③指年齡：年～｜序～。④說到，提及：～及｜掛～｜爲人所不～。

〈說解〉 齿，齿部，上下結構，形聲字。把齒字下面的四個人簡化爲一個人，並去掉一橫，就成爲齿。齿字保留了原字的輪廓。明刊《白袍記》、清刊《目蓮記》中作齿，今略變作齿，更易寫。

虏 ‖ 虜
8　13

lǔ　ㄌㄨˇ　lou⁵ 〔老〕

①打仗時捉住：～獲｜俘～敵人。②打仗時捉住的敵人：捉了三名俘～。③古代指奴隸。

〈說解〉 虏，虍部，上下結構。去掉虜字中間的田，就成爲虏。虏保留了原字的輪廓。虏字可作簡化偏旁用，如掳（擄）。

肾 ‖ 腎
8　12

shèn　ㄕㄣˋ　sɐn⁶ 〔慎〕 sɐn⁵ 〔慎低上〕（又）

①人或高等動物的主要排泄器官，在脊柱的兩側，左右各一：～炎｜～盂。②指雄性生殖器：～囊｜壯陽健～。

〈說解〉 肾，月部，上下結構。臤字頭簡化爲収，偏旁類推簡化。

贤 ‖ 賢
8　15

xián　ㄒㄧㄢˊ　jin⁴ 〔言〕

①有德行的，有才幹的：～明｜～達｜～臣｜～士｜～惠｜～淑｜～哲。②有德行的人，有才幹的人：聖～｜前～｜先～｜讓～｜任人唯～。③敬辭，用於平輩或晚輩：～弟｜～妹｜～侄｜～甥。

〈說解〉 贤，貝部，上下結構。臤字頭簡化爲収，偏旁類推簡化。敦煌寫本、金刊《劉知遠》等習見。

八

昙 ‖ 曇
8　16　　　tán　ㄊㄢˊ　tam⁴〔談〕

雲彩密佈，多雲。另，曇花的曇也簡作昙。

〈說解〉昙，日部，上下結構，會意字。雲簡化爲云，偏旁類推簡化。明刊《東窗記》已見。

国 ‖ 國
8　11　　　guó　ㄍㄨㄛˊ　gwɔk⁸〔郭〕

①國家：～內｜～外｜～際｜～界｜～度｜～法｜～都｜祖～｜～愛｜出～｜建～｜外～｜亡～｜鄰～。②代表國家的：～歌｜～旗｜～徽｜～花｜～宴。③指我們本國的：～產｜～術｜～語｜～貨｜～學｜～故｜～畫。④指地區：北～｜南～｜澤～｜水～。

〈說解〉国，口部，全包圍結構。把國字内的或改爲玉就成爲国。漢印有"張国私印"，用王代替或。敦煌寫本、《俗字譜》諸書也簡作国，今簡化字改王爲玉。敦煌寫本偶見国字，如 P2838號《拜新月》詞"国泰時清晏"，應是俗寫加點所致。國是形聲字，国是會意字。
＊日本漢字國作国。

畅 ‖ 暢
8　14　　　chàng　ㄔㄤˋ　tsœŋ³〔唱〕

①沒有阻礙，不停滯：～通｜～達｜～銷｜～行無阻｜流～｜順～。②痛快，盡情：～遊｜～想｜～談｜～飲｜～所欲言｜酣～｜歡～｜舒～。

〈說解〉畅，丨部，左右結構，形聲字。昜簡化爲㫥，偏旁類推簡化。
＊畅字舊歸日部。

咙 ‖ 嚨
8　19　　　lóng　ㄌㄨㄥˊ　luŋ⁴〔龍〕

【喉嚨】hóulóng 咽部和喉部的統稱。

〈說解〉 咙,口部,左右結構,形聲字。龍字簡化爲龙,偏旁類推簡化。

虮 ‖ 蟣
8　　18

ji　ㄐㄧˇ　gei² 〔己〕

【蟣子】jǐ·zi 虱子的卵。

〈說解〉 虮,虫部,左右結構,形聲字。幾簡化爲几,偏旁類推簡化。

黾 ‖ 黽
8　　13

(一) mǐn　ㄇㄧㄣˇ　mɐn⁵ 〔敏〕

【黽勉】mǐnmiǎn 努力,勉力。

(二) měng　ㄇㄥˇ　maŋ⁵ 〔猛〕

蛙的一種。

〈說解〉 黾,黽部,獨體結構。《字彙·黽部》:“黾,俗黽字”。現在用黾做黽的簡化字。敦煌寫本黽旁字簡化作黾、黾,與今簡化字形近。黾可作簡化偏旁用,如:蝇(蠅)、黿(黿)等。
* 黽爲象形字,自爲部首。

鳴 ‖ 鳴
8　　14

míng　ㄇㄧㄥˊ　min⁴ 〔明〕

①鳥獸或昆蟲叫:～叫│蛙～│蟲～│蟬～│一～驚人│馬～風蕭。②發出聲音,使發出聲音:～炮│～鼓│～鑼開道│雷～│共～│轟～│孤掌難～。③表達,發表:～謝│～冤│百家爭～│自～淸高。

〈說解〉 鳴,口部,左右結構,形聲字。鳥簡化爲鸟,偏旁類推簡化。
* 鳴字舊歸鳥部。

咛 ‖ 嚀
8　　17

 níng　ㄋㄧㄥˊ　niŋ⁴〔寧〕

【叮嚀】dīngníng　再三囑咐。

〈說解〉 咛, 口部, 左右結構, 形聲字。寧簡化爲宁, 偏旁類推簡化。

咝 ‖ 噝
8　　15

sī　ㄙ　si¹〔絲〕

象聲詞:開水～～地冒着熱氣｜子彈～～地從頭上飛過。

〈說解〉 咝, 口部, 左右結構, 形聲字。絲簡化爲丝, 偏旁類推簡化。

罗 ‖ 羅
8　　19

luó　ㄌㄨㄛˊ　lɔ⁴〔蘿〕

①捕鳥的網:～網｜天～地網。②用網捕鳥:門可～雀。③招致, 搜集:～致｜搜～｜網～。④陳列, 擺列:～列｜星～棋布。⑤一種器具, 在木框或竹框上張網狀物, 用來使細的粉末或流質漏下去, 使粗的粉末或渣滓留在上面:絹～｜銅絲～。⑥一種質地稀疏的絲織品:～衣｜～裙｜～扇｜綾～。

〈說解〉 罗, 皿部或夕部, 上下結構。把羅字下面的維改成夕就成爲罗。夕不表示音義, 罗爲符號替代字。一說夕爲糹的草書楷化(見易熙吾《簡體字原》11頁)。《篇海類編·网部》:"罗, 俗羅"。元刊《太平樂府》、明刊《白袍記》、清刊《目蓮記》等並見。罗字可作簡化偏旁用, 如萝(蘿)、逻(邏)等。
* 羅字舊歸网部。

岩 ‖ 巖
8　　22

yán　ㄧㄢˊ　ŋam⁴〔癌〕

①巖石:～洞｜～層｜頁～｜砂～｜花岡～。②巖石聳立成的山峰:七星～。

八

〈說解〉 岩,山部,上下結構,會意字。岩和巖是異體字,舊二字都可用,簡化字只用岩。

* 巖的異體字還有嵒,嵒指山岩。

崬 ‖ 崬
8 11

dōng　ㄉㄨㄥ　dung¹　〔東〕

崬羅,地名,在廣西。

〈說解〉 崬,山部,上下結構,形聲字。東簡化爲东,偏旁類推簡化。

峗 ‖ 巋
8 21

kuī　ㄎㄨㄟ　kwei¹　〔巋〕

【峗然】 kuīrán 高大獨立的樣子:~不動 ｜ ~獨存。

〈說解〉 峗,山部,上下結構,形聲字。巋簡化爲归,偏旁類推簡化。

帜 ‖ 幟
8 15

zhì　ㄓ　tsi³　〔次〕

旗子:旗~ ｜ 艷~ ｜ 獨樹一~。

〈說解〉 帜,巾部,左右結構,形聲字。戠簡化爲只,偏旁類推簡化。

岭 ‖ 嶺
8 17

lǐng　ㄌㄧㄥ　ling⁵　〔領〕

①頂上有路可通行的山:山~ ｜ 翻山越~。②高大的山脈:五~ ｜ 秦~ ｜ 大興安~。

〈說解〉 岭,山部,左右結構,形聲字。把原字聲旁領改爲令,並改上下結構爲左右結構(避免跟岑字混淆),就成爲岭。

刭 ‖ 劌
8　15

gui　ㄍㄨㄟˋ　gwei³〔貴〕

〈書〉傷，割。

〈說解〉 刭，刂部，左右結構，形聲字。歲簡化爲岁，偏旁類推簡化。

剀 ‖ 剴
8　12

kǎi　ㄎㄞˇ　hɔi²〔海〕

【剀切】kǎiqiè ①跟事理完全相合：～詳明。②切實：～教導。

〈說解〉 剀，刂部，左右結構，形聲字。豈簡化爲岂，偏旁類推簡化。

凱 ‖ 凯
8　12

kǎi　ㄎㄞˇ　hɔi²〔海〕

得勝後所奏的樂曲：～歌｜～旋｜奏～而歸。

〈說解〉 凱，几部，左右結構，形聲字。豈簡化爲岂，偏旁類推簡化。

峄 ‖ 嶧
8　16

yì　ㄧˋ　jik⁹〔亦〕

嶧山，地名，在山東。

〈說解〉 峄，山部，左右結構，形聲字。睪簡化爲㠯，偏旁類推簡化。

八

敗 ‖ 败
8　11

bài　ㄅㄞˋ　bai⁶〔拜低去〕

①在戰爭或競賽中輸掉：～兵｜～北｜～仗｜～退｜潰～｜擊～｜戰～｜國｜立於不～之地。②打敗：大～敵軍｜主隊～於客隊。③搞壞，不成功：～筆｜～訴｜～家子｜成～｜身～名裂。④破敝，腐爛，凋謝：～葉｜～絮｜～落｜衰～｜朽～。⑤消除，解除：～火｜～毒。

〈說解〉 敗, 貝部或攵部, 左右結構, 形聲字。貝簡化爲贝, 偏旁類推簡化。清刊《目蓮記》《金瓶梅》已見。

賬 ‖ 賬
8　　15

zhàng　ㄓㄤˋ　dzœŋ³〔障〕

①錢財、貨物等出入的記載:～目｜～簿｜～戶｜～單｜算～｜結～｜報～｜花～｜盤～。②指賬簿:建～｜出～｜入～｜上～｜轉～｜流水～。③債務:～主｜欠～｜還～｜拉～｜抵～。

〈說解〉 賬, 貝部, 左右結構, 形聲字。貝簡化爲贝, 長簡化爲长, 偏旁類推簡化。

販 ‖ 販
8　　11

fàn　ㄈㄢˋ　fan³〔泛高去〕　fan²〔反〕(又)

①商人賤買貴賣:～賣｜～運｜～布｜～牲口。②小商人:小～｜商～｜攤～。

〈說解〉 販, 貝部, 左右結構, 形聲字。貝簡化爲贝, 偏旁類推簡化。

貶 ‖ 貶
8　　11

biǎn　ㄅㄧㄢˇ　bin²〔扁〕

①降低官職或價值:～值｜～官｜～斥｜～黜。②指出缺點, 給予不好的評價:～低｜～責｜～義｜褒～。

〈說解〉 貶, 貝部, 左右結構, 形聲字。貝簡化爲贝, 偏旁類推簡化。

貯 ‖ 貯
8　　12

zhù　ㄓㄨˋ　tsy⁵〔柱〕

儲藏, 積存:～藏｜～存｜～糧｜～備｜存～｜積～。

〈說解〉 貯,貝部,左右結構,形聲字。貝簡化爲贝(偏旁類推簡化),又把宁簡化爲宀,就成爲贮。

* 寧字簡化爲宁,爲區別於貯、佇、紵的右偏旁,所以把宁旁簡化爲宀。

购 ‖ 購	gòu 《ㄡˋ kɐu³〔扣〕
8 17	

買:~買 ┃ ~銷 ┃ 收~ ┃ 定~ ┃ 探~ ┃ 認~ ┃ 搶~ ┃ 郵~。

〈說解〉 购,貝部,左右結構,形聲字。貝簡化爲贝(偏旁類推簡化),再把購的聲旁冓改爲勾,就成爲购。

图 ‖ 圖	tú ㄊㄨˊ tou⁴〔桃〕
8 14	

①以繪畫表現出來的形象:~畫 ┃ ~形 ┃ ~表 ┃ ~案 ┃ ~解 ┃ ~譜 ┃ 地~ ┃ 藍~ ┃ 草~ ┃ 海~。②謀劃,策劃:~謀 ┃ 宏~ ┃ 企~ ┃ 妄~ ┃ 希~。③打算,目標:意~ ┃ 良~。④貪圖:~省事 ┃ 惟利是~。

〈說解〉 图,口部,全包圍結構,草書楷化字。把圖字裏面改爲冬(冬不表示音義)就成爲图。清刊《逸事》簡作图,與今簡化字形近。

钍 ‖ 釷	tǔ ㄊㄨˇ tou²〔土〕
8 11	

一種放射性金屬元素,符號 Th,灰白色粉末,質柔軟,可做耐火材料等。

〈說解〉 钍,钅部,左右結構,形聲字。釒簡化爲钅,偏旁類推簡化。

钎 ‖ 釺	qiān ㄑㄧㄢ tsin¹〔千〕
8 11	

釺子:打~ ┃ 鋼~。

〈説解〉 钎, 钅部, 左右結構, 形聲字。金簡化爲钅, 偏旁類推簡化。

釧 ‖ 釧
8　　11

chuàn　ㄔㄨㄢ　tsyn³〔串〕

鐲子:玉～｜金～。

〈説解〉 釧, 钅部, 左右結構, 形聲字。金簡化爲钅, 偏旁類推簡化。

釤 ‖ 釤
8　　11

shān　ㄕㄢ　sam¹〔衫〕

一種放射性金屬元素, 符號 Sm, 灰白色結晶, 質硬, 在空氣中氧化變暗。

〈説解〉 釤, 钅部, 左右結構, 形聲字。金簡化爲钅, 偏旁類推簡化。

釣 ‖ 釣
8　　11

diào　ㄉㄧㄠ　diu³〔弔〕

①用釣竿捉魚或其他水生動物:～魚｜～王八｜～鈎｜～餌｜漁～。②比喻用手段獵取:沽名～譽。

〈説解〉 釣, 钅部, 左右結構, 形聲字。金簡化爲钅, 偏旁類推簡化。

釩 ‖ 釩
8　　11

fán　ㄈㄢ　fan⁴〔凡〕

金屬元素, 符號 V, 銀白色, 在常溫中不易氧化。

〈説解〉 釩, 钅部, 左右結構, 形聲字。金簡化爲钅, 偏旁類推簡化。

钔 ‖ 鍆
8　16

mén　ㄇㄣˊ　mun⁴〔門〕

一種放射性金屬元素，符號 Md，最穩定的同位素半衰期約爲 1.5 小時。

〈說解〉 钔，钅部，左右結構，形聲字。金簡化爲钅，門簡化爲門，偏旁類推簡化。

钕 ‖ 釹
8　11

nǚ　ㄋㄩˇ　nœy⁵〔女〕

金屬元素，符號 Nd，微黃色，在空氣中容易氧化，能分解水。

〈說解〉 钕，钅部，左右結構，形聲字。金簡化爲钅，偏旁類推簡化。

钖 ‖ 鍚
8　17

yáng　ㄧㄤˊ　jœŋ⁴〔羊〕

〈書〉馬額上的一種皮革飾物，上綴金屬，半月形，行走時振動發聲。

〈說解〉 钖，钅部，左右結構，形聲字。金簡化爲钅，易簡化爲易，偏旁類推簡化。

钗 ‖ 釵
8　11

chāi　ㄔㄞ　tsai¹〔猜〕

婦女別在髮髻上的一種首飾，由兩股簪子合成：金～｜鳳～｜荆～。

〈說解〉 钗，钅部，左右結構，形聲字。金簡化爲钅，偏旁類推簡化。

制 ‖ 製
8　14

zhì　ㄓˋ　dzɐi³〔祭〕

製造：～品｜～備｜～圖｜～版｜試～｜仿～｜精～｜配

~｜特～。

〈說解〉 制, 刂部, 左右結構, 會意字。制爲製的本字, 製爲後起形聲字, 用制做製的簡化字是恢復古本字。
＊(1)製造義舊制、製都可用, 簡化字只用制。(2)制的下列意義舊只用制: ❶擬定, 規定: ～訂｜～定。❷限定, 約束: 管～｜控～。❸制度: 學～｜體～｜所有～。(3)製字舊歸衣部。

刮 ‖ 颳
8　　15

| guā | 《ㄨㄚ | gwat⁸ 〔刮〕 |

風吹:～風｜樹被大風～倒了。

〈說解〉 刮, 刂部, 左右結構, 形聲字。刮和颳音同, 用刮做颳的簡化字是同音替代。刮字用如颳, 唐詩中已見。如岑參《冬夕》: "浩瀚霜風刮天地, 溫泉火井無生意。"
＊(1)刮字的刮削義:～臉｜～地皮, 搜取義:搜～, 跟颳無關, 舊只用刮。(2)颳字舊歸風部。

岳 ‖ 嶽
8　　17

| yuè | ㄩㄝ | ŋɔk⁹ 〔腭〕 |

高大的山:五～｜山～｜恆～｜東～泰山。

〈說解〉 岳, 山部, 上下結構, 象形字。岳在上述意義 (高大的山) 上是嶽的古文 (見《説文》)。《玉篇·山部》: "岳, 同嶽。"今用岳做嶽的簡化字既有文字學上的根據, 又有久遠的歷史基礎。
＊岳又用於對妻家父母一輩長者的稱謂:～父｜～母｜～家, 又用作姓氏, 此二義舊只用岳字。

俠 ‖ 俠
8　　9

| xiá | ㄒㄧㄚˊ | hɐp⁹ 〔合〕 | hap⁹ 〔峽〕 |

①俠客:～士｜女～｜武～｜大～｜奇～｜游～｜劍～。②講義氣, 俠義:～骨｜～肝義膽｜豪～。

〈說解〉 俠, 亻部, 左右結構, 形聲字。夾簡化爲夹, 偏旁類推簡化。清刊《逸事》已見。

侥 ‖ 僥
8　　14

(一) jiǎo　ㄐㄧㄠˇ　hiu¹〔囂〕

【侥幸】jiǎoxìng 由於偶然的原因而成功或免去災難。

(二) yáo　ㄧㄠˊ　jiu⁴〔搖〕

【僬僥】jiāoyáo 古代傳説中的矮人。

〈説解〉 僥，亻部，左右結構，形聲字。堯簡化爲尧，偏旁類推簡化。

侦 ‖ 偵
8　　11

zhēn　ㄓㄣ　dziŋ¹〔貞〕

暗中察看，探查：～查｜～探｜～察｜～緝｜～破｜～訊｜刑～。

〈説解〉 偵，亻部，左右結構，形聲字。貝簡化爲贝，偏旁類推簡化。

侧 ‖ 側
8　　11

(一) cè　ㄘㄜˋ　dzɐk⁷〔則〕

①旁邊：～面｜～室｜～門｜～芽｜～翼｜～枝｜兩～。②向旁邊歪斜：～重｜～目｜傾～｜輾轉反～。

(二) zhāi　ㄓㄞ　dzɐk⁷〔則〕

傾斜，不正：～歪｜～棱。

〈説解〉 側，亻部，左中右結構，形聲字。貝簡化爲贝，偏旁類推簡化。

凭 ‖ 憑
8　　16

píng　ㄆㄧㄥˊ　pɐŋ⁴〔朋〕

①身子靠着：～几｜～欄遠望。②依據，倚靠：～票入場｜～實

力戰勝對方｜你～什麼這樣說?③證據:～證｜～單｜～據｜文～｜口說無～。④連詞,表示聽任:任～｜聽～。

〈說解〉　凭,几部,上下結構,會意字。《説文·几部》:"凭,依几也。"憑是凭的異體,《書·顧命》:"相被冕服,憑玉几。"陸德明釋文:"憑,《説文》作凭,云:'依倚也。'《字林》同。"現在用凭做憑的簡化字。

＊(1)凭的異體又有覑。《集韻·證韻》:"凭,或作覑。"(2)憑字舊歸心部。

侨 ‖ 僑

8　　14

| qiáo　ㄑㄧㄠˊ　kiu⁴〔喬〕

①在外國居住:～居｜～胞｜～民。②在外國居住而保留本國國籍的居民:～務｜～匯｜華～｜歸～｜外～｜難～。

〈說解〉　侨,亻部,左右結構,形聲字。喬簡化爲乔,偏旁類推簡化。

伒 ‖ 儈

8　　15

| kuài　ㄎㄨㄞˋ　kui²〔潰〕

舊時以拉攏買賣從中取利爲職業的人:市～｜牙～。

〈說解〉　伒,亻部,左右結構,形聲字。會簡化爲会,偏旁類推簡化。

货 ‖ 貨

8　　11

| huò　ㄏㄨㄛˋ　fo³〔課〕

①貨幣,錢:通～｜財～。②商品,貨物:～品｜～車｜～輪｜～源｜百～｜山～｜皮～｜國～｜訂～｜盤～｜鮮～｜海～。③指人(罵人的話):笨～｜蠢～｜賤～｜潑辣～。④出賣:～賣。

〈說解〉　货,貝部,上下結構,形聲字。貝簡化爲贝,偏旁類推簡化。清刊《金瓶梅》已見。

侪 ‖ 儕

8　16

chái　ㄔㄞˊ　tsai⁴〔柴〕

〈書〉同類的人,同輩:~輩|吾~。

〈說解〉 侪,亻部,左右結構,形聲字。齊簡化爲齐,偏旁類推簡化。明刊《東窗記》、清刊《金瓶梅》簡作侪,與今簡化字形近。

侬 ‖ 儂

8　15

nóng　ㄋㄨㄥˊ　nuŋ⁴〔農〕

①你。②我(多見於舊詩文):水流無限似~愁。

〈說解〉 侬,亻部,左右結構,形聲字。農簡化爲农,偏旁類推簡化。

质 ‖ 質

8　15

(一) zhì　ㄓˋ　dzɐt⁷〔姪高入〕

①性質,本質:~地|~量|~料|~變|品~|氣~|素~|特~|體~|神經~。②物質:媒~|流~|介~|角~|雜~。③樸素,單純:~樸|~直|樸~。④責問,詢問:~問|~詢|~疑|對~。

(二) zhì　ㄓˋ　dzi³〔至〕

抵押,也指抵押品:~錢|人~|以金飾爲~。

〈說解〉 质,貝部或丿部,左上包圍結構,草書楷化字。貝簡化爲贝,偏旁類推簡化。清刊《目蓮記》《逸事》已見。质字可作簡化偏旁用,如:锧(鑕)、踬(躓)。

征 ‖ 徵

8　15

zhēng　ㄓㄥ　dziŋ¹〔晶〕

①政府召集國民服務:~兵|~慕|~調|應~。②徵收,徵用:~稅|~購|~集|緩~|預~。③徵求:~文|~聘|~稿|~詢。④證明,證驗:信而有~|有文獻可~。

⑤表露的迹象；～兆｜～候｜～象｜表～。

〈說解〉 征，彳部，左右結構，形聲字。征和徵音同，用征做徵的簡化字是同音替代。
* (1)徵又讀 zhǐ ㄓ dzi² 〔止〕，古代五音(宮、商、角、徵、羽)之一，此義的徵沒有簡化。(2)征的遠行義：～程｜遠～，討伐義：～討｜出～，舊仍用征。

径 ‖ 徑
8　　10　　　　　jing　ㄐㄧㄥ　giŋ³ 〔敬〕

①窄路，小路：山～｜途～｜路～｜曲～通幽。②比喻實現目的的方法：門～｜捷～。③徑直，直接：～自｜～行處理。④直徑的簡稱：半～｜口～。

〈說解〉 径，彳部，左右結構，形聲字。巠簡化爲圣，偏旁類推簡化。

舍 ‖ 捨
8　　11　　　　　shě　ㄕㄜˇ　se² 〔寫〕

①抛棄，丟掉：～身｜～棄｜～命｜～生取義｜～本逐末｜割～｜抛～｜四～五入。②施舍：～粥｜～藥。

〈說解〉 舍，人部或舌部，上下結構，象形字。舍是捨的本字，用舍做捨的簡化字是恢復古本字。
* (1)舍字又讀 shè ㄕㄜˋ se³ 〔瀉〕，爲房屋義：校～｜屋～；此外又用作謙辭：～弟。這些意義的舍舊只用舍。(2)舍字舊歸舌部，捨字歸手部。

八

刽 ‖ 劊
8　　15　　　　　guì　ㄍㄨㄟˋ　kui² 〔繪〕

〈書〉割斷：～子手。

〈說解〉 刽，刂部，左右結構，形聲字。會簡化爲会，偏旁類推簡化。清刊《逸事》已見。

郐 ‖ 鄶

8 / 15

kuài　ㄎㄨㄞˋ　kui² 〔繪〕

周朝國名,在今河南密縣東北。

〈說解〉 郐,阝部,左右結構,形聲字。會簡化爲会,偏旁類推簡化。
＊鄶字舊歸邑部。

怂 ‖ 慫

8 / 15

sǒng　ㄙㄨㄥˇ　sung² 〔聳〕

【怂恿】sǒngyǒng 鼓動別人去做。

〈說解〉 怂,心部,上下結構,形聲字。從簡化爲从,偏旁類推簡化。

籴 ‖ 糴

8 / 22

dí　ㄉㄧˊ　dek⁹ 〔笛〕

買進(糧食):～米 | 平～。

〈說解〉 籴,米部,上下結構,會意字。去掉糴字右邊的翟,就
成爲籴。《廣韻·錫韻》載籴爲糴的俗字,可知唐時糴已可簡作
籴。影元刊《元典章》也見。

觅 ‖ 覓

8 / 11

mì　ㄇㄧˋ　mik⁹ 〔汨〕

尋找:～食 | 尋～ | 尋死～活。

〈說解〉 觅,見部或爪部,上下結構,會意字。見簡化爲见,偏
旁類推簡化。
＊覓字舊歸見部。

貪 ‖ 貪

8 / 11

tān　ㄊㄢ　tam¹ 〔談高平〕

①愛財,貪污:～官 | ～賄 | ～臟枉法。②對某種事物慾望老

不滿足，一味求多：～玩｜～杯｜～吃｜～心｜～嘴。③貪圖：
～小便宜｜～大求洋。

〈說解〉 貪，貝部，上下結構，形聲字。貝簡化爲贝，偏旁類推
簡化。清刊《目蓮記》已見。

贫 ‖ 貧

8　‖　11

　　pín　ㄆㄧㄣˊ　pɐn⁴〔頻〕

①窮：～民｜～窮｜～寒｜～困｜～賤｜赤～｜清～｜劫富
濟～。②缺乏，不足：～血｜～乏｜～礦。③絮叨可厭：～嘴｜
淨說～話。

〈說解〉 貧，貝部，上下結構，形聲字。貝簡化爲贝，偏旁類推
簡化。元刊《雜劇》已見。

戧 ‖ 戧

8　‖　14

　　(一) qiāng　ㄑㄧㄤ　tsœŋ¹〔昌〕

①方向相對，逆着：～風｜走～道。②話語衝突：兩人說～了，
大吵了一通。

　　(二) qiàng　ㄑㄧㄤ　tsœŋ³〔唱〕

①斜對着牆角的屋架。②支撐住柱子或牆壁使免於傾倒的木
頭：給這牆打根～。③支撐：用兩根木頭來～住這堵牆。

〈說解〉 戧，戈部，左右結構，形聲字。倉簡化爲仓，偏旁類推
簡化。

肤 ‖ 膚

8　‖　15

　　fū　ㄈㄨ　fu¹〔呼〕

①皮膚：～色｜肌～｜切～。②淺薄，不深：～淺｜～泛｜
～廓。

〈說解〉 肤，肤是膚的異體，月部，左右結構，形聲字。《廣
韻·虞韻》說肤同膚。現在用肤做膚的簡化字。

＊膚字舊歸肉部，《漢語大字典》歸月部。

肫 ‖ 膞
8　15

| zhuān | ㄓㄨㄢ | dzyn¹ 〔專〕 |

鳥類的胃：鷄～。

〈說解〉　肫，月部，左右結構，形聲字。專簡化爲专，偏旁類推簡化。
＊膞字舊歸肉部。

肿 ‖ 腫
8　13

| zhǒng | ㄓㄨㄥˇ | dzuŋ² 〔總〕 |

皮膚、黏膜或肌肉等組織由於發炎、化膿、內出血等原因而鼓起：～脹｜～痛｜～塊｜紅～｜水～｜血～｜消～｜青～。

〈說解〉　肿，月部，左右結構，形聲字。把腫的聲旁重換爲中（二字音近），就成爲肿。
＊腫字舊歸肉部。

胀 ‖ 脹
8　12

| zhàng | ㄓㄤ | dzœŋ³ 〔帳〕 |

①膨脹：熱～冷縮｜癟了的乒乓球用熱水泡一泡，還能～起來。②身體內壁受到壓迫而產生不舒服的感覺：～氣｜腫～｜肚～｜腹～。

〈說解〉　胀，月部，左右結構，形聲字。長簡化爲长，偏旁類推簡化。
＊脹字舊歸肉部。

肮 ‖ 骯
8　13

| āng | ㄤ | ɔŋ¹ 〔盎高平〕　ɔŋ³ 〔盎〕（又） |

【肮髒】　āngzāng　①不干淨，不清潔：～的襯衣｜～的牀單。②比喻醜惡、卑劣：～的交易｜這個人思想太～了。

八

〈說解〉 肮,月部,左右結構,形聲字。把形旁骨換成月就成爲肮。

* (1)肮字本讀 gāng ㄍㅊ,指頸項、咽喉,此義現代極少用,不易跟簡化字肮(āng ㅊ ŋ¹〔盎高平〕ŋ³〔盎〕(又))發生混淆。(2)骯字舊歸骨部。

胁 ‖ 脅　　　xié ㄒㄧㄝˊ hip⁸〔協〕
8　　10

①從腋下到腰上的部位:左～|右～|兩～。②威逼、强迫:～迫|～持|～從|威～|裹～|誘～。

〈說解〉 胁,月部,左右結構,草書楷化字。把三個力改爲办(一撇一點代表兩邊的力),並把上下結構改爲左右結構,就成爲胁。

* 脅字舊歸肉部。

周 ‖ 週　　　zhōu ㄓㄡ dzɐu¹〔舟〕
8　　11

①圈子:～圍|～遭|四～|圓～|繞場一～。②繞一圈:～而復始。③普遍,全部:～身|～遍|衆所～知。④星期:～末|～刊|上～|本～|放假兩～。⑤周而復始的單位時間:～年|～期|～歲。⑥完備,全面:～全|～到|～密|～詳|計劃不～。

〈說解〉 周,冂部,上包下結構,會意字。周和週是異體字,習慣上把周當作週的簡化字。

* (1)周作朝代名或姓氏,只能用周字。(2)周字舊歸口部,週字歸辶部。

迩 ‖ 邇　　　ěr ㄦˇ ji⁵〔耳〕
8　　17

近:～來|遐～|聞名|不可向～。

〈說解〉 迩,辶部,左下半包圍結構,形聲字。爾簡化爲尔,偏旁類推簡化。敦煌寫本、明刊《嬌紅記》《白袍記》《東窗記》均用迩。

八

鱼 ‖ 魚

8　　11　　　yú　ㄩˊ　jy⁴〔如〕

①在水中生活的脊椎動物,一般身體側扁,有鱗和鰭,用鰓呼吸,大部分可食用:～池｜～網｜～苗｜～翅｜～肝油｜鮑～｜黄～｜鯽～｜帶～｜渾水摸～。②像魚的:～雷｜木～。

〈說解〉 魚,魚部,獨體結構,象形字。把魚字下面的四點改成一横,就成爲鱼。鱼字可作簡化偏旁用,如:漁(漁)、鲁(魯)等。清刊《目蓮記》《金瓶梅》已見。

狞 ‖ 獰

8　　17　　　níng　ㄋㄧㄥˊ　niŋ⁴〔寧〕

面目兇惡:～笑｜～惡｜猙～。

〈說解〉 狞,犭部,左右結構,形聲字。寧簡化爲宁,偏旁類推簡化。

备 ‖ 備

8　　12　　　bèi　ㄅㄟˋ　bei⁶〔避〕

①具有:具～｜德才兼～。②準備:～課｜～用｜～考｜～取｜後～｜儲～｜戰～。③防備:警～｜守～。④設備:裝～｜軍～。⑤完全:～受歡迎｜完～｜艱苦～嘗。

〈說解〉 备,夂部或田部,上下結構。《玉篇·人部》載俻同備。敦煌寫本、宋刊《祖堂集》及元明清刊本中俻字習見。現去掉俻的亻旁,以备爲簡化字。备字可作簡化偏旁用,如:惫(憊)。

枭 ‖ 梟

8　　11　　　xiāo　ㄒㄧㄠ　hiu¹〔囂〕

①一種鳥,外形跟貓頭鷹相似,但頭部沒有角狀的羽毛。②勇猛,強悍:～雄｜～將。③指走私販運的人:私～｜毒～。

〈說解〉 枭,木部,上下結構,會意字。鳥簡化爲鸟,偏旁類推簡化。
＊枭字上面的鸟去掉一横。

八

饯 ‖ 餞　　jiàn　ㄐㄧㄢˋ　dzin³〔箭〕
8　　16

①設酒食送行：～行｜～別｜祖～。②浸漬果品：蜜～。

〈**說解**〉饯，饣部，左右結構，形聲字。戔簡化爲戋，偏旁類推簡化。

饰 ‖ 飾　　shì　ㄕˋ　sik³〔色〕
8　　13

①裝飾，修飾：油～｜塗～｜藻～｜粉～。②掩飾：文～｜諱～｜矯～｜隱～。③裝飾品：～物｜首～｜耳～｜服～。④扮演：他在該片裏～男主人公。

〈**說解**〉饰，饣部，左右結構，形聲字。飤簡化爲饣，偏旁類推簡化。

饱 ‖ 飽　　bǎo　ㄅㄠˇ　bau²〔包高上〕
8　　13

①滿足了食量：半～｜溫～｜吃～喝足。②充分，足足地：～學｜～經風霜。③中飽：以～私囊。④滿足：一～眼福。

〈**說解**〉饱，饣部，左右結構，形聲字。飤簡化爲饣，偏旁類推簡化。

饲 ‖ 飼　　sì　ㄙˋ　dzi⁶〔自〕
8　　13

①喂養：～養｜～料｜～育。②飼料：打草儲～。

〈**說解**〉饲，饣部，左右結構，形聲字。飤簡化爲饣，偏旁類推簡化。

饳 ‖ 飿　　duò　ㄉㄨㄛˋ　dœt⁷〔多卒切〕
8　　13

【餶饳】gǔduò　一種麵製的食品。

〈**說解**〉饳，饣部，左右結構，形聲字。飤簡化爲饣，偏旁類推簡化。

饴 ‖ 飴
8　13

yí　ㄧˊ　ji⁴〔而〕

飴糖：高粱～。

〈說解〉 饴，饣部，左右結構，形聲字。飠簡化爲饣，偏旁類推簡化。

变 ‖ 變
8　23

biàn　ㄅㄧㄢˋ　bin³〔邊高去〕

①跟原來不同，改變：～化｜～更｜～換｜～節｜～天｜～色。②變化：巨～｜蛻～｜事～｜政～｜瞬息萬～。③能變化的：～數｜～態｜～溫動物。④變賣：～產｜折～。

〈說解〉 变，亠部或又部，上下結構，草書楷化字。把變的上面改爲亦，下面改爲又就成爲变。宋刊《列女傳》、金刊《劉知遠》及元明清刊本習見变字，簡化字又把夂改爲又。
＊變字舊歸言部，《漢語大字典》歸夊部。

庞 ‖ 龐
8　19

páng　ㄆㄤˊ　pɔŋ⁴〔旁〕

①臉部，臉形：臉～｜面～。②形體大，數量大：～大｜～然大物。③多而雜：～雜。

〈說解〉 庞，广部，左上半包圍結構，形聲字。龍簡化爲龙，偏旁類推簡化。
＊龐字舊歸广部。

庙 ‖ 廟
8　15

miào　ㄇㄧㄠˋ　miu⁶〔妙〕

①供奉祖宗神位的處所：家～｜祖～｜太～｜宗～。②供奉神佛或古代聖賢的處所：文～｜岳～｜龍王～｜土地～｜關帝～。③指朝廷：～堂｜廊～。④已死皇帝的代稱：～號｜～諱。

〈說解〉 庙，广部，左上半包圍結構。廟，古文作庿（見《說文》），俗字作庙，《字匯·广部》：“庙，俗廟字。”《俗字譜》元明

八

清諸書習用廟字。

廢 ‖ 廢
8   15

fèi   ㄈㄟˋ   fɐi³〔肺〕

①不能再使用，不再繼續：～除｜～置｜～止｜作～｜報～｜曠～。②沒有用的，失去作用的：～物｜～品｜～水｜～氣｜～話｜變～為寶。

〈說解〉 廢，广部，左上半包圍結構，形聲字。發簡化為发，偏旁類推簡化。

疟 ‖ 瘧
8   14

(一) nüè   ㄋㄩㄝˋ   jœk⁹〔若〕

瘧疾：～蚊。

(二) yào   ㄧㄠˋ   jœk⁹〔若〕

【瘧子】瘧疾：發～。

〈說解〉 疟，疒部，左上半包圍結構。去掉瘧字中的虐，就成為疟。疟保留了原字的輪廓。
＊瘧有兩讀，文讀 nüè ㄋㄩㄝˋ jœk⁹〔若〕，白讀 yào ㄧㄠˋ jœk⁹〔若〕，白讀只用於瘧子一詞。

疠 ‖ 癘
8   17

lì   ㄌㄧˋ   lɐi⁶〔麗〕

〈書〉①瘟疫：疫～。②惡瘡。

〈說解〉 疠，疒部，左上半包圍結構，形聲字。萬簡化為万，偏旁類推簡化。

疡 ‖ 瘍
8   14

yáng   ㄧㄤˊ   jœŋ⁴〔羊〕

〈書〉瘡：潰～｜膿～。

八

〈說解〉疡,疒部,左上半包圍結構,形聲字。易簡化爲㐅,偏旁類推簡化。

剂 ‖ 劑
8　16

jì　ㄐㄧ　dzɐi¹〔擠〕

①藥劑,製劑:～量｜～型｜片～｜針～｜湯～｜麻醉～。②某些有化學作用或物理作用的物品:殺蟲～｜除草～｜冷凍～。③量詞,用於湯藥:一～藥。④調配:調～。

〈說解〉剂,刂部,左右結構,形聲字。齊簡化爲齐,偏旁類推簡化。清刊《金瓶梅》《逸事》已見。

闸 ‖ 閘
8　13

zhá　ㄓㄚ　dzap⁹〔雜〕

①水閘:～口｜涵～｜攔河～｜分洪～。②把水截住:～住水流。③制動器的通稱:～盒｜電～｜車～｜手～。

〈說解〉闸,门部,上包下結構,形聲字。門簡化爲门,偏旁類推簡化。

闹 ‖ 鬧
8　15

nào　ㄋㄠ　nau⁶〔撓低去〕

①聲音大而雜亂,不安靜:～嚷嚷｜喧～｜熱～｜歡～。②吵,擾亂:～房｜～事｜吵～｜攪～｜無理取～。③發泄:～情緒｜～脾氣。④害病,發生(不好的事):～病｜～肚子｜～亂子｜～意見｜～笑話。⑤幹,搞:～生產｜把事情～清楚。

〈說解〉闹,门部,上包下結構,會意字。鬧字也寫作閙,門簡化爲门,偏旁類推簡化。元刊《雜劇》、清刊《金瓶梅》已見。
＊鬧字舊歸鬥部。

郑 ‖ 鄭
8　14

zhèng　ㄓㄥ　dzɛŋ⁶〔井低去〕

①周朝國名,在今河南新鄭縣。②姓。

八

〈說解〉 郑，阝部，左右結構，符號替代字。奠改爲关就成爲郑，关不表示音義。清刊《逸事》已見。郑可作簡化偏旁用，如：掷（擲）、踯（躑）。

＊鄭字舊歸邑部。

卷 ‖ 捲

juǎn　ㄐㄩㄢˇ　gyn² 〔卷〕

①把東西彎轉裹成圓筒形：～煙｜～行李｜～起袖子｜烙餅～大葱。②一種大的力量把東西撮起或裹住：狂風～着雨點劈面而來｜汽車～起塵土飛馳而過。③裹成圓筒形的東西：紙～｜煙～｜花～｜行李～。④量詞，用於成卷的東西：一～報紙｜一～鋪蓋。

〈說解〉 卷，㔾部，上下結構，形聲字。卷本讀去聲 juàn ㄐㄩㄢˋ gyn²，用卷做捲的簡化字是近音替代。

＊(1)卷(juàn)字的書卷、考卷、卷宗等義舊仍用卷。(2)捲字舊歸手部。

单 ‖ 單

（一）dān　ㄉㄢ　dan¹ 〔丹〕

①一個，單獨：～人｜～身｜～刀｜～傳｜～杠｜～間｜～行綫｜形～影只。②奇數的：～日｜～數｜～號。③只，僅僅：不能～靠個人，要靠大家｜這麼多人，怎麼～說我呢？④項目或種類少，不複雜：～純｜～調｜簡～。⑤薄弱：～薄｜～弱。⑥只有一層的：～衣｜～褲｜～被。⑦蓋在牀上的大幅布：牀～｜被～。⑧分項記載事物的紙片：～據｜存～｜訂～｜稅～｜清～。

（二）shàn　ㄕㄢˋ　sin⁶ 〔善〕

①單縣，地名，在山東。②姓。

〈說解〉 单，丷部，上下結構，草書楷化字。把單字上面的兩個口改爲一點一撇，就成爲单。金刊《劉知遠》、元刊《雜劇》及明清刊本習見。单字可作簡化偏旁用，如揮（揮）、闡（闡）等。

＊單字舊歸口部。

炜 ‖ 煒
8　13
wěi　ㄨㄟˇ　wɐi⁵〔偉〕

〈書〉光明。

〈說解〉炜，火部，左右結構，形聲字。韋簡化爲韦，偏旁類推簡化。

炝 ‖ 熗
8　14
qiàng　ㄑㄧㄤˋ　tsœŋ³〔唱〕

①一種烹飪方法，先把肉、葱花等用熱油略炒，再加菜料炒或煮：～鍋。②一種烹飪方法，將菜肴放在沸水中略煮，取出再用醬油、醋等拌和：～芹菜。

〈說解〉炝，火部，左右結構，形聲字。倉簡化爲仓，偏旁類推簡化。

炉 ‖ 爐
8　20
lú　ㄌㄨˊ　lou⁴〔勞〕

做飯、燒水、取暖、冶煉等用的器具或設備：～竈｜～火｜～渣｜煤～｜電～｜回～｜熔～｜高～｜鍋～。

〈說解〉炉，火部，左右結構，形聲字。盧簡化爲户就成爲炉。《篇海類編·火部》：“炉，俗爐字。”宋刊《祖堂集》《取經詩話》以及元明清諸書並見。

浅 ‖ 淺
8　11
qiǎn　ㄑㄧㄢˇ　tsin²〔錢高上〕

①從上到下或從外到裏的距離小：～水｜～灘｜～坑｜擱～｜不知深～。②程度不深，易懂：～易｜～近｜～露｜粗～｜才疏學～。③顏色淡：～綠｜～灰｜～藍。④時間短：年代～｜你幹這事的日子還～。

〈說解〉浅，氵旁，左右結構，形聲字。戔簡化爲戋，偏旁類推簡化。

八

泷 ‖ 瀧
8　　19

（一）lóng　ㄌㄨㄥˊ　luŋ⁴〔龍〕

〈書〉急流的水。

（二）shuāng　ㄕㄨㄤ　sœŋ¹〔商〕

【瀧水】地名，在廣東。

〈說解〉 泷，氵部，左右結構，形聲字。龍簡化爲龙，偏旁類推簡化。清刊《逸事》等簡作泷，與今簡化字形近。

泸 ‖ 瀘
8　　19

lú　ㄌㄨˊ　lou⁴〔盧〕

地名用字：～水｜～州。

〈說解〉 泸，氵部，左右結構，形聲字。盧簡化爲卢，偏旁類推簡化。

泪 ‖ 淚
8　　11

lèi　ㄌㄟˋ　lœy⁶〔類〕

眼淚：～水｜～痕｜～珠｜落～｜血～｜含～｜忍～。

〈說解〉 泪，氵部，左右結構，會意字。泪和淚是異體，淚是形聲字。《字彙·水部》：“泪，與淚同，目液也。”現在簡化字中用泪。《俗字譜》宋元明清諸書多用泪。

泺 ‖ 濼
8　　18

luò　ㄌㄨㄛˋ　lɔk⁹〔落〕

濼水，地名，在山東。

〈說解〉 泺，氵部，左右結構，形聲字。樂簡化爲乐，偏旁類推簡化。

八

注 ‖ 註
8　12

zhù　ㄓㄨˋ　dzy³　〔注〕

①用文字來解釋字句：～解｜～釋｜～音｜批～｜評～。②解釋字句的文字：～文｜～疏｜夾～｜箋～｜腳～｜旁～。③記載，登記：～冊｜～銷。

〈說解〉　注，氵部，左右結構，形聲字。注和註在以上意義上是異體字，簡化字用注。

＊(1)注入、注視、賭注等義舊只用注。(2)註字舊歸言部。

泞 ‖ 濘
8　17

nìng　ㄋㄧㄥˋ　niŋ⁶　〔寧低去〕

爛泥：泥～。

〈說解〉　泞，氵部，左右結構，形聲字。寧簡化爲宁，偏旁類推簡化。

泻 ‖ 瀉
8　18

xiè　ㄒㄧㄝˋ　se³　〔卸〕

①很快地流：奔～｜傾～｜一～千里。②拉稀，鬧肚子：～肚｜～藥｜腹～｜上吐下～。

〈說解〉　泻，氵部，左右結構，形聲字。寫簡化爲写，偏旁類推簡化。

泼 ‖ 潑
8　15

pō　ㄆㄛ　put⁸　〔蒲抹切〕

①用力把液體往外倒或向外灑，使散開：～水｜～街｜～墨。②蠻橫不講理：～婦｜～皮｜撒～。

〈說解〉　泼，氵部，左右結構，形聲字。發簡化爲发，偏旁類推簡化。

八

泽 ‖ 澤
8　16　　　zé　ㄗㄜˊ　dzak⁹〔摘〕

①聚水的地方：～國｜沼～｜深山大～。②金屬、珠玉等的光：光～｜色～。③濕潤，濕潤的氣息：潤～｜芳～｜香～。④恩惠：恩～｜～及枯骨。

〈說解〉　泽，氵部，左右結構，形聲字。睪簡化爲𡸣，偏旁類推簡化。清刊《逸事》簡作泽，與今簡化字形近。

泾 ‖ 涇
8　10　　　jīng　ㄐㄧㄥ　giŋ¹〔京〕

地名用字：～河｜～縣。

〈說解〉　泾，氵部，左右結構，形聲字。巠簡化爲𢀖，偏旁類推簡化。

怜 ‖ 憐
8　15　　　lián　ㄌㄧㄢˊ　lin⁴〔連〕

①憐憫：～惜｜～恤｜可～｜哀～｜垂～｜同病相～。②愛：～愛｜愛～。

〈說解〉　怜，忄旁，左右結構，形聲字。《干祿字書·平聲》以怜爲憐的俗字，今用怜做憐的簡化字。敦煌寫本、宋刊《祖堂集》及元明清刊本習見。

恀 ‖ 懤
8　13　　　zhòu　ㄓㄡˋ　dzɐu³〔縐〕

固執：性子～。

〈說解〉　恀，忄部，左右結構，形聲字。𠱼簡化爲刍，偏旁類推簡化。

怿 ‖ 懌
8　16　　　yì　ㄧˋ　jik⁹〔亦〕

〈書〉喜歡：心中不～。

〈說解〉 怿, 忄部, 左右結構, 形聲字。睪簡化爲𠬤, 偏旁類推簡化。

峃 ‖ 嶨
8　16

xué　ㄒㄩㄝˊ　hɔk⁹〔學〕

嶨口, 地名, 在浙江。

〈說解〉 峃, 山部, 上下結構, 草書楷化字。𦥯字頭簡化爲⺍, 偏旁類推簡化。

学 ‖ 學
8　16

xué　ㄒㄩㄝˊ　hɔk⁹〔鶴〕

①學習:～業｜～力｜～費｜自～｜求～｜復～｜就～。②模仿:～鳥叫｜～狗爬。③學問:～識｜～術｜～說｜講～｜國～｜漢～。④學科:文～｜數～｜化～｜物理～｜地質～。⑤學校:～生｜歷～｜～年｜～期｜大～｜中～｜義～｜升～。

〈說解〉 学, 子部, 上下結構, 草書楷化字。把學字上面改爲兩點一撇和一個冖, 就成爲学。敦煌寫本及《俗字譜》諸書均簡作𡥉, 會意字, 今不從。

宝 ‖ 寶
8　20

bǎo　ㄅㄠˇ　bou²〔保〕

①珍貴的東西:～貝｜～物｜～庫｜珍～｜國～｜珠～｜傳家～。②珍貴的:～刀｜～劍｜～石｜～書。③敬辭, 用於稱對方的家眷、店鋪等:～眷｜～號｜～地｜～刹。

〈說解〉 宝, 宀部, 上下結構, 會意字。寶字去掉缶和貝, 再把王改爲玉, 就成爲宝。敦煌寫本及《俗字譜》十二書並見。
*寶的異體爲寳。

宠 ‖ 寵
8　19

chǒng　ㄔㄨㄥˇ　tsuŋ²〔冢〕

寵愛, 偏愛:～兒｜～信｜～幸｜恩～｜得～｜失～｜嬌～。

八

〈說解〉　宠，宀部，上下結構，形聲字。龍簡化爲龙，偏旁類推簡化。元刊《雜劇》已見。明清刊本又簡作宠，與今簡化字形近。

审‖審　　ˢshěn　　ㄕㄣˇ　　sɐm² 〔沈〕
8　　15

①詳細，周密：～慎｜～視｜精～｜詳～。②審查：～察｜～閱｜～批｜～核｜～稿｜送～｜評～。③審訊：～問｜～案｜公～｜陪～｜開～｜提～。④知道：～悉。⑤的確：～如其言。

〈說解〉　审，宀部，上下結構，形聲字。把審字下面的番改爲申就成爲审。审字保留了原字的輪廓和上下結構，表音明確。审可作簡化偏旁用，如婶(嬸)、谉(讅)。

帘‖簾　　lián　　ㄌㄧㄢˊ　　lim⁴ 〔廉〕
8　　19

用布、竹子、葦子等做的有遮蔽作用的器物：門～｜窗～｜竹～｜垂～。

〈說解〉　帘，巾部或穴部，上下結構，會意字。帘和簾音同，用帘做簾的簡化字是同音替代。
＊(1)帘，本指酒家的旗招，舊只用帘。(2)簾，形聲字，舊歸竹部。

实‖實　　shí　　ㄕˊ　　sɐt⁹ 〔失低入〕
8　　14

①内部填滿，沒有空隙：～心球｜把窟窿填～了。②眞實，不虛假：～打～｜～心眼｜～話～說｜誠～｜樸～｜老～｜眞心～意。③實際，事實：～效｜～例｜記～｜如～｜務～｜寫～｜名不副～。④果實，種子：籽～｜春華秋～。

〈說解〉　实，宀部，上下結構，草書楷化字。把貫改爲头就成爲实。影元刊《元典章》及《俗字譜》元明清十書並見。

郓 ‖ 鄆
8　11

yùn　ㄩㄣˋ　wɐn⁶〔運〕

鄆城,地名,在山東。

〈說解〉 郓,阝部,左右結構,形聲字。軍簡化爲军,偏旁類推簡化。

＊鄆字舊歸邑部。

衬 ‖ 襯
8　21

chèn　ㄔㄣˋ　tsɐn³〔趁〕

①在裏面托上一層:～上一層紙。②襯在裏面的:～布｜～衫｜～衣｜～裙｜～紙。③附在衣裳、鞋帽等裏面的布製品:帽～｜袖～。④襯托,陪襯:映～｜對～｜反～｜鋪～。

〈說解〉 衬,衤部,左右結構,形聲字。把聲旁親改爲寸就成爲衬。

＊襯字舊歸衣部。

祎 ‖ 禕
8　13

yī　ㄧ　ji¹〔衣〕

〈書〉美好。多用於人名。

〈說解〉 祎,衤部,左右結構,形聲字。韋改爲韦,偏旁類推簡化。

＊禕字舊歸示部。

八

视 ‖ 視
8　11

shì　ㄕˋ　si⁶〔事〕

①看:～力｜～綫｜～角｜～野｜注～｜凝～｜俯～｜環～｜近～。②看待:仇～｜輕～｜歧～｜忽～｜鄙～｜敵～。③察看,觀察:～察｜～學｜監～｜巡～｜審～。

〈說解〉 视,見部或衤部,左右結構,形聲字。見簡化爲见,偏旁類推簡化。

诓‖誆
8 13

kuāng ㄎㄨㄤ hɔŋ[1]〔康〕

欺騙，哄騙：～騙｜說大話～人。

〈說解〉 诓，讠部，左右結構，形聲字。言簡化爲讠，偏旁類推簡化。

诔‖誄
8 13

lěi ㄌㄟˇ lɔi[6]〔耒〕

①古代敘述死者事迹表示哀悼，多用於上對下。②記述死者生平功德的文章。

〈說解〉 诔，讠部，左右結構，形聲字。言簡化爲讠，偏旁類推簡化。

试‖試
8 13

shì ㄕˋ si[3]〔嗜〕

①嘗試，試驗：～用｜～製｜～銷｜～工｜～點｜～探｜～圖。②考試：～場｜～題｜～卷｜口～｜筆～｜廷～。

〈說解〉 试，讠部，左右結構，形聲字。言簡化爲讠，偏旁類推簡化。

诖‖詿
8 13

guà ㄍㄨㄚˋ gwa[3]〔卦〕

〈書〉貽誤：～誤。

〈說解〉 诖，讠部，左右結構，形聲字。言簡化爲讠，偏旁類推簡化。

诗‖詩
8 13

shī ㄕ si[1]〔師〕

一種文學體裁，用有節奏、韻律的語句描寫生活，抒發情感：～歌｜～集｜～篇｜～詞｜～人｜古～｜律～｜新～｜史～｜白話～｜近體～｜打油～。

〈説解〉 诗，讠部，左右結構，形聲字。訁簡化爲讠，偏旁類推簡化。清刊《目蓮記》已見。

诘 ‖ 詰
8　13

| (一) jié | ㄐㄧㄝˊ | kit⁸〔揭〕 |

追問，責問：～問｜～責｜反～。

| (二) jí | ㄐㄧˊ | gɐt⁷〔吉〕 |

【詰屈聱牙】 jíqūáoyá 形容文章讀起來不順口。

〈説解〉 诘，讠部，左右結構，形聲字。訁簡化爲讠，偏旁類推簡化。

诙 ‖ 詼
8　13

| huī | ㄏㄨㄟ | fui¹〔灰〕 |

①戲謔：～諧｜～笑。②嘲笑。

〈説解〉 诙，讠部，左右結構，形聲字。訁簡化爲讠，偏旁類推簡化。

诚 ‖ 誠
8　13

| chéng | ㄔㄥˊ | sin⁴〔成〕 |

①眞實，眞心：～實｜～心｜～摯｜眞～｜至～｜忠～｜虔～｜精～｜心悅～服。②確實，的確：～然｜～惶～恐｜～有此事。

〈説解〉 诚，讠部，左右結構，形聲字。訁簡化爲讠，偏旁類推簡化。

诛 ‖ 誅
8　13

| zhū | ㄓㄨ | dzy¹〔朱〕 |

①殺(罪人)：～殺｜～戮｜～滅｜伏～｜罪不容～。②譴責：～心之論｜口～筆伐。

八

〈說解〉 诛，讠部，左右結構，形聲字。言簡化爲讠，偏旁類推
簡化。

话 ‖ 話
8　13

huà　ㄏㄨㄚˋ　wa⁶〔華低去〕

①說出來的、能夠表達思想感情的聲音，或記錄這種聲音的文字：～語｜～鋒｜～題｜談～｜空～｜情～｜讀～｜粗～｜大～｜會～｜行～。②說，講：～別｜～舊｜～家常｜～當年。③指談話的資料：佳～｜笑～。

〈說解〉 話，讠部，左右結構，形聲字。言簡化爲讠，偏旁類推簡化。清刊《目蓮記》《金瓶梅》已見。

诞 ‖ 誕
8　13

dàn　ㄉㄢˋ　dan³〔旦〕

①出生：～生。②生日：華～｜壽～。③荒唐的，不合情理的：荒～｜怪～｜妄～｜虛～。

〈說解〉 诞，讠部，左右結構，形聲字。言簡化爲讠，偏旁類推簡化。

诟 ‖ 詬
8　13

gòu　ㄍㄡˋ　geu³〔究〕

①耻辱：忍辱含～。②辱罵：～罵｜～病。

〈說解〉 诟，讠部，左右結構，形聲字。言簡化爲讠，偏旁類推簡化。

诠 ‖ 詮
8　13

quán　ㄑㄩㄢˊ　tsyn⁴〔全〕

①解釋，說明：～註｜～釋。②事理，道理：眞～｜發必中～。

〈說解〉 诠，讠部，左右結構，形聲字。言簡化爲讠，偏旁類推簡化。

八

诡 ‖ 詭　　guǐ　ㄍㄨㄟˇ　gwɐi² 〔鬼〕
8　13

①狡詐，奸滑：～詐｜～計｜～辯｜奸～。②奇異：～怪｜～異｜奇～。

〈説解〉 诡，讠部，左右結構，形聲字。言簡化爲讠，偏旁類推簡化。清刊《逸事》已見。

询 ‖ 詢　　xún　ㄒㄩㄣˊ　sœn¹ 〔荀〕
8　13

徵求意見，問：～問｜查～｜探～｜咨～｜質～｜徵～。

〈説解〉 询，讠部，左右結構，形聲字。言簡化爲讠，偏旁類推簡化。

诣 ‖ 詣　　yì　ㄧˋ　ŋɐi⁶ 〔毅〕
8　13

①到某人所在的地方，到某個地方去看望人：～闕｜～烈士墓。②學業、技術等所達到的程度：造～｜苦心孤～。

〈説解〉 诣，讠部，左右結構，形聲字。言簡化爲讠，偏旁類推簡化。

诤 ‖ 諍　　zhèng　ㄓㄥˋ　dzɐŋ³ 〔增高去〕
8　13

直言勸告：～言｜～友｜～諫｜～臣。

〈説解〉 诤，讠部，左右結構，形聲字。言簡化爲讠，偏旁類推簡化。

该 ‖ 該　　gāi　ㄍㄞ　gɔi¹ 〔垓〕
8　13

①應當：～當｜～死｜應～｜合～｜你不～對他發火。②輪到：今天～你值班｜下一個～你上場。③表示按情理推測必然的或可能的結果：天涼了，～添衣服了｜快半夜了，他早～回

來了。④欠：～賬｜我還～他五元錢。⑤指示詞，指上文說過的人或事物：～地｜～市｜～人｜～國。

〈說解〉 该，讠部，左右結構，形聲字。訁簡化爲讠，偏旁類推簡化。

详‖詳

8 13

xiáng ㄒㄧㄤˊ tsœŋ4〔祥〕

①詳細，周密：～談｜～明｜～情｜～盡｜周～｜語焉不～。②說明：內～｜再～。③清楚：年月不～｜內容不～。

〈說解〉 详，讠部，左右結構，形聲字。訁簡化爲讠，偏旁類推簡化。清刊《金瓶梅》已見。

诧‖詫

8 13

chà ㄔㄚˋ tsa3〔岔〕

驚訝：～異｜～怪｜驚～｜駭～。

〈說解〉 诧，讠部，左右結構，形聲字。訁簡化爲讠，偏旁類推簡化。

诨‖諢

8 16

hùn ㄏㄨㄣˋ wɐn6〔運〕

戲謔，開玩笑：～名｜～號｜打～。

〈說解〉 诨，讠部，左右結構，形聲字。訁簡化爲讠，軍簡化爲军，偏旁類推簡化。

诩‖詡

8 13

xǔ ㄒㄩˇ hœy2〔許〕

誇耀：自～。

〈說解〉 诩，讠部，左右結構，形聲字。訁簡化爲讠，偏旁類推簡化。

八

肃 ‖ 肅
8　13

sù　ㄙㄨˋ　suk⁷〔叔〕

①恭敬:～立｜～然起敬。②嚴肅:～靜｜～穆｜整～｜莊～。
③肅淸:～反。

〈説解〉 肅,聿部或⼄部,獨體結構,草書楷化字。把肅字裏
面的部分改爲一撇和一點。《干祿字書·入聲》載肅爲肅的俗
字,《俗字譜》諸書也簡作肅,現在進一步簡化爲肃。肃可作簡
化偏旁用,如萧(蕭)、啸(嘯)等。
＊肅字舊歸聿部。

隶 ‖ 隸
8　16

lì　ㄌㄧˋ　dɐi⁹〔弟〕

①附屬:～屬。②古代指地位低下被奴役的人:奴～｜僕～。③
衙役:～卒｜皂～。④漢字形體的一種,由篆書簡化演變而成:
～書｜漢～｜今～。

〈説解〉 隶,聿部,獨體結構,會意字。隸字去掉左偏旁就成爲隶。
＊(1)《説文》:"隶,及也。"此義的隶讀 dài ㄉㄞˋ,後被逮字代
替。(2)隸字舊歸隶部。

录 ‖ 錄
8　16

lù　ㄌㄨˋ　luk⁹〔陸〕

①記載,抄寫:～音｜～供｜記～｜探～｜筆～｜節～｜摘
～。②採取,任用:～用｜～取｜收～｜檢～。③某些記載物的
名稱:目～｜語～｜回憶～｜通訊～｜同年～。

〈説解〉 录,彐部或水部,上下結構,象形字。錄字去掉形旁
金就成爲录。录字可做簡化偏旁用,如:箓(籙)。
＊錄字舊歸金部。

弥¹ ‖ 彌
8　17

mí　ㄇㄧˊ　nei⁴〔尼〕

①充滿,布滿:～漫｜～散｜～月｜～天大謊。②塡充,遮掩:

八

～補｜～縫｜～封。③更加：欲蓋～彰。

〈說解〉 弥，弓部，左右結構，形聲字。爾簡化爲尔，偏旁類推簡化。敦煌寫本、宋刊《祖堂集》及《俗字譜》諸書習見。
＊弥又是瀰的簡化字，見下。

弥² ‖ 瀰
8   20

| mí | ㄇㄧˊ | mei⁴〔眉〕 | nei⁴〔尼〕（又） |

同"彌"①。

〈說解〉 見弥‖彌。
＊瀰和彌在充滿、佈滿義上通用，二字都簡化爲弥。

陕 ‖ 陝
8   9

| shǎn | ㄕㄢˇ | sim²〔閃〕 |

指陝西。

〈說解〉 陕，阝部，左右結構，形聲字。夾簡化爲夹，偏旁類推簡化。清刊《目蓮記》已見。
＊陝字舊歸阜部。

驽 ‖ 駑
8   15

| nú | ㄋㄨˊ | nou⁴〔奴〕 |

①跑不快的馬：～馬。②比喻人資質低下：～才｜～鈍。

〈說解〉 驽，馬部，上下結構，形聲字。馬簡化爲马，偏旁類推簡化。

驾 ‖ 駕
8   15

| jià | ㄐㄧㄚˋ | ga³〔嫁〕 |

①使牲口拉：～轅｜～着兩頭牛耕田。②駕駛：～車｜～機｜～艇。③指車輛，借用爲對人的敬稱：～臨｜大～｜勞～｜擋～。④特指帝王的車駕，借指帝王：保～｜起～｜接～｜救～。

〈說解〉 驾,馬部,上下結構,形聲字。馬簡化爲马,偏旁類推簡化。元刊《雜劇》《三國志》已見。

参 ‖ 參
8　　11

(一) cān ㄘㄢ tsam¹〔驂〕

①加入,參加,參與:～軍｜～戰｜～政｜～謀。②參考:～看｜～閱｜～酌｜～照。③探究,領會:～破｜～透。④進見,謁見:～拜｜～謁。

(二) cēn ㄘㄣ tsɐm¹〔侵〕tsɐm¹〔驂〕(又)

【參差】 cēnᴄᴛ ①長短、高低、大小不齊:～錯落。②差錯,蹉跎:佳期～。

(三) shēn ㄕㄣ sɐm¹〔深〕

①人參、黨參等的統稱,一般指人參。②二十八宿之一:～商。

〈說解〉 参,厶部或彡部,上下結構,草書楷化字。元明清刊本中簡作叅,簡化字把下面的小改爲彡。参字可作簡化偏旁用,如惨(慘)、渗(滲)等。

艰 ‖ 艱
8　　17

jiān ㄐㄧㄢ gan¹〔奸〕

困難:～巨｜～苦｜～難｜～危｜物力維～｜世亂時～。

〈說解〉 艰,又部或艮部,左右結構,符號替代字。把艱字的左偏旁改爲又(又不表示音義)就成爲艰。明刊《白袍記》、清刊《目蓮記》已見。
＊艱字舊歸艮部。

驵 ‖ 駔
8　　15

zǎng ㄗㄤ dzɔŋ²〔莊高上〕

〈書〉①好馬,駿馬。②馬匹交易的經紀人:～儈。

〈說解〉 駔,馬部,左右結構,形聲字。馬簡化爲马,偏旁類推簡化。

驶 ‖ 駛　　　shǐ　ㄕ　sɐi² 〔洗〕
8　15

①車馬等很快地跑：飛～｜疾～。②開動：行～｜駕～｜停～｜空～。

〈說解〉 驶,馬部,左右結構,形聲字。馬簡化爲马,偏旁類推簡化。

驸 ‖ 駙　　　fù　ㄈㄨˋ　fu⁶ 〔父〕
8　15

古代幾匹馬共拉一輛車時,轅馬之外的馬叫駙。
【駙馬】fùmǎ 漢代有"駙馬都尉"這個官職,後來皇帝的女婿常被委任這個官,因此成爲皇帝的女婿的專稱。

〈說解〉 駙,馬部,左右結構,形聲字。馬簡化爲马,偏旁類推簡化。

驷 ‖ 駟　　　sì　ㄙˋ　si³ 〔試〕
8　15

同拉一輛車的四匹馬,也指四匹馬所駕的車：～馬高車｜馳車千～。

〈說解〉 駟,馬部,左右結構,形聲字。馬簡化爲马,偏旁類推簡化。

八

驹 ‖ 駒　　　jū　ㄐㄩ　kœy¹ 〔俱〕
8　15

①少壯的馬：千里～。②初生或不滿一歲的馬、驢、騾：馬～。

〈說解〉 驹,馬部,左右結構,形聲字。馬簡化爲马,偏旁類推簡化。

驺 ‖ 騶

8　20

zōu　ㄗㄡ　dzɐu¹〔周〕

古代給貴族掌管車馬的人,也指騎馬的侍從:~從。

〈説解〉 驺,馬部,左右結構,形聲字。馬簡化爲马,芻簡化爲刍,偏旁類推簡化。

驻 ‖ 駐

8　15

zhù　ㄓㄨˋ　dzy³〔注〕

①停留:~足觀賞。②因執行職務而住在某處:~地丨~軍丨~防丨~守丨~京丨進~丨屯~。

〈説解〉 驻,馬部,左右結構,形聲字。馬簡化爲马,偏旁類推簡化。

驼 ‖ 駝

8　15

tuó　ㄊㄨㄛˊ　tɔ⁴〔佗〕

①指駱駝:~毛丨~絨丨~峰。②脊背彎曲:~背丨背都~了。

〈説解〉 驼,馬部,左右結構,形聲字。馬簡化爲马,偏旁類推簡化。

驿 ‖ 驛

8　23

yì　ㄧˋ　jik⁹〔亦〕

古代供傳遞文書的人中途換馬或休息的地方:~站丨~亭丨~卒丨~館~。

〈説解〉 驿,馬部,左右結構,形聲字。馬簡化爲马,睪簡化爲圣,偏旁類推簡化。

八

骀 ‖ 駘

8　15

(一) tái　ㄊㄞˊ　tɔi⁴〔台〕

劣馬:駑~。

(二) dài　ㄉㄞˋ　tɔi⁴〔台〕

【骀荡】dàidàng　使人感到舒暢：春風～。

〈說解〉　骀，馬部，左右結構，形聲字。馬簡化爲马，偏旁類推簡化。

线‖綫
8　14
xiàn　ㄒㄧㄢˋ　sin³〔扇〕

①用棉、絲、蔴、金屬等製成的細長、可以彎曲的東西：～圈｜～繩｜電～｜毛～｜引～｜導火～。②幾何學上指一個點任意移動所構成的圖形：～段｜直～｜曲～｜射～。③細長像綫的東西：光～｜視～｜子午～。④交通路綫：航～｜幹～｜支～｜運輸～。⑤邊緣交界的地方：火～｜防～｜前～｜邊境～｜地平～｜海岸～。⑥比喻所接近的某種邊際：生命～｜死亡～｜飢餓～。⑦綫索：眼～。⑧量詞，用於抽象事物，表示極少：一～生機｜一～光明。

〈說解〉　线，糹部，左右結構，形聲字。糸簡化爲糹，戔簡化爲戋，偏旁類推簡化。

绀‖紺
8　11
gàn　ㄍㄢˋ　gɐm³〔禁〕

稍微帶紅的黑色：～青｜～髮。

〈說解〉　绀，糹部，左右結構，形聲字。糸簡化爲糹，偏旁類推簡化。

缳‖緤
8　11
xiè　ㄒㄧㄝˋ　sit⁸〔洩〕

〈書〉①繩索：縲～。②絏，拴。

〈說解〉　缳，糹部，左右結構，形聲字。糸簡化爲糹，偏旁類推簡化。

绂 ‖ 紱
8　　11

| fú　ㄈㄨˊ　fɐt⁷〔忽〕

古代繫印章用的絲繩:印～。

〈說解〉 绂,纟部,左右結構,形聲字。糹簡化爲纟,偏旁類推簡化。

练 ‖ 練
8　　15

| liàn　ㄌㄧㄢˋ　lin⁶〔煉〕

①白絹:江平如～。②把生絲煮熟,使潔白柔軟。③訓練,練習:～兵丨～功丨～武丨～操丨教～丨排～丨演～。④熟悉而有經驗:～達丨熟～丨老～丨語～丨幹～。⑤精練:簡～丨凝～丨洗～。

〈說解〉 练,纟部,左右結構。糹簡化爲纟;柬簡化爲东,草書楷化。
＊柬字單用不能簡化爲东。

组 ‖ 組
8　　11

| zǔ　ㄗㄨˇ　dzou²〔祖〕

①安排分散的人或事物使成系統或成整體:～成丨～合丨～隊丨～字丨～閣丨改～丨分～。②由不多的人員組成的單位:～長丨小～丨甲～丨互助～丨戰鬥～。③合成一組的:～詩丨～曲丨～歌丨～畫。④量詞,用於成組的:一～詩丨一～試題丨兩～電池。

〈說解〉 组,纟部,左右結構,形聲字。糹簡化爲纟,偏旁類推簡化。

八

绅 ‖ 紳
8　　11

| shēn　ㄕㄣ　sɐn¹〔新〕

①古代士大夫束於腰間的大帶子。②紳士:～者丨豪～丨劣～。

〈說解〉 绅,纟部,左右結構,形聲字。糹簡化爲纟,偏旁類推簡化。

绌 ‖ 紬

8　　11

chōu　ㄔㄡ　tsɐu¹〔抽〕

〈書〉引出，綴輯：～繹。

〈說解〉 绌, 纟部, 左右結構, 形聲字。糸簡化爲纟, 偏旁類推簡化。

细 ‖ 細

8　　11

xì　ㄒㄧˋ　sɐi³〔世〕

①（條狀物）橫剖面小：～絲｜～綫｜～棍｜粗～。②顆粒小：～沙｜～面兒。③音量小：～聲～氣｜嗓音～～。④精致, 不粗糙：～瓷｜～致｜～活｜～巧。⑤仔細, 詳細：～看｜～則｜～目｜～賬。⑥細小：～微｜～節｜～菌｜～枝末節｜毛舉～故。

〈說解〉 细, 纟部, 左右結構, 形聲字。糸簡化爲纟, 偏旁類推簡化。

终 ‖ 終

8　　11

zhōng　ㄓㄨㄥ　dzuŋ¹〔忠〕

①最後, 末了：～止｜～結｜～點｜～了｜告～｜年～｜全始全～。②指人死：送～｜善～｜臨～。③自始至終的整段時間：～生｜～日｜～年｜～天之恨。④終歸, 畢竟：～將滅亡｜～會實現。

〈說解〉 终, 纟部, 左右結構, 形聲字。糸簡化爲纟, 偏旁類推簡化。

织 ‖ 織

8　　18

zhī　ㄓ　dzik⁷〔即〕

使紗或綫交叉穿過, 製成綢、布或毛衣、花邊等：～布｜～物｜～染｜～補｜紡～｜針～｜編～。

〈說解〉 织, 纟部, 左右結構, 形聲字。糸簡化爲纟, 戠簡化爲只,偏旁類推簡化。

绉 ‖ 縐　　　zhòu　ㄓㄡ　dzɐu³〔畫〕

織出皺紋的絲織品或棉織品:～布｜～紗｜湖～。

〈說解〉 绉,纟部,左右結構,形聲字。糸簡化爲纟,芻簡化爲刍,偏旁類推簡化。清刊《逸事》簡作绉,與今簡化字形近。

绊 ‖ 絆　　　bàn　ㄅㄢ　bun⁶〔伴〕

擋住或纏住,使跌倒或使行走不便:～手～腳｜～倒在地｜羈～｜磕磕～～。

〈說解〉 绊,纟部,左右結構,形聲字。糸簡化爲纟,偏旁類推簡化。

绋 ‖ 紼　　　fú　ㄈㄨˊ　fɐt⁷〔忽〕

大繩,特指牽引靈柩的大繩:執～。

〈說解〉 绋,纟部,左右結構,形聲字。糸簡化爲纟,偏旁類推簡化。

绌 ‖ 絀　　　chù　ㄔㄨˋ　dzyt⁸〔拙〕

不足,不夠:短～｜支～｜左支右～｜相形見～。

〈說解〉 绌,纟部,左右結構,形聲字。糸簡化爲纟,偏旁類推簡化。

绍 ‖ 紹　　　shào　ㄕㄠˋ　siu⁶〔邵〕

①接續,繼承:子孫～位。②指浙江紹興:～酒。

〈説解〉 绍,纟部,左右結構,形聲字。糸簡化爲纟,偏旁類推簡化。

绎 ‖ 繹　　yì　ㄧˋ　jik⁹〔亦〕
8　　19

抽出或理出事物的頭緒來:抽～｜演～。

〈説解〉 绎,纟部,左右結構,形聲字。糸簡化爲纟,睪簡化爲
𬀩,偏旁類推簡化。

经 ‖ 經　　jīng　ㄐㄧㄥ　ging¹〔京〕
8　　13

①紡織品上縱的方向的紗或綫:～紗｜～綫。②經度,地球表面東西距離的度數:東～｜西～。③中醫指人體內氣血運行通路的主幹:～絡｜～脈。④經營,管理:～商｜～紀｜～理｜略。⑤歷時久的,正常的:～常｜不～之談。⑥經典:～籍｜卷｜～文｜佛～｜古蘭～｜十三～｜四書五～。⑦指月經:～期｜～痛｜行～。⑧經過,通過:～手｜～售｜～銷｜～久｜～由｜～年累月。⑨禁受:～不起｜～不住。

〈説解〉 经,纟部,左右結構,形聲字。糸簡化爲纟,巠簡化爲
巠,偏旁類推簡化。

绐 ‖ 紿　　dài　ㄉㄞˋ　doi⁶〔代〕
8　　11

〈書〉欺哄,欺騙:受～。

〈説解〉 绐,纟部,左右結構,形聲字。糸簡化爲纟,偏旁類推簡化。

贯 ‖ 貫　　guàn　ㄍㄨㄢˋ　gun³〔灌〕
8　　11

①穿過,貫通:～穿｜～氣｜橫～｜學～古今。②連貫:一～｜

魚～而入。③指籍貫：本～丨鄉～。④一千個銅錢穿在一起叫一貫：萬～家財。

〈**說解**〉　貫，貝部，上下結構，會意字。貝簡化爲贝，偏旁類推簡化。元刊《雜劇》、清刊《目連記》《金瓶梅》並見。

九　畫

貳 ‖ 貳
9　　12

èr　ㄦˋ　ji⁶　〔二〕

①數字"二"的大寫。②背叛,不忠實:～心 | 逆子～臣。

〈說解〉 貳,弋部或貝部,右上半包圍結構,形聲字。貝簡化爲贝,偏旁類推簡化。

＊貳字舊歸貝部。

幫 ‖ 幫
9　　17

bāng　ㄅㄤ　bɔŋ¹　〔邦〕

①幫助:～忙 | ～工 | ～手 | ～兇 | ～廚 | 告～。②指從事傭僱勞動:～短工。③物體兩旁或周圍的部分:船～ | 鞋～ | 腮～子。④羣,夥,集團:～會 | ～派 | 匪～ | 馬～ | 青～ | 搭～結夥。⑤量詞,用於人,是"羣、夥"的意思:一～小朋友 | 一～強盜。

〈說解〉 幫,巾部,上下結構,形聲字。《中華大字典・巾部》:幫,同幫。簡化字去掉幫字下面的白,保留原字的輪廓。

瓏 ‖ 瓏
9　　20

lóng　ㄌㄨㄥˊ　luŋ⁴　〔龍〕

【玲瓏】línglóng ①東西精巧細致:小巧～。②人輕巧靈活:嬌小～。③形容玉石碰擊聲。
【瓏玲】lónglíng ①玉色明亮。②形容金屬、玉石碰擊聲。

〈說解〉 瓏,王部,左右結構,形聲字。龍簡化爲龙,偏旁類推簡化。元刊《雜劇》、明刊《白袍記》、清刊《逸事》簡作瓏,與今簡化字形近。

顸 ‖ 頇
9　　12

hān　ㄏㄢ　hɔn　〔看高平〕

粗:～聲粗氣 | 鐵絲太～,捅不過去 | 這種毛綫～點兒,還有

細的嗎?

〈說解〉 顸,頁部,左右結構,形聲字。頁簡化爲页,偏旁類推簡化。

韨 ‖ 韍
9　　14

fú　ㄈㄨˊ　fɐt⁷〔忽〕

古代的一種祭服,形如圍裙,用皮製成。

〈說解〉 韨,韦部,左右結構,形聲字。韋簡化爲韦,偏旁類推簡化。
＊韍字舊歸韋部。

项 ‖ 項
9　　12

xiàng　ㄒㅣㅤㄤˋ　hɔŋ⁶〔巷〕

①頸的後部:～背｜～鏈｜頸～。②事物的條目、種類:～目｜事～｜分～｜義～。③款項:用～｜存～｜進～。④量詞,用於分項目的事物:下列各～｜第二條第四～。

〈說解〉 项,頁部或工部,左右結構,形聲字。頁簡化爲页,偏旁類推簡化。清刊《目蓮記》已見。

垭 ‖ 埡
9　　11

yā　ㄧㄚ　a³〔亞〕

兩山之間可通行的狹窄處:～口｜山～。

〈說解〉 垭,土部,左右結構,形聲字。亞簡化爲亚,偏旁類推簡化。

垲 ‖ 塏
9　　13

kǎi　ㄎㄞˇ　hɔi²〔海〕

〈書〉地勢高而乾燥:爽～。

〈說解〉 垲，土部，左右結構，形聲字。豈簡化爲岂，偏旁類推簡化。

赵 ‖ 趙

9 14

| zhào | ㄓㄠˋ | dziu⁶ 〔召〕 |

①古代國名。②姓。

〈說解〉 赵，走部，左下半包圍結構，符號替代字。用符號乄（不表音義）代替肖就成爲赵。清刊《目蓮記》《金瓶梅》已見。

贲 ‖ 賁

9 12

| (一) bēn | ㄅㄣ | bɐn¹ 〔奔〕 |

【虎賁】 hǔbēn 古代指勇士，武士。
【賁育】 bēnyù 戰國時代勇士孟賁和夏育的略稱。

| (二) bì | ㄅㄧˋ | bei³ 〔臂〕 |

①〈書〉裝飾得很美：～彩。②來到：～臨｜～降。

〈說解〉 贲，貝部，上下結構，形聲字。貝簡化爲贝，偏旁類推簡化。

挂 ‖ 掛

9 11

| guà | ㄍㄨㄚˋ | gwa³ 〔卦〕 |

①懸掛：～圖｜～鐘｜～衣服｜張～｜披～。②牽掛：～念｜～慮｜～心｜記～。③指打電話：～人事科｜給她～個電話。④登記：～失｜～號｜～賬。

〈說解〉 挂，扌部，左右結構，形聲字。挂和掛是異體字。《干祿字書·去聲》："掛、挂，上俗下正。"舊多用掛，簡化字只用挂。

九

挜 ‖ 掗

9 11

| yà | ㄧㄚˋ | a³ 〔亞〕 |

硬把東西送給對方或賣給對方。

〈說解〉 挜，扌部，左右結構，形聲字。亞簡化爲亚，偏旁類推簡化。

挝 ‖ 撾
9　　14

　　(一) zhuā　ㄓㄨㄚ　dza¹〔渣〕

①敲，打：～鼓。②抓。

　　(二) wō　ㄨㄛ　wo¹〔窩〕

【老撾】lǎowō 亞洲印度支那半島國名。

〈說解〉 挝，扌部，左右結構，形聲字。過簡化爲过，偏旁類推簡化。

挞 ‖ 撻
9　　15

　　tà　ㄊㄚˋ　tat⁸〔他壓切〕

用鞭子、棍子等打人：鞭～｜大張～伐。

〈說解〉 挞，扌部，左右結構，形聲字。達簡化爲达，偏旁類推簡化。

挟 ‖ 挾
9　　10

　　xié　ㄒㄧㄝˊ　hip⁸〔協〕

①用胳膊夾住：～泰山以超北海。②挾制：～持｜要～。③心裏懷着：～恨｜～嫌｜～怨。

〈說解〉 挟，扌部，左右結構，形聲字。夾簡化爲夹，偏旁類推簡化。敦煌寫本、影元刊《元典章》、清刊《目蓮記》已見。

九

挠 ‖ 撓
9　　15

　　náo　ㄋㄠˊ　nau⁴〔錨〕

①用手指輕輕地抓：～癢癢｜抓耳～腮。②阻止，擾亂：～亂｜阻～。③彎曲，比喻屈服：屈～｜百折不～。

〈說解〉 撓，扌部，左右結構，形聲字。堯簡化爲尧，偏旁類推簡化。

挡 ‖ 擋

| dǎng | ㄉㄤˇ | doŋ² 〔黨〕 |

①攔阻，抵擋：～路｜～寒｜～車｜～駕｜阻～｜攔～。②遮蔽：～風｜～雨｜～不住陽光。③遮擋用的東西：風～｜爐～。

〈說解〉 挡，扌部，左右結構，形聲字。當簡化爲当，偏旁類推簡化。清刊《目蓮記》《逸事》已見。

拆 ‖ 撟

| jiǎo | ㄐㄧㄠˇ | giu² 〔繳〕 |

〈書〉①舉起，翹起：舌～而不下。②矯正。

〈說解〉 拆，扌部，左右結構，形聲字。喬簡化爲乔，偏旁類推簡化。

垫 ‖ 墊

| diàn | ㄉㄧㄢˋ | din³ 〔電高去〕 |

①用東西襯在下面或鋪在上面，使加高、加厚或平正，或起隔離作用：～路｜～肩｜～圈｜～土｜在上面～塊布。②暫時替人付款：～款｜～錢｜你沒帶，我先給你～上。③用於襯墊的東西：～子｜鞋～｜靠～｜坐～｜牀～。

〈說解〉 垫，土部，上下結構，形聲字。執簡化爲执，偏旁類推簡化。清刊《目蓮記》已見。

挤 ‖ 擠

| jǐ | ㄐㄧˇ | dzɐi¹ 〔劑〕 |

①緊緊挨靠在一起：～成一團｜～滿了人｜來稿很～。②用壓力使從孔隙中出來：～水｜～牛奶｜～牙膏。③使勁用身體推開人或物：～進門內｜～不出去。

〈說解〉 挤，扌部，左右結構，形聲字。齊簡化爲齐，偏旁類推簡化。清刊《金瓶梅》、《逸事》簡作挤，與今簡化字形近。

挥 ‖ 揮

9　12　　huī　ㄏㄨㄟ　fɐi¹　〔輝〕

①舞動，擺動：～手｜～舞｜～刀｜大筆一～。②用手把眼淚、汗珠等抹掉：～汗｜～淚。③散出，散發：～發｜～霍｜～金如土。

〈說解〉 挥，扌部，左右結構，形聲字。軍簡化爲军，偏旁類推簡化。

挶 ‖ 撏

9　15　　xián　ㄒㄧㄢ　tsim⁴　〔潛〕

撕，拔：～扯｜～鷄毛。

〈說解〉 挶，扌部，左右結構，形聲字。尋簡化爲寻，偏旁類推簡化。

荐 ‖ 薦

9　16　　jiàn　ㄐㄧㄢ　dzin³　〔箭〕

①推舉，介紹：～舉｜～引｜推～｜引～｜保～｜自～。②草，草墊：草～｜稿～。

〈說解〉 荐，艹部，上下結構，形聲字。《正字通・艸部》："荐，同薦。"現在用荐做薦的簡化字。明刊《東窗記》、清刊《目連記》《金瓶梅》《逸事》多用荐。荐字可作簡化偏旁用，如：轕(轓)。

荚 ‖ 莢

9　10　　jiá　ㄐㄧㄚ　gap⁸　〔夾〕

一般指豆類植物的果實：豆～｜皂～。

〈說解〉 荚，艹部，上下結構，形聲字。夾簡化爲夹，偏旁類推簡化。

九

贳 ‖ 貰
9　12

shì　ㄕˋ　sɐi³〔世〕

〈書〉①出賃，出借：～錢 ｜ ～器店。②賒欠。③寬放，赦免。

〈說解〉 贳，貝部，上下結構，形聲字。貝簡化爲贝，偏旁類推簡化。

荛 ‖ 蕘
9　15

ráo　ㄖㄠˊ　jiu⁴〔搖〕

〈書〉柴火：芻～（割草打柴）。

〈說解〉 荛，艹部，上下結構，形聲字。堯簡化爲尧，偏旁類推簡化。

荜 ‖ 蓽
9　13

bì　ㄅ丨ˋ　bɐt⁷〔不〕

【荜撥】bìbō 多年生藤本植物，漿果卵形，中醫用果穗入藥。

〈說解〉 荜，艹部，上下結構，形聲字。畢簡化爲毕，偏旁類推簡化。

带 ‖ 帶
9　11

dài　ㄉㄞˋ　dai³〔戴〕

①窄而長的條狀物：皮～ ｜ 膠～ ｜ 背～ ｜ 領～ ｜ 傳送～。②輪胎：外～ ｜ 車～。③地帶，區域：溫～ ｜ 寒～ ｜ 亞熱～。④隨身拿着，攜帶：～書包 ｜ ～行李。⑤捎帶着做某事：把門～上 ｜ 買東西～份報紙來。⑥呈現，含有：面～笑容 ｜ 說話別～刺兒。⑦引導：～隊 ｜ ～路 ｜ 統～。⑧帶動：以點～面。

〈說解〉 带，巾部，上中下結構，草書楷化字。明刊《釋厄傳》已見。带字可作簡化偏旁用，如：滞（滯）。

茧 ‖ 繭
9　18

jiǎn　ㄐ丨ㄢˇ　gan²〔簡〕

①某些昆蟲的幼蟲在變成蛹之前吐絲做成的殼：蠶～。②同"跰"。

〈說解〉 茧，艹部，上下結構，會意字。從繭字中取艹和虫組成茧。
＊(1)茧字本讀 chóng ㄔㄨㄥˊ，《玉篇·艸部》："茧，草衰。"《集
韻·東韻》："茧，艸名。"這兩個意義現已不用，不會跟簡化字
茧(jiǎn)混淆。(2)繭字舊歸糸部，《漢語大字典》歸艹部。

荞 ‖ 蕎
9　　15

qiáo　ㄑㄧㄠˊ　kiu⁴〔橋〕

【蕎麥】qiáomài 一年生草本植物，莖略帶紅色，瘦果三角形，
有棱，籽實磨成粉可供食用。

〈說解〉 荞，艹部，上下結構，形聲字。喬簡化爲乔，偏旁類推簡化。

荟 ‖ 薈
9　　16

huì　ㄏㄨㄟˋ　wui⁶〔匯〕

草本繁盛：～萃。

〈說解〉 荟，艹部，上下結構，形聲字。會簡化爲会，偏旁類推簡化。

荠 ‖ 薺
9　　17

(一)jì　ㄐㄧˋ　tsɐi⁵〔齊低上〕

薺菜，一年或多年生草本植物，嫩葉可以吃，全草入中藥，有利
尿、解熱等作用。

(二)qí　ㄑㄧˊ　tsɐi⁴〔齊〕

荸薺：南～。

〈說解〉 荠，艹部，上下結構，形聲字。齊簡化爲齐，偏旁類推
簡化。清刊《金瓶梅》簡作荠，與今簡化字形近。

荡 ‖ 蕩
9　　15

dàng　ㄉㄤˋ　dɔŋ⁶〔宕〕

①淺水湖：黃天～。②擺動，搖動：～槳｜～舟｜動～｜搖～｜

晃～｜回～。③閑逛：游～｜浪～。④洗：滌～｜洗～。⑤清除，全部弄光：～然無存｜～平｜～掃｜傾家～產。⑥放縱，不檢點：～婦｜放～｜淫～。

〈說解〉 荡，艹部，上下結構，形聲字。昜簡化爲𠃓，偏旁類推簡化。

垩 9 ‖ 堊 11

è ㄜˋ ɔk⁸〔惡〕

【白堊】báiè 石灰岩的一種，白色質軟，可用來做粉刷材料，也叫大白。

〈說解〉 垩，土部，上下結構，形聲字。亞簡化爲亚，偏旁類推簡化。＊元刊《三國志》卷上有垩旨一詞，垩是聖的簡體俗字，今聖簡作圣，不作垩。

荣 9 ‖ 榮 14

róng ㄖㄨㄥˊ wiŋ⁴〔永低平〕

①草木茂盛：～枯｜欣欣向～。②興盛：繁～。③光榮：～譽｜～幸｜～耀｜哀～。

〈說解〉 荣，木部或艹部，上中下結構。𤇾字頭簡化爲艹，偏旁類推簡化。金刊《劉知遠》、元刊《太平樂府》《元典章》、明刊《嬌紅記》、清刊《目蓮記》《逸事》等並見。

荤 9 ‖ 葷 12

hūn ㄏㄨㄣ fɐn¹〔昏〕

①指動物性食物，如鷄鴨魚肉等：不動～腥｜兩～一素。②佛教徒稱葱、蒜、韭菜等有特殊氣味的菜：五～。

〈說解〉 荤，艹部，上下結構，形聲字。軍簡化爲军，偏旁類推簡化。

荥 9 ‖ 滎 14

xíng ㄒㄧㄥˊ jiŋ⁴〔營〕

滎陽，地名，在河南。

〈說解〉 荥，艹部或水部，上中下結構。丷字頭簡化爲艹，偏旁類推簡化。
＊滎字舊歸水部。

荦 ‖ 犖
9　　14

luò　ㄌㄨㄛˋ　lɔk⁸〔絡〕

【犖犖】luòluò 顯明：～大端。

〈說解〉 荦，艹部或牛部，上中下結構。丷字頭簡化爲艹，偏旁類推簡化。
＊犖字舊歸牛部。

荧 ‖ 熒
9　　14

yíng　ㄧㄥˊ　jiŋ⁴〔營〕

①光亮微弱的樣子：一燈～然｜星光～～。②眼光迷亂，疑惑：～惑。

〈說解〉 荧，艹部或火部，上中下結構，丷字頭簡化爲艹，偏旁類推簡化。
＊熒字舊歸火部。

荨 ‖ 蕁
9　　15

(一) qián　ㄑㄧㄢˊ　tsɐm⁴〔尋〕

【蕁麻】qiánmá 多年生草本植物，莖和葉子都有細毛，皮膚接觸上會引起刺痛。莖皮纖維可做紡織原料。

(二) xún　ㄒㄩㄣˊ　tsɐm⁴〔尋〕

【蕁麻疹】xúnmázhěn 一種皮膚病，症狀是局部皮膚突然出現紅腫塊，發癢，很快消退，但常常復發。也叫風疹塊。

〈說解〉 荨，艹部，上中下結構，形聲字。尋簡化爲寻，偏旁類推簡化。

九

胡 ‖ 鬍　　hú　ㄏㄨˊ　wu⁴　〔胡〕
9　19

鬍子，嘴周圍和連着鬢角長的毛：～鬚｜八字～。

〈說解〉　胡，月部，左右結構，形聲字。胡本指牛頸下的垂肉，鬍指嘴邊或兩鬢的鬍毛，是胡的後起字。用胡做鬍的簡化字是恢復古字。一說為同音替代。
＊(1)胡的以下意義跟鬍無關，舊只用胡：❶外族、外國的：～人｜～桃。❷亂來：～說八道。❸疑問詞：～禁不止?(2)胡字舊歸肉部，《漢語大字典》歸月部。鬍字舊歸髟部。

荩 ‖ 藎　　jìn　ㄐㄧㄣˋ　dzœn²　〔進〕
9　17

①藎草，一年生草本植物，莖和葉可做黃色染料，纖維可以造紙。②〈書〉忠誠：～臣｜忠～。

〈說解〉　荩，艹部，上下結構，形聲字。盡簡化為尽，偏旁類推簡化。

荪 ‖ 蓀　　sūn　ㄙㄨㄣ　syn¹　〔孫〕
9　13

古書上說的一種香草。也叫荃：蘭～。

〈說解〉　荪，艹部，上下結構，形聲字。孫簡化為孙，偏旁類推簡化。

荫 ‖ 蔭　　yìn　ㄧㄣˋ　jɐm³　〔陰高去〕
9　13

①見不到陽光，又涼又潮：～涼｜南屋比北屋～。②指庇護，照護：～庇。

〈說解〉　荫，艹部，上下結構，形聲字。陰簡化為阴，偏旁類推簡化。
＊蔭的異體字有廕，廕有庇護和祖蔭義，舊歸广部。

九

荬 ‖ 蕒
9　15　　mǎi　ㄇㄞˇ　mai⁵〔買〕

【苣蕒菜】qǔmǎicài 多年生草本植物,是一種野菜,葉子邊緣有不整齊的鋸齒,嫩時可以吃。

〈說解〉 荬,艹部,上下結構,形聲字。買簡化爲买,偏旁類推簡化。

荭 ‖ 葒
9　12　　hóng　ㄏㄨㄥˊ　huŋ⁴〔紅〕

荭草,又名水紅、紅蓼。一年生草本植物,莖高可達三米,花紅色或白色,果實黑色,可供觀賞。

〈說解〉 荭,艹部,上下結構,形聲字。糹簡化爲纟,偏旁類推簡化。

葤 ‖ 葤
9　12　　zhòu　ㄓㄡˋ　dzɐu⁶〔就〕

①用草包裹。②量詞,用草繩綁扎的碗、碟等,一綑叫一葤:一~碗。

〈說解〉 葤,艹部,上下結構,形聲字。糹簡化爲纟,偏旁類推簡化。

药 ‖ 藥
9　19　　yào　ㄧㄠˋ　jœk⁹〔若〕

①能防治疾病、病蟲害等的物質:~物｜~方｜~材｜~酒｜~片｜艮~｜~膏｜農~｜~湯~。②有某些化學作用的物質:火~｜焊~｜炸~。③用藥毒死:~老鼠。

〈說解〉 药,艹部,上下結構,形聲字。药和藥音同義近,舊可通用。現用药做藥的簡化字。

标 ‖ 標

9　　15

biāo　ㄅㄧㄠ　biu¹〔彪〕

①樹梢，指事物的枝節或表面：治～不如治本。②記號，標誌：
～點｜～杆｜～記｜～號｜草～｜路～｜商～。③可作爲標
準的事物：～兵｜～尺｜指～｜航～｜浮～。④用文字、符號
等表明：～明｜～出｜～題｜～價｜～賣。⑤給競賽優勝者的
獎品：錦～｜奪～。⑥用競價方式承包工程或買賣貨物時各競
爭廠商所提出的價格：中～｜招～｜投～。

〈說解〉 标，木部，左右結構。把標字的聲旁票簡化爲示就成
爲标。

栈 ‖ 棧

9　　12

zhàn　ㄓㄢˋ　dzan⁶〔撰〕

①養牲畜的柵欄：羊～｜馬～。②懸空支架而成的通道：
～道｜～橋。③庫房，旅館：～房｜客～｜貨～｜堆～。

〈說解〉 栈，木部，左右結構，形聲字。戔簡化爲戋，偏旁類推
簡化。

栉 ‖ 櫛

9　　17

zhì　ㄓˋ　dzit⁸〔折〕

①梳子、蓖子等梳頭髮的用具：鱗次～比。②梳頭髮：～髮。

〈說解〉 栉，木部，左右結構，形聲字。節簡化爲节，偏旁類推
簡化。

栊 ‖ 櫳

9　　20

lóng　ㄌㄨㄥˊ　luŋ¹〔龍〕

①窗戶：簾～。②養獸的柵欄。

〈說解〉 栊，木部，左右結構，形聲字。龍簡化爲龙，偏旁類推
簡化。

九

栋 ‖ 棟
9　12　　dòng　ㄉㄨㄥˋ　duŋ⁶　〔動〕

①房屋的正樑：雕樑畫～。②量詞，一座房屋叫一棟：兩～樓。

〈說解〉　栋，木部，左右結構，形聲字。東簡化爲东，偏旁類推簡化。

栌 ‖ 櫨
9　20　　lú　ㄌㄨˊ　lou⁴　〔盧〕

【黄櫨】　huánglú　一種落葉灌木，木質黄色，可以製染料。

〈說解〉　栌，木部，左右結構，形聲字。盧簡化爲卢，偏旁類推簡化。

栎 ‖ 櫟
9　19　　lì　ㄌㄧˋ　lik⁷　〔礫〕

一種落葉樹，木材較堅實，可製傢具等，通稱柞樹。

〈說解〉　栎，木部，左右結構，形聲字。樂簡化爲乐，偏旁類推簡化。

栏 ‖ 欄
9　21　　lán　ㄌㄢˊ　lan¹　〔蘭〕

①起攔擋作用的東西：～杆｜木～｜石～｜柵～。②養家畜的圈：豬～｜牛～｜出～。③報紙書刊在每版或每頁上用綫條或空白隔開的部分，也指有同類內容的一整頁或若干頁：右～｜專～｜通～｜廣告～。④表格中按項目劃分的大格子：姓名～｜職務～｜備註～。

〈說解〉　栏，木部，左右結構，形聲字。把原字的聲旁闌改爲兰。

九

柠 ‖ 檸
9　18　　níng　ㄋㄧㄥˊ　niŋ¹　〔寧〕

檸檬，一種常綠小喬木，果實橢圓形或卵形，果肉味酸，可用來製飲料。

〈說解〉 柠,木部,左右結構,形聲字。寧簡化爲宁,偏旁類推簡化。

柽 ‖ 檉

9　　17

chēng　ㄔㄥ　tsiŋ¹〔清〕

檉柳,一種落葉小喬木,葉子像鱗片,老枝紅色,性耐碱抗旱。也叫紅柳。

〈說解〉 柽,木部,左右結構,形聲字。聖簡化爲圣,偏旁類推簡化。

树 ‖ 樹

9　　16

shù　ㄕㄨˋ　sy⁶〔豎〕

①木本植物的通稱:～木|～林|～冠|松～|槐～|果～。②種植,栽培:十年～木。③樹立,建立:～敵|～怨|～碑立傳|建～|獨～一幟。

〈說解〉 树,木部,左中右結構,符號替代字。把樹字中間的部分改爲又(又不表示音義)就成爲树。

鸤 ‖ 鳲

9　　15

shī　ㄕ　si¹〔師〕

一種鳥,體長約三寸,嘴長而尖,背部蒼灰色,翅膀羽毛黑色,生活在樹林中,吃害蟲。

〈說解〉 鸤,鳥部,左右結構。鳲的異體爲䳜,是䲹(形聲字)的省旁字(見《集韻·脂韻》)。《正字通·鳥部》:"䲹,去自,從帀,作鳲。"鳥簡化爲鸟,偏旁類推簡化。

郦 ‖ 酈

9　　21

lì　ㄌㄧˋ　lik⁹〔力〕

姓。

〈説解〉　郦，阝部，左右結構，形聲字。麗簡化爲丽，偏旁類推簡化。
＊鄜字舊歸邑部。

咸 ‖ 鹹

9　　20

xián　ㄒㄧㄢˊ　ham⁴〔函〕

像鹽那樣的味道：～肉｜～魚｜～鴨蛋｜菜做得太～了。

〈説解〉　咸，戈部或口部，獨體結構，會意字。咸或鹹音同，用咸做鹹的簡化字是同音替代，也可看作鹹字省去形旁鹵。
＊（1）咸的全、皆義古今均只用咸：～與維新｜少長～集。（2）咸字舊歸戈部，鹹歸鹵部。

砖 ‖ 磚

9　　16

zhuān　ㄓㄨㄢ　dzyn¹〔專〕

①把黏土等做成的坯放在窰裏燒成的建築材料，多爲長方形或方形：～瓦｜～坯｜紅～｜耐火～。②形狀像磚的東西：茶～｜煤～｜冰～｜金～。

〈説解〉　砖，石部，左右結構，形聲字。專簡化爲专，偏旁類推簡化，清刊《目蓮記》已見。
＊磚的異體塼、甎，分別歸土部和瓦部。

厘 ‖ 釐

9　　18

lí　ㄌㄧˊ　lei⁴〔離〕

①公制計量單位，一百釐米等於一米。②市制計量單位，十釐等於一分。③利率單位，年利率一釐是每年百分之一，月利率一釐是每月千分之一。④治理，整理：～定｜～正。

〈説解〉　厘，厂部或里部，左上半包圍結構，形聲字。厘是釐的俗字，《篇海類編·厂部》：“厘，俗作釐省。”現用厘做釐的簡化字。
＊釐字舊歸里部。

砗 ‖ 硨
9　　12

chē　ㄔㄜ　tsɛ¹〔車〕

【硨磲】chēqú　一種軟體動物，介殼略呈三角形，生活在熱帶海底，肉可供食用。

〈說解〉　砗，石部，左右結構，形聲字。車簡化爲车，偏旁類推簡化。

砚 ‖ 硯
9　　12

yàn　ㄧㄢˋ　jin⁶〔現〕

①寫毛筆字磨墨的文具：～台｜～池｜筆～｜端～｜瓦～。②指有同學關係的：～友｜～兄｜～弟｜同～。

〈說解〉　砚，石部，左右結構，形聲字。見簡化爲见，偏旁類推簡化。

砜 ‖ 碸
9　　14

fēng　ㄈㄥ　fuŋ¹〔風〕

硫酰基與烴基結合而成的有機化合物：二甲～。

〈說解〉　砜，石部，左右結構，形聲字。風簡化爲风，偏旁類推簡化。

面 ‖ 麵
9　　20

miàn　ㄇㄧㄢˋ　min⁶

①糧食磨成的粉，特指小麥磨成的粉：～包｜～茶｜～食｜～粉｜白～｜豆～｜玉米～。②粉末：藥～｜胡椒～｜芥末～。③麵條：切～｜掛～｜湯～。④指某些食物纖維少而柔軟：～倭瓜｜紅薯煮得很～。

〈說解〉　面，一部，獨體結構，象形字。面和麵音同，用面做麵的簡化字是同音替代。也可看作麵省去了形旁。敦煌寫本已見。
＊(1)面本爲臉部義，與此義相關的引申義只用面。(2)麵的異體有麪，二字舊歸麥部。

牽 ‖ 牽
9　11

qiān　ㄑㄧㄢ　hin¹〔軒〕

①拉,引領:～引｜～牛｜手～手。②關聯,涉及:～累｜～連｜～扯｜～制。

〈說解〉 牽,牛部或大部,上中下結構。牽本爲形聲字,"從牛,象引牛之縻也,玄聲"(見《説文》),簡化字把玄改爲大(大不表示音義)就成爲牽,牽保留了原字的輪廓。清刊《目蓮記》牽簡作牽,已見簡化端倪。

鸥 ‖ 鷗
9　22

ōu　ㄡ　ɐu¹〔歐〕

鳥類的一科,多生活在海邊,主要捕食魚類,翼長而尖:海～。

〈說解〉 鷗,鳥部,左右結構,形聲字。區簡化爲区,偏旁類推簡化。

龑 ‖ 龑
9　20

yǎn　ㄧㄢˇ　jim⁵〔染〕

五代時南漢劉龑爲自己名字所造的字。

〈說解〉 龑,龍部,上下結構,會意字。龍簡化爲龙,偏旁類推簡化。

残 ‖ 殘
9　12

cán　ㄘㄢˊ　tsan⁴〔燦低平〕

①不完整,缺損:～缺｜～貨｜～書｜～敗｜病～｜凋～｜衰～。②剩餘的,將盡的:～敵｜～年｜～留｜～存｜～陽｜苟延～喘。③兇惡:～暴｜～酷｜兇～｜貪～。④傷害,毀壞:～害｜～殺｜摧～。

〈說解〉 殘,歹部,左右結構,形聲字。戔簡化爲戋,偏旁類推簡化。

九

殤 ‖ 殤
9　15

| shāng　ㄕㄤ　sœŋ¹〔雙〕 |

〈書〉未到成年就死去：～子｜天～。

〈說解〉 殤，歹部，左右結構，形聲字。易簡化為歹，偏旁類推簡化。

軲 ‖ 軲
9　12

| gū　ㄍㄨ　gu¹〔姑〕 |

【軲轆】gū·lu ①車輪：～不轉了。②滾動：從山坡上～下一塊石頭來。

〈說解〉 軲，車部，左右結構，形聲字。車簡化為车，偏旁類推簡化。

軻 ‖ 軻
9　12

| kē　ㄎㄜ　ɔ¹〔柯〕 |

①古代指車軸用兩塊木頭接起來的車。②孟子的名字：孟～。

〈說解〉 軻，車部，左右結構，形聲字。車簡化為车，偏旁類推簡化。

轤 ‖ 轤
9　23

| lú　ㄌㄨˊ　lou⁴〔勞〕 |

【轆轤】lū·lu ①利用輪軸原理製成的、安在井上汲水的工具。②指機械上的絞盤。

〈說解〉 轤，車部，左右結構，形聲字。車簡化為车，盧簡化為卢，偏旁類推簡化。

軸 ‖ 軸
9　12

| （一）zhóu　ㄓㄡˊ　dzuk⁹〔俗〕 |

①圓柱形的機件，穿在輪子或其他轉動的機件中間，使它們繞

着轉動：～承｜～瓦｜車～｜前～。②把平面或立體分成對稱部分的直綫：中～綫。③圓柱形的用來往上繞東西的器物：綫～｜畫～。

（二）zhòu　ㄓㄡ　dzuk⁹〔俗〕

【大軸子】dàzhòu•zi　一次演出的若干戲中排在最末的一齣戲。

【壓軸子】yāzhòu•zi　一次演出的若干戲中排在倒數第二的一齣戲。

〈說解〉　軸，車部，左右結構，形聲字。車簡化爲车，偏旁類推簡化。

軼 ‖ 軼
9　12
yì　ㄧ　jɐt⁹〔日〕

①散失：～聞｜～事。②超出一般：～材｜～羣。

〈說解〉　軼，車部，左右結構，形聲字。車簡化爲车，偏旁類推簡化。

軯 ‖ 軯
9　12
hū　ㄏㄨ　fu¹〔呼〕

姓。

〈說解〉　軯，車部，左右結構，形聲字。車簡化爲车，偏旁類推簡化。

軫 ‖ 軫
9　12
zhěn　ㄓㄣ　dzɐn²〔真高上〕

①車後的橫木，也借指車。②二十八宿之一。③〈書〉悲痛：～懷。

〈說解〉　軫，车部，左右結構，形聲字。車簡化爲车，偏旁類推簡化。

九

轹 ‖ 轢
9　　22

lì　ㄌㄧˋ　lik⁷〔礫〕

〈書〉①車軋。②欺凌:凌～。

〈說解〉 轹,車部,左右結構,形聲字。車簡化爲车,樂簡化爲乐,偏旁類推簡化。

辂 ‖ 軺
9　　12

yáo　ㄧㄠˊ　jiu⁴〔遙〕

辂車,古代一種輕便的車。

〈說解〉 辂,車部,左右結構。車簡化爲车,偏旁類推簡化。

轻 ‖ 輕
9　　14

qīng　ㄑㄧㄥ　hiŋ¹〔兄〕

①重量小,比重小:～便｜～巧｜～於鴻毛。②負載小,裝備簡單:～裝｜～騎｜～車簡從。③數量少,程度淺:～微｜～活｜年～｜責任不～。④輕松:～快｜～捷｜～盈。⑤用力不猛:～抬～放。⑥隨便,不慎重:～信｜～生｜～舉妄動。⑦不莊重,不嚴肅:～浮｜～佻｜～狂。⑧不重視,小看:～視｜～慢｜～敵。

〈說解〉 轻,車部,左右結構,形聲字。車簡化爲车,坙簡化爲乑,偏旁類推簡化。

鸦 ‖ 鴉
9　　15

yā　ㄧㄚ　a¹〔丫〕

鳥類的一屬,全身多爲黑色,嘴大翼長:烏～｜寒～。

〈說解〉 鸦,鳥部,左右結構,形聲字。鳥簡化爲鸟,偏旁類推簡化。

虿 ‖ 蠆
9　　18

chài　ㄔㄞˋ　tsai³〔猜高去〕

蝎子一類的毒蟲:蜂～。

〈說解〉 蛋，虫部，上下結構。蓋是象形字。萬簡化爲万，偏旁類推簡化。

战 ‖ 戰　　　zhàn　ㄓㄢˋ　dzin³〔箭〕
9　16

①戰爭，戰鬥：～場｜～火｜～績｜～局｜～況｜～犯｜宣～｜交～｜決～｜激～｜空～｜肉搏～。②進行戰爭或戰鬥：～勝｜～敗｜酣～｜鏖～｜奮～。③發抖，顫抖：寒～｜打～｜膽～心驚。

〈說解〉 战，戈部，左右結構，形聲字。把聲旁單換爲占(二字韻母相同)就成爲战。清刊《目蓮記》已見。

觇 ‖ 覘　　　chān　ㄔㄢ　dzim¹〔尖〕
9　12

〈書〉窺視，觀測。

〈說解〉 觇，见部，左右結構，形聲字。見簡化爲见，偏旁類推簡化。

点 ‖ 點　　　diǎn　ㄉㄧㄢˇ　dim²〔店高上〕
9　17

①液體的小滴：水～｜雨～。②小的痕迹：黑～｜斑～。③幾何學中指沒有長、寬、厚而只有位置的幾何圖形。④漢字的筆畫，形狀是"、"。⑤事物的方面或部分：重～｜缺～｜特～｜難～。⑥一定的地點或程度的標誌：起～｜基～｜沸～｜極～。⑦一個個地查對：～名｜～數｜～卯｜清～。⑧在許多人或事物中指定：～菜｜～歌｜～節目。⑨使物體一點點地往下落：～眼藥｜～豆子。⑩用筆加上點子：～評｜畫龍～睛。⑪指點，啟發：一句話～醒了他。⑫引着火：～火｜～燈｜～煙。⑬點綴：～染｜～裝。⑭量詞，用於事項：兩～意見｜三～希望。⑮時間單位，小時：上午九～。⑯規定的鐘點：誤～｜晚～。⑰點心：早～｜茶～｜糕～｜西～。

〈說解〉 点，灬部，上下結構，形聲字。取點字黑的灬和占組成点。明刊《釋厄傳》、清刊《目蓮記》等已見。

＊點字舊歸黑部。

临 ‖ 臨
9　17

lín　ㄌㄧㄣˊ　lɐm⁴〔林〕

①靠近，對着：～街｜～河｜～風｜居高～下。②到達，來到：降～｜光～｜駕～｜親～。③將要，快要：～產｜～危｜～刑｜～戰｜～終。④照着字畫摹仿：～帖｜～畫｜～摹。

〈說解〉 临，丨部，左右結構，草書楷化字。臣簡化爲兩竪（一短一長），品改爲山。元刊《雜劇》、清刊《目蓮記》等已見。敦煌寫本中臨作临，已見簡化端倪。

＊臨字舊歸臣部。

览 ‖ 覽
9　21

lǎn　ㄌㄢˇ　lam⁵〔攬〕

看：展～｜閱～｜披～｜縱～｜博～。

〈說解〉 览，見部，上下結構，草書楷化字。臨字頭簡化爲⺊⺊，見簡化爲见，偏旁類推簡化。清刊《目蓮記》《逸事》已見。

竖 ‖ 竪
9　13

shù　ㄕㄨˋ　sy⁶〔樹〕

①跟地面垂直的：～井｜～琴。②從上到下的，從前到後的，～着寫｜～着挖一條溝。③使跟地面垂直，使直立：～立｜～天綫杆｜～起大拇指。④漢字的筆畫，從上向下，形狀是"丨"：王字是三横一～。

〈說解〉 竖，立部，上下結構，草書楷化字。臤字頭簡化爲⺊⺊，偏旁類推簡化。金刊《劉知遠》已見。

尝 ‖ 嘗
9　14

cháng　ㄔㄤˊ　sœŋ⁴〔常〕

①吃點兒試試，辨別滋味：～鮮｜～新｜品～｜～～鹹淡。

②體驗，感受：～到甜頭｜艱苦備～。③曾經：未～相見｜何～如此。

〈説解〉 尝，小部，上中下結構，草書楷化字。把嘗字下面的口和旨換成云，就成爲尝。影元鈔《通俗小説》、清刊《逸事》已見。

* 嘗字舊歸口部，《漢語大字典》歸日部。

眍 ‖ 瞘
9　16

| kōu | ㄎㄡ | keu¹ 〔溝〕 |

眼珠子深陷在眼眶裏邊：拉了兩天稀，眼都～了。

〈説解〉 眍，目部，左右結構，形聲字。區簡化爲区，偏旁類推簡化。

昽 ‖ 曨
9　20

| lóng | ㄌㄨㄥˊ | luŋ⁴ 〔龍〕 |

【曚昽】ménglóng 日光不明。

〈説解〉 昽，日部，左右結構，形聲字。龍簡化爲龙，偏旁類推簡化。

哄 ‖ 鬨
9　16

| hòng | ㄏㄨㄥˋ | huŋ³ 〔控〕 | huŋ⁶ 〔控低去〕 |

吵鬧，耍笑：起～｜一～而散。

〈説解〉 哄，口部，左右結構，形聲字。把形旁鬥改爲口就成爲哄。

* 鬨字舊歸鬥部。

啞 ‖ 啞
9　11

| (一) yǎ | ㄧㄚˇ | a² 〔鴉高上〕 |

①由於生理缺陷或疾病而不能説話：～巴｜～劇｜～語｜聲

～人。②嗓子乾澀發不出聲音或發音困難:～嗓子｜沙～。③因故障子彈、炮彈等打不響:～彈｜～炮。

(二) yā　　｜丫　　a¹〔鴉〕

象聲詞:～～學語。

〈說解〉　啞,口部,左右結構,形聲字。亞簡化爲亚,偏旁類推簡化。

㬎 ‖ 顯
9　　23
xiǎn　　ㄒ丨ㄢˇ　　hin²〔遣〕

①表露在外面容易看見:～眼｜～然｜～而易見｜明～。②表現,露出:～露｜～示｜～形｜大～身手。③有名聲有權勢的:～貴｜～達｜～赫｜～榮。

〈說解〉　㬎,日部,上下結構,草書楷化字。金刊《劉知遠》作顕(或頙),元刊《雜劇》《三國志》等作㬎或顕,《太平樂府》作㬎或顕,現去掉顕字頁旁就成爲㬎,或看作㬎字去掉上面的一橫。*顯字舊歸頁部。

哒 ‖ 噠
9　　15
dā　　ㄉ丫　　dat⁹〔達〕

象聲詞;馬蹄～～｜機槍～～～地猛烈掃射。

〈說解〉　哒,口部,左右結構,形聲字。達簡化爲达,偏旁類推簡化。

哓 ‖ 嘵
9　　15
xiāo　　ㄒ丨ㄠ　　hiu¹〔囂〕

【哓哓】xiāoxiāo　亂叫亂嚷:～不休。

〈說解〉　哓,口部,左右結構,形聲字。堯簡化爲尧,偏旁類推簡化。

哔 ∥ 嗶　bi　ㄅㄧ　bɐt⁷〔畢〕
9　13

【嗶嘰】bìjī 密度比較小的斜紋的毛織品。

〈說解〉 哔, 口部, 左右結構, 形聲字。畢簡化爲毕, 偏旁類推簡化。

贵 ∥ 貴　guì　ㄍㄨㄟ　gwɐi³〔桂〕
9　12

①價格高, 價值大:～重丨～賤丨昂～丨騰～。②評價高, 值得珍惜:珍～丨寶～丨高～。③地位優越:～族丨～妃丨～人丨顯～丨濶～丨富～。④ 敬辭, 稱與對方有關的:～姓丨～國丨～處丨有何～幹? ⑤以某種情況爲可貴:兵～神速丨人～有自知之明。

〈說解〉 贵, 貝部, 上下結構, 形聲字。貝簡化爲贝, 偏旁類推簡化。

虾 ∥ 蝦　xiā　ㄒㄧㄚ　ha¹〔哈〕
9　15

節肢動物, 身體長形, 體外有殼質的軟殼, 腹部由多個環節構成, 頭部有觸角, 生活在水中, 種類很多:～米丨～皮丨青～丨對～丨龍～。

〈說解〉 虾, 虫部, 左右結構, 形聲字。聲旁叚換成下, 就成爲虾(叚、下音近)。

蚁 ∥ 蟻　yǐ　ㄧ　ŋɐi⁵〔危低上〕
9　19

昆蟲的一科, 種類很多, 一般體小, 呈黑、褐、紅等色, 腹部球狀, 腰部細, 羣居生活:～穴丨～后丨白～丨工～丨兵～。

〈說解〉 蚁, 虫部, 左右結構, 形聲字。義簡化爲义, 偏旁類推簡化。元刊《太平樂府》、清刊《目蓮記》《逸事》已見。

九

蚂 ‖ 螞
9 16

| | (一) mǎ | ㄇㄚˇ | ma⁵ 〔馬〕 |

【螞蟥】 mǎhuáng 水蛭,一種環節動物,生活在池塘或水田中,吸食人畜的血液。

【螞蟻】 mǎyǐ 蟻的一種,體形較小,黑色或褐色。

| | (二) mā | ㄇㄚ | ma¹ 〔媽〕 |

【螞螂】 蜻蜓。

| | (三) mà | ㄇㄚˋ | ma⁶ 〔駡〕 |

【螞蚱】 mà•zha 蝗蟲。

〈說解〉 蚂,虫部,左右結構,形聲字。馬簡化爲马,偏旁類推簡化。

虽 ‖ 雖
9 17

| | suī | ㄙㄨㄟ | sœy¹ 〔須〕 |

①連詞,雖然:~說丨事~小,關係大。②連詞,縱然:~死猶榮。

〈說解〉 虽,虫部或口部,上下結構,雖從虫唯聲,形聲字。去掉聲旁的一部分隹,就成了虽。元刊《雜劇》《三國志》等作虽,《太平樂府》及清刊《目連記》等作虽(俗書厶、口不分)。
* 雖字舊歸佳部。

骂 ‖ 駡
9 16

| | mà | ㄇㄚˋ | ma⁶ 〔麻低去〕 |

①用粗野或人身攻擊的話侮辱人:~街丨辱~丨咒~丨破口大~。②斥責:責~丨斥~丨唾~。

〈說解〉 骂,馬部,上下結構,形聲字。馬簡化爲马,偏旁類推簡化。
* 駡是罵的異體。罵字舊歸网(冂)部,《漢語大字典》歸馬部。

哕 ‖ 噦
9　16

| yuě | ㄩㄝˇ | jyt⁹ 〔月〕 |

嘔吐：乾～。

〈說解〉 哕，口部，左右結構，形聲字。歲簡化爲岁，偏旁類推簡化。

剐 ‖ 剮
9　10

| guǎ | ㄍㄨㄚˇ | gwa² 〔寡〕 |

①將犯人的肉割掉使離骨，凌遲：～刑｜千刀萬～。②被尖銳的東西劃破：腿上～了一個口子。

〈說解〉 剐，刂部，左右結構，形聲字。咼簡化爲呙，偏旁類推簡化。清刊《目蓮記》已見。

郧 ‖ 鄖
9　12

| yún | ㄩㄣˊ | wɐn⁴ 〔云〕 |

鄖縣，地名，在湖北。

〈說解〉 郧，阝部，左右結構，形聲字。貟簡化爲员，偏旁類推簡化。*鄖字舊歸邑部。

勋 ‖ 勛
9　12

| xūn | ㄒㄩㄣ | fɐn⁴ 〔芬〕 |

功勞，多指重大的：～勞｜～業｜～章｜功～｜元～｜奇～｜殊～。

〈說解〉 勋，力部，左右結構，形聲字。貟簡化爲员，偏旁類推簡化。

哗 ‖ 嘩
9　13

| huá | ㄏㄨㄚˊ | wa¹ 〔蛙〕 |

喧嘩，嚷鬧：～笑｜～變｜四座～然。

九

〈説解〉 嘩, 口部, 左右結構, 形聲字。華簡化爲华, 偏旁類推簡化。

响 ‖ 響
9　　20

xiǎng　ㄒㄧㄤˇ　hœŋ² 〔享〕

①回聲, 也泛指聲音:～聲丨～動丨～應丨回～丨反～。②發出聲音:～槍丨～器丨～箭丨打～丨炸～丨鳴～。③響亮:～雷丨汽笛眞～。

〈説解〉 响, 口部, 左右結構, 形聲字。把響字形旁音換成口(二字意義相關), 聲旁鄉換成向(二字音近), 並把上下結構改爲左右結構, 就成爲响。
＊響字舊歸音部。

唅 ‖ 噲
9　　16

kuài　ㄎㄨㄞˋ　fai³ 〔快〕

〈書〉吞咽。

〈説解〉 唅, 口部, 左右結構, 形聲字。會簡化爲会, 偏旁類推簡化。

哝 ‖ 噥
9　　16

nóng　ㄋㄨㄥˊ　nuŋ⁴ 〔農〕

小聲説話:咕～丨嘟～丨唧～。

〈説解〉 哝, 口部, 左右結構, 形聲字。農簡化爲农, 偏旁類推簡化。

哟 ‖ 喲
9　　12

yō　ㄧㄛ　jɔ¹ 〔衣柯切〕

①嘆詞, 表示輕微的驚訝:～, 下雨了丨～, 忘了帶錢包。②助詞, 用在句末表示祈使語氣:用力拉～丨快點跑～!

〈說解〉 哟,口部,左中右結構,形聲字。糹簡化爲纟,偏旁類推簡化。

峽 ‖ 峡
9　　10

xiá　ㄒㄧㄚˊ　hap⁹ 〔狹〕

兩山夾水的地方,多用於地名:～谷丨山～丨巫～丨青銅～。

〈說解〉 峽,山部,左右結構,形聲字。夾簡化爲夹,偏旁類推簡化。宋刊《祖堂集》已見。

嶢 ‖ 嶤
9　　15

yáo　ㄧㄠˊ　jiu⁴ 〔搖〕

〈書〉形容高峻:岩～。

〈說解〉 嶢,山部,左右結構,形聲字。堯簡化爲尧,偏旁類推簡化。

峤 ‖ 嶠
9　　15

(一) jiào　ㄐㄧㄠˋ　giu⁶ 〔撬〕

〈書〉山道。

(二) qiáo　ㄑㄧㄠˊ　kiu⁴ 〔橋〕

〈書〉山峰尖而高。

〈說解〉 峤,山部,左右結構,形聲字。喬簡化爲乔,偏旁類推簡化。

帧 ‖ 幀
9　　12

zhēn　ㄓㄣ　dziŋ³ 〔證〕　　dziŋ¹ 〔貞〕(俗)

量詞,幅:一～畫像。

〈說解〉 帧,巾部,左右結構,形聲字。貞簡化爲贞,偏旁類推簡化。

九

罚‖罰　fá　ㄈㄚˊ　fɐt⁹〔乏〕
9　14

處罰：～款｜～球｜～不當罪｜挨～｜受～｜刑～｜責～。

〈說解〉 罚，皿部，上下結構，會意字。言簡化爲讠，偏旁類推簡化。

* 罰的異體字有罸，二字舊歸网部。

贱‖賤　jiàn　ㄐㄧㄢˋ　dzin⁶〔煎低去〕
9　15

①價格低，價值小：～價｜～賣｜黃瓜～了。②地位低下：～民｜貧～｜寒～｜微～。③卑鄙，下賤：～貨｜～骨頭｜犯～。④謙辭，稱有關自己的：～內｜我～姓王。

〈說解〉 贱，貝部，左右結構，形聲字。貝簡化爲贝，戔簡化爲戋，偏旁類推簡化。

贴‖貼　tiē　ㄊㄧㄝ　tip⁸〔帖〕
9　12

①把薄片狀的東西粘在另一個東西上：張～｜粘～｜剪～｜～郵票｜～壁紙。②挨近：～近｜～身｜～着邊過去。③貼補：～水｜～換｜倒～。④津貼：米～｜房～｜車～。⑤量詞，膏藥一張叫一貼。

〈說解〉 贴，貝部，左右結構，形聲字。貝簡化爲贝，偏旁類推簡化。

贶‖貺　kuàng　ㄎㄨㄤˋ　foŋ³〔放〕
9　12

〈書〉贈，賜：厚～｜以千金爲～。

〈說解〉 贶，貝部，左右結構，形聲字。貝簡化爲贝，偏旁類推簡化。

贻 ‖ 貽

₉　₁₂

yí　ㄧˊ　ji⁴　〔兒〕

①遺留：～患｜～害｜～人口實｜～笑大方。②贈送：饋～。

〈**說解**〉贻，貝部，左右結構，形聲字。貝簡化爲贝，偏旁類推簡化。

铏 ‖ 鉶

₉　₁₂

xíng　ㄒㄧㄥˊ　jiŋ⁴　〔形〕

古代盛酒的器皿。

〈**說解**〉铏，钅部，左右結構，形聲字。金簡化爲钅，偏旁類推簡化。

钙 ‖ 鈣

₉　₁₂

gài　ㄍㄞˋ　koi³　〔丐〕

金屬元素，符號 Ca，白色，化學性質活潑。其化合物在建築工程和醫藥上用途很廣。

〈**說解**〉钙，钅部，左右結構，形聲字。金簡化爲钅，偏旁類推簡化。

钚 ‖ 鈈

₉　₁₂

bù　ㄅㄨˋ　bɐt⁷　〔不〕

一種放射性元素，符號 Pu，有淡藍色光澤，在空氣中容易氧化。化學性質跟鈾相似，是製造原子彈的主要材料之一。

〈**說解**〉钚，钅部，左右結構，形聲字。金簡化爲钅，偏旁類推簡化。

钛 ‖ 鈦

₉　₁₂

tài　ㄊㄞˋ　tai³　〔太〕

金屬元素，符號 Ti，銀白色，質堅韌而輕，有較強的耐腐蝕性。

〈**說解**〉钛，钅部，左右結構，形聲字。金簡化爲钅，偏旁類推簡化。

九

钑 ‖ 鈒
9　　12

yá　ㄧㄚˊ　ŋa⁴　〔牙〕

化學元素銥的舊稱。

〈說解〉 钑，钅部，左右結構，形聲字。釒簡化爲钅，偏旁類推簡化。

鈍 ‖ 鈍
9　　12

dùn　ㄉㄨㄣˋ　dœn⁶　〔頓〕

①(刀、斧等)不鋒利：這刀太～，該磨了｜成敗利～。②笨拙：愚～｜遲～｜魯～。

〈說解〉 鈍，钅部，左右結構，形聲字。釒簡化爲钅，偏旁類推簡化。

鈔 ‖ 鈔
9　　12

chāo　ㄔㄠ　tsau¹　〔抄〕

①鈔票：現～｜破～｜美～。②謄寫，抄。

〈說解〉 鈔，钅部，左右結構，形聲字。釒簡化爲钅，偏旁類推簡化。

鐘¹ ‖ 鐘
9　　20

zhōng　ㄓㄨㄥ　dzuŋ¹　〔中〕

①銅、鐵等製成的響器：～鼓｜洪～｜警～｜晨～。②計時用的器具：時～｜座～｜鬧～｜電子～。③指鐘點，時間：九點～｜下午四點～。

〈說解〉 鐘，钅部，左右結構，形聲字。把鐘的聲旁童換成中(中與鐘音同)，釒簡化爲钅，偏旁類推簡化。《改併四聲篇海·金部》引《搜真玉鏡》："鐘，音中。"已改聲旁爲中。
＊鐘又是鍾的簡化字，見下。

鍾² ‖ 鍾
9　　17

zhōng　ㄓㄨㄥ　dzuŋ¹　〔中〕

①同盅，杯子：酒～｜茶～。②情感等集中：～愛｜一見～情。

九

〈說解〉 前略（見钟‖鐘）。把鍾的聲旁重換成中（中與鍾音同），釒簡化爲钅，偏旁類推簡化。

钡‖鋇
9 15

bèi ㄅㄟˋ bui³〔貝〕

金屬元素，符號Ba，銀白色，容易氧化，燃燒時發黃綠色的光。

〈說解〉 钡，钅部，左右結構，形聲字。釒簡化爲钅，貝簡化爲贝，偏旁類推簡化。

钢‖鋼
9 16

gāng ㄍㄤ gɔŋ³〔降〕

鐵和碳的合金，含碳量低於1.7%，並含有少量的錳、硅、硫、磷等元素：～材｜～板｜～筋｜軋～｜不銹～。

〈說解〉 钢，钅部，左右結構，形聲字。釒簡化爲钅，岡簡化爲冈，偏旁類推簡化。清刊《目蓮記》已簡作鋼。

钠‖鈉
9 12

nà ㄋㄚˋ nap⁹〔納〕

金屬元素，符號Na，銀白色，質柔軟，有延展性，在空氣中容易氧化。

〈說解〉 钠，钅部，左右結構，形聲字。釒簡化爲钅，偏旁類推簡化。

钥‖鑰
9 25

（一）yuè ㄩㄝˋ jœk⁹〔若〕

鑰匙：北門鎖～。

（二）yào ㄧㄠˋ jœk⁹〔若〕

義同（一）。

九

〈說解〉 钥，钅部，左右結構，形聲字。把鑰的右偏旁改爲月，(月與鑰音同)，釒簡化爲钅，偏旁類推簡化。

＊钥的二讀，(一)爲文讀，(二)爲白讀。

钤 ‖ 鈐　　　qián　ㄑㄧㄢˊ　kim⁴〔黔〕
9　　12

①圖章：～記。②蓋圖章：～印。

〈說解〉 钤，钅部，左右結構，形聲字。釒簡化爲钅，偏旁類推簡化。

钦 ‖ 欽　　　qīn　ㄑㄧㄣ　jɐm¹〔音〕
9　　12

①敬重：～敬｜～佩｜～仰。②指皇帝親自所做：～定｜～賜｜～差。

〈說解〉 钦，钅部，左右結構，形聲字。釒簡化爲钅，偏旁類推簡化。

钧 ‖ 鈞　　　jūn　ㄐㄩㄣ　gwɐn¹〔君〕
9　　12

①古代重量單位，一鈞爲三十斤：千～一髮。②敬辭，用於有關對方的行爲或事物(多對上級或尊長)：～安｜～啓｜～座。

〈說解〉 钧，钅部，左右結構，形聲字。釒簡化爲钅，偏旁類推簡化。

钨 ‖ 鎢　　　wū　ㄨ　wu¹〔烏〕
9　　18

金屬元素，符號 W，灰色或棕黑色，爲硬而脆結晶，耐高溫。

〈說解〉 钨，钅部，左右結構，形聲字。釒簡化爲钅，烏簡化爲乌，偏旁類推簡化。

九

钩 ‖ 鈎

₉   ₁₂   gōu   ⟪ㄡ   ŋɐu¹ 〔勾〕

①懸掛或探取東西的用具,形狀彎曲:秤~｜車~｜釣~｜衣~。②漢字筆畫的一種,形狀是"亅"、"乛"、"乚"。③鈎形的符號,形狀是"✓",多用來表示正確或合格等。④用鈎子掛或取:把東西~上來｜用腳~住繩索。

〈說解〉 钩,钅部,左右結構,形聲字。金簡化爲钅,偏旁類推簡化。

钪 ‖ 鈧

₉   ₁₂   kàng   ㄎㄤˋ   kɔŋ³ 〔抗〕

金屬元素,符號 Sc,銀白色,質軟。

〈說解〉 钪,钅部,左右結構,形聲字。金簡化爲钅,偏旁類推簡化。

钫 ‖ 鈁

₉   ₁₂   fāng   ㄈㄤ   fɔŋ¹ 〔方〕

①一種放射性元素,符號 Fr。②古代方口大腹的盛酒器皿。

〈說解〉 钫,钅部,左右結構,形聲字。金簡化爲钅,偏旁類推簡化。

钬 ‖ 鈥

₉   ₁₂   huǒ   ㄏ�...ㄛˇ   fɔ² 〔火〕

金屬元素,符號 Ho,稀土金屬。

〈說解〉 钬,钅部,左右結構,形聲字。金簡化爲钅,偏旁類推簡化。

钮 ‖ 鈕

₉   ₁₂   niǔ   ㄋ|ㄡˇ   nɐu² 〔扭〕

①同"紐"。 ②某些器物上可用手操縱調控的部分:電~｜旋~。

〈說解〉 钮,钅部,左右結構,形聲字。金簡化爲钅,偏旁類推簡化。

钯 ‖ 鈀

₉　₁₂　　bǎ　ㄅㄚˇ　ba²〔把〕

金屬元素，符號 Pd，銀白色，有吸收氣體的特性，特別能吸收氫。

〈説解〉　钯，钅部，左右結構，形聲字。金簡化爲钅，偏旁類推簡化。

毡 ‖ 氈

₉　₁₇　　zhān　ㄓㄢ　dzin¹〔煎〕

用羊毛等壓成的像厚呢子或粗毯子似的東西：～條｜～房｜～帽｜～靴。

〈説解〉　毡，毛部，左下包圍結構，形聲字。氈，異體爲氊，把聲旁亶換成占(占與氈音同)就成爲毡。《正字通·毛部》："毡，俗氊字。"今以毡做氈的簡化字。

氢 ‖ 氫

₉　₁₁　　qīng　ㄑㄧㄥ　hiŋ¹〔兄〕

氣體元素，符號 H，是元素中最輕的，無色無臭，是强烈的還原劑，導熱能力特別强。

〈説解〉　氢，气部，右上半包圍結構，形聲字。巠簡化爲圣，偏旁類推簡化。

选 ‖ 選

₉　₁₅　　xuǎn　ㄒㄩㄢˇ　syn²〔揁〕

①挑選：～拔｜～材｜～派｜～取。②選舉：～票｜～民｜當～｜競～。③被選中的：入～｜人～。④挑選出來編在一起的作品：～集｜～本｜文～｜詩～。

〈説解〉　选，辶部，左下半包圍結構，形聲字。把異改爲先(二字音近)就成爲选。元刊《雜劇》《三國志》等簡作逬，清刊《逸事》簡作遚，今皆不從。

适 ‖ 適
9   14   shì ㄕˋ sik⁷〔色〕

①適合：～用｜～當｜～時｜～口｜合～｜妥～。②恰好：～中｜～值金秋｜～得其反。③舒服：～意｜舒～｜安～｜閒～。④去，往：無所～從。⑤《書》出嫁：～人。

〈説解〉 适，辶部，左下半包圍結構，形聲字。舌舊讀入聲，與適音近，把聲旁商改爲舌就成爲适。

＊适本讀 kuò，古多用於人名（罕見），如南宮适、洪适，此适字本作辵。現在适成了適的簡化字，爲避免混淆，用於人名的适改用辵。

种 ‖ 種
9   14   (一) zhǒng ㄓㄨㄥˇ dzuŋ²〔腫〕

①物種的簡稱。②人種：黃～｜白～人。③生物傳代繁殖的物質：～子｜艮～｜選～。④種類：兵～｜劇～｜品～｜工～。⑤量詞，表示種類：三～人｜各～形狀。

(二) zhòng ㄓㄨㄥˋ dzuŋ³〔眾〕

種植：～田｜～樹｜～菜｜～棉花｜耕～｜輪～｜刀耕火～。

〈説解〉 种，禾部，左右結構，形聲字。把種的聲旁重換爲中（重、中音近）就成爲种。清刊《目蓮記》簡作种，與今簡化字形近。

秋 ‖ 鞦
9   18   qiū ㄑㄧㄡ tsɐu¹

【鞦韆】qiūqiān 一種運動和遊戲用具，在木架或鐵架上繫兩根長繩，下面拴一塊板，人在板上利用腳蹬板前後擺動。

〈説解〉 秋，禾部，左右結構，形聲字。去掉鞦的形旁革就成爲秋。
＊參看千‖韆。

九

复¹ ‖ 復
9   12   fù ㄈㄨˋ fuk⁹〔服〕

①轉過去或轉回來：反～｜翻來～去。②回答：～信｜～電

｜批～｜答～。③恢復：～學｜～婚｜收｜光～。④報復：～仇。⑤再，又：～診｜～查｜～試｜死灰～燃。

〈說解〉 復，彳部或夂部，上中下結構，形聲字。《說文》："復，行故道也。"本義爲返回，後加彳旁。用复做復的簡化字是恢復古本字。

＊(1)復字舊歸彳部。(2)复又是複的簡化字，見下。(3)覆字沒有簡化爲复，其義爲：❶蓋住：～蓋｜被～。②底朝上翻過來，歪倒：～舟〔～没〕顚～。

复² ‖ 複
9　　 14

fù　ㄈㄨˋ　fuk⁷〔福〕

①重復：～製｜～寫。②繁複：～雜｜～葉｜～句｜～音詞｜～名數。

〈說解〉 前略（見复‖復）。《說文》："複，重衣也。"本義爲帶裏子的衣服。用复做複的簡化字是同音替代。

＊(1)複字舊歸衣部。(2)复又是復的簡化字，見上。复與復、複的對應關係以及跟覆的意義交叉須注意辨析。

笃 ‖ 篤
9　　 16

dǔ　ㄉㄨˇ　duk⁷〔督〕

①忠誠老實，一心一意：～信｜～厚｜～實｜～學｜誠～。②病重：病～｜危～。

〈說解〉 笃，竹部，上下結構，形聲字。馬簡化爲马，偏旁類推簡化。

俦 ‖ 儔
9　　 16

chóu　彳又　tsɐu⁴〔酬〕

〈書〉伙伴，伴侶：～侶｜同～。

〈說解〉 俦，亻部，左右結構，形聲字。壽簡化爲寿，偏旁類推簡化。

九

俨‖儼
9　21

yǎn　｜ㄢˇ　jim⁵〔染〕

①莊重：望之～然。②形容程度深：～如白晝。

〈說解〉 俨，亻部，左右結構，形聲字。嚴簡化爲严，偏旁類推簡化。

俩‖倆
9　10

(一) liǎ　ㄌｌㄚˇ　lœŋ⁵〔兩〕

①兩個：我～｜你們～｜夫妻～。②數量不多，幾個：有～錢兒。

(二) liǎng　ㄌｌㄤˇ　lœŋ⁵〔兩〕

【伎俩】 jìliǎng 隨機應變的才能。又特指不正當的手段，花招。

〈說解〉 俩，亻部，左右結構，形聲字。兩簡化爲两，偏旁類推簡化。
＊俩是兩個的合音詞，因此能説俩人不能説俩個人。

俪‖儷
9　21

lì　ㄌｉˋ　lɐi⁶〔麗〕

①雙的，成對的：～句｜駢～。②指夫妻：～影。

〈說解〉 俪，亻部，左右結構，形聲字。麗簡化爲丽，偏旁類推簡化。

贷‖貸
9　12

dài　ㄌㄞˋ　tai³〔太〕

①借給的款項：信～｜農～｜高利～。②借入或借出錢：～款｜告～｜借～。③推卸責任：責無旁～。

〈說解〉 贷，贝部，上下結構，形聲字。貝簡化爲贝，偏旁類推簡化。

九

顺 ‖ 順
9　　12

shùn　ㄕㄨㄣ　sœn⁶〔純低去〕

①向着同一方向:～風丨～流而下。②依着自然情勢,沿着:～小路走丨水～着山溝流去。③使方向一致,依着條理次序:～差丨～延丨筆～丨名正言～。④趁便,順便:～腳丨～口丨～手關門。⑤如意,適合:～心丨看着～眼丨風調雨～。⑥順從,服從:～服丨～民丨恭～丨溫～丨忠～。

〈說解〉　順,頁部,左右結構,形聲字。頁簡化為页,偏旁類推簡化。

俭 ‖ 儉
9　　15

jiǎn　ㄐㄧㄢˇ　gim⁶〔兼低去〕

不浪費財物,節省:～省丨～約丨節～丨勤～丨省～。

〈說解〉　俭,亻部,左右結構,形聲字。僉簡化為佥,偏旁類推簡化。

剑 ‖ 劍
9　　15

jiàn　ㄐㄧㄢˋ　gim³〔兼高去〕

古代一種兵器,長條形,一端有尖,兩邊有刃,有柄:～客丨～俠丨舞～丨風刀霜～丨刻舟求～。

〈說解〉　剑,刂部,左右結構,形聲字。僉簡化為佥,偏旁類推簡化。
＊劍的異體為剱,舊歸刀部。

鸧 ‖ 鶬
9　　21

cāng　ㄘㄤ　tsɔŋ¹〔倉〕

【鸧鹒】cānggēng　黃鸝。

〈說解〉　鸧,鸟部,左右結構。形聲字。鳥簡化為鸟,偏旁類推簡化。

九

须¹ ‖ 須
9　　12　　　xū　ㄒㄩ　sœy¹〔雖〕

①一定要，須要：～知｜必～｜務～。②〈書〉等待。

〈說解〉 須，頁部或彡部，左右結構，本爲會意字。頁簡化爲页，偏旁類推簡化。
＊須本義爲鬍鬚，借作必須的須。見下。

须² ‖ 鬚
9　　22　　　xū　ㄒㄩ　sou¹〔蘇〕

①長在下巴上的鬍子，泛指鬍鬚：～眉｜～髮｜長～。②動植物體上長的像鬚的東西：觸～｜花～。

〈說解〉 前略（見须‖須）。《說文·須部》："須，面毛也。" 鬚爲須的後起增旁字。用須做鬚的簡化字是恢復古本字。頁簡化爲页，偏旁類推簡化。元刊《雜劇》《三國志》、清刊《目連記》等已用須代鬚。
＊鬚字舊歸髟部。

胧 ‖ 朧
9　　20　　　lóng　ㄌㄨㄥˊ　luŋ⁴〔龍〕

【朦朧】ménglóng　①月色不明。②模糊不清。

〈說解〉 胧，月部，左右結構，形聲字。龍簡化爲龙，偏旁類推簡化。

胨 ‖ 腖
9　　12　　　dòng　ㄌㄨㄥˋ　duŋ³〔凍〕

蛋白腖的簡稱，爲一種有機化合物，可用做細菌的培養基，也可治療消化道疾病。

〈說解〉 胨，月部，左右結構，形聲字。東簡化爲东，偏旁類推簡化。
＊腖字舊歸肉部，《漢語大字典》歸月部。

胪 ‖ 臚
9　　　20

lú　ㄌㄨˊ　lou⁴〔勞〕

〈書〉陳列：～陳｜～列。

〈說解〉　胪，月部，左右結構，形聲字。臚簡化爲卢，偏旁類推簡化。
＊臚字舊歸肉部，《漢語大字典》歸月部。

胆 ‖ 膽
9　　　17

dǎn　ㄉㄢˇ　dam²〔擔高上〕

①膽囊的通稱：～汁｜～碱｜苦～。②膽量：～小｜～怯｜～
大心細｜孤～｜壯～｜放～。③裝在器物內部，中空可以盛物
的東西：球～｜瓶～。

〈說解〉　胆，月部，左右結構，形聲字。胆，本讀 tán ㄊㄢˊ，《廣
韻・寒韻》："胆，胆口脂澤。"罕用，後借作膽的俗字，《正字通
・肉部》："俗以胆爲膽。"今以胆爲膽的簡化字。清刊《目蓮記》
《金瓶梅》等已見。

胜 ‖ 勝
9　　　12

shèng　ㄕㄥˋ　siŋ³〔性〕

①勝利：～負｜～敗｜～券｜～仗｜獲～｜取～。②打敗對
方：～訴｜戰～｜以少～多。③比另一個優越，超過：～似｜今
～昔｜事實～於 雄辯。④優美的，美好的：～地｜～迹｜～
景｜名～｜形～。⑤能承擔或承受：～任｜不～其煩｜美不
收｜防不～防。

〈說解〉　胜，月部，左右結構，形聲字。勝，從力朕聲，用生代
替原聲旁，表音性強。
＊胜字本讀 xīng ㄒㄧㄥ siŋ¹〔升〕，義同腥，見《說文》；舊歸肉
部。勝字舊歸力部，《漢語大字典》歸月部。

脉 ‖ 脈
9　　　10

(一) mài　ㄇㄞˋ　mɐk⁹〔默〕

①動脈和靜脈的統稱。②脈搏的簡稱：診～｜號～｜切～。

③像血管的組織或分佈成系統的事物：葉～｜翅～｜山～｜礦～。

(二) mò	ㄇㄛˋ	mɐk⁹ 〔默〕

【脈脈】　mòmò　形容默默地用行動表達情意：～含情。

〈說解〉　脉，月部，左右結構，形聲字。脉和脈爲異體(永字翻過來就是辰)舊多用脈，簡化字只用脉。
＊脈的異體另有衇。衇字舊歸血部。

胫 ‖ 脛	jìng	ㄐㄧㄥˋ	hiŋ⁵ 〔慶低上〕
9　　11			

小腿。

〈說解〉　胫，月部，左右結構，形聲字。巠簡化爲圣，偏旁類推簡化。

鸨 ‖ 鴇	bǎo	ㄅㄠˇ	bou² 〔保〕
9　　15			

①鳥類的一屬，頭小頸長，尾短，不善飛。②指舊社會開妓院的女人：老～。

〈說解〉　鸨，鳥部，左右結構，形聲字。鳥簡化爲鸟，偏旁類推簡化。

狭 ‖ 狹	xiá	ㄒㄧㄚˊ	hap⁹ 〔呷〕
9　　10			

窄小：～小｜～窄｜～義｜～長。

〈說解〉　狭，犭旁，左右結構，形聲字。夾簡化爲夹，偏旁類推簡化。宋刊《祖堂集》見。
＊狭字舊歸犬部。

九

獅 ‖ 獅

9　13　　shī　ㄕ　si¹ 〔師〕

獅子，一種兇猛的哺乳動物，毛棕黃色，身長約三米，四肢强壯，產於非洲和亞洲西部。

〈說解〉 獅，犭部，左右結構，形聲字。師簡化爲师，偏旁類推簡化。

独 ‖ 獨

9　16　　dú　ㄉㄨˊ　duk⁹ 〔讀〕

①一個，單個：～子｜～身｜～眼｜～木橋｜～輪車。②獨自：～唱｜～裁｜～白｜～來～往。③年老無子的人：鰥寡孤～。④唯獨：大家都到了，～有他沒來。

〈說解〉 独，犭部，左右結構。獨爲形聲字，把蜀簡化爲虫(不表音)就成爲独。宋刊《列女傳》以及明清刊本習見。

狯 ‖ 獪

9　16　　kuài　ㄎㄨㄞˋ　kui² 〔繪〕

狡獪：狡～。

〈說解〉 狯，犭部，左右結構，形聲字。會簡化爲会，偏旁類推簡化。

狱 ‖ 獄

9　14　　yù　ㄩˋ　juk⁹ 〔玉〕

①監獄：～卒｜～吏｜牢～｜入～｜劫～｜越～。②罪案，官司：冤～｜斷～｜文字～。

〈說解〉 狱，犭部，左中右結構，會意字。訁簡化爲讠，偏旁類推簡化。清刊《目蓮記》已見。

猻 ‖ 猻

9　13　　sūn　ㄙㄨㄣ　syn¹ 〔孫〕

【猢猻】húsūn 獼猴的一種，身上有密毛，生活在山林中。

〈說解〉 狲，犭部，左右結構，形聲字。孫簡化爲孙，偏旁類推簡化。

贸 ‖ 貿

9　12　　　mào　ㄇㄠ　mɐu⁶〔茂〕

商業活動，交易：～易｜財～｜外～。

〈說解〉 貿，貝部，上下結構，形聲字。貝簡化爲贝，偏旁類推簡化。

饵 ‖ 餌

9　14　　　ěr　ㄦ　nei⁶〔膩〕

①糕餅：果～。②釣魚時用以引魚上鉤的食物：魚～｜釣～。③以物引誘：～以重利。

〈說解〉 饵，饣部，左右結構，形聲字。飠簡化爲饣，偏旁類推簡化。

饶 ‖ 饒

9　20　　　ráo　ㄖㄠ　jiu⁴〔搖〕

①豐富，多：富～｜豐～｜～有情趣。②另外添加：～頭｜多～點兒。③免予處罰，寬恕：～恕｜～命｜求～｜告～｜討～。④連詞，表示讓步：～這麼仔細，還出了兩個錯。

〈說解〉 饶，饣部，左右結構，形聲字。飠簡化爲饣，堯簡化爲尧，偏旁類推簡化。

蚀 ‖ 蝕

9　14　　　shí　ㄕ　sik⁹〔食〕

①損失，損耗：～本｜侵～｜虧～。②指日月虧缺或完全不見的現象：日～｜月～。

〈說解〉 蚀，虫部，左右結構，形聲字。飠簡化爲饣，偏旁類推簡化。

九

饷 ‖ 餉
9   14

xiǎng ㄒㄧㄤˇ hœŋ² 〔享〕

①薪金(舊時多指軍警等的薪金):軍～｜月～｜發～｜糧～。
②用酒食款待,也泛指請人享受:～客｜以～讀者。

〈說解〉 饷,饣部,左右結構,形聲字。飠簡化爲饣,偏旁類推簡化。

饸 ‖ 餄
9   14

hé ㄏㄜˊ gap⁸ 〔甲〕

【餄餎】hé·le 用特製的有漏孔的工具把和好的蕎麥麵、高粱麵等軋成的麵條,煮着吃。

〈說解〉 饸,饣部,左右結構,形聲字。飠簡化爲饣,偏旁類推簡化。

饹 ‖ 餎
9   14

lè ㄌㄜˋ lɔk⁸ 〔烙〕

見"餄"。

〈說解〉 饹,饣部,左右結構,形聲字。飠簡化爲饣,偏旁類推簡化。

餃 ‖ 餃
9   14

jiǎo ㄐㄧㄠˇ gau² 〔狡〕

餃子,捏成半圓形的裏面有餡的麵食。

〈說解〉 餃,饣部,左右結構,形聲字。飠簡化爲饣,偏旁類推簡化。

饻 ‖ 餏
9   14

xī ㄒㄧ hei¹ 〔希〕

老解放區實行供給制時會用過的一種計算貨幣的單位,一餏等於若干種實物價格的總合。

〈說解〉 饻,饣部,左右結構,形聲字。飠簡化爲饣,偏旁類推簡化。

饼 ‖ 餅　　9　14

bǐng　ㄅ丨ㄥˇ　bin²〔丙〕

①泛稱蒸熟或烤熟的麵食,大多是扁圓形的:燒～丨蒸～丨大～丨月～。②形狀像餅的東西:豆～丨鐵～丨柿～子。

〈說解〉　饼,饣部,左右結構,形聲字。飠簡化爲饣,偏旁類推簡化。

峦 ‖ 巒　　9　22

luán　ㄌㄨㄢˊ　lyn⁴〔聯〕

山,多指連綿的:山～丨峰～丨重～叠嶂。

〈說解〉　峦,山部,上下結構,草書楷化字。䜌字頭簡化爲亦,偏旁類推簡化。元刊《雜劇》、清刊《逸事》已見。

弯 ‖ 彎　　9　22

wān　ㄨㄢ　wan¹〔灣〕

①彎曲不直,使彎曲不直:～度丨～路丨～腰丨樹枝被雪壓～了。②彎曲不直的部分:～子丨轉～。

〈說解〉　弯,弓部,上下結構,草書楷化字。䜌字頭簡化爲亦,偏旁類推簡化。元刊《雜劇》、明刊《東窗記》等已見。

孪 ‖ 孿　　9　22

luán　ㄌㄨㄢˊ　lyn⁴〔聯〕

雙生:～生。

〈說解〉　孪,子部,上下結構,草書楷化字。䜌字頭簡化爲亦,偏旁類推簡化。

娈 ‖ 孌　　9　22

luán　ㄌㄨㄢˊ　lyn²〔戀〕

〈書〉相貌美:～童。

〈說解〉 奕, 女部, 上下結構, 草書楷化字。繼字頭簡化爲亦,
偏旁類推簡化。

将 ‖ 將
9　　11

(一) jiāng　ㄐㄧㄤ　dzœŋ¹ 〔張〕

①保養:~養ㅣ~息。②下象棋時攻擊對方的將或帥:~軍。③
用言語刺激:他有主意, 你~他也沒用。④介詞, 拿, 用:~功折
罪ㅣ~計就計。⑤介詞, 把:~門關上ㅣ~他趕走。⑥將要:
~近ㅣ即~ㅣ日~落山。

(二) jiàng　ㄐㄧㄤˋ　dzœŋ³ 〔障〕

①將官, 級別較高的軍官:~領ㅣ~帥ㅣ大~ㅣ猛~ㅣ敗~。
②帶領:~兵。

〈說解〉 將, 寸部或爿部, 左右結構, 草書楷化字。爿旁改爲
丬, 右上部的夕改爲夕, 就成爲将。敦煌寫本、金刊《劉知遠》、
影元刊《元典章》等已見。《俗字譜》諸書多作将。将可作簡化偏
旁用, 如:蒋(蔣)、锵(鏘)。
＊將字舊歸寸部,《漢語大字典》歸爿部。

奖 ‖ 奬
9　　14

jiǎng　ㄐㄧㄤˇ　dzœŋ² 〔掌〕

①以物質或榮譽來鼓勵表彰: ~勵ㅣ~金ㅣ~杯ㅣ~品ㅣ褒
~ㅣ嘉~。②爲鼓勵表彰而給的榮譽、財物等:得~ㅣ發~ㅣ
頒~ㅣ大~ㅣ一等~。

〈說解〉 奖, 大部, 上下結構。將已簡化爲将, 進而去掉右下
部的寸, 就成爲奖。

迹 ¹ ‖ 跡
9　　13

jì　ㄐㄧˋ　dzik⁷ 〔積〕

①留下的印子, 痕迹:足~ㅣ血~ㅣ筆~ㅣ絕~ㅣ人~罕至。
②前人遺留的事物: 古~ㅣ陳~ㅣ史~ㅣ遺~ㅣ事~。③形
迹:~近違抗。

〈說解〉 迹，辶部，左下半包圍結構，形聲字。迹和跡、蹟是異體，舊可通用，簡化字只用迹。

* 迹字舊歸辵部，跡、蹟歸足部。

迹²‖蹟

9　‖　18

ji　ㄐㄧˋ　dzik⁷〔積〕

同"跡"。

〈說解〉 見迹‖跡。

疬‖癧

9　‖　21

lì　ㄌㄧˋ　lik⁹〔力〕

【瘰癧】 luǒlì 一種病，由於結核杆菌侵入頸部或腋窩部的淋巴結而引起，局部發生硬塊，引起潰爛。

〈說解〉 疬，疒部，左上半包圍結構，形聲字。歷簡化爲历，偏旁類推簡化。

疮‖瘡

9　‖　15

chuāng　ㄔㄨㄤ　tsɔŋ¹〔倉〕

①通常稱皮膚或黏膜上發生潰爛的病：～疤｜～痂｜口～｜凍～｜褥～｜禿～。②指外傷：刀～｜金～。

〈說解〉 疮，疒部，左上半包圍結構，形聲字。倉簡化爲仓，偏旁類推簡化。

疯‖瘋

9　‖　14

fēng　ㄈㄥ　fuŋ¹〔風〕

①神經錯亂，精神失常：～子｜～狗｜發～。②指農作物生長旺盛，但不結果實：～枝｜棉花長～了。

〈說解〉 疯，疒部，左上半包圍結構，形聲字。風簡化爲风，偏旁類推簡化。

九

亲‖親
9　16

| qīn | ㄑㄧㄣ | tsɐn¹ | 〔嗔〕 |

①父母：母～｜父～｜雙～。②有血統或婚姻關係的：～人｜～友｜～戚｜～眷｜表～｜探～｜乾～｜內～。③婚姻：求～｜成～｜說～｜提～｜退～。④關係近，感情密切：～近｜～密｜～愛｜～信。⑤親自：～手｜～耳｜～口｜～身｜～生。⑥用嘴唇接觸，表示喜愛：～吻｜～嘴｜～了～孩子的臉蛋。

〈說解〉 亲，立部，上下結構。親是形聲字，去掉形旁見就是亲。清刊《目蓮記》《金瓶梅》《逸事》已見。亲可作簡化偏旁用，如：槻(櫬)。

颯‖颯
9　14

| sà | ㄙㄚˋ | sap⁸ | 〔圾〕 |

形容風聲：～然｜秋風～～。

〈說解〉 颯，立部，左右結構，原爲形聲字。風簡化爲风，偏旁類推簡化。

閨‖閨
9　14

| guī | ㄍㄨㄟ | gwɐi¹ | 〔歸〕 |

女子居住的內室：～房｜～閣｜～秀｜～怨｜深～。

〈說解〉 閨，门部，上包下結構，形聲字。門簡化爲门，偏旁類推簡化。

聞‖聞
9　14

| wén | ㄨㄣˊ | mɐn⁴ | 〔文〕 |

①聽見：～訊｜耳～｜久～大名。②聽見的事情，消息：見～｜新～｜醜～｜奇～｜趣～。③名聲：令～｜穢～。④用鼻子嗅：～味兒｜～香氣。

〈說解〉 聞，耳部或门部，上包下結構，形聲字。門簡化爲门，

九

偏旁類推簡化。敦煌寫本已見。

＊闋字舊歸耳部，《漢語大字典》歸門部。

| 闼 ‖ 闥 | | tà　ㄊㄚˋ　tat⁸〔撻〕 |

9　20

〈書〉門，小門：排～。

〈說解〉 闼，門部，上包下結構，形聲字。門簡化爲门，達簡化爲达，偏旁類推簡化。

| 闽 ‖ 閩 | | mǐn　ㄇㄧㄣˇ　mɐn⁵〔敏〕 |

9　14

福建的別稱：～劇｜～東｜～方言。

〈說解〉 闽，門部或虫部，上包下結構，形聲字。門簡化爲门，偏旁類推簡化。

| 闾 ‖ 閭 | | lǘ　ㄌㄩˊ　lœy⁴〔雷〕 |

9　14

里巷的門，也泛指里巷：～里｜～巷｜倚～｜鄉～。

〈說解〉 闾，門部，上包下結構，形聲字。門簡化爲门，偏旁類推簡化。

| 阁 ‖ 闓 | | kǎi　ㄎㄞˇ　hɔi²〔海〕 |

9　18

〈書〉開啟。

〈說解〉 闓，门部，上包下結構，形聲字。門簡化爲门，偏旁類推簡化。

九

阀 ‖ 閥
9　　14　　　fá　ㄈㄚˊ　fɐt⁹〔乏〕

①在某一方面有支配勢力的人物或家族：軍～｜財～｜學～。
②管道或其他機器中調節和控制流體的裝置：～門｜水～｜
氣～｜油～。

〈說解〉　阀，门部，上包下結構，形聲字。門簡化爲门，偏旁類
推簡化。

阁 ‖ 閣
9　　14　　　gé　ㄍㄜˊ　gɔk⁸〔各〕

①風景區或庭園裏的一種建築物，一般兩層，周圍開窗，多建
在高處：樓～｜暖～｜滕王～。②指女子的居室：閨～｜出～。
③指內閣：～員｜組～｜入～。

〈說解〉　阁，门部，上包下結構，形聲字。門簡化爲门，偏旁類
推簡化。敦煌寫本已見。

阐 ‖ 闡
9　　16　　　zhèng　ㄓㄥˋ　dzɐŋ³〔增高去〕

【闡闡】zhèngchuài〈書〉掙扎。

〈說解〉　阐，门部，上包下結構，形聲字。門簡化爲门，偏旁類
推簡化。

阂 ‖ 閡
9　　14　　　hé　ㄏㄜˊ　hɐt⁹

阻隔不通：隔～。

〈說解〉　阂，门部，上包下結構，形聲字。門簡化爲门，偏旁類
推簡化。

养 ‖ 養

| yǎng | ㄧㄤˇ | jœŋ⁵〔仰〕

①供給生活資料或費用：～家｜撫～｜贍～｜供～。②飼養，培植：～牛｜～豬｜～花｜～蜂｜～殖。③生育：～孩子。④撫養的：～女｜～子｜～父｜～母。⑤使身心得到恢復或休息：～病｜～生｜保～｜休～｜營～｜補～。⑥扶助：以副～農。⑦修養：素～｜教～｜陶～。

〈說解〉 养，羊部或丷部，上下結構，草書楷化字。把養字下面的良換成川就成爲养。影元鈔本《通俗小說》、明刊《釋厄傳》已見。
＊養字舊歸食部。

姜 ‖ 薑

| jiāng | ㄐㄧㄤ | gœŋ¹〔疆〕

多年生草本植物，根莖黃褐色，有辛辣味，是常用的調味品，也可入藥。

〈說解〉 姜，女部，上下結構，形聲字。姜和薑音同，用姜做薑的簡化字是同音替代。
＊姜作姓氏只用姜字。

类 ‖ 類

| lèi | ㄌㄟˋ | lœy⁶〔淚〕

①許多相同或相似的事物的綜合：～別｜～比｜種～｜門～｜分～｜同～。②大致相似：～似｜～人猿｜～新星。

〈說解〉 类，米部，上下結構。去掉類字右偏旁頁，把左下部的犬簡化大就成爲类。《改併四聲篇海・米部》引《俗字背篇》："类，音類，義同，俗用。"今用类做類的簡化字。
＊類字舊歸頁部。

九

娄 ‖ 婁

| lóu | ㄌㄡˊ | lɐu⁴〔流〕

①二十八宿之一。②瓜類因過熟而變質：西瓜～了。

〈說解〉 娄, 女部或米部, 上下結構, 草書楷化字。把婁字上半部改成米就成爲娄。敦煌寫本、宋刊《列女傳》、元刊《雜劇》、明刊《嬌紅記》等已見。娄可作簡化偏旁用, 如:婆(簍)、楼(樓)等。

总 ‖ 總
9　　17

zǒng　ㄗㄨㄥˇ　dzuŋ² 〔腫〕

①總括, 聚集:～其成 |～而言之。②全部的, 全面的:～賬 |～集 |～額 |～數。③概括所有的, 爲首的:～則 |～店 |～目 |～動員 |～司令。④一直, 一向:天～不下雨 | 他～是七點鐘出門上班。⑤畢竟, 終究:這件事～得讓他知道。

〈說解〉 总, 心部, 上下結構, 總的異體有緫、摠等, 去掉總的形旁糸就成爲总。清刊《目蓮記》已見。
＊總、緫、摠舊皆歸糸部。

炼 ‖ 煉
9　　13

liàn　ㄌㄧㄢˋ　lin⁶ 〔練〕

①用火燒、加熱等辦法使物質純淨或堅韌:～鋼 |～乳 |～油 | 冶～ | 熔～。②用心琢磨使字句精練:～字 |～句。

〈說解〉 炼, 火部, 左右結構, 形聲字。柬簡化爲东, 草書楷化。
＊在冶煉義上煉與鍊爲異體字, 鍊另有鏈條義。鍊字舊歸金部。

炽 ‖ 熾
9　　16

chì　ㄔˋ　tsi³ 〔次〕

熱烈, 旺盛:～熱 |～烈 |～盛。

〈說解〉 炽, 火部, 左右結構, 形聲字。戠簡化爲只, 偏旁類推簡化。

烁 ‖ 爍
9　　19

shuò　ㄕㄨㄛˋ　sœk⁸ 〔削〕

光亮的樣子:閃～。

〈說解〉 烁，火部，左右結構，形聲字。樂簡化爲乐，偏旁類推簡化。清刊《逸事》已見。

烂 ‖ 爛
9　21

làn　ㄌㄢˋ　lan⁶〔蘭低去〕

①某些固體物質組織破壞或水份增加後鬆軟：～泥｜～熟｜牛肉煮～了。②腐爛：～梨｜～桃。③破碎：～紙｜～鐵｜～衣服。④頭緒紛亂：～賬｜～攤子。

〈說解〉 烂，火部，左右結構，形聲字。把聲旁闌換成兰(兰是蘭的草書楷化字)就成爲烂。

烃 ‖ 烴
9　11

tīng　ㄊㄧㄥ　tiŋ¹〔聽高平〕

含有碳和氫原子的有機化合物，也叫碳氫化合物。

〈說解〉 烃，火部，左右結構，形聲字。巠簡化爲圣，偏旁類推簡化。

洼 ‖ 窪
9　14

wā　ㄨㄚ　wa¹〔蛙〕

①凹陷：～地｜～陷。②凹陷的地方：水～｜坑～。

〈說解〉 洼，氵部，左右結構，形聲字。窪和洼音同義近，後通用。現用洼做窪的簡化字。
＊窪字舊歸穴部。

洁 ‖ 潔
9　15

jié　ㄐㄧㄝˊ　git⁸〔結〕

清潔，清白：～白｜～淨｜純～｜廉～｜整～｜聖～。

〈說解〉 洁，氵部，左右結構，形聲字。把潔字聲旁改爲吉就成爲洁。

洒 ‖ 灑
9　　22

| | sǎ | ㄙㄚˇ | sa² 〔耍〕 |

分散地落下，散落：～水｜～掃｜～淚｜揮～｜噴～。

〈**說解**〉 洒，氵部，左右結構，形聲字。洒，本讀 xǐㄒㄧˇ，義爲洗滌。《說文・水部》："洒，滌也。從水西聲。古文以爲灑掃字。"現用洒做灑的簡化字是恢復古本字。敦煌寫本、元刊《雜劇》《元典章》、明刊《釋厄傳》等並見。

汏 ‖ 澾
9　　15

| | tà | ㄊㄚˋ | tat⁸ 〔撻〕 |

滑溜：滑～。

〈**說解**〉 汏，氵部，左右結構，形聲字。達簡化爲达，偏旁類推簡化。

浹 ‖ 浹
9　　10

| | jiā | ㄐㄧㄚ | dzip⁸ 〔接〕 |

濕透，遍及：汗流～背。

〈**說解**〉 浹，氵部，左右結構，形聲字。夾簡化爲夹，偏旁類推簡化。敦煌寫本已見。

澆 ‖ 澆
9　　15

| | jiāo | ㄐㄧㄠ | hiu¹ 〔囂〕 |

①讓水或別的液體落在物體上：給花～水｜冷水～頭。②灌溉：～地｜～園子。③把流體注入模型：～鑄｜～注。

〈**說解**〉 澆，氵部，左右結構，形聲字。堯簡化爲尧，偏旁類推簡化。

湞 ‖ 湞
9　　12

| | zhēn | ㄓㄣ | dziŋ¹ 〔貞〕 |

湞水，水名，在廣東。

〈說解〉 浈, 氵部, 左右結構, 形聲字。貞簡化爲贝, 偏旁類推簡化。

狮 ‖ 獅
9　13

shī　ㄕ　si¹〔師〕

獅河, 水名, 在河南。

〈說解〉 狮, 氵部, 左中右結構, 形聲字。師簡化爲师, 偏旁類推簡化。

浊 ‖ 濁
9　16

zhuó　ㄓㄨㄛˊ　dzuk⁹〔俗〕

①渾濁:～水。②(聲音)低沉粗重:～聲～氣。③混亂黑暗:～世。

〈說解〉 浊, 氵部, 左右結構, 把濁的聲旁蜀簡作虫(不表音)就成爲浊。浊字保留了原字的主要特徵。元刊《雜劇》已見。

测 ‖ 測
9　12

cè　ㄘㄜˋ　tsɐk⁷〔側〕

①測量:～定｜～繪｜～試｜勘～｜遙～｜檢～。②推測:～度｜～字｜臆～｜猜～｜揣～。

〈說解〉 测, 氵部, 左中右結構, 形聲字。貝簡化爲贝, 偏旁類推簡化。

浍 ‖ 澮
9　16

(一) kuài　ㄎㄨㄞˋ　kui²〔繪〕

〈書〉田間的水溝。

(二) huì　ㄏㄨㄟˋ

澮河, 水名, 發源於河南, 流入安徽。

九

〈說解〉 浍, 氵部, 左右結構, 形聲字。會簡化爲会, 偏旁類推簡化。

浏 ‖ 瀏
9　　18
liú　ㄌ丨ㄡˊ　leu⁴〔劉〕

〈書〉水流清澈。

【瀏覽】liú lǎn　隨便泛覽。

〈說解〉 浏, 氵部, 左中右結構, 形聲字。劉簡化爲刘, 偏旁類推簡化。清刊《逸事》已見。

济 ‖ 濟
9　　17
(一)jì　ㄐ丨ˋ　dzɐi³〔制〕

①過河:同舟共～。②資助,救助:～貧丨接～丨救～丨補～丨賑～。③(對事情)有益:得～丨無～於事。

(二)jǐ　ㄐ丨ˇ　dzɐi²〔仔〕

濟水, 古水名, 發源於今河南, 流經山東入渤海。濟南、濟寧等地名皆由濟水得名。

〈說解〉 济, 氵部, 左右結構, 形聲字。齊簡化爲齐, 偏旁類推簡化。宋刊《取經詩話》、金刊《劉知遠》已見。

浐 ‖ 滻
9　　14
chǎn　ㄔㄢˇ　tsan²〔産〕

滻河, 水名, 在陝西。

〈說解〉 浐, 氵部, 左右結構, 形聲字。産簡化爲产, 偏旁類推簡化。

浑 ‖ 渾
9　　12
hún　ㄏㄨㄣˊ　wɐn⁴〔雲〕

①渾濁:～水。②糊塗, 不明事理:～人丨發～。③天然的:

～樸｜～厚｜璞玉～金。④整個，全：～身｜～似｜～然一體。

〈說解〉 浑，氵部，左右結構，形聲字。軍簡化爲军，偏旁類推簡化。

浒‖滸
9 14

| (一) hǔ ㄏㄨˇ wu² 〔烏高上〕 |

水邊：水～。

| (二) xǔ ㄒㄩˇ hœy² 〔許〕 |

滸墅關，地名，在江蘇。

〈說解〉 浒，氵部，左中右結構，形聲字。言簡化爲讠，偏旁類推簡化。

浓‖濃
9 16

| nóng ㄋㄨㄥˊ nuŋ⁴ 〔農〕 |

①液體或氣體中所含的某種成份多：～淡｜～墨｜～茶｜重。②程度深：滋味～｜興趣～。

〈說解〉 浓，氵部，左右結構，形聲字。農簡化爲农，偏旁類推簡化。

浔‖潯
9 15

| xún ㄒㄩㄣˊ tsɐm⁴ 〔尋〕 |

①〈書〉水邊：江～。②江西九江的別稱。

〈說解〉 浔，氵部，左右結構，形聲字。尋簡化爲寻，偏旁類推簡化。

浕‖盡
9 17

| jìn ㄐㄧㄣˋ dzœn⁶ 〔盡〕 |

盡水，水名，在湖北。

〈說解〉 泿，氵部，左右結構，形聲字。盡簡化爲尽，偏旁類推簡化。

恸 ‖ 慟

tòng　ㄊㄨㄥˋ　duŋ⁶〔動〕

9　14

極其悲哀，大哭：～哭｜悲～｜大～。

〈說解〉 恸，忄部，左中右結構，形聲字。動簡化爲动，偏旁類推簡化。

恹 ‖ 懨

yān　ㄧㄢ　jim¹〔淹〕

9　17

【懨懨】yānyān　形容患病而精神疲憊：病～。

〈說解〉 恹，忄部，左中右結構，形聲字。厭簡化爲厌，偏旁類推簡化。

恺 ‖ 愷

kǎi　ㄎㄞ　hɔi²〔海〕

9　13

〈書〉快樂，和樂。

〈說解〉 恺，忄部，左中右結構，形聲字。豈簡化爲岂，偏旁類推簡化。

恻 ‖ 惻

cè　ㄘㄜˋ　tsɐk⁷〔測〕

9　12

悲哀，哀傷：～然｜淒～。
【惻隱】cèyǐn　見人遭遇不幸而內心有所不忍。

〈說解〉 恻，忄部，左中右結構，形聲字。貝簡化爲贝，偏旁類推簡化。

恼 ‖ 惱
9　12　　　nǎo　ㄋㄠˇ　nou⁵〔腦〕

①生氣，惱怒：~恨｜~火｜把他惹~了。②煩悶苦惱：困~｜煩~｜懊~。

〈說解〉　恼，忄部，左右結構，形聲字。把惱字的聲旁𡃤簡化爲㐫就成爲恼。清刊《目蓮記》已見。

恽 ‖ 惲
9　12　　　yùn　ㄩㄣˋ　wɐn⁶〔運〕

姓。

〈說解〉　恽，忄部，左右結構，形聲字。軍簡化爲军，偏旁類推簡化。

举 ‖ 舉
9　16　　　jǔ　ㄐㄩˇ　gœy²〔矩〕

①往上托，往上伸：~手｜~重｜挺~｜~頭望明月。②興起，發動：~兵｜~義｜~步｜~辦。③動作，行動：~動｜壯~｜義~｜善~。④推選：推~｜選~｜公~｜保~。⑤提出：~例｜~債｜~出理由。⑥舉人的簡稱：中~｜武~。⑦全部，整個：~座｜~國｜~世聞名。

〈說解〉　举，丶部，上下結構，草書楷化字。把舉字上面的部分改爲兩點和一撇就成爲举，清刊《目蓮記》已見。敦煌寫本作𠦋，《俗字譜》諸書作𠦋或𡗉。举可作簡化偏旁用，如：榉(櫸)。
＊舉字舊歸臼部。

觉 ‖ 覺
9　20　　　(一)jué　ㄐㄩㄝˊ　gɔk⁸〔角〕

①器官對外來刺激的感受和辨別：味~｜視~｜知~｜感~｜幻~。②睡醒：大夢誰先~。③醒悟：~悟｜~醒。

(二)jiào　ㄐㄧㄠˋ　gau³〔教〕

睡眠：午~｜睡懶~｜一~醒來。

〈說解〉 觉,見部,上下結構,草書楷化字。把覺字上面的部分改爲兩點和一撇,見簡化爲见,偏旁類推簡化。清刊《目蓮記》已見。《俗字譜》諸書多作竟。

宪 ‖ 憲

xiàn　ㄒㅣㄢ　hin³〔獻〕

9　　16

①法令:～令丨～章。②憲法:～政丨行～丨立～。

〈說解〉 宪,宀部,上下結構,形聲字。把憲字宀下面的部分改爲先,表音性强。
*憲字舊歸心部。

窃 ‖ 竊

qiè　ㄑㄧㄝ　sit⁸〔屑〕

9　　22

①偷,盜:～案丨～賊丨～國丨盜～丨行～失～。②偷偷地,私下:～笑丨～聽。③〈書〉謙指自己:～謂丨～以爲不可。

〈說解〉 窃,穴部,上下結構,形聲字。切與竊音同,把竊字穴下面的部分換成切,表音性强。清刊《目蓮記》《金瓶梅》等已見。元刊《三國志》、明刊《嬌紅記》作切,同音替代。

诫 ‖ 誡

jiè　ㄐㄧㄝ　gai³〔介〕

9　　14

警告,勸告:告～丨勸～丨規～。

〈說解〉 诫,讠部,左右結構,形聲字。言簡化爲讠,偏旁類推簡化。

诬 ‖ 誣

wū　ㄨ　mou⁴〔無〕

9　　14

捏造事實冤枉好人:～陷丨～告丨～害丨～賴丨～蔑。

〈說解〉 诬,讠部,左右結構,形聲字。言簡化爲讠,偏旁類推簡化。

九

语 ‖ 語
9　14

yǔ　ㄩˇ　jy⁵〔雨〕

①話：～言｜～文｜～法｜～音｜外～｜反～｜標～｜口～｜話。。②詞組一類的語言成份：成～｜諺～｜俗～｜短～｜熟。。③說：低～｜細～｜耳～｜私～。④代替語言表達意思的動作或方式：手～｜旗～｜啞～。

〈說解〉 语，讠部，左右結構，形聲字。言簡化爲讠，偏旁類推簡化。清刊《目蓮記》已見。

诮 ‖ 誚
9　14

qiào　ㄑㄧㄠˋ　tsiu³〔俏〕

〈書〉責備：責～｜譏～。

〈說解〉 诮，讠部，左右結構，形聲字。言簡化爲讠，偏旁類推簡化。

误 ‖ 誤
9　14

wù　ㄨˋ　ŋ⁶〔悟〕

①差錯，錯誤：～解｜～差｜～信｜失～｜口～｜筆～｜訛～。②耽誤：～點｜～場｜～事。③使受損害：～國｜～人子弟。④不是故意：～傷｜～殺｜～入歧途。

〈說解〉 误，讠部，左右結構，形聲字。言簡化爲讠，偏旁類推簡化。
＊誤的異體爲悞，舊歸心部。

诰 ‖ 誥
9　14

gào　ㄍㄠˋ　gou⁶〔告〕

①古代一種告誡性的文章。②帝王對臣下的命令：～封｜～命。

〈說解〉 诰，讠部，左右結構，形聲字。言簡化爲讠，偏旁類推簡化。

九

诱‖誘
9　14
yòu　ㄧㄡˋ　jɐu⁵〔有〕

①勸說引導:～導｜～掖｜勸～｜循循善～。②使用手段引人做壞事或上當:～敵｜～惑｜～騙｜～拐｜引～｜利～。

〈說解〉誘,讠部,左右結構,形聲字。言簡化爲讠,偏旁類推簡化。

诲‖誨
9　14
huì　ㄏㄨㄟˋ　fui³〔悔〕

教導,誘導:教～｜訓～。

〈說解〉诲,讠部,左右結構,形聲字。言簡化爲讠,偏旁類推簡化。

诳‖誑
9　14
kuáng　ㄎㄨㄤˊ　gwɔŋ⁴〔廣〕　kwɔŋ⁴〔狂〕

欺瞞,欺哄:～話｜～語。

〈說解〉诳,讠部,左中右結構,形聲字。言簡化爲讠,偏旁類推簡化。

说‖說
9　14
(一) shuō　ㄕㄨㄛ　syt⁸〔雪〕

①用話表達意思:～話｜～唱｜～情｜～理｜演～｜敘～｜述～。②解釋:～明｜～不通｜解～。③言論,主張:學～｜界～｜邪～｜著書立~。④責備,批評:挨～｜又讓老師~了一頓。⑤說合,介紹:～親｜～婆婆家。

(二) shuì　ㄕㄨㄟˋ　sœy³〔稅〕

勸說別人聽從自己:游~。

〈說解〉说,讠部,左右結構,形聲字。言簡化爲讠,偏旁類推簡化。清刊《目連記》《金瓶梅》已見。

诵 ‖ 誦
9　14

sòng　ㄙㄨㄥˋ　dzuŋ⁶〔頌〕

①出聲地讀、唸:～讀｜～經｜朗～｜背～。②稱述、述說:稱
～｜傳～。

〈說解〉诵, 讠部,左右結構,形聲字。言簡化爲讠,偏旁類推簡化。

诶 ‖ 誒
9　14

ê　ㄝ　ei⁴

嘆詞,表示招呼、答應、詫異等:～,你快過來｜～,我馬上
來｜～,他怎麼回去了。

〈說解〉诶, 讠部,左右結構,形聲字。言簡化爲讠,偏旁類推簡化。

袄 ‖ 襖
9　17

ǎo　ㄠˇ　ou³〔澳〕

帶裡子的上衣:皮～｜棉～｜夾～｜短～。

〈說解〉袄, 衤部,左右結構,形聲字。把襖的聲旁奧換成夭
(二字韻近)就成爲袄。《正字通·衣部》:"襖,俗作袄。"今以袄
爲襖的簡化字。

祢 ‖ 禰
9　18

mí　ㄇㄧˊ　nei⁴〔尼〕

姓。

〈說解〉祢, 衤部,左右結構,形聲字。爾簡化爲尔,偏旁類推簡化。

鸩 ‖ 鴆
9　15

zhèn　ㄓㄣˋ　dzɐm⁶〔朕〕

①傳說中的一種有毒的鳥,用它的羽毛泡的酒, 喝了可毒死
人:～酒。②毒酒:飲～止渴。

〈說解〉 鳩，鳥部，左右結構，形聲字。鳥簡化爲鸟，偏旁類推簡化。

墾 ‖ 墾

9 | 16

kěn ㄎㄣˇ hɐn² 〔狠〕

翻土開荒：～荒｜～區｜農～｜開～｜屯～。

〈說解〉 墾，土部或艮部，上下結構，形聲字。墾，從土狠聲；狠，從犭艮聲，去掉犭就成爲墾。墾與恳(懇)簡化方法相同。

晝 ‖ 晝

9 | 11

zhòu ㄓㄡˋ dzɐu³ 〔奏〕

白天：～夜｜白～｜長～。

〈說解〉 晝，尸部或乙部，上下結構，草書楷化字。把畫的上面改成尺就成爲晝。宋刊《取經詩話》、元刊《雜劇》《太平樂府》《元典章》、明刊《東窗記》、清刊《目蓮記》等並見。

費 ‖ 費

9 | 12

fèi ㄈㄟˋ fɐi³ 〔廢〕

①花的錢，費用：水～｜電～｜車～｜郵～｜運～｜經～｜軍～。
②花費，耗用：～力｜～時｜～錢｜浪～｜耗～｜消～｜破～。

〈說解〉 費，貝部，上下結構，形聲字。貝簡化爲贝，偏旁類推簡化。清刊《金瓶梅》已見。

遜 ‖ 遜

9 | 13

xùn ㄒㄩㄣˋ sœn³ 〔信〕

①讓出：～位。②謙虛：謙～｜出言不～。③差，不及：毫不～色。

〈說解〉 遜，辶部，左下半包圍結構，形聲字。孫簡化爲孙，偏旁類推簡化。
＊遜字舊歸辵部。

陨 ‖ 隕
9　12

yǔn　ㄩㄣˇ　wɐn⁵〔允〕

星體或高空運行的物體掉落：～落｜～石｜～星｜～鐵。

〈說解〉 隕，阝部，左右結構，形聲字。貝簡化爲贝，偏旁類推簡化。

＊隕字舊歸阜部。

险 ‖ 險
9　15

xiǎn　ㄒㄧㄢˇ　him²〔謙高上〕

①地勢險惡不容易通過的地方：～隘｜～阻｜～地｜天～｜憑～固守。②遭到不幸或發生災難的可能：～工｜象～｜～情｜冒～｜脫～｜危～｜保～。③狠毒：陰～｜奸～。④保險的簡稱：～種｜火～｜人身～｜財產～。⑤幾乎，差一點：～勝｜～遭不測。

〈說解〉 險，阝部，左右結構，形聲字。僉簡化爲佥，偏旁類推簡化。

＊險字舊歸阜部。

贺 ‖ 賀
9　12

hè　ㄏㄜˋ　hɔ⁶〔荷低去〕

慶祝，祝賀：～詞｜～信｜～喜｜～年卡｜道～｜恭～｜致～｜電～。

〈說解〉 賀，貝部，上下結構，形聲字。貝簡化爲贝，偏旁類推簡化。清刊《金瓶梅》已見。

怼 ‖ 懟
9　18

duì　ㄉㄨㄟˋ　dœy⁶〔隊〕

〈書〉怨恨：怨～。

〈說解〉 懟，心部，上下結構，形聲字。對簡化爲对，偏旁類推簡化。

骁 ‖ 驍
9　22

xiāo ㄒㄧㄠ hiu¹ 〔囂〕

勇猛:～將｜～勇｜～騎。

〈說解〉 骁,馬部,左右結構,形聲字。馬簡化爲马,堯簡化爲尧,偏旁類推簡化。

骄 ‖ 驕
9　22

jiāo ㄐㄧㄠ giu¹ 〔嬌〕

①驕傲,自高自大:～橫｜～慢｜～氣｜戒～戒躁。②猛烈:～陽。

〈說爭〉 骄,馬部,左右結構,形聲字。馬簡化爲马,喬簡化爲乔,偏旁類推簡化。

骅 ‖ 驊
9　20

huá ㄏㄨㄚˊ wa⁴ 〔華〕

【驊騮】huáliú 赤色的駿馬。

〈說解〉 骅,馬部,左右結構,形聲字。馬簡化爲马,華簡化爲华,偏旁類推簡化。

骆 ‖ 駱
9　16

luò ㄌㄨㄛˋ lok⁹ 〔烙〕

古書上指黑鬃的白馬。

【駱駝】luò•tuo 哺乳動物,身體高大,背上有駝峰,適於在沙漠中行走,耐飢渴,可供騎乘或運貨。

〈說解〉 骆,馬部,左右結構,形聲字。馬簡化爲马,偏旁類推簡化。

骈 ‖ 駢
9　16

pián ㄆㄧㄢˊ pin⁴ 〔骗低平〕

並列的,對偶的:～文｜～體｜～句。

九

〈説解〉　骍,馬部,左右結構,形聲字。馬簡化爲马,偏旁類推簡化。

骇 ‖ 駭　　hài　ㄏㄞˋ　hai⁵〔蟹〕
9　　16

驚懼,震驚:～異 ｜ ～怪 ｜ ～人聽聞。

〈説解〉　骇,馬部,左右結構,形聲字。馬簡化爲马,偏旁類推簡化。

垒 ‖ 壘　　lěi　ㄌㄟ˘　lœy⁵〔呂〕
9　　18

①軍營的牆壁或防守工事:營～ ｜壁～ ｜堡～ ｜街～ ｜深溝高～。②用磚、石等砌或築:～豬圈。

〈説解〉　垒,土部,上下結構,會意字。《説文・厽部》:"垒,象絫也。"(壏,土磚)徐鍇繫傳:"今但作壘。壘,壁壘也。"徐灝注箋:"壘並與垒同。"可見二字很早就通用。用垒做壘的簡化字是使用古通用字。

娅 ‖ 婭　　yà　ㄧㄚˋ　a³〔亞〕
9　　11

【姻婭】yīnyà　親家和連襟,泛指姻親。

〈説解〉　娅,女部,左右結構,形聲字。亞簡化爲亚,偏旁類推簡化。

娆 ‖ 嬈　　ráo　ㄖㄠˊ　jiu⁴〔搖〕
9　　15

嬌媚,嬌好:嬌～ ｜妖～。

〈説解〉　娆,女部,左右結構,形聲字。堯簡化爲尧,偏旁類推簡化。

九

娇 ‖ 嬌

9　15　　jiāo　ㄐㄧㄠ　giu¹〔驕〕

①柔美可愛:～媚｜～痴｜～嬈｜～娃。②嬌氣:一點苦也吃不了,太～了。③過度愛護:～慣｜～縱｜～生慣養。

〈說解〉 娇,女部,左右結構,形聲字。喬簡化爲乔,偏旁類推簡化。清刊《目蓮記》《金瓶梅》已見。

绑 ‖ 綁

9　12　　bǎng　ㄅㄤˇ　bɔŋ²〔榜〕

用繩子、帶子等繞或綑:～腿｜～架｜綑～｜鬆～。

〈說解〉 绑,纟部,左中右結構,形聲字。糸簡化爲纟,偏旁類推簡化。

绒 ‖ 絨

9　12　　róng　ㄖㄨㄥˊ　juŋ⁴〔容〕　juŋ²〔湧〕

①絨毛:鴨～｜駝～。②上面有一層絨毛的紡織品:絲～｜呢～｜長毛～。

〈說解〉 绒,纟部,左右結構,形聲字。糸簡化爲纟,偏旁類推簡化。

结 ‖ 結

9　12　　(一) jié　ㄐㄧㄝˊ　git⁸〔潔〕

①在條狀物上打疙瘩或用這種方式製成物品:～網｜～繩｜張燈～彩。②條狀物打成的疙瘩:活～｜死～｜打～｜領～。③形成某種方式的關係,結合:～仇｜～伴｜～拜｜～晶｜婚｜勾～｜團～。④結束,了結:～案｜～脹｜～局｜～業｜完～｜歸～。⑤表示保證負責的字據:具～｜保～。

(二) jiē　ㄐㄧㄝ　git⁸〔潔〕

長出果實或種子:開花～果｜西瓜～得又大又多。

九

〈說解〉 結，纟部，左右結構，形聲字。糹簡化爲纟，偏旁類推簡化。

绔 ‖ 絝　　　　kù　丂ㄨˋ　fu³
9　　12

褲子：紈～（指富家子弟穿的細絹做成的褲子）。

〈說解〉绔，纟部，左右結構，形聲字。糹簡化爲纟，偏旁類推簡化。

绕 ‖ 繞　　　　rào　ㅁㄠˋ　jiu²〔妖〕　jiu⁵〔搖低上〕
9　　18

①纏繞：～綫。②圍着轉動：～場一週｜圍～｜環～。③從側後迂回過去：～道｜～圈子｜車輛～行。④糾纏：我一時～住了，賬沒算對。

〈說解〉绕，纟部，左右結構，形聲字。糹簡化爲纟，堯簡化爲尧，偏旁類推簡化。

绖 ‖ 絰　　　　dié　ㄉㄧㄝˊ　dit⁹〔秩〕
9　　12

古代喪服上的蔴布帶子。

〈說解〉绖，纟部，左右結構，形聲字。糹簡化爲纟，偏旁類推簡化。

绘 ‖ 繪　　　　huì　ㄏㄨㄟˋ　kui²〔潰〕
9　　19

作畫，描畫：～畫｜～圖｜～製。

〈說解〉绘，纟部，左右結構，形聲字。糹簡化爲纟，會簡化爲会，偏旁類推簡化。清刊《目連記》已見。

绞 ‖ 絞
9　12

jiǎo　ㄐㄧㄠˇ　gau² 〔狡〕

①把兩股以上的條狀物扭在一起：把鐵絲～在一起。②握住條狀物的兩端向相反方向轉動：～乾水丨～毛巾。③吊死，勒死：～架丨～刑丨～索丨～殺。④把繩索一端繫在輪上，轉動輪軸，使另一端的物體移動：～車丨～盤。

〈說解〉 絞，纟部，左右結構，形聲字。糹簡化爲纟，偏旁類推簡化。

统 ‖ 統
9　12

tǒng　ㄊㄨㄥˇ　tuŋ² 〔桶〕

①事物彼此之間連續的關係：系～丨血～丨傳～丨法～丨正～丨道～。②總括：～共丨～稱丨～計丨～制。③筒狀的部分：皮～子丨長～靴。

〈說解〉 統，纟部，左右結構，形聲字。糹簡化爲纟，偏旁類推簡化。

绗 ‖ 絎
9　12

háng　ㄏㄤˊ　hoŋ⁴ 〔杭〕

一種縫紉方法，用針綫固定面兒和裡子以及所絮的棉花等，針孔疏密相間，綫大部分藏在夾層中間：～棉被丨～棉衣。

〈說解〉 絎，纟部，左中右結構，形聲字。糹簡化爲纟，偏旁類推簡化。

给 ‖ 給
9　12

(一) gěi　ㄍㄟˇ　kɐp⁷ 〔吸〕

①使對方得到或遭受：～他一本書丨她～我的印象很好丨～敵人沉重的打擊。②用在動詞後面，表示交付，付出：送～她花丨捎～他一張條子。③爲，替：他～我們當老師丨她～我洗衣服。④讓，允許：這張桌子～他用丨他不～我吃水果。⑤助詞，直接用在表示被動、處置等句子的謂語動詞前

面：褲子叫露水～打濕了。

| | (二) jǐ　ㄐㄧˇ　kɐŋ⁷〔吸〕 |

供應：～養｜供～｜補～｜配～｜自～自足。

〈說解〉 给，纟部，左右結構，形聲字。糸簡化爲纟，偏旁類推簡化。

绚 ‖ 絢
9　　12

| | xuàn　ㄒㄩㄢˋ　hyn³〔勸〕 |

色彩華麗：～麗｜～爛。

〈說解〉 绚，纟部，左右結構，形聲字。糸簡化爲纟，偏旁類推簡化。

绛 ‖ 絳
9　　12

| | jiàng　ㄐㄧㄤˋ　gɔŋ³〔降〕 |

深紅色：～紫｜～紅。

〈說解〉 绛，纟部，左右結構，形聲字。糸簡化爲纟，偏旁類推簡化。

络 ‖ 絡
9　　12

| | luò　ㄌㄨㄛˋ　lɔk⁸〔烙〕 |

①網狀的東西：脈～｜橘～。②用網狀東西兜聯：籠～｜聯～。③纏繞：～紗｜～絲。

〈說解〉 络，纟部，左右結構，形聲字。糸簡化爲纟，偏旁類推簡化。

绝 ‖ 絶
9　　12

| | jué　ㄐㄩㄝˊ　dzyt⁹〔拙低入〕 |

①斷絕：～交｜～緣｜～食｜～種｜拒～｜根～｜隔～｜空

九

前～後。②窮盡,淨盡:～氣｜斬盡殺～。③走不通的,沒出路
的:～路｜～地｜～壁。④獨一無二的:～唱｜～代｜～
技｜～色。⑤極其,最:～佳｜～早｜～大多數。⑥絕句的簡
稱:五～｜七～。

〈**說解**〉 绝,纟部,左右結構,會意字。糸簡化爲纟,偏旁類推
簡化。

十　畫

艳 ‖ 艷
10　　24

yàn　ㄧㄢˋ　jim⁶〔驗〕

①光澤色彩鮮明好看：～麗｜～陽｜嬌～｜鮮～。②指關於愛情方面的：～詩｜～史｜～聞｜香～。

〈說解〉 艳,一部,左右結構,會意字。豐簡化爲丰,偏旁類推簡化。＊艷的異體有豔、豓,艷字舊歸色部,豔、豓歸豆部。

项 ‖ 項
10　　13

xū　ㄒㄩ　juk⁷〔郁〕

姓。

〈說解〉 项,頁部或王部,左右結構,形聲字。頁簡化爲页,偏旁類推簡化。

珲 ‖ 琿
10　　13

(一) hún　ㄏㄨㄣˊ　wɐn⁴〔雲〕

古代指一種玉。

(二) huī　ㄏㄨㄟ　wɐn⁴〔雲〕fɐi³〔輝〕(又)

璦琿,地名,在黑龍江。今作愛輝。

〈說解〉 珲,王部,左右結構,形聲字。軍簡化爲军,偏旁類推簡化。＊璦琿的琿,臺灣讀作 hún ㄏㄨㄣˊ。

蚕 ‖ 蠶
10　　24

cán　ㄘㄢˊ　tsam⁴〔慚〕

家蠶、柞蠶等的統稱：～絲｜～蛹｜～蛾｜～紙。

〈說解〉 蚕，虫部，上下結構，會意字。蚕本讀 tiǎn
ㄊㄧㄢˇ，指一種蚯蚓(見《爾雅·釋蟲》)，後借作蠶的俗字。《廣
韻·覃韻》:"蠶，俗作蚕。"宋刊《祖堂集》《列女傳》、金刊《劉知
遠》、元刊《雜劇》《元典章》、清刊《逸事》等習見。
＊蚕的上部是天不是夭。

頑 ‖ 頑
10　　13

wán　ㄨㄢˊ　wan⁴　〔還〕

①愚昧無知:愚～。②難以開導或制伏，固執:～固｜～敵｜～
抗｜～強｜～症。③頑皮:～童。

〈說解〉 頑，頁部，左右結構，形聲字。頁簡化為页，偏旁類推
簡化。

盞 ‖ 盞
10　　13

zhǎn　ㄓㄢˇ　dzan²　〔棧高上〕

①小的杯子:酒～｜杯～｜把～。②量詞，用於燈:一～油燈。

〈說解〉 盞，皿部，上下結構，形聲字。戔簡化為戋，偏旁類推
簡化。

載 ‖ 載
10　　13

(一) zǎi　ㄗㄞˇ　dzɔi²　〔宰〕

①年:一年半～｜千～難逢。②記載，刊登:～文｜刊～｜登
～｜轉～｜連～。

(二) zài　ㄗㄞˋ　dzɔi³　〔再〕

①裝載:～客｜～貨｜～重｜搭～｜滿～｜承～。②充滿:怨
聲～道｜風雪～途。③又，且:～歌～舞。

〈說解〉 載，車部或戈部，右上半包圍結構，形聲字。車簡化
為车，偏旁類推簡化。

赶 ‖ 趕
10 14

gǎn ㄍㄢˇ gɔn² 〔稈〕

①追:追～。②加快行動,使不誤時間:～路｜～工｜～火車｜～嫁妝。③駕御:～車｜～驢。④遇到(某種情況):～巧｜～上場雨。⑤等到(某個時候):～早晨出發｜～春節再回來。

〈說解〉 赶,走部,左下半包圍結構,形聲字。把聲旁旱簡化為干就成為赶(旱本從干得聲)。金刊《劉知遠》、元刊《雜劇》《三國志》、明刊《釋厄傳》等已見。赶,本讀 qián ㄑㄧㄢˊ,義為畜獸急跑。此音義後不見用。趕是赶的後起字,後用為正字。《正字通‧走部》:"赶,追逐也。今作趕。"

盐 ‖ 鹽
10 24

yán ㄧㄢˊ jim⁴ 〔炎〕

①食鹽的通稱:～場｜～田｜～灘｜井～｜岩～｜池～。②酸中的氫原子被金屬原子置換所成的化合物:復～｜酸式～。

〈說解〉 盐,皿部,上下結構。把鹽字上部改為土和卜就成為盐。鹽的俗字作塩,敦煌寫本、宋、元、明、清刊本中習見。現在塩的基礎上進一步簡化為盐,保留了原字的結構和輪廓。
＊鹽字舊歸鹵部,《漢語大字典》歸皿部。

坿 ‖ 塒
10 13

shí ㄕˊ si⁴ 〔時〕

〈書〉在牆上鑿的雞窩:雞～。

〈說解〉 坿,土部,左中右結構,形聲字。時簡化為时,偏旁類推簡化。

壎 ‖ 塤
10 13

xūn ㄒㄩㄣ hyn¹ 〔圈〕

古代的土製樂器,形狀像雞蛋,有六個孔,用於吹奏。

〈說解〉 塥,土部,左右結構,形聲字。貝簡化爲贝,偏旁類推簡化。

* 塥的異體有壉。

堝 ‖ 堝
10   11

guō   ㄍㄨㄛ   wɔ¹ 〔窩〕

【坩堝】 gānguō 熔化金屬或其他物質的器皿,用耐火材料製成。

〈說解〉 堝,土部,左右結構,形聲字。咼簡化爲呙,偏旁類推簡化。

捞 ‖ 撈
10   15

lāo   ㄌㄠ   lau⁴ 〔羅肴切〕

①從水或其他液體裏取東西:~魚丨~飯丨捕~丨打~。②用不正當手段取得:~錢丨~外快丨~一把。

〈說解〉 撈,扌部,左右結構,形聲字。⺌字頭簡化爲⺌,偏旁類推簡化。

捆 ‖ 綑
10   13

kǔn   ㄎㄨㄣ   kwen² 〔菌〕

①用繩子等把東西纏緊打結:~綁丨~扎丨~行李。②量詞,用於綑起來的東西:一~稻草。

〈說解〉 捆,扌部,左右結構,形聲字。捆和綑是異體字,舊時捆、綑都可用,簡化字只用捆。

* (1)捆的本字爲稇,《說文》無捆字,《禾部》云:"稇,卷束也。"
(2)綑字舊歸糸部。

损 ‖ 損
10   13

sǔn   ㄙㄨㄣ   syn² 〔選〕

①減少:~失丨~耗丨~益丨減~丨磨~。②損害:~傷丨~

人利己｜破～。③用話挖苦人：有話直說，別～人。

〈說解〉 捐，扌部，左右結構，形聲字。貝簡化爲贝，偏旁類推簡化。

捡 ‖ 撿
10　16

jiǎn　ㄐㄧㄢˇ　gim² 〔檢〕

拾取：～糞｜～柴火｜～破爛。

〈說解〉 捡，扌部，左右結構，形聲字。僉簡化爲佥，偏旁類推簡化。

贽 ‖ 贄
10　18

zhì　ㄓˋ　dzi³ 〔至〕

〈書〉初次拜見長輩時所送的禮物：～見｜～敬。

〈說解〉 贽，貝部，上下結構，形聲字。執簡化爲执，貝簡化爲贝，偏旁類推簡化。

挚 ‖ 摯
10　15

zhì　ㄓˋ　dzi³ 〔至〕

誠懇：～愛｜～友｜誠～｜眞～。

〈說解〉 挚，手部，上下結構，形聲字。執簡化爲执，偏旁類推簡化。

热 ‖ 熱
10　15

rè　ㄖㄜˋ　jit⁹ 〔移列切〕

①物質分子不規則運動放出的一種能：～能｜放～｜導～。②溫度高：～水｜～湯｜～天｜天氣｜飯不～了。③加熱，使熱：把飯～一～｜烤～｜燒～。④生病引起的高體溫：發～｜退～｜解～。⑤情意深厚親近：～愛｜～戀｜親～｜～情。⑥形容非常羨慕或急切想得到：～中｜眼～。⑦受人歡迎的：～門｜～貨。

〈說解〉 热, 灬部, 上下結構, 草書楷化字。把熱字左上部的坴改爲扌就成爲热。宋刊《祖堂集》《取經詩話》及明清刊本已見。

捣 ‖ 搗
10　　13

dǎo　ㄉㄠˇ　dou² 〔島〕

①用長條形物的一端撞擊: ～米 ｜～藥 ｜～蒜。②擾亂: ～亂 ｜～麻煩。

〈說解〉 捣, 扌部, 左右結構, 形聲字。鳥簡化爲鸟, 偏旁類推簡化, 再去掉下面的一橫, 就成爲捣。
＊捣的異體有擣, 舊以擣爲正體。

壶 ‖ 壺
10　　12

hú　ㄏㄨˊ　wu⁴ 〔胡〕

一種用來盛液體的陶瓷或金屬等製成的容器, 有嘴有把兒或提梁:水～ ｜茶～ ｜酒～ ｜暖～ ｜噴～ ｜夜～。

〈說解〉 壶, 士部, 上中下結構, 草書楷化字。把壺字的下部改爲业就成爲壶。
＊壶的下面是业不是亚, 壺讀 kǔn ㄎㄨㄣˇ kwen² 〔菌〕, 是壼的簡化字, 指宮廷中的道路。

聂 ‖ 聶
10　　18

niè　ㄋㄧㄝˋ　nip⁹ 〔捏〕

姓。

〈說解〉 聂, 耳部, 上下結構, 符號替代字。用兩個又代替聶字下部的兩個耳, 跟轟簡化爲轰是同類辦法。聂可作簡化偏旁用, 如:躡(躡)、摄(攝)等。

莱 ‖ 萊
10　　11

lái　ㄌㄞˊ　loi⁴ 〔來〕

①古代指輪休的田地, 也指荒地:～田。②指雜草:草～。

〈說解〉　莱, 艹部, 上下結構, 形聲字。來簡化爲来, 偏旁類推簡化。

莲 ‖ 蓮　　　lián　ㄌㄧㄢˊ　lin⁴〔連〕
10　　13

多年生草本植物, 生在淺水中, 地下莖叫藕, 肥大而長, 花大, 淡紅色或白色:～花丨～子丨～蓬丨睡～。

〈說解〉　蓮, 艹部, 左下半包圍結構, 形聲字。車簡化爲车, 偏旁類推簡化。

莳 ‖ 蒔　　　shì　ㄕˋ　si⁴〔時〕
10　　13

①栽種:～花。②移植:～秧。

〈說解〉　莳, 艹部, 上下結構, 形聲字。時簡化爲时, 偏旁類推簡化。

莴 ‖ 萵　　　wō　ㄨㄛ　wɔ¹〔窩〕
10　　11

【莴苣】wōjù　一年或二年生草本植物, 葉子長圓形, 花金黄色, 莖和葉子是普通蔬菜。

〈說解〉　莴, 艹部, 上下結構, 形聲字。咼簡化爲呙, 偏旁類推簡化。

获¹ ‖ 獲　　　huò　ㄏㄨㄛˋ　wɔk⁹
10　　16

①捉住, 捉拿: 捕～丨拿～丨擒～丨捉～。②得到, 取得:～勝丨～利丨～悉丨～釋丨查～丨破～丨不勞而～。

〈說解〉　获, 艹部, 上下結構。把獲字右下部的隻改爲犬, 並把原字的左右結構改爲上下結構, 就成爲获。

＊获又是穫的簡化字,見下。獲字舊歸犬部。

获² ‖ 穫
10　　18
huò　ㄏㄨㄛˋ　wɔk⁹〔獲〕

收割:收～。

〈說解〉 前略(見获‖獲)。把穫字右下部的隻改爲犬,把形旁禾改爲犭,並把原字的左右結構改爲上下結構,就成爲获。＊(1)獲和穫原來意義有分工,現在併爲一個簡化字获。(2)穫字舊歸禾部。

惡 ‖ 惡
10　　12
(一)è　ㄜˋ　ɔk⁸〔堊〕

①很壞的行爲,犯罪的事:作～|罪～|邪～|無～不作。②兇惡,兇狠:～霸|～棍|刁～|奸～。③惡劣,壞:～意|～行|～習|～少。

(二)wù　ㄨˋ　wu³〔烏高去〕

討厭,憎恨:厭～|可～|嫌～|深～痛絕。

〈說解〉 惡,心部,上下結構,形聲字。亞簡化爲亚,偏旁類推簡化。

蒡 ‖ 藭
10　　18
qióng　ㄑㄩㄥˊ　kuŋ⁴〔窮〕

【芎藭】xiōngqióng 多年生草本植物,葉子白色,果實橢圓形,根莖可入藥,產於四川、雲南等地。也叫川芎。

〈說解〉 蒡,艹部,上下結構,形聲字。窮簡化爲穷,偏旁類推簡化。

莹 ‖ 瑩
10　　15
yíng　ㄧㄥˊ　jiŋ⁴〔形〕

①光潔像玉的石頭。②光潔透明:晶～|～潔。

〈說解〉 莹，王部或艹部，上中下結構。艸字頭簡化爲艹，偏旁類推簡化。

莺 ‖ 鶯
10　　21

yīng　ㄧㄥ　ɐŋ¹

鳥類的一種，身體較小，多爲褐色或暗綠色，嘴短而尖，叫的聲音清脆。

〈說解〉 莺，鳥部或艹部，上中下結構。艸字頭簡化爲艹，偏旁類推簡化。

鸪 ‖ 鴣
10　　16

gū　ㄍㄨ　gu¹〔姑〕

【鵓鸪】bógū　一種鳥，羽毛黑褐色，天將雨或剛晴時，常在樹上咕咕地叫。

〈說解〉 鸪，鳥部，左右結構，形聲字。鳥簡化爲鸟，偏旁類推簡化。

莼 ‖ 蒓
10　　13

chún　ㄔㄨㄣ　sœn⁴〔純〕

莼菜，多年生水草，葉子浮在水面，莖和葉的背面有黏液，嫩葉可做湯菜。

〈說解〉 莼，艹部，上下結構，形聲字。糹簡化爲纟，偏旁類推簡化。
＊莼的異體有蓴，舊以蓴爲正體。

栖 ‖ 棲
10　　12

qī　ㄑㄧ　tsɐi¹〔妻〕

本指鳥停在樹上，泛指居住或停留：～息｜～身｜～止｜兩～。

〈說解〉 栖,木部,左右結構,形聲字。栖和棲是異體字,舊時兩字都可用,簡化字只用栖。

＊栖的本字是西。《説文・西部》:"西,鳥在巢上,象形。日在西方而鳥棲,故因以爲東西之西。"栖爲西的後起增旁字。

桡 ‖ 橈
10　　16
　　　　ráo　　ㄖㄠ　　jiu⁴〔搖〕

划船的槳:蘭～｜雙～。

〈說解〉 桡,木部,左右結構,形聲字。堯簡化爲尧,偏旁類推簡化。

桢 ‖ 楨
10　　13
　　　　zhēn　　ㄓㄣ　　dziŋ¹〔貞〕

古代築牆時所立的柱子。

〈說解〉 桢,木部,左右結構,形聲字。貝簡化爲贝,偏旁類推簡化。

档 ‖ 檔
10　　17
　　　　dàng　　ㄉㄤˋ　　doŋ³〔黨高去〕

①帶格子的架子或櫥子:歸～。②器物上起支撐作用的木條:橫～。③檔案:存～｜查～｜閱～。④商品、產品的等級:高～｜中～｜低～。

〈說解〉 档,木部,左右結構,形聲字。當簡化爲当,偏旁類推簡化。

桤 ‖ 榿
10　　14
　　　　qī　　ㄑㄧ　　kei¹〔崎〕

榿木,落葉喬木,葉子長倒卵形,木材質較軟。

〈說解〉 桤,木部,左右結構,形聲字。豈簡化爲岂,偏旁類推簡化。

桥 ‖ 橋
10　16
　　qiáo　ㄑㄧㄠˊ　kiu⁴　〔僑〕

架在水上或空中便於兩邊通行的交通建築：～洞｜～梁｜～墩｜石～｜木～｜立交～｜高架～。

〈說解〉 桥,木部,左右結構,形聲字。喬簡化爲乔,偏旁類推簡化。清刊《目蓮記》《金瓶梅》已見。

桦 ‖ 樺
10　14
　　huà　ㄏㄨㄚˋ　wa⁶　〔話〕

落葉喬木或灌木,樹皮有白色、灰色、黑色等,多產於東北地區：白～｜黑～。

〈說解〉 桦,木部,左右結構,形聲字。華簡化爲华,偏旁類推簡化。

桧 ‖ 檜
10　17
　　(一) guì　ㄍㄨㄟˋ　kui²　〔潰〕

常綠喬木,幼樹的葉子像針,大樹的葉子像鱗片,果實球形。也叫刺柏。

　　(二) huì　ㄏㄨㄟˋ　kui²　〔潰〕

用於人名,秦檜,南宋奸臣。

〈說解〉 桧,木部,左右結構,形聲字。會簡化爲会,偏旁類推簡化。清刊《目蓮記》已見。

桩 ‖ 樁
10　15
　　zhuāng　ㄓㄨㄤ　dzɔŋ¹　〔莊〕

①樁子,一端或全部埋入土中的柱形物：木～｜石～｜橋～｜打～。②量詞,件：兩～事｜小事一～。

〈說解〉 桩,木部,左右結構,形聲字。把聲旁舂換成庄,表音更準確。

样 ‖ 樣
10 15

yàng ㄧㄤˋ jœŋ⁶ 〔讓〕

①形狀:~式∣花~∣式~∣圖~∣別~∣兩~。②作爲標準或代表,供人看或模仿的東西:~板∣~本∣~品∣校~∣榜~∣貨~。③量詞,表示事物的種類:三~點心∣拿幾~花布看看。

〈說解〉 样,木部,左右結構,形聲字。把聲旁兼改爲羊(兼從羊得聲),就成爲样。样字本讀 yáng ㄧㄤˊ,早見於漢代揚雄《方言》,指懸掛罿箔的柱子。此義現已不用。

贾 ‖ 賈
10 13

(一) jiǎ ㄐㄧㄚˇ ga² 〔假高上〕

姓。

(二) gǔ ㄍㄨˇ gu² 〔古〕

①商人:~人∣商~∣書~∣行商坐~。②做生意:多財善~。③招致:~禍。

〈說解〉 賈,貝部,上下結構,原爲形聲字。貝簡化爲贝,偏旁類推簡化。

逦 ‖ 邐
10 22

lǐ ㄌㄧˇ lei⁵ 〔里〕

【迤逦】yǐlǐ 曲折連綿:~而行∣山路~。

〈說解〉 逦,辶部,左下半包圍結構,形聲字。麗簡化爲丽,偏旁類推簡化。
＊邐字舊歸辵部。

唇 ‖ 脣
10 11

chún ㄔㄨㄣˊ sœn⁴ 〔純〕

人或某些動物口周圍的肌肉組織: ~裂∣~舌∣~吻∣嘴

～｜搖～鼓舌。

〈說解〉 唇,口部,上下結構,形聲字。唇和脣是異體字,舊時都可用,簡化字只用唇。
* 脣字舊歸肉部。

砺‖礪   lì ㄌㄧˋ lɐi⁶〔麗〕
10   19

〈書〉①磨刀石:～石。②磨:砥～。

〈說解〉 砺,石部,左右結構,形聲字。萬簡化爲万,偏旁類推簡化。清刊《逸事》已見。

砾‖礫   lì ㄌㄧˋ lik⁷〔力高入〕
10   20

碎石,小石子:～岩｜瓦～｜砂～。

〈說解〉 砾,石部,左右結構,形聲字。樂簡化爲乐,偏旁類推簡化。

础‖礎   chǔ ㄔㄨˇ tsɔ²〔楚〕
10   18

墊在房屋柱子底下的石塊:～石｜～基｜基～。

〈說解〉 础,石部,左右結構,形聲字。把聲旁楚換成出(二字音近)就成爲础。

砻‖礱   lóng ㄌㄨㄥˊ luŋ⁴〔龍〕
10   21

①去掉稻殼的工具,形狀有些像磨。②用礱去掉稻殼:～糠。

〈說解〉 砻,石部或龙部,上下結構,形聲字。龍簡化爲龙,偏旁類推簡化。

顾 ‖ 顧
10   21

gù ㄍㄨˋ gu³〔故〕

①轉過頭看，泛指看：～昐｜～影｜回～｜狼～｜瞻～。②注意，照管：～及｜～忌｜～念｜兼～｜照～｜看～。③拜訪：枉～。④商店等指前來買東西或要求服務的：～客｜～主｜光～｜主～｜惠～。

〈說解〉　顾，頁部，左右結構，草書楷化字。把聲旁雇改爲厄（草書楷化），頁簡化爲页（偏旁類推簡化），就成爲顾。敦煌寫本、宋刊《列女傳》、金刊《劉知遠》及元明清刊本中習見。

轼 ‖ 軾
10   13

shì ㄕˋ sik⁷〔色〕

古代車廂前面用做扶手的橫木。

〈說解〉　轼，车部，左右結構，形聲字。車簡化爲车，偏旁類推簡化。

轾 ‖ 輊
10   13

zhì ㄓˋ dzi³〔至〕

車前低後高叫轾：軒～。

〈說解〉　轾，车部，左右結構，形聲字。車簡化爲车，偏旁類推簡化。

轿 ‖ 轎
10   19

jiào ㄐㄧㄠˋ giu²〔矯〕

舊時一種交通工具，方形，兩邊有杆子，人坐在裏面由別人抬着走：～夫｜～杆｜～簾｜坐～｜抬～｜住～。

〈說解〉　轿，车部，左右結構，形聲字。車簡化爲车，喬簡化爲乔，偏旁類推簡化。

辂 ‖ 輅
10　13

lù　ㄌㄨˋ　lou⁶〔路〕

①古代的一種大車。②車轅上用來輓車的橫木。

〈說解〉 辂,車部,左右結構,形聲字。車簡化爲车,偏旁類推簡化。

较 ‖ 較
10　13

jiào　ㄐㄧㄠˋ　gau³〔教〕

①比較:～量丨～多丨～少丨～比。②計較。③〈書〉明顯:彰明～著。

〈說解〉 较,車部,左右結構,形聲字。車簡化爲车,偏旁類推簡化。

鸫 ‖ 鶇
10　19

dōng　ㄉㄨㄥ　duŋ¹〔東〕

鳥類的一科,嘴細長而側扁,叫的聲音悅耳。

〈說解〉 鸫,鳥部,左右結構,形聲字。東簡化爲东,鳥簡化爲鸟,偏旁類推簡化。

顿 ‖ 頓
10　13

dùn　ㄉㄨㄣˋ　dœn⁶〔鈍〕

①停頓:～筆丨抑揚～挫。②頭叩地,腳跺地:～首丨～足。③處理,安置:安～丨整～。④忽然,立時:～時丨～然丨～悟。⑤疲勞:疲～丨勞～丨困～。⑥量詞,用於某些行爲的次數:一～飯丨挨了一～打。

〈說解〉 顿,頁部,左右結構,形聲字。頁簡化爲页,偏旁類推簡化。

盹 ‖ 躉
10　19

dǔn　ㄉㄨㄣˇ　dɐn²〔墩〕

①整批:～批。②整批地買:現～現賣。

〈說解〉 疌,足部,上下結構,會意字。萬簡化爲万,偏旁類推簡化。

毙 ‖ 斃
10　17

bì ㄅㄧˋ bɐi⁶〔幣〕

①死:～命｜倒～｜擊～｜路～。②槍斃:～了這個叛徒。

〈說解〉 毙,比部或歹部,上下結構,形聲字。把聲旁敝換成比(二字音近)就成爲毙。
＊斃字舊歸攴部。

致 ‖ 緻
10　16

zhì ㄓˋ dzi³〔至〕

精細,精密:～密｜細～｜精～｜工～。

〈說解〉 致,攴部,左右結構,形聲字。致和緻音同,用致做緻的簡化字是同音替代。
＊致的以下意義古今均只用致:❶送給,給予:～電｜～辭。❷集中(精力):～力｜專心～志。❸情趣:興～｜別～。

齔 ‖ 齔
10　17

chèn ㄔㄣˋ tsɐn³〔趁〕

小孩換牙:齠～(指童年)。

〈說解〉 齔,齒部,左右結構,形聲字。齒簡化爲齿,偏旁類推簡化。

鸕 ‖ 鸕
10　27

lú ㄌㄨˊ lou⁴〔勞〕

【鸕鷀】lúcí 水鳥,羽毛黑色,有綠光,嘴扁而長,上嘴的尖端有鈎,善於捕魚。也叫魚鷹。

〈說解〉 鸕,鳥部,左右結構,形聲字。盧簡化爲卢,鳥簡化爲鸟,偏旁類推簡化。

虑 ‖ 慮
10　15

lù　ㄌㄩˋ　lœy⁶〔類〕

①思考：考～｜謀～｜思～｜深～。②擔憂，發愁：愁～｜疑～｜憂～｜過～。

〈說解〉　虑，心部或虍部，左上半包圍結構。去掉慮字中間的田就成為虑，虑保留了慮的輪廓。虑可作簡化偏旁用，如：滤（濾）、摅（攄）。

监 ‖ 監
10　14

(一) jiān　ㄐㄧㄢ　gam¹〔減高平〕

①從旁察看：～視｜～管｜～考｜～場｜～督。②牢獄：～牢｜～獄｜收～｜入～｜探～。

(二) jiàn　ㄐㄧㄢˋ　gam³

古代官署名：～生｜國子～｜欽天～。

〈說解〉　监，皿部，上下結構，草書楷化字。把臣改為丨（草書楷化）就成為监。监可作簡化偏旁，如：槛（檻）、蓝（藍）等。敦煌寫本、元刊《雜劇》《元典章》、清刊《目蓮記》並見。

紧 ‖ 緊
10　14

jǐn　ㄐㄧㄣˇ　gɐn²〔謹〕

①物體受到幾方面拉力或壓力後所呈現的狀態：拉～｜壓～｜綳～。②使變緊：～螺絲｜～腰帶｜～鞋帶。③極接近，空隙極小：～密｜鞋太～穿不上。④動作密切接連，急迫：～急｜～迫｜～追｜～催｜任務～。⑤經濟不寬裕：手頭～。

〈說解〉　紧，糸部，上下結構，草書楷化字。臤字頭簡化為収，偏旁類推簡化。金刊《劉知遠》、元刊《雜劇》、清刊《目蓮記》《逸事》並見。

党 ‖ 黨
10　20

dǎng　ㄉㄤˇ　dɔŋ²〔擋〕

①政黨：～員｜～刊｜～章｜～派｜～籍。②由利害關係結

成的集團：～羽丨死～丨結～。③〈書〉指親族：父～丨母
～丨妻～。

〈說解〉 党，儿部或小部，上中下結構，形聲字。党與黨音同，
用党做黨的簡化字是同音替代。元刊《元典章》《太平樂府》、清
刊《目蓮記》《金瓶梅》等已見。党可作簡化偏旁用，如：谠(讜)、
锐(钂)等。
* 古代少數民族党項族只用党字。党字舊歸儿部，黨歸黑部。

唛 ‖ 嘜
10　　14

　　　　mà　　ㄇㄚˋ　　mɐk⁷〔麥高入〕

譯音詞，也譯作唛頭。指進出口商品、貨物的標牌。內容有：批
號、件號、指運港口、目的地、生產國別、合同號碼、貨名、數量、
收貨人等。

〈說解〉 唛，口部，左右結構，形聲字。麥簡化爲麦，偏旁類推
簡化。

喷 ‖ 嗊
10　　13

　　　(一) gòng　　ㄍㄨㄥˋ　　guŋ³〔貢〕

【嗊吥】 柬埔寨地名。

　　　(二) hǒng　　ㄏㄨㄥˇ　　fuŋ〔俸高上〕

【羅嗊曲】 詞牌名。

〈說解〉喷，口部，左右結構。形聲字。貝簡化爲贝，偏旁類推
簡化。

唠 ‖ 嘮
10　　15

　　　　lào　　ㄌㄠˋ　　lou⁴〔勞〕

談，說：～家常。

〈說解〉 唠，口部，左右結構，形聲字。⺍字頭簡化爲艹，偏旁

類推簡化。

唡 ‖ 唡
10　11

| liǎng | ㄌㄧㄤˇ | lœŋ² 〔兩高上〕 |

英兩的舊稱,現稱盎司。

〈**說解**〉 唡,口部,左右結構,形聲字。兩簡化為两,偏旁類推簡化。

嗩 ‖ 嗩
10　13

| suǒ | ㄙㄨㄛˇ | sɔ² 〔鎖〕 |

【嗩吶】 suǒnà 管樂器的一種,管身正面有七孔,背面一孔。

〈**說解**〉 嗩,口部,左右結構,形聲字。貝簡化為贝,偏旁類推簡化。

喎 ‖ 喎
10　11

| wāi | ㄨㄞ | wa¹ 〔娃〕 |

嘴歪:口眼~斜。

〈**說解**〉 喎,口部,左右結構,形聲字。咼簡化為呙,偏旁類推簡化。

鴨 ‖ 鴨
10　16

| yā | ㄧㄚ | ap⁸ |

鳥類的一科,嘴扁腿短,趾間有蹼,善游泳,有家鴨、野鴨兩種:
~蛋丨~絨。

〈**說解**〉 鴨,鳥部,左右結構,形聲字。鳥簡化為鸟,偏旁類推簡化。

鸮 ‖ 鴞
10　16

| xiāo | ㄒㄧㄠ | hiu¹ 〔囂〕 |

見【鴟鴞】。

〈說解〉 鶚,鸟部,左右結構,形聲字。鳥簡化爲鸟,偏旁類推簡化。

晒 ‖ 曬

shài　ㄕㄞˋ　sai³〔徙高去〕
10　23

①太陽把光熱照射到物體上:晾~ㅣ夏天~得人頭暈。②在陽光下吸收光熱:~衣服ㅣ~被子ㅣ~糧食。

〈說解〉 晒,日部,左右結構,形聲字。把聲旁麗换成西就成爲晒。《正字通‧日部》:"晒,與曬同。"明刊《釋厄傳》已見。灑簡化爲洒與此類同。

曉 ‖ 曉

xiǎo　ㄒㄧㄠˇ　hiu²〔囂高上〕
10　16

①天剛亮時:~日ㅣ~霧ㅣ破~ㅣ拂~ㅣ報~。②知道:知~ㅣ通~ㅣ明~ㅣ分~。③使人知道:揭~。

〈說解〉 曉,日部,左右結構,形聲字。堯簡化爲尧,偏旁類推簡化。

晔 ‖ 曄

yè　ㄧㄝˋ　jip⁹〔頁〕
10　14

〈書〉光明:~~生輝。

〈說解〉 晔,日部,左右結構,會意字。華簡化爲华,偏旁類推簡化。

暈 ‖ 暈

(一) yùn　ㄩㄣˋ　wɐn⁶〔運〕
10　13

①頭腦發昏:~車ㅣ~船ㅣ眼~。②日光或月光透過雲層中的冰晶折射而成的光圈:日~ㅣ月~。

(二) yūn　ㄩㄣ　wɐn⁴〔雲〕

①同(一)①,用於以下等詞:頭~ㅣ~頭~腦ㅣ~頭轉向。②昏迷:~倒ㅣ~厥。

〈說解〉 暈,日部,上中下結構,形聲字。車簡化爲车,偏旁類推簡化。

蚬 ‖ 蜆
10　　13

xiǎn　　ㄒㄧㄢˇ　　hin² 〔顯〕

軟體動物,介殼圓形或心臟形,表面有輪狀紋,生活在淡水中或入海處。

〈說解〉 蚬,虫部,左右結構,形聲字。見簡化爲见,偏旁類推簡化。

鸯 ‖ 鴦
10　　16

yāng　　ㄧㄤ　　jœŋ¹ 〔央〕

見【鴛鴦】。

〈說解〉 鸯,鳥部,上下結構,形聲字。鳥簡化爲鸟,偏旁類推簡化。
* 鴦,《俗字譜》元明清諸書簡作央,今不從。

崂 ‖ 嶗
10　　15

láo　　ㄌㄠˊ　　lou⁴ 〔勞〕

崂山,山名,在山東。

〈說解〉 崂,山部,左右結構,形聲字。𤇾字頭簡化爲芖,偏旁類推簡化。

崃 ‖ 崍
10　　11

lái　　ㄌㄞˊ　　lɔi⁴ 〔來〕

邛崃,山名,在四川。

〈說解〉 崃,山部,左右結構,形聲字。來簡化爲来,偏旁類推簡化。

罷 ‖ 罷
10　15

bà　ㄅㄚˋ　ba⁶　〔吧〕

①停止：～工｜～課｜～教｜～市｜欲～不能。②解除，免去：～官｜～職｜～免。③用在動詞後，表示結束：說～｜吃～飯｜收～工。

〈說解〉　罷，罒部，上下結構。《干祿字書·上聲》："罷、罷，上通下正。"宋元明清各代刊本罷字習見，現去掉罷字的左下部分就成爲罷。罷可作簡化偏旁用，如：罴(羆)、擺(擺)等。
＊罷字舊歸网部。

圓 ‖ 圓
10　13

yuán　ㄩㄢˊ　jyn⁴　〔元〕

①圓周所包圍的平面：～臺｜～桌｜～柱｜方～。②圓周的簡稱：～規｜畫～。③像球的形狀：渾～｜滾～｜長～｜滾瓜溜～。④使圓滿，周全：～謊｜～場｜自～其說。⑤圓形的貨幣：銅～｜銀～。⑥我國的本位貨幣單位。

〈說解〉　圓，口部，全包圍結構，形聲字。貝簡化爲貝，偏旁類推簡化。

覬 ‖ 覬
10　17

jì　ㄐㄧˋ　gei³　〔記〕

〈書〉希望，希圖：～覦。

〈說解〉　覬，見部，左右結構，形聲字。見簡化爲见，偏旁類推簡化。

賊 ‖ 賊
10　13

zéi　ㄗㄟˊ　tsak⁸　〔拆〕

①偷東西的人：～贓｜盜～｜飛～。②做大壞事的人：工～｜國～｜奸～。③不正派的，邪的：～眼｜～心｜～頭～腦。④傷害：戕～。

〈說解〉　賊,貝部,左右結構,會意字。貝簡化爲贝,偏旁類推
簡化。

贿‖賄
10　13

huì　ㄏㄨㄟˋ　kui² 〔繪〕

①財物:財～。②用財物買通別人:～賂丨行～丨納～丨受～。

〈說解〉　賄,貝部,左右結構,形聲字。貝簡化爲贝,偏旁類推
簡化。

赂‖賂
10　13

lù　ㄌㄨˋ　lou⁶ 〔路〕

贈送財物,用財物買通:賄～。

〈說解〉　賂,貝部,左右結構,形聲字。貝簡化爲贝,偏旁類推
簡化。

赃‖臟
10　24

zāng　ㄗㄤ　dzɔŋ¹ 〔莊〕

由貪污、受賄或盜竊得來的財物:～官丨～款丨～物丨貪
～丨窩～。

〈說解〉　赃,貝部,左右結構,形聲字。貝簡化爲贝,偏旁類推
簡化;藏換成庄,近音替代。舊時臟又作赃,見《搜神後記‧朱弼》
《朝野僉載》《元典章》等書。今以赃做臟的簡化字有歷史依據。
＊臟的本字爲臧。

赅‖賅
10　13

gāi　ㄍㄞ　gɔi¹ 〔該〕

①兼,包括:舉一～百。②完備:～備丨～博丨言簡意～。

〈說解〉　賅,貝部,左右結構,形聲字。貝簡化爲贝,偏旁類推
簡化。

鈺 ‖ 鈺
10　　13

　　yù　ㄩˋ　juk⁹　〔玉〕

〈書〉珍寶。

〈說解〉 鈺,钅部,左右結構,形聲字。金簡化爲钅,偏旁類推簡化。

錢 ‖ 錢
10　　16

　　qián　ㄑㄧㄢˊ　tsin⁴　〔前〕

①貨幣:~幣 | ~財 | ~鈔 | 金~ | 銀~。②銅錢:一串~。③款子:存~ | 取~ | 借~ | 還~ | 賺~ | 車~。④形狀象錢的圓形東西:榆~ | 紙~。

〈說解〉 錢,钅部,左右結構,形聲字。金簡化爲钅,戔簡化爲戋,偏旁類推簡化。

鉦 ‖ 鉦
10　　13

　　zhēng　ㄓㄥ　dziŋ¹　〔晶〕

古代行軍時用的銅製打擊樂器,有柄,形狀像鍾。

〈說解〉 鉦,钅部,左右結構,形聲字。金簡化爲钅,偏旁類推簡化。

鉗 ‖ 鉗
10　　13

　　qián　ㄑㄧㄢˊ　kim⁴　〔黔〕

①用來夾住或夾斷東西的工具:~子 | 臺~ | 老虎~。②夾住,限制:~口 | ~制。

〈說解〉 鉗,钅部,左右結構,形聲字。金簡化爲钅,偏旁類推簡化。

鈷 ‖ 鈷
10　　13

　　gǔ　ㄍㄨˇ　gu²　〔古〕

金屬元素,符號 Co,灰白色結晶,用來製造特種鋼和超耐熱合金。

〈說解〉 钴，钅部，左右結構，形聲字。金簡化爲钅，偏旁類推
簡化。

钵 ‖ 鉢
10　　13

bō　ㄅㄛ　but⁸〔勃中入〕

①陶製的器具，形狀像盆而較小，用來盛飯、菜、茶水等：乳～。
②钵盂：托～。

〈說解〉 钵，钅部，左右結構，形聲字。金簡化爲钅，偏旁類推
簡化。

钶 ‖ 鈳
10　　13

kē　ㄎㄜ　ko¹〔卡柯切〕

鈮的舊稱。見鈮 ‖ 鈮。

〈說解〉 钶，钅部，左右結構，形聲字。金簡化爲钅，偏旁類推
簡化。

钷 ‖ 鉕
10　　13

pǒ　ㄆㄛ　po²〔頗〕

放射性金屬元素，符號 Pm，是由鈾裂變產生的，用來製造熒
光粉、航標燈、原子電池等。

〈說解〉 钷，钅部，左右結構，形聲字。金簡化爲钅，偏旁類推
簡化。

钹 ‖ 鈸
10　　13

bó　ㄅㄛ　bɐt⁹〔拔〕

打擊樂器的一種，是兩個圓銅片，中間突起成半球形，正中有
孔，兩片合起來拍打發聲。

〈說解〉 钹，钅部，左右結構，形聲字。金簡化爲钅，偏旁類推
簡化。

鉞 ‖ 鉞
10　13

$yuè$　ㄩㄝˋ　jyt^9　〔月〕

古代一種兵器，用青銅或鐵製成，形狀像板斧而較大。

〈說解〉 鉞，钅部，左右結構，形聲字。钅簡化為钅，偏旁類推簡化。

鑽 ‖ 鑽
10　27

（一）$zuān$　ㄗㄨㄢ　$dzyn^3$　〔轉高去〕

①用尖的物體轉動來穿過：～孔｜～探｜～眼｜～木取火。②進入：～山洞｜～地道。③鑽研：～書本｜～牛角尖。

（二）$zuàn$　ㄗㄨㄢˋ　$dzyn^3$　〔轉高去〕

①在物體上打眼的工具：～機｜～牀｜～井｜風～｜電～｜下～。②指鑽石：～戒。

〈說解〉 鑽，钅部，左右結構，形聲字。把聲旁贊改為占，近音替代；钅簡化為钅，偏旁類推簡化。

鉬 ‖ 鉬
10　13

$mù$　ㄇㄨˋ　muk^9　〔目〕

金屬元素，符號 Mo，硬的銀白色結晶，用來生產特種鋼。

〈說解〉 鉬，钅部，左右結構，形聲字。钅簡化為钅，偏旁類推簡化。

鉭 ‖ 鉭
10　13

$tǎn$　ㄊㄢˇ　tan^2　〔坦〕

金屬元素，符號 Ta，銀白色，抗酸鹼性能都很強，用來製造蒸發器皿等。

〈說解〉 鉭，钅部，左右結構，形聲字。钅簡化為钅，偏旁類推簡化。

钾 ‖ 鉀
10 13

jiǎ ㄐㄧㄚˇ gap[8] 〔甲〕

金屬元素，符號 K，銀白色，有延展性，化學性質活潑，在空氣中容易氧化，對動植物的生長和發育起很大作用。

〈說解〉 鉀，钅部，左右結構，形聲字。釒簡化爲钅，偏旁類推簡化。

铀 ‖ 鈾
10 13

yóu ㄧㄡˊ jɐu[4] 〔由〕

放射性金屬元素，符號 U，灰黑色粉狀物或銀白色結晶，能放射出甲種、乙種、丙種射綫，主要用來產生原子能。

〈說解〉 鈾，钅部，左右結構，形聲字。釒簡化爲钅，偏旁類推簡化。

钿 ‖ 鈿
10 13

diàn ㄉㄧㄢˋ din[6] 〔電〕 tin 〔田〕(又)

①用金片做成的花朵形的裝飾品：金～｜花～。②木器上和漆器上用螺殼鑲嵌的花紋：螺～。

〈說解〉 鈿，钅部，左右結構，形聲字。釒簡化爲钅，偏旁類推簡化。

铁 ‖ 鐵
10 21

tiě ㄊㄧㄝˇ tit[8] 〔提歇切〕

①金屬元素，符號 Fe，灰色或銀白色，質硬，有延展性，是煉鋼的主要原料，也是生物體中不可缺少的物質：～軌｜～水｜～索｜煉～｜鋼～。②指刀槍等兵器：手無寸～。③形容堅硬、堅強：～拳｜～硬｜～漢。④形容精銳：～軍｜～騎。⑤形容確定：～案｜～定。

〈說解〉 鐵，钅部，左右結構，形聲字。把聲旁鐵換成失（戴、失韻同），釒簡化爲钅，偏旁類推簡化。《字彙·金部》："铁，今俗爲鐵字。"元刊《雜劇》《元典章》及明清刊本已簡作铁。

铂 ‖ 鉑
10　13

bó　ㄅㄛˊ　bok⁹〔薄〕

金屬元素,符號 Pt,銀白色,有光澤,富延展性,導熱導電性能好,化學性質穩定,可做坩堝、電極等。通稱白金。

〈說解〉　铂,钅部,左右結構,形聲字。釒簡化爲钅,偏旁類推簡化。

铃 ‖ 鈴
10　13

líng　ㄌㄧㄥˊ　liŋ⁴〔零〕

①用金屬製成的發聲用的響器,鈴鐺:電～｜警～｜車～｜搖～。②像鈴形的東西:啞～｜杠～｜棉～。

〈說解〉　铃,钅部,左右結構,形聲字。釒簡化爲钅,偏旁類推簡化。

铄 ‖ 鑠
10　23

shuò　ㄕㄨㄛˋ　sœk⁸〔削〕

①熔化:～石流金。②耗損:消～。

〈說解〉　铄,钅部,左右結構,形聲字。釒簡化爲钅,樂簡化爲乐,偏旁類推簡化。

铅 ‖ 鉛
10　13

(一) qiān　ㄑㄧㄢ　jyn⁴〔元〕

①金屬元素,符號 Pb,青灰色,質軟而重,有延展性,易氧化,用來製造合金、蓄電池等。②指鉛筆心。

(二) yán　ㄧㄢˊ　jyn⁴〔元〕

鉛山,地名,在江西。

〈說解〉　铅,钅部,左右結構,形聲字。釒簡化爲钅,偏旁類推簡化。

铆 ‖ 鉚
10　13

māo　ㄇㄠˇ　mau⁵〔卯〕

用鉚釘把金屬板或其他器件連接在一起並固定住：～接。

〈說解〉 鉚，钅部，左右結構，形聲字。釒簡化爲钅，偏旁類推簡化。

铈 ‖ 鈰
10　13

shì　ㄕˋ　si⁵〔市〕

金屬元素，符號 Ce，灰色結晶，質柔軟，有延展性，化學性質活潑，是優良的還原劑。

〈說解〉 鈰，钅部，左右結構，形聲字。釒簡化爲钅，偏旁類推簡化。

铉 ‖ 鉉
10　13

xuàn　ㄒㄩㄢˋ　jyn⁵〔軟〕

古代橫貫鼎耳以扛鼎的器具。

〈說解〉 鉉，钅部，左右結構，形聲字。釒簡化爲钅，偏旁類推簡化。

铊 ‖ 鉈
10　13

tā　ㄊㄚ　ta¹〔他〕

金屬元素，符號 Tl，白色，質地很軟，用來製造光電管、光學玻璃等。

〈說解〉 鉈，钅部，左右結構，形聲字。釒簡化爲钅，偏旁類推簡化。

铋 ‖ 鉍
10　13

bì　ㄅㄧˋ　bei³〔祕〕

金屬元素，符號 Bi，銀白色，質硬而脆，鉍合金熔點很低，可做保險絲等。

〈說解〉 铋，钅部，左右結構，形聲字。钅簡化爲钅，偏旁類推簡化。

铌 ‖ 鈮
10　　13　　　　ní　ㄋㄧˊ　nei⁴〔尼〕

金屬元素，符號 Nb，灰白色晶體，有延展性，能吸收氣體，用作除氣劑，也是一種艮好的超導體。

〈說解〉 铌，钅部，左右結構，形聲字。钅簡化爲钅，偏旁類推簡化。

铍 ‖ 鈹
10　　13　　　　pí　ㄆㄧˊ　pei⁴〔皮〕

金屬元素，符號 Be，淺灰色，是最輕的金屬之一，铍鋁合金質堅而輕，應用於飛機、火箭製造業中。

〈說解〉 铍，钅部，左右結構，形聲字。钅簡化爲钅，偏旁類推簡化。

钹 ‖ 鏺
10　　20　　　　pō　ㄆㄛ　put⁸〔潑〕

用鐮刀等掄開來割草或穀物。

〈說解〉 钹，钅部，左右結構，形聲字。钅簡化爲钅，發簡化爲发，偏旁類推簡化。

铎 ‖ 鐸
10　　21　　　　duó　ㄉㄨㄛˊ　dɔk⁹〔鐸〕

古代宣佈政教法令或發生戰事時用的大鈴。金口金舌者稱金鐸，金口木舌者稱木鐸：鈴～｜振～。

〈說解〉　铎，钅部，左右結構，形聲字。金簡化爲钅，睪簡化爲
睪，偏旁類推簡化。

氩 ‖ 氬
10　　12

yà　｜ㄚˋ　a³〔亞〕

氣體元素，符號 A 或 Ar，無色無臭，是大氣中含量最多的惰
性元素。

〈說解〉　氩，气部，左上半包圍結構，形聲字。亞簡化爲亚，偏
旁類推簡化。

牺 ‖ 犧
10　　20

xī　ㄒｌ　hei¹〔希〕

做祭品用的毛色單一的牲畜：～牛。

〈說解〉　牺，牛部，左右結構，形聲字。把聲旁羲換成西(二字
同音)就成爲牺。

敌 ‖ 敵
10　　15

dí　ㄉｌˊ　dik⁹〔滴〕

①有利害衝突不能相容的：～人｜～國｜～軍｜～意。②敵
人：～情｜～陣｜仇～｜通～｜投～｜死～。③對抗，抵擋：寡
不～衆｜所向無～。④相當的：匹～｜勢均力～。

〈說解〉　敌，攵部，左右結構。把敵字的左偏旁商换成舌，跟
適簡化爲适類同。

积 ‖ 積
10　　16

jī　ㄐｌ　dzik⁷〔即〕

①逐漸集聚：～存｜～累｜～聚｜～蓄｜～少成多。②長時間
集聚的：～習｜～欠｜～勞｜～弊。③中醫指兒童消化不良的
病症：～食｜奶～。④乘積的簡稱。

〈說解〉 积，禾部，左右結構，形聲字。把積的聲旁責換成只（二字音近）就成爲积。

＊積整體簡化爲积，它的右偏旁責不能類推簡化爲只。

称 ‖ 稱
10　　14

(一) chèn 彳ㄣˋ tsɐn³〔秤〕

適合：～心｜～願｜～身｜～職｜相～｜勻～。

(二) chēng 彳ㄥ tsiŋ¹〔清〕

①叫，叫做：～兄道弟｜自～｜人～拼命三郎。②名稱，稱呼：～號｜～謂｜別～｜代～｜簡～｜職～｜尊～。③說，認爲：～便｜～快｜～病｜～說。④讚揚：～許｜～頌｜～讚｜～賞。⑤測定重量：～～這個西瓜。⑥自居：～王｜～霸。

〈說解〉 称，禾部，左右結構，草書楷化字。把稱的右偏旁改爲尔就成爲称。宋刊《列女傳》及元明清諸刊本習見。

筧 ‖ 筧
10　　13

jiǎn ㄐㄧㄢˇ gan²〔柬〕

用竹製的管子引導水源。

〈說解〉 筧，竹部，上下結構，形聲字。見簡化爲见，偏旁類推簡化。

笔 ‖ 筆
10　　12

bǐ ㄅㄧˇ bɐt⁷〔不〕

①寫字畫圖的用具：～尖｜～筒｜～墨｜毛～｜鋼～｜鉛～｜粉～。②寫字、作畫、寫文章的筆法：～力｜～調｜伏～｜敗～｜工～｜神來之～。③用筆寫出：代～｜信～｜下～｜走～。④筆畫："王"字有四～。⑤量詞：一～款子｜兩～生意。

〈說解〉 笔，竹部，上下結構，會意字。筆爲形聲字，把聿換成毛就成爲笔。《集韻·質韻》："筆，或作笔。"敦煌寫本、元刊《雜劇》《太平樂府》、明刊《釋厄傳》、清刊《目連記》並見。

笋 ‖ 筍
10　　12

sǔn　ㄙㄨㄣˇ　søn² 〔詢高上〕

竹的嫩芽,味鲜美,可以做蔬菜:～乾丨冬～丨春～。

〈說解〉 笋,竹部,上下結構,形聲字。笋和筍是異體字,舊時以筍為正體,簡化字只用笋。

债 ‖ 債
10　　13

zhài　ㄓㄞˋ　dzai³ 〔齋高去〕

欠别人的钱:～券丨～主丨～務丨欠～丨借～丨還～丨躲～丨賴～丨外～。

〈說解〉 债,亻部,左右結構,形聲字。貝簡化為贝,偏旁類推簡化。

借 ‖ 藉
10　　17

jiè　ㄐㄧㄝˋ　dze³ 〔借〕　dzik⁹ 〔直〕

①假托:～故丨～口丨～端丨假～。②凭借:～手丨～以生事。

〈說解〉 借,亻部,左右結構,形聲字。借和藉音同,用借做藉的簡化字是同音替代。
* (1)藉的下列意義只能用藉,不能簡化為借:❶雜亂不堪:狼藉。❷安慰:慰藉。(2)借的借貸義舊只用借不用藉。(3)藉字舊歸艸部。

倾 ‖ 傾
10　　13

qīng　ㄑㄧㄥ　kiŋ¹ 〔頃高平〕

①歪,斜:～側丨～斜丨前～。②傾向:左～丨右～。③倒塌:～覆丨大廈已～。④使器物反轉或歪斜:～盆丨～箱倒篋。⑤盡力地:～聽丨～訴丨～銷。

〈說解〉 倾,亻部,左中右結構,形聲字。頁簡化為页,偏旁類推簡化。

赁 ‖ 賃
10　　13

lìn　ㄌㄧㄣˋ　jɐm⁶〔任〕

租用:～車｜～房子｜出～｜租～。

〈說解〉 赁,貝部,上下結構,形聲字。貝簡化爲贝,偏旁類推簡化。

顾 ‖ 頎
10　　13

qí　ㄑㄧˊ　kei⁴〔其〕

身體長大:～長｜秀～。

〈說解〉 顾,頁部或斤部,左右結構,形聲字。頁簡化爲页,偏旁類推簡化。

徕 ‖ 倈
10　　11

(一) lái　ㄌㄞˊ　loi⁴〔來〕

【招徕】 zhāolái　招引,招攬。

(二) lài　ㄌㄞˋ　loi⁶〔誄〕

〈書〉慰勞:勞～。

〈說解〉 徕,彳部,左右結構,形聲字。來簡化爲来,偏旁類推簡化。

舰 ‖ 艦
10　　20

jiàn　ㄐㄧㄢˋ　lam⁶〔濫〕

大型的軍用船隻:～艇｜～隊｜軍～｜巡洋～｜驅逐～｜登陸～｜掃雷～。

〈說解〉 舰,舟部或見部,左右結構,形聲字。把聲旁監換成见(二字音近)就成爲舰。

艙 ‖ 艙
10　　16

cāng　ㄘㄤ　tsɔŋ¹〔倉〕

船艦或飛機中分隔開來載人或裝東西的部份：客～｜貨～｜前～｜統～｜彈藥～｜駕駛～｜一等～。

〈說解〉　艙，舟部，左右結構，形聲字。倉簡化爲仓，偏旁類推簡化。

聳 ‖ 聳
10　　17

sǒng　ㄙㄨㄥˇ　suŋ²〔慫〕

①高高直立：～立｜高～。②引起注意，使人吃驚：～人聽聞｜危言～聽。

〈說解〉　聳，耳部，上下結構，形聲字。從簡化爲从，偏旁類推簡化。

爱 ‖ 愛
10　　13

ài　ㄞ　ɔi³〔哀高去〕

①對人或事物有很深的感情：～憎｜～好｜～國｜～花｜熱～。②喜歡：～唱歌｜～游泳｜喜～｜偏～｜酷～。③愛惜：～面子。④特指男女之間喜歡的感情：～人｜情～｜性～｜戀～。⑤常常發生，容易發生：～笑｜～哭｜～生氣｜～諷刺人。⑥對對方女兒的尊稱：令～。

〈說解〉　愛，爪（爫）部，上中下結構，草書楷化字。去掉愛字中間的心，並把下部的夊改成友，就成爲爱。宋刊《列女傳》等《俗字譜》諸書習見。
＊愛字舊歸心部。

鸰 ‖ 鴒
10　　16

líng　ㄌㄧㄥˊ　liŋ⁴〔零〕

見【鶺鴒】。

〈說解〉　鸰，鳥部，左右結構，形聲字。鳥簡化爲鸟，偏旁類推簡化。

颁 ‖ 頒
10 13

bān　ㄅㄢ　ban¹　〔班〕

公佈,發佈:～佈 | ～發 | ～行 | ～獎。

〈說解〉 颁,頁部,左右結構,形聲字。頁簡化爲页,偏旁類推簡化。

脍 ‖ 膾
10 17

kuài　ㄎㄨㄞ　kui²　〔繪〕

切得很細的魚或肉:魚～ | 肉～ | ～不厭細。

〈說解〉 脍,月部,左右結構,形聲字。會簡化爲会,偏旁類推簡化。
＊膾字舊歸肉部,《漢語大字典》歸月部。

脏¹ ‖ 臟
10 21

zàng　ㄗㄤ　dzɔŋ⁶　〔撞〕

人或動物胸腹內器官的統稱:內～ | 五～ | 心～ | 腎～ | 肝～。

〈說解〉 脏,月部,左右結構,形聲字。把聲旁藏換成庄,近音替代,跟臟簡化爲脏類同。
＊脏又是髒的簡化字,見下。

脏² ‖ 髒
10 21

zāng　ㄗㄤ　dzɔŋ¹　〔莊〕

不乾淨,有污物:～物 | ～土 | ～話 | 骯～。

〈說解〉 前略(見脏 ‖ 臟)。把形旁骨換成月(肉);把聲旁葬換成庄,近音替代。
＊臟和髒義本不同,現歸併爲一個簡化字。

脐 ‖ 臍
10 18

qí　ㄑㄧ　tsi⁴　〔池〕

①肚臍:～帶。②螃蟹肚子下面的甲殼:團～ | 尖～。

〈說解〉　臍，月部，左右結構，形聲字。齊簡化爲齐，偏旁類推簡化。

脑 ‖ 腦
10　　13

nǎo　ㄋㄠˇ　nou⁵〔努〕

①動物體內管全身感覺、運動的器官，是神經系統的主要部分，人的腦還有思維、記憶等作用：～漿｜～炎｜大～｜小～｜後～。②腦筋：～力｜動～子｜費～子。③指從物體中提取的精華部分：樟～｜薄荷～｜豆腐～。

〈說解〉　脑，月部，左右結構。把腦字聲旁甾簡化爲凼，就成爲脑。脑字保留了原字的輪廓。清刊《目蓮記》已見。

胶 ‖ 膠
10　　15

jiāo　ㄐㄧㄠ　gau¹〔交〕

①某些具有黏性的物質，用動物的皮、角等熬成或由植物分泌，也有人工合成的：桃～｜鰾～｜果～｜阿～｜乳～。②用膠粘住：～合｜～柱鼓瑟。③指橡膠：～皮｜～布｜～鞋｜～木。

〈說解〉　胶，月旁，左右結構，形聲字。把聲旁翏改爲交（翏、交韻同）就成爲胶。

脓 ‖ 膿
10　　17

nóng　ㄋㄨㄥˊ　nuŋ⁴〔農〕

①某些炎症病變所產生的液體，內含大量白血球、細菌等：～瘡｜～腫｜化～｜流～。②譏諷人沒有能耐：～包.

〈說解〉　脓，月部，左右結構，形聲字。農簡化爲农，偏旁類推簡化。

鸱 ‖ 鴟
10　　16

chī　ㄔ　tsi¹〔雌〕

古書上指鷂鷹。

【鴟鴞】chīxiāo　貓頭鷹一類的鳥。

〈**說解**〉　鴎，鸟部，左右結構，形聲字。鳥簡化爲鸟，偏旁類推簡化。

玺 ‖ 璽
10　　19

xǐ　ㄒㄧˇ　sai²〔徙〕

帝王的印信：玉～｜國～｜掌～。

〈**說解**〉　玺，王部，上下結構，形聲字。爾簡化爲尔，偏旁類推簡化。《改併四聲篇海·玉部》引《餘文》："玺，璽同。"宋刊《列女傳》已見。

魛 ‖ 魛
10　　13

dāo　ㄉㄠ　dou¹〔刀〕

身體形狀像刀的魚，如鳳尾魚。

〈**說解**〉　魛，鱼部，左右結構，形聲字。魚簡化爲鱼，偏旁類推簡化。

鸲 ‖ 鴝
10　　16

qú　ㄑㄩˊ　kœy⁴〔渠〕

鳥類的一屬，體小尾長，羽毛美麗，嘴短而尖。

〈**說解**〉　鸲，鸟部，左右結構，形聲字。鳥簡化爲鸟，偏旁類推簡化。

猃 ‖ 獫
10　　16

xiǎn　ㄒㄧㄢˇ　him²〔險〕

【猃狁】xiǎnyǔn　我國古代北方的一個民族。

〈**說解**〉　猃，犭部，左右結構，形聲字。僉簡化爲佥，偏旁類推簡化。

鴕 ‖ 鴕
10　16
　　tuó　ㄊㄨㄛˊ　to⁴〔駝〕

鴕鳥，現代鳥類中最大的鳥，高可達三米，頸長頭小，腿長腳有力，翼短不能飛，生於非洲的草原和沙漠地帶。

〈說解〉　鴕，鳥部，左右結構，形聲字。鳥簡化爲鸟，偏旁類推簡化。

裊 ‖ 裊
10　13
　　niǎo　ㄋㄧㄠˇ　niu⁵〔鳥〕

細長，柔細：～娜｜垂楊～～。

〈說解〉　裊，衣部，上下結構，形聲字。鳥簡化爲鸟，偏旁類推簡化；再把鸟字下面的一橫去掉，跟衣組合，就成爲裊。
＊裊的異體有嫋字，歸女部。

鴛 ‖ 鴛
10　16
　　yuān　ㄩㄢ　jyn¹〔淵〕

【鴛鴦】yuānyāng　一種水鳥，像野鴨而體形較小，雄鳥有彩色羽毛，雌鳥羽毛蒼褐色，多成對生活在水邊。文學作品中用來比喻夫妻。

〈說解〉　鴛，鳥部，上下結構，形聲字。鳥簡化爲鸟，偏旁類推簡化。
＊鴛，《俗字譜》元明清諸書簡化夗或夗，今不從。

皴 ‖ 皺
10　15
　　zhòu　ㄓㄡˋ　dzɐu³〔晝〕

①皴紋：起～。②起皴紋：眉頭緊～｜衣服弄～了。

〈說解〉　皴，皮部，左右結構，形聲字。芻簡化爲刍，偏旁類推簡化。金刊《劉知遠》、影元鈔《通俗小說》、清刊《目蓮記》《逸事》已見。敦煌寫本簡作皴，宋刊《祖堂集》簡作皴，元刊《雜劇》《太平樂府》、明刊《釋厄傳》《嬌紅記》等簡作皴，可見此字簡化的踪跡。

餑 ‖ 餑
10　　15

bō　ㄅㄛ　but⁹〔撥〕

【餑餑】bōbō ①糕點。②饅頭或塊狀的麵食：菜～｜貼～｜玉米麵～。

〈說解〉　餑，饣部，左右結構，形聲字。勃簡化爲饣，偏旁類推簡化。

餓 ‖ 餓
10　　15

è　ㄜˋ　ŋɔ⁶〔臥〕

①肚子空，想吃東西：～飯｜挨～｜解～｜飢～。②使受餓：別～着孩子。

〈說解〉　餓，饣部，左右結構，形聲字。我簡化爲饣，偏旁類推簡化。

餒 ‖ 餒
10　　15

něi　ㄋㄟˇ　nœy⁵〔女〕

①飢餓：凍～。②失掉勇氣：自～｜氣～。

〈說解〉　餒，饣部，左右結構，形聲字。食簡化爲饣，偏旁類推簡化。

欒 ‖ 欒
10　　23

luán　ㄌㄨㄢˊ　lyn⁴〔聯〕

①欒樹，落葉喬木，小葉卵形，花淡黃色，葉子含鞣質，可製栲膠，花可做黃色染料。②姓。

〈說解〉　欒，木部，上下結構，形聲字。戀字頭簡化爲亦，偏旁類推簡化。元刊《太平樂府》已見。

孿 ‖ 孿
10　　23

luán　ㄌㄨㄢˊ　lyn⁴〔聯〕

蜷曲不能伸直：～曲｜～縮｜拘～｜痙～。

〈說解〉　挛, 手部, 上下結構, 形聲字。戀字頭簡化爲亦, 偏旁類推簡化。影元刊《元典章》已見。

恋 ‖ 戀
10　23　　　liàn　ㄌㄧㄢˋ　lyn² 〔聯高上〕

①男女相互愛慕的行動表現：～愛｜～情｜熱～｜初～｜失～｜單～。②想念不忘, 不忍分離：留～｜迷～｜依～｜思～。

〈說解〉　恋, 心部, 上下結構, 形聲字。戀字頭簡化爲亦, 偏旁類推簡化。宋刊《取經詩話》、金刊《劉知遠》及《俗字譜》元明清諸書習見。

桨 ‖ 槳
10　15　　　jiǎng　ㄐㄧㄤˇ　dzœŋ² 〔蔣〕

划船的工具, 木製, 上半圓柱形, 下半扁平而寬：船～｜划～。

〈說解〉　桨, 木部, 上下結構。將的簡化字爲将, 去掉右下部的寸, 再跟偏旁木組合就成爲桨。

浆 ‖ 漿
10　15　　　jiāng　ㄐㄧㄤ　dzœŋ¹ 〔章〕

①較濃的液體：～水｜豆～｜糖～｜紙～｜泥～。②用粉漿等浸紗、布或衣服使乾後發挺：～洗｜～襯衫。

〈說解〉　浆, 水部, 上下結構。將的簡化字爲将, 去掉右下部的寸, 再跟偏旁水組合就成爲浆。

席 ‖ 蓆
10　13　　　xí　ㄒㄧˊ　dzik⁹ 〔隻低入〕

用草、竹篾、葦篾等編成的片狀東西, 用來鋪炕、牀或搭棚子等：炕～｜涼～｜草～｜竹～。

〈說解〉　席, 广部, 左上半包圍結構, 形聲字。蓆是席的後起增旁字，舊時多用蓆，簡化字只用席。
* (1)席的席位義、酒席義舊只用席不用蓆。(2)席字舊歸巾部，蓆字歸艸部。

| 症 ‖ 癥 | zhēng ㄓㄥ dziŋ¹ 〔征〕 |
| 10 20 | |

【癥結】zhēngjié 指肚子裏結塊的病，比喻事情弄壞或難以解決的關鍵。

〈說解〉症，疒部，左上半包圍結構，形聲字。症本讀 zhèng ㄓㄥˋ，爲疾病義，用症做癥的簡化字是近音替代。
* 疾病義的症(zhèng)舊只用症：～候｜病～｜不治之～。

| 痈 ‖ 癰 | yōng ㄩㄥ juŋ¹ 〔翁〕 |
| 10 23 | |

皮膚和皮下組織化膿性的炎症，局部紅腫形成硬塊，表面有許多膿泡：～疽。

〈說解〉痈，疒部，左上半包圍結構，形聲字。把聲旁癰換成用，近音替代。

| 痉 ‖ 痙 | jìng ㄐㄧㄥˋ giŋ⁶ 〔競〕 |
| 10 12 | |

【痙攣】jìngluán 肌肉緊張，不自然地收縮。

〈說解〉痉，疒部，左上半包圍結構，形聲字。巠簡化爲圣，偏旁類推簡化。

| 准 ‖ 準 | zhǔn ㄓㄨㄣ dzœn² 〔津高上〕 |
| 10 13 | |

①標準：～則｜～星｜～繩｜基～｜水～｜定～。②依照，依據：～此辦理。③準確：瞄～｜看～｜鐘走得很～。④一定，肯定：～保｜我明早～來。⑤程度上雖不太夠，但可作爲某種事

物看待的:~將|~平原。

〈說解〉 准,冫部,左右結構。准爲準的俗字,《玉篇·冫部》:
"准,俗準字。"漢隸《桐柏廟碑》已見準作准字。今以准做準的
簡化字有歷史的依據。
*(1)准的准許義舊只用准,不可用準。(2)準字舊歸水部。

离 ‖ 離
10　　18

lí　ㄌㄧˊ　lei⁴〔梨〕

①相距:距~|天津~北京約一百二十公里。②分開,分別:~
開|~家|~婚|~心|~散|別~|分~|脱~|叛~。
③缺少:工業生產~不了電力。④八卦之一,卦形是"☲",代
表火。

〈說解〉 离,亠部,上下結構,象形字。离字本義爲外貌像獸
的山神;離字本義爲黄鸝鳥,後產生離去、分開等義。离、離二
字很早就互爲通用,《篇海類編·鳥獸類·内部》:"离,亦作
離。"《晉書·宣帝紀》"形神已離",殿本作离。敦煌寫本及《俗
字譜》自宋刊《取經詩話》以下十一書並見。今以离做離的簡化
字有歷史的基礎。离可作簡化偏旁用,如:篱(籬)、漓(灘)等。
*离字舊歸内部,《漢語大字典》歸亠部。離舊歸隹部。

颃 ‖ 頏
10　　13

háng　ㄏㄤˊ　hɔŋ⁴〔杭〕

見【頡頏】。

〈說解〉 颃,頁部,左右結構,形聲字。頁簡化爲页,偏旁類推
簡化。

资 ‖ 資
10　　13

zī　ㄗ　dzi¹〔支〕

①錢財,款項: ~本|~金|~產|出~|投~|集~|工
~|遊~。②用錢財幫助:~助。③提供,借助:以~參考。④人
的智力素質: ~質|天~。⑤所具備的身分、條件等: ~格
|~歷|~深人士。

〈説解〉 资,贝部,上下結構,形聲字。貝簡化爲贝,偏旁類推簡化。

竞 ‖ 競
10 ‖ 20

jìng ㄐㄧㄥˋ giŋ⁶〔勁〕

比賽,爭勝:~賽｜~爭｜~技｜~選｜爭~。

〈説解〉 竞,立部,上下結構。競爲會意字,左右結構,去掉左半邊就成爲竞。
* 竞與竟形近義不同,注意區分。

阃 ‖ 閫
10 ‖ 15

kǔn ㄎㄨㄣˇ kwɐn²〔菌〕

〈書〉①門坎。②指婦女居住的內室。

〈説解〉 阃,門部,上包下結構,形聲字。門簡化爲门,偏旁類推簡化。

閖 ‖ 閖
10 ‖ 15

chuài ㄔㄨㄞˋ tsœy³〔翠〕

見【闖閖】。

〈説解〉 閖,門部,上包下結構,形聲字。門簡化爲门,偏旁類推簡化。

阄 ‖ 鬮
10 ‖ 27

jiū ㄐㄧㄡ gɐu¹〔鳩〕

爲了賭勝負或決定事情而抓取的東西:抓~。

〈説解〉 阄,門部,上包下結構,形聲字。俗書門旁鬥旁不分,故形旁鬥從門簡化爲门;龜簡化爲龟,偏旁類推簡化。

阅 ‖ 閱
10　15

yuè　ㄩㄝˋ　jyt⁹〔月〕

①看:～覽｜～讀｜～報｜批～｜審～｜傳～｜查～。②檢閱:～兵。③經過,經歷:～歷｜～世｜試行已～半年。

〈說解〉阅,門部,上包下結構,形聲字。門簡化爲门,偏旁類推簡化。

阆 ‖ 閬
10　15

làng　ㄌㄤˋ　lɔŋ⁶〔浪〕

閬中,地名,在四川省。

〈說解〉阆,門部,上包下結構,形聲字。門簡化爲门,偏旁類推簡化。

郸 ‖ 鄲
10　14

dān　ㄉㄢ　dan¹〔丹〕

鄲城,地名,在河南省。邯鄲,地名,在河北省。

〈說解〉郸,阝部,左右結構,形聲字。單簡化爲单,偏旁類推簡化。
＊鄲字舊歸邑部。

烦 ‖ 煩
10　13

fán　ㄈㄢˊ　fan⁴〔凡〕

①心情不暢快:～悶｜～躁｜～惱｜心～｜發～。②厭煩:耐～｜膩～｜話都聽～了。③又多又亂:～雜｜～亂｜～瑣｜要言不～。④敬辭,表示請托:有事相～｜～您給捎個話。

〈說解〉烦,火部或頁部,左右結構,會意字。頁簡化爲页,偏旁類推簡化。

烧 ‖ 燒
10　16

shāo　ㄕㄠ　siu¹〔消〕

①使東西着火：～毀｜燃～｜焚～。②因加熱等使物體起變化：～水｜～飯｜～菜｜～磚｜～杯。③烹調方法：～肉｜～鷄｜～茄子。④比正常體溫高的體溫：高～｜低～｜退～。

〈說解〉 烧，火部，左右結構，形聲字。堯簡化爲尧，偏旁類推簡化。

烛 ‖ 燭
10　17

zhú　ㄓㄨˊ　dzuk⁷〔竹〕

①蠟燭：～光｜～花｜～臺｜香～｜燈～｜秉～。②照亮：火光～天。

〈說解〉 烛，火部，左右結構。把聲旁蜀改爲虫(不表音)就成爲烛。元刊《太平樂府》、清刊《目蓮記》《金瓶梅》已見。
＊烛曾爲燼的簡體，讀 chóng ㄔㄨㄥˊ。《集韻・東韻》：“燼，旱灼也。或省。”後已不用。

烨 ‖ 燁
10　14

yè　ㄧㄝˋ　jip⁹〔頁〕

〈書〉火光，日光。

〈說解〉 烨，火部，左右結構，會意字。華簡化爲华，偏旁類推簡化。

烩 ‖ 燴
10　17

huì　ㄏㄨㄟˋ　wui⁶〔匯〕

烹調方法，把各種菜料炒後或加主食放在一起煮：～飯｜～餅｜～蝦仁。

〈說解〉 烩，火部，左右結構，形聲字。會簡化爲会，偏旁類推簡化。

烬 ‖ 燼
10　18

jìn　ㄐㄧㄣˋ　dzœn⁶〔盡〕

物體燃燒後剩下的東西：餘～｜灰～。

〈說解〉 烬，火部，左右結構，形聲字。盡簡化爲尽，偏旁類推簡化。

递 ‖ 遞
10　13

dì　ㄉㄧˋ　dɐi⁶〔第〕

①傳送：～送｜～交｜傳～｜投～｜郵～。②順次：～升｜～加｜～增｜～減。

〈說解〉 递，辶部，左下半包圍結構，形聲字。遞與遞是異體，二字很早就同用。《玉篇·辵部》載遞同遞，《集韻·薺韻》："遞，更易也。或從弟。"

涛 ‖ 濤
10　17

tāo　ㄊㄠ　tou⁴〔桃〕

大的波浪：～聲｜波～｜狂～｜怒～｜海～。

〈說解〉 涛，氵部，左右結構。濤原爲形聲字。壽簡化爲寿，偏旁類推簡化。影元鈔《通俗小說》、明刊《東窗記》、清刊《目蓮記》已見。

涝 ‖ 澇
10　15

lào　ㄌㄠˋ　lou⁶〔路〕

①因雨水過多而被淹：～災｜防～｜旱～保收。②因雨水過多而積在田地裏的水：排～。

〈說解〉 涝，氵部，左右結構，形聲字。𦫳字頭簡化爲艹，偏旁類推簡化。

淶 ‖ 淶
10　11

lái　ㄌㄞˊ　loi⁴　〔來〕

淶水,地名,在河北。

〈說解〉 淶,氵部,左右結構,形聲字。來簡化爲来,偏旁類推簡化。

漣 ‖ 漣
10　13

lián　ㄌㄧㄢˊ　lin⁴　〔連〕

①風吹水面所成的波紋:~漪。②淚流不斷的樣子:淚~~。

〈說解〉 漣,氵部,左右結構,形聲字。車簡化爲车,偏旁類推簡化。

潿 ‖ 潿
10　15

wéi　ㄨㄟˊ　wɐi⁴　〔圍〕

潿洲,地名,在廣西。

〈說解〉 潿,氵部,左右結構,形聲字。韋簡化爲韦,偏旁類推簡化。

湏 ‖ 湏
10　13

yún　ㄩㄣˊ　wɐn⁴　〔雲〕

湏水,水名,在湖北。

〈說解〉 湏,氵部,左右結構,形聲字。貝簡化爲贝,偏旁類推簡化。

涡 ‖ 渦
10　11

(一) wō　ㄨㄛ　wo¹　〔窩〕

旋渦:~流 | ~旋。

（二）guō 《ㄨㄛ gwo¹〔戈〕

涡河,發源於河南,流入安徽。

〈說解〉 涡,氵部,左右結構,形聲字。咼簡化爲呙,偏旁類推簡化。

涂‖塗
10 13

tú ㄊㄨˊ tou⁴〔途〕

①使油漆、顏色、脂粉等附着在上面:～抹｜～飾｜～料｜～澤。②抹去:～改｜～乙。③泥:～炭。④海塗:～田。

〈說解〉 涂,氵部,左右結構,形聲字。塗是涂的後起分化字,今用涂做塗的簡化字是恢復古本字。
＊(1)水名和姓氏舊只用涂字。(2)塗字舊歸土部。

涤‖滌
10 13

dí ㄉㄧˊ dik⁹〔敵〕

洗:～蕩｜～除｜洗～。

〈說解〉 涤,氵部,左右結構。條簡化爲条,偏旁類推簡化。

润‖潤
10 15

rùn ㄖㄨㄣˋ jœn⁶〔閏〕

①細膩光滑:～澤｜光～｜珠圓玉～。②加水或油,使不乾枯:～腸｜～滑｜浸～。③使有光彩:～色｜～飾。④利益,酬報:～格｜～例｜利～｜分～。

〈說解〉 润,氵部,左右結構,形聲字。門簡化爲门,偏旁類推簡化。敦煌寫本已見。

涧‖澗
10 15

jiàn ㄐㄧㄢˋ gan³〔諫〕

山間流水的溝:～水｜山～｜深～。

〈說解〉涧，氵部，左右結構，形聲字。門簡化爲门，偏旁類推簡化。敦煌寫本已見。

涨 ‖ 漲 10　　14	(一) zhǎng　　ㄓㄤˇ　dzœŋ² 〔掌〕 　　　　　　　　　　　dzœŋ³ 〔帳〕(又)

水位升高，物價提高：～落｜～潮｜～風｜高～。

	(二) zhàng　　ㄓㄤˋ　dzœŋ³ 〔帳〕

①固體吸收液體後體積增大：黃豆泡～了。②充血：～紅了臉｜頭昏腦～。

〈說解〉涨，氵部，左中右結構，形聲字。長簡化爲长，偏旁類推簡化。

烫 ‖ 燙 10　　16	tàng　　ㄊㄤˋ　toŋ³ 〔趟〕

①皮膚接觸溫度高的物體感覺疼痛：～手｜～嘴｜水太～。②用溫度高的物體使別的物體發生改變：～酒｜～髮｜～花｜～金。③指燙髮：火～｜電～。

〈說解〉烫，火部，上下結構，形聲字。易簡化爲昜，偏旁類推簡化。

澀 ‖ 澀 10　　17	sè　　ㄙㄜˋ　sɐp⁷ 〔濕〕

①微苦而使人感到麻木的滋味：苦～。②磨擦時阻力大，不滑潤：滯～｜輪子發～。③說話或文詞等不流暢，難懂：晦～。

〈說解〉澀，氵部，左右結構，會意字。去掉澀字右邊重複的部分就成爲澀，保留了原字的特徵。

涌 ‖ 湧 10　　12	yǒng　　ㄩㄥˇ　juŋ² 〔擁〕

①水或雲冒出：～泉｜～流｜風起雲～。②從水或雲中冒出：

～出一輪明月。

〈說解〉　涌，氵部，左右結構，形聲字。涌與湧是異體字，舊多用湧，簡化字只用涌。

悭 ‖ 慳
10　14

qiān　ㄑㄧㄢ　han¹〔閒高平〕

吝嗇：～吝。

〈說解〉　悭，忄部，左右結構，形聲字。臤字頭簡化爲収，偏旁類推簡化。

悯 ‖ 憫
10　15

mǐn　ㄇㄧㄣ　men⁵〔敏〕

①表示同情：憐～｜哀～。②憂愁。

〈說解〉　悯，忄部，左右結構，形聲字。門簡化爲门，偏旁類推簡化。

宽 ‖ 寬
10　14

kuān　ㄎㄨㄢ　fun¹〔歡〕

①橫的距離大：～闊｜～大｜～廣｜～曠。②放寬，使變緩：～心｜～限。③不嚴勵，不苛求：～待｜～容｜～恕。④富餘：～裕｜～綽。

〈說解〉　宽，宀部或見部，上中下結構，形聲字。見簡化爲见，偏旁類推簡化。寬的異體爲寛（《正字通·宀部》："寬俗作寛"），簡化字宽下沒有一點，與此相同。

家 ‖ 傢
10　12

jiā　ㄐㄧㄚ　ga¹〔家〕

家中所用的：～具｜～什。

【傢伙】jiā•huo ①指工具或武器。②指人(含輕視)。③指牲畜。

〈說解〉 傢,宀部,上下結構,形聲字。傢是家的後起分化字,用家做傢的簡化字是恢復古本字。
＊傢字舊歸人部。

宾 ‖ 賓
10　　14

bīn　ㄅㄧㄣ　bɐn¹〔奔〕

客人:～客｜～主｜～館｜來～｜外～｜貴～｜嘉～。

〈說解〉 宾,宀部,上下結構,形聲字。用兵代替賓的下半部就成爲宾。兵(bīng ㄅㄧㄥ)與宾(bīn ㄅㄧㄣ)音近。清刊《逸事》已見。
＊賓字不能簡化爲宾。賓舊歸貝部。

窍 ‖ 竅
10　　18

qiào　ㄑㄧㄠ　kiu³〔僑高去〕hiu³〔曉高去〕

①窟窿:～道｜七～。②比喻解決問題的關鍵:～門｜訣～。

〈說解〉 竅,穴部,上下結構,形聲字。把竅的聲旁敫改爲巧就成爲窍。

鸢 ‖ 鳶
10　　16

diào　ㄉㄧㄠ　diu³〔弔〕

深遠:～遠。

〈說解〉 鸢,穴部或鳥部,上下結構,形聲字。鳥簡化爲鸟,偏旁類推簡化。

请 ‖ 請
10　　15

qǐng　ㄑㄧㄥˇ　tsiŋ²〔逞〕

①請求:～假｜～命｜～示｜～降｜呈～。②邀請,聘請:～

客｜～帖｜～柬｜宴～｜約～。③敬辭,用於希望對方做某事:～坐｜～便｜～問。

〈說解〉 请,讠部,左右結構,形聲字。言簡化爲讠,偏旁類推簡化。清刊《目蓮記》已見。

诸 ‖ 諸

10　　15

zhū　ㄓㄨ　dzy¹〔朱〕

①許多,衆:～位｜～君｜～公。②文言中"之於"或"之乎"的合音:付～實施｜公～同好。

〈說解〉 诸,讠部,左右結構,形聲字。言簡化爲讠,偏旁類推簡化。

诹 ‖ 諏

10　　15

zōu　ㄗㄡ　dzeu¹〔周〕

〈書〉商量,咨詢:～吉。

〈說解〉 诹,讠部,左中右結構,形聲字。言簡化爲讠,偏旁類推簡化。

诺 ‖ 諾

10　　15

nuò　ㄋㄨㄛˋ　nɔk⁹〔挪岳切〕

①答應,允許:～言｜允～｜許～｜承～。②答應的聲音:～～連聲。

〈說解〉 诺,讠部,左右結構,形聲字。言簡化爲讠,偏旁類推簡化。

诼 ‖ 諑

10　　15

zhuó　ㄓㄨㄛˊ　dœk⁸〔啄〕

〈書〉謗毀:謠～。

〈說解〉 诼,讠部,左右結構,形聲字。言簡化爲讠,偏旁類推簡化。

读‖讀
10　22

dú　ㄉㄨˊ　duk⁹〔獨〕

①照着文字唸:～報│宣～│朗～│誦～。②閱讀,看:～書│～者│通～│研～│精～。③指上學:～高中│～師範。④(指出)某字的另一種唸法:破～│異～。

〈說解〉 读,讠部,左右結構,形聲字。言簡化爲讠,賣簡化爲卖,偏旁類推簡化。

诽‖誹
10　15

fěi　ㄈㄟˇ　fei²〔匪〕

無中生有,說人壞話:～謗│腹～。

〈說解〉 诽,讠部,左右結構,形聲字。言簡化爲讠,偏旁類推簡化。

袜‖襪
10　19

wà　ㄨㄚˋ　mɐt⁹〔勿〕

襪子:～筒│～跟│短～│花～│長筒～│連褲~。

〈說解〉 袜,衤部,左右結構,形聲字。把聲旁蔑換成末(二字音近)就成袜。袜又讀 mò ㄇㄛˋ,指女子的抹胸,但很早就與襪通用,《玉篇·衣部》:"袜,腳衣。"慧琳《一切經音義》卷五十九:"袜,或作襪。"
＊襪的本字爲韈(舊歸韋部),《集韻·月韻》列韈的異體有韈、韤、袜等八字。

祯‖禎
10　13

zhēn　ㄓㄣ　dzin¹〔晶〕

〈書〉吉祥:～祥。

〈說解〉 祯,礻部,左右結構,形聲字。貝簡化爲贝,偏旁類推簡化。

课 ‖ 課
10　　15

kè　ㄎㄜˋ　fo³〔貨〕

①有計劃的分段教學，教材的段落：～本｜～文｜上～｜下～｜講～｜第二十八～。②教學的科目：～程｜兩門～不及格。③教學的時間：～外｜～內｜上午四節～。④某些單位內的行政部門：會計～｜總務～。⑤徵稅：～稅。⑥占卜的一種：起～。

〈說解〉　课，讠部，左右結構，形聲字。言簡化爲讠，偏旁類推簡化。

诿 ‖ 諉
10　　15

wěi　ㄨㄟˇ　wɐi²〔毀〕

把責任推給別人：～說｜推～。

〈說解〉　诿，讠部，左右結構，形聲字。言簡化爲讠，偏旁類推簡化。

谀 ‖ 諛
10　　15

yú　ㄩˊ　jy⁴〔如〕

諂媚，奉承：～辭｜阿～｜諂～。

〈說解〉　谀，讠部，左右結構，形聲字。言簡化爲讠，偏旁類推簡化。

谁 ‖ 誰
10　　15

shuí　ㄕㄨㄟˊ　sœy⁴〔垂〕

疑問代詞，問人：您找～？｜今天～也沒來｜這事～也不知道。

〈說解〉　谁，讠部，左右結構，形聲字。言簡化爲讠，偏旁類推簡化。

谂 ‖ 諗
10　　15

shěn　ㄕㄣˇ　sɐm²〔審〕

〈書〉①知道：～知。②勸告。

〈**說解**〉 谂,讠部,左右結構,形聲字。言簡化爲讠,偏旁類推簡化。

调 ‖ 調
10　　15

(一) diào　ㄉㄧㄠˋ　diu⁶〔掉〕

①調動,分派:～兵｜～職｜～防｜～令｜～度｜抽～｜借～｜選～。②腔調:語～｜南腔北～。③論調:～門｜老～｜瀅～｜唱高～。④樂曲的音調:曲～。⑤指語音上的聲調:～類｜～號｜字～。

(二) tiáo　ㄊㄧㄠˊ　tiu⁴〔條〕

①配合得均勻合適:失～｜協～｜風～雨順。②使均勻合適:～味｜～節｜～養｜～色。③調解:～停｜～處｜～人。④挑逗:～笑｜～情｜～戲。

〈**說解**〉 调,讠部,左右結構,形聲字。言簡化爲讠,偏旁類推簡化。

谄 ‖ 諂
10　　15

chǎn　ㄔㄢˇ　tsim²〔簽高上〕

以下賤態度向人討好:～媚｜～諛。

〈**說解**〉 谄,讠部,左右結構,形聲字。言簡化爲讠,偏旁類推簡化。

谅 ‖ 諒
10　　15

liàng　ㄌㄧㄤˋ　lœŋ⁶〔亮〕

①原諒:～解｜～察｜見～｜體～。②料想:～不見怪｜～他也不敢。

〈**說解**〉 谅,讠部,左右結構,形聲字。言簡化爲讠,偏旁類推簡化。

谆 ‖ 諄
10　15

zhūn　ㄓㄨㄣ　dzœn¹　〔津〕

懇切：～囑丨～～教導。

〈說解〉 谆，讠部，左右結構，形聲字。言簡化爲讠，偏旁類推簡化。

谇 ‖ 誶
10　15

suì　ㄙㄨㄟ　sœy⁶　〔睡〕

〈書〉斥責，詰問：詬～。

〈說解〉 谇，讠部，左右結構，形聲字。言簡化爲讠，偏旁類推簡化。

谈 ‖ 談
10　15

tán　ㄊㄢ　tam⁴　〔譚〕

①說話，討論：～天丨～話丨～論丨～笑丨面～丨座～丨交～丨會～。②所說的話：奇～丨美～丨笑～丨淸～丨老生常～。

〈說解〉 谈，讠部，左右結構，形聲字。言簡化爲讠，偏旁類推簡化。淸刊《目蓮記》已見。

谊 ‖ 誼
10　15

yì　ㄧ　ji⁴　〔宜〕

交情，友情：交～丨友～丨情～丨世～丨鄕～。

〈說解〉 谊，讠部，左右結構，形聲字。言簡化爲讠，偏旁類推簡化。

谉 ‖ 譖
10　22

shěn　ㄕㄣ　sɐm²　〔審〕

〈書〉知道：～悉。

〈說解〉 诹，讠部，左右結構，形聲字。言簡化爲讠，審簡化爲審，偏旁類推簡化。

懇 ‖ 懇
10　　17

 kěn　ㄎㄣˇ　hen² 〔很〕

①眞誠，誠心誠意：～切｜～求｜誠～｜勤～。②請求：敬～｜哀～。

〈說解〉 懇，心部或艮部，上下結構，形聲字。懇，從心貇聲；貇，從豸艮聲，去掉豸就成爲懇。懇與墾(墾)簡化方法相同。

剧 ‖ 劇
10　　15

jù　ㄐㄩˋ　kek⁹〔屐〕

①戲劇：～情｜～目｜～本｜～照｜話～｜京～｜喜～｜舞～｜歌～。②猛烈，程度嚴重：～變｜～烈｜～痛｜加～｜急～｜激～。

〈說解〉 剧，刂部，左右結構，形聲字。把劇的聲旁豦改爲居(近音替換)就成爲剧。據字漢代就與据通用，今以剧做劇的簡化字與據、据通用相仿。

娲 ‖ 媧
10　　11

wā　ㄨㄚ　wo¹〔窩〕

女娲，我國古代神話中的女神，傳說曾煉石補天。

〈說解〉 娲，女部，左右結構，形聲字。咼簡化爲㕦，偏旁類推簡化。

娴 ‖ 嫻
10　　15

xián　ㄒㄧㄢˊ　han⁴〔閒〕

①文雅：～靜｜～雅｜幽～。②熟練：～熟｜～於應對。

〈說解〉 娴，女部，左右結構，形聲字。門簡化爲门，偏旁類推簡化。

难 ‖ 難
10　　19

（一）nán　ㄋㄢ́　nan⁴〔尼閒切〕

①做起來費事的：～易｜～事｜～點｜～度｜困～｜艱～｜繁～。②使感到困難：這道題～住了他。③不容易，不大可能：～免｜～保｜～忘｜～說。④不好：～看｜～聽｜～吃。

（二）nàn　ㄋㄢ̀　nan⁶〔尼雁切〕

①不幸的遭遇：～友｜～民｜～僑｜危～｜苦～｜逃～｜避～｜災～。②質問：責～｜駁～｜非～。

〈說解〉　难，隹部或又部，左右結構，符號替代字。用符號又代替難字的左偏旁。明刊《東窗記》《釋厄傳》、清刊《目連記》《金瓶梅》《逸事》等已見。难可作簡化偏旁用，如：摊（攤）、滩（灘）等。

预 ‖ 預
10　　13

yù　ㄩ̀　jy⁶〔譽〕

①事先，事前：～先｜～示｜～見｜～測｜～防｜～告｜～期。②參加：參～｜干～。

〈說解〉　预，頁部，左右結構，形聲字。頁簡化爲页，偏旁類推簡化。

骊 ‖ 驪
10　　29

lí　ㄌㄧ́　lei⁴〔離〕

古代指毛色純黑的馬。

〈說解〉　骊，馬部，左右結構，形聲字。馬簡化爲马，麗簡化爲丽，偏旁類推簡化。

骋 ‖ 騁
10　　17

chěng　ㄔㄥˇ　tsiŋ²〔請〕

①馬跑：馳～。②放開：～懷｜～目。

〈說解〉 騁，馬部，左右結構，形聲字。馬簡化爲马，偏旁類推簡化。

验 ‖ 驗　　　yàn　ㅣㄢˋ　jim⁶〔艷〕
10　　23

①查考，察看：～血｜～光｜～尸｜～貨｜查～｜檢～｜考～。②產生預期的效果：～方｜應～｜屢試屢～。

〈說解〉 驗，馬部，左右結構，形聲字。馬簡化爲马，僉簡化爲佥，偏旁類推簡化。

骎 ‖ 駸　　　qīn　ㄑㄧㄣ　tsɐm¹〔侵〕
10　　17

【骎骎】qīnqīn 馬跑得很快的樣子：追騎～。

〈說解〉 骎，馬部，左右結構，形聲字。馬簡化爲马，偏旁類推簡化。

骏 ‖ 駿　　　jùn　ㄐㄩㄣˋ　dzœn³〔進〕
10　　17

好馬：～馬｜神～。

〈說解〉 駿，馬部，左右結構，形聲字。馬簡化爲马，偏旁類推簡化。

绠 ‖ 綆　　　gěng　ㄍㄥˇ　gɐŋ²〔梗〕
10　　13

〈書〉汲水用的繩子：長～｜～短汲深。

〈說解〉 綆，糹部，左右結構，形聲字。糹簡化爲纟，偏旁類推簡化。

绡 ‖ 綃
10　　13

xiāo　ㄒㄧㄠ　siu¹　〔消〕

〈書〉生絲，也指生絲織成的綢子：紅～。

〈說解〉 绡，纟部，左右結構，形聲字。糹簡化爲纟，偏旁類推簡化。

绢 ‖ 絹
10　　13

juàn　ㄐㄩㄢˋ　gyn³　〔眷〕

質地薄而堅韌的絲織品，也指用生絲織成的一種絲織品：
～本｜生～。

〈說解〉 绢，纟部，左右結構，形聲字。糹簡化爲纟，偏旁類推簡化。

绣¹ ‖ 綉
10　　13

xiù　ㄒㄧㄡˋ　sɐu³　〔秀〕

①用彩色絲、綫等在綢、布等上面做成花紋、圖案或文字：～
花｜～字｜～像｜刺～。②綉成的物品：湘～｜蘇～｜顧～。

〈說解〉 绣，纟部，左右結構，形聲字。糹簡化爲纟，偏旁類推簡化。
＊绣又是繡的簡化字，見下。

绣² ‖ 繡
10　　18

xiù　ㄒㄧㄡˋ　sɐu³　〔秀〕

同"綉"。

〈說解〉 前略（見绣‖綉）。綉、繡是異體字，舊以繡爲正體，
綉爲俗體（見《正字通・系部》）現二字都簡化爲绣。

绥 ‖ 綏
10　　13

suí　ㄙㄨㄟˊ　sœy¹　〔須〕

〈書〉①安好：即頌時～。②安撫：～靖。

〈說解〉 绥，纟部，左右結構，形聲字。糹簡化爲纟，偏旁類推簡化。

绦 ‖ 縧
10　　16

| tāo | ㄊㄠ | tou¹ 〔滔〕 |

縧子，用絲綫編織成的帶子，多做花邊用：絲～。

〈說解〉 绦，纟部，左右結構，形聲字。糸簡化爲纟，條簡化爲条，偏旁類推簡化。
* 縧的本字爲條，縧、絛爲條的異體。

继 ‖ 繼
10　　20

| jì | ㄐㄧˋ | gɐi³ 〔計〕 |

①接續，接連：～續｜～承｜～任｜～室｜承～｜過～｜後～無人。②繼而：初感頭暈，～又發燒。

〈說解〉 继，纟部，左右結構。糸簡化爲纟，偏旁類推簡化；繼字右偏旁左下半包圍的部分改爲米，草書楷化。《玉篇·糸部》："继，同繼。俗。"敦煌寫本、宋本《祖堂集》《列女傳》、影元刊《元典章》、明刊《釋厄傳》《嬌紅記》、清刊《金瓶梅》《逸事》等均簡作继，今進一步簡化爲继。

绨 ‖ 綈
10　　13

| (一) tì | ㄊㄧˋ | tɐi³ 〔替〕 |

比綢子厚實、粗糙的紡織品：綫～。

| (二) tí | ㄊㄧˊ | tɐi⁴ 〔提〕 |

厚綢子：～袍。

〈說解〉 绨，纟部，左右結構，形聲字。糸簡化爲纟，偏旁類推簡化。

鹭 ‖ 鷥
10　　23

| sī | ㄙ | si¹ 〔詩〕 |

【鷺鷥】lùsī 即白鷺，羽毛白色，腿長，善撲魚蝦。

〈說解〉 鹭，鳥部，上下結構，形聲字。絲簡化爲丝，鳥簡化爲鸟，偏旁類推簡化。

十一畫

燾 ‖ 燾
11　18

(一) dào　ㄉㄠˋ　dou⁶〔道〕　tou⁴〔逃〕(又)

〈書〉覆蓋:～覆。

(二) tāo　ㄊㄠ　tou⁴〔逃〕

又音,多用於人名。

〈說解〉 燾,灬部,上下結構,形聲字。燾簡化爲寿,偏旁類推簡化。

＊燾字舊歸火部。

珒 ‖ 璡
11　15

jīn　ㄐㄧㄣ　dzœn³〔進〕

〈書〉像玉的石頭,多用於人名。

〈說解〉 珒,王部,左右結構,形聲字。進簡化爲进,偏旁類推簡化。

璉 ‖ 璉
11　14

liǎn　ㄌㄧㄢˇ　lin⁵〔連低上〕

古代宗廟盛黍稷的祭器:瑚～。

〈說解〉 璉,王部,左右結構,形聲字。車簡化爲车,偏旁類推簡化。

瑣 ‖ 瑣
11　14

suǒ　ㄙㄨㄛˇ　sɔ²〔所〕

細小零碎:～事｜～聞｜～細｜～碎｜煩～｜繁～｜委～。

〈說解〉 瑣，王部，左右結構，形聲字。貝簡化爲贝，偏旁類推簡化。

麩 ‖ 麩
11　15
　　　　fū　ㄈㄨ　fu¹〔呼〕

麩子，小麥磨成麵篩過後剩下的麥皮和碎屑：～皮｜麥～。

〈說解〉 麩，麦部，左右結構，形聲字。麥簡化爲麦，偏旁類推簡化。

壼 ‖ 壼
11　13
　　　　kǔn　ㄎㄨㄣˇ　kwɐn²〔菌〕

〈書〉宮裏的路，也代稱內宮：～奧｜～掖。

〈說解〉 壼，士部，上中下結構。亞簡化爲亚，偏旁類推簡化。
＊壼和壺的簡化字壶(hú ㄏㄨˊ wu⁴〔胡〕)形近，下部一爲亚，一爲业，注意區別。

悫 ‖ 愨
11　15
　　　　què　ㄑㄩㄝˋ　kɔk⁸〔確〕

〈書〉誠實：～士｜誠～。

〈說解〉 悫，心部，上下結構。形聲字。殼簡化爲壳，偏旁類推簡化。

摗 ‖ 擄
11　16
　　　　lǔ　ㄌㄨˇ　lou⁵〔老〕

把人搶走：～掠｜搶～。

〈說解〉 摗，扌旁，左右結構，形聲字。虜簡化爲虏，偏旁類推簡化。

摑 ‖ 摑
11 14

guāi 《ㄨㄞ gwak[8] 〔瓜客切〕

用手掌打：～了一記耳光。

〈說解〉 摑，扌部，左右結構，形聲字。國簡化爲国，偏旁類推簡化。

＊摑，又音 guó 《ㄨㄛˊ gwak[8] 〔瓜客切〕

鷙 ‖ 鷙
11 22

zhì ㄓˋ dzi[3] 〔至〕

〈書〉兇猛：～鳥｜陰～。

〈說解〉 鷙，鳥部，上下結構，形聲字。執簡化爲执，鳥簡化爲鸟，偏旁類推簡化。

掷 ‖ 擲
11 17

zhì ㄓˋ dzak[9] 〔澤〕

扔，投：～標槍｜～彈筒｜投～｜拋～｜一～千金。

〈說解〉 掷，扌部，左中右結構，形聲字。鄭簡化爲郑，偏旁類推簡化。清刊《目蓮記》《逸事》已見。

据 ‖ 據
11 16

jù ㄐㄩˋ gœy[3] 〔句〕

①憑仗，依仗：～守｜～險｜～理｜依～。②可以用做證明的事物：收～｜字～｜憑～｜單～｜契～｜論～。③佔領並保持：佔～｜盤～。

〈說解〉 据，扌部，左右結構，形聲字。把聲旁虞改爲居（近音替代）就成爲据。据，本讀 jū ㄐㄩ，很早就與據通用。段玉裁《說文解字注·手部》："據，或作据。《揚雄傳》'三摹九据。'晉灼曰：'据，今據字也。'"

摻 ‖ 摻
11　　14

| (一) chān　彳弓　tsam¹〔參〕 |

把一種東西混合到另一種東西裏去：～和｜～糠｜～水。

| (二) càn　ち弓˙　tsam³〔次暗切〕 |

古代一種鼓曲：漁陽三～。

〈說解〉 摻，扌部，左右結構，形聲字。參簡化爲参，偏旁類推簡化。

摜 ‖ 摜
11　　14

| guàn　巜ㄨㄢˋ　gwan³〔慣〕 |

①扔，摞：～手榴彈｜把書往桌上一一～。②跌，使跌：抱住他的腰，把他～一倒。

〈說解〉 摜，扌部，左右結構，形聲字，貝簡化爲贝，偏旁類推簡化。

职 ‖ 職
11　　18

| zhí　ㄓˊ　dzik⁷〔即〕 |

①職務，責任：～責｜～分｜～稱｜～權｜盡～｜天～。②職位：～員｜～業｜～守｜在～｜任～｜升～｜降～｜官～。③舊時下屬對上司的自稱：～等奉命。

〈說解〉 职，耳部，左右結構，形聲字。戠簡化爲只，偏旁類推簡化。

聤 ‖ 聤
11　　20

| níng　ㄋㄧㄥˊ　niŋ⁴〔寧〕 |

【聤聹】dīngníng 耳垢。

〈說解〉 聤，耳部，左右結構，形聲字。寧簡化爲宁，偏旁類推簡化。

蘀 ‖ 蘀
11　19

tuò　ㄊㄨㄛˋ　tɔk⁸〔託〕

〈書〉從草木上脫落下來的皮或葉。

〈說解〉 蘀，艹部，上下結構，形聲字。睪簡化爲𠬤，偏旁類推簡化。

勩 ‖ 勩
11　14

yì　ㄧˋ　ji⁶〔義〕

①器物的棱角、紋路等磨損：～扣｜螺絲扣～了。②〈書〉勞苦。

〈說解〉 勩，力部，左右結構，形聲字。貝簡化爲贝，偏旁類推簡化。

蘿 ‖ 蘿
11　22

luó　ㄌㄨㄛˊ　lɔ⁴〔羅〕

指某些能爬蔓的植物：藤～｜松～｜女～。

〈說解〉 蘿，艹部，上下結構，形聲字。羅簡化爲罗，偏旁類推簡化。

螢 ‖ 螢
11　16

yíng　ㄧㄥˊ　jiŋ⁴〔仍〕

昆蟲，身體黃褐色，腹部末端有發光的器官，能發帶綠色的光，日伏夜出。通稱螢火蟲。

〈說解〉 螢，虫部或艹部，上中下結構。𤇾字頭簡化爲荧，偏旁類推簡化。影元鈔《通俗小說》、明刊《嬌紅記》已見。

營 ‖ 營
11　16

yíng　ㄧㄥˊ　jiŋ⁴〔形〕

①謀求：～生｜～利｜～私｜鑽～。②管理，經營：～造｜～

運｜～業｜～建｜國～｜合～｜運～。③軍隊駐紥的地方：～地｜～盤｜兵～｜宿～｜紥～。④軍隊的編制單位，在連之上，團之下：獨立～｜二團四～。

〈說解〉 营，卄部，上中下結構。艸字頭簡化爲艹，偏旁類推簡化。金刊《劉知遠》、元刊《太平樂府》《元典章》、明刊《嬌紅記》、清刊《目蓮記》等已見。
＊營字舊歸火部。

萦 ‖ 縈
11　16

yíng　ㄧㄥˊ　jíŋ⁴〔營〕

圍繞，纏繞：～繞｜～回｜～懷｜～身。

〈說解〉 萦，糸部或卄部，上中下結構。艸字頭簡化爲艹，偏旁類推簡化。

蕭 ‖ 蕭
11　16

xiāo　ㄒㄧㄠ　siu¹〔消〕

冷落，缺乏生機：～條｜～索｜～疏｜～森。

〈說解〉 蕭，卄部，上下結構，形聲字。肅簡化爲肅，偏旁類推簡化。《俗字譜》元明清諸書簡作蕭，與今簡化字形近。

萨 ‖ 薩
11　16

sà　ㄙㄚˋ　sat⁸〔殺〕

①姓。②譯音用字：～其馬(一種糕點)｜苦～。

〈說解〉 萨，卄部，上下結構。産簡化爲产，偏旁類推簡化。

梦 ‖ 夢
11　13

mèng　ㄇㄥˋ　muŋ⁶〔蒙低去〕

①睡眠時局部大腦皮層未完全停止活動而引起的腦中的表象活動：～境｜～寐｜～話｜惡～｜美～｜入～。②做夢：～

見丨～遊。③比喻幻想：～想丨～幻。

〈說解〉 梦，夕部，上下結構。夢爲形聲字，從夕茵省聲，用林代替茵(林不表音)就成爲梦。元刊《太平樂府》、明刊《白袍記》《釋厄傳》、清刊《目蓮記》等已見。

覡 ‖ 覡
11 14

$xí$　ㄒㄧˊ　$h\!et^9$〔瞎〕

古代指男巫師：巫～。

〈說解〉 覡，見部，左右結構，會意字。見簡化爲见，偏旁類推簡化。

检 ‖ 檢
11 17

$jiǎn$　ㄐㄧㄢˇ　gim^2〔兼高上〕

①查看：～閱丨～驗丨～字丨～視丨～查丨翻～丨體～。②約束：～點丨～束丨失～。

〈說解〉 检，木部，左右結構，形聲字。僉簡化爲佥，偏旁類推簡化。

棂 ‖ 欞
11 28

$líng$　ㄌㄧㄥˊ　lin^4〔靈〕

舊式房屋的窗格：窗～。

〈說解〉 棂，木部，左右結構，形聲字。靈簡化爲灵，偏旁類推簡化。清刊《目蓮記》已見。

嗇 ‖ 嗇
11 13

$sè$　ㄙㄜˋ　sik^7〔色〕

過分愛惜自己的財物，捨不得用：～刻丨吝～。

〈說解〉 嗇，十部或口部，上下結構。用一點和一撇代替嗇字

上部兩旁的人字,跟來簡化爲来相仿。啬可作簡化偏旁用,如:
墙(墻)、穡(穡)等。
* 啬字舊歸口部。

匱 ‖ 匱

₁₁   ₁₄

kuì   ㄎㄨㄟˋ   gwɐi⁶ 〔跪〕

缺乏:~乏｜~竭。

〈說解〉 匱,匚部,左包右結構,形聲字。貝簡化爲贝,偏旁類推簡化。

酝 ‖ 醞

₁₁   ₁₆

yùn   ㄩㄣ   wɐn⁵ 〔允〕   wɐn³ 〔溫高去〕

釀酒,也指酒:~釀｜佳~。

〈說解〉 酝,酉部,左右結構,形聲字。把聲旁昷改爲云(近音替代)就成爲酝。

厣 ‖ 厴

₁₁   ₁₉

yǎn   一ㄢˇ   jim² 〔掩〕

①螺類介殼口部圓片狀的蓋。②蟹腹下面的薄殼。

〈說解〉 厣,厂部,上下結構,形聲字。厭簡化爲厌,偏旁類推簡化。

碩 ‖ 碩

₁₁   ₁₄

shuò   ㄕㄨㄛˋ   sek⁹ 〔石〕

大:~大｜~果｜豐~｜肥~。

〈說解〉 硕,石部或页部,左右結構,形聲字。頁簡化爲页,偏旁類推簡化。

硤 ‖ 硤
11　12

xiá　ㄒ丨ㄚˊ　hap⁹〔峽〕

硤石，地名，在浙江。

〈說解〉硤，石部，左右結構，形聲字。夾簡化爲夹，偏旁類推簡化。

磽 ‖ 磽
11　17

qiāo　ㄑ丨ㄠ　hau¹〔敲〕

土地砂石多，不肥沃：～薄丨～確。

〈說解〉磽，石部，左右結構，形聲字。堯簡化爲尧，偏旁類推簡化。
＊磽的異體有墝，墝字舊歸土部。

砽 ‖ 磑
11　15

wéi　ㄨㄟˊ　wɐi³〔畏〕

【磑磑】wéiwéi〈書〉形容高。

〈說解〉砽，石部，左右結構，形聲字。豈簡化爲岂，偏旁類推簡化。

硚 ‖ 礄
11　17

qiáo　ㄑ丨ㄠˊ　kiu⁴〔橋〕

礄頭，地名，在四川。礄口，地名，在武漢。

〈說解〉硚，石部，左右結構，形聲字。喬簡化爲乔，偏旁類推簡化。

鸸 ‖ 鴯
11　17

ér　ㄦˊ　ji⁴〔而〕

【鸸鹋】érmiáo　一種鳥，形狀像鴕鳥，羽毛灰色或褐色，翅退化,腿長善走,産於澳洲森林中。

〈說解〉 鴯,鳥部,左右結構,形聲字。鳥簡化爲鸟,偏旁類推簡化。

聋 ‖ 聾
11 ‖ 22

lóng　ㄌㄨㄥˊ　luŋ⁴〔龍〕

耳朵聽不見聲音,也指聽覺遲鈍:～子│～啞│震耳欲～。

〈說解〉 聋,耳部或龙部,上下結構,形聲字。龍簡化爲龙,偏旁類推簡化。元刊《雜劇》、清刊《目蓮記》《逸事》簡作聋或聋,與今簡化字形近。

龚 ‖ 龔
11 ‖ 22

gōng　ㄍㄨㄥ　guŋ¹〔公〕

姓。

〈說解〉 龚,龙部,上下結構,形聲字。龍簡化爲龙,偏旁類推簡化。

袭 ‖ 襲
11 ‖ 22

xí　ㄒㄧˊ　dzap⁹〔習〕

①出其不意地打擊:～擊│～取│～擾│夜～│空～│奇～│突～。②照樣子做,依照着繼續下去:～用│沿～│抄～│因～│世～。

〈說解〉 袭,衣部或龙部,上下結構。龍簡化爲龙,偏旁類推簡化。清刊《逸事》簡作袭,與簡化字相近。

䴕 ‖ 鴷
11 ‖ 17

liè　ㄌㄧㄝˋ　lit⁹〔列〕

啄木鳥。

〈說解〉 鴪，鸟部，上下結構，形聲字。鳥簡化爲鸟，偏旁類推簡化。

殒 ‖ 殞
11　14

yǔn　ㄩㄣˇ　wɐn⁵〔允〕

死亡：～命｜～滅｜～身。

〈說解〉 殞，歹部，左右結構，形聲字。貝簡化爲贝，偏旁類推簡化。

殓 ‖ 殮
11　17

liàn　ㄌㄧㄢˋ　lim⁵〔斂〕

把死人裝進棺材：～尸｜入～｜裝～。

〈說解〉 殮，歹部，左右結構，形聲字。僉簡化爲佥，偏旁類推簡化。

赉 ‖ 賚
11　15

lài　ㄌㄞˋ　lɔi⁶〔睐〕

〈書〉賞賜：～賜｜賞～。

〈說解〉 賚，貝部，上下結構，形聲字。來簡化爲来，貝簡化爲贝，偏旁類推簡化。

辄 ‖ 輒
11　14

zhé　ㄓㄜˊ　dzip⁸〔接〕

總是，就：淺嘗～止｜動～萬言。

〈說解〉 輒，車部，左右結構，形聲字。車簡化爲车，偏旁類推簡化。
＊輒的異體有輙，《正字通·車部》："輙，俗輒字。"

辅 ‖ 輔
11　14

| fǔ | ㄈㄨˇ | fu⁶〔父〕|

協助,幫助:～助｜～導｜～弼｜～佐｜宰～。

〈說解〉 辅,車部,左右結構,形聲字。車簡化爲车,偏旁類推簡化。

辆 ‖ 輛
11　15

| liàng | ㄌ丨ㄤˋ | lœŋ⁶〔亮〕|

量詞,用於車:一～馬車｜兵車千～。

〈說解〉 辆,車部,左右結構,形聲字。車簡化爲车,兩簡化爲兩,偏旁類推簡化。

塹 ‖ 塹
11　14

| qiàn | ㄑ丨ㄢˋ | tsim³〔簽高去〕|

隔斷交通的溝:～壕｜溝～｜天～。

〈說解〉 塹,土部,上下結構,形聲字。車簡化爲车,偏旁類推簡化。

颅 ‖ 顱
11　25

| lú | ㄌㄨˊ | lou⁴〔勞〕|

頭的上部,也指頭:～骨｜～腔｜頭～。

〈說解〉 颅,頁部,左右結構,形聲字。盧簡化爲卢,頁簡化爲页,偏旁類推簡化。

嘖 ‖ 嘖
11　14

| zé | ㄗㄜˊ | dzak⁸〔責〕|

①形容咂嘴聲或說話聲:～有煩言｜～～稱羨。②同“賾”,深奧:探～研機。

十一

〈說解〉 喷, 口部, 左右結構, 形聲字。貝簡化爲贝, 偏旁類推簡化。

啭 ‖ 囀

11　21

zhuàn　ㄓㄨㄢˋ　dzyn² 〔轉〕

鳥婉轉地叫：鶯～｜鳴～。

〈說解〉 啭, 口部, 左中右結構, 形聲字。車簡化爲车, 專簡化爲专, 偏旁類推簡化。

啮 ‖ 嚙

11　18

niè　ㄋㄧㄝˋ　ŋit⁹ 〔吳熱切〕

用牙啃或咬：～合｜鼠～。

〈說解〉 啮, 口部或齒部, 左右結構, 會意字。齒簡化爲齿, 偏旁類推簡化。清刊《逸事》簡作嚙, 與今簡化字相近。
*《正字通·口部》："嚙, 俗齧字。"齧爲本字, 舊歸齒部, 嚙又是齧的異體。

悬 ‖ 懸

11　20

xuán　ㄒㄩㄢˊ　jyn⁴ 〔元〕

①掛：～掛｜～空｜～梁｜～吊｜紅日高～。②公開揭示：～賞。③沒有着落, 沒有結果：～案｜～而未决。④掛念：～念｜～望｜心～兩地。⑤憑空設想：～擬｜～想｜虛～。⑥距離、差別大：～殊｜天～地隔。

〈說解〉 悬, 心部, 上下結構, 形聲字。把聲旁縣改爲县就成爲悬。清刊《目蓮記》《金瓶梅》簡作悬, 與今簡化字形近。參看縣‖縣。

跃 ‖ 躍

11　21

yuè　ㄩㄝˋ　jœk⁸ 〔約〕　jœk⁹ 〔若〕

跳：～進｜跳～｜跨～｜飛～｜一～而起。

〈說解〉 跃，足部，左右結構，形聲字。把躍的聲旁翟換成夭（近音替代）就成爲跃。

跄 ‖ 蹌
11　　17

qiàng　　ㄑ丨尢　　tsœŋ¹〔槍〕

【踉蹌】 liàngqiàng 行走不穩。

〈說解〉 跄，足部，左右結構，形聲字。倉簡化爲仓，偏旁類推簡化。

蛎 ‖ 蠣
11　　20

lì　　ㄌ丨ˋ　　lɐi⁶〔麗〕

【牡蠣】 mǔlì 軟體動物，兩片貝殼一大一小，表面凹凸不平，肉可供食用，又能提製蠔油。也叫蠔或海蠣子。

〈說解〉 蛎，虫部，左右結構，形聲字。萬簡化爲万，偏旁類推簡化。

蛊 ‖ 蠱
11　　23

gǔ　　ㄍㄨˇ　　gu²〔古〕

傳說把許多毒蟲放在一個器皿裏使互相吞食，最後剩下來的毒蟲叫蠱，可用來放在食物裏害人：～害｜毒～。

〈說解〉 蛊，虫部或皿部，上下結構，會意字。蠱簡化爲虫，偏旁類推簡化。《龍龕手鑑·虫部》載蛊蠱同蠱。今以蛊爲蠱的簡化字有歷史的依據。

蛏 ‖ 蟶
11　　19

chēng　　ㄔㄥ　　tsiŋ¹〔清〕

蟶子，軟體動物，形狀狹長，生活在近岸的海水裏，肉可供食用。

〈說解〉 蛏，虫部，左右結構，形聲字。聖簡化爲圣，偏旁類推簡化。

累 ‖ 纍
11　21

léi　ㄌㄟˊ　lœy⁵〔雷〕

【纍纍】 léiléi ①憔悴頽喪的樣子：～若喪家之狗。②接連成串：果實～。

〈說解〉 累，糸部或田部，上下結構。累的古字爲厽，後隸變作累，義爲堆積；纍義爲相連綴得其條理。二字音同，很早就通用。今以累做纍的簡化字是同音替代，也有歷史根據。

＊累字的重疊堆積義(積～｜危如～卵)、頻多義(～次｜連篇～牘)讀 léi ㄌㄟˊ lœy⁵〔呂〕；疲乏義(勞～｜苦～)讀 lèi ㄌㄟˋ lœy⁴〔雷〕，這些音義舊只用累字。

啰 ‖ 囉
11　22

luō　ㄌㄨㄛ　lɔ¹〔羅〕

【囉唆】 luōsuō ①言語繁復。②事情瑣碎，麻煩。

〈說解〉 啰，口部，左右結構，形聲字。羅簡化爲罗，偏旁類推簡化。清刊《目蓮記》《金瓶梅》《逸事》已見。

嘯 ‖ 嘯
11　16

xiào　ㄒㄧㄠˋ　siu³〔笑〕

①人撮口發出長而清脆的聲音：長～。②禽獸拉長聲音叫：～鳴｜虎～。③自然界某些事物產生的聲音：海～｜北風呼～。④飛機、槍彈等飛過的聲音：飛機尖～着飛過上空。

〈說解〉 嘯，口部，左右結構，形聲字。肅簡化爲肃，偏旁類推簡化。

幘 ‖ 幘
11　14

zé　ㄗㄜˊ　dzik⁷〔積〕

古代的一種頭巾：巾～｜冠～。

〈說解〉 幘，巾部，左右結構，形聲字。貝簡化爲贝，偏旁類推簡化。

嶄 ‖ 嶄
11　　14

zhǎn　ㄓㄢˇ　dzam² 〔斬〕

①高峻, 高出。②超出一般, 特別好:味道真~。

〈說解〉 嶄, 山部, 上下結構, 形聲字。車簡化為车, 偏旁類推簡化。

逻 ‖ 邏
11　　22

luó　ㄌㄨㄛˊ　lɔ⁴ 〔羅〕

巡查:~騎 | 巡~。

〈說解〉 逻, 辶部, 左下半包圍結構, 形聲字。羅簡化為罗, 偏旁類推簡化。明刊《釋厄傳》已見。

帼 ‖ 幗
11　　14

guó　ㄍㄨㄛˊ　gwɔk⁸ 〔國〕

婦女覆在髮上的飾物:巾~ | 巾~英雄。

〈說解〉 帼, 巾部, 左右結構, 形聲字。國簡化為国, 偏旁類推簡化。

赈 ‖ 賑
11　　14

zhèn　ㄓㄣˋ　dzɐn³ 〔振〕

用錢物等救濟:~災 | ~濟 | 放~。

〈說解〉 赈, 貝部, 左右結構, 形聲字。貝簡化為贝, 偏旁類推簡化。

婴 ‖ 嬰
11　　17

yīng　ㄧㄥ　jiŋ¹ 〔英〕

①不滿一歲的小孩子: ~兒 | ~孩 | 婦~。②纏繞, 羈絆:~疾。

〈說解〉嬰，女部，上下結構，會意字。貝簡化爲贝，偏旁類推簡化。

賒 ‖ 賒
11　14

shē　ㄕㄜ　se¹〔些〕

買賣貨物時買方延期付款，賣方延期收款：～賬｜～欠｜～購｜現錢不～。

〈說解〉賒，貝部，左右結構，形聲字。貝簡化爲贝，偏旁類推簡化。

铏 ‖ 鉶
11　14

xíng　ㄒㄧㄥˊ　jiŋ⁴〔營〕

古代盛菜羹的器皿。

〈說解〉鉶，釒部，左中右結構，形聲字。釒簡化爲钅，偏旁類推簡化。

铐 ‖ 銬
11　14

kào　ㄎㄠˋ　kau³〔靠〕

①手銬，將犯人兩手束在一起的刑具。②戴手銬：把這個殺人犯～起來。

〈說解〉銬，釒部，左右結構，形聲字。釒簡化爲钅，偏旁類推簡化。

铑 ‖ 銠
11　14

lǎo　ㄌㄠˇ　lou⁵〔老〕

金屬元素，符號 Rh，銀白色或灰帶藍色，質堅硬，合金可製化學儀器等。

〈說解〉銠，釒部，左右結構，形聲字。釒簡化爲钅，偏旁類推簡化。

铒 ‖ 鉺
11　14

ěr　ㄦˇ　ji⁵〔耳〕

金屬元素，符號 Er，是一種稀土金屬，有銀色光澤，能使水分解。

〈說解〉 铒，钅部，左右結構，形聲字。釒簡化爲钅，偏旁類推簡化。

铓 ‖ 鋩
11　14

máng　ㄇㄤˊ　mɔŋ⁴〔忙〕

刀劍等兵器的尖端：鋒～。

〈說解〉 铓，钅部，左右結構，形聲字。釒簡化爲钅，偏旁類推簡化。

铕 ‖ 銪
11　14

yǒu　丨ㄡˇ　jɐu⁵〔有〕

金屬元素，符號 Eu，是一種稀土金屬，用在原子反應堆中作吸收中子的材料。

〈說解〉 铕，钅部，左右結構，形聲字。釒簡化爲钅，偏旁類推簡化。

铗 ‖ 鋏
11　15

jiá　ㄐ丨ㄚˊ　gap⁸〔夾〕

劍柄，也指劍：劍～｜彈～。

〈說解〉 铗，钅部，左右結構，形聲字。釒簡化爲钅，夾簡化爲夹，偏旁類推簡化。

铙 ‖ 鐃
11　20

náo　ㄋㄠˊ　nau⁴〔撓〕

①打擊樂器，形狀像鈸，中間突起部分比鈸小。②古代軍中樂

器,像鈴鐺,中間沒有舌。

〈說解〉 鐃,钅部,左右結構,形聲字。金簡化爲钅,堯簡化爲尧,偏旁類推簡化。

铛 ‖ 鐺

11　21

| (一) dāng | ㄉㄤ | dɔŋ¹ 〔當〕 |

象聲詞,形容金屬器物的撞擊聲:鐘聲～～。

| (二) chēng | ㄔㄥ | tsaŋ¹ 〔撐〕 |

烙餅用的平底鍋。

〈說解〉 铛,钅部,左右結構,形聲字。金簡化爲钅,當簡化爲当,偏旁類推簡化。

铝 ‖ 鋁

11　14

| lǚ | ㄌㄩ | lœy⁵ 〔呂〕 |

金屬元素,符號 Al,銀白色,質輕富延展性,容易導電,用來製造電綫、器物等。

〈說解〉 铝,钅部,左右結構,形聲字。金簡化爲钅,偏旁類推簡化。

铜 ‖ 銅

11　14

| tóng | ㄊㄨㄥ | tuŋ⁴ 〔同〕 |

金屬元素,符號 Cu,淡紫紅色,延展性、導電性、導熱性都很好,合金可用於製造各種電料、器件:黃～｜青～｜紫～。

〈說解〉 铜,钅部,左右結構,形聲字。金簡化爲钅,偏旁類推簡化。

铞 ‖ 銱

11　14

| diào | ㄉㄧㄠ | diu³ 〔弔〕 |

【釘銱】 liàodiào 釘在門窗上,可以扣住門窗的鐵片。

〈說解〉 锦，钅部，左右結構，形聲字。金簡化爲钅，偏旁類推簡化。

铟 ‖ 銦
11　　14

yīn　ㄧㄣ　jɐn¹〔因〕

金屬元素，符號 In，銀白色，有延展性，可用來製造合金。

〈說解〉 铟，钅部，左右結構，形聲字。金簡化爲钅，偏旁類推簡化。

铠 ‖ 鎧
11　　18

kǎi　ㄎㄞˇ　hɔi²〔海〕

古代軍人作戰用以護身的戰服，多用金屬片連成：～甲｜鐵～。

〈說解〉 铠，钅部，左右結構，形聲字。金簡化爲钅，豈簡化爲岂，偏旁類推簡化。

铡 ‖ 鍘
11　　17

zhá　ㄓㄚˊ　dzat⁸〔札〕

①鍘刀，切草或切其他東西的器具。②用鍘刀切：～草。

〈說解〉 铡，钅部，左中右結構，形聲字。金簡化爲钅，貝簡化爲贝，偏旁類推簡化。

铢 ‖ 銖
11　　14

zhū　ㄓㄨ　dzy¹〔朱〕

古代重量單位，一兩的二十四分之一：～積寸累｜～兩悉稱。

〈說解〉 铢，钅部，左右結構，形聲字。金簡化爲钅，偏旁類推簡化。

铣 ‖ 銑
₁₁　₁₄

(一) xǐ　ㄒㄧˇ　sin² 〔癬〕

用銑牀切削金屬：～刀｜～工。

(二) xiǎn　ㄒㄧㄢˇ　sin² 〔癬〕

〈書〉有光澤的金屬。

〈說解〉 銑，钅部，左右結構，形聲字。金簡化爲钅，偏旁類推簡化。

铥 ‖ 銩
₁₁　₁₄

diū　ㄉㄧㄡ　diu¹ 〔刁〕

金屬元素，符號 Tm，是一種稀土金屬。

〈說解〉 銩，钅部，左右結構，形聲字。金簡化爲钅，偏旁類推簡化。

铤 ‖ 鋌
₁₁　₁₄

(一) tǐng　ㄊㄧㄥˇ　tiŋ⁵ 〔挺〕

〈書〉快走的樣子：～而走險。

(二) dìng　ㄉㄧㄥˋ　tiŋ⁵ 〔挺〕

〈書〉未經冶鑄的銅鐵。

〈說解〉 鋌，钅部，左右結構，形聲字。金簡化爲钅，偏旁類推簡化。

铧 ‖ 鏵
₁₁　₁₈

huá　ㄏㄨㄚˊ　wa⁴ 〔華〕

犁鏵，安在犁的下端，用來翻土的鐵製器具。

〈說解〉 鏵，钅部，左右結構，形聲字。金簡化爲钅，華簡化爲

十一

华,偏旁類推簡化。

铨 ‖ 銓
11　　14

quán　ㄑㄩㄢˊ　tsyn⁴〔全〕

①選拔:～選｜～叙。②衡量輕重:～衡。

〈說解〉 铨,钅部,左右結構,形聲字。金簡化爲钅,偏旁類推簡化。

铩 ‖ 鎩
11　　18

shā　ㄕㄚ　sat⁸〔殺〕

①古代的一種長矛。②摧殘,傷害:～羽而歸。

〈說解〉 铩,钅部,左右結構,形聲字。金簡化爲钅,殺簡化爲杀,偏旁類推簡化。

铪 ‖ 鉿
11　　14

hā　ㄏㄚ　ha¹〔哈〕

金屬元素,符號 Hf,熔點高,可用作 X 射綫管的陰極。

〈說解〉 铪,钅部,左右結構,形聲字。金簡化爲钅,偏旁類推簡化。

銚 ‖ 銚
11　　14

(一) diào　ㄉㄧㄠˋ　diu⁶〔掉〕

銚子,煎藥或燒水用的器具,形狀像比較高的壺,口大有蓋:藥～｜沙～。

(二) yáo　ㄧㄠˊ　jiu⁴〔搖〕

古代的一種大鋤。

〈說解〉 銚,钅部,左右結構,形聲字。金簡化爲钅,偏旁類推簡化。

铭 ‖ 銘
11　14　　　míng　ㄇㄧˊ　miŋ⁴〔明〕　miŋ⁵〔皿〕（又）

①在器物、碑碣等上面刻或鑄上的記述事跡、功德等的文字：～文｜～刻｜碑～。②戒惕自己的文字：座右～。③在器物上刻字，表示紀念，比喻牢牢記住：～功｜～諸肺腑｜刻骨～心。

〈說解〉銘，钅部，左右結構，形聲字。釒簡化爲钅，偏旁類推簡化。

铬 ‖ 鉻
11　14　　　gè　ㄍㄜˋ　lɔk⁸〔烙〕

金屬元素，符號 Cr，銀灰色結晶，質硬而脆，是製造不銹鋼等的重要原料，在其他金屬上鍍鉻可以防銹。

〈說解〉鉻，钅部，左右結構，形聲字。釒簡化爲钅，偏旁類推簡化。

铮 ‖ 錚
11　16　　　zhēng　ㄓㄥ　dzɐŋ¹〔增〕

【錚錚】zhēngzhēng 象聲詞，形容金屬撞擊的響亮聲音：鐵中～。

〈說解〉錚，钅部，左右結構，形聲字。釒簡化爲钅，偏旁類推簡化。

铯 ‖ 銫
11　14　　　sè　ㄙㄜˋ　sik⁷〔色〕

金屬元素，符號 Cs，銀白色，質軟有延展性，在金屬中化學性質最活潑，是製造眞空儀器等的重要材料。

〈說解〉銫，钅部，左右結構，形聲字。釒簡化爲钅，偏旁類推簡化。

铰 ‖ 鉸
11　　14

jiǎo　ㄐㄧㄠˇ　gau² 〔狡〕

①用剪刀等斷開：～開｜～幾尺布。②用絞刀切削。

〈說解〉 铰，钅部，左右結構，形聲字。金簡化爲钅，偏旁類推簡化。

铱 ‖ 銥
11　　14

yī　ㄧ　ji¹ 〔衣〕

金屬元素，符號 Ir，灰色粉狀物或白亮的團狀物，質硬而脆，化學性質穩定，可用來製造合金。

〈說解〉 铱，钅部，左右結構，形聲字。金簡化爲钅，偏旁類推簡化。

铲 ‖ 鏟
11　　19

chǎn　ㄔㄢˇ　tsan² 〔產〕

①帶長把的鐵製用具，頭部像簸箕或像平板：煤～｜鍋～。②用鏟或鍬撮取或清除：～煤｜～土｜把地～平。

〈說解〉 铲，钅部，左右結構，形聲字。金簡化爲钅，產簡化爲产，偏旁類推簡化。

铳 ‖ 銃
11　　14

chòng　ㄔㄨㄥˋ　tsuŋ³ 〔充高去〕

一種舊式火器：鳥～｜火～。

〈說解〉 铳，钅部，左右結構，形聲字。金簡化爲钅，偏旁類推簡化。

铵 ‖ 銨
11　　14

ǎn　ㄢˇ　ɔn¹ 〔安〕

從氨衍生所得的帶陽電荷的根，也就是銨離子。也叫銨根。

〈說解〉 銨，钅部，左右結構，形聲字。釒簡化爲钅，偏旁類推
簡化。

銀 ‖ 銀

11　14

yín　ㄧㄣˊ　ŋɐn⁴〔垠〕

①金屬元素，符號 Ag，白色，質軟富延展性，在空氣中不氧化，
用來鍍金屬器物、鏡子等，合金可製貨幣、器皿、裝飾品。②
跟貨幣有關的：～行｜～號｜～根。③指薪金、報酬：餉～｜
包～｜賞～。④像銀子的顏色：～灰｜～幕｜～鼠。

〈說解〉 銀，钅部，左右結構，形聲字。釒簡化爲钅，偏旁類推
簡化。

鉫 ‖ 鉫

11　14

rú　ㄖㄨˊ　jy⁴〔如〕

金屬元素，符號 Rb，銀白色，化學性質活潑，具有敏銳的光電
性能，是製造光電管的材料。

〈說解〉 鉫，钅部，左中右結構，形聲字。釒簡化爲钅，偏旁類
推簡化。

矯 ‖ 矯

11　17

jiǎo　ㄐㄧㄠˇ　giu²〔繳〕

①改正，糾正：～正｜～形。②强壯，勇武：～健｜～若游龍。③
假托：～飾｜～命。

〈說解〉 矯，矢部，左右結構，形聲字。喬簡化爲乔，偏旁類推
簡化。清刊《金瓶梅》已見。

鴰 ‖ 鴰

11　17

guā　ㄍㄨㄚ　gwat⁸〔刮〕　kut⁸〔括〕

老鴰，烏鴉。

〈說解〉 鸹,鸟部或舌部,左右結構,形聲字。鳥簡化爲鸟,偏旁類推簡化。

秸 ‖ 稭
11　14

jiē　ㄐㄧㄝ　gai¹〔佳〕

莊稼脫粒後剩下的莖:麥~|豆~|秫~。

〈說解〉 秸,禾部,左右結構,形聲字。秸和稭是異體字,舊以稭爲正體,簡化字只用秸。

穢 ‖ 穢
11　18

huì　ㄏㄨㄟ　wɐi³〔畏〕

①骯髒:~土|污~。②丑惡:~行|~聞|~跡。

〈說解〉 穢,禾部,左右結構,形聲字。歲簡化爲岁,偏旁類推簡化。清刊《目蓮記》簡作穢,今把止改爲山。

箋 ‖ 箋
11　14

jiān　ㄐㄧㄢ　dzin¹〔煎〕

①註解:~註。②書信或題詞用的紙:信~|便~|花~。③書信,信函。

〈說解〉 箋,竹部,上下結構,形聲字。戔簡化爲戋,偏旁類推簡化。

笼 ‖ 籠
11　22

(一) lóng　ㄌㄨㄥˊ　luŋ⁴〔龍〕

①用來養蟲、鳥的器具,用竹木條或鐵絲等編成:竹~|木~|鳥~|雞~。②籠屜:蒸~|饅頭出~了。

(二) lǒng　ㄌㄨㄥˇ　luŋ⁵〔壟〕

①罩在上面:~罩|煙~|霧罩。②較大的箱子:箱~。

〈說解〉 笼，竹部，上下結構，形聲字。龍簡化爲龙，偏旁類推簡化。《俗字譜》元刊、清刊簡作笼。

笾‖籩
11　　24

biān　ㄅㄧㄢ　bin¹〔邊〕

古代祭祀或宴會時用來盛果實、乾肉的竹器：～豆。

〈說解〉 笾，竹部，上下結構，形聲字。邊簡化爲边，偏旁類推簡化。

债‖債
11　　14

fèn　ㄈㄣ　fɐn⁵〔奮〕

〈書〉敗壞，毀壞：～事｜～軍敗國。

〈說解〉 债，亻部，左右結構，形聲字。貝簡化爲贝，偏旁類推簡化。

鸺‖鵂
11　　17

xiū　ㄒㄧㄡ　jɐu¹〔休〕

【鸺鹠】xiūliú　一種鳥，羽毛棕褐色，有橫斑，腿白色，捕食鼠兔等。也叫梟。

〈說解〉 鸺，鸟部，左中右結構，形聲字。鳥簡化爲鸟，偏旁類推簡化。

偿‖償
11　　17

cháng　ㄔㄤˊ　sœŋ⁴〔常〕

①歸還，補足缺欠、差額：～還｜～命｜補～｜報～｜抵～｜賠～｜無～援助。②滿足：～其夙願｜如願以～。

〈說解〉 偿，亻部，左右結構，形聲字。把償的聲旁賞改成尝，尝與償音同。

* 尝是嘗的簡化字,不是賞的簡化字,賞的簡化字是赏。

僂 ‖ 僂
11　13

(一) lóu　ㄌㄡˊ　leu⁴〔留〕

①見【嘍囉】。②【佝僂】 gōulóu 脊背向前彎曲,多用於口語。

(二) lǔ　ㄌㄩˇ　lœy⁵〔呂〕

〈書〉①身體彎曲:傴～。②立刻,迅速。

〈說解〉 僂,亻部,左右結構,形聲字。婁簡化爲娄,偏旁類推簡化。清刊《目連記》《逸事》已見。

軀 ‖ 軀
11　18

qū　ㄑㄩ　kœy¹〔俱〕

身體:～幹｜～體｜身～｜捐～｜七尺之～。

〈說解〉 軀,身部,左右結構,形聲字。區簡化爲区,偏旁類推簡化。元刊《雜劇》簡作軀。

皚 ‖ 皚
11　15

ái　ㄞˊ　ŋoi⁴〔呆〕

潔白:白雪～～。

〈說解〉 皚,白部,左右結構,形聲字。豈簡化爲岂,偏旁類推簡化。

衅 ‖ 釁
11　26

xìn　ㄒㄧㄣˋ　jɐn⁶〔刃〕

嫌隙,爭端:～端｜挑～｜尋～。

〈說解〉 衅,血部,左右結構。衅和釁是異體字,《玉篇‧血部》:"衅,牲血塗器祭也。亦作釁。"舊以釁爲正字,今以衅做釁的簡化字。
＊聲字舊歸西部。

鸻 ‖ 鸻

| | héng | ㄏㄥˊ | hɐŋ⁴ | 〔恒〕 |

鳥類的一屬，體形較小，嘴短而直，翅膀羽毛長，多羣居於海濱。

〈說解〉 鸻，鸟部，左中右結構，形聲字。鳥簡化爲鸟，偏旁類推簡化。

衔 ‖ 銜

| | ʼxián | ㄒㄧㄢˊ | ham⁴ | 〔咸〕 |

①用嘴含着：～泥｜～枚疾走｜～着煙斗。②存在心裏：～冤｜～恨。③相連接：～接｜首尾相～。④接受，奉：～命。⑤某一系統中人員的等級或稱號：軍～｜職～｜頭～｜學～｜官～｜授～。

〈說解〉 衔，彳部，左中右結構，會意字。釒簡化爲钅，偏旁類推簡化。

舻 ‖ 艫

| | lú | ㄌㄨˊ | lou⁴ | 〔勞〕 |

【舳艫】zhúlú 舳，船尾，艫，船頭。泛指船隻。

〈說解〉 舻，舟部，左右結構，形聲字。盧簡化爲卢，偏旁類推簡化。

盘 ‖ 盤

| | pán | ㄆㄢˊ | pun⁴ | 〔盆〕 |

①盤子，盛放物品的淺底器具，多爲圓形，一般比碟子大：茶～｜托～｜杯～。②形狀或功用像盤子的東西：算～｜棋～｜磨～｜秤～｜胎～｜磁～。③指商品的市場行

情:開～｜收～｜報～｜平～。④查問,清查:～問｜～貨｜
～點｜～賬。⑤轉讓工廠、商店等:出～｜招～｜頂～。⑥指
某個範圍:通～｜全～｜地～｜臉～。⑦回旋地繞:～旋｜
～杠子。⑧壘,砌:～炕｜～竈。

〈說解〉　盤,皿部,上下結構。盤,從皿般聲;去掉般字右邊的
殳就成爲盤。盤仍可看作形聲字,從皿般省聲。

鵃 ‖ 鵃
11　　17

zhōu　ㄓㄡ　dzɐu¹　〔周〕

見【鵃鵃】。

〈說解〉　鵃,鳥部或舟部,左右結構,形聲字。鳥簡化爲鸟,
偏旁類推簡化。

鸽 ‖ 鴿
11　　17

gē　ㄍㄜ　gɐp⁸　〔急中入〕

鴿子,一種常見的鳥,翅膀大,善飛,羽毛有白色、灰色、紫色
等,有的訓練後可傳遞書信:信～｜軍～｜家～。

〈說解〉　鴿,鳥部,左右結構,形聲字。鳥簡化爲鸟,偏旁類
推簡化。

龛 ‖ 龕
11　　22

kān　ㄎㄢ　hɐm¹　〔堪〕

供奉神佛的小閣子:佛～｜神～。

〈說解〉　龕,龙部,上下結構,形聲字。龍簡化爲龙,偏旁類推
簡化。清刊《目連記》簡作龛。

敛 ‖ 斂
11　　17

liǎn　ㄌㄧㄢ　lim⁵　〔臉〕

①收起,收住:～足｜～容｜～袵。②約束:～跡。③收集,征

收:~財｜~錢｜聚~｜橫征暴~。

〈說解〉 斂, 攵部, 左右結構, 形聲字。僉簡化爲金, 偏旁類推簡化。
* 斂字舊歸攴部。

领 ‖ 領
11　14

| | líng | ㄌㄧㄥ | liŋ⁵ 〔玲低上〕 |

①脖子:~巾｜~帶｜~結。②領子,領口:~章｜衣~｜圓~｜翻~。③要點,大綱:綱~｜要~。④爲首的,爲頭的:首~｜將~｜頭~。⑤帶,引:~隊｜~班｜~導｜~航｜引~｜~帶~。⑥領有,領有的:~土｜~海｜~域｜佔~。⑦領取,接受:~教｜~情｜~養｜招~｜冒~｜~工資。⑧了解情況、意思:~略｜~會｜~悟。⑨量詞:一~蓆｜一~長袍。

〈說解〉 领, 頁部, 左右結構, 形聲字。頁簡化爲页, 偏旁類推簡化。

胸 ‖ 腡
11　12

| | luó | ㄌㄨㄛ | lɔ⁴ 〔羅〕 |

手指紋:~紋。

〈說解〉 胸, 月部, 左右結構, 形聲字。咼簡化爲呙, 偏旁類推簡化。

脸 ‖ 臉
11　17

| | liǎn | ㄌㄧㄢ | lim⁵ 〔殮〕 |

①頭的前部, 從額頭到下巴: ~色｜~盤｜~膛｜~譜｜洗~｜勾~。②某些物體的前部:門~｜鞋~｜前~。③面子,情面: ~面｜丟~｜爭~｜不要~。④臉部的表情: 笑~｜翻~｜好~｜愁眉苦~。

〈說解〉 脸, 月部, 左右結構, 形聲字。僉簡化爲佥, 偏旁類推簡化。

猎 ‖ 獵
11　　18

　　liè　　ㄌㄧㄝˋ　　lip⁹　〔利葉切〕

①在野外捕捉鳥獸：～取｜～鹿｜漁～｜狩～。②打獵的：～人｜～手｜～刀｜～槍｜～犬。

〈說解〉　猎，犭部，左右結構。猎本讀xī，形聲字，爲"獸名，似熊。出《山海經》。"（見《廣韻・昔韻》）現用作獵的簡化字，改讀liè，跟用腊(xī)做臘(là)的簡化字類同。

猫 ‖ 貓
11　　15

　　（一）māo　　ㄇㄠ　　mau¹　〔矛高平〕

哺乳動物，一種家畜，面部略圓，毛柔軟，瞳孔可隨光綫强弱而縮小放大，善跳躍，能捕鼠。

　　（二）máo　　ㄇㄠˊ　　mau¹　〔矛高平〕

【貓腰】máoyāo　彎腰。

〈說解〉　猫，犭部，左右結構，形聲字。猫和貓是異體字，偏旁犭和豸義同，舊以貓爲正體，簡化字只用猫。

猡 ‖ 玀
11　　22

　　luó　　ㄌㄨㄛˊ　　lɔ⁴　〔羅〕

【豬玀】zhūluó　豬。
【玀玀】舊稱彝族，多見於元、明、清史籍。

〈說解〉　猡，犭部，左右結構，形聲字。羅簡化爲罗，偏旁類推簡化。

猕 ‖ 獼
11　　20

　　mí　　ㄇㄧˊ　　mei⁴　〔眉〕

【獼猴】míhóu　猴的一種，上身皮毛灰褐色，腰以下橙黃色，面部兩頰有頰囊，臀部不生毛，尾短。

〈說解〉 猕，犭部，左中右結構，形聲字。猕為獮的異體，《玉篇·犬部》："獮，獮猴。猕，同上。"今以猕為獮的簡化字，也可看作爾偏旁類推簡化為尔。

馃 ∥ 餜

guǒ 《ㄨㄛˇ gwɔ² 〔果〕

11　16

馃子，一種油炸的麵製食品。

〈說解〉 馃，饣部，左右結構，形聲字。饣簡化為饣，偏旁類推簡化。

馄 ∥ 餛

hún ㄏㄨㄣˊ wɐn⁴ 〔雲〕

11　16

【餛飩】 húntún 一種麵食，用薄麵片包餡，煮熟後帶湯吃。

〈說解〉 馄，饣部，左右結構，形聲字。饣簡化為饣，偏旁類推簡化。

馅 ∥ 餡

xiàn ㄒㄧㄢˋ ham² 〔喊高上〕

11　16

麵食、點心裏包的糖、豆沙或剁碎的菜、肉等：～餅｜肉～｜三鮮～｜包子～｜月餅～。

〈說解〉 馅，饣部，左右結構，形聲字。饣簡化為饣，偏旁類推簡化。
＊餡的異體有餂，《篇海類編·食貨類·食部》："餂，餅中裹肉，俗作餂。"

馆 ∥ 館

guǎn 《ㄨㄢˇ gun² 〔管〕

11　16

①招待賓客居住的處所：～舍｜賓～｜客～｜旅～。②外國的外交人員常駐的處所：使～｜領事～。③某些服務性商店的名稱：～子｜飯～｜茶～｜咖啡～｜理髮～。④儲藏、陳列文物或進行文化活動的場所：博物～｜圖書～｜文化～｜展覽

~｜體育~。⑤舊時塾師教書的地方：坐~｜蒙~。

〈說解〉 馆，饣部，左右結構，形聲字。館簡化爲饣，偏旁類推簡化。
* 館的異體有舘，舊歸舌部。

鸾 ‖ 鸞
11　　30　　　luán　　ㄌㄨㄢˊ　lyn⁴〔聯〕

傳說中鳳凰一類的鳥：~鳳。

〈說解〉 鸾，鳥部，上下結構，形聲字。緣字頭簡化爲亦（草書
楷化），鳥簡化爲鸟，偏旁類推簡化。金刊《劉知遠》《俗字譜》元
明清諸書鸞字習作鸾或鸾。

麻 ‖ 蔴
11　　14　　　má　　ㄇㄚˊ　ma⁴〔麻〕

①大蔴、亞蔴、黃蔴、劍蔴等植物的統稱。②蔴類植物的纖維：
~袋｜~刀｜~紡｜~繩。③芝蔴：~油｜~醬。

〈說解〉 麻，麻部，左上半包圍結構，會意字。麻是蔴的本字，
蔴是後起分化字，舊多用麻，簡化字只用麻。
*（1）麻的❶不平、不光滑，❷帶細碎斑點的，❸麻木、麻醉等
義，舊只用麻。（2）蔴字舊歸艸部。

廎 ‖ 廎
11　　14　　　qǐng　　ㄑㄧㄥˇ　kiŋ²〔頃〕

〈書〉小廳堂。

〈說解〉 廎，广部，左上半包圍結構，形聲字。頁簡化爲页，偏
旁類推簡化。

痒 ‖ 癢
11　　19　　　yǎng　　ㄧㄤˇ　jœy⁵〔仰〕

皮膚或黏膜受到輕微刺激時引起的想撓的感覺：發~｜抓
~｜搔~｜無關痛~。

〈說解〉癢，疒部，左上半包圍結構，形聲字。癢和瘍是異體，《玉篇·疒部》："癢，痛癢也。"《集韻·養韻》："癢，膚欲搔也。或作瘍。"今以癢做瘍的簡化字。宋刊《祖堂集》已見。

＊(1)明刊《釋厄傳》中養簡作养，癢類推簡作疴。(2)癢本讀yáng，義同瘍，此義不可用瘍字。

鹪 ‖ 鷦
11　17

jiāo　ㄐㄧㄠ　gau¹〔交〕

【鹪鹡】jiāojīng　古書上說的一種水鳥。

〈說解〉鹪，鸟部，左右結構，形聲字。鳥簡化爲鸟，偏旁類推簡化。

旋 ‖ 鏇
11　19

xuàn　ㄒㄩㄢˋ　syn⁶〔篆〕　syn⁴〔船〕

①用車牀切削或用刀子轉着圈地削：～零件｜～蘋果皮。②鏇子，一種金屬器具，用來做粉皮等。

〈說解〉旋，方部，左右結構，會意字。鏇字去掉形旁釒就成爲旋，也可看作同音替代。

＊旋的下列音義舊只用旋字：(一)xuán ❶轉動：～轉｜盤～；❷返回：凱～；❸不久：～歸｜～即。(二)xuàn ❶打轉轉的：～風；❷臨時：～做～吃。

阈 ‖ 閾
11　16

yù　ㄩˋ　wik⁹〔域〕

門坎，泛指界限或範圍：門～｜視～｜痛～。

〈說解〉閾，門部，上包下結構，形聲字。門簡化爲门，偏旁類推簡化。

阉 ‖ 閹
11　16

yān　ㄧㄢ　jim¹〔淹〕

①割掉睾丸或卵巢：～割｜～豬｜～鷄。②指宦官：～豎｜～寺。

〈說解〉 阍,门部,上包下結構,形聲字。門簡化爲门,偏旁類推簡化。

| 闿 ‖ 閶 | | chāng | 彳尢 | tsœŋ¹ | 〔昌〕 |
| 11 | 16 | | | | |

【闿閶】 chānghé 神話傳説中的天門,也指宮門。

〈說解〉 闿,门部,上包下結構,形聲字。門簡化爲门,偏旁類推簡化。

| 阅 ‖ 鬩 | | xi | ㄒㄧˋ | jik⁷ | 〔益〕 |
| 11 | 18 | | | | |

〈書〉爭吵,爭鬧:兄弟～牆。

〈說解〉 阅,门部,上包下結構,形聲字。俗書門旁鬥旁不分,鬥從門簡化爲门,偏旁類推簡化。
* 鬩字舊歸鬥部。

| 阕 ‖ 閿 | | wén | ㄨㄣˊ | mɐn⁴ | 〔文〕 |
| 11 | 16 | | | | |

閿鄉,舊縣名,在河南。

〈說解〉 阕,门部,上包下結構。門簡化爲门,偏旁類推簡化。閿爲閺的異體,《廣韻・文韻》:"閺,俗作閿。《説文》曰:'低目視也。'"此義今已不存,只用於地名。

| 阄 ‖ 閽 | | hūn | ㄏㄨㄣ | fɐn¹ | 〔芬〕 |
| 11 | 16 | | | | |

①門,多指宮門:叩～。②看門:～者｜～人｜～犬。

〈說解〉 阄,门部,上包下結構,形聲字。門簡化爲门,偏旁類推簡化。

阎 ‖ 閻
11　16

| yán | ｜ㄢ | jim⁴ 〔炎〕 |

①〈書〉里巷的門：閻～。②閻羅，佛教稱管地獄的神：～王。

〈說解〉 阎，门部，上包下結構，形聲字。門簡化爲门，偏旁類推簡化。

阏 ‖ 閼
11　16

| yān | ｜ㄢ | jin¹ 〔煙〕 |

【閼氏】yānzhī　漢代匈奴稱其君主的正妻。

〈說解〉 阏，门部，上包下結構，形聲字。門簡化爲门，偏旁類推簡化。

闡 ‖ 闡
11　20

| chǎn | 彳ㄢ | dzin² 〔展〕 |

講明白：～述｜～釋｜～明｜～揚。

〈說解〉 闡，门部，上包下結構，形聲字。門簡化爲门，單簡化爲单，偏旁類推簡化。

羟 ‖ 羥
11　13

| qiāng | ㄑ｜ㄤ | kœŋ⁵ 〔羗〕 |

羥基，氫氧原子團。

〈說解〉 羟，羊部，左右結構，形聲字。巠簡化爲ㄆ，偏旁類推簡化。此字爲化學用字，取氧中的羊和氫中的巠組成羥，簡化爲羟。讀音聲母取氫的 q－，韻母取氧的 –iang。

盖 ‖ 蓋
11　13

| gài | ㄍㄞˋ | gɔi³ 〔該高去〕　kɔi³ 〔概〕 |

①器物上部有遮蔽作用的東西：瓶～｜鍋～｜壺～。②動物背部的甲殼：龜～｜螃蟹～。③由上而下地遮蔽：～子｜覆～｜

遮～｜掩～｜籠～。④打印在上面：～章｜～印｜～戳子。⑤建造，建築：～房｜～大樓｜～廠房｜翻～｜修～。⑥超過，壓倒：功高～世｜他的嗓門把別人都～過去了。⑦〈書〉大概。⑧〈書〉承上文申述理由或原因：屈平之作《離騷》，～自怨生也。

〈說解〉 盖，皿部，上下結構。《正字通・皿部》："盖，俗蓋字。"把蓋的上部改爲羊就成爲盖。敦煌寫本、宋刊《祖堂集》、金刊《劉知遠》、影元刊《元典章》及《俗字譜》諸書（除清刊《金瓶梅》）並見。
＊蓋字異體有葢，舊均歸艸部。

糲 ‖ 糲
11　　20

lì　ㄌㄧˋ　lɐi⁶〔麗〕

〈書〉糙米。

〈說解〉 糲，米部，左右結構，形聲字。萬簡化爲万，偏旁類推簡化。影元鈔本《通俗小說》已見。
＊糲的本字爲糲，見《説文・米部》。

断 ‖ 斷
11　　18

duàn　ㄉㄨㄢˋ　dyn⁶〔段〕

①有形的東西分成兩段或幾段：切～｜割～｜砍～｜截～｜～裂｜～層｜～腸。②隔絕，斷絕：～水｜～電｜～奶｜～炊｜～交｜～糧。③戒除：～酒｜～賭｜～煙。④決定，判斷：～語｜～案｜～獄｜決～｜武～｜診～。⑤副詞。絕對，一定：～然｜～無此事｜～不能信。

〈說解〉 断，斤部，左右結構，草書楷化字。把斷字左半邊乚包圍的部分改爲米就成爲断。《干祿字書・上聲》載断爲斷的俗體。敦煌寫本、宋刊《祖堂集》、影元刊《元典章》及《俗字譜》諸書並見。断可作簡化偏旁用，如簖（籪）。

兽 ‖ 獸
11　　19

shòu　ㄕㄡˋ　sɐu³〔瘦〕

①哺乳動物的通稱，一般指有四條腿、全身生毛的哺乳動物：

～類｜～醫｜～皮｜～力車｜野～｜禽～。②比喻野蠻、下流的:～心｜～行｜～慾｜～性。

〈說解〉 兽，丷部，上中下結構。去掉獸字右邊的犬旁，並把左上部的兩個口改成一點和一撇，就成爲兽。敦煌寫本獸簡作獸，金刊《劉知遠》、明刊《釋厄傳》簡作獸，今在此基礎上去犬旁簡化作兽。

焖 ‖ 燜
11　　16

mèn　ㄇㄣˋ　mun⁶〔悶〕

蓋緊鍋蓋，用微火把食物煮熟或燉熟;～飯｜油～筍｜紅～肉。

〈說解〉 焖，火部，左右結構，形聲字。門簡化爲门，偏旁類推簡化。

潰 ‖ 漬
11　　14

zì　ㄗˋ　dzi³〔至〕　dzik⁷〔積〕

①浸，漚:～蔴｜浸～｜襯衣被汗水～黃了。②地上的積水:～水｜內～｜排～。③油泥等積在上面:～泥｜煙斗裏～了很多的油子。④積在物體上面難以除去的油垢:油～｜茶～。

〈說解〉 潰，氵部，左右結構，形聲字。貝簡化爲贝，偏旁類推簡化。

鸿 ‖ 鴻
11　　17

hóng　ㄏㄨㄥˊ　huŋ⁴〔洪〕

①鸿雁，大雁:～毛｜目送飛～。②指書信:來～。③大:～圖｜～儒｜～福｜～溝。

〈說解〉 鸿，鳥部或氵部，左中右結構，形聲字。鳥簡化爲鸟，偏旁類推簡化。

瀆 ‖ 瀆
11　　18

| dú | ㄉㄨˊ | duk⁹ | 〔毒〕|

①〈書〉溝渠:溝～。②輕慢,不敬:～職｜～犯｜褻～｜冒～｜有～清神。

〈說解〉 瀆,氵部,左右結構,形聲字。賣簡化爲卖,偏旁類推簡化。

漸 ‖ 漸
11　　14

| (一) jiàn | ㄐㄧㄢˋ | dzim⁶ | 〔佔低去〕|

逐步,漸漸:～次｜～進｜逐～｜天氣～熱｜日～消瘦。

| (二) jiān | ㄐㄧㄢ | dzim¹ | 〔尖〕|

〈書〉①浸:～染。②流入:東～於海。

〈說解〉 漸,氵部,左中右結構,形聲字。車簡化爲车,偏旁類推簡化。

澠 ‖ 澠
11　　16

| miǎn | ㄇㄧㄢˇ | men⁵ | 〔敏〕|

澠池,地名,在河南。

〈說解〉 澠,氵部,左右結構,形聲字。黽簡化爲黾,偏旁類推簡化。

淵 ‖ 淵
11　　12

| yuān | ㄩㄢ | jyn¹ | 〔冤〕|

①深水,潭:～海｜～藪｜～源｜天～｜深～｜積水成～。②深:～泉｜～博｜～深。

〈說解〉 淵,氵部,左右結構,草書楷化字。把淵字右邊裏面的部分改爲米就成爲淵。宋刊《列女傳》、元刊《三國志》《太平樂府》《元典章》已見。

渔 ‖ 漁
11　14

yú　ㄩˊ　jy⁴〔余〕

①捕魚:～民｜～船｜～輪｜～具｜～港｜～翁｜～火｜竭澤而～。②謀取不應得的東西:～利｜～色。

〈説解〉　渔,氵部,左右結構,形聲字。魚簡化爲鱼,偏旁類推簡化。

淀 ‖ 澱
11　16

diàn　ㄉㄧㄢˋ　din⁶〔電〕

沉澱:～粉。

〈説解〉　淀,氵部,左右結構,形聲字。淀字本指淺水,因與澱音同,很早就可通用。如《文選・江賦》"栫澱爲岑",唐李善注:"澱與淀古字通。"今以淀做澱的簡化字是同音替代。
＊淀表示淺水湖泊時只用淀,不能用澱。如海淀、白洋淀等。

渗 ‖ 滲
11　14

shèn　ㄕㄣˋ　sɐm³〔沁〕

液體慢慢地透過或漏出:～入｜～水｜～透｜～井｜～溝。

〈説解〉　渗,氵部,左右結構,形聲字。參簡化爲参,偏旁類推簡化。

惬 ‖ 愜
11　12

qiè　ㄑㄧㄝˋ　hip⁸〔協〕

內心滿足:～心｜～意｜～懷。

〈説解〉　惬,忄部,左右結構,形聲字。夾簡化爲夹,偏旁類推簡化。

惭 ‖ 慚
11　14

cán　ㄘㄢˊ　tsam⁴〔蠶〕

因自己做錯事或未能盡責而內心不安:～愧｜～惶｜～顏｜

羞～｜大言不～。

〈說解〉　慚，忄部，左中右結構，形聲字。車簡化爲车，偏旁類推簡化。

惧‖懼
11　　21
　　jù　ㄐㄩˋ　gœy⁶〔巨〕

害怕：～怕｜～內｜～色｜恐～｜畏～｜疑～｜惶～｜無所～。

〈說解〉　惧，忄部，左右結構，形聲字。把懼的聲旁瞿改爲具（近音替代），表音更明確。元刊《雜劇》《太平樂府》、明刊《白袍記》、清刊《目蓮記》等並見。清龍啓瑞《字學舉隅・正譌》以惧爲懼的俗字。

惊‖驚
11　　22
　　jīng　ㄐㄧㄥ　giŋ¹〔京〕

①由於受到突然來的刺激而精神緊張：～慌｜～恐｜～奇｜～喜｜～嚇｜～醒｜～訝｜～異｜吃～｜擔～｜震～｜受～｜膽戰心～。②驚動：～擾｜～天動地｜打草～蛇｜一鳴～人。③騾馬因受驚嚇而狂跑不受控制：拉車的馬～了。

〈說解〉　惊，忄部，左右結構，形聲字。把驚的形旁馬改爲忄，聲旁敬改爲京。京與驚同音，清刊《目蓮記》《金瓶梅》《逸事》借京爲驚，今加上形旁忄成惊。惊本讀 liáng，義爲“悲也”（見《集韻・陽韻》)，今已不用，用惊做驚的簡化字不會發生混淆。
*驚字舊歸馬部。

憚‖憚
11　　15
　　dàn　ㄉㄢˋ　dan⁶〔但〕

害怕，怕：不～煩｜肆無忌～。

〈說解〉　憚，忄部，左右結構，形聲字。單簡化爲单，偏旁類推簡化。

惨 ‖ 慘
11　14

cǎn　ㄘㄢˇ　tsam² 〔蠶高上〕

①處境或遭遇極其不幸,令人傷心:～劇丨～案丨～狀丨～殺丨悲～丨淒～丨傷～丨死得太～了。②程度嚴重:～重丨～敗丨～禍。③狠毒,兇惡:～毒丨～無人道。

〈說解〉 慘,忄部,左右結構,形聲字。參簡化爲参,偏旁類推簡化。
＊慘字舊歸心部。下同。

惯 ‖ 慣
11　14

guàn　ㄍㄨㄢˋ　gwan³ 〔關高去〕

①積久成性,習以爲常的:～例丨～犯丨～技丨～匪丨～偷丨～用語丨習～丨司空見～。②縱容使養成不良習慣或作風:嬌～丨嬌生～養。

〈說解〉 慣,忄部,左右結構,形聲字。貫簡化爲贯,偏旁類推簡化。

祷 ‖ 禱
11　18

dǎo　ㄉㄠˇ　tou² 〔土〕

①向神聖祈求保佑:～告丨祈～丨默～。②盼望:盼～丨是所至～。

〈說解〉 禱,礻部,左右結構,形聲字。壽簡化爲寿,偏旁類推簡化。明刊《白袍記》、清刊《逸事》等已見。
＊禱字舊歸示部。下同。

祸 ‖ 禍
11　12

huò　ㄏㄨㄛˋ　wɔ⁶ 〔和低去〕

①禍事,災難:～害丨～患丨～首丨～殃丨惹～丨災～丨闖～丨車～丨慘～丨天災人～。②損害:～國殃民丨遺～。

〈說解〉 禍,礻部,左右結構,形聲字。咼簡化爲呙,偏旁類推簡化。清刊《金瓶梅》《逸事》已見。

裆‖襠 11 18 dāng ㄉㄤ dɔŋ[1]〔當〕

①兩條褲腿相連的部分：～淺｜～深｜橫～｜直～｜開～褲。②兩條腿的中間：腿～。

〈説解〉 裆，衤部，左右結構，形聲字。當簡化爲当，偏旁類推簡化。影元鈔《通俗小説》已見。
＊襠字舊歸衣部。

十一

皲‖皸 11 14 jūn ㄐㄩㄣ gwɐn[1]〔軍〕

【皸裂】jūnliè 皮膚因寒冷乾燥而開裂。

〈説解〉 皲，皮部，左右結構，形聲字。車簡化爲车，偏旁類推簡化。

谌‖諶 11 16 chén ㄔㄣˊ sɐm[4]〔岑〕

〈書〉①相信。②誠然，的確。

〈説解〉 谌，讠部，左右結構，形聲字。訁簡化爲讠，偏旁類推簡化。

谋‖謀 11 16 móu ㄇㄡˊ mɐu[4]〔牟〕

①主意，計謀：～略｜智～｜機～｜密～｜毒～｜陰～｜遠～深算｜有勇無～。②設法求得，謀劃：～生｜～事｜～害｜～反｜～取｜合～｜蓄～｜預～。③商議：不～而合。

〈説解〉 谋，讠部，左右結構，形聲字。訁簡化爲讠，偏旁類推簡化。

谍 ‖ 諜
11　　16

| dié | ㄉㄧㄝˊ | dip⁹ | 〔碟〕|

①刺探對方的情況：～報。②進行諜報活動的人：間～｜匪
～｜防～。

〈說解〉 諜，讠部，左右結構，形聲字。言簡化爲讠，偏旁類推
簡化。

谎 ‖ 謊
11　　16

| huǎng | ㄏㄨㄤˇ | foŋ¹ | 〔方〕|

①不眞實的、騙人的話：說～｜扯～｜圓～｜撒～。②虛假不
實的：～言｜～報軍情。

〈說解〉 謊，讠部，左右結構，形聲字。言簡化爲讠，偏旁類推簡化。

谏 ‖ 諫
11　　16

| jiàn | ㄐㄧㄢ | gan³ | 〔澗〕|

規勸君王、尊長或友人：～諍｜～言｜進～｜規～｜納～｜勸
～｜兵～｜直言敢～。

〈說解〉 諫，讠部，左右結構，形聲字。言簡化爲讠，偏旁類推簡化。

谐 ‖ 諧
11　　16

| xié | ㄒㄧㄝˊ | hai⁴ | 〔鞋〕|

①配合適當：～音｜～美｜～振｜和～｜調～。②商量好，辦
妥：事～。③詼諧：～戲｜俳～。

〈說解〉 諧，讠部，左右結構，形聲字。言簡化爲讠，偏旁類推簡化。

谑 ‖ 謔
11　　16

| xuè | ㄒㄩㄝˋ | jœk⁹ | 〔若〕|

開玩笑，戲弄：戲～｜調～｜諧～｜嘲～。

〈說解〉 谯, 讠部, 左右結構, 形聲字。讠簡化爲讠, 偏旁類推簡化。

谒 ‖ 謁
11 16

　yè ｜ㄝˋ jit⁸〔咽〕

進見, 拜見:～見｜拜～｜進～｜參～｜晉～。

〈說解〉 谒, 讠部, 左右結構, 形聲字。讠簡化爲讠, 偏旁類推簡化。

谓 ‖ 謂
11 16

　wèi ㄨㄟˋ wɐi⁶〔胃〕

①說:～語｜所～｜可～神速。②稱呼, 叫做:稱～｜何～美學?｜此之～大丈夫。

〈說解〉 谓, 讠部, 左右結構, 形聲字。讠簡化爲讠, 偏旁類推簡化。

谔 ‖ 諤
11 16

　è ㄜˋ ŋok⁹〔岳〕

〈書〉說話直爽坦誠:千人之諾諾, 不如一士之～～。

〈說解〉 谔, 讠部, 左右結構, 形聲字。讠簡化爲讠, 偏旁類推簡化。

谕 ‖ 諭
11 16

　yù ㄩˋ jy⁶〔預〕

告訴, 吩咐(用於上對下):～旨｜上～｜手～｜面～｜勸～｜曉～。

〈說解〉 谕, 讠部, 左右結構, 形聲字。讠簡化爲讠, 偏旁類推簡化。

谖 ‖ 諼
11　16

xuān　ㄒㄩㄢ　hyn¹〔圈〕

〈書〉①忘記。②欺詐。

〈說解〉 谖，讠部，左右結構，形聲字。言簡化爲讠，偏旁類推簡化。

谗 ‖ 讒
11　24

chán　ㄔㄢˊ　tsam⁴〔慚〕

①在人面前說他人的壞話：～害｜～毀｜～佞。②毀謗或離間的話：～言｜進～｜信～。

〈說解〉 谗，讠部，左右結構，形聲字。言簡化爲讠，偏旁類推簡化；把讒字右上部的刍改爲免，把右下部的兔改爲兩點。讒的右偏旁簡作㑔，宋刊《列女傳》、金刊《劉知遠》、明刊《東窗記》已見。

谘 ‖ 諮
11　16

zī　ㄗ　dzi¹〔之〕

跟人商量，征詢：～詢。

〈說解〉 谘，讠部，左右結構，形聲字。言簡化爲讠，偏旁類推簡化。

谙 ‖ 諳
11　16

ān　ㄢ　ɐm¹〔庵〕

熟悉：～練｜熟～｜不～水性。

〈說解〉 谙，讠部，左右結構，形聲字。言簡化爲讠，偏旁類推簡化。

谚 ‖ 諺
11　16

yàn　ㄧㄢˋ　jin⁶〔現〕

諺語：古～｜民～｜俗～｜農～。

〈**說解**〉 諺，讠部，左右結構，形聲字。讠簡化為讠，偏旁類推簡化。

谛 ‖ 諦
11　　16

dì　ㄉㄧˋ　dɐi³〔帝〕

①仔細看或聽：～視｜～觀｜～聽。②道理，真義：真～｜妙～。

〈**說解**〉 谛，讠部，左右結構，形聲字。讠簡化為讠，偏旁類推簡化。

谜 ‖ 謎
11　　16

mí　ㄇㄧˊ　mɐi⁴〔迷〕

①謎語：～底｜～面｜猜～｜燈～｜字～。②比喻尚未弄明白或難以理解的事物：他的下落至今還是一個～。

〈**說解**〉 谜，讠部，左右結構，形聲字。讠簡化為讠，偏旁類推簡化。

谝 ‖ 諞
11　　16

piǎn　ㄆㄧㄢˇ　pin⁵〔片低上〕

誇耀，顯示：～能。

〈**說解**〉 谝，讠部，左右結構，形聲字。讠簡化為讠，偏旁類推簡化。

谞 ‖ 諝
11　　16

xū　ㄒㄩ　sœy¹〔須〕

〈書〉①才智。②謀劃，計謀。

〈**說解**〉 谞，讠部，左右結構，形聲字。讠簡化為讠，偏旁類推簡化。

弹 ‖ 彈

11　　15

（一）dàn　ㄉㄢˋ　dan⁶〔但〕

①彈子：～丸｜～弓｜泥～｜鐵～。②內裝爆炸物、射出或擲出後具有破壞和殺傷能力的東西：～頭｜～道｜～坑｜～片｜～藥｜炮～｜槍～｜導～｜投～｜炸～｜手榴～｜原子～。

（二）tán　ㄊㄢˊ　tan⁴〔壇〕

①由於一物的彈性作用使另一物射出：～射｜～力｜～性｜～跳。②利用機械使纖維變鬆軟：～棉花｜～羊毛。③用手指、器具撥弄或敲打，使物體振動：～琴｜～球｜～奏｜～琵琶。④有彈性：～簧。⑤抨擊：～劾｜譏～｜糾～。

〈說解〉　彈，弓部，左右結構，形聲字。單簡化爲单，偏旁類推簡化。

堕 ‖ 墮

11　　14

duò　ㄉㄨㄛˋ　do⁶〔惰〕

墜落，掉落：～落｜～馬｜～胎｜～地｜如～深淵。

〈說解〉　堕，土部，上下結構，草書楷化字。把墮字右上部改爲有就成爲堕。敦煌寫本、元刊《太平樂府》、明刊《釋厄傳》、清刊《目蓮記》《逸事》已見。

随 ‖ 隨

11　　14

suí　ㄙㄨㄟˊ　tsœy⁴〔徐〕

①在後面跟着：～從｜～後｜～同｜～員｜跟～｜追～｜尾～｜如影～形。②順從：～順｜～和。③任憑：～意｜～便｜～處｜～地。④順便：～手關門。⑤像：長得～他母親。

〈說解〉　随，阝部，左右結構，草書楷化字。把隨字右半邊被包圍的部分改爲有就成爲随。敦煌寫本、宋刊《祖堂集》、影元刊《元典章》及《俗字譜》元明清諸書並見。
＊随字舊歸阜部。下同。

隐 ‖ 隱
11　16

yǐn　ㄧㄣˇ　jɐn² 〔忍〕

①藏起來,不願顯露:～蔽 ｜～藏 ｜～伏 ｜～士 ｜～居 ｜～瞞 ｜～私 ｜～匿 ｜～姓埋名。②潛伏的,未公開的:～情 ｜～患 ｜～血 ｜～秘 ｜～語。

〈說解〉 隐,阝部,左右結構,草書楷化字。把隱字右半部改爲急就成爲隐。敦煌寫本、宋刊《祖堂集》《列女傳》、元刊《太平樂府》《元典章》、清刊《目蓮記》《逸事》等習見。隐可作簡化偏旁用,如:瘾(癮)。

粜 ‖ 糶
11　25

tiào　ㄊㄧㄠˋ　tiu³ 〔跳〕

賣出糧食:～米 ｜ 出～ ｜ 平～。

〈說解〉 粜,米部,上下結構,會意字。把糶字右邊的翟去掉就成爲粜。《廣韻·嘯韻》載粜爲糶的俗字,與今簡化字粜形近。影元刊《元典章》已簡作粜。與糶意義相反的糴 (dí ㄉㄧ dɛk⁹)簡化作籴,二字簡化方法相同。

媀 ‖ 嫿
11　15

huà　ㄏㄨㄚˋ　wak⁹ 〔或〕

【娓媀】 guǐhuà 形容女子嫺靜美好。

〈說解〉 媀,女部,左右結構,形聲字。畫簡化爲画,偏旁類推簡化。

婵 ‖ 嬋
11　15

chán　ㄔㄢˊ　sim⁴ 〔蟬〕

【婵娟】 chánjuān 姿態美好,多用來形容女子。

〈說解〉 婵,女部,左右結構,形聲字。單簡化爲单,偏旁類推簡化。

婶 ‖ 嬸
11　18

shěn　ㄕㄣˇ　sɐm² 〔審〕

①叔父的妻子：～母丨～子。②稱呼跟母親輩分相同而年齡較小的已婚婦女：大～丨張～。

〈說解〉 婶，女部，左右結構，形聲字。審簡化爲审，偏旁類推簡化。

颇 ‖ 頗
11　14

pō　ㄆㄛ　po¹ 〔婆高平〕

①偏，不正：偏～。②很，相當地：～熱丨～低丨～佳丨～感興趣。

〈說解〉 颇，頁部或皮部，左右結構，形聲字。頁簡化爲页，偏旁類推簡化。

颈 ‖ 頸
11　16

(一) jǐng　ㄐㄧㄥˇ　gɛŋ² 〔鏡高上〕

脖子：～項丨～椎丨長～鹿。

(二) gěng　ㄍㄥˇ　gɛŋ² 〔鏡高上〕

用於口語：脖～。

〈說解〉 颈，頁部，左右結構，形聲字。巠簡化爲圣，頁簡化爲页，偏旁類推簡化。

骐 ‖ 騏
11　18

qí　ㄑㄧˊ　kei⁴ 〔其〕

古代指青黑色的馬：～驥。

〈說解〉 骐，馬部，左右結構，形聲字。馬簡化爲马，偏旁類推簡化。

骑 ‖ 騎
11　18　　qí　ㄑㄧˊ　kɛ⁴〔其羈切〕

①兩腿跨坐：～馬｜～駱駝｜～自行車。②兼跨兩邊：～縫｜～牆。③騎的馬或其他動物：坐～。④騎兵，也指騎馬的人：車～｜輕～｜遊～｜鐵～｜驍～。

〈說解〉 騎，馬部，左右結構，形聲字。馬簡化爲马，偏旁類推簡化。元刊《三國志》已見。

骒 ‖ 騍
11　18　　kè　ㄎㄜˋ　fɔ³〔課〕

【騍馬】kèmǎ　母馬。

〈說解〉 騍，馬部，左右結構，形聲字。馬簡化爲马，偏旁類推簡化。

骓 ‖ 騅
11　18　　zhuī　ㄓㄨㄟ　dzœy¹〔追〕

古代指毛色蒼白相雜的馬。

〈說解〉 騅，馬部，左右結構，形聲字。馬簡化爲马，偏旁類推簡化。

骖 ‖ 驂
11　21　　cān　ㄘㄢ　tsam¹〔參〕

古代指駕在車兩旁的馬：左～｜右～。

〈說解〉 驂，馬部，左右結構，形聲字。馬簡化爲马，參簡化爲参，偏旁類推簡化。

绩 ‖ 績
11　17　　jì　ㄐㄧˋ　dzik⁷〔即〕

①把蔴纖維接續起來搓成綫：～蔴｜紡～。②功業，成果：業

～｜成～｜功～｜勞～｜政～｜戰～｜勛～｜豐功偉～。

〈說解〉 绩，纟部，左右結構，形聲字。糹簡化爲纟，貝簡化爲贝，偏旁類推簡化。

绪 ‖ 緒
11　　14

xù　ㄒㄩˋ　sœy⁵〔髓〕

①原指絲的頭，比喻事物的開端：～論｜頭～｜端～｜事已就～。②殘餘：～餘｜～風。③指心情、思想等：情～｜思～｜愁～｜心～｜離情別～。

〈說解〉 绪，纟部，左右結構，形聲字。糹簡化爲纟，偏旁類推簡化。

绫 ‖ 綾
11　　14

líng　ㄌㄧㄥˊ　liŋ⁴〔零〕

綾子，像緞子而比緞子薄的絲織品。

〈說解〉 绫，纟部，左右結構，形聲字。糹簡化爲纟，偏旁類推簡化。

续 ‖ 續
11　　21

xù　ㄒㄩˋ　dzuk⁹〔俗〕

①接連不斷：連～｜繼～｜陸～｜持～。②接在原有的後頭：～集｜～編｜～弦｜～假｜～貂。③添加：～煤｜壺裏沒水了，再～點吧。

〈說解〉 续，纟部，左右結構，形聲字。糹簡化爲纟，賣簡化爲卖，偏旁類推簡化。

绮 ‖ 綺
11　　14

qǐ　ㄑㄧˇ　ji²〔倚〕

①有花紋或圖案的絲織品：～羅。②美麗，明麗：風光～麗。

〈說解〉 綺，纟部，左右結構，形聲字。糹簡化爲纟，偏旁類推簡化。

绯 ‖ 緋
11　　14

fēi　ㄈㄟ　fei¹〔非〕

紅色：～紅。

〈說解〉 緋，纟部，左右結構，形聲字。糹簡化爲纟，偏旁類推簡化。

绰 ‖ 綽
11　　14

(一) chuò　ㄔㄨㄛˋ　tsœk⁸〔卓〕

寬裕：～～有餘 | 寬～ | 闊～。

(二) chāo　ㄔㄠ　tsau¹〔抄〕

抓取：～起掃帚就掃地。

〈說解〉 綽，纟部，左右結構，形聲字。糹簡化爲纟，偏旁類推簡化。

绲 ‖ 緄
11　　14

gǔn　ㄍㄨㄣˇ　gwɐn²〔滾〕

①織成的帶子。②沿着衣服等的邊緣縫上布條、帶子：～邊。

〈說解〉 緄，纟部，左右結構，形聲字。糹簡化爲纟，偏旁類推簡化。

绳 ‖ 繩
11　　19

shéng　ㄕㄥˊ　siŋ⁴〔成〕

①繩子：～索 | ～梯 | 蔴～ | 綫～ | 頭～ | 鋼絲～。②糾正、約束：～之以法。③繼續：～其祖武。

〈說解〉 绳，糹部，左右結構，形聲字。黽簡化爲黾，偏旁類推簡化。元刊《三國志》已見。敦煌寫本、元明刊本多簡作绳。

维 ‖ 維
11 14

wéi　ㄨㄟˊ　wei⁴〔圍〕

①連接：～繫。②保持，保全：～持｜～護｜～修。③思想：思～。④幾何學及空間理論的基本概念，構成空間的每一個因素（如長、寬、高）叫做一維，如普通空間是三維的。

〈說解〉 维，糹部，左右結構，形聲字。糸簡化爲糹，偏旁類推簡化。

绵 ‖ 綿
11 14

mián　ㄇㄧㄢˊ　min⁴〔眠〕

①絲綿：～綢。②延續不斷：～延｜～亘｜～長｜連～。③柔軟，無力：～軟｜沉～｜軟～～。④微薄：～力｜～薄。

〈說解〉 绵，糹部，左右結構，形聲字。糸簡化爲糹，偏旁類推簡化。

绶 ‖ 綬
11 14

shòu　ㄕㄡˋ　seu⁶〔受〕

綬帶，一種絲質的帶子，用來繫官印或勛章：印～｜官～。

〈說解〉 绶，糹部，左右結構，形聲字。糸簡化爲糹，偏旁類推簡化。

绷 ‖ 繃
11 14

(一) bēng　ㄅㄥ　beŋ¹〔崩〕

①拉緊，張緊：～緊｜～直｜～斷｜緊～在身上。②猛然彈起：彈簧～飛了。③稀疏地縫上或用針別上：～被頭｜紅布上～着金字。

(二) běng　　ㄅㄥˇ　maŋ¹〔盲高平〕

板着：～着臉。②勉强支撐：～住勁｜他～不住笑了起來。

〈說解〉 绷，纟部，左右結構，形聲字。糸簡化爲纟，偏旁類推簡化。

綢 ‖ 綢
11　　14

chóu　　ㄔㄡˊ　tsɐu⁴〔酬〕

綢子，薄而軟的絲織品：絲～｜紡～。

〈說解〉 绸，纟部，左右結構，形聲字。糸簡化爲纟，偏旁類推簡化。

綹 ‖ 綹
11　　14

liǔ　　ㄌㄧㄡˇ　lɐu⁵〔柳〕

量詞，綫、蔴、頭髮等細絲狀東西許多根順着聚在一起：一～綫｜一～蔴｜三～頭髮。

〈說解〉 绺，纟部，左右結構，形聲字。糸簡化爲纟，偏旁類推簡化。

綣 ‖ 綣
11　　14

quǎn　　ㄑㄩㄢˇ　hyn³〔勸〕

見【繾綣】。

〈說解〉 绻，纟部，左右結構，形聲字。糸簡化爲纟，偏旁類推簡化。

綜 ‖ 綜
11　　14

zōng　　ㄗㄨㄥ　dzuŋ¹〔忠〕　dzuŋ³〔衆〕

總括在一起：～合｜～觀｜～計｜～括｜～述。

〈說解〉 綜，纟部，左右結構，形聲字。糹簡化爲纟，偏旁類推簡化。

綻 ‖ 綻
11　14

| | zhàn　ㄓㄢˋ　dzan⁶〔賺〕 |

裂開：～開的花朵｜破～｜鞋開～了｜皮開肉～。

〈說解〉 綻，纟部，左右結構，形聲字。糹簡化爲纟，偏旁類推簡化。

绾 ‖ 綰
11　14

| | wǎn　ㄨㄢˇ　wan²〔挽高上〕 |

把長條形的東西盤繞起來打成結：～個扣兒｜～起髮髻。

〈說解〉 绾，纟部，左右結構，形聲字。糹簡化爲纟，偏旁類推簡化。

绿 ‖ 綠
11　14

| | (一) lù　ㄌㄩˋ　luk⁹〔六〕 |

像草和樹葉茂盛時的顏色：～茶｜～化｜～燈｜～藻｜嫩～｜濃～｜墨～｜青山～水。

| | (二) lù　ㄌㄨˋ　luk⁹〔六〕 |

義同(一)，用於綠林、綠營等。

〈說解〉 綠，纟部，左右結構，形聲字。糹簡化爲纟，偏旁類推簡化。

缀 ‖ 綴
11　14

| | zhuì　ㄓㄨㄟˋ　dzœy⁶〔罪〕　dzœy³〔最〕 |

①用針綫等連起來：～網｜連～。②組合字句篇章：～文｜～輯。③裝飾：點～。

〈說解〉綴，糹部，左右結構，形聲字。糸簡化爲糹，偏旁類推簡化。

缁 ‖ 緇
11　　14

$zī$　ㄗ　dzi^1〔支〕

〈書〉黑色：～衣｜～流（指僧人）。

〈說解〉缁，糹部，左右結構，形聲字。糸簡化爲糹，偏旁類推簡化。

十 二 畫

靚 ‖ 靚
12　15

（一）jing　ㄐㄧㄥˋ　dziŋ⁶〔靜〕

妝飾,打扮:～妝。

（二）liàng　ㄌㄧㄤˋ　leŋ³〔拉鏡切〕

漂亮,好看:～女。

〈說解〉靚,青部或見部,左右結構,形聲字。見簡化爲见,偏旁類推簡化。

琼 ‖ 瓊
12　18

qióng　ㄑㄩㄥˊ　kiŋ⁴〔鯨〕

①美玉:～瑤 ｜ ～樓玉宇 ｜ ～漿玉液。②海南島的簡稱:～劇。

〈說解〉琼,王部,左右結構,形聲字。把瓊字右邊的聲旁改爲京(音近)就成爲琼。

辇 ‖ 輦
12　15

niǎn　ㄋㄧㄢˇ　lin⁵〔連低上〕

古代用人拉的車,後多指皇帝坐的車:步～ ｜ 御～ ｜ 龍～ ｜ 鳳～。

〈說解〉辇,车部,上下結構,會意字,車簡化爲车,偏旁類推簡化。

黿 ‖ 黿
12　17

yuán　ㄩㄢˊ　jyn⁴〔元〕

黿魚,鱉。

〈說解〉 鼋, 黽部, 上下結構, 形聲字。黿簡化爲鼋, 偏旁類推簡化。

趨 ‖ 趨
12　17

| | qū　　ㄑㄩ　tsœy¹　〔吹〕 |

①快步走:～前｜疾～｜亦步亦～。②朝着某個方向發展:～勢｜～時｜～向｜～於統一｜日～繁榮｜大勢所～。③迎合:～附｜～奉｜～炎附勢。④鵝或蛇伸頭咬人。

〈說解〉 趨, 走部, 左下半包圍結構, 形聲字。芻簡化爲刍, 偏旁類推簡化。敦煌寫本、元刊《太平樂府》、明刊《東窗記》、清刊《金瓶梅》等並見。

揽 ‖ 攬
12　24

| | lǎn　　ㄌㄢˇ　lam⁵　〔覽〕 |

①用胳膊圍住, 使靠近自己:把孩子～在懷里。②用繩子等繫住, 使不散去;～舟｜把柴火一～上點。③拉到自己這方面來:～生意｜包～｜兜～｜承～｜招～。④把持:獨～大權。

〈說解〉 揽, 扌部, 左右結構, 形聲字。臨簡化爲⺍, 見簡化爲见, 偏旁類推簡化。金刊《劉知遠》、元刊《雜劇》《元典章》、清刊《目蓮記》已簡作揽。

頡 ‖ 頡
12　15

| | (一) xié　ㄒㄧㄝˊ　kit⁸　〔揭〕 |

〈書〉鳥往上飛:～頏。

| | (二) jié　ㄐㄧㄝˊ　kit⁸　〔揭〕 |

用於人名:倉～。

〈說解〉 頡, 頁部, 左右結構, 形聲字。頁簡化爲页, 偏旁類推簡化。

揿 ‖ 揿
12　15

| | qìn　ㄑㄧㄣˋ　gɐm⁶〔禁低去〕 |

按：～電鈴。

〈說解〉 揿，扌部，左中右結構，形聲字。金簡化爲钅，偏旁類推簡化。

搀 ‖ 攙
12　20

| | chān　ㄔㄢ　tsam¹〔参〕 |

①扶：～扶｜～着奶奶上樓。②把一種東西混合到另一種東西裏去：～和｜～假｜～水｜～雜。

〈說解〉 搀，扌部，左右結構，形聲字。毚簡化爲毚，偏旁類推簡化。元刊《雜劇》《太平樂府》、明刊《嬌紅記》、清刊《目連記》並見。

蛰 ‖ 蟄
12　17

| | zhé　ㄓㄜˊ　dzik⁹〔直〕　dzɐt⁹〔姪〕 |

動物冬眠，潛伏起來不動：～伏｜～居。

〈說解〉 蛰，虫部，上下結構，形聲字。執簡化爲执，偏旁類推簡化。元刊《太平樂府》、清刊《逸事》並見。

絷 ‖ 縶
12　17

| | zhí　ㄓˊ　dzɐp⁷〔汁〕 |

①拴，綑：～馬。②拘禁：囚～。

〈說解〉 絷，系部，上下結構，形聲字。執簡化爲执，偏旁類推簡化。

搁 ‖ 擱
12　17

| | gē　ㄍㄜ　gok⁸〔各〕 |

①使處於一定的位置：把書～在桌子上。②放入：咖啡裏要～

多少糖?③停止進行:～置丨～淺丨～筆丨耽～。

〈說解〉 搁,扌部,左右結構,形聲字,門簡化爲门,偏旁類推簡化。

搂 ‖ 摟
12　14　　　　（一）lōu　ㄌㄡ　leu¹〔樓高平〕

①用手或工具把東西聚攏:～柴火丨～樹葉。②用手攏着提起來:她～起裙子,跨過水坑。③搜刮:～錢丨～他一把。④向自己的方向撥,扳動:～槍機。⑤核算:～一～賬。

　　　　　　　（二）lǒu　ㄌㄡˇ　leu²〔樓高上〕

①兩臂合抱,用胳膊攏着:～在懷裏丨小姑娘～着洋娃娃。②量詞:這棵樹足有一～粗。

〈說解〉 楼,扌部,左右結構,形聲字。婁簡化爲娄,偏旁類推簡化。明刊《嬌紅記》、清刊《金瓶梅》《逸事》並見。

搅 ‖ 攪
12　23　　　　jiǎo　ㄐㄧㄠˇ　gau²〔攪〕

①拌和:～拌丨～動丨～渾水丨～砂漿。②擾亂,打擾:～亂丨～擾丨～局丨胡～。

〈說解〉 搅,扌部,左右結構,形聲字。鬥簡化爲⺍,見簡化爲见,偏旁類推簡化。《俗字譜》元明清諸書簡作撹,今不從。

联 ‖ 聯
12　17　　　　lián　ㄌㄧㄢˊ　lyn⁴〔戀〕

①聯結,聯合:～歡丨～播丨～盟丨～軍丨～絡丨～名丨～賽丨～想丨～姻丨串～丨關～。②對聯:上～丨下～丨春～丨挽～丨門～丨楹～。

〈說解〉 联,耳部,左右結構,草書楷化字。把聯字右偏旁改爲关就成为联,與關俗字簡作関類同。清刊《逸事》已見。

蕆 ‖ 蔵
12　15

| chǎn | ㄔㄢˇ | tsin² 〔淺〕 |

〈書〉完成：～事。

〈說解〉 蕆，艹部，上下結構，貝簡化爲贝，偏旁類推簡化。

蕢 ‖ 蕢
12　15

| kuì | ㄎㄨㄟˋ | gwɐi⁶ 〔跪〕 |

〈書〉盛土的草包。

〈說解〉 蕢，艹部，上中下結構，形聲字。貝簡化爲贝，偏旁類推簡化。

蔣 ‖ 蔣
12　14

| jiǎng | ㄐㄧㄤˇ | dzœŋ² 〔掌〕 |

姓。

〈說解〉 蔣，艹部，上下結構，形聲字。將簡化爲将，偏旁類推簡化。

蔞 ‖ 蔞
12　14

| lóu | ㄌㄡˊ | lɐu⁴ 〔流〕 | lɐu¹ 〔樓高平〕(又) |

【蔞蒿】lóuhāo 多年生草本植物，葉子互生，背面密生灰白色絨毛，花淡黃色，葉子可做艾的代用品。

〈說解〉 蔞，艹部，上中下結構，形聲字。婁簡化爲娄，偏旁類推簡化。

韓 ‖ 韓
12　17

| hán | ㄏㄢˊ | hɔn⁴ 〔寒〕 |

國名，在今河南中部和山西東南部，爲戰國七雄之一。

〈說解〉　韓,韋部,左右結構,形聲字。韋簡化爲韦,偏旁類推簡化。

椟 ‖ 櫝
12　　19　　　dú　ㄉㄨˊ　duk⁹〔讀〕

〈書〉匣子:木～｜買～還珠。

〈說解〉　椟,木部,左右結構,形聲字。賣簡化爲卖,偏旁類推簡化。

椤 ‖ 欏
12　　23　　　luó　ㄌㄨㄛˊ　lɔ¹〔羅〕

【桫欏】suōluó 蕨類植物,木本,莖高而直,内含澱粉,可以食用。

〈說解〉　椤,木部,左右結構,形聲字。羅簡化爲罗,偏旁類推簡化。

赍 ‖ 賫
12　　15　　　jī　ㄐㄧ　dzɐi¹〔擠〕

〈書〉①懷着,抱着:～志而沒。②把東西送給人,給與:～假。

〈說解〉　赍,貝部,上中下結構。貝簡化爲贝,偏旁類推簡化。*賫爲齎的俗字(見《字彙補・貝部》),齎字舊歸齊部。

椭 ‖ 橢
12　　15　　　tuǒ　ㄊㄨㄛˇ　tɔ⁵〔妥〕

橢圓。

〈說解〉　椭,木部,左中右結構,形聲字。把橢字右邊的左和月改爲有就成爲椭。

鹁 ‖ 鵓
12　18

bó　ㄅㄛˊ　but⁹〔勃〕

【鹁鸪】bógū　一種鳥，羽毛黑褐色，天要下雨或放晴的時候，常在樹上咕咕地叫。

〈說解〉　鹁，鳥部，左右結構，形聲字。鳥簡化爲鸟，偏旁類推簡化。

鹂 ‖ 鸝
12　30

lí　ㄌㄧˊ　lei⁴〔離〕

【黃鹂】huánglí　一種鳥，身體黃色，嘴淡紅色，叫的聲音很好聽。也叫黃鶯。

〈說解〉　鹂，鳥部，左右結構，形聲字。麗簡化爲丽，鳥簡化爲鸟，偏旁類推簡化。

觌 ‖ 覿
12　22

dí　ㄉㄧˊ　dik⁹〔敵〕

〈書〉見，相見：～面。

〈說解〉　觌，見部，左右結構，形聲字。賣簡化爲卖，見簡化爲见，偏旁類推簡化。

碱 ‖ 鹻
12　24

jiǎn　ㄐㄧㄢˇ　gan²〔簡〕

同"鹼"。①含氫氧根的化合物的統稱。②含有十個分子結晶水的碳酸鈉，可用作洗滌劑，也用來中和發麵中的酸味。③被鹽鹻侵蝕：牆根已經～了。

〈說解〉　碱，石部，左右結構，形聲字。把形旁鹵改爲石，僉簡化爲金，偏旁類推簡化。
＊碱是鹻的俗字(見《中華大字典·石部》)。鹻字舊歸鹵部。

确 ‖ 確
12　15

　　que　　ㄑㄩㄝˋ　　kɔk⁸〔涸〕

①符合事實的，真實：～實｜～當｜～證｜～診｜精～｜正～｜準～。②堅定不移，牢固：～立｜～信｜～守｜～定｜～認｜～鑿。

〈説解〉　确，石部，左右結構，形聲字。确本指土地多石貧瘠（後罕用），確義爲堅固，二字現代音同，用确做確的簡化字是同音替代。

詟 ‖ 讋
12　23

　　zhé　　ㄓㄜˊ　　dzip⁸〔接〕

〈書〉懼怕。

〈説解〉　詟，龙部或言部，上下結構，會意字。龍簡化爲龙，偏旁類推簡化。

殚 ‖ 殫
12　16

　　dān　　ㄉㄢ　　dan¹〔丹〕

〈書〉盡，竭：～力｜～心｜～精竭慮。

〈説解〉　殚，歹部，左右結構，形聲字。單簡化爲单，偏旁類推簡化。

颊 ‖ 頰
12　16

　　jiá　　ㄐㄧㄚˊ　　gap⁸〔夾〕

臉的兩側從眼到下頜（下巴）的部分，通稱臉蛋：臉～｜面～｜兩～。

〈説解〉　颊，頁部，左右結構，形聲字。夾簡化爲夹，頁簡化爲頁，偏旁類推簡化。敦煌寫本、宋刊《祖堂集》已見。

雳 ‖ 靂
12　24

　　lì　　ㄌㄧˋ　　lik⁷〔礫〕

【霹靂】pīlì　雲和地面之間發生的一種强烈的雷電現象，響聲很大,能對人畜、植物、建築等造成很大危害。

〈説解〉 雳,雨部,上下結構,形聲字。歷簡化爲历,偏旁類推簡化。

辊 ‖ 輥
12　15

gǔn　ㄍㄨㄣˇ　gwɐn² 〔滾〕

能滾動的圓柱形機件的統稱:軋~。

〈説解〉 辊,車部,左右結構,形聲字,車簡化爲车,偏旁類推簡化。

辋 ‖ 輞
12　15

wǎng　ㄨㄤˇ　mɔŋ⁵ 〔網〕

車輪周圍的圓框。

〈説解〉 辋,車部,左右結構,形聲字。車簡化爲车,偏旁類推簡化。

椠 ‖ 槧
12　15

qiàn　ㄑㄧㄢˋ　tsim³ 〔塹〕

①古代記事用的木板。②書的刻本:元~丨宋~。

〈説解〉 椠,木部,上下結構,形聲字。車簡化爲车,偏旁類推簡化。

暂 ‖ 暫
12　15

zàn　ㄗㄢˋ　dzam⁶ 〔站〕

①時間短:短~。②暫時,臨時:~停丨~住丨~用丨~且丨~定丨~行條例。

〈説解〉 暂,日部,上下結構,形聲字。車簡化爲车,偏旁類推簡化。

輟 ‖ 輟
12　15
chuò　ㄔㄨㄛˋ　dzyt⁸〔啜〕

中止,停止:～學｜～筆｜～演｜～業｜中～｜時作時～。

〈說解〉 輟,車部,左右結構,形聲字。車簡化爲车,偏旁類推簡化。

輜 ‖ 輜
12　15
zī　ㄗ　dzi¹〔支〕

【輜重】zīzhòng　行軍時由運輸部隊攜帶的軍用物資。

〈說解〉 輜,車部,左右結構,形聲字。車簡化爲车,偏旁類推簡化。

翹 ‖ 翹
12　18
(一) qiáo　ㄑㄧㄠˊ　kiu⁴〔喬〕

①抬起頭:～首｜～望｜～企。②平的東西因由濕變乾而不平:～棱。

(二) qiào　ㄑㄧㄠˋ　kiu³〔喬高去〕

一頭向上仰起:～尾巴｜上～。

〈說解〉 翹,羽部,左下半包圍結構,形聲字。堯簡化爲尧,偏旁類推簡化。

輩 ‖ 輩
12　15
bèi　ㄅㄟˋ　bui³〔貝〕

①家族、親友之間的世系次第,輩分:同～｜祖～｜父～｜長～｜晚～｜前～｜後～｜先～。②一世或一生:後半～子｜這一～子｜祖祖～～。③〈書〉等,類:我～｜吾～｜儕～｜無能之～。

〈說解〉 輩,車部,上下結構,形聲字。車簡化爲车,偏旁類推簡化。

凿 ‖ 鑿
12　28

záo　ㄗㄠˊ　dzɔk⁹〔昨〕

①挖槽或打孔用的工具，長條形，使用時用重物砸後端。②打孔，挖掘：～井｜～冰｜～眼｜開～。③卯眼：～枘。④確實，真實：確～｜言之～～。

〈說解〉 凿，业部或凵部，獨體結構，去掉鑿字右上部的殳和下部的金，把左上部分稍加改造（臼改爲凵）就成爲凿。清刊《逸事》簡作凿，與今形近。

* 鑿字舊歸金部。

辉 ‖ 輝
12　15

huī　ㄏㄨㄟ　fɐi¹〔揮〕

①閃耀的光彩：光～｜餘～｜清～｜增～。②照耀：～映｜～煌。

〈說解〉 辉，⺌部，左右結構，形聲字。車簡化爲车，偏旁類推簡化。

赏 ‖ 賞
12　15

shǎng　ㄕㄤˇ　sœŋ²〔想〕

①賞賜，獎賞：～罰｜～格｜～錢｜犒～｜封～｜重～｜論功行～。②賞賜或獎賞的東西：領～｜懸～｜受～。③欣賞：～玩｜～鑒｜～心悅目｜觀～｜玩～｜孤芳自～。④賞識：稱～｜贊～。

〈說解〉 赏，贝部，上下結構，形聲字。貝簡化爲贝，偏旁類推簡化。

睐 ‖ 睞
12　13

lài　ㄌㄞˋ　lɔi⁶〔來〕

〈書〉①瞳人不正。②看，向旁邊看：青～。

〈說解〉 睐，目部，左右結構，形聲字。來簡化爲来，偏旁類推簡化。

睑 ‖ 瞼
12　　18

jiǎn　ㄐㄧㄢˇ　gim² 〔檢〕

眼瞼,眼皮。

〈說解〉 睑,目部,左右結構,形聲字。僉簡化爲佥,偏旁類推簡化。

喷 ‖ 噴
12　　15

(一) pēn　ㄆㄣ　pɐn³ 〔貧高去〕

液體、氣體、粉末等受壓力而射出:～火丨～氣丨～燈丨～漆丨～泉丨～濺丨～射丨～嘴。

(二) pèn　ㄆㄣ　pɐn³ 〔貧高去〕

①果菜、魚蝦等大量上市的時期:對蝦～丨西瓜～。②量詞,開花結實的次數:頭～丨二～丨中～。③香氣外溢:～香。

〈說解〉 喷,口部,左右結構,形聲字。賁簡化爲贲,偏旁類推簡化。

畴 ‖ 疇
12　　19

chóu　ㄔㄡˊ　tsɐu⁴ 〔酬〕

①〈書〉田地:田～丨平～。②種類:範～。③從前:～日丨～昔。

〈說解〉 畴,田部,左右結構,形聲字。壽簡化爲寿,偏旁類推簡化。

践 ‖ 踐
12　　15

jiàn　ㄐㄧㄢˋ　tsin⁵ 〔前低上〕

①踩:～踏丨～祚(登基)。②實行,履行:～約丨～言丨～諾丨實～。

〈說解〉 践,足部,左右結構,形聲字。戔簡化爲戋,偏旁類推簡化。

遺 ‖ 遺
12 15

| (一) yí 丨ˊ wɐi⁴〔維〕|

①遺失:～落丨～忘。②遺失的東西:路不拾～。③遺漏:補～丨拾～補闕丨暴露無～。④留下:～留丨～跡丨～老丨～憾丨～聞丨～址丨不～餘力。⑤專指死人留下的:～物丨～言丨～產丨～恨丨～願丨～志丨～容丨～書丨～囑。⑥排泄大小便或精液:～尿丨～精。

| (二) wèi ㄨㄟˋ wɐi⁶〔位〕|

〈書〉贈給:～之千金。

〈說解〉 遺,辶部,左下半包圍結構,形聲字。貝簡化爲贝,偏旁類推簡化。
＊遺字舊歸辵部。

蛺 ‖ 蛱
12 13

| jiá ㄐㄧㄚˊ gap⁸〔夾〕|

【蛺蝶】jiádié 蝴蝶的一類,成蟲赤黃色。

〈說解〉 蛺,虫部,左右結構,形聲字。夾簡化爲夹,偏旁類推簡化。

蟯 ‖ 蛲
12 18

| náo ㄋㄠˊ jiu⁴〔搖〕|

【蟯蟲】náochóng 寄生蟲的一種,身體很小,像綫頭,白色,寄生在人體的小腸下部和大腸裏。

〈說解〉 蟯,虫部,左右結構,形聲字。堯簡化爲尧,偏旁類推簡化。

螄 ‖ 蛳
12 16

| sī ㄙ si¹〔師〕|

【螺螄】luósī 淡水螺的通稱,一般較小。

〈說解〉　蛳,虫部,左中右結構,形聲字。師簡化爲师,偏旁類推簡化。

蛴 ‖ 蠐
12　　20　　　　qí　ㄑㄧˊ　tsɐi⁴〔齊〕

【蠐螬】 qícáo 金龜子的幼蟲,白色,圓柱狀,向腹面彎曲,生活在土裏,吃農作物的根和莖。

〈說解〉　蛴,虫部,左右結構,形聲字。齊簡化爲齐,偏旁類推簡化。

鵑 ‖ 鵑
12　　18　　　　juān　ㄐㄩㄢ　gyn¹〔娟〕

【杜鵑】 dùjuān 一種鳥,身體黑灰色,尾巴有白色斑點,初夏時常晝夜不停地鳴叫。也叫杜宇、布穀或子規。

〈說解〉　鵑,鳥部,左右結構,形聲字。鳥簡化爲鸟,偏旁類推簡化。

嘍 ‖ 嘍
12　　14　　　　(一) lóu　ㄌㄡˊ　lɐu⁴〔留〕

【嘍囉】 lóuluó 舊時稱强盜頭目的部下,現多比喻追隨惡人的人。

(二)·lou·　ㄌㄡ　lɐu¹〔留高平〕

助詞:吃～飯就走 ｜ 起牀～ ｜ 放學～。

〈說解〉　嘍,口部,左右結構,形聲字。婁簡化爲娄,偏旁類推簡化。

嶸 ‖ 嶸
12　　17　　　　róng　ㄖㄨㄥˊ　wiŋ⁴〔榮〕

【崢嶸】 zhēngróng ①高峻:山勢～ ｜ 殿閣～。②指才華、品格等不凡:頭角～。

〈說解〉 嶸,山部,左右結構,形聲字。灮簡化爲艹,偏旁類推簡化。

嶔 ‖ 嶔
12　15

　qīn　ㄑ丨ㄣ　jɐm¹〔欽〕

【嶔崟】 qīnyín〈書〉形容山高峻。

〈說解〉 嶔,山部,上下結構,形聲字。釒簡化爲钅,偏旁類推簡化。

嶁 ‖ 嶁
12　14

　lǒu　ㄌㄡˇ　lɐu⁵〔柳〕

岣嶁,山名,即衡山,在湖南。

〈說解〉 嶁,山部,左右結構,形聲字。婁簡化爲娄,偏旁類推簡化。

賦 ‖ 賦
12　15

　fù　ㄈㄨˋ　fu³〔富〕

①古代一種文體,盛行於漢魏六朝,是韻文和散文的綜合體,通常用來寫景叙事。②做詩詞:～詩。③交給,用於上對下:～予。④舊指田地稅:～稅丨～役丨田～丨貢～。

〈說解〉 賦,貝部,左右結構,形聲字。貝簡化爲贝,偏旁類推簡化。

賭 ‖ 賭
12　15

　qíng　ㄑ丨ㄥˊ　tsiŋ⁴〔情〕

承受,等着接受:～受丨～等丨～現成。

〈說解〉 賭,貝部,左右結構,形聲字。貝簡化爲贝,偏旁類推簡化。

賭 ‖ 賭
12　　15

| dǔ | ㄉㄨˇ | dou² | 〔倒〕 |

①賭博：～本｜～棍｜～局｜～場｜～注｜聚～｜豪～。②泛指爭輸贏：～東道｜打～。

〈說解〉 賭，貝部，左右結構，形聲字。貝簡化爲贝，偏旁類推簡化。

贖 ‖ 贖
12　　22

| shú | ㄕㄨˊ | suk⁹ | 〔淑〕 |

①用錢財把抵押品換回：～當｜～身｜～地｜回～。②抵消，彌補：～罪｜～過。

〈說解〉 贖，貝部，左右結構，形聲字。貝簡化爲贝，賣簡化爲卖，偏旁類推簡化。

賜 ‖ 賜
12　　15

| cì | ㄘˋ | tsi³ | 〔次〕 |

①賞賜：～予｜恩～｜封～。②敬辭，稱別人對自己的行動：～教｜～顧｜～復。③敬辭，指所受的禮物：厚～。

〈說解〉 賜，貝部，左右結構，形聲字。貝簡化爲贝，偏旁類推簡化。

賙 ‖ 賙
12　　15

| zhōu | ㄓㄡ | dzɐu¹ | 〔周〕 |

接濟：～濟。

〈說解〉 賙，貝部，左右結構，形聲字。貝簡化爲贝，偏旁類推簡化。

賠 ‖ 賠
12　　15

| péi | ㄆㄟˊ | pui⁴ | 〔培〕 |

①因使他人受損失而給予補償：～償｜～款｜～禮｜～罪｜

包～｜退～。②做買賣損失本錢：～本｜～錢｜～累｜～賬。

〈說解〉 賠，貝部，左右結構，形聲字。貝簡化爲贝，偏旁類推簡化。

赕 ‖ 賧

| dǎn | ㄉㄢˇ | dam⁶ | 〔唉〕 |

奉獻：～佛。

〈說解〉 赕，貝部，左右結構，形聲字。貝簡化爲贝，偏旁類推簡化。

铸 ‖ 鑄

| zhù | ㄓㄨˋ | dzy³ | 〔注〕 |

鑄造：～件｜～模｜～工｜～幣｜澆～｜熔～。

〈說解〉 铸，钅部，左右結構，形聲字。金簡化爲钅，壽簡化爲寿，偏旁類推簡化。明刊《白袍記》、清刊《逸事》簡作鋳，今進一步簡化爲铸。

铹 ‖ 鐒

| láo | ㄌㄠˊ | lou⁴ | 〔勞〕 |

一種放射性金屬元素，符號 Lr，是用硼轟擊鐦得到的。

〈說解〉 铹，钅部，左右結構，形聲字。金簡化爲钅，勞簡化爲劳，偏旁類推簡化。

铺 ‖ 鋪

| （一）pū | ㄆㄨ | pou¹ | 〔普高平〕 |

①把東西展開或攤平：～淋｜～軌｜～炕｜～砌｜～設｜～展｜～平。②量詞：一～炕。

（二）pù ㄆㄨˋ pou³〔普高去〕

①鋪子，商店：～家｜～戶｜～面｜～保｜飯～｜店～｜肉
～｜藥～｜雜貨～。②搭的牀：牀～｜地～｜臥～｜通～。③
舊時的驛站，現多用於地名，如十里鋪、三十里鋪。

〈說解〉 铺，钅部，左右結構，形聲字。金簡化爲钅，偏旁類推
簡化。

铼‖鍊 lái ㄌㄞˊ loi⁴〔來〕
12   16

金屬元素，符號 Re，是最分散的稀有金屬之一，機械強度高，
耐高溫，耐腐蝕，用來製造燈絲、衛星和火箭的外殼等。

〈說解〉 铼，钅部，左右結構，形聲字。金簡化爲钅，來簡化爲
来，偏旁類推簡化。

铽‖鋱 tè ㄊㄜˋ tik⁷〔鍚〕
12   15

金屬元素，符號 Tb，無色結晶狀粉末，有毒，化合物可用做殺
蟲劑等。

〈說解〉 铽，钅部，左右結構，形聲字。金簡化爲钅，偏旁類推
簡化。

链‖鏈 liàn ㄌㄧㄢˋ lin⁶〔連高上〕
12   18

①鏈子：～球｜～軌｜鎖～｜鐵～｜錶～。②計量海洋上距離
的長度單位，一鏈等于十分之一海里。

〈說解〉 链，钅部，左右結構，形聲字。金簡化爲钅，車簡化爲
车，偏旁類推簡化。

鏗 ‖ 鏗
12　19

| kēng | ㄎㄥ | hɐŋ¹ | 〔亨〕 |

象聲詞,形容響亮的聲音:～然 | ～～作響。

〈說解〉 鏗,钅部,左右結構,形聲字。金簡化爲钅,臤簡化爲
収,偏旁類推簡化。

銷 ‖ 銷
12　15

| xiāo | ㄒㄧㄠ | siu¹ | 〔消〕 |

①熔化金屬:～毀。②除去,解除:～案 | ～假 | ～賬 | 勾～ |
注～ | 核～。③銷售:～路 | 產～ | 供～ | 購～ | 返～ | 內
～ | 外～ | 熱～ | 試～ | 脫～ | 推～ | 滯～。④消費:花～ |
開～。⑤銷子:插～。

〈說解〉 銷,钅部,左右結構,形聲字。金簡化爲钅,偏旁類推
簡化。

鎖 ‖ 鎖
12　18

| suǒ | ㄙㄨㄛˇ | sɔ² | 〔所〕 |

①安在門、箱子等的開合處,要用鑰匙才能打開的器具:銅
～ | 暗～ | 加～ | 開～。②用鎖使門、箱子等關住或使鐵鏈
拴住:～門 | 把抽屜～上 | 把狗～起來。③形狀像鎖的東
西:石～。④鎖鏈:枷～。⑤縫紉方法,綫斜交或鈎連,針腳很
密:～眼 | ～邊。

〈說解〉 鎖,钅部,左右結構,形聲字。金簡化爲钅,貝簡化爲
贝,偏旁類推簡化。

鋥 ‖ 鋥
12　15

| zèng | ㄗㄥˋ | tsaŋ⁶ | 〔橙低去〕 |

器物擦磨後閃亮耀眼:～光 | ～亮。

〈說解〉 鋥,钅部,左右結構,形聲字。金簡化爲钅,偏旁類推
簡化。

十二

鋤 ‖ 鋤
12　15

chú　ㄔㄨˊ　tsɔ⁴〔初低平〕

①鬆土和除草用的農具：～頭｜～杠｜大～｜掛～。②用鋤鬆土除草：～草｜～地。③鏟除：～奸。

〈說解〉　鋤，钅部，左中右結構，形聲字。釒簡化爲钅，偏旁類推簡化。

＊鋤的異體字有耡，舊歸耒部。

鋰 ‖ 鋰
12　15

lǐ　ㄌㄧˇ　lei⁵〔里〕

金屬元素，符號 Li，銀白色，是金屬中最輕的，質柔軟，化學性質活潑，可用來製造特種合金、特種玻璃等。

〈說解〉　鋰，钅部，左右結構，形聲字。釒簡化爲钅，偏旁類推簡化。

锅 ‖ 鍋
12　16

guō　ㄍㄨㄛ　wo¹〔窩〕

①炊事用具，圓形中凹，多用鐵製：鐵～｜鋁～｜沙～｜飯～。②某些裝液體加熱用的器具：～爐｜火～。③形狀像鍋的東西：煙袋～。

〈說解〉　锅，钅部，左右結構，形聲字。釒簡化爲钅，咼簡化爲呙，偏旁類推簡化。清刊《目蓮記》《金瓶梅》《逸事》簡作鍋，今進而簡化爲锅。

锆 ‖ 鋯
12　15

gào　ㄍㄠˋ　gou³〔告〕

金屬元素，符號 Zr，銀灰色，有亮光，硬而脆，可用做原子反應堆鈾棒的外套和眞空儀器的除氣劑。

〈說解〉　锆，钅部，左右結構，形聲字。釒簡化爲钅，偏旁類推簡化。

锇 ‖ 鋨
12　15

é　ㄜˊ　ŋo⁴〔俄〕

金屬元素，符號 Os，是金屬中比重最大的，灰藍色，有光澤，硬而脆，合金可作鐘錶、儀器的軸承。

〈說解〉 锇，钅部，左右結構，形聲字。钅簡化爲钅，偏旁類推簡化。

锈¹ ‖ 銹
12　15

xiù　ㄒㄧㄡˋ　sɐu³〔秀〕

①金屬表面在潮濕的空氣中氧化而形成的物質：～斑 | 銅～ | 鐵～。②生銹：刀都～了 | 鎖也～住了。

〈說解〉 锈，钅部，左右結構，形聲字。钅簡化爲钅，偏旁類推簡化。

锈² ‖ 鏽
12　20

xiù　ㄒㄧㄡˋ　sɐu³〔秀〕

同"銹"。

〈說解〉 前略（見锈‖銹）。銹和鏽爲異體，現簡化字歸併爲一，用锈。

锉 ‖ 銼
12　15

cuò　ㄘㄨㄛˋ　tso³〔挫〕

①手工切削工具，條形多刃，主要用來對金屬、木料、皮革等表面作微量加工：扁～ | 圓～ | 木～ | 鋼～ | 三角～。②用锉進行切削：～鑰匙。

〈說解〉 锉，钅部，左右結構，形聲字。钅簡化爲钅，偏旁類推簡化。

锋 ‖ 鋒
12　15

fēng　ㄈㄥ　fuŋ¹〔風〕

①刀劍等銳利或尖端的部分：～鏑 | ～刃 | 刀～ | 針～ | 交

~。②在前列的,帶頭的:先~｜前~｜衝~。③指鋒芒、勢頭:
詞~｜筆~｜話~｜談~。

〈說解〉 鋒,钅部,左右結構,形聲字。金簡化爲钅,偏旁類推簡化。

锌 ‖ 鋅
12　　15

xīn　ㄒㄧㄣ　sɐn¹〔辛〕

金屬元素,符號 Zn,藍白色結晶,質地脆,多用來製合金或鍍鐵板。

〈說解〉 锌,钅部,左右結構,形聲字。金簡化爲钅,偏旁類推簡化。

锎 ‖ 鐦
12　　20

kāi　ㄎㄞ　hoi¹〔開〕

一種放射性金屬元素,符號 Cf,是用甲種粒子**轟擊**質量數爲
242 的鐦製得的。

〈說解〉 锎,钅部,左右結構,形聲字。金簡化爲钅,門簡化爲
门,偏旁類推簡化。

锏 ‖ 鐧
12　　20

(一)jiǎn　ㄐㄧㄢˇ　gan²〔簡〕

古代兵器的一種,金屬製成,長條形,有四棱,無刃,下端有柄。

(二)jiàn　ㄐㄧㄢˋ　gan³〔諫〕

嵌在車軸上的鐵條,用來保護車軸。

〈說解〉 锏,钅部,左右結構,形聲字。金簡化爲钅,門簡化爲
门,偏旁類推簡化。

锐 ‖ 銳
12　　15

ruì　ㄖㄨㄟˋ　jœy⁶〔裔〕

①銳利:~角｜~敏｜尖~｜精~。②銳氣:~意｜養精蓄~。

③急劇：～進｜～增｜～減。

〈說解〉 锐，钅部，左右結構，形聲字。金簡化爲钅，偏旁類推簡化。

锑 ‖ 銻

12　15　　　tī ㄊㄧ tei¹〔梯〕

金屬元素，符號 Sb，銀白色，有光澤，質脆而硬，有冷脹性，合金多用來製造鉛字、軸承等。

〈說解〉 锑，钅部，左右結構，形聲字。金簡化爲钅，偏旁類推簡化。

锒 ‖ 銀

12　15　　　láng ㄌㄤ loŋ⁴〔狼〕

【銀鐺】lángdāng ①〈書〉鐵鎖鏈：～入獄。②形容金屬撞擊的聲音。

〈說解〉 锒，钅部，左右結構，形聲字。金簡化爲钅，偏旁類推簡化。

锓 ‖ 鋟

12　15　　　qǐn ㄑㄧㄣ tsim¹〔簽〕

〈書〉雕刻：～版。

〈說解〉 锓，钅部，左右結構，形聲字。金簡化爲钅，偏旁類推簡化。

锔 ‖ 鋦

12　15　　　（一）jū ㄐㄩ guk⁷〔谷〕

用鋦子連合破裂的陶瓷等器物：～碗｜～缸｜～鍋。

（二）jú ㄐㄩ guk⁹〔局〕

一種放射性金屬元素，符號 Cm，銀白色，某些同位素放射性極强,衛星和飛船上用它作熱電源。

〈說解〉　鐦,钅部,左右結構,形聲字。金簡化爲钅,偏旁類推簡化。

锕 ‖ 錒
12　　15

ā　Ｙ　a¹〔鴉〕

一種放射性金屬元素,符號 Ac,由鈾衰變而成,又能衰變成一系列的放射性元素。

〈說解〉　锕,钅部,左中右結構,形聲字。金簡化爲钅,偏旁類推簡化。

犊 ‖ 犢
12　　19

dú　ㄉㄨˊ　duk⁹〔讀〕

小牛:牛～|初生之～不畏虎。

〈說解〉　犊,牛部,左右結構,形聲字。賣簡化爲卖,偏旁類推簡化。

鹄 ‖ 鵠
12　　18

(一) hú　ㄏㄨˊ　huk⁹〔酷〕

天鵝:～立|鴻～。

(二) gǔ　ㄍㄨˇ　guk⁷〔谷〕

〈書〉射箭的目標,箭靶:～的|中～。

〈說解〉　鹄,鳥部,左右結構,形聲字,鳥簡化爲鸟,偏旁類推簡化。

鹅 ‖ 鵝
12　　18

é　ㄜˊ　ŋɔ⁴〔俄〕

一種家禽,羽毛白色或灰色,頸長,額部有肉質突起,雄的突起較大,腳有蹼,能游泳:～毛|～卵石|天～。

〈説解〉　鵝，鳥部，左右結構，形聲字。鳥簡化爲鸟，偏旁類推簡化。

頲 ‖ 頲

tǐng　ㄊｌㄥˇ　tiŋ⁵〔挺〕

12　15

〈書〉正直。

〈説解〉　頲，頁部，左右結構，形聲字。頁簡化爲页，偏旁類推簡化。

筑 ‖ 築

zhù　ㄓㄨˋ　dzuk⁷〔足〕

12　16

修建，建築：～路｜～堤｜～巢｜～城｜修～｜構～｜澆～。

〈説解〉　筑，竹部，上下結構，會意兼形聲，筑本爲古弦樂器，築義爲擣，現用筑做築的簡化字是同音替代。
＊貴陽市簡稱筑，舊不用築。

筚 ‖ 篳

bì　ㄅｌˋ　bɐt⁷〔不〕

12　16

〈書〉用荆條、竹子等編成的籬笆或其他遮擋物：～路藍縷｜蓬門～戶。

〈説解〉　筚，竹部，上中下結構，形聲字。畢簡化爲毕，偏旁類推簡化。

篩 ‖ 篩

shāi　ㄕㄞ　sɐi¹〔西〕

12　16

①篩子，用竹條、金屬絲等編成的形成許多小孔的器具。②把東西放在篩子裏來回搖動，使細碎的漏下去，粗的留在上頭：～米｜～選｜過～｜把糠～淨了。③使酒熱：～酒。④斟酒。⑤敲鑼：～了兩下鑼。

〈說解〉 篩，竹部，上下結構，形聲字。師簡化爲师，偏旁類推
簡化。影元鈔本《通俗小説》已見。

牘 ‖ 牘
12　　19

dú　　ㄉㄨˊ　duk⁹　〔毒〕

①古代在上面寫字用的木簡：簡～。②文件，書信：文～｜尺
～｜案～｜連篇累～。

〈說解〉 牘，片部，左右結構，形聲字。賣簡化爲卖，偏旁類推
簡化。

倘 ‖ 儻
12　　22

tǎng　　ㄊㄤˇ　tɔŋ²　〔躺〕

倘若。
【倜儻】 tìtǎng 灑脱，不拘束。

〈說解〉 倘，亻部，左右結構，形聲字。黨簡化爲党，偏旁類推
簡化。元刊《雜劇》、清刊《金瓶梅》《逸事》並見。

傧 ‖ 儐
12　　16

bīn　　ㄅㄧㄣ　bɐn³　〔殯〕

【儐相】 bīnxiàng ①古代稱接引賓客的人，也指贊禮的人。②
舉行婚禮時陪伴新郎新娘的人。

〈說解〉 傧，亻部，左右結構，形聲字。賓簡化爲宾，偏旁類推
簡化。

储 ‖ 儲
12　　17

chǔ　　ㄔㄨˇ　tsy⁵　〔柱〕

積存，存放：～存｜～備｜～蓄｜～戶｜～君｜存～｜倉～｜王～。

〈說解〉 储，亻部，左中右結構，形聲字。言簡化爲讠，偏旁類
推簡化。

儺 ‖ 儺
12　21

nuó　ㄋㄨㄛˊ　nɔ⁴〔挪〕

舊時迎神賽會,驅逐疫鬼:~神。

〈說解〉　儺,亻部,左中右結構,形聲字,難簡化爲难,偏旁類推簡化。

懲 ‖ 懲
12　19

chéng　イㄥˊ　tsiŋ⁴〔情〕

①處罰:~處丨~戒丨~辦丨~治丨嚴~丨獎~。②警戒:~前毖後。

〈說解〉　懲,心部,上下結構,形聲字。徵已簡化爲征(二字同音),現用征代替徵,組成新形聲字懲。

十二

御 ‖ 禦
12　17

yù　ㄩˋ　jy⁶〔預〕

抵擋:~敵丨~侮丨~寒丨防~丨抗~丨抵~。

〈說解〉　御,亻部,左中右結構,會意字。御與禦爲同音字,用御做禦的簡化字是同音替代。
＊(1)禦字原義爲祭祀求福(見《説文・示部》),在抵擋義上與御字通用。駕馭車馬、稱與帝王有關的,舊只用御字。(2)禦字歸示部。

頜 ‖ 頜
12　15

hé　ㄏㄜˊ　hɐp⁹〔合〕

構成口腔上部和下部的骨頭和肌肉組織:上~丨下~。

〈說解〉　頜,頁部,左右結構,形聲字。頁簡化爲页,偏旁類推簡化。

释 ‖ 釋
12　20

shì　ㄕˋ　sik⁷〔色〕

①說明，解說：～文｜～義｜～讀｜解～｜闡～｜集～｜詮～｜註～。②消除：～疑｜消～｜冰～。③放開，放下：愛不～手｜手不～卷。④釋放：保～｜假～｜開～｜獲～。⑤釋迦牟尼的簡稱，泛指佛教：～門｜～典｜～家。

〈說解〉 释，采部，左右結構，形聲字。睪簡化爲𦍑，偏旁類推簡化。

鸲 ‖ 鴝
12　18

yù　ㄩˋ　juk⁹〔肉〕

【鸲鹆】qúyù 一種鳥，羽毛黑色，頭部有羽冠，能模仿人説話的聲音。通稱八哥。

〈說解〉 鸲，鸟部，左右結構，形聲字。鳥簡化爲鸟，偏旁類推簡化。

腊 ‖ 臘
12　19

là　ㄌㄚˋ　lap⁹〔蠟〕

①古代在農曆十二月合祭衆神叫做臘，因此十二月叫臘月。②冬天醃製後風乾或燻乾的：～肉｜～魚｜～味｜燻～｜燒～。

〈說解〉 腊，月部，左右結構，形聲字。腊本讀 xī ㄒ丨sik〔色〕，義爲乾肉，現借作臘的簡化字，改讀 là ㄌㄚˋ。
＊古代文獻中表示乾肉的腊(xī)只用腊字不用臘。

膕 ‖ 膕
12　15

guó　ㄍㄨㄛˊ　gwɔk⁸〔國〕

膝部的後面。腿彎曲時形成一個窩，叫膕窩。

〈說解〉 膕，月部，左右結構，形聲字。國簡化爲国，偏旁類推簡化。

魷 ‖ 魷
12　15

| yóu | ㄧㄡ | jɐu⁴ 〔由〕 |

魷魚,軟體動物,形狀略似烏賊,體蒼白色,有淡褐色斑點,尾端呈菱形,觸角短,生活在海洋中,可食用。

〈說解〉　魷,鱼部,左右結構,形聲字。魚簡化爲鱼,偏旁類推簡化。

魯 ‖ 鲁
12　15

| lǔ | ㄌㄨˇ | lou⁵ 〔老〕 |

①遲鈍,笨:~鈍｜愚~｜頑~。②莽撞,粗野:~莽｜粗~。③周朝國名,在今山東曲阜一帶。④山東的別稱。

〈說解〉　魯,鱼部,上下結構,形聲字。魚簡化爲鱼,偏旁類推簡化。

魴 ‖ 鲂
12　15

| fāng | ㄈㄤ | fɔŋ⁴ 〔妨〕 |

一種魚,銀灰色,胸部略平,腹部中央隆起,生活在淡水中。

〈說解〉　魴,鱼部,左右結構,形聲字。魚簡化爲鱼,偏旁類推簡化。

潁 ‖ 潁
12　15

| yǐng | ㄧㄥˇ | wiŋ⁶ 〔泳〕 |

潁河,發源於河南,流入安徽。

〈說解〉　潁,水部或頁部,左右結構,形聲字。頁簡化爲页,偏旁類推簡化。

颶 ‖ 颶
12　17

| jù | ㄐㄩˋ | gœy⁶ 〔巨〕 |

颶風,一種極強烈的風暴,相當於颱風。

〈說解〉 颭, 风部, 左下半包圍結構, 形聲字。風簡化爲风, 偏旁類推簡化。

觞 ‖ 觴
12　　18

shāng　ㄕㄤ　sœŋ¹〔商〕

①古代稱酒杯。②〈書〉指飲酒:～咏｜～令。

〈說解〉 觞, 角部, 左右結構, 形聲字。昜簡化爲㐫, 偏旁類推簡化。

惫 ‖ 憊
12　　16

bèi　ㄅㄟˋ　bei⁶〔備〕　bai⁶〔敗〕

極度疲乏:疲～｜衰～｜困～。

〈說解〉 惫, 心部, 上中下結構, 形聲字。備簡化爲备, 偏旁類推簡化。

馇 ‖ 餷
12　　17

chā　ㄔㄚ　tsa¹〔叉〕

煮、熬(粥、飼料等):～粥｜～豬食。

〈說解〉 馇, 饣部, 左右結構, 形聲字。飠簡化爲饣, 偏旁類推簡化。

馈 ‖ 饋
12　　20

kui　ㄎㄨㄟˋ　gwɐi⁶〔跪〕

贈送:～送｜～贈。

〈說解〉 馈, 饣部, 左右結構, 形聲字。飠簡化爲饣, 貝簡化爲贝, 偏旁類推簡化。

餶 ‖ 餶
12　17

gǔ　《ㄨˇ　gwɐt⁷〔骨〕

【餶飿】gǔduò 一種麵製的食品。

〈說解〉 餶，饣部，左右結構，形聲字。飠簡化爲饣，偏旁類推簡化。

餿 ‖ 餿
12　17

sōu　ㄙㄡ　sɐu¹〔收〕　suk⁷〔叔〕

飯、菜等變質而發出酸敗味：米飯～了。

〈說解〉 餿，饣部，左右結構，形聲字。飠簡化爲饣，偏旁類推簡化。

饞 ‖ 饞
12　25

chán　彳ㄢˊ　tsam⁴〔慚〕

①看見好的食物就想吃，專想吃好的：～嘴｜嘴～。②羨慕，想要得到：眼～。

〈說解〉 饞，饣部，左右結構，形聲字。飠簡化爲饣，毚簡化爲 ，偏旁類推簡化。元刊《太平樂府》、清刊《目蓮記》《金瓶梅》已簡作饞。

褻 ‖ 褻
12　17

xiè　ㄒ丨ㄝˋ　sit⁸〔屑〕

①輕慢：～慢｜～瀆｜輕～。②淫穢：猥～｜狎～｜淫～。

〈說解〉 褻，衣部或亠部，上中下結構，形聲字。把執改爲执，跟熱簡作热類同。清刊《目蓮記》已見。

裝 ‖ 裝
12　13

zhuāng　业ㄨㄤ　zhɔŋ¹〔莊〕

①修飾，打扮：～飾｜～點｜～扮｜～潢｜化～｜喬～。②服

裝：古～｜短～｜便～｜時～｜戎～｜西～｜中山～。③演員化裝時穿戴塗抹的東西：扮～｜上～。④假裝：～假｜～病｜～糊塗｜～模作樣。⑤把東西放進器物內，安放：～車｜～船｜～卸｜～運｜～戴。⑥裝配：～修｜安～｜吊～｜組～。⑦包裝或裝訂的方法：綫～｜平～｜精～｜簡～｜盒～｜袋～。

〈說解〉 裝，衣部，上下結構，形聲字。把爿改爲丬就成爲裝。

蛮 ‖ 蠻
12 ‖ 25

mán　　ㄇㄢˊ　　man⁴　〔萬低平〕

①粗野兇惡，不通情理：～橫｜～纏｜～幹｜野～｜兇～。②古代稱南方的民族。③很，非常：～大｜～好｜～結實。

〈說解〉 蛮，虫部，上下結構。蠻簡化爲亦，偏旁類推簡化。元刊《雜劇》《元典章》、明刊《嬌紅記》、清刊《金瓶梅》等並見。

脔 ‖ 臠
12 ‖ 25

luán　　ㄌㄨㄢˊ　　lyn²　〔戀〕

〈書〉切成小片的肉：～割｜禁～｜嘗鼎一～。

〈說解〉 脔，宀部，上下結構，形聲字。臠簡化爲亦，偏旁類推簡化。
* 臠字舊歸肉部。

癆 ‖ 癆
12 ‖ 17

láo　　ㄌㄠˊ　　lou⁴　〔勞〕

癆病，中醫指結核病：肺～｜骨～｜乾血～。

〈說解〉 癆，疒部，左上半包圍結構，形聲字。勞簡化爲芗，偏旁類推簡化。

癇 ‖ 癇
12 ‖ 17

xián　　ㄒㄧㄢˊ　　han⁴　〔閑〕

【癲癇】 diānxián 一種病，由腦部疾患或腦外傷引起，發作時

突然昏倒,全身痙攣,意識喪失。通稱羊角風。

〈說解〉 癇,广部,左上半包圍結構,形聲字。門簡化爲门,偏旁類推簡化,再把月改爲木,就成爲癇。

* 癇的異體爲癎。

癀 ‖ 賡
12   15

| gēng | 《ㄥ | gɐŋ¹ | 〔庚〕 |

〈書〉繼續,連續:～續。

〈說解〉 癀,貝部或广部,左上半包圍結構,形聲字。貝簡化爲贝,偏旁類推簡化。

颏 ‖ 頦
12   15

| kē | ㄎㄜ | hɔi⁴ | 〔海低平〕 |

臉的最下部分,嘴的下面:下～｜下巴～。

〈說解〉 颏,頁部,左右結構,形聲字。頁簡化爲页,偏旁類推簡化。

鷼 ‖ 鵬
12   23

| xián | ㄒㄧㄢ | han⁴ | 〔閒〕 |

白鷼,鳥,雄的背部白色,腹部黑藍色,雌的全身棕綠色,產於我國南部,是世界有名的觀賞鳥。

〈說解〉 鷼,鳥部,左右結構,形聲字。門簡化爲门,鳥簡化爲鸟,偏旁類推簡化,再把月改爲木就成爲鷼。

* 鷼的異體有鵬。

闌 ‖ 闌
12   17

| lán | ㄌㄢ | lan⁴ | 〔蘭〕 |

①〈書〉將盡:～珊｜夜～｜歲～。②同"欄"。

〈說解〉 闌, 門部, 上包下結構, 形聲字。門簡化爲门, 偏旁類推簡化。敦煌寫本已見。
＊闌字裏面的束不能簡化爲东。

闃 ‖ 闃
12　　17

qù　ㄑㄩ　gwik⁷〔隙〕

〈書〉形容沒有聲音：～寂｜～無一人｜四野～然。

〈說解〉 闃, 門部, 上包下結構, 形聲字。門簡化爲门, 偏旁類推簡化。

闊 ‖ 闊
12　　17

kuò　ㄎㄨㄛˋ　fut⁸〔活括切〕

①面積、範圍寬：遼～｜廣～｜寬～｜空～｜開～｜海～天空。②有錢, 生活奢侈：～綽｜～老｜～少｜～氣｜擺～。

〈說解〉 闊, 門部, 上包下結構, 形聲字。門簡化爲门, 偏旁類推簡化。敦煌寫本、元刊《雜劇》已見。

闋 ‖ 闋
12　　17

què　ㄑㄩㄝˋ　kyt⁸〔決〕

①〈書〉樂曲終了：樂～。②量詞, 歌曲或詞一首叫一闋, 一首詞的一段也叫一闋：上～｜下～｜彈琴一一～。

〈說解〉 闋, 門部, 上包下結構, 形聲字。門簡化爲门, 偏旁類推簡化。

糞 ‖ 糞
12　　17

fèn　ㄈㄣˋ　fɐn³〔訓〕

①大便, 屎：～便｜～坑｜～肥｜～土｜淘～。②〈書〉施肥：～田。

〈說解〉 糞, 米部, 上下結構。糞本是會意字, 去掉糞字中間的田就成爲糞, 保留了原字的輪廓。

鵜 ‖ 鶗
12 18

| | tí | ㄊㄧ´ | tɐi⁴〔提〕 |

【鵜鶘】 tíhú 水鳥,體長可達二米,翼大,嘴長尖端彎曲,羽毛白色,善捕魚。

〈說解〉 鵜,鸟部,左右結構,形聲字。鳥簡化爲鸟,偏旁類推簡化。

窜 ‖ 竄
12 18

| | cuàn | ㄘㄨㄢˋ | tsyn²〔喘〕 | tsyn³〔寸〕 |

①亂跑,亂逃:~犯丨~擾丨~逃丨流~丨逃~丨潰~丨抱頭鼠~。②〈書〉改動文字:~改丨點~。

〈說解〉 窜,穴部,上下結構。竄是會意字,把鼠改爲串,窜是形聲字。窜可作簡化偏旁用,如搋(攛)、蹿(躥)等。

窝 ‖ 窩
12 13

| | wō | ㄨㄛ | cwɔ¹〔倭〕 |

①鳥獸、昆蟲住的處所:~巢丨狗~丨鷄~丨鳥~丨螞蟻~丨喜鵲~。②比喻壞人聚居的地方:賊~丨土匪~。③凹進去的地方:夾肢~丨酒~丨心口~。④窩藏:~主丨~家丨~臟。⑤鬱積不得發出:~心丨~火丨~氣。⑥使彎或曲折:把鐵絲~個圈。⑦量詞,用於一胎生的或一次孵出的動物:一~下了八支小豬崽。

〈說解〉 窝,穴部,上下結構,形聲字。咼簡化爲呙,偏旁類推簡化。

嚳 ‖ 嚳
12 20

| | kù | ㄎㄨˋ | guk⁷〔谷〕 |

古代傳說中的上古帝王名。

〈說解〉 嚳,口部,上中下結構。興簡化爲⺌,偏旁類推簡化。嚳本是形聲字。

愤 ‖ 憤
12　15

fèn　ㄈㄣ　fɐn⁵〔奮〕

因心中不滿而感情激動，發怒：～恨｜～怒｜～激｜～慨｜氣～｜公～｜義～｜私～｜民～｜怨～｜悲～｜感～。

〈說解〉愤，忄部，左右結構，形聲字。貝簡化爲贝，偏旁類推簡化。

愦 ‖ 憒
12　15

kuì　ㄎㄨㄟ　kui²〔潰〕

糊塗，昏亂：昏～。

〈說解〉愦，忄部，左右結構，形聲字。貝簡化爲贝，偏旁類推簡化。

滞 ‖ 滯
12　14

zhì　ㄓˋ　dzɐi⁶〔濟低去〕

不流通，停滯：～留｜～銷｜呆～｜凝～｜阻～｜僵～｜遲～。

〈說解〉滞，氵部，左右結構，形聲字。帶簡化爲带，偏旁類推簡化。

湿 ‖ 濕
12　17

shī　ㄕ　sɐp⁷〔拾高入〕

沾了水的或顯出含水份多的：～度｜～淋淋｜潮～｜濡～｜陰～｜雨過地皮～。

〈說解〉湿，氵部，左右結構，草書楷化字。把濕字右下部改爲业就成爲湿。顯字簡化爲显與此同類。元刊《雜劇》、明刊《白袍記》、清刊《逸事》等簡作湿，与今形近。
＊濕的異體有溼。

溃 ‖ 潰
12　15

kuì　ㄎㄨㄟ　kui²〔繪〕

①水衝破（堤岸）：～決｜～岸。②潰敗：～退｜～兵｜～逃｜

~散丨~亂丨擊~。③肌肉組織腐爛：~爛丨~瘍。

〈說解〉 潰，氵部，左右結構，形聲字。貝簡化爲贝，偏旁類推簡化。

溅 ‖ 濺
12 18

jiàn　ㄐㄧㄢˋ　dzin³〔箭〕

液體受衝擊向四外射出：~落丨飛~丨噴~丨讓汽車~了一身泥水。

〈說解〉 濺，氵部，左中右結構，形聲字。貝簡化爲贝，戔簡化爲戋，偏旁類推簡化。

溇 ‖ 漊
12 14

lóu　ㄌㄡˊ　leu⁴〔流〕

漊水，地名，在湖南。

〈說解〉 溇，氵部，左右結構，形聲字。婁簡化爲娄，偏旁類推簡化。

湾 ‖ 灣
12 25

wān　ㄨㄢ　wan¹〔彎〕

①水流彎曲的地方：水~丨河~。②海洋伸入陸地的部分：海~丨港~丨北部~丨渤海~。③使船停住：把船~在這裏。

〈說解〉 湾，氵部，左右結構，形聲字。彎簡化爲弯，偏旁類推簡化。元刊《太平樂府》、明刊《東窗記》、清刊《目蓮記》《逸事》已見。

雇 ‖ 僱
12 14

gù　ㄍㄨˋ　gu³〔故〕

①出錢讓人給自己做事：~工丨~傭丨~請丨~主丨解~。
②出錢讓別人以交通工具爲自己服務：~車丨~船丨~三輪。

【僱員】 gùyuán 公家機關於正式編制之外臨時僱用的人員:
～員。

〈說解〉 雇,隹部或戶部,左上半包圍結構,形聲字。僱是雇的增旁俗字,習慣上看作繁體,去掉亻就是雇。

褳 ‖ 褳
12 15

lián ㄌㄧㄢˊ lin⁴〔連〕

【褡褳】 dālián 長方形的口袋,中央開口,兩端各成一個袋子,用來裝錢物。大的可以搭在肩上,小的可以掛在腰帶上。

〈說解〉 褳,衤部,左右結構,形聲字。車簡化爲车,偏旁類推簡化。

襝 ‖ 襝
12 18

liǎn ㄌㄧㄢˇ lim⁵〔斂〕

【襝衽】 liǎnrèn 舊時指婦女行禮。

〈說解〉 襝,衤部,左右結構,形聲字。僉簡化爲佥,偏旁類推簡化。

裤 ‖ 褲
12 15

kù ㄎㄨˋ fu³〔富〕

褲子,穿在腰部以下的衣服:～衩丨～腳丨～腰丨～兜丨短～丨毛～丨棉～丨內～丨游泳～。

〈說解〉 裤,衤部,左右結構,形聲字。車簡化爲车,偏旁類推簡化。

裥 ‖ 襉
12 17

jiǎn ㄐㄧㄢˇ gan²〔簡〕 gan³〔諫〕

衣服上打的褶子:衣～丨裙～。

〈說解〉 襌, 礻部, 左右結構, 形聲字。門簡化爲门, 偏旁類推簡化。

禅 ‖ 襌
12   16

(一) chán ㄔㄢˊ sim⁴ 〔蟬〕

①佛教用語, 指靜坐:坐~｜打~。②指關於佛教的:~堂｜~杖｜~林｜~房｜~師｜~機｜參~。

(二) shàn ㄕㄢˋ sin⁶ 〔善〕

帝王把帝位讓給他人:~位｜~讓｜受~。

〈說解〉 禅, 礻部, 左右結構, 形聲字。單簡化爲单, 偏旁類推簡化。

谟 ‖ 謨
12   17

mó ㄇㄛˊ mou⁴ 〔毛〕

〈書〉計劃, 謀略:~猷｜宏~。

〈說解〉 谟, 訁部, 左右結構, 形聲字。言簡化爲訁, 偏旁類推簡化。

谠 ‖ 讜
12   27

dǎng ㄉㄤˇ dɔŋ² 〔黨〕

〈書〉正直, 正直的:~言｜~論｜忠~。

〈說解〉 谠, 訁部, 左右結構, 形聲字。言簡化爲訁, 黨簡化爲党, 偏旁類推簡化。

谡 ‖ 謖
12   17

sù ㄙㄨˋ suk⁷ 〔叔〕

〈書〉①起, 起來。②整齊有條理的樣子。

〈說解〉 谡,讠部,左右結構,形聲字。言簡化爲讠,偏旁類推簡化。

谢 ‖ 謝　　<u>xiè　ㄒㄧㄝˋ　dze⁶〔樹〕</u>
12　17

①感謝:～意|～詞|～幕|～忱|答～|鳴～|致～|道
～。②認錯,道歉:～罪|～過。③推辭,拒絕:～絕|～客|～
病|辭～|婉～。④凋落:凋～|萎～。

〈說解〉 谢,讠部,左中右結構,形聲字。言簡化爲讠,偏旁類推簡化。

谣 ‖ 謠　　<u>yáo　ㄧㄠˊ　jiu⁴〔搖〕</u>
12　17

①歌謠:民～|童～|風～。②謠言:～傳|傳～|造～|闢
～|信～。

〈說解〉 谣,讠部,左右結構,形聲字。言簡化爲讠,偏旁類推簡化。

谤 ‖ 謗　　<u>bàng　ㄅㄤˋ　poŋ³〔旁高去〕</u>
12　17

無中生有說人壞話,毀人名譽:～書|～語|誹～|毀～。

〈說解〉 谤,讠部,左右結構,形聲字。言簡化爲讠,偏旁類推簡化。

谥 ‖ 謚　　<u>shì　ㄕˋ　si³〔試〕</u>
12　17

①君主時代帝王、貴族、大臣等死後,依其生前事跡所給予的
稱號:～號|～法|美～|惡～|私～|岳飛～武穆。②稱,
叫做:～之爲保守主義。

〈說解〉 謙，讠部，左右結構，形聲字。言簡化爲讠，偏旁類推簡化。

＊謙，舊或作譧。

谦 ‖ 謙
12　17　　qiān　ㄑㄧㄢ　him¹〔欠高平〕

虚心，不自滿：～虚｜～恭｜～卑｜～讓｜～遜｜自～｜過～。

〈說解〉 謙，讠部，左右結構，形聲字。言簡化爲讠，偏旁類推簡化。

谧 ‖ 謐
12　17　　mì　ㄇㄧˋ　mɐt⁹〔勿〕

〈書〉安寧平靜：安～｜靜～。

〈說解〉 謐，讠部，左右結構，形聲字。言簡化爲讠，偏旁類推簡化。

属 ‖ 屬
12　21　　(一) shǔ　ㄕㄨˇ　suk⁹〔熟〕

①類別：金～。②生物學把同一科的生物羣按照彼此相似的程度再分爲不同的羣，叫做羣：貓科虎～｜禾本科小麥～。③隸屬：～下｜～員｜～地｜直～｜附～｜下～｜從～｜部～｜僚～｜統～。④歸屬：勝利～於我們｜鯨魚～哺乳動物。⑤親屬：家～｜軍～｜眷～。⑥是，系：調查結果～實。⑦用十二屬相記生年：我～鷄｜他～馬。

(二) zhǔ　ㄓㄨˇ　dzuk⁷〔足〕

①連綴：～文。②意念集中在一點：～望｜～意。

〈說解〉 屬，尸部，左上半包圍結構，形聲字。把屬字尸下的部分改爲禹就成爲属。《廣韻·燭韻》："屬，付也，足也。属，俗。"敦煌寫本、宋刊《祖堂集》及《俗字譜》諸書並見。

屢 ‖ 屢
12　14

lǚ　ㄌㄩˇ　lœy⁵　〔呂〕

一次又一次,多次:~次|~見不鮮|~試不爽。

〈說解〉 屢,尸部,左上半包圍結構,形聲字。婁簡化爲娄,偏旁類推簡化。敦煌寫本、宋刊《祖堂集》、影元刊《元典章》及《俗字譜》元明清刊本多見。

驇 ‖ 驇
12　19

zhì　ㄓˋ　dzɐt⁷　〔質〕

〈書〉安排,確定:評~|陰~。

〈說解〉 驇,馬部,左右結構,形聲字。馬簡化爲马,偏旁類推簡化。

羥 ‖ 羥
12　14

qiú　ㄑㄧㄡˊ　kɐu⁴　〔求〕

由氫和硫兩種原子組成的一價原子團。也叫羥基。

〈說解〉 羥,工部,左右結構,會意兼形聲字。字體由氫字的巠和硫字的㐬組合而成;讀音由氫的聲母 q- 和硫的韻母 -iu 拼合而成。巠簡化爲圣,偏旁類推簡化。

毿 ‖ 毿
12　15

sān　ㄙㄢ　sam¹　〔三〕

【毿毿】 sānsān 毛髮、枝條等細長的樣子:黃髮~|楊柳~。

〈說解〉 毿,毛部,左右結構,形聲字。參簡化爲参,偏旁類推簡化。

翬 ‖ 翬
12　15

huī　ㄏㄨㄟ　fɐi¹　〔輝〕

①〈書〉飛翔。②古書中指一種有五彩羽毛的野鷄。

〈說解〉鞏，羽部，上下結構，形聲字。車簡化爲车，偏旁類推簡化。

鹜 ‖ 鶩
12　19
　　　　wù　ㄨˋ　mou⁶〔務〕

〈書〉①縱橫奔馳：馳～。②致力，追求：外～｜好高～遠。

〈說解〉鹜，馬部，上下結構，形聲字。馬簡化爲马，偏旁類推簡化。

骗 ‖ 騙
12　19
　　　　piàn　ㄆㄧㄢˋ　pin³〔片〕

①欺騙，用欺騙的手段取得：～人｜～術｜～局｜詐～｜蒙～｜誆～｜拐～｜受～｜誘～｜坑～｜行～。②側身抬起一條腿：～腿｜～馬。

〈說解〉骗，馬部，左右結構，形聲字。馬簡化爲马，偏旁類推簡化。

骚 ‖ 騷
12　19
　　　　sāo　ㄙㄠ　sou¹〔蘇〕

①擾亂，不安定：～動｜～亂｜～擾。②指屈原的《離騷》，泛指詩文：～體｜～人。③指舉止輕佻，作風放蕩：～貨｜風～。④雄性的：～馬｜～驢。

〈說解〉骚，馬部，左右結構，形聲字。馬簡化爲马，偏旁類推簡化。宋刊《列女傳》簡作骚，與今形近。

缂 ‖ 緙
12　15
　　　　kè　ㄎㄜˋ　kak⁷〔卡客切高入〕

缂絲，我國特有的一種絲織手工藝，先架好經綫，然後對照底稿的色彩，用小梭子引着各種顏色的緯綫，織出圖畫和文字。

〈說解〉绰,糹部,左右結構,形聲字。糹簡化爲纟,偏旁類推簡化。

緗 ‖ 緗
12　　15

xiāng　　ㄒ丨ㄤ　　sœŋ¹〔商〕

〈書〉淺黃色:~素丨~縹。

〈說解〉緗,糹部,左中右結構,形聲字。糹簡化爲纟,偏旁類推簡化。

缄 ‖ 緘
12　　15

jiān　　ㄐ丨ㄢ　　gam¹〔監〕

封,閉:~口丨~默。

〈說解〉缄,糹部,左右結構,形聲字。糹簡化爲纟,偏旁類推簡化。

缅 ‖ 緬
12　　15

miǎn　　ㄇ丨ㄢˇ　　min⁵〔免〕

遙遠:~懷丨~想丨~邈。

〈說解〉缅,糹部,左右結構,形聲字。糹簡化爲纟,偏旁類推簡化。

缆 ‖ 纜
12　　27

lǎn　　ㄌㄢˇ　　lam⁶〔濫〕

①繫船用的鐵索或粗繩:繫~丨解~。②許多股擰成的像纜的東西:電~丨鋼~。③用繩索拴:~舟。

〈說解〉缆,糹部,左右結構,形聲字。糹簡化爲纟,臨簡化爲⺍,見簡化爲见,偏旁類推簡化。

緹 ‖ 緹　　　tí　ㄊㄧˊ　tɐi⁴〔提〕

12　15

〈書〉橘紅色：～綉。

〈說解〉 緹，糹部，左右結構，形聲字。糹簡化爲纟，偏旁類推簡化。

緲 ‖ 緲　　　miǎo　ㄇㄧㄠˇ　miu⁵〔秒〕

12　15

見【縹緲】。

〈說解〉 緲，糹部，左中右結構，形聲字。糹簡化爲纟，偏旁類推簡化。

緝 ‖ 緝　　　(一) jī　ㄐㄧ　tsɐp⁷〔輯〕

12　15

搜查，盤查：～捕｜～拿｜～私｜通～｜偵～。

(二) qī　ㄑㄧ　tsɐp⁷〔輯〕

縫紉方法，用相連的針腳密密地縫：～邊｜～鞋口。

〈說解〉 緝，糹部，左右結構，形聲字。糹簡化爲纟，偏旁類推簡化。

緼 ‖ 緼　　　yùn　ㄩㄣˋ　wɐn³〔醞〕

12　15

〈書〉①碎蔴。②新舊相混的絲綿絮：～袍。

〈說解〉 緼，糹部，左右結構，形聲字。糹簡化爲纟，偏旁類推簡化。

緦 ‖ 緦　　　sī　ㄙ　si¹〔私〕

12　15

〈書〉細蔴布。

〈說解〉 緫，纟部，左右結構，形聲字。糸簡化爲纟，偏旁類推簡化。

緞 ‖ 緞
12　　15

duàn　ㄉㄨㄢˋ　dyn⁶〔段〕

緞子，質地較厚，一面光滑有光彩的絲織品：綢～｜素～｜直貢～｜橫貢～｜古香～。

〈說解〉 緞，纟部，左中右結構，形聲字。糸簡化爲纟，偏旁類推簡化。

* 明刊《東窗記》、清刊《金瓶梅》簡作段，今不從。

緱 ‖ 緱
12　　15

gōu　ㄍㄡ　geu¹〔溝〕

①〈書〉刀劍等柄上所纏的繩。②緱氏，地名，在河南。

〈說解〉 緱，纟部，左中右結構，形聲字。糸簡化爲纟，偏旁類推簡化。

緩 ‖ 緩
12　　15

huǎn　ㄏㄨㄢˇ　wun⁶〔換〕

①遲，慢：～慢｜～步｜遲～｜沉～｜徐～｜迂～。②推遲，延緩：～期｜～刑｜～征｜展～｜暫～。③緩和，不緊張：～衝｜～急｜和～｜平～。④恢復到正常的生理狀態：～氣｜～醒｜下了場雨，麥苗又～過來了。

〈說解〉 緩，纟部，左右結構，形聲字。糸簡化爲纟，偏旁類推簡化。

縋 ‖ 縋
12　　15

zhuì　ㄓㄨㄟˋ　dzœy⁶〔罪〕

用繩子拴住人或東西從上往下送：～城而出。

〈説解〉 缒，纟部，左右結構，形聲字。糹簡化爲纟，偏旁類推簡化。

缔 ‖ 締
12　15

di　ㄉㄧˋ　dɐi³〔帝〕　tɐi³〔替〕(又)

結合，訂立：～交丨～約丨～結丨～造。

〈説解〉 締，纟部，左右結構，形聲字。糹簡化爲纟，偏旁類推簡化。

缕 ‖ 縷
12　17

lǚ　ㄌㄩˇ　lœy⁵〔呂〕　lɐu⁵〔柳〕

①綫：千絲萬～丨不絕如～。②一條一條地，詳細有條理地：～述丨條分～析。③量詞，用於細長的東西：一～蔴丨一～頭髪。

〈説解〉 縷，纟部，左右結構，形聲字。糹簡化爲纟，偏旁類推簡化。金刊《劉知遠》《俗字譜》元明清諸書並見。

编 ‖ 編
12　15

biān　ㄅㄧㄢ　pin¹〔篇〕

①把條狀的東西交叉組織起來：～筐丨～草帽。②把分散的事物按條理組織起來或按順序排列起來：～號丨～目丨～排丨～碼丨～次丨～組。③編輯：～者丨～譯丨～撰丨主～。④創作：～寫丨～劇丨～導。⑤捏造：瞎～丨～瞎話。⑥成本的書(多用於書名)：正～丨續～丨新～丨簡～丨長～丨選～。

〈説解〉 編，纟部，左右結構，形聲字。糹簡化爲纟，偏旁類推簡化。

缗 ‖ 緡
12　15

mín　ㄇㄧㄣˊ　mɐn⁴〔民〕

①古代穿銅錢用的繩子。②量詞，用於成串的銅錢，每串一千文：錢一百～。

〈說解〉 縀，纟部，左右結構，形聲字。糹簡化爲纟，偏旁類推簡化。

* 縀爲緛的異體。

緣 ‖ 緣
12　　15

yuán　ㄩㄢˊ　jyn⁴〔元〕

①原因，原由：～故丨～起丨～由。②緣分：有～丨因～丨姻～丨投～丨結～丨化～丨戾～。③邊：邊～。④沿着，順着：～梯而上丨～木求魚。⑤因爲，爲了：～何在此？

〈說解〉 緣，纟部，左右結構，形聲字。糹簡化爲纟，偏旁類推簡化。

饟 ‖ 饗
12　　20

xiǎng　ㄒㄧㄤˇ　hœŋ²〔享〕

〈書〉以酒食招待人，泛指請人享用：～客丨以～讀者。

〈說解〉 饟，食部，左右結構，形聲字。鄉簡化爲乡，偏旁類推簡化，把上下結構改爲左右結構就成爲饟。

十三畫

耢 ‖ 耮
13 18

lào ㄌㄠ lou⁶ 〔路〕

①平整土地用的一種農具，長方形，用荊條或藤條編成，功用和耙差不多。②用耢平整土地。

〈說解〉 耢，耒部，左右結構，形聲字。𢆶簡化爲艹，偏旁類推簡化。

鵡 ‖ 鵡
13 19

wǔ ㄨˇ mou⁵ 〔武〕

見【鸚鵡】。

〈說解〉 鵡，鳥部，左右結構，形聲字。鳥簡化爲鸟，偏旁類推簡化。
* 清刊《目蓮記》簡作武，今不從。

鶄 ‖ 鶄
13 19

jīng ㄐㄧㄥ dziŋ¹ 〔晶〕

見【鴻鶄】。

〈說解〉 鶄，鳥部或青部，左右結構，形聲字。鳥簡化爲鸟，偏旁類推簡化。

韫 ‖ 韞
13 18

yùn ㄩㄣ wɐn³ 〔慍〕

〈書〉包含，收藏。

〈說解〉 韫，韋部，左右結構，形聲字。韋簡化爲韦，偏旁類推簡化。

鷔 ‖ 驁
13　　20

| | ào | ㄠ | ŋou⁴ 〔遨〕 |

〈書〉①駿馬。②比喻高傲：桀～不馴。

〈說解〉 鷔，马部，上下結構，形聲字。馬簡化爲马，偏旁類推簡化。

摄 ‖ 攝
13　　21

| | shè | ㄕㄜˋ | sip⁸ 〔涉〕 |

①吸取：～取。②攝影：～像｜拍～。③保養：～生｜～衛。④代理：～政｜～行。

〈說解〉 摄，扌部，左右結構，形聲字。聶簡化爲聂，偏旁類推簡化。
＊元刊《雜劇》、影元鈔《通俗小説》、清刊《逸事》攝簡作捊，今不從。

摅 ‖ 攄
13　　18

| | shū | ㄕㄨ | su¹ 〔書〕 |

〈書〉①表示，發表：略～己見。②奔騰。

〈說解〉 摅，扌部，左右結構，形聲字。慮簡化爲虑，偏旁類推簡化。

摆¹ ‖ 擺
13　　18

| | bǎi | ㄅㄞˇ | bai² 〔敗高上〕 |

①安放，排列：～放｜～設｜～列｜～攤子｜一字兒～開。②顯示，誇耀：～闊｜～威風｜～門面｜顯～。③搖動，擺動：～手｜～渡｜扭～｜搖～｜搖頭～尾。④懸掛在細綫上的能做往復運動的重錘的裝置。⑤鐘錶或精密儀器上用來控制擺動頻率的機械裝置：鐘～。⑥談，說：先～～你的看法。

〈說解〉 摆，扌部，左右結構，形聲字。罷簡化爲罢，偏旁類推簡化。明刊《東窗記》、清刊《目連記》《金瓶梅》《逸事》並見。

＊擺又是襬的簡化字，見下。

摆² ‖ 襬
13　20

bǎi　ㄅㄞˇ　bai²〔擺〕

長袍、上衣、襯衫等的最下面的部分：衣～丨下～。

〈說解〉 前略(見擺‖擺)。襬和擺音同，原來分用，現在歸併爲一字，簡化爲擺。

赪 ‖ 赬
13　16

chēng　ㄔㄥ　tsiŋ¹〔清〕

〈書〉紅色：鯉魚～尾。

〈說解〉 赪，赤部，左右結構，形聲字。貞簡化爲贞，偏旁類推簡化。

摈 ‖ 擯
13　17

bìn　ㄅㄧㄣˋ　bɐn³〔殯〕

〈書〉拒絕，排除：～斥丨～除丨～諸門外丨～而不用。

〈說解〉 摈，扌部，左右結構，形聲字。賓簡化爲宾，偏旁類推簡化。

毂 ‖ 轂
13　17

(一) gǔ　ㄍㄨˇ　guk⁷〔谷〕

車輪的中心部分，有圓孔，可以插車軸。

(二) gū　ㄍㄨ　guk⁷〔谷〕

【毂轆】gū·lu　①車輪。②滾動。

〈說解〉 毂，車部或殳部，左右結構，形聲字。車簡化爲车，偏旁類推簡化；再去掉轂字左邊冖下的一橫，就成爲毂。

摊 ‖ 攤
13　22　　　tān　ㄊㄢ　tan¹〔灘〕

①擺開,鋪開:～場丨～牌丨～曬丨～晾。②設在路旁、露天處的售貨點:～販丨～位丨～商丨～地丨煙～丨收～丨擺小～。③把糊狀食物倒在鍋中推開使成爲薄片:～鷄蛋丨～煎餅。④分擔:～派丨分～丨均～。⑤碰到,落到:這事讓我～上了。⑥量詞,用於糊狀物:一～血丨一～屎。

〈說解〉 摊,扌部,左中右結構,形聲字。難簡化爲难,偏旁類推簡化。清刊《逸事》已見。

鵲 ‖ 鵲
13　19　　　què　ㄑㄩㄝ　dzœk⁸〔雀〕

喜鵲:～橋丨～巢鳩占。

〈說解〉 鵲,鸟部,左右結構,形聲字。鳥簡化爲鸟,偏旁類推簡化。

蓝 ‖ 藍
13　17　　　lán　ㄌㄢ　lam⁴〔籃〕

①像晴天天空的顏色:～天丨翠～丨天～丨蔚～丨湛～。②蓼藍,草本植物,莖紅紫色,葉子含藍汁,可以做藍色染料:靑出於～。

〈說解〉 蓝,艹部,上中下結構,形聲字。監簡化爲监,偏旁類推簡化。敦煌寫本、影元刊《元典章》、清刊《目蓮記》並見。
＊蓝不能寫作兰,兰是蘭的簡化字。

蓦 ‖ 驀
13　20　　　mò　ㄇㄛ　mɐk⁹〔默〕

突然:～地丨～然回首。

〈說解〉 蓦,艹部,上中下結構,形聲字。馬簡化爲马,偏旁類推簡化。元刊《雜劇》已見。

＊蕎字舊歸馬部。

鹋 ‖ 鶓
13　19

| | miáo | ㄇㄧㄠˊ | miu⁴〔苗〕|

見【鸸鹋】。

〈說解〉 鹋，鸟部，左右結構，形聲字。鳥簡化爲鸟，偏旁類推簡化。

薊 ‖ 蓟
13　16

| | jì | ㄐㄧˋ | gɐi³〔計〕|

大薊，多年生草本植物，莖有刺，葉子羽狀，花紫紅色，中醫入藥，有止血作用。

〈說解〉 薊，艹部，上下結構，形聲字。魚簡化爲鱼，偏旁類推簡化。

蒙¹ ‖ 矇
13　18

| (一) mēng | ㄇㄥ | muŋ⁴〔蒙〕|

①欺騙：～騙｜～人｜欺上～下。②胡亂猜測：瞎～｜胡～。

| (二) méng | ㄇㄥˊ | muŋ⁴〔蒙〕|

〈書〉眼睛失明：～矓。

〈說解〉 蒙，艹部，上中下結構，形聲字。蒙和矇音同，用蒙做矇的簡化字是同音替代。
＊(1)蒙(mēng)另有昏迷義：～頭轉向｜眼發黑，頭發～。此義跟矇無關，舊只用蒙字。(2)蒙又是濛和懞的簡化字，見下。(3)矇字舊歸目部。

蒙² ‖ 濛
13　16

| | méng | ㄇㄥˊ | muŋ⁴〔蒙〕|

①形容雨絲細小：～～細雨。②迷茫，彌漫：空～｜溟～。

〈說解〉 前略 (見蒙‖矇)。蒙和濛音同,用蒙做濛的簡化字是同音替代。
＊(1)蒙(méng)的下列意義跟濛、矇、懞無關,舊只用蒙。❶遮蓋:～蔽;❷受:～受｜～難｜多～厚愛;❸蒙昧:啟～。(2)濛字舊歸水部。

蒙³‖懞
13　16

| (一) méng　ㄇㄥˊ　muŋ⁴〔蒙〕 |

〈書〉忠厚樸實:～直｜敦～。

| (二) měng　ㄇㄥˇ　muŋ⁵〔夢低上〕
muŋ²〔夢高上〕(又) |

〈書〉昏昧不明事理:～懂。

〈說解〉 前略 (見蒙‖矇)。蒙和懞音同,用蒙做懞的簡化字是同音替代。
＊(1)蒙(měng):～古｜～族,只用蒙字。(2)懞舊歸心部,幪是異體。

頤‖頤
13　16

| yí　ㄧˊ　ji⁴〔兒〕 |

〈書〉①頰、腮:～指氣使｜支～｜解～。②保養:～養天年。

〈說解〉 頤,頁部,左右結構,形聲字。頁簡化爲页,偏旁類推簡化。

獻‖獻
13　20

| xiàn　ㄒㄧㄢˋ　hin³〔憲〕 |

①恭敬鄭重地送給:～禮｜～花｜～身｜～詞｜～計｜～策｜貢～｜奉～｜呈～｜供～。②表現給人看:～技｜～醜｜～慇懃。

〈說解〉 獻,犬部,左右結構,形聲字。把獻字聲旁改爲南就成爲献。《字彙‧犬部》:"献,俗獻字。"宋刊《列女傳》、元刊《雜劇》《三國志》等已見。献可作簡化偏旁用,如:灡(讞)。

十三

蕷 ‖ 蕷
13　16

yù　ㄩ　jy⁶〔預〕

【薯蕷】shǔyù 多年生草本植物,莖蔓生,塊根圓柱形,含澱粉和蛋白質,可食用。通稱山藥。

〈說解〉蕷,艹部,上下結構,形聲字。頁簡化爲页,偏旁類推簡化。

榄 ‖ 欖
13　25

lǎn　ㄌㄢ　lam⁵〔攬〕　lam²〔攬高上〕

【橄欖】gǎnlǎn 常綠喬木,花白色,果實長橢圓形,兩端稍尖,綠色,可以吃。也叫青果。

〈說解〉欖,木部,左右結構,形聲字。臨簡化爲𫟼,見簡化爲见,偏旁類推簡化。清刊《逸事》已簡作榄,今進而簡化爲榄。

槟 ‖ 櫬
13　20

chèn　ㄔㄣˋ　tsɐn³〔趁〕

〈書〉棺材:靈~ ｜扶~。

〈說解〉櫬,木部,左右結構,形聲字。親簡化爲亲,偏旁類推簡化。

榈 ‖ 櫚
13　18

lú　ㄌㄩ　lœy⁴〔雷〕

【棕櫚】zōnglú 常綠喬木,莖呈圓柱形,沒有分枝,葉子大,有長葉柄,木材可以製器具。通稱棕樹。

〈說解〉櫚,木部,左右結構,形聲字。門簡化爲门,偏旁類推簡化。

楼 ‖ 樓
13　15

lóu　ㄌㄡˊ　lɐu⁴〔留〕

①樓房,兩層以上的房子:~閣 ｜~梯 ｜角~ ｜炮~ ｜隆~ ｜藏書~ ｜高~大廈。②樓房的一層:三~ ｜十五~。③房

屋或建築物上面加蓋的一層房子：城～｜閣～｜箭～。④用於某些店鋪的名稱：銀～茶～｜酒～｜首飾～｜登瀛～。

〈說解〉 楼，木部，左右結構，形聲字。婁簡化爲娄，偏旁類推簡化。宋刊《列女傳》、元刊《雜劇》、明刊《嬌紅記》、清刊《目蓮記》等並見。

榉 ‖ 櫸
13　20　　　jǔ　ㄐㄩˇ　gœy² 〔舉〕

山毛櫸，落葉喬木，高可達七、八丈，花萼有絲狀的毛，本質堅實，可做枕木、傢俱等。

〈說解〉 榉，木部，左右結構，形聲字。舉簡化爲举，偏旁類推簡化。

赖 ‖ 賴
13　16　　　lài　ㄌㄞˋ　lai⁶ 〔籟〕

①依賴，依靠：信～｜仰～｜倚～。②指無賴：～皮｜耍～。③不承認自己的錯誤或責任：～賬｜～債｜～婚｜抵～｜狡～。④怪罪，責怪：誣～｜自己做錯了事，不能～別人。⑤不好，壞：好～｜吃得不～。

〈說解〉 赖，貝部或 ⺉部，左右結構，形聲字。貝簡化爲贝，偏旁類推簡化。

碛 ‖ 磧
13　16　　　qì　ㄑㄧˋ　dzik⁷ 〔積〕

①沙石積成的淺灘。②沙漠。

〈說解〉 碛，石部，左右結構，形聲字。貝簡化爲贝，偏旁類推簡化。

碍 ‖ 礙
13　19　　　ài　ㄞˋ　ŋoi⁶ 〔外〕

使不能順利進行，阻：～口｜～事｜～手～腳｜妨～｜障～｜

滯～｜辯才無～。

〈說解〉 碍，石部，左右結構，形聲字。导與礙音同，把聲旁疑換成导就成爲碍。《正字通·石部》："碍，俗礙字。"易熙吾《簡體字原》說："《南史》引浮屠書云：'碍礙通用。'"（52頁）碍字出現當很早。影元刊《元典章》習見。

磣 ‖ 磣
13　16

| chěn | 彳ㄣ | tsɐm² | 〔寢〕 |

①食物中雜有沙、石：牙～。②醜，難看：寒～。

〈說解〉 磣，石部，左右結構，形聲字。參簡化爲参，偏旁類推簡化。

鹌 ‖ 鹌
13　19

| ān | ㄢ | ɐm¹ | 〔庵〕 |

【鹌鹑】ānchún 一種鳥，頭小尾短，不善飛。

〈說解〉 鹌，鳥部，左右結構，形聲字。鳥簡化爲鸟，偏旁類推簡化。

尴 ‖ 尷
13　17

| gān | ㄍㄢ | gam¹ | 〔監高平〕 | gam³ | 〔鑒〕 |

【尷尬】gāngà ①處境困難，不好處理。②神態不自然。

〈說解〉 尷，尢部，左下半包圍結構，形聲字。監簡化爲监，偏旁類推簡化。影元鈔本《通俗小說》已見。
＊尲是尷的異體。

殨 ‖ 殨
13　16

| huì | ㄏㄨㄟ | kui² | 〔繪〕 |

瘡癤潰爛：～膿。

〈說解〉 殯，歹部，左右結構，形聲字。貝簡化爲贝，偏旁類推簡化。

霧 ‖ 霧
13　　18

wù　ㄨˋ　mou⁶〔務〕

①接近地面的空氣中的水蒸氣遇冷而凝結成的漂浮在空氣中的小水點：～氣｜晨～｜濃～。②指像霧的許多小水點：噴～器。

〈說解〉 霧，雨部，上下結構，形聲字。去掉霧字下部的矛就成爲雺。元刊《雜劇》已見。

輳 ‖ 輳
13　　16

còu　ㄘㄡˋ　tsʀu³〔湊〕

車輪的輻條集中于轂上：輻～。

〈說解〉 輳，車部，左右結構，形聲字。車簡化爲车，偏旁類推簡化。

輻 ‖ 輻
13　　16

fú　ㄈㄨˊ　fuk⁷〔福〕

車輪上連接車轂和輪圈的一條條直棍或鋼條：～條。

〈說解〉 輻，車部，左右結構，形聲字。車簡化爲车，偏旁類推簡化。

輯 ‖ 輯
13　　16

jí　ㄐㄧˊ　tsʀp⁷〔緝〕

①編輯：～錄｜剪～｜纂～。②一套書籍、資料等按內容或發表次序分成的各個部分：簡報第二～｜該叢書共分五～，每～十册。

〈說解〉 輯，車部，左右結構，形聲字。車簡化爲车，偏旁類推簡化。

输 ‖ 輸
13　16

shū　ㄕㄨ　sy¹〔書〕

①運送，運輸：～入｜～出｜～油｜～血｜～電｜～尿管。
②〈書〉捐獻：～財｜捐～。③在較量中失敗：～家｜～理｜認
～｜服～｜～了六分。

〈說解〉 输，车部，左右結構，形聲字。車簡化爲车，偏旁類推簡化。

频 ‖ 頻
13　16

pín　ㄆㄧㄣ　pen⁴〔貧〕

①屢次，連續多次：～繁｜～仍｜～～點頭｜尿～。②頻率或
頻帶的簡稱：～道｜調～｜中～｜高～。

〈說解〉 频，页部，左右結構。頁簡化爲页，偏旁類推簡化。

龃 ‖ 齟
13　20

jǔ　ㄐㄩˇ　dzœy²〔咀〕

【龃龉】jǔyǔ〈書〉上下牙齒不齊，比喻意見不合。

〈說解〉 龃，齿部，左右結構，形聲字。齒簡化爲齿，偏旁類推簡化。

龄 ‖ 齡
13　20

líng　ㄌㄧㄥˊ　liŋ⁴〔零〕

①歲數，年歲：年～｜幼～｜老～｜高～｜妙～｜婚～｜超
～。②參加或從事的年限：教～｜工～｜軍～｜藝～｜球～。
③某些生物體發育過程的不同階段：一～蟲。

〈說解〉 龄，齿部，左右結構，形聲字。齒簡化爲齿，偏旁類推簡
化。清刊《逸事》簡作龄，與今形近。

龅 ‖ 齙
13　20

bāo　ㄅㄠ　bau⁶〔鮑低去〕

齙牙，突出在嘴唇外的牙齒。

〈說解〉 齙,齒部,左右結構,形聲字。齒簡化爲齿,偏旁類推簡化。

齠 ‖ 齠
13　　20　　　tiáo　　ㄊㄧㄠ　tiu⁴〔條〕

〈書〉兒童換牙:~年 | ~齡 | ~齔。

〈說解〉 齠,齒部,左右結構,形聲字。齒簡化爲齿,偏旁類推簡化。

鉴 ‖ 鑒
13　　22　　　jiàn　　ㄐㄧㄢˋ　gam³〔監高去〕

①鏡子:銅~ | 古~。②照:光可~人 | 水清可~。③細看,審辨:~別 | ~定 | ~賞 | 賞~。④可作爲警戒或引爲教訓的事:~戒 | 借~ | 引以爲~ | 前車之~。⑤書信套語,用在開頭稱呼之後,表示請人看:臺~ | 惠~ | 鈞~。

〈說解〉 鉴,金部,上下結構,臨簡化爲⺐,偏旁類推簡化。敦煌寫本、元刊《雜劇》已見。
＊鑑是鉴的異體,鑑没有簡化爲鑑。

韙 ‖ 韙
13　　18　　　wěi　　ㄨㄟˇ　wɐi⁵〔偉〕

〈書〉是,對(多用於否定式):冒天下之大不~。

〈說解〉 韙,韋部,左下半包圍結構,形聲字。韋簡化爲韦,偏旁類推簡化。

嗫 ‖ 囁
13　　21　　　niè　　ㄋㄧㄝˋ　dzip⁸〔接〕

【囁嚅】nièrú 形容想說又吞吞吐吐不敢說的樣子。

〈說解〉 嗫,口部,左右結構,形聲字。聶簡化爲聂,偏旁類推簡化。

蹺 ‖ 蹺
13　　19

qiāo　ㄑㄧㄠ　kiu⁵〔橋低上〕

①抬起(腿)，豎起(指頭)：把腿～起來 ｜ ～起大拇指。②腳尖着地，腳跟抬起：～着腳從人頭上望過去。

〈說解〉 蹺，足部，左右結構，形聲字。堯簡化爲尧，偏旁類推簡化。

蹕 ‖ 蹕
13　　17

bì　ㄅㄧˋ　bɐt⁷〔不〕

帝王出行時開路淸道，禁止人通行，泛指與帝王行止有關的：駐～｜警～。

〈說解〉 蹕，足部，左右結構，形聲字。畢簡化爲毕，偏旁類推簡化。

躋 ‖ 躋
13　　21

jī　ㄐㄧ　dzɐi¹〔擠〕

〈書〉登，上升：～身於强國之林。

〈說解〉 躋，足部，左右結構，形聲字。齊簡化爲齐，偏旁類推簡化。

跹 ‖ 躚
13　　22

xiān　ㄒㄧㄢ　sin¹〔仙〕

【翩跹】piānxiān 形容輕快地跳舞。

〈說解〉 跹，足部，左右結構，形聲字。遷簡化爲迁，偏旁類推簡化。元刊《太平樂府》已見。

蜗 ‖ 蝸
13　　15

wō　ㄨㄛ　wo¹〔窩〕

蜗牛：～居。

〈說解〉蜗, 虫部, 左右結構, 形聲字。咼簡化爲呙, 偏旁類推簡化。

嗳 ‖ 嗳
13　16

(一) ài　ㄞˋ　ɔi² 〔藹〕

嘆詞, 表示悔恨、懊惱:～, 早知這麼遠, 就不來了。

(二) ǎi　ㄞˇ　ɔi² 〔藹〕

嘆詞, 表示不同意或否定:～, 你別這麼說呀!

〈說解〉嗳, 口部, 左右結構, 形聲字。愛簡化爲爱, 偏旁類推簡化。

赗 ‖ 賵
13　16

fèng　ㄈㄥˋ　fuŋ³ 〔諷〕

以財物幫助人辦喪事, 也指送給辦喪事人家的東西。

〈說解〉赗, 贝部, 左右結構, 會意字。貝簡化爲贝, 偏旁類推簡化。

锗 ‖ 鍺
13　16

zhě　ㄓㄜˇ　dzɛ² 〔者〕

金屬元素, 符號 Ge, 灰白色, 有光澤, 質脆, 有單向導電的性能, 是重要的半導體。

〈說解〉锗, 钅部, 左右結構, 形聲字。釒簡化爲钅, 偏旁類推簡化。

错 ‖ 錯
13　16

cuò　ㄘㄨㄛˋ　tsɔ³ 〔挫〕

①不正確:～字 ｜ 這道題做～了。②壞, 差:字寫得不～ ｜ 今年秋收～不了。③錯處, 過錯:差～ ｜ 舛～ ｜ 認～。④交差, 參差:

~雜｜~落｜交~｜參~。⑤使避開而不碰上,不衝突:~車｜~過機會｜~開時間。⑥在凹下去的文字、花紋中鑲上或塗上金、銀等:~金。⑦打磨玉石的石頭,也指打磨玉石:他山之石,可以爲~。

〈說解〉 错,钅部,左右結構,形聲字。釒簡化爲钅,偏旁類推簡化。

锘 ‖ 鍩
13　16

nuò　ㄋㄨㄛˋ　nɔk⁹〔諾〕

一種放射性金屬元素,符號 No,是用碳離子轟擊鋦得到的。

〈說解〉 锘,钅部,左右結構,形聲字。釒簡化爲钅,偏旁類推簡化。

锚 ‖ 錨
13　16

máo　ㄇㄠˊ　nau⁴〔撓〕

鐵製的停船器具,一端有帶倒鈎的爪,另一端用鐵鏈連在船上,拋到水底或岸邊,用來穩定船隻:~鏈｜~地｜拋~｜起~｜拔~。

〈說解〉 锚,钅部,左右結構,形聲字。金簡化爲钅,偏旁類推簡化。

锛 ‖ 錛
13　16

bēn　ㄅㄣ　bɐn¹〔奔〕

①锛子,削平木料的工具,柄與刃具相垂直呈丁字形。②用锛子削平木料。

〈說解〉 锛,钅部,左右結構,形聲字。釒簡化爲钅,偏旁類推簡化。

锝 ‖ 鍀
13　16

dé　ㄉㄜˊ　dɐk⁷〔得〕

一種放射性元素,符號 Tc,是良好的超導體,也用作鋼鐵的防銹材料。

〈說解〉 锝,钅部,左右結構,形聲字。金簡化爲钅,偏旁類推簡化。

锞 ‖ 錁
13   16

kè ㄎㄜˋ gwɔ² 〔果〕

锞子,舊時作貨幣用的小金錠或銀錠。

〈說解〉 锞,钅部,左右結構,形聲字。金簡化爲钅,偏旁類推簡化。

锟 ‖ 錕
13   16

kūn ㄎㄨㄣ kwɐn¹ 〔昆〕

【锟鋙】 kūnwú 古書中所記的山名,所產的鐵可鑄刀劍,因此锟鋙也用於稱寶劍。

〈說解〉 锟,钅部,左右結構,形聲字。金簡化爲钅,偏旁類推簡化。

锡 ‖ 錫
13   16

xī ㄒㄧ sɛk⁸ 〔石中入〕

①金屬元素,符號 Sn,銀白色,富延展性,在空氣中不易起變化,多用來鍍鐵、焊接金屬或製造合金等。②〈書〉賜給:~命。

〈說解〉 锡,钅部,左右結構,形聲字。金簡化爲钅,偏旁類推簡化。

锢 ‖ 錮
13   16

gù ㄍㄨˋ gu³ 〔故〕

①熔化金屬來堵塞空隙:~露。②〈書〉禁錮:黨~。

〈說解〉 锢,钅部,左右結構,形聲字。金簡化爲钅,偏旁類推簡化。

锣 ‖ 鑼
13　27　　　luó　ㄌㄨㄛˊ　lɔ⁴〔羅〕

打擊樂器，用銅製成，形狀像盤子，用鑼槌敲打：～鼓｜敲～｜鳴～。

〈說解〉 锣，钅部，左右結構，形聲字。金簡化爲钅，羅簡化爲罗，偏旁類推簡化。明刊《白袍記》、清刊《金瓶梅》《逸事》簡作锣，今進一步簡化爲锣。

锤 ‖ 錘
13　16　　　chuí　ㄔㄨㄟˊ　tsœy⁴

①一種古代兵器，柄的頂端有一個金屬球。②像錘的東西：秤～。③錘子，敲打東西的工具：鐵～｜釘～｜木～。④用錘子敲打：千～百煉｜把釘子～進去。

〈說解〉 锤，钅部，左右結構，形聲字。金簡化爲钅，偏旁類推簡化。

锥 ‖ 錐
13　16　　　zhuī　ㄓㄨㄟ　dzœy¹〔追〕

①錐子，有尖頭的用來鑽孔的工具。②像錐子的東西：改～｜圓～體。③用錐子形的工具鑽孔：～探。

〈說解〉 锥，钅部，左右結構，形聲字。金簡化爲钅，偏旁類推簡化。

锦 ‖ 錦
13　16　　　jǐn　ㄐㄧㄣ　gɐm²〔感〕

①有彩色花紋的絲織品：～旗｜蜀～｜織～。②色彩鮮明華麗：～緞｜～霞｜～綉｜～心綉口。

〈說解〉 锦，钅部，左右結構，形聲字。金簡化爲钅，偏旁類推簡化。

十三

锧 ‖ 鑕
13　23

zhì　ㄓˋ　dzæt⁷〔質〕

〈書〉①砧板。②鍘刀(古代刑具)座：斧～。

〈說解〉 锧，钅部，左右結構，形聲字。質簡化爲质，偏旁類推簡化。

锨 ‖ 鍁
13　16

xiān　ㄒㄧㄢ　him¹〔謙〕

用於掘土或鏟東西的工具，有板狀的頭，用鋼鐵或木頭製成，後面安把兒：鐵～｜木～。

〈說解〉 锨，钅部，左中右結構，形聲字。金簡化爲钅，偏旁類推簡化。

锫 ‖ 錇
13　16

péi　ㄆㄟˊ　pui⁴〔培〕

一種放射性金屬元素，符號 Bk，是由甲種粒子轟擊鋦而得到的。

〈說解〉 锫，钅部，左右結構，形聲字。金簡化爲钅，偏旁類推簡化。

锭 ‖ 錠
13　16

dìng　ㄉㄧㄥˋ　diŋ³〔定〕　diŋ⁶〔訂〕

①錠子，紡紗機上用來把纖維捻成紗並把紗繞在筒管上的部件，通稱紗錠。②製成塊狀的金屬或藥物等：金～｜鋼～｜鋁～｜萬應～。

〈說解〉 锭，钅部，左右結構，形聲字。金簡化爲钅，偏旁類推簡化。

键 ‖ 鍵
13　16

jiàn　ㄐㄧㄢˋ　gin⁶〔件〕

①使軸與齒輪等連接並固定在一起的零件：～槽。②插門

的金屬棍子。③琴、打字機等使用時按動的部分：～盤｜琴～｜按～。

〈說解〉 键，钅部，左右結構，形聲字。金簡化爲钅，偏旁類推簡化。

锯 ‖ 鋸

13　　16　　　jù　ㄐㄩˋ　gœy³〔句〕

①拉 (lá) 開木料、石料、鋼材等的工具，主要部分是有成排尖齒的薄鋼片：～條｜～片｜手～｜圓～｜電～｜鋼～。②用鋸拉(lá)：～末｜～樹｜～木板。

〈說解〉 锯，钅部，左右結構，形聲字。金簡化爲钅，偏旁類推簡化。

锰 ‖ 錳

13　　16　　　měng　ㄇㄥˇ　maŋ⁵〔猛〕

金屬元素，符號 Mn，灰色結晶體，質硬而脆，有光澤，主要用來製錳鋼等合金。

〈說解〉 锰，钅部，左右結構，形聲字。金簡化爲钅，偏旁類推簡化。

锱 ‖ 錙

13　　16　　　zī　ㄗ　dzi¹〔支〕

古代重量單位，一兩的四分之一。

〈說解〉 锱，钅部，左右結構，形聲字。金簡化爲钅，偏旁類推簡化。

辞 ‖ 辭

13　　19　　　cí　ㄘ　tsi⁴〔池〕

①優美的詞句，泛指詞句：～藻｜～令｜～色｜～典｜文

~｜言~｜修~｜虛~｜念念有~。②古典文學的一種體裁:~賦｜~章｜楚~。③古體詩的一種:木蘭~。④告別:~別｜~靈｜~行｜告~。⑤辭職:~呈｜~工。⑥解僱:~退｜他把保姆~了。⑦推托,不接受:~謝｜~讓｜推~｜婉~。

〈說解〉 辭,辛部或舌部,左右結構。辭字左偏旁改爲舌就成爲辞。辞是辭的俗字,《干祿字書·平聲》:"辝、辞、辭:上中並辭讓字,下爲辭説字,俗作辞,非。"敦煌寫本及《俗字譜》元明清諸書並見。

頹‖頽

13　16

tuí　ㄊㄨㄟˊ　tœy⁴ 〔推低平〕

①坍塌:傾~｜斷壁~垣。②衰敗:~敗｜~勢｜衰~。③委靡:~靡｜~喪｜~唐｜~風。

〈說解〉 頽,頁部,左右結構,會意字。頁簡化爲页,偏旁類推簡化。

穇‖穇

13　16

cǎn　ㄘㄢˇ　sam¹ 〔衫〕

穇子,一年生草本植物,莖有很多分枝,子實橢圓形,可以吃。

〈說解〉 穇,禾部,左右結構,形聲字。參簡化爲参,偏旁類推簡化。

籌‖籌

13　20

chóu　ㄔㄡˊ　tsɐu⁴ 〔酬〕

①用竹、木、象牙等製成的小棍或小片,用來計數或作爲憑證:~碼｜竹~｜酒~｜牙~。②想辦法,謀劃:~措｜~辦｜~備｜~劃｜~集｜~商｜統~｜運~。

〈說解〉 籌,竹部,上下結構,形聲字。壽簡化爲寿,偏旁類推簡化。明刊《東窗記》、清刊《逸事》已見。

签¹ ‖ 簽
13   19

qiān　ㄑㄧㄢ　tsim¹〔僉〕

①爲了表示負責而在文件、單據上親自寫上姓名或畫上記號：～名｜～字｜～押｜～到｜～收｜～署｜～訂。②用簡要的文字提出要點或意見：～呈｜～注。③上面刻有文字、符號的細長小竹木片或細棍，用於占卜、賭博等：～筒｜抽～｜求～。④作爲標誌用的小條：書～｜標～｜浮～｜題～。⑤竹子或木頭削成的小細棍：竹～｜牙～。

〈說解〉 签，竹部，上下結構，形聲字。僉簡化爲金，偏旁類推簡化。

＊签又是籤的簡化字。見下。

签² ‖ 籤
13   23

qiān　ㄑㄧㄢ　tsim¹〔籤〕

同"签"③④⑤。

〈說解〉 前略（見签‖簽）。签和籤音同義相關，把籤並入签，再簡化爲签。

简 ‖ 簡
13   18

jiǎn　ㄐㄧㄢˇ　gan²〔柬〕

①古代用來寫字的竹片：竹～｜～册｜～札｜斷～殘篇。②書信：書～｜尺～｜小～。③簡單，簡略：～本｜～便｜～短｜～寫｜～化｜～稱｜～明｜～陋｜言～意賅。④使簡單，簡化：精～｜精兵～政｜深居～出。⑤選擇：～任｜～拔。

〈說解〉 简，竹部，上下結構，形聲字。門簡化爲门，偏旁類推簡化。敦煌寫本已見。

觎 ‖ 覦
13   16

yú　ㄩˊ　jy⁴〔如〕

〈書〉希望得到，多指非分的：～心｜覬～。

〈說解〉 觎，見部，左右結構，形聲字。見簡化爲见，偏旁類推簡化。

頷 ‖ 頷
13　　16

hàn　ㄏㄢˋ　hɐm⁵〔含低上〕

①下巴。②點頭:～首。

〈說解〉 頷,頁部,左右結構,形聲字。頁簡化爲页,偏旁類推簡化。

膩 ‖ 膩
13　　16

nì　ㄋㄧˋ　nei⁶〔餌〕

①食品中油脂過多:油～丨肥肉太～人。②厭煩:～煩丨厭～丨這些話我都聽～了。③細致:細～。④污垢:垢～丨塵～。⑤黏:黏～丨油揾布摸着太～手。

〈說解〉 膩,月部,左右結構,形聲字。貝簡化爲贝,偏旁類推簡化。
＊膩字舊歸肉部,《漢語大字典》歸月部。

鵬 ‖ 鵬
13　　19

péng　ㄆㄥˊ　paŋ⁴〔彭〕

傳說中最大的鳥:～程丨～舉丨大～。

〈說解〉 鵬,鳥部,左中右結構,形聲字。鳥簡化爲鸟,偏旁類推簡化。

騰 ‖ 騰
13　　20

téng　ㄊㄥˊ　tɐŋ⁴〔藤〕

①奔跑,跳躍:～越丨奔～丨歡～。②升,飛:～空丨～雲丨飛～丨升～丨龍～虎躍。③使空出:～房丨～地方丨～出時間。④用在某些動詞後,表示反復:倒～丨折～丨鬧～丨翻～丨踢～丨亂～。

〈說解〉 騰,月部或馬部,左右結構,形聲字。馬簡化爲马,偏旁類推簡化。
＊騰字舊歸馬部,《漢語大字典》歸月部。

鲅 ‖ 鮁
13　16

bà　ㄅㄚˋ　bɐt⁹〔拔〕

鮁魚,身體呈紡錘形,鱗細,背部黑藍色,腹部兩側銀灰色,生活在海洋中。也叫馬鮫魚。

〈說解〉 鮁,魚部,左右結構,形聲字。魚簡化爲鱼,偏旁類推簡化。

鲆 ‖ 鮃
13　16

píng　ㄆㄧㄥˊ　piŋ⁴〔平〕

魚類的一科,身體側扁,呈片狀,左側灰褐色,有黑斑,右側白色,兩眼在左側,右側向下臥在沙底,生活在淺海中。

〈說解〉 鮃,魚部,左右結構,形聲字。魚簡化爲鱼,偏旁類推簡化。

鲇 ‖ 鮎
13　16

nián　ㄋㄧㄢˊ　nim⁴〔念低平〕

鮎魚,身體表面多黏液,無鱗,背部黑色,腹面白色,上下頜有四根須,尾圓而短,不分叉,生活在河湖等處。

〈說解〉 鮎,魚部,左右結構,形聲字。魚簡化爲鱼,偏旁類推簡化。

鲈 ‖ 鱸
13　27

lú　ㄌㄨˊ　lou⁴〔勞〕

鱸魚,身體上部青灰色,下部灰白色,身體兩側和背鰭有黑斑,肉味鮮美,生活在近海。

〈說解〉 鲈,魚部,左右結構,形聲字。魚簡化爲鱼,盧簡化爲卢,偏旁類推簡化。

鲊 ‖ 鮓
13　16

zhǎ　ㄓㄚˇ　dza²〔炸高上〕

①醃製的魚。②用米粉、麵條等加鹽和其他作料拌製的切碎的菜:茄子～。

〈說解〉 鮓,魚部,左右結構,形聲字。魚簡化爲鱼,偏旁類推簡化。

穌 ‖ 穌
13　16

sū　ㄙㄨ　sou¹〔蘇〕

同"蘇(蘇醒)"。

〈說解〉 穌,禾部或鱼部,左右結構,形聲字。魚簡化爲鱼,偏旁類推簡化。

鮒 ‖ 鮒
13　16

fù　ㄈㄨˋ　fu⁶〔付〕

古代指鯽魚:涸轍之～。

〈說解〉 鮒,魚部,左中右結構,形聲字。魚簡化爲鱼,偏旁類推簡化。

鮣 ‖ 鮣
13　16

yìn　ㄧㄣˋ　jɐn³〔印〕

魚,身體細長,灰黑色,體圓柱形,頭和身體前端的背部扁平,上有一長橢圓形吸盤,可吸在大魚身體下面或船底,生活在海洋中。

〈說解〉 鮣,魚部,左右結構,形聲字。魚簡化爲鱼,偏旁類推簡化。

鮑 ‖ 鮑
13　16

bào　ㄅㄠˋ　bau¹〔包〕

【鮑魚】bàoyú ①軟體動物,貝殼橢圓形,生活在海中,可食用。也叫鰒魚。②〈書〉鹹魚:入～之肆,久而不聞其臭。

〈說解〉 鮑,魚部,左右結構,形聲字。魚簡化爲鱼,偏旁類推簡化。

鲅 ‖ 鮍
13   16

pí ㄆㄧˊ pei⁴〔皮〕

見【鳑鲅】。

〈說解〉 鲅，鱼部，左右結構，形聲字。魚簡化爲鱼，偏旁類推簡化。

鲐 ‖ 鮐
13   16

tái ㄊㄞˊ tɔi⁴〔台〕

鲐魚，身體紡錘形，背部青藍色，腹部淡黃色，兩側上部有深藍色斑紋，生活在海洋中。

〈說解〉 鲐，鱼部，左右結構，形聲字。魚簡化爲鱼，偏旁類推簡化。

颖 ‖ 穎
13   16

yǐng ㄧㄥˇ wiŋ⁶〔泳〕

①禾本科植物子實的帶芒外殼：～果｜稻～｜麥～。②指某些小而細長的東西的尖端：短～羊毫(一種筆)。③聰明：～悟｜～慧｜聰～。

〈說解〉 颖，禾部或頁部，左右結構，形聲字。頁簡化爲页，偏旁類推簡化。
* (1)穎字舊歸禾部，《漢語大字典》歸頁部。(2)頴是穎的異體，舊歸頁部。

鸽 ‖ 鵮
13   19

qiān ㄑㄧㄢ dzam¹〔簪〕ham¹〔咸高平〕

尖嘴的鳥啄食：別讓鷄～穀穗。

〈說解〉 鸽，鸟部，左右結構，形聲字。鳥簡化爲鸟，偏旁類推簡化。

飔 ‖ 颸
13 18

sī ㄙ si¹〔司〕

〈書〉涼風。

〈說解〉 飔，风部，左下半包圍結構，形聲字。風簡化爲风，偏旁類推簡化。

飕 ‖ 颼
13 18

sōu ㄙㄡ sɐu¹〔收〕

①風吹使變乾或變冷：雨淋濕了，又～乾了。②同"嗖"。

〈說解〉 飕，风部，左下半包圍結構，形聲字。風簡化爲风，偏旁類推簡化。

十三

触 ‖ 觸
13 20

chù ㄔㄨˋ dzuk⁷〔足〕 tsuk⁷〔速〕

①接觸，碰、撞：～電｜～動｜～礁｜～覺｜～角｜～目驚心。②觸動，感動：～怒｜～犯｜～機｜～類旁通｜感～。

〈說解〉 触，角部，左右結構。蜀簡化爲虫，保留原字主要部分。清刊《金瓶梅》《逸事》已見。

雏 ‖ 雛
13 18

chú ㄔㄨˊ tsɔ¹〔初〕

幼小的（多指鳥類）：～燕｜～鷄｜～鳥。

〈說解〉 雏，隹部，左右結構，形聲字。芻簡化爲刍，偏旁類推簡化。元刊《太平樂府》、清刊《目蓮記》並見。

饽 ‖ 餺
13 18

bó ㄅㄛˊ bɔk⁸〔博〕

【餺飥】 bótuō 古代的一種麵食。

〈說解〉博，亻部，左右結構，形聲字。亻簡化爲亻，偏旁類推簡化。

馍 ‖ 饃

13　18

| | mó | ㄇㄛˊ | mɔ⁴〔磨〕|

饅頭:蒸～｜硬麵～～。

〈說解〉馍，饣部，左右結構，形聲字。饣簡化爲饣，偏旁類推簡化。

馏 ‖ 餾

13　18

| (一) liú | ㄌ丨ㄡˊ | lɐu⁶〔漏〕|

蒸餾,把液體加熱使變成蒸氣,再使蒸氣冷卻凝結成液體,以除去其中雜質:～水。

| (二) liù | ㄌ丨ㄡˋ | lɐu⁶〔漏〕|

把凉了的熟食再蒸熱:把昨天的包子再～一～。

〈說解〉馏，饣部，左右結構，形聲字。饣簡化爲饣，偏旁類推簡化。

馐 ‖ 饈

13　18

| | xiū | ㄒ丨ㄡ | sɐu¹〔收〕|

美味的食物:珍～佳肴。

〈說解〉馐，饣部，左右結構，形聲字。饣簡化爲饣，偏旁類推簡化。

酱 ‖ 醬

13　18

| | jiàng | ㄐ丨ㄤˋ | dzœŋ³〔帳〕|

①豆、麥等發酵後,加上鹽製成的糊狀調味品:麵～｜黃～｜炸～。②用醬或醬油醃或煮的:～肉｜～黃瓜｜～菜。③像醬

的糊狀食品:花生~｜辣椒~｜西紅柿~。

〈說解〉 醬,酉部,上下結構,將簡化爲将,再去掉右下部的寸,就成爲酱。

鶉 ‖ 鹑　　　chún　ㄔㄨㄣˊ　sœn⁴〔純〕

13　**19**

見[鵪鶉]。

〈說解〉 鶉,鳥部,左右結構,形聲字。鳥簡化爲鸟,偏旁類推簡化。

痴 ‖ 癡　　　chī　ㄔ　tsi¹〔雌〕

13　**19**

①傻,愚笨:~呆｜~人｜白~｜愚~。②極度迷戀某人或某種事物:~迷｜~心｜~情｜書~｜情~。③受刺激而變傻,精神失常。

〈說解〉 痴,疒部,左上半包圍結構,形聲字。把聲旁疑改爲知就成爲痴,《玉篇》已收痴字。《正字通‧疒部》:"痴,俗癡字。"舊時二字通用,簡化字只用痴。

癉 ‖ 瘅　　　dàn　ㄉㄢˋ　dan³〔旦〕

13　**17**

〈書〉①由於勞累而得的病:~疾。②憎恨:彰善~惡。

〈說解〉 癉,疒部,左上半包圍結構,形聲字。單簡化爲单,偏旁類推簡化。

瘆 ‖ 瘮　　　shèn　ㄕㄣˋ　sɐm³〔滲〕　sɐm²〔審〕(又)

13　**16**

可怕,讓人害怕:~人｜看着~得慌。

〈說解〉瘮，疒部，左上半包圍結構，形聲字。参簡化爲參，偏旁類推簡化。

鹒 ‖ 鶊
13　19

| gēng | 《ㄥ | geŋ¹ 〔庚〕 |

見【鶬鹒】。

〈說解〉鹒，鸟部，左右結構，形聲字。鳥簡化爲鸟，偏旁類推簡化。

韵 ‖ 韻
13　19

| yùn | ㄩㄣˋ | wɐn⁶ 〔運〕 |

①好聽的聲音：琴～。②韻母：～文｜～脚｜～律｜～白｜押～｜詩～｜音～。③情趣，韻味：～致｜～事｜風～｜神～｜餘～｜氣～。

〈說解〉韵，音部，左右結構，形聲字。韵是韻的異體，《集韻·焮韻》："韻，《說文》：'和也。'或作韵。"舊多用韻，簡化字只用韵。

阖 ‖ 闔
13　18

| hé | ㄏㄜˊ | hɐp⁹ 〔合〕 |

①全部，總共：～家｜～府｜～城。②關閉：～戶。

〈說解〉阖，门部，上包下結構，形聲字。門簡化爲门，偏旁類推簡化。

阗 ‖ 闐
13　18

| tián | ㄊㄧㄢˊ | tin⁴ 〔田〕 |

〈書〉充滿：喧～。

〈說解〉阗，门部，上包下結構，形聲字。門簡化爲门，偏旁類推簡化。

闕 ‖ 闕
13　　18

<u>（一）què　ㄑㄩㄝˋ　kyt⁸〔決〕</u>

宮門前兩邊供瞭望的樓，泛指宮廷：宮～｜城～｜伏～上書。

<u>（二）quē　ㄑㄩㄝ　kyt⁸〔決〕</u>

〈書〉①過失。②欠缺：～如｜～疑。

〈說解〉 闕，门部，上包下結構，形聲字。門簡化爲门，偏旁類推簡化。

眷 ‖ 謄
13　　17

<u>téng　ㄊㄥˊ　tɐŋ⁴〔騰〕</u>

照着抄寫：～寫｜～淸｜～錄。

〈說解〉 眷，言部，上下結構，形聲字（從言朕省聲）。去掉謄字的左偏旁月就成爲眷。

＊謄，從言朕聲，形聲字，舊歸言部，《漢語大字典》歸月部。

粮 ‖ 糧
13　　18

<u>liáng　ㄌㄧㄤˊ　lœŋ⁴〔良〕</u>

①糧食：～草｜～倉｜～店｜食～｜雜～｜粗～｜細～｜乾～｜口～｜餘～。②作爲農業稅的糧食：～稅｜錢～｜公～｜完～。

〈說解〉 粮，米部，左右結構，形聲字。《玉篇·米部》："糧，穀也。粮，同糧。"粮和糧本爲異體，今用粮做糧的簡化字。

数 ‖ 數
13　　15

<u>（一）shù　ㄕㄨˋ　sou³〔訴〕</u>

①數目：～詞｜～額｜～碼｜～據｜～值｜～字｜～量｜報～｜答～｜充～｜人～｜讀～｜概～｜基～｜如～｜多～｜無～｜總～。②表示事物的量的基本數學概念：整～｜分～｜正～｜負～｜實～｜有理～｜自然～。③一種語法範疇，

表示名詞或代詞所指事物的數量:單~｜複~。④幾,幾個:~
人｜~十種｜~小時。⑤天命:劫~難逃。

(二) shǔ　ㄕㄨˇ　sou² 〔嫂〕

①計算數目:~九｜~數目｜不可勝~。②算起來最突出:~
得着｜~一~二｜~他最高。③列舉:~說｜~其罪狀。

〈說解〉 数,攵部,左右結構,形聲字。婁簡化爲娄,偏旁類推
簡化。金刊《劉知遠》、影元刊《元典章》及《俗字譜》宋元明清諸
書並見。

灩 ‖ 灔
13　　27

yàn　ㄧㄢˋ　jim⁶ 〔艷〕

灔澦堆,長江瞿唐峽口的巨石,現已炸平。

〈說解〉 灔,氵部,左中右結構,形聲字。艷簡化爲艳,偏旁類
推簡化。

灄 ‖ 灄
13　　21

shè　ㄕㄜˋ　sip⁸ 〔攝〕

灄口,地名,在湖北。

〈說解〉 灄,氵部,左右結構,形聲字。聶簡化爲聂,偏旁類推簡化。

滿 ‖ 滿
13　　14

mǎn　ㄇㄢˇ　mun⁵ 〔門低上〕

①全部充實,達到容量的極點:充~｜客~｜飽~｜裝~｜
坐~｜塞~。②使滿:~上這一杯。③達到一定期限或限度:
~員｜~額｜~師｜~月｜~載｜屆~｜假期已~。④全,
整個:~懷｜~腔｜~面｜~口｜~門｜~打~算。⑤滿
足:~意｜心~意足。⑥驕傲:自~。

〈說解〉 滿,氵部,左右結構,形聲字。兩簡化爲两,偏旁類推
簡化。

滤 ‖ 濾
13   18

lù   ㄌㄩˋ   lœy⁶ 〔慮〕

過濾:~紙｜~器｜~色鏡。

〈說解〉 滤,氵部,左右結構,形聲字。慮簡化爲虑,偏旁類推簡化。

濫 ‖ 濫
13   17

làn   ㄌㄢˋ   lam⁶ 〔纜〕

①江河、湖泊的水大量溢出:泛~。②過度,沒有限制:~用｜寧缺毋~。③浮泛不切實際:~調｜~套子。

〈說解〉 濫,氵部,左右結構,形聲字。監簡化爲监,偏旁類推簡化。清刊《金瓶梅》已見。

滗 ‖ 潷
13   15

bì   ㄅㄧˋ   bei³ 〔臂〕

擋住渣滓或泡着的東西,把液體倒出去:把湯~一~。

〈說解〉 滗,氵部,左右結構,形聲字。筆簡化爲笔,偏旁類推簡化。《集韻・質韻》:"潷,或從韋。"可見滗早已是潷的異體,今以滗做潷的簡化字有歷史的依據。

滦 ‖ 灤
13   26

luán   ㄌㄨㄢˊ   lyn⁴ 〔聯〕

灤河,水名,在河北。

〈說解〉 滦,氵部,左右結構,形聲字。䜌簡化爲亦,偏旁類推簡化。影元刊《元典章》已見。

漓 ‖ 灕
13   21

lí   ㄌㄧˊ   lei⁴ 〔離〕

①〈書〉水流的樣子。②灕江,水名,在廣西。

〈説解〉 㵎, 氵部, 左右結構, 形聲字。離簡化爲离, 偏旁類推簡化。明刊《東窗記》已見。

滨 ‖ 濱
13　17

bīn　ㄅ丨ㄣ　ben¹ 〔賓〕

①水邊, 靠近水的地方:江～丨海～丨湖～。②靠近水:～海丨～江。

〈説解〉 滨, 氵部, 左右結構, 形聲字。賓簡化爲宾, 偏旁類推簡化。

滩 ‖ 灘
13　22

tān　ㄊㄢ　tan¹ 〔攤〕

①河流、湖海邊水深時淹沒、水淺時露出的地方: ～頭丨河～丨海～丨沙～。②江河中水淺石多且水流很急的地方:險～。

〈説解〉 滩, 氵部, 左中右結構, 形聲字。難簡化爲难, 偏旁類推簡化。

㵥 ‖ 㵥
13　16

yù　ㄩˋ　jy⁶ 〔預〕

見【灘㵥堆】。

〈説解〉 㵥, 氵部, 左中右結構, 形聲字。頁簡化爲页, 偏旁類推簡化。

慑 ‖ 懾
13　21

shè　ㄕㄜˋ　sip⁸ 〔攝〕　dzip⁸ 〔接〕

害怕, 使害怕:～服丨威～丨震～。

〈説解〉 慑, 忄部, 左右結構, 形聲字。聶簡化爲聂, 偏旁類推簡化。

十三

譽 ‖ 譽
13　　20

yù　ㄩˋ　jy⁶〔預〕

①好名聲：～滿全球｜名～｜榮～｜美～｜馳～｜聲～｜信～｜盛～。②稱贊：稱～｜贊～｜過～｜毀～參半。

〈說解〉 譽，言部，上下結構，草書楷化字。把與改爲兴就成爲譽。

* 譽，《俗字譜》宋元明清諸書多簡作畜，今不從。

鱟 ‖ 鱟
13　　24

hòu　ㄏㄡˋ　heu⁶〔後〕

節肢動物，頭胸部的甲殼略呈馬蹄形，腹部甲殼呈六角形，尾部呈劍狀，生活在海底。

〈說解〉 鱟，鱼部，上中下結構。𦥑簡化爲⺌，魚簡化爲鱼，偏旁類推簡化。

騫 ‖ 騫
13　　20

qiān　ㄑㄧㄢ　hin¹〔牽〕

〈書〉高舉：騰～。

〈說解〉 騫，馬部或宀部，上中下結構，形聲字。馬簡化爲马，偏旁類推簡化。

寢 ‖ 寢
13　　14

qǐn　ㄑㄧㄣˇ　tsɐm²〔侵高上〕

①睡眠：～具｜～食不安｜廢～忘食。②臥室：～宮｜就～｜內～。③帝王的墳墓：陵～｜靈～。④〈書〉停止，平息：其議逐～。

〈說解〉 寢，宀部，上下結構，草書楷化字。把爿改爲丬就成爲寢。清刊《金瓶梅》《逸事》已見。

* 寢字左下邊的丬不能類推簡化，如瘠寐二字不可寫作瘠寐。

窺 ‖ 窺

13　16

kuī　ㄎㄨㄟ　kwei¹〔虧〕

從小孔或縫隙裏看：～視｜～探｜～伺｜～測｜管中～豹。

〈說解〉窺，穴部，上下結構，形聲字。見簡化爲见，偏旁類推簡化。

窬 ‖ 寶

13　20

dòu　ㄉㄡˋ　deu⁶〔豆〕

①孔，洞：狗～｜疑～｜筆門圭～。②人體某些器官或組織的內部凹入的部分：鼻～。

〈說解〉窬，穴部，上下結構，形聲字。賣簡化爲卖，偏旁類推簡化。

谨 ‖ 謹

13　18

jǐn　ㄐㄧㄣ　gen²〔緊〕

①謹慎，小心：～嚴｜～防｜拘～｜勤～｜嚴～｜恭～。②鄭重：～領｜～具｜～致敬禮。

〈說解〉谨，讠部，左右結構，形聲字。言簡化爲讠，偏旁類推簡化。

谩 ‖ 謾

13　18

(一) màn　ㄇㄢˋ　man⁶〔慢〕

輕慢無禮：～駡。

(二) mán　ㄇㄢˊ　man⁴〔蠻〕

欺騙：欺～。

〈說解〉谩，讠部，左右結構，形聲字。言簡化爲讠，偏旁類推簡化。

谪 ‖ 謫
13　　18　　　zhé　　ㄓㄜˊ　　dzak⁹〔擇〕

①封建時代指把官吏降職調到邊遠地方做官：～守｜～居｜
貶～。②〈書〉責備，指摘：眾口交～。

〈說解〉 谪，讠部，左右結構，形聲字。言簡化爲讠，偏旁類推
簡化。

谫 ‖ 譾
13　　18　　　jiǎn　　ㄐㄧㄢˇ　　dzin²〔剪〕

〈書〉淺薄：～陋。

〈說解〉 谫，讠部，左右結構，形聲字。言簡化爲讠，偏旁類推
簡化。

谬 ‖ 謬
13　　18　　　miù　　ㄇㄧㄡˋ　　mɐu⁶〔茂〕

錯誤，差錯：～論｜～誤｜荒～｜錯～｜乖～｜悖～｜訛～｜
大～不然。

〈說解〉 谬，讠部，左右結構，形聲字。言簡化爲讠，偏旁類推
簡化。

辟 ‖ 闢
13　　21　　　pì　　ㄆㄧˋ　　pik⁷〔僻〕

①開闢：另～門路｜自～園地｜獨～蹊徑。②透徹：精～｜透
～。③排除，駁斥：～謠｜～邪說。

〈說解〉 辟，辛部，左右結構，會意字。辟和闢音同，在開和透
徹義上可通用，現歸併爲一字，用辟做闢的簡化字。
*(1)辟(pì ㄆㄧˋ pik⁷〔僻〕)本義爲法：大～(即死刑)。另外辟
又讀 bì ㄅㄧˋ pik⁷〔僻〕，義爲君主：復～。此二義舊只用辟。(2)
闢不能類推簡化爲闢。

騮 ‖ 騮
13　　20

liú　ㄌㄧㄡˊ　leu⁴〔流〕

古書上指黑鬛黑尾巴的紅馬。

〈說解〉　騮，马部，左右結構，形聲字。馬簡化爲马，偏旁類推簡化。

骟 ‖ 騸
13　　20

shàn　ㄕㄢˋ　sin³〔扇〕

割掉牲畜的睾丸或卵巢：這匹馬剛～了。

〈說解〉　骟，马部，左右結構，形聲字。馬簡化爲马，偏旁類推簡化。

嫒 ‖ 嬡
13　　16

ài　ㄞˋ　oi³〔愛〕

【令嫒】lìng'ài　尊稱對方的女兒。

〈說解〉　嫒，女部，左右結構，形聲字。愛簡化爲爱，偏旁類推簡化。

嫔 ‖ 嬪
13　　17

pín　ㄆㄧㄣˊ　pɐn⁴〔貧〕

①古代婦女的通稱，也用作婦人的美稱：～婦。②〈書〉皇帝的妾，皇宮中的女官：～妃。

〈說解〉　嫔，女部，左右結構，形聲字。賓簡化爲宾，偏旁類推簡化。

缙 ‖ 縉
13　　16

jìn　ㄐㄧㄣˋ　dzœn³〔進〕

〈書〉赤色的帛：～紳（古代稱有官職的或做過官的人）。

〈說解〉 縉，糹部，左右結構，形聲字。糹簡化爲纟，偏旁類推簡化；再把右偏旁的晉換成晋(晋是晉的異體)，就成爲缙。

縝 ‖ 縝
13　　16

zhěn　　ㄓㄣˇ　tsɐn² 〔診〕

〈書〉細致，精細：～密。

〈說解〉 縝，糹部，左右結構，形聲字。糹簡化爲纟，偏旁類推簡化。

縛 ‖ 縛
13　　16

fù　　ㄈㄨˋ　bɔk⁸ 〔博〕

綑綁：束～｜綑～｜手無～雞之力。

〈說解〉 縛，糹部，左右結構，形聲字。糹簡化爲纟，偏旁類推簡化。

縟 ‖ 縟
13　　16

rù　　ㄖㄨˋ　juk⁹ 〔肉〕

繁瑣，繁重：繁～｜繁文～節。

〈說解〉 縟，糹部，左右結構，形聲字。糹簡化爲纟，偏旁類推簡化。

轡 ‖ 轡
13　　22

pèi　　ㄆㄟˋ　bei³ 〔臂〕

駕馭牲口用的嚼子和繮繩：～頭｜鞍～｜並～｜緩～徐行。

〈說解〉 轡，口部，上下結構，會意字。糹簡化爲纟，車簡化爲车，偏旁類推簡化。

縫 ‖ 縫
13　　16

(一) fèng　　ㄈㄥˋ　fuŋ⁴ 〔逢〕

①接合的地方：騎～｜天衣無～。②縫隙：門～｜夾～｜裂

～｜拔～｜見～插針。

（二）féng　ㄈㄥ′　fuŋ⁴〔逢〕　fuŋ⁶〔奉〕

用針綫將原不在一處或開了口子的東西連上：～補｜～合｜
～紉｜～鞋匠。

〈說解〉 縫，糸部，左右結構，形聲字。糸簡化爲纟，偏旁類推簡化。

缞‖縗
13　16

cuī　ㄘㄨㄟ　tsœy¹〔吹〕

舊時用粗蔴布製成的喪服。

〈說解〉 缞，糸部，左右結構，形聲字。糸簡化爲纟，偏旁類推簡化。

缟‖縞
13　16

gǎo　ㄍㄠˇ　gou²〔稿〕

〈書〉一種白色的絹：～素。

〈說解〉 缟，糸部，左右結構，形聲字。糸簡化爲纟，偏旁類推簡化。

缠‖纏
13　21

chán　ㄔㄢ′　tsin⁴〔前〕

①纏繞：～足｜～毛綫｜頭上～着繃帶。②糾纏：～綿｜～磨｜
俗事～身｜胡攪蠻～。③應付：～手｜這人不講理，眞難～。

〈說解〉 缠，糸部，左右結構。糸簡化爲纟，偏旁類推簡化；再
去掉纏字右偏旁的八和土，就成爲缠。敦煌寫本、宋刊《祖堂
集》及清刊《金瓶梅》等簡作纒，與今形近。

缡‖縭
13　16

lí　ㄌㄧ′　lei⁴〔離〕

古代婦女的佩巾：結～(指出嫁)。

〈説解〉 缡, 纟部, 左右結構, 形聲字。糹簡化爲纟, 偏旁類推簡化。

缢 ‖ 縊　　　yì　ㄧˋ　ɐi³〔翳〕
13　16

用繩子勒死, 吊死:自～。

〈説解〉 缢, 纟部, 左右結構, 形聲字。糹簡化爲纟, 偏旁類推簡化。

缣 ‖ 縑　　　jiān　ㄐㄧㄢ　gim¹〔兼〕
13　16

〈書〉細絹:～帛 ｜～素。

〈説解〉 缣, 纟部, 左右結構, 形聲字。糹簡化爲纟, 偏旁類推簡化。

缤 ‖ 繽　　　bīn　ㄅㄧㄣ　bɐn¹〔賓〕
13　20

【繽紛】 bīnfēn 繁多而紛亂:五彩～ ｜落英～。

〈説解〉 缤, 纟部, 左右結構, 形聲字。糹簡化爲纟, 賓簡化爲賓, 偏旁類推簡化。

十 四 畫

瑷 ‖ 璦
14　17

ài　ㄞˋ　oi³〔愛〕

瑷琿,地名,在黑龍江。今作愛輝。

〈說解〉 瑷,王部,左右結構,形聲字。愛簡化爲爱,偏旁類推簡化。
＊瑷字舊歸玉部,《漢語大字典》歸王部。

贅 ‖ 贅
14　17

zhuì　ㄓㄨㄟˋ　dzœy⁶〔罪〕

①多餘的,無用的:～疣｜累～｜兹不～言。②入贅:～婿｜招～。

〈說解〉 贅,貝部,上下結構,形聲字。貝簡化爲贝,偏旁類推簡化。

覯 ‖ 覯
14　17

gòu　ㄍㄡˋ　gɐu³〔究〕

〈書〉遇見:乃～於京。

〈說解〉 覯,見部,左右結構,形聲字。見簡化爲见,偏旁類推簡化。

韜 ‖ 韜
14　19

tāo　ㄊㄠ　tou¹〔滔〕

①弓或劍的套子。②兵法:～略｜六～。③比喻隱藏:～晦｜～光養晦。

〈說解〉 韜,韋部,左右結構,形聲字。韋簡化爲韦,偏旁類推簡化。

靉 ‖ 靉
14　　25

ài　ㄞˋ　oi² 〔藹〕

【靉靆】àidài〈書〉形容濃雲遮日。

〈說解〉 靉，二部，左右結構，形聲字。雲簡化爲云，偏旁類推簡化。

墙 ‖ 墻
14　　16

qiáng　ㄑㄧㄤˊ　tsœŋ⁴ 〔詳〕

①用磚、石或土等築成的屏障物：～根｜～角｜～頭｜城～｜圍～｜山～｜院～｜防火～。②器物上像墙或起隔斷作用的部分：爐～。

〈說解〉 墙，土部，左右結構，形聲字。嗇簡化爲啬，偏旁類推簡化。宋刊《列女傳》、清刊《逸事》已見。元刊《三國志》簡作墙，與今形近。
＊墙是牆的異體，《玉篇・土部》："墙，正作牆。"牆字舊歸爿部。

攖 ‖ 攖
14　　20

yīng　ㄧㄥ　jiŋ¹ 〔英〕

〈書〉①接觸，觸犯：～怒｜無敢～其鋒。②糾纏，擾亂。

〈說解〉 攖，扌部，左右結構，形聲字。貝簡化爲贝，偏旁類推簡化。

薔 ‖ 薔
14　　16

qiáng　ㄑㄧㄤˊ　tsœŋ⁴ 〔詳〕

【薔薇】qiángwēi 落葉灌木，莖細長，枝上密生小刺，花白色或淡紅色，有芳香。

〈說解〉 薔，艹部，上中下結構，形聲字。嗇簡化爲啬，偏旁類推簡化。

十四

蔑 ‖ 衊
14 20

miè　ㄇㄧㄝˋ　mit⁹〔滅〕

捏造罪名陷害他人，毀謗：誣～。

〈說解〉蔑，艹部，上中下結構，形聲字。蔑和衊音同，用蔑做衊的簡化字是同音替代。
＊(1)蔑的下列意義與衊無關，舊只用蔑：❶無，沒有：～不濟矣｜～以復加。❷瞧不起：～視｜輕～。(2)衊本義爲污血，舊歸血部。

蔹 ‖ 薟
14 20

liǎn　ㄌㄧㄢˇ　lim⁵〔臉〕

【白蔹】báiliǎn 多年生草本植物，蔓生，漿果球形，根可入藥。

〈說解〉蔹，艹部，上下結構，形聲字。僉簡化爲佥，偏旁類推簡化。

藺 ‖ 藺
14 19

lìn　ㄌㄧㄣˋ　lœn⁶〔吝〕

【馬藺】mǎlìn 多年生草本植物，根莖粗，葉子條形，花藍紫色，葉子富於韌性，可用於造紙。也叫馬蓮、馬蘭。

〈說解〉藺，艹部，上下結構，形聲字。門簡化爲门，偏旁類推簡化。

藹 ‖ 藹
14 19

ǎi　ㄞˇ　oi²〔靄〕

①和氣，態度好：和～｜慈～。②〈書〉繁茂。

〈說解〉藹，艹部，上下結構，形聲字。言簡化爲讠，偏旁類推簡化。

鶘 ‖ 鶘
14 20

hú　ㄏㄨˊ　wu⁴〔胡〕

見【鵜鶘】。

〈說解〉 鷳,鳥部,左中右結構,形聲字。鳥簡化爲鸟,偏旁類推簡化。

檟 ‖ 檟
14   17

jiǎ ㄐㄧㄚˇ ga² 〔假高上〕

古書上指揪樹或茶樹。

〈說解〉 檟,木部,左右結構,形聲字。貝簡化爲贝,偏旁類推簡化。

檻 ‖ 檻
14   18

(一)jiàn ㄐㄧㄢˋ lam⁶ 〔艦〕

①欄杆:窗~丨憑~。②關禽獸的木籠,囚籠:~車丨獸~。

(二)kǎn ㄎㄢˇ ham⁵ 〔咸低上〕

門檻,門限。

〈說解〉 檻,木部,左右結構,形聲字。監簡化爲监,偏旁類推簡化。

檳 ‖ 檳
14   18

(一)bīn ㄅㄧㄣ bɐn¹ 〔賓〕

【檳子】bīnzi 蘋果樹的一種,果實比蘋果小,成熟時紫紅色。

(二)bīng ㄅㄧㄥ bɐn¹ 〔賓〕

【檳榔】bīng·lang 常綠喬木,樹幹很高,生長在熱帶地方,果實可食,也供藥用,能助消化。

〈說解〉 檳,木部,左右結構,形聲字。賓簡化爲宾,偏旁類推簡化。
*清刊《逸事》簡作梹,與今形近。

楮 ‖ 櫧
14　19
　　zhū　ㄓㄨ　dzy¹〔朱〕

常綠喬木,花黃綠色,果實球形,褐色,有光澤,木材堅硬,可製器具。

〈說解〉 楮,木部,左中右結構,形聲字。言簡化爲讠,偏旁類推簡化。

酽 ‖ 釅
14　26
　　yàn　ㄧㄢˋ　jim⁶〔驗〕

汁液濃,味厚:～茶。

〈說解〉 酽,酉部,左右結構,形聲字。嚴簡化爲严,偏旁類推簡化。

釃 ‖ 釃
14　26
　　shī　ㄕ　si¹〔詩〕

①濾酒。②斟酒。③〈書〉疏導河渠。

〈說解〉 釃,酉部,左右結構,形聲字。麗簡化爲丽,偏旁類推簡化。

酿 ‖ 釀
14　24
　　niàng　ㄋㄧㄤˋ　jœŋ⁶〔讓〕

①釀造:～酒。②蜜蜂做蜜:～蜜。③逐漸形成:～成大禍。④指酒:陳～｜佳～。

〈說解〉 酿,酉部,左右結構,形聲字。把聲旁襄改爲良(二字韻同)就成爲酿。

霁 ‖ 霽
14　22
　　jì　ㄐㄧˋ　dzɐi³〔祭〕

①雨雪後轉晴:雨～｜雪～｜光風～月。②怒氣消散:～顏｜色～。

〈說解〉 霻,雨部,上下結構,形聲字。齊簡化爲齐,偏旁類推簡化。元刊《太平樂府》、明刊《嬌紅記》已簡作霽。

愿 ‖ 願
14　　19
yuàn　ㄩㄢ　jyn⁶〔縣〕

①願望:～心丨志～丨心～丨意～丨夙～丨如～丨請～丨初～丨宏～丨遺～。②願意,希求:情～丨自～丨甘～丨但～他早日歸來。③願心,對神佛有所祈求時許下的酬謝:還～丨許～。

〈說解〉 愿,心部,上下結構,形聲字。愿,本義爲謹慎良善(現已罕用);願,本義爲大頭,後引申爲希望、樂意等義。今用愿做願的簡化字是同音替代。
＊願字舊歸頁部。

殯 ‖ 殯
14　　18
bin　ㄅㄧㄣ　bɐn³〔鬢〕

停放靈柩,把靈柩送到埋葬或火化的地方:～殮丨～葬丨～車丨出～丨送～。

〈說解〉 殯,歹部,左右結構,形聲字。賓簡化爲宾,偏旁類推簡化。清刊《目連記》已見。

十四

轅 ‖ 轅
14　　17
yuán　ㄩㄢ　jyn⁴〔元〕

①車前部駕牲畜用的兩根直木:～馬丨駕～丨車～子。②指官署的外門,借指官署:～門丨行～。

〈說解〉 轅,车部,左右結構,形聲字。車簡化爲车,偏旁類推簡化。

轄 ‖ 轄
14　　17
xiá　ㄒㄧㄚ　hɐt⁹〔瞎〕

①大車軸頭部穿着的小鐵棍,用來管住輪子使不脫落:車～。
②管理,統屬:～區丨管～丨統～丨直～市。

〈說解〉 辖,车部,左右結構,形聲字。車簡化爲车,偏旁類推簡化。

* 辖的異體有鐒。鐒字歸金部。

| 辗 ‖ 輾 | zhǎn　　ㄓㄢˇ　dzin² 〔展〕 |
| 14　17 | |

【輾轉】 zhǎnzhuǎn ①身體翻來覆去:～不眠。②經過許多人的手或經過許多地方:～流傳。

〈說解〉 辗,车部,左右結構,形聲字。車簡化爲车,偏旁類推簡化。

| 龇 ‖ 齜 | zī　　ㄗ　dzi¹ 〔枝〕 |
| 14　21 | |

露出(牙齒):～牙咧嘴。

〈說解〉 龇,齿部,左中右結構,形聲字。齒簡化爲齿,偏旁類推簡化。

| 龈 ‖ 齦 | yín　　ㄧㄣˊ　ŋen⁴ 〔銀〕 |
| 14　21 | |

齒龈,包住齒頸的黏膜組織。也叫牙龈。通稱牙牀。

〈說解〉 龈,齿部,左右結構,形聲字。齒簡化爲齿,偏旁類推簡化。

| 鶪 ‖ 鵙 | jú　　ㄐㄩˊ　gwik⁷ 〔隙〕 |
| 14　20 | |

古書上指伯勞鳥。

〈說解〉 鶪,鸟部,左右結構,形聲字。鳥簡化爲鸟,偏旁類推簡化。

顆 ‖ 顆
14　17

kē　ㄎㄜ　fo² 〔火〕

量詞，多用於粒狀的東西：一～珍珠｜三～子彈｜豆大的汗珠一～～往下掉。

〈說解〉 顆，頁部，左右結構，形聲字。頁簡化爲页，偏旁類推簡化。

瞜 ‖ 瞜
14　16

lōu　ㄌㄡ　lɐu¹ 〔褸〕

〈方〉看：先讓我～～。

〈說解〉 瞜，目部，左右結構，形聲字。婁簡化爲娄，偏旁類推簡化。

曖 ‖ 曖
14　17

ài　ㄞˋ　oi³ 〔愛〕

〈書〉日色昏暗。
【曖昧】①(態度)不明朗，不明白。②(行爲)不光明，不可告人：關係～。

〈說解〉 曖，日部，左右結構，形聲字。愛簡化爲爱，偏旁類推簡化。

鶡 ‖ 鶡
14　20

hé　ㄏㄜˊ　hɔt⁸ 〔渴〕

古書上說的一種善鬥的鳥。

〈說解〉 鶡，鳥部，左右結構，形聲字。鳥簡化爲鸟，偏旁類推簡化。

躊 ‖ 躊
14　21

chóu　ㄔㄡˊ　tsɐu¹ 〔囚〕

【躊躇】chóuchú ①猶豫：頗費～。②得意的樣子：～滿志。

〈說解〉 踌，足部，左右結構，形聲字。壽簡化爲寿，偏旁類推簡化。清刊《逸事》已見。

踊 ‖ 踴
14　16

yǒng　ㄩㄥˇ　juŋ² 〔湧〕

往上方跳：～躍歡呼。

〈說解〉 踊，足部，左右結構，形聲字。踴是踊的異體字（《集韻·腫韻》：“踊，或從勇。”），今用踊做踴的簡化字。

蜡 ‖ 蠟
14　21

là　ㄌㄚˋ　lap⁹ 〔臘〕

①動物、植物或礦物所產生的油質，能燃燒，易熔化，不溶於水：～燭｜～筆｜～染｜～紙｜～版｜蜂～｜白～｜石～。②蠟燭：～臺｜桌上點着一支～。

〈說解〉 蜡，虫部，左右結構。蜡字舊有兩個讀音：❶ qū 蛆的古字。❷ zhà ㄓㄚˋ dza³〔乍〕古代年終祭祀名。今用蜡做蠟的簡化字，跟用腊(xī)做臘(là)的簡化字相仿。
＊蜡讀 qū 和 zhà 音表示上述二義時，舊用蜡不用蠟。

蝈 ‖ 蟈
14　17

guō　ㄍㄨㄛ　gwɔk⁸ 〔國〕

【蝈蝈】 guō·guo 昆蟲，身體綠色或褐色，腹部大，翅膀短，善跳躍，雄的前翅有發音器，能發出清脆的聲音。

〈說解〉 蝈，虫部，左右結構，形聲字。國簡化爲国，偏旁類推簡化。

蝇 ‖ 蠅
14　19

yíng　ㄧㄥˊ　jiŋ⁴ 〔迎〕

蒼蠅：～蛹｜～拍｜～營狗苟｜捕～｜滅～。

〈說解〉 蝇，虫部，左右結構，形聲字。黽簡化爲黾，偏旁類推簡化。元刊《太平樂府》、清刊《目蓮記》並見。

蟬 ‖ 蟬
14　　18

chán　ㄔㄢˊ　sim⁴　〔嬋〕

昆蟲，種類很多，雄的腹部有發音器，能連續不斷發出尖銳的聲音，雌的不發聲，但在腹部有聽器，也叫知了：～蛻｜寒～。

〈說解〉　蟬，虫部，左右結構，形聲字。單簡化爲单，偏旁類推簡化。宋刊《列女傳》、元刊《三國志》、明刊《東窗記》等並見。

鶚 ‖ 鶚
14　　20

è　ㄜˋ　ŋɔk⁹　〔岳〕

一種鳥，背部褐色，頭腹白色，性兇猛，常在水面上飛翔，吃魚類。通稱魚鷹。

〈說解〉　鶚，鸟部，左右結構，形聲字。鳥簡化爲鸟，偏旁類推簡化。

嚶 ‖ 嚶
14　　20

yīng　ㄧㄥ　jiŋ¹　〔英〕

〈書〉象聲詞，形容鳥叫聲：伐木丁丁，鳥鳴～～。

〈說解〉　嚶，口部，左右結構，形聲字。貝簡化爲贝，偏旁類推簡化。

羆 ‖ 羆
14　　19

pí　ㄆㄧˊ　bei¹　〔卑〕

即棕熊，體大，肩部隆起，毛色棕褐色，能爬樹，會游泳，掌和肉可食用。也叫馬熊。

〈說解〉　羆，四部或灬部，上中下結構。罷簡化爲罢，偏旁類推簡化。

* 羆,形聲字(從熊,罷省聲),舊歸网部。

賻 ‖ 賻
14　17

| fù　ㄈㄨˋ　fu⁶〔付〕|

〈書〉贈送財物幫助人辦喪事:～金丨～儀丨～絹千疋。

〈**說解**〉賻,貝部,左右結構,形聲字。貝簡化爲贝,偏旁類推簡化。

罌 ‖ 罂
14　20

| yīng　ㄧㄥ　aŋ¹ |

〈書〉口小肚大的瓶子。
【罌粟】二年生草本植物,花有紅、紫、白等色。果實球形,未成熟時,果實中有白漿,是製鴉片的原料。

〈**說解**〉罌,缶部,上下結構,形聲字。貝簡化爲贝,偏旁類推簡化。

賺 ‖ 赚
14　17

| (一) zhuàn　ㄓㄨㄢˋ　dzan⁶〔撰〕|

①獲得利潤:～錢丨有～頭丨淨～三千元。②利潤:這筆生意沒什麼～兒。

| (二) zuàn　ㄗㄨㄢˋ　dzan⁶〔撰〕|

欺騙:你別～人了。

〈**說解**〉賺,貝部,左右結構,形聲字。貝簡化爲贝,偏旁類推簡化。

鶻 ‖ 鹘
14　20

| (一) gǔ　ㄍㄨˇ　gwɐt⁷〔骨〕|

【鶻鵃】gǔzhōu 古書上説的一種鳥。

（二）hú　ㄏㄨˊ　wɐt⁹〔屈低入〕

即隼，翅膀窄而尖，上嘴彎曲並有齒狀突起，飛行迅速，常襲擊其他鳥類。

〈說解〉 鶻，鳥部或骨部，左右結構，形聲字。鳥簡化爲鸟，偏旁類推簡化。

鍥 ‖ 鍥
14　　17

qiè　ㄑㄧㄝˋ　kit⁸〔揭〕

〈書〉雕刻，用刀刻：～而不舍。

〈說解〉 鍥，钅部，左右結構，形聲字。金簡化爲钅，偏旁類推簡化。

錯 ‖ 鎧
14　　17

kǎi　ㄎㄞˇ　kai²〔卡歹切〕　gai¹〔皆〕

〈書〉好鐵。

〈說解〉 錯，钅部，左右結構，形聲字。金簡化爲钅，偏旁類推簡化。

鍶 ‖ 鍶
14　　17

sī　ㄙ　si¹〔詩〕

金屬元素，符號 Sr，銀白色結晶，有延展性，其化合物是製造煙火的原料。

〈說解〉 鍶，钅部，左右結構，形聲字。金簡化爲钅，偏旁類推簡化。

鍔 ‖ 鍔
14　　17

è　ㄜˋ　ŋɔk⁹〔岳〕

〈書〉刀劍的刃：鋒～。

〈說解〉 鍔，钅部，左右結構，形聲字。金簡化爲钅，偏旁類推
簡化。

锹 ‖ 鍬
14　17

qiāo　　ㄑㄧㄠ　　tsiu¹〔超〕

鐵锹，鏟砂、土等的工具，前端用鋼、鐵等製成片狀，後面安有
木把。

〈說解〉 锹，钅部，左中右結構，形聲字。金簡化爲钅，偏旁類
推簡化。
＊鍬的異體有鐅。

锸 ‖ 鍤
14　17

chā　　ㄔㄚ　　tsap⁸〔插〕

挖土的工具。

〈說解〉 锸，钅部，左右結構，形聲字。金簡化爲钅，偏旁類推
簡化。

锻 ‖ 鍛
14　17

duàn　　ㄉㄨㄢˋ　　dyn³〔煅〕

將金屬工件加熱後然後錘打，使具有一定的形狀和尺寸，並改
變它的物理性質：～造｜～件｜～工｜～壓。

〈說解〉 锻，钅部，左中右結構，形聲字。金簡化爲钅，偏旁類
推簡化。

锼 ‖ 鎪
14　17

sōu　　ㄙㄡ　　sɐu¹〔收〕

鏤刻木頭：～刻｜～弓子(鋼絲鋸)。

〈說解〉 锼，钅部，左右結構，形聲字。金簡化爲钅，偏旁類推
簡化。

鍰 ‖ 鍰
14　17

| huán | ㄏㄨㄢˊ | wan⁴ | 〔環〕 |

古代重量單位，一鍰等於六兩：罰～。

〈說解〉 鍰，釒部，左右結構，形聲字。釒簡化爲钅，偏旁類推簡化。

鎗 ‖ 鏘
14　19

| qiāng | ㄑ丨ㄤ | tsœŋ¹ | 〔槍〕 |

象聲詞，形容撞擊金屬器物的聲音：鏗～｜鑼聲～～。

〈說解〉 鏘，釒部，左中右結構，形聲字。釒簡化爲钅，將簡化爲将，偏旁類推簡化。

鎄 ‖ 鎄
14　17

| āi | ㄞ | ɔi¹ | 〔哀〕 |

金屬元素，符號 Es，可用氦核轟擊鈾等方法取得。

〈說解〉 鎄，釒部，左右結構，形聲字。釒簡化爲钅，偏旁類推簡化。

鍍 ‖ 鍍
14　17

| dù | ㄉㄨˋ | dou⁶ | 〔道〕 |

用電解或其他化學方法使一種金屬附着在別的金屬或物體表面上：～金｜～錫｜電～。

〈說解〉 鍍，釒部，左右結構，形聲字。釒簡化爲钅，偏旁類推簡化。

鎂 ‖ 鎂
14　17

| měi | ㄇㄟˇ | mei⁵ | 〔美〕 |

金屬元素，符號 Mg，銀白色，質輕，在空氣中加熱能燃燒而發

出强烈的火焰,可用來製造閃光粉、照明彈等。

〈說解〉 镁,钅部,左右結構,形聲字。金簡化爲钅,偏旁類推簡化。

镂 ‖ 鏤
14　19
lòu　ㄌㄡˋ　leu⁶〔漏〕

雕刻:～空｜～花｜雕～｜精雕細～。

〈說解〉 镂,钅部,左右結構,形聲字。金簡化爲钅,婁簡化爲娄,偏旁類推簡化。清刊《逸事》已見。

镃 ‖ 鎡
14　17
zī　ㄗ　dzi¹〔支〕

【镃基】 zījī〈書〉大鋤。

〈說解〉 镃,钅部,左右結構,形聲字。金簡化爲钅,偏旁類推簡化。

镄 ‖ 鐨
14　20
fèi　ㄈㄟˋ　fei³〔費〕

一種放射性元素,符號 Fm,爲人工製造的元素。

〈說解〉 镄,钅部,左右結構,形聲字。金簡化爲钅,貝簡化爲贝,偏旁類推簡化。

镅 ‖ 鎇
14　17
méi　ㄇㄟˊ　mei⁴〔眉〕

一種放射性金屬元素,符號 Am,銀白色,有光譯,質軟而韌。

〈說解〉 镅,钅部,左右結構,形聲字。金簡化爲钅,偏旁類推簡化。

十四

鶩 ‖ 鶩
14　20

qiū　ㄑㄧㄡ　tsɐu¹〔秋〕

古書上說的一種水鳥, 頭和脖子都沒有毛。

〈說解〉 鶩, 鸟部, 上下結構, 形聲字。鳥簡化爲鸟, 偏旁類推簡化。

穩 ‖ 穩
14　19

wěn　ㄨㄣˇ　wɐn²〔溫高上〕

①安定, 不動搖：～定｜～固｜～如泰山｜站～｜放～｜安～｜平～。②沉着而有分寸：～重｜～練｜～當｜沉～｜嘴～。③妥帖：～妥｜～紮～打｜十拿九～。

〈說解〉 穩, 禾部, 左右結構。穩是形聲字(從禾, 隱省聲), 把右偏旁改爲急(不表音)就成爲穩。影元鈔本《通俗小説》、清刊《金瓶梅》《逸事》並見。

簀 ‖ 簀
14　17

zé　ㄗㄜˊ　dzak⁸〔責〕

〈書〉牀蓆：～牀｜～蓆｜易～。

〈說解〉 簀, 竹部, 上中下結構, 形聲字。貝簡化爲贝, 偏旁類推簡化。

篋 ‖ 篋
15　15

qiè　ㄑㄧㄝˋ　hap⁸〔峽〕

〈書〉小箱子：竹～｜藤～｜行～｜書～。

〈說解〉 篋, 竹部, 上下結構, 形聲字。夾簡化爲夹, 偏旁類推簡化。

籜 ‖ 籜
14　22

tuò　ㄊㄨㄛˋ　tɔk⁸〔托〕

竹筍上一片一片的皮：筍～。

〈說解〉 籌,竹部,上下結構,形聲字。睪簡化爲㐬,偏旁類推簡化。

籮 ‖ 籮
14　25

luó　ㄌㄨㄛˊ　lo⁴〔羅〕

竹子編的方底圓口的容器,可用來盛糧食等。

〈說解〉 籮,竹部,上中下結構,形聲字。羅簡化爲罗,偏旁類推簡化。

箪 ‖ 簞
14　18

dān　ㄉㄢ　dan¹〔丹〕

古代盛飯用的圓形竹器:～食瓢飲。

〈說解〉 箪,竹部,上下結構,形聲字。單簡化爲单,偏旁類推簡化。

箓 ‖ 籙
14　22

lù　ㄌㄨˋ　luk⁹〔陸〕

【符籙】 fúlù 道士所畫的一種圖形或綫條, 據說能驅使鬼神、驅除魔怪等。

〈說解〉 箓,竹部,上中下結構,形聲字。錄簡化爲录,偏旁類推簡化。

簫 ‖ 簫
14　19

xiāo　ㄒㄧㄠ　siu¹〔消〕

一種管樂器,古代用許多竹管排在一起做成,現代一般用一根竹管做成:排～丨洞～。

〈說解〉 簫,竹部,上下結構,形聲字。肅簡化爲肃,偏旁類推簡化。

輿 ‖ 輿
14　17　　　　yú　ㄩˊ　jy⁴〔如〕

①車：～馬｜舍～登舟。②指轎：肩～｜彩～。③地：～地｜～圖。④衆人的：～論｜～情。

〈說解〉 輿，車部或八部，上中下結構，形聲字。車簡化爲车，偏旁類推簡化。

膑 ‖ 臏
14　18　　　　bìn　ㄅㄧㄣˋ　bɐn³〔殯〕

同"髕"。

〈說解〉 膑，月部，左右結構，形聲字。賓簡化爲宾，偏旁類推簡化。
＊臏字舊歸肉部，《漢語大字典》歸月部。

鮭 ‖ 鲑
14　17　　　　(一) guī　ㄍㄨㄟ　gwɐi¹〔圭〕

魚類的一科，身體較大，略呈紡錘形，鱗細而圓，肉味鮮美。

(二) xié　ㄒㄧㄝˊ　hai⁴〔鞋〕

古書上指魚類的菜肴：～珍｜～菜。

〈說解〉 鮭，鱼部，左右結構，形聲字。魚簡化爲鱼，偏旁類推簡化。

鮚 ‖ 鲒
14　17　　　　jié　ㄐㄧㄝˊ　git⁸〔結〕

古書上說的一種蚌。

〈說解〉 鮚，鱼部，左右結構，形聲字。魚簡化爲鱼，偏旁類推簡化。

鮪 ‖ 鮪

<small>14　　17</small>

wěi　ㄨㄟˇ　fui² 〔灰高上〕

①一種魚,身體紡錘形,背黑藍色,腹灰白色,生活在熱帶海洋中。②古書上指鱘魚。

〈說解〉 鮪,鱼部,左右結構,形聲字。魚簡化爲鱼,偏旁類推簡化。

鮦 ‖ 鮦

<small>14　　17</small>

tóng　ㄊㄨㄥˊ　tuŋ⁴ 〔同〕

即鱧魚,俗稱烏魚。
【鮦城】 地名,在安徽。

〈說解〉 鮦,鱼部,左右結構,形聲字。魚簡化爲鱼,偏旁類推簡化。

鰂 ‖ 鰂

<small>14　　20</small>

zéi　ㄗㄟˊ　tsak⁹ 〔賊〕

即烏賊,軟體動物,身體扁平,蒼白色,有黑斑,口的邊緣有十隻腕足,體內有囊狀物能分泌黑色液體。俗稱墨斗魚。

〈說解〉 鰂,鱼部,左中右結構,形聲字。魚簡化爲鱼,貝簡化爲貝,偏旁類推簡化。

鱠 ‖ 鱠

<small>14　　24</small>

kuài　ㄎㄨㄞˋ　kui² 〔繪〕

即鱭魚。

〈說解〉 鱠,鱼部,左右結構,形聲字。魚簡化爲鱼,會簡化爲会,偏旁類推簡化。

鱭 ‖ 鱭

<small>14　　25</small>

jì　ㄐㄧˋ　tsɐi⁵ 〔齊低上〕

一種魚,身體側扁,體長三四寸,頭小而尖,尾尖而細,生活在海洋中。俗稱鳳尾魚。

〈說解〉 鯯，魚部，左右結構，形聲字。魚簡化爲鱼，齊簡化爲齐，偏旁類推簡化。

鮫 ‖ 鮫
14　　17

| jiāo　ㄐㄧㄠ　gau¹〔交〕

即鯊魚。

〈說解〉 鮫，魚部，左右結構，形聲字。魚簡化爲鱼，偏旁類推簡化。

鮮 ‖ 鮮
14　　17

(一) xiān　ㄒㄧㄢ　sin¹〔先〕

①新鮮：～肉｜～魚｜～貨｜～花｜～嫩｜～蛋｜～牛奶。②鮮明：～紅｜～艷｜～綠。③鮮美：味～｜這湯眞～。④鮮美的食物：時～｜嘗～。⑤特指魚蝦等水產：河～｜海～｜魚～。

(二) xiǎn　ㄒㄧㄢ　sin²〔冼〕

少：～有｜～爲人知｜～見寡聞。

〈說解〉 鮮，魚部，左右結構，會意字。魚簡化爲鱼，偏旁類推簡化。

鱘 ‖ 鱘
14　　23

| xún　ㄒㄩㄣ　tsɐm⁴〔尋〕

一種魚，背部黃灰色，口小而尖，背腹部有硬鱗，生活在淡水中。

〈說解〉 鱘，魚部，左右結構，形聲字。魚簡化爲鱼，尋簡化爲寻，偏旁類推簡化。

飀 ‖ 飀
14　　19

| liú　ㄌㄧㄡ　lɐu⁴〔留〕

〈書〉微風吹動的樣子：飀～。

十四

〈說解〉 颼，风部，左下半包圍結構，形聲字。風簡化爲风，偏旁類推簡化。

饉 ‖ 饉
14　19

jǐn　ㄐㄧㄣˇ　gen² 〔謹〕

〈書〉蔬菜沒有收成：饑～。

〈說解〉 饉，饣部，左右結構，形聲字。飠簡化爲饣，偏旁類推簡化。

饅 ‖ 饅
14　19

mán　ㄇㄢˊ　man⁶ 〔慢〕

【饅頭】mán·tou ①一種用發酵的麵粉蒸製的食品，一般上圓而下平，沒有餡。②包子。

〈說解〉 饅，饣部，左右結構，形聲字。飠簡化爲饣，偏旁類推簡化。

鑾 ‖ 鑾
14　27

luán　ㄌㄨㄢˊ　lyn⁴ 〔聯〕

①古代帝王車駕上的鈴鐺，後泛指鈴鐺：～鈴。②指帝王的車駕：～駕｜隨～｜回～。

〈說解〉 鑾，金部，上下結構。䜌簡化爲亦，偏旁類推簡化。元刊《太平樂府》、明刊《東窗記》、清刊《目蓮記》並見。

瘞 ‖ 瘞
14　15

yì　ㄧˋ　ji³ 〔意〕

〈書〉掩埋，埋葬：～玉埋香。

〈說解〉 瘞，疒部，左上半包圍結構，形聲字。夾簡化爲夹，偏旁類推簡化。

瘻 ‖ 瘻

14　16

lòu　ㄌㄡˋ　lɐu⁶　〔漏〕

【瘻管】lòuguǎn 人或動物體內發生膿腫時生成的管子，病竈內的分泌物可以由其中流出：肛～。

〈說解〉 瘻，疒部，左上半包圍結構，形聲字。婁簡化爲娄，偏旁類推簡化。

＊瘻的異體有瘺。

闞 ‖ 阚

14　19

kàn　ㄎㄢˋ　hɐm³　〔瞰〕

①望，視：～望｜俯～。②姓。

〈說解〉 闞，门部，上包下結構，形聲字。門簡化爲门，偏旁類推簡化。

鮺 ‖ 鮺

14　17

zhǎ　ㄓㄚˇ　dza²　〔渣高上〕

同"鮓"。

〈說解〉 鮺，鱼部或羊部，左上半包圍結構，形聲字（從魚差省聲）。魚簡化爲鱼，偏旁類推簡化。

鯗 ‖ 鯗

14　17

xiǎng　ㄒㄧㄤˇ　sœŋ²　〔想〕

剖開後醃過晾乾的魚：白～｜鰻～。

〈說解〉 鯗，鱼部，上下結構。魚簡化爲鱼，偏旁類推簡化。

糝 ‖ 糁

14　17

shēn　ㄕㄣ　sam²　〔衫高上〕

穀類磨成的碎粒：玉米～。

〈說解〉糝,米部,左右結構,形聲字。参簡化爲参,偏旁類推簡化。

鷀 ‖ 鹚
14　20

cí　ㄘ　tsi⁴〔池〕

見【鸕鷀】。

〈說解〉鷀,鳥部,左右結構,形聲字。鳥簡化爲鸟,偏旁類推簡化。

瀟 ‖ 潇
14　19

xiāo　ㄒㄧㄠ　siu¹〔消〕

〈書〉水深而清。
【瀟瀟】 形容風雨淒清。

〈說解〉瀟,氵部,左右結構,形聲字。肅簡化爲肃,偏旁類推簡化。

瀲 ‖ 潋
14　20

liàn　ㄌㄧㄢ　lim⁶〔斂低去〕

【瀲灔】 liànyàn〈書〉①形容水波流動:水光～晴方好。②形容水勢大。

〈說解〉瀲,氵部,左中右結構,形聲字。斂簡化爲金,偏旁類推簡化。

濰 ‖ 潍
14　17

wéi　ㄨㄟ　wɐi⁴〔維〕

濰河,水名,在山東省。濰坊,市名,在山東省。

〈說解〉濰,氵部,左中右結構,形聲字。糸簡化爲纟,偏旁類推簡化。

賽 ‖ 賽
14　17

sài　ㄙㄞˋ　tsɔi³〔菜〕

①比賽：～跑｜～球｜～詩｜～馬｜～個高低。②指比賽活動：初～｜田～｜徑～｜決～｜聯～｜預～｜大獎～｜錦標～。③勝，比得上：老漢個個～黃忠，婦女～過穆桂英。④舊時祭祀遊行酬神：～會｜～神｜祭～。

〈說解〉　賽，貝部或宀部，上中下結構，形聲字。貝簡化爲贝，偏旁類推簡化。

窶 ‖ 窶
14　16

(一) jù　ㄐㄩˋ　gœy⁶〔巨〕

〈書〉貧窮：貧～。

(二) lóu　ㄌㄡˊ　lɐu⁴〔流〕

【甌窶】ōulóu 狹小的高地。

〈說解〉　窶，穴部，上中下結構，形聲字。婁簡化爲娄，偏旁類推簡化。

褉 ‖ 襀
14　17

kuì　ㄎㄨㄟˋ　wɐi³〔畏〕

①用繩子、帶子等拴成的結：活～｜死～。②拴，繫：把牲口～上。

〈說解〉　褉，衤部，左右結構，形聲字。貝簡化爲贝，偏旁類推簡化。

褛 ‖ 褸
14　16

lǚ　ㄌㄩˇ　lœy⁵〔呂〕

見【襤褸】。

〈說解〉　褛，衤部，左右結構，形聲字。婁簡化爲娄，偏旁類推簡化。清刊《逸事》已見。

谭 ‖ 譚
14　19

tán　ㄊㄢˊ　tam⁴〔痰〕

同"談":老生常~。

〈說解〉 譚,訁部,左右結構,形聲字。言簡化爲訁,偏旁類推簡化。

谮 ‖ 譖
14　19

zèn　ㄗㄣˋ　dzɐm³〔浸〕

〈書〉誣陷:中傷:~言丨~語。

〈說解〉 譖,訁部,左右結構,形聲字。言簡化爲訁,偏旁類推簡化。

谯 ‖ 譙
14　19

qiáo　ㄑㄧㄠˊ　tsiu⁴〔潮〕

〈書〉瞭望:~樓丨~門。

〈說解〉 譙,訁部,左右結構,形聲字。言簡化爲訁,偏旁類推簡化。

谰 ‖ 讕
14　24

lán　ㄌㄢˊ　lan⁴〔蘭〕

①誣賴,誣陷:~言。②〈書〉抵賴。

〈說解〉 讕,訁部,左右結構,形聲字。言簡化爲訁,門簡化爲门,偏旁類推簡化。

谱 ‖ 譜
14　19

pǔ　ㄆㄨˇ　pou²〔普〕

①依照對象的類別或系統,採取表格等比較整齊的形式,編輯起來的書:年~丨家~丨詞~丨印~丨圖~。②可用來指導練

習的格式或圖形:畫～｜棋～。③曲譜:樂～｜歌～。④就歌詞配曲:～曲｜～寫。⑤大致的標準,把握:貼～｜離～｜在～｜沒個準～。

〈說解〉 谱, 讠部, 左右結構, 形聲字。言簡化爲讠, 偏旁類推簡化。

谲 ‖ 譎

14　19

jué　ㄐㄩㄝˊ　kyt⁸　〔決〕

〈書〉①欺詐:～詐｜險～｜狡～。②詭異, 怪異:怪～｜奇～｜波～雲詭。

〈說解〉 谲, 讠部, 左右結構, 形聲字。言簡化爲讠, 偏旁類推簡化。

鹛 ‖ 鶥

14　20

méi　ㄇㄟˊ　mei⁴　〔眉〕

鳥類的一屬, 羽毛多爲棕褐色, 嘴尖尾長, 叫的聲音婉轉好聽。

〈說解〉 鹛, 鸟部, 左右結構, 形聲字。鳥簡化爲鸟, 偏旁類推簡化。

嫱 ‖ 嬙

14　16

qiáng　ㄑㄧㄤˊ　tsœŋ⁴　〔祥〕

古代宮廷裏的女官:妃～。

〈說解〉 嫱, 女部, 左右結構, 形聲字。啬簡化爲啬, 偏旁類推簡化。

鹜 ‖ 鶩

14　20

wù　ㄨˋ　mou⁶　〔務〕

〈書〉鴨子:趨之若～。

⟨説解⟩　鷔,鸟部,上下結構,形聲字。鳥簡化爲鸟,偏旁類推簡化。

骠 ‖ 驃
14　21

（一）biāo　ㄅㄧㄠ　biu¹〔標〕

古代指黃色有白斑的馬。

（二）piào　ㄆㄧㄠˋ　piu³〔票〕

⟨書⟩①形容馬快跑。②勇猛:~勇。

⟨説解⟩　骠,馬部,左右結構,形聲字。馬簡化爲马,偏旁類推簡化。

骡 ‖ 騾
14　21

luó　ㄌㄨㄛˊ　lœy⁴〔雷〕

骡子,哺乳動物,由驢和馬交配所生的雜種,毛多爲黑褐色,體力強,多用做力畜,一般不能生殖:馬~｜驢~。

⟨説解⟩　骡,馬部,左右結構,形聲字。馬簡化爲马,偏旁類推簡化。影元鈔本《通俗小説》已見。

骢 ‖ 驄
14　21

cōng　ㄘㄨㄥ　tsuŋ¹〔沖〕

古代指青白色相雜的馬。

⟨説解⟩　骢,馬部,左右結構,形聲字。馬簡化爲马,偏旁類推簡化。

缥 ‖ 縹
14　17

（一）piāo　ㄆㄧㄠ　piu¹〔飄〕

⟨書⟩飄:~緲。

(二) piǎo　　ㄆㄧㄠˇ　piu⁵〔殍〕

〈書〉青白色,也指青白色的絲織品:～緗。

〈說解〉 縹,糹部,左右結構,形聲字。糹簡化爲纟,偏旁類推簡化。

缦 ‖ 縵
14　17

màn　　ㄇㄢˋ　man⁶〔慢〕

〈書〉沒有花紋的絲織品:～帛。

〈說解〉 縵,糹部,左右結構,形聲字。糹簡化爲纟,偏旁類推簡化。

缧 ‖ 縲
14　17

léi　　ㄌㄟˊ　lœy⁴〔雷〕

〈書〉綑人的繩索,也指拘繫:～紲。

〈說解〉 縲,糹部,左右結構,形聲字。糹簡化爲纟,偏旁類推簡化。

缨 ‖ 纓
14　23

yīng　　ㄧㄥ　jiŋ¹〔英〕

①古代帽子上繫在頷下的帶子,也泛指帶子。②繫在服裝或器物上的穗狀飾物:紅～丨帽～。③像纓子的東西:蘿蔔～。

〈說解〉 纓,糹部,左右結構,形聲字。糹簡化爲纟,貝簡化爲贝,偏旁類推簡化。

缩 ‖ 縮
14　17

suō　　ㄙㄨㄛ　suk⁷〔叔〕

①由大變小,由長變短:～編丨～短丨～減丨～水丨～小丨～

寫｜～印｜收～｜減～｜緊～｜伸～｜壓～。②沒伸開或伸
開又收回：蜷～｜龜～｜瑟～。③後退：退～｜畏～。

〈說解〉 缩，纟部，左右結構，形聲字。糹簡化爲纟，偏旁類推
簡化。

繆 ‖ 繆
14　17

| (一) miào ㄇㄧㄠˋ miu⁶〔妙〕

姓。

| (二) miù ㄇㄧㄡˋ mau⁶〔茂〕

錯誤，差錯：紕～。

| (三) móu ㄇㄡˊ mɐu⁴〔謀〕

【綢繆】 chóumóu 〈書〉①纏綿。②綑縛。

〈說解〉 繆，纟部，左右結構，形聲字。糹簡化爲纟，偏旁類推
簡化。

繅 ‖ 繰
14　17

| sāo ㄙㄠ sou¹〔蘇〕

把蠶繭泡在熱水裏，抽出蠶絲：～絲｜～車。

〈說解〉 繅，纟部，左右結構，形聲字。糹簡化爲纟，偏旁類推
簡化。

十 五 畫

耬 ‖ 耬
15　17

lóu　ㄌㄡˊ　leu⁴〔流〕

播種用的農具，中間有漏斗狀器件可將種子漏下，可同時完成開溝和下種兩項工作：～播。

〈**說解**〉 耬，耒部，左右結構，形聲字。婁簡化爲娄，偏旁類推簡化。

瓔 ‖ 瓔
15　21

yīng　ㄧㄥ　jiŋ¹

像玉的石頭：～珞。

〈**說解**〉 瓔，王部，左右結構，形聲字。貝簡化爲贝，偏旁類推簡化。

𣎴 ‖ 靆
15　23

dài　ㄉㄞˋ　dɔi⁶〔代〕

見【靉靆】。

〈**說解**〉 𣎴，二部，左右結構，形聲字。雲簡化爲云，偏旁類推簡化。
＊靆字舊歸雨部。

攆 ‖ 攆
15　18

niǎn　ㄋㄧㄢˇ　lin⁵〔連低去〕

①驅逐，趕走：把狗～出去。②追趕：他腿快，我～不上他。

〈**說解**〉 攆，扌部，左右結構，形聲字。車簡化爲车，偏旁類推簡化。

| 擷 ‖ 擷 | xié　ㄒㄧㄝ́　kit⁸〔揭〕　git⁸〔潔〕 |
| 15　18 | |

〈書〉摘下，取下：～取｜採～。

〈說解〉 擷，扌部，左中右結構，形聲字。頁簡化爲页，偏旁類推簡化。

| 揎 ‖ 攛 | cuān　ㄘㄨㄢ　tsyn²〔喘〕　tsyn³〔寸〕 |
| 15　21 | |

①拋，扔。②匆忙地做：臨時現～。③〈方〉發怒：剛一批評，他就～了。

〈說解〉 揎，扌部，左右結構，形聲字。竄簡化爲窜，偏旁類推簡化。

| 聸 ‖ 聵 | kuì　ㄎㄨㄟ　kui²〔潰〕 |
| 15　18 | |

〈書〉耳聾：昏～｜振聾發～。

〈說解〉 聸，耳部，左右結構，形聲字。貝簡化爲贝，偏旁類推簡化。

| 聪 ‖ 聰 | cōng　ㄘㄨㄥ　tsuŋ¹〔充〕 |
| 15　17 | |

①聽覺：失～。②聽覺靈敏：耳～目明。③心思靈敏：～明｜～敏｜～慧。

〈說解〉 聪，耳部，左右結構，形聲字。总是悤的異體，簡化字把聰的右偏旁換成总。清刊《目蓮記》《逸事》已見。

| 覲 ‖ 覲 | jìn　ㄐㄧㄣ　gɐn³〔艮〕　gɐn²〔僅〕 |
| 15　18 | |

朝見君王，朝拜聖地：～見｜朝～。

〈**說解**〉 覲，见部，左右結構，形聲字。見簡化爲见，偏旁類推簡化。

韃 ‖ 韃
15　　21

dá　　ㄉㄚˊ　tat⁸〔撻〕

【韃靼】dádá 古代漢族對北方各遊牧民族的統稱，明代指東蒙古人。

〈**說解**〉 韃，革部，左右結構，形聲字。達簡化爲达，偏旁類推簡化。

鞽 ‖ 轎
15　　21

qiáo　　ㄑㄧㄠˊ　kiu⁴〔橋〕

馬鞍上拱起的部分：鞍～。

〈**說解**〉 鞽，革部，左右結構，形聲字。喬簡化爲乔，偏旁類推簡化。

蘄 ‖ 蘄
15　　19

qí　　ㄑㄧˊ　kei⁴〔其〕

①〈書〉求：～求。②蘄春，地名，在湖北。

〈**說解**〉 蘄，艹部，上下結構，形聲字。單簡化爲单，偏旁類推簡化。

賾 ‖ 賾
15　　18

zé　　ㄗㄜˊ　dzak⁸〔責〕

〈書〉深奧，精微：探～索隱。

〈**說解**〉 賾，匚部，左右結構，形聲字。貝簡化爲贝，偏旁類推簡化。
＊賾舊歸貝部。

蘊 ‖ 蕴
15　18

| | | yùn　ㄩㄣˋ　wɐn⁵〔允〕　wɐn³〔溫高去〕(又) |

①包含：～藏｜～涵｜～蓄。②深奧、精微的地方：底～｜精
～｜意～。

〈說解〉　蘊，艹部，上下結構，形聲字。糹簡化爲纟，偏旁類推
簡化。

檣 ‖ 樯
15　17

| | | qiáng　ㄑㄧㄤˊ　tsœŋ¹〔祥〕 |

桅杆：～帆｜桅～。

〈說解〉　檣，木部，左右結構，形聲字。嗇簡化爲啬，偏旁類推
簡化。清刊《逸事》已見。

櫻 ‖ 樱
15　21

| | | yīng　ㄧㄥ　jiŋ¹〔英〕 |

①指櫻桃。②指櫻花。

〈說解〉　櫻，木部，左右結構，形聲字。貝簡化爲贝，偏旁類推簡化。

飄 ‖ 飘
15　20

| | | piāo　ㄆㄧㄠ　piu¹〔漂高平〕 |

①隨風搖蕩或飛揚：～泊｜～拂｜～流｜～落｜～舞｜～
搖｜～溢｜～揚。②輕浮，不穩當：輕～～｜酒喝多了，腳底
下有點發～。

〈說解〉　飄，风部，左右結構，形聲字。風簡化爲风，偏旁類推簡化。

靨 ‖ 靥
15　23

| | | yè　ㄧㄝˋ　jip⁸〔葉中入〕 |

酒窩：酒～｜笑～。

〈說解〉 厴，厂部，左上半包圍結構，形聲字。厭簡化爲厌，偏旁類推簡化。
＊厴字舊歸面部。

魇 ‖ 魘
15　　23
yǎn　ㄧㄢˇ　jim² 〔掩〕

睡眠中做夢感到壓抑而呼吸困難、難以動彈：～住了。

〈說解〉 魇，鬼部或厂部，左上半包圍結構，形聲字。厭簡化爲厌，偏旁類推簡化。

靥 ‖ 靨
15　　23
yàn　ㄧㄢˋ　jim³ 〔厭〕

〈書〉①吃飽：必～酒肉而後反。②滿足：～足。

〈說解〉 靥，食部或厂部，左上半包圍結構，形聲字。厭簡化爲厌，偏旁類推簡化。

霉 ‖ 黴
15　　23
méi　ㄇㄟˊ　mei⁴ 〔微〕

霉菌：黑～｜青～。

〈說解〉 霉，雨部，上下結構，形聲字。霉是黴的異體。《正字通‧雨部》："霉，義與黴通。"清‧朱駿聲《說文通訓定聲》："黴，俗字作霉。"現在用霉做黴的簡化字。
＊黴字舊歸黑部。"黴黑"（面黑）一詞舊只用黴。

辘 ‖ 轆
15　　18
lù　ㄌㄨˋ　luk⁷ 〔碌〕

【辘轳】lù·lú 利用輪軸原理製成的一種起重工具，一般安在井上汲水，有時也指機械上的絞盤。

〈說解〉 辘，車部，左右結構，形聲字。車簡化爲车，偏旁類推簡化。

齬 ‖ 齬
15 22

yǔ	ㄩˇ	jy⁵〔雨〕

見【齟齬】。

〈說解〉 齬,齒部,左右結構,形聲字。齒簡化爲齿,偏旁類推簡化。

齪 ‖ 齪
15 22

chuò	ㄔㄨㄛˋ	tsuk⁷〔畜〕

見【齷齪】。

〈說解〉 齪,齒部,左右結構,形聲字。齒簡化爲齿,偏旁類推簡化。

覰 ‖ 覰
15 18

qù	ㄑㄩˋ	tsœy³〔趣〕

看,瞧:~視｜~伺｜小~｜面面相~。

〈說解〉 覰,見部,左右結構,形聲字。見簡化爲见,偏旁類推簡化。

瞞 ‖ 瞞
15 16

mán	ㄇㄢˊ	mun⁴〔門〕

隱藏眞實情況,不讓別人知道:~哄｜~上欺下｜隱~｜欺~｜遮~。

〈說解〉 瞞,目部,左右結構,形聲字。兩簡化爲两,偏旁類推簡化。

题 ‖ 題
15 18

tí	ㄊㄧˊ	tɐi⁴〔提〕

①題目:~花｜標~｜出~｜課~｜例~｜命~｜切~｜話

~｜試~｜貼~｜主~｜正~｜走~｜數學~｜文不對~。②寫上，簽上：~名｜~詞｜~字｜~簽｜~詩一首。

〈說解〉題，頁部，左下半包圍結構，形聲字。頁簡化為页，偏旁類推簡化。

顒 ‖ 顒
15　　18

yóng　ㄩㄥˊ　juŋ⁴〔容〕

〈書〉①大。②仰慕：~望｜蒼生~然。

〈說解〉顒，頁部，左右結構，形聲字。頁簡化為页，偏旁類推簡化。

躓 ‖ 躓
15　　22

zhì　ㄓˋ　dzi³〔至〕

〈書〉①被絆倒：~仆｜顛~。②比喻做事情不順利：屢試屢~。

〈說解〉躓，足部，左右結構，形聲字。質簡化為质，偏旁類推簡化。

躑 ‖ 躑
15　　21

zhí　ㄓˊ　dzak⁹〔摘〕

【躑躅】zhízhú 在一處來回地走，徘徊。

〈說解〉躑，足部，左中右結構，形聲字。鄭簡化為郑，偏旁類推簡化。

蠑 ‖ 蠑
15　　20

róng　ㄖㄨㄥˊ　wiŋ⁴〔榮〕

【蠑螈】róngyuán 兩棲動物，形狀像蜥蜴，表皮粗糙，背面黑色，腹面紅黃色，尾側扁，生活在水中，卵生。

〈說解〉 蝼,虫部,左右結構,形聲字。婁簡化爲娄,偏旁類推簡化。

蝼 ‖ 螻
15　17

lóu　ㄌㄡˊ　leu⁴〔流〕

【螻蛄】 lóugū 昆蟲,背部茶褐色,腹面灰黃色,前足發達呈鏟狀,生活在泥土中,晝伏夜出,吃農作物嫩莖。

〈說解〉 蝼,虫部,左右結構,形聲字。婁簡化爲娄,偏旁類推簡化。清刊《目蓮記》已見。

噜 ‖ 嚕
15　18

lū　ㄌㄨ　lou¹〔老高平〕

【噜蘇】 lūsū 囉唆。

〈說解〉 噜,口部,左右結構,形聲字。魯簡化爲鲁,偏旁類推簡化。

嘱 ‖ 囑
15　24

zhǔ　ㄓㄨˇ　dzuk⁷〔足〕

囑咐,托付:～托｜叮～｜醫～｜遺～｜以事相～。

〈說解〉 嘱,口部,左右結構,形聲字。屬簡化爲属,偏旁類推簡化。宋刊《祖堂集》《取經詩話》及《俗字譜》元朝清諸本多見。

颛 ‖ 顓
15　18

zhuān　ㄓㄨㄢ　dzyn¹〔專〕

〈書〉①愚昧,蒙昧:～愚。②專制:～權。

〈說解〉 颛,頁部,左右結構,形聲字。頁簡化爲页,偏旁類推簡化。

镊 ‖ 鑷
15　　26

niè　ㄋ丨ㄝˋ　nip⁹〔聶〕

①鑷子，拔除毛或夾取細小東西的用具。②用鑷子夾。

〈說解〉 镊，钅部，左右結構，形聲字。金簡化爲钅，聶簡化爲聂，偏旁類推簡化。

镇 ‖ 鎭
15　　18

zhèn　ㄓㄣˋ　dzɐn³〔振〕

①壓，抑制：～痛｜～壓｜～紙｜～反。②安定：～定｜～靜。③用武力維持安定：～守｜坐～。④鎮守的地方：重～｜藩～。⑤較大的市集或村落：～店｜村～｜集～｜市～｜鄉～。⑥把食物、飲料等用冰塊等降溫使涼：冰～啤酒。⑦〈書〉表示整個的一段時間：～日。

〈說解〉 镇，钅部，左右結構，形聲字。金簡化爲钅，偏旁類推簡化。

镉 ‖ 鎘
15　　18

gé　ㄍㄜˊ　gak⁸〔隔〕

金屬元素，符號 Cd，銀白色，延展性強，易吸收中子，可做反應堆的控制棒等。

〈說解〉 镉，钅部，左右結構，形聲字。金簡化爲钅，偏旁類推簡化。

锐 ‖ 钂
15　　28

tǎng　ㄊㄤˇ　tɔŋ²〔倘〕

古代一種兵器，形狀有些像叉。

〈說解〉 锐，钅部，左右結構，形聲字。钂簡化爲镋，偏旁類推簡化。

镌 ‖ 鐫
15 18

| juān | ㄐㄩㄢ | dzyn¹ 〔專〕 | dzœn³ 〔進〕 |

雕刻：～刻｜～石｜雕～。

〈說解〉 镌，钅部，左右結構，形聲字。金簡化爲钅，偏旁類推簡化。

* 鐫是鑴的異體，舊以鑴爲正體。

镍 ‖ 鎳
15 18

| niè | ㄋㄧㄝˋ | nip⁷ 〔轟高人〕 |

金屬元素，符號 Ni，銀白色，質硬，延展性强，在常溫中不跟空氣中的氧起作用，多用來製特種鋼或合金，也可鍍在其他金屬的表面。

〈說解〉 镍，钅部，左右結構，形聲字。金簡化爲钅，偏旁類推簡化。

镎 ‖ 鎿
15 18

| ná | ㄋㄚˊ | na⁴ 〔拿〕 |

一種放射性金屬元素，符號 Np，是用中子轟擊鈾而得到的，銀白色。

〈說解〉 镎，钅部，左右結構，形聲字。金簡化爲钅，偏旁類推簡化。

镏 ‖ 鎦
15 18

| liú | ㄌㄧㄡˊ | lɐu⁴ 〔流〕 |

【鎦金】 liújīn 用金子裝飾器物的一種方法，把溶解在水銀裏的金子用刷子塗在器物的表面，晾乾後，用炭火烘烤，再用瑪瑙軋光。

〈說解〉 镏，钅部，左右結構，形聲字。金簡化爲钅，偏旁類推簡化。

镐 ‖ 鎬
15　18

(一) gǎo 　《ㄠˇ　gou² 〔稿〕

刨土用的工具:~頭 ｜ 十字~。

(二) hào 　ㄏㄠˋ　hou⁶ 〔浩〕

周朝初年的國都,在今陝西西安西南。

〈說解〉 镐,钅部,左右結構,形聲字。金簡化爲钅,偏旁類推簡化。

镑 ‖ 鎊
15　18

bàng 　ㄅㄤˋ　bɔŋ⁶ 〔磅〕　dɔŋ² 〔綁〕

英國、愛爾蘭、埃及等國的本位貨幣。

〈說解〉 镑,钅部,左右結構,形聲字。金簡化爲钅,偏旁類推簡化。

镒 ‖ 鎰
15　18

yì 　ㄧˋ　jɐt⁹ 〔溢〕

古代重量單位,合二十兩(一說二十四兩)。

〈說解〉 镒,钅部,左右結構,形聲字。金簡化爲钅,偏旁類推簡化。

镓 ‖ 鎵
15　18

jiā 　ㄐㄧㄚ　ga¹ 〔家〕

金屬元素,符號 Ga,銀白色結晶,質柔軟,可製合金,也可製高溫溫度計。

〈說解〉 镓,钅部,左右結構,形聲字。金簡化爲钅,偏旁類推簡化。

镔 ‖ 鑌
15　22

bīn 　ㄅㄧㄣ　bɐn¹ 〔賓〕

【镔鐵】 bīntiě 精煉的鐵。

〈說解〉 鑌，钅部，左右結構，形聲字。金簡化爲钅，賓簡化爲宾，偏旁類推簡化。

鎙 ‖ 鎙
15 18

shàn ㄕㄢˋ sam³ 〔衫高去〕

掄開鐮刀大片地割。

〈說解〉 鎙，钅部，左右結構，形聲字。金簡化爲钅，偏旁類推簡化。

簀 ‖ 簣
15 18

kuì ㄎㄨㄟˋ gwɐi⁶ 〔脆〕

〈書〉盛土的筐子：爲山九仞，功虧一～。

〈說解〉 簀，竹部，上中下結構，形聲字。貝簡化爲贝，偏旁類推簡化。

簍 ‖ 簍
15 17

lǒu ㄌㄡˇ lɐu⁵ 〔柳〕

簍子，用竹條、荊條等編成的盛東西的器具：竹～｜油～。

〈說解〉 簍，竹部，上中下結構，形聲字。婁簡化爲娄，偏旁類推簡化。元刊《太平樂府》已見。

鷈 ‖ 鷉
15 21

tī ㄊㄧ tɐi¹ 〔梯〕

見【鷉鷈】。

〈說解〉 鷈，鸟部，左右結構，形聲字。鳥簡化爲鸟，偏旁類推簡化。

鶺 ‖ 鶺
15 21

jí ㄐㄧˊ dzik⁸ 〔即中入〕

【鶺鴒】jílíng 鳥類的一屬，最常見的一種，體較小，頭頂黑色,嘴細長,尾、翅很長,有白斑,腹部白色。

〈說解〉 鷸,鳥部,左右結構,形聲字。鳥簡化爲鸟,偏旁類推簡化。

鹞 ‖ 鷂
15　21 　　　yào　　ㄧㄠˋ　jiu⁶〔耀〕

鷂鷹,雀鷹的通稱。

〈說解〉 鷂,鳥部,左右結構,形聲字。鳥簡化爲鸟,偏旁類推簡化。

鲠 ‖ 鯁
15　18 　　　gěng　　ㄍㄥˇ　gɐŋ²〔梗〕

①〈書〉魚骨頭:如～在喉。②魚骨頭等卡在喉嚨裏。

〈說解〉 鯁,魚部,左右結構,形聲字。魚簡化爲鱼,偏旁類推簡化。

鲡 ‖ 鱺
15　30 　　　lí　　ㄌㄧˊ　lei⁴〔離〕

見【鰻鱺】。

〈說解〉 鱺,魚部,左右結構,形聲字。魚簡化爲鱼,麗簡化爲丽,偏旁類推簡化。

鲢 ‖ 鰱
15　21 　　　lián　　ㄌㄧㄢˊ　lin⁴〔連〕

鰱魚,身體側扁,鱗細,背部青黑色,腹部白色,是我國重要的淡水魚類之一。

〈說解〉 鰱,魚部,左右結構,形聲字。魚簡化爲鱼,車簡化爲车,偏旁類推簡化。

鰹 ‖ 鰹
15　22

jiān　ㄐㄧㄢ　gin¹〔堅〕

鰹魚,身體紡錘形,側扁,嘴尖,生活在熱帶海洋中。

〈說解〉　鰹,鱼部,左右結構,形聲字。魚簡化爲鱼,堅簡化爲坚,偏旁類推簡化。

鰤 ‖ 鰤
15　21

shí　ㄕ　si⁴〔時〕

鰤魚,背部黑綠色,腹部銀白色,鱗下有豐富的脂肪,肉鮮嫩味美,是名貴的食用魚。

〈說解〉　鰤,鱼部,左中右結構,形聲字。魚簡化爲鱼,時簡化爲时,偏旁類推簡化。

鯉 ‖ 鯉
15　18

lǐ　ㄌㄧ　lei⁵〔里〕

鯉魚,身體側扁,背部蒼黑色,腹部黃白色,嘴邊有一對鬚,是我國重要的淡水魚類之一。

〈說解〉　鯉,鱼部,左右結構,形聲字。魚簡化爲鱼,偏旁類推簡化。

鰷 ‖ 鰷
15　21

tiáo　ㄊㄧㄠ　tiu⁴〔條〕

鰷魚,身體小,呈條狀,側扁,白色,生活在淡水中。

〈說解〉　鰷,鱼部,左右結構,形聲字。魚簡化爲鱼,條簡化爲条,偏旁類推簡化。

鯀 ‖ 鯀
15　18

gǔn　ㄍㄨㄣ　gwen²〔滾〕

①古代人名,傳說是禹的父親。②古書上說的一種大魚。

〈說解〉 鯮，魚部，左右結構，形聲字。魚簡化爲鱼，偏旁類推簡化。

鯇 ‖ 鯇
15　　18

huàn　ㄏㄨㄢˋ　wan⁵〔挽〕

即草魚，身體圓筒形，微綠色，生活在淡水中。

〈說解〉 鯇，魚部，左右結構，形聲字。魚簡化爲鱼，偏旁類推簡化。

鯽 ‖ 鯽
15　　18

jì　ㄐㄧˋ　dzik⁷〔績〕

鯽魚，身體側扁，頭部尖，尾部較窄，生活在淡水中，是常見的食用魚。

〈說解〉 鯽，魚部，左中右結構，形聲字。魚簡化爲鱼，偏旁類推簡化。

饊 ‖ 饊
15　　20

sǎn　ㄙㄢˇ　san²〔散高上〕

饊子，油炸的麵食，將麵搓成細條，相連扭成花樣。

〈說解〉 饊，饣部，左中右結構，形聲字。飠簡化爲饣，偏旁類推簡化。

饌 ‖ 饌
15　　20

zhuàn　ㄓㄨㄢˋ　dzan⁶〔撰〕

〈書〉飯食，飯菜：飲～｜酒～｜盛～｜肴～。

〈說解〉 饌，饣部，左右結構，形聲字。飠簡化爲饣，偏旁類推簡化。

瘪 ‖ 癟
15　19

（一）biě　ㄅ丨ㄝˇ　bit⁹〔別〕

物體表面凹下去，不飽滿：～嘴丨～穀子丨乾～丨車胎～了。

（二）biē　ㄅ丨ㄝ　bit⁹

【癟三】biēsān 上海人稱無職業而以乞討或偷竊爲生的游民，他們通常極瘦。

〈説解〉瘪，疒部，左上半包圍結構。俞簡化爲仑，偏旁類推簡化。

瘫 ‖ 癱
15　24

tān　ㄊㄢ　tan¹〔灘〕

由於神經機能發生障礙，身體的一部分完全或部分喪失運動的能力：～瘓丨～子丨風～。

〈説解〉瘫，疒部，左上半包圍結構，形聲字。難簡化爲难，偏旁類推簡化。

齑 ‖ 齏
15　23

jī　ㄐ丨　dzɐi¹〔擠〕

〈書〉①切碎的姜、蒜或韭菜的細末兒，調味用。②細、碎：～粉。

〈説解〉齑，文部，上下結構。齊簡化爲齐，偏旁類推簡化。
＊齏字舊歸齊部。

颜 ‖ 顔
15　18

yán　丨ㄢˊ　ŋan⁴〔眼低平〕

①臉，臉上的表情：～容丨慈～丨紅～丨開～丨厚～丨強～丨笑～丨奴～婢膝丨和～悦色。②體面，面子：無～見人。③顏色：～料丨五～六色。

〈説解〉颜，頁部，左右結構，形聲字。頁簡化爲页，偏旁類推簡化。

鶼 ‖ 鶼
15　　21

jiān　ㄐㄧㄢ　gim¹〔兼〕

鶼鶼,比翼鳥。

〈說解〉鶼,鸟部,左右結構,形聲字。鳥簡化爲鸟,偏旁類推簡化。

鲨 ‖ 鯊
15　　18

shā　ㄕㄚ　sa¹〔沙〕

鯊魚,種類很多,身體紡錘形,胸腹鰭大,尾鰭發達,性兇猛,行動迅捷,生活在海洋中,經濟價值很高。也叫鮫。

〈說解〉鯊,鱼部,上下結構,形聲字。魚簡化爲鱼,偏旁類推簡化。

澜 ‖ 瀾
15　　20

lán　ㄌㄢ　lan⁴〔蘭〕

波浪,多指較大的:波～|狂～|死水微～。

〈說解〉澜,氵部,左右結構。門簡化爲门,偏旁類推簡化。

额 ‖ 額
15　　18

é　ㄜ　ŋak⁹〔俄客切低入〕

①人的眉毛之上頭髮之下的部分,額頭:～角|焦頭爛～。②牌匾:匾～|榜～|横～。③規定的數目:～數|～定|～外|差～|面～|缺～|餘～|總～|金～|定～|超～|限～。

〈說解〉额,頁部,左右結構,形聲字。頁簡化爲页,偏旁類推簡化。

谳 ‖ 讞
15　　27

yàn　ㄧㄢˋ　jin⁶〔現〕

〈書〉議罪:定～。

〈說解〉 讞，讠部，左中右結構，形聲字。獻簡化爲献，偏旁類推簡化。

| 襤 ‖ 襤 | lán　ㄌㄢˊ　lam⁴〔藍〕 |
| 15 　19 | |

【襤褸】 lánlǚ 衣服破爛。

〈說解〉 襤，衤部，左右結構，形聲字。監簡化爲监，偏旁類推簡化。

| 谴 ‖ 譴 | qiǎn　ㄑㄧㄢˇ　hin²〔顯〕 |
| 15 　20 | |

①責備：～責｜自～。②〈書〉官吏獲罪貶職：～謫。

〈說解〉 譴，讠部，左右結構，形聲字。言簡化爲讠，偏旁類推簡化。

| 谵 ‖ 譫 | zhān　ㄓㄢ　dzim¹〔尖〕 |
| 15 　20 | |

說胡話：～妄｜～語。

〈說解〉 譫，讠部，左右結構，形聲字。言簡化爲讠，偏旁類推簡化。

| 鹤 ‖ 鶴 | hè　ㄏㄜˋ　hok⁹〔學〕 |
| 15 　21 | |

鳥類的一屬，頭小頸長，嘴長而直，腳細長，羽毛白色或灰色：白～｜灰～｜～立鷄羣。

〈說解〉 鶴，鸟部，左右結構，形聲字。鳥簡化爲鸟，偏旁類推簡化。

屨 ‖ 屨
15　17

jù　ㄐㄩˋ　gœy³〔句〕

古代用蒯、葛等製成的鞋：織～。

〈說解〉屨，尸部，左上半包圍結構，形聲字。婁簡化爲娄，偏旁類推簡化。

纈 ‖ 纈
15　21

xié　ㄒㄧㄝˊ　kit⁸〔揭〕

古代一種有花紋的絲織品：綺～。

〈說解〉纈，纟部，左中右結構，形聲字。糸簡化爲纟，頁簡化爲页，偏旁類推簡化。

繚 ‖ 繚
15　18

liáo　ㄌㄧㄠˊ　liu⁴〔聊〕

①纏繞：～繞｜～亂。②用針綫斜着縫：～貼邊｜把邊～上點。

〈說解〉繚，纟部，左右結構，形聲字。糸簡化爲纟，偏旁類推簡化。

繕 ‖ 繕
15　18

shàn　ㄕㄢˋ　sin⁶〔善〕

①修補：修～。②抄寫：～寫｜～發公文。

〈說解〉繕，纟部，左右結構，形聲字。糸簡化爲纟，偏旁類推簡化。

繒 ‖ 繒
15　18

zēng　ㄗㄥ　dzeŋ¹〔增〕

古代對絲織品的統稱：～帛。

〈說解〉繒，纟部，左右結構，形聲字。糸簡化爲纟，偏旁類推簡化。

十六畫

耙 ‖ 耰
16　21

bà　ㄅㄚˋ　pa⁴〔爬〕

①碎土和平地的農具，可將耕過的地裏的大土塊弄碎弄平：
釘齒～｜圓盤～。②用耙弄碎地裏的土塊：三犁三～。

〈說解〉　耰，耒部，左右結構，形聲字。罷簡化爲罢，偏旁類推
簡化。

擻 ‖ 擻
16　18

（一）sǒu　ㄙㄡˇ　sɐu²〔首〕

【抖擻】dǒusǒu　振作：～精神。

（二）sòu　ㄙㄡˋ　sɐu³〔秀〕

用通條插到火爐裏晃動，使爐灰掉下去：把爐子～一～。

〈說解〉　擻，扌部，左中右結構，形聲字。婁簡化爲娄，偏旁類
推簡化。元刊《太平樂府》已見。

颥 ‖ 顳
16　27

niè　ㄋㄧㄝˋ　nip⁹〔聶〕

【顳顬】nièrú　頭部兩側靠近耳朵上方的部位。

〈說解〉　颥，頁部，左右結構，形聲字。聶簡化爲聂，頁簡化爲
页，偏旁類推簡化。

顢 ‖ 顢
16　20

mān　ㄇㄢ　mun⁴〔門〕

【顢頇】mānhān　糊塗而馬虎：那人太～，什麼事也做不好。

十六

〈說解〉　顛，頁部，左右結構，形聲字。兩簡化爲两，頁簡化爲页，偏旁類推簡化。

薮 ‖ 藪
16　　18　　　sǒu　ㄙㄡˇ　seu² 〔手〕

①〈書〉生長着很多草的湖泊。②指人或東西聚集的地方：盜～｜淵～｜逋逃～。

〈說解〉　薮，艹部，上下結構，形聲字。婁簡化爲娄，偏旁類推簡化。清刊《逸事》已見。

顛 ‖ 顛
16　　19　　　diān　ㄉㄧㄢ　din¹ 〔癲〕

①頭頂：華～。②高而直立的東西的頂部：～峰｜山～｜塔～。③顛簸，路不平：車～得很厲害。④跌落，倒下來：～仆｜～覆｜～三倒四。⑤一跳一跳地跑：連跳帶～。⑥同"癲"。

〈說解〉　顛，頁部，左右結構，形聲字。頁簡化爲页，偏旁類推簡化。

櫓 ‖ 櫓
16　　19　　　lǔ　ㄌㄨˇ　lou⁵ 〔魯〕

①安在船梢或船旁，用來划水使船前進的工具：搖～。②〈書〉大盾牌。

〈說解〉　櫓，木部，左右結構，形聲字。魯簡化爲鲁，偏旁類推簡化。

橼 ‖ 櫞
16　　19　　　yuán　ㄩㄢˊ　jyn⁴ 〔元〕

【香橼】xiāngyuán 常綠小喬木或大灌木，有短刺，葉子卵圓形，果實長圓形，黃色，可供觀賞，果皮中醫入藥。也叫枸櫞。

〈說解〉 橡，木部，左中右結構，形聲字。纟簡化爲纟，偏旁類推簡化。

鷖 ‖ 鷖
16　22

yī　ㄧ　ji¹〔衣〕

古書上指鷗。

〈說解〉 鷖，鳥部，上下結構，形聲字。鳥簡化爲鸟，偏旁類推簡化。

赝 ‖ 贋
16　19

yàn　ㄧㄢˋ　ŋan⁶〔雁〕

〈書〉僞造的：～品｜～幣｜～本｜～鼎。

〈說解〉 贋，貝部或厂部，左上半包圍結構，形聲字。貝簡化爲贝，偏旁類推簡化。

飚 ‖ 飆
16　21

biāo　ㄅㄧㄠ　biu¹〔標〕

〈書〉暴風：狂～。

〈說解〉 飆，風部，左右結構，形聲字。風簡化爲风，偏旁類推簡化。

豶 ‖ 豶
16　19

fén　ㄈㄣˊ　fɐn⁴〔焚〕

雄性的牲畜：～豬。

〈說解〉 豶，豕部，左右結構，形聲字。貝簡化爲贝，偏旁類推簡化。

鏨 ‖ 鏨
16　19

zàn　ㄗㄢˋ　dzam⁶〔暫〕

①在磚石上鏨，在金銀上刻：～字｜～金｜～花。②鏨子，鏨石

頭或金屬的小鑿子：石～子。

〈說解〉　鏨，金部，上下結構，形聲字。車簡化爲车，偏旁類推簡化。

轍 ‖ 辙
16　19

zhé　ㄓㄜˊ　tsit⁸　〔設〕

①車輪壓出的痕跡：車～｜覆～｜如出一～。②行車規定的路綫方向：順～｜上下～。③戲曲、雜曲、歌詞所押的韻：合～｜十三～｜江陽～｜言前～。④辦法，主意：有～｜沒～。

〈說解〉　轍，車部，左中右結構，形聲字。車簡化爲车，偏旁類推簡化。

轔 ‖ 辚
16　19

lín　ㄌㄧㄣˊ　læn⁴　〔鄰〕

【轔轔】línlín 象聲詞，車行進的聲音：車～，馬蕭蕭。

〈說解〉　轔，車部，左右結構，形聲字。車簡化爲车，偏旁類推簡化。

醝 ‖ 齹
16　20

cuó　ㄘㄨㄛˊ　tsɔ⁴　〔鋤〕

〈書〉①鹽。②鹹味。

〈說解〉　醝，卤部，左右結構，形聲字。卤簡化爲卤，偏旁類推簡化。

蟎 ‖ 螨
16　17

mǎn　ㄇㄢˇ　mun⁵　〔滿〕

節肢動物的一類，雄的一般比雌的小，大多爲圓形或橢圓形，有的寄居在人或動物體上，吸血液，能傳染疾病。

〈說解〉　蟎，虫部，左右結構，形聲字。兩簡化爲两，偏旁類推簡化。

鸚 ‖ 鸚
16　28

yīng　ㄧㄥ　jiŋ¹〔英〕

【鸚鵡】yīngwǔ 鳥，頭圓嘴大，嘴呈鈎狀，羽毛美麗，生活在熱帶樹林裏，能模仿人說話的聲音，通稱鸚哥。

〈說解〉　鸚，鸟部，左右結構，形聲字。貝簡化爲贝，鳥簡化爲鸟，偏旁類推簡化。

贈 ‖ 贈
16　19

zèng　ㄗㄥˋ　dzɐŋ⁶

贈送：～禮｜～品｜～答｜～言｜～閱｜捐～｜饋～｜轉～｜追～。

〈說解〉　贈，贝部，左右結構，形聲字。貝簡化爲贝，偏旁類推簡化。

鐯 ‖ 鐯
16　19

zhuō　ㄓㄨㄛ　dzœk⁸〔雀〕

〈方〉用鎬刨：～玉米｜～高粱。

〈說解〉　鐯，钅部，左右結構，形聲字。金簡化爲钅，偏旁類推簡化。

鏢 ‖ 鏢
16　19

biāo　ㄅㄧㄠ　biu¹〔標〕

①一種舊式武器，形狀像長槍的頭，投出去殺傷敵人：飛～｜～師。②保鏢：～局｜～客。

〈說解〉　鏢，钅部，左右結構，形聲字。金簡化爲钅，偏旁類推簡化。

鎲 ‖ 鏜
16　19

| | (一) táng　　太尢ˊ　təŋ⁴　〔堂〕 |

用鎲牀切削機器零件上已有的孔眼,使擴大、光滑。

| | (二) tāng　　太尢　təŋ¹　〔湯〕 |

象聲詞,形容敲鐘、鑼等的聲音。

〈說解〉 鎲,钅部,左右結構,形聲字。金簡化為钅,偏旁類推簡化。

鏝 ‖ 鏝
16　19

| | màn　　ㄇㄢˋ　man⁶　〔慢〕 |

①〈書〉抹牆用的抹子。②銅錢等硬幣無字的一面。

〈說解〉 鏝,钅部,左右結構,形聲字。金簡化為钅,偏旁類推簡化。

鏰 ‖ 鏰
16　19

| | bèng　　ㄅㄥˋ　bəŋ¹　〔崩〕 |

鏰子,原指清末不帶孔的小銅幣,現也把硬幣叫鋼鏰兒。

〈說解〉 鏰,钅部,左右結構,形聲字。金簡化為钅,偏旁類推簡化。

鏞 ‖ 鏞
16　19

| | yōng　　ㄩㄥ　juŋ⁴　〔容〕 |

古代一種樂器,奏樂時表示節拍的大鐘。

〈說解〉 鏞,钅部,左右結構,形聲字。金簡化為钅,偏旁類推簡化。

鏡 ‖ 鏡
16　19

| | jìng　　ㄐㄧㄥˋ　gɛŋ³　〔頸高去〕 |

①鏡子:~臺丨~框丨梳妝~丨穿衣~。②利用光學原理製成的幫助視力或做光學實驗用的器具:花~丨眼~丨近視~丨

凹～｜三棱～｜太陽～｜望遠～｜顯微～。

〈說解〉　镜，钅部，左右結構，形聲字。金簡化爲钅，偏旁類推簡化。

镝 ‖ 鏑
16　　19

(一) dí　ㄉㄧˊ　dik⁷〔的〕

〈書〉箭頭:鋒～｜鳴～。

(二) dī　ㄉㄧ　dik⁷〔的〕

金屬元素，符號 Dy，是稀土元素之一。

〈說解〉　镝，钅部，左右結構，形聲字。金簡化爲钅，偏旁類推簡化。

镞 ‖ 鏃
16　　19

zú　ㄗㄨˊ　dzuk⁹〔俗〕

〈書〉箭頭:箭～。

〈說解〉　镞，钅部，左中右結構，形聲字。金簡化爲钅，偏旁類推簡化。

氇 ‖ 氌
16　　19

lǔ　ㄌㄨˇ　lou⁵〔老〕

【氆氇】pǔlǔ 藏族地區出産的一種羊毛織品，可做牀毯、衣服等。

〈說解〉　氇，毛部，左下半包圍結構，形聲字。魯簡化爲鲁，偏旁類推簡化。

赞 ‖ 贊
16　　19

zàn　ㄗㄢˋ　dzan³〔讚〕

①幫助:～助。②稱贊:～歌｜～美｜～許｜～揚｜～嘆｜～

賞｜～頌｜誇～｜盛～｜禮～。③舊時的一種文體,內容是稱
贊人物的:像～｜傳～。

〈說解〉 贊,貝部,上下結構,形聲字。貝簡化爲贝,偏旁類推簡化。
＊舊贊、讚並用。讚沒有簡化爲讃。

穡 ‖ 穡
16　18　　　sè　ㄙㄜˋ　sik⁷〔色〕

〈書〉收割穀物:～事｜稼～。

〈說解〉 穡,禾部,左右結構,形聲字。嗇簡化爲啬,偏旁類推簡化。

籃 ‖ 籃
16　20　　　lán　ㄌㄢˊ　lam⁴〔藍〕

①籃子,用竹、藤、柳條等編成的器具:花～｜竹～｜菜～子。②裝
置在籃球架子上爲投球用的鐵圈和網子:投～｜補～｜上～。

〈說解〉 籃,竹部,上中下結構,形聲字。監簡化爲监,偏旁類
推簡化。清刊《目蓮記》已見。

篱 ‖ 籬
16　24　　　lí　ㄌㄧˊ　lei⁴〔離〕

籬笆,用竹子或樹枝等編成的遮攔用的東西:竹～｜樊～｜藩
～｜探菊東～。

〈說解〉 篱,竹部,上中下結構,形聲字。離簡化爲离,偏旁類
推簡化。篱、籬本爲兩個字,《集韻·支韻》:"笫篱,竹器。"後與
籬通用,《正字通·竹部》:"篱,同籬,省。"元刊《雜劇》《太平樂
府》等已見。

魉 ‖ 魎
16　17　　　liǎng　ㄌㄧㄤˇ　lœŋ⁵〔兩〕

【魍魉】 wǎngliǎng 傳說中的怪物。

〈說解〉 魎,鬼部,左下半包圍結構,形聲字。兩簡化爲两,偏旁類推簡化。

鯖 ‖ 鯖
16　19

(一) qīng ㄑㄧㄥ tsiŋ¹〔青〕

魚類的一科,身體呈梭形,側扁,鱗圓而細,頭尖,口大。

(二) zhēng ㄓㄥ tsiŋ¹〔青〕

〈書〉魚跟肉合在一起的菜肴。

〈說解〉 鯖,魚部,左右結構,形聲字。魚簡化爲鱼,偏旁類推簡化。

鯪 ‖ 鲮
16　19

líng ㄌㄧㄥ liŋ⁴〔零〕

①鯪魚,體側扁,口小,有鬚兩對,以藻類爲食。也叫土鯪魚。②鯪鯉,即穿山甲。

〈說解〉 鯪,魚部,左右結構,形聲字。魚簡化爲鱼,偏旁類推簡化。

鯫 ‖ 鲰
16　19

zōu ㄗㄡ dzɐu¹〔周〕

〈書〉①小魚。②形容小:～生。

〈說解〉 鯫,魚部,左中右結構,形聲字。魚簡化爲鱼,偏旁類推簡化。

鯡 ‖ 鲱
16　19

fēi ㄈㄟ fei¹〔非〕

鯡魚,體側扁而長,背部灰黑色,沒有側綫,生活在海洋中。

十六

〈說解〉 鯡,鱼部,左右結構,形聲字。魚簡化爲鱼,偏旁類推簡化。

鯤 ‖ 鯤
16　19
kūn　ㄎㄨㄣ　kwɐn¹〔昆〕

古代傳說中的一種大魚:～化 | ～鵬展翅。

〈說解〉 鯤,鱼部,左右結構,形聲字。魚簡化爲鱼,偏旁類推簡化。

鯧 ‖ 鯧
16　19
chāng　ㄔㄤ　tsœŋ¹〔昌〕

鯧魚,體短而側扁,沒有腹鰭,生活在海洋中。也叫平魚、鏡魚。

〈說解〉 鯧,鱼部,左右結構,形聲字。魚簡化爲鱼,偏旁類推簡化。

鯢 ‖ 鯢
16　19
ní　ㄋㄧˊ　ŋɐi⁴〔危〕

大鯢、小鯢的統稱。大鯢,俗稱娃娃魚。

〈說解〉 鯢,鱼部,左右結構,形聲字。魚簡化爲鱼,偏旁類推簡化。

鯰 ‖ 鯰
16　19
nián　ㄋㄧㄢˊ　nim⁴〔念低平〕

即鮎魚。頭大,口寬,尾側扁,皮有黏質,無鱗,可吃。廣東叫"塘蝨"。

〈說解〉 鯰,鱼部,左右結構,形聲字。魚簡化爲鱼,偏旁類推簡化。

鯛 ‖ 鯛
16　19

diāo　ㄉㄧㄠ　diu¹〔刁〕

魚類的一屬，體側扁，背部稍凸，頭大口小，側綫發達，生活在海洋中。

〈說解〉　鯛，鱼部，左右結構，形聲字。魚簡化爲鱼，偏旁類推簡化。

鯨 ‖ 鯨
16　19

jīng　ㄐㄧㄥ　kiŋ⁴〔瓊〕

哺乳動物，種類很多，胎生，形狀像魚，前肢形成鰭，後肢完全退化，尾巴變成尾鰭，用肺呼吸，生活在海洋中，是現在世界上最大的動物。俗稱鯨魚。

〈說解〉　鯨，鱼部，左右結構，形聲字。魚簡化爲鱼，偏旁類推簡化。

鯔 ‖ 鯔
16　19

zī　ㄗ　dzi¹〔之〕

鯔魚，體長，前部圓，後部側扁，眼大，鱗片圓形，沒有側綫，生活在淺海或河口處。

〈說解〉　鯔，鱼部，左右結構，形聲字。魚簡化爲鱼，偏旁類推簡化。

獺 ‖ 獺
16　19

tǎ　ㄊㄚˇ　tsat⁸〔察〕

水獺、旱獺、海獺的統稱，通常指水獺：～祭。

〈說解〉　獺，犭部，左中右結構，形聲字。貝簡化爲贝，偏旁類推簡化。

鷓 ‖ 鷓
16　22

zhè　ㄓㄜˋ　dzɛ³〔借〕

【鷓鴣】zhègū　鳥，背部和腹部黑白兩色相雜，頭頂棕色，腳黃色。

〈說解〉　鹍，鸟部，左右結構，形聲字。鳥簡化爲鸟，偏旁類推簡化。

瘿 ‖ 癭
16　　22

yǐng　｜ㄥˇ　jiŋ² 〔映〕

中醫指長在脖子上的一種囊狀的瘤子，主要指甲狀腺腫大等病症。

〈說解〉　癭，广部，左上半包圍結構，形聲字。貝簡化爲贝，偏旁類推簡化。

瘾 ‖ 癮
16　　21

yǐn　｜ㄣˇ　jɐn⁵ 〔引〕

①由于長期接受某種外界刺激而形成的習慣：煙～｜酒～｜上～。②泛指濃厚的興趣：球～｜棋～｜他有釣魚的～。

〈說解〉　癮，广部，左上半包圍結構，形聲字。隱簡化爲隐，偏旁類推簡化。

斕 ‖ 斕
16　　21

lán　ㄌㄢˊ　lan⁴ 〔蘭〕

【斑斕】bānlán 燦爛多彩：五色～。

〈說解〉　斕，文部，左右結構，形聲字。門簡化爲门，偏旁類推簡化。

辩 ‖ 辯
16　　21

biàn　ㄅㄧㄢˋ　bin⁶ 〔便〕

辯解，辯論：～白｜～駁｜～護｜～難｜～士｜～正｜分～｜詭～｜答～｜狡～｜强～｜申～｜雄～｜爭～。

〈說解〉　辯，辛部，左中右結構，形聲字。言簡化爲讠，偏旁類推簡化。

* 辯字舊歸言部，《漢語大字典》歸辛部。

瀨 ‖ 瀬
16　19

lài　　ㄌㄞˋ　　lai⁶〔賴〕

〈書〉湍急的水：回湍曲～。

〈說解〉 瀨，氵部，左中右結構，形聲字。貝簡化爲贝，偏旁類推簡化。

瀕 ‖ 濒
16　19

bīn　　ㄅㄧㄣ　　pen⁴〔頻〕　　ben¹〔賓〕

①緊靠水邊：～海｜～湖｜東～渤海。②臨近，接近：～臨｜～危｜～死｜～於滅亡。

〈說解〉 瀕，氵部，左中右結構，形聲字。頁簡化爲页，偏旁類推簡化。

懶 ‖ 懒
16　19

lǎn　　ㄌㄢˇ　　lan⁵〔蘭低上〕

①懶惰：～散｜～漢｜偷～｜好吃～做。②疲倦，沒力氣：酸～｜身子發～。

〈說解〉 懶，忄部，左中右結構，形聲字。貝簡化爲贝，偏旁類推簡化。

黌 ‖ 黉
16　24

hóng　　ㄏㄨㄥˊ　　huŋ⁴〔紅〕

古代的學校：～門｜～學。

〈說解〉 黌，八部，上中下結構，形聲字。興簡化爲兴，偏旁類推簡化。

鷚 ‖ 鷚
16　22

liù　ㄌ丨ㄡˋ　lɐu⁶ 〔漏〕

鳥類的一屬,身體較小,嘴細長,尾長。

〈說解〉 鷚,鳥部,左右結構,形聲字。鳥簡化爲鸟,偏旁類推簡化。

顙 ‖ 顙
16　19

sǎng　ㄙㄤˇ　sɔŋ² 〔爽〕

〈書〉額頭,腦門子。

〈說解〉 顙,頁部,左右結構,形聲字。頁簡化爲页,偏旁類推簡化。

繮 ‖ 繮
16　19

jiāng　ㄐ丨ㄤ　gœŋ¹ 〔姜〕

牽牲口的繩子:~繩｜馬~｜脫~｜信馬由~。

〈說解〉 繮,糸部,左右結構,形聲字。糸簡化爲纟,偏旁類推簡化。

繾 ‖ 繾
16　19

qiǎn　ㄑ丨ㄢˇ　hin² 〔顯〕

【繾綣】qiǎnquǎn 〈書〉形容感情親密,難捨難分。

〈說解〉 繾,糸部,左右結構,形聲字。糸簡化爲纟,偏旁類推簡化。

繰 ‖ 繰
16　19

qiāo　ㄑ丨ㄠ　tsiu¹ 〔超〕

縫衣服邊或帶子時把布邊往裏頭卷進去,然後藏着針腳縫:~根帶子。

〈說解〉 缲, 纟部, 左右結構, 形聲字。糸簡化爲纟, 偏旁類推簡化。

缳 ‖ 繯
16　19

huán　ㄏㄨㄢˊ　wan⁴〔環〕

〈書〉①繩索的套子:投~(上吊)。②絞死:~首。

〈說解〉 缳, 纟部, 左右結構, 形聲字。糸簡化爲纟, 偏旁類推簡化。

缴 ‖ 繳
16　19

(一) jiǎo　ㄐㄧㄠˇ　giu²〔矯〕

①按規定或按命令交出:~納丨~銷丨~學費丨~槍不殺。②迫使交出:~獲丨~了敵人的槍。

(二) zhuó　ㄓㄨㄛˊ　dzœk⁸〔雀〕

〈書〉繫在箭上的絲繩。

〈說解〉 缴, 纟部, 左中右結構, 形聲字。糸簡化爲纟, 偏旁類推簡化。

十七畫

蘚 ‖ 藓
17　20
xiǎn　ㄒㄧㄢˇ　sin² 〔冼〕

苔蘚植物的一類,植物的莖和葉子都很小,綠色,沒有根,生在陰濕的地方。

〈說解〉 蘚,艸部,上下結構,形聲字。魚簡化爲鱼,偏旁類推簡化。

鷯 ‖ 鹩
17　23
liáo　ㄌㄧㄠˊ　liu⁴ 〔聊〕

見【鷦鷯】。

〈說解〉 鷯,鸟部,左右結構,形聲字。鳥簡化爲鸟,偏旁類推簡化。

齲 ‖ 龋
17　24
qǔ　ㄑㄩˇ　gœy² 〔舉〕

牙齒有病而產生殘缺:～齒。

〈說解〉 齲,齿部,左右結構,形聲字。齒簡化爲齿,偏旁類推簡化。

齷 ‖ 龌
17　24
wò　ㄨㄛˋ　ɐk⁷　ak⁷ 〔握〕

【齷齪】 wòchuò ①不乾淨。②比喻人品行惡劣。

〈說解〉 齷,齿部,左右結構,形聲字。齒簡化爲齿,偏旁類推簡化。

瞩 ‖ 矚
17　26

zhǔ　ㄓㄨˇ　dzuk⁷〔足〕

注視：～目｜～望｜高瞻遠～。

〈說解〉 矚，目部，左右結構，形聲字。屬簡化爲属，偏旁類推簡化。矚，舊爲矚的俗字，《篇海類編·身體類·目部》："矚，俗作矚。"

蹒 ‖ 蹣
17　18

pán　ㄆㄢˊ　pun⁴〔盤〕　mun⁴〔門〕(又)

【蹒跚】pánshān 腿腳不靈活，行走緩慢搖晃的樣子。

〈說解〉 蹒，足部，左右結構，形聲字。兩簡化爲两，偏旁類推簡化。

蹑 ‖ 躡
17　25

niè　ㄋㄧㄝˋ　nip⁹〔聶〕

①放輕腳步：～手～腳。②〈書〉追隨：～踪｜～跡。③〈書〉踩：～其足。④〈書〉穿(鞋)：～履。

〈說解〉 蹑，足部，左右結構，形聲字。聶簡化爲聂，偏旁類推簡化。

蠨 ‖ 蠨
17　22

xiāo　ㄒㄧㄠ　siu¹〔消〕

【蠨蛸】xiāoshāo 一種蜘蛛，身體細長，暗褐色，腳很長，多在室內結網。通稱喜蛛或蟢子。

〈說解〉 蠨，虫部，左右結構，形聲字。蕭簡化爲萧，偏旁類推簡化。

嚂 ‖ 嚂
17　22

hǎn　ㄏㄢˇ　ham³〔喊〕

〈書〉虎叫聲。

〈說解〉 啢，口部，左右結構，形聲字。門簡化爲门，偏旁類推簡化。

羈 ‖ 羈
17　24

jī　ㄐㄧ　gei¹〔機〕

①〈書〉馬籠頭：無～之馬。②拘束，約束：～絆｜～勒｜～縻｜～押｜放蕩不～。③停留：～旅｜～留。

〈說解〉 羈，罒部，上下結構，形聲字。馬簡化爲马，偏旁類推簡化。
＊羈字舊歸网部。

贍 ‖ 贍
17　20

shàn　ㄕㄢ　shn⁶〔普〕　sim⁶〔蟬低去〕

①供給生活所需：～養｜顧～。②豐富，充足：宏～｜豐～。

〈說解〉 贍，贝部，左右結構，形聲字。貝簡化爲贝，偏旁類推簡化。

鐝 ‖ 鐝
17　20

jué　ㄐㄩㄝˊ　kyt⁸〔決〕

鐝頭，刨土用的一種農具，像鎬。

〈說解〉 鐝，钅部，左右結構，形聲字。金簡化爲钅，偏旁類推簡化。

鐐 ‖ 鐐
17　20

liào　ㄌㄧㄠ　liu⁴〔聊〕

腳鐐，套在犯人腳腕上使不能快走的刑具：～銬｜鐵～。

〈說解〉 鐐，钅部，左右結構，形聲字。金簡化爲钅，偏旁類推簡化。

镤 ‖ 鏷
17　20

pǔ　ㄆㄨˇ　pɔk⁸〔撲〕

一種放射性金屬元素，符號 Pa，灰白色，有光澤。

〈說解〉镤，钅部，左右結構，形聲字。釒簡化爲钅，偏旁類推簡化。

镥 ‖ 鑥
17　23

lǔ　ㄌㄨˇ　lou⁵〔老〕

金屬元素，符號 Lu，是稀土金屬之一，自然界存量很少。

〈說解〉镥，钅部，左右結構，形聲字。釒簡化爲钅，魯簡化爲魯，偏旁類推簡化。

镦 ‖ 鐓
17　20

(一) duì　ㄉㄨㄟˋ　dœy⁶〔隊〕

〈書〉矛戟的柄末端的平底金屬套：戟～。

(二) dūn　ㄉㄨㄣ　dœy¹〔堆〕

衝壓金屬板，使其變形：冷～｜熱～。

〈說解〉镦，钅部，左中右結構，形聲字。釒簡化爲钅，偏旁類推簡化。

镧 ‖ 鑭
17　25

lán　ㄌㄢˊ　lan⁴〔蘭〕

金屬元素，符號 La，灰白色，是稀土金屬之一，合金可用來製造火石。

〈說解〉镧，钅部，左右結構，形聲字。釒簡化爲钅，門簡化爲门，偏旁類推簡化。

十七

錑 ‖ 鐥
17　　20

shàn　ㄕㄢˋ　sam³〔衫〕

同"鐥"。

〈**說解**〉 錑，钅部，左右結構，形聲字。釒簡化爲钅，偏旁類推簡化。

錯 ‖ 錯
17　　20

pǔ　ㄆㄨˇ　pou²〔普〕

金屬元素，符號 Pr，黃色結晶，用於製造特種玻璃和特種合金。

〈**說解**〉 錯，钅部，左右結構，形聲字。釒簡化爲钅，偏旁類推簡化。

鑹 ‖ 鑹
17　　26

cuān　ㄘㄨㄢ　tsyn¹〔穿〕

用鑹子(金屬做的鑿冰工具，頭尖有倒鈎)鑿(冰)：～冰。

〈**說解**〉 鑹，钅部，左右結構，形聲字。釒簡化爲钅，竄簡化爲窜，偏旁類推簡化。

鏹 ‖ 鏹
17　　20

(一) qiāng　ㄑㄧㄤ　kœŋ⁵〔襁〕

【鏹水】 qiāngshuǐ 強酸的俗稱：硝～。

(二) qiǎng　ㄑㄧㄤˇ　kœŋ⁵〔襁〕

古代稱成串的錢：白～｜藏～巨萬。

〈**說解**〉 鏹，钅部，左中右結構，形聲字。釒簡化爲钅，偏旁類推簡化。

鐙 ‖ 鐙
17　　20

dèng　ㄉㄥˋ　dɐŋ³〔凳〕

①掛在鞍子兩旁供腳登的東西：馬～｜認～上馬。②同"燈"。

〈說解〉 鐙，钅部，左右結構，形聲字。釒簡化爲钅，偏旁類推簡化。

籪 ‖ 籪
17　24

duàn　ㄉㄨㄢˋ　dyn⁶〔段〕

攔在河裏的竹柵欄，用來阻住魚、蝦等，以便捕捉：魚～。

〈說解〉 籪，竹部，上下結構，形聲字。斷簡化爲断，偏旁類推簡化。

鷦 ‖ 鷦
17　23

jiāo　ㄐㄧㄠ　dziu¹〔焦〕

【鷦鷯】jiāoliáo 鳥，體長約三寸，羽毛赤褐色，尾羽短，略向上翹。

〈說解〉 鷦，鸟部，左右結構，形聲字。鳥簡化爲鸟，偏旁類推簡化。

鰌 ‖ 鰌
17　20

chūn　ㄔㄨㄣ　tsœn¹〔春〕

鰌魚，形狀跟鮁魚相似而稍大，尾側有棱狀突起，生活在海洋中。

〈說解〉 鰌，鱼部，左右結構，形聲字。魚簡化爲鱼，偏旁類推簡化。

鰈 ‖ 鰈
17　20

dié　ㄉㄧㄝˊ　dip⁹〔蝶〕

魚類的一科，身體側扁像薄片，長橢圓形，有細鱗，兩眼均在右側，左側向下臥在沙底，生活在淺海中。

〈說解〉 鰈，鱼部，左右結構，形聲字。魚簡化爲鱼，偏旁類推簡化。

鱨 ‖ 鱨
17　25

cháng　彳尢ˊ　sœŋ⁴〔常〕

毛鱨魚，石首魚的一種，也叫黃頰魚。

〈說解〉鱨，魚部，左右結構，形聲字。魚簡化爲鱼，嘗簡化爲尝，偏旁類推簡化。

鰓 ‖ 鰓
17　20

sāi　ㄙㄞ　sɔi¹〔腮〕

魚類等水生動物的呼吸器官，多爲羽毛狀、板狀或絲狀，用來吸取水中氧氣。

〈說解〉鰓，魚部，左右結構，形聲字。魚簡化爲鱼，偏旁類推簡化。

鰛 ‖ 鰛
17　20

wēn　ㄨㄣ　wɐn¹〔溫〕

【鰛鯨】wēnjīng 哺乳動物，外形像魚，頭上有噴水孔，口內無齒，有鯨鬚，背面黑色，腹部帶白色，生活在海洋中。

〈說解〉鰛，魚部，左右結構，形聲字。魚簡化爲鱼，偏旁類推簡化。

鱷 ‖ 鱷
17　20

è　ㄜˋ　ŋɔk⁹〔岳〕

爬行動物的一屬，四肢短，尾巴長，全身有灰褐色的硬皮，性兇惡，善游水，多產於熱帶和亞熱帶。俗稱鱷魚。

〈說解〉鱷，魚部，左右結構，形聲字。魚簡化爲鱼，偏旁類推簡化。＊鱷的異體有鱷。

鰍 ‖ 鰍
17　20

qiū　ㄑㄧㄡ　tsɐu¹〔秋〕

【泥鰍】níqiū 一種魚，身體圓柱形，尾端側扁，身上有黏液，背部黑色,有斑點,嘴有鬚五對,生活在河湖、水田等處。

〈說解〉 鰍,魚部,左中右結構,形聲字。魚簡化爲鱼,偏旁類推簡化。

鰒 ‖ 鰒
17 20
fù ㄈㄨˋ fuk⁷〔福〕

鰒魚,即鮑魚。軟體動物的一種,生活在海中,有橢圓形貝殼。肉可以吃,殼可以入藥。

〈說解〉 鰒,魚部,左右結構,形聲字。魚簡化爲鱼,偏旁類推簡化。

鰉 ‖ 鰉
17 20
huáng ㄏㄨㄤˊ wɔŋ⁴〔黄〕

魚類的一屬,體長可達五米,有五行硬鱗,嘴很突出,兩旁有扁平的鬚,生活在海洋中,夏季到江河中產卵。

〈說解〉 鰉,魚部,左右結構,形聲字。魚簡化爲鱼,偏旁類推簡化。

鰌 ‖ 鰌
17 20
qiū ㄑㄧㄡ tsɐu¹〔秋〕

同"鰍"。

〈說解〉 鰌,魚部,左右結構,形聲字。魚簡化爲鱼,偏旁類推簡化。
＊鰍爲鰌的異體(見《集韻·尤韻》),今以鰍爲正體。

鯿 ‖ 鯿
17 20
biān ㄅㄧㄢ bin¹〔邊〕

鯿魚,身體側扁,頭小而尖,鱗較細,生活在淡水中。

〈說解〉 鯿,魚部,左右結構,形聲字。魚簡化爲鱼,偏旁類推簡化。

＊鯿的異體有鯾。

鷙‖鷙

jiù　ㄐㄧㄡˋ　dzɐu⁶〔就〕

17　23

鳥類的一屬,猛禽,嘴呈鈎狀,視力很強。通稱雕。

〈說解〉 鷙,鳥部,上下結構,形聲字。鳥簡化爲鸟,偏旁類推簡化。

辮‖辮

biàn　ㄅㄧㄢˋ　bin¹〔邊〕

17　20

辮子,把頭髮分股交叉編成的長條,也指與其形狀相似的東西:髮～｜長～｜蒜～｜草帽～。

〈說解〉 辮,辛部,左中右結構,形聲字。糸簡化爲纟,偏旁類推簡化。

＊辮字舊歸糸部,《漢語大字典》歸辛部。

贏‖贏

yíng　ㄧㄥˊ　jiŋ⁴〔仍〕

17　20

①勝,取勝:～球｜～棋｜～錢｜輸～｜官司打～了。②獲利:～利｜～餘。

〈說解〉 贏,亠部,上中下結構,形聲字。貝簡化爲贝,偏旁類推簡化。

＊贏字舊歸貝部,《漢語大字典》舊月部。

懣‖懑

mèn　ㄇㄣˋ　mun⁶〔悶〕

17　18

煩悶,心情不暢:憤～。

〈說解〉 懣,心部,上下結構,形聲字。兩簡化爲两,偏旁類推
簡化。

鷸 ‖ 鷸
17　　23

yù　ㄩˋ　wɐt⁹〔屈低入〕　lœt⁹〔律〕

鳥的一屬,體色暗淡,腿長,嘴細長,趾間沒有蹼,常在淺水或
水田裏覓食。

〈說解〉 鷸,鳥部,左右結構,形聲字。鳥簡化爲鸟,偏旁類推
簡化。

骤 ‖ 驟
17　　24

zhòu　ㄓㄡˋ　dzau⁶〔棹〕

①馬快走:～馬丨馳～。②急速:急～丨暴風～雨。③突然,忽
然:～變丨狂風～起丨敵兵～至。

〈說解〉 骤,馬部,左右結構,形聲字。馬簡化爲马,偏旁類推
簡化。

十 八 畫

鰲 ‖ 鰲
18　21

áo　ㄠ　ŋou⁴〔遨〕

傳說中海裏的大龜或大鱉：巨～｜釣～。

〈說解〉 鰲, 魚部, 上下結構, 形聲字。魚簡化爲鱼, 偏旁類推簡化。

鞯 ‖ 韉
18　25

jiān　ㄐㄧㄢ　dzin¹〔煎〕

墊在鞍子下面的東西：鞍～。

〈說解〉 鞯, 革部, 左右結構, 形聲字。薦簡化爲荐, 偏旁類推簡化。

黶 ‖ 黶
18　26

yǎn　ㄧㄢˇ　jim²〔掩〕

〈書〉黑色的痣。

〈說解〉 黶, 黑部或厂部, 左上半包圍結構, 形聲字。厭簡化爲厌, 偏旁類推簡化。

歔 ‖ 歔
18　21

yú　ㄩˊ　jy⁴〔如〕

"漁"的異體。

〈說解〉 歔, 攵部, 左右結構, 形聲字。魚簡化爲鱼, 偏旁類推簡化。

顥 ‖ 顥
18　21

hào　ㄏㄠˋ　hou⁶〔浩〕

〈書〉白而發光：～魄｜～露。

〈說解〉 顱，頁部，左右結構，會意字。頁簡化爲页，偏旁類推簡化。

鷺 ‖ 鹭
18　24

lù　ㄌㄨˋ　lou⁶〔路〕

鳥類的一科，嘴直而尖，頸長，飛行時縮着頸：白～｜蒼～。

〈說解〉 鷺，鳥部，上下結構，形聲字。鳥簡化爲鸟，偏旁類推簡化。

囂 ‖ 嚣
18　21

xiāo　ㄒㄧㄠ　hiu¹〔梟〕

吵鬧，喧嘩：～張｜～鬧｜～雜｜喧～｜叫～｜煩～｜塵～。

〈說解〉 囂，口部，上中下結構，會意字。頁簡化爲页，偏旁類推簡化。
＊囂字舊歸頁部，《漢語大字典》歸口部。

髏 ‖ 髅
18　20

lóu　ㄌㄡˊ　leu⁴〔留〕

【骷髏】kūlóu 乾枯無肉的死人頭骨或全副骨骼。

〈說解〉 髏，骨部，左右結構，形聲字。婁簡化爲娄，偏旁類推簡化。宋刊《取經詩話》、元刊《雜劇》已見。

鑊 ‖ 镬
18　21

huò　ㄏㄨㄛˋ　wok⁹〔獲〕

①古代指大鍋：鼎～。②鍋。

〈說解〉 鑊，钅部，左右結構，形聲字。金簡化爲钅，偏旁類推簡化。

鐳 ‖ 鐳
18　21

léi　ㄌㄟˊ　lœy⁴〔雷〕

一種放射性金屬元素,符號 Ra,銀白色結晶,有光澤,有很強放射性,放射綫穿透力很強,可用來治療疾病。

〈說解〉 鐳,钅部,左右結構,形聲字。釒簡化爲钅,偏旁類推簡化。

鐶 ‖ 鐶
18　21

huán　ㄏㄨㄢˊ　wan⁴〔環〕

同"環"。泛指圓圈形的東西:鐵~|圓~。

〈說解〉 鐶,钅部,左右結構,形聲字。釒簡化爲钅,偏旁類推簡化。

鐲 ‖ 鐲
18　21

zhuó　ㄓㄨㄛˊ　dzuk⁹〔俗〕

套在手腕或腳腕上的環形裝飾品:手~|腳~|玉~|金~。

〈說解〉 鐲,钅部,左右結構,形聲字。釒簡化爲钅,偏旁類推簡化。

鐮 ‖ 鐮
18　21

lián　ㄌㄧㄢˊ　lim⁴〔廉〕

鐮刀,收割莊稼或割草的農具:開~|收~。

〈說解〉 鐮,钅部,左右結構,形聲字。釒簡化爲钅,偏旁類推簡化。

鐿 ‖ 鐿
18　21

yì　ㄧˋ　ji³〔意〕

金屬元素,符號 Yb,可用於製特種合金。

〈說解〉　鐙，钅部，左右結構，形聲字。釒簡化爲钅，偏旁類推簡化。

雔 ‖ 雔

18　23　　chóu　彳又́　tseu⁴〔酬〕

〈書〉①校對文字：校～｜檢～。②同"仇"。

〈說解〉　雔，隹部，左中右結構，會意字。言簡化爲讠，偏旁類推簡化。
＊讐是雔的異體，二字舊歸言部。

謄 ‖ 謄

18　21　　téng　ㄊㄥ́　teŋ⁴〔藤〕

魚，身體黃褐色，頭大眼小，有兩個背鰭，常生活在海底。

〈說解〉　謄，月部，左右結構，形聲字。魚簡化爲鱼，偏旁類推簡化。
＊謄字舊歸魚部，《漢語大字典》歸月部。

鰭 ‖ 鰭

18　21　　qí　ㄑㄧ́　kei⁴〔其〕

魚類身上的運動器官，由刺狀的硬骨或軟骨支撐薄膜構成：背～｜尾～｜胸～｜腹～｜臀～。

〈說解〉　鰭，鱼部，左右結構，形聲字。魚簡化爲鱼，偏旁類推簡化。

鰨 ‖ 鰨

18　21　　tǎ　ㄊㄚˇ　tap⁸〔塔〕

魚類的一科，體側扁，呈片狀，頭部短小，兩眼生在身體的右側，左側向下臥在淺海底。通稱鰨目魚。

〈說解〉　鰨，鱼部，左右結構，形聲字。魚簡化爲鱼，偏旁類推簡化。

十
八

十八

鰥 ‖ 鳏
18　21

guān　ㄍㄨㄢ　gwan¹〔關〕

無妻或喪妻的：～夫｜～居。

〈說解〉鰥，鱼部，左右結構，形聲字。魚簡化爲鱼，偏旁類推簡化。

鰟 ‖ 鳑
18　21

páng　ㄆㄤˊ　pɔŋ⁴〔旁〕

【鰟鮍】pángpí 魚，體形跟鯽魚相似而較小，背面淡綠色，腹面銀白色，生活在淡水中。

〈說解〉鰟，鱼部，左右結構，形聲字。魚簡化爲鱼，偏旁類推簡化。

鰜 ‖ 鳒
18　21

jiān　ㄐㄧㄢ　gim¹〔兼〕

魚，身體長卵圓形，一般兩眼都在身體的左側，上方的眼睛靠近頭頂，有眼的一側黃褐色，無眼的一側白色，主要產於中國南海。

〈說解〉鰜，鱼部，左右結構，形聲字。魚簡化爲鱼，偏旁類推簡化。

鸇 ‖ 鹯
18　24

zhān　ㄓㄢ　dzin¹〔煎〕

古書上指一種猛禽。

〈說解〉鸇，鸟部，左右結構，形聲字。鳥簡化爲鸟，偏旁類推簡化。

鷹 ‖ 鹰
18　24

yīng　ㄧㄥ　jiŋ¹〔英〕

鳥類的一科，一般指鷹屬的鳥類，上嘴呈鈎形，腳部有長毛，足趾有長而銳利的爪，性兇猛，捕食鳥獸：～隼｜～犬｜老～｜雄～。

〈說解〉　鷹，鳥部或广部，左上半包圍結構，形聲字。鳥簡化爲鸟，偏旁類推簡化。

癩 ‖ 癩
18　21

lài　　ㄌㄞˋ　lai³〔賴高去〕

①指麻風病。②黃癩：～痢頭｜～瘡。

〈說解〉　癩，广部，左上半包圍結構，形聲字。貝簡化爲贝，偏旁類推簡化。

辴 ‖ 辴
18　22

chǎn　　ㄔㄢˇ　tsin²〔淺〕

〈書〉笑的樣子：～然一笑。

〈說解〉　辴，八（丷）部，左右結構，形聲字。單簡化爲单，偏旁類推簡化。

讌 ‖ 讌
18　23

yàn　　ㄧㄢˋ　jin³〔燕〕

①請人吃酒飯：～客。②酒席，宴會：設～｜盛～。

〈說解〉　讌，讠部，左右結構，形聲字。言簡化爲讠，偏旁類推簡化。
＊讌是宴的異體。

鷿 ‖ 鸊
18　24

pì　　ㄆㄧˋ　pik⁷〔闢〕

【鷿鷈】pìtī 水鳥，形狀略像鴨而較小，翼短不善飛，兩翼灰褐色，腹部白色，通常浮在水面上。

〈說解〉　鷿，鳥部，左中右結構，形聲字。鳥簡化爲鸟，偏旁類推簡化。

十九畫

攢 ‖ 攢
19　22

(一) cuán　ㄘㄨㄢˊ　tsyn⁴〔全〕

聚在一起,拼裝:～射｜～聚｜～自行車。

(二) zǎn　ㄗㄢˇ　dzan²〔盞〕

積聚,積蓄:～錢｜～糞｜～郵票｜積～。

〈說解〉 攢,扌部,左右結構,形聲字。貝簡化爲贝,偏旁類推簡化。

靄 ‖ 霭
19　24

ǎi　ㄞˇ　oi²〔藹〕

〈書〉雲氣:煙～｜霧～｜暮～。

〈說解〉 靄,雨部,上下結構,形聲字。言簡化爲讠,偏旁類推簡化。

鱉 ‖ 鳖
19　22

biē　ㄅㄧㄝ　bit⁸〔憋〕

爬行動物,形狀像龜,背甲上有軟皮。也叫甲魚或團魚,俗稱王八。

〈說解〉 鱉,魚部,上下結構,形聲字。魚簡化爲鱼,偏旁類推簡化。
* 鼈是鱉的異體,今以鱉爲正字。鼈字舊歸黽部。

躥 ‖ 蹿
19　25

cuān　ㄘㄨㄢ　tsyn¹〔村〕

①向上或向前跳:往前一～｜貓～上樹了。②噴射:鼻子～血。

〈說解〉蹥,足部,左右結構,形聲字。寃簡化爲冤,偏旁類推簡化。

巔 ‖ 巅

| diān　ㄉㄧㄢ　din¹〔顚〕 |

19　22

山頂:～峰｜山～｜泰山之～。

〈說解〉巔,山部,上下結構,形聲字。頁簡化爲页,偏旁類推簡化。

髖 ‖ 髋

| kuān　ㄎㄨㄢ　fun¹〔寬〕 |

19　23

髖骨,組成骨盆的大骨,左右各一,形狀不規則。通稱胯骨。

〈說解〉髖,骨部,左右結構,形聲字。見簡化爲见,偏旁類推簡化。再去掉見旁的一點。

髌 ‖ 髌

| bìn　ㄅㄧㄣˋ　bən³〔殯〕 |

19　23

①髌骨,膝蓋部的一塊骨,略呈三角形,尖端向下。②古代削去髌骨的酷刑。

〈說解〉髌,骨部,左右結構,形聲字。賓簡化爲宾,偏旁類推簡化。

鑔 ‖ 镲

| chǎ　ㄔㄚˇ　tsa²〔叉高上〕 |

19　22

小鈸,一種打擊樂器。

〈說解〉鑔,钅部,左右結構,形聲字。釒簡化爲钅,偏旁類推簡化。

籟 ‖ 籁

| lài　ㄌㄞˋ　lai⁶〔賴〕 |

19　22

①古代的一種簫。②從孔穴裏發出的聲音,泛指自然界的聲

音：天～｜地～｜萬～俱寂。

〈說解〉 籤，竹部，上下結構，形聲字。貝簡化爲贝，偏旁類推簡化。

籤 ‖ 籤
19　22　　　mǐn　ㄇ｜ㄣˇ　mɐn⁵〔敏〕

一種魚，身體長形，側扁，口大而微斜，尾鰭呈楔形，生活在海洋中。

〈說解〉 鰵，鱼部，上下結構，形聲字。魚簡化爲鱼，偏旁類推簡化。

鰳 ‖ 鰳
19　22　　　lè　ㄌㄜˋ　lɐk⁹〔離麥切〕

鰳魚，身體側扁，銀白色，頭小，無側綫，生活在海洋中。也叫鱠魚、曹白魚。

〈說解〉 鰳，鱼部，左中右結構，形聲字。魚簡化爲鱼，偏旁類推簡化。

鰾 ‖ 鰾
19　22　　　biào　ㄅ｜ㄠˋ　piu⁵〔嫖低上〕

①某些魚類體內可以脹縮的囊狀物，裏面充滿氣體，收縮時魚下沉，膨脹時魚上浮。②鰾膠，用魚鰾或豬皮等熬製的膠。

〈說解〉 鰾，鱼部，左右結構，形聲字。魚簡化爲鱼，偏旁類推簡化。

鱈 ‖ 鱈
19　22　　　xuě　ㄒㄩㄝˇ　syt⁸〔雪〕

鱈魚，背部有許多小黑斑，腹部灰白色，肝是製魚肝油的原料。通稱大頭魚。

〈說解〉 鱈, 魚部, 左右結構, 形聲字。魚簡化爲鱼, 偏旁類推簡化。

鰻 ‖ 鰻
19　22
mán　ㄇㄢˊ　man⁴〔蠻〕　man⁶〔慢〕

【鰻鱺】mánlí 魚, 身體長形, 表面多黏液, 上部灰黑色, 下部白色, 前部近似圓筒形, 後部側扁, 生活在淡水中。也叫白鱔、白鰻。

〈說解〉 鰻, 魚部, 左右結構, 形聲字。魚簡化爲鱼, 偏旁類推簡化。

鱅 ‖ 鱅
19　22
yōng　ㄩㄥ　juŋ⁴〔庸〕

鱅魚, 身體暗黑色, 鱗細密, 頭很大, 生活在淡水中, 是重要的食用魚之一。也叫胖頭魚。

〈說解〉 鱅, 魚部, 左右結構, 形聲字。魚簡化爲鱼, 偏旁類推簡化。

鰼 ‖ 鰼
19　22
xí　ㄒㄧˊ　dzap⁹〔習〕

古書上指泥鰍。

〈說解〉 鰼, 魚部, 左右結構, 形聲字。魚簡化爲鱼, 偏旁類推簡化。

顫 ‖ 顫
19　22
(一) chàn　ㄔㄢˋ　dzin³〔戰〕

顫動, 發抖: ～抖 | ～音 | ～悠 | 震～。

(二) zhàn　ㄓㄢˋ　dzin³〔戰〕

發抖: ～栗 | 打～。

〈說解〉 顫，頁部，左右結構，形聲字。頁簡化爲页，偏旁類推簡化。

癬 ‖ 癬
19   22

xuǎn　ㄒㄩㄢˇ　sin² 〔冼〕

由霉菌引起的某些皮膚病的統稱：手～｜腳～｜髮～｜體～。

〈說解〉 癬，疒部，左上半包圍結構，形聲字。魚簡化爲鱼，偏旁類推簡化。

讖 ‖ 讖
19   24

chèn　ㄔㄣˋ　tsɐm³ 〔侵高去〕

〈書〉迷信的人指將來會應驗的預言、預兆：～語｜～緯。

〈說解〉 讖，讠部，左右結構，形聲字。言簡化爲讠，偏旁類推簡化。

驥 ‖ 驥
19   26

jì　ㄐㄧˋ　kei³ 〔冀〕

〈書〉好馬，良馬：戾～｜附～｜騏～。

〈說解〉 驥，马部，左右結構，形聲字。馬簡化爲马，偏旁類推簡化。

纘 ‖ 纘
19   25

zuǎn　ㄗㄨㄢˇ　dzyn² 〔轉高上〕

〈書〉繼承：～緒｜載～武功。

〈說解〉 纘，纟部，左右結構，形聲字。糸簡化爲纟，貝簡化爲贝，偏旁類推簡化。

二十畫

瓚 ‖ 瓒
20　23

zàn　ㄗㄢˋ　dzan³〔贊〕

古代祭祀時舀酒澆在地上的器具:玉～。

〈說解〉瓚,王部,左右結構,形聲字。貝簡化爲贝,偏旁類推簡化。
＊瓚字舊越歸玉部。

鬢 ‖ 鬓
20　24

bìn　ㄅㄧㄣˋ　bɐn³〔殯〕

耳朵前邊長頭髮的部位,也指此處的頭髮:～角丨～髮丨
兩～丨雲～丨霜～。

〈說解〉鬢,影部,左右結構,形聲字。賓簡化爲宾,偏旁類推簡化。

顬 ‖ 颥
20　23

rú　ㄖㄨˊ　jy⁴〔如〕

見【顳顬】。

〈說解〉顬,頁部,左右結構,形聲字。頁簡化爲页,偏旁類推簡化。

鼉 ‖ 鼍
20　25

tuó　ㄊㄨㄛˊ　tɔ⁴〔駝〕

爬行動物,吻短,背部、尾部有鱗甲,力大,性貪睡,穴居江河岸
邊。也叫揚子鰐,通稱豬婆龍。

〈說解〉鼉,黽部或口部,上中下結構,形聲字。黽簡化爲黾,
偏旁類推簡化。
＊鼉字舊歸黽部。

黷 ‖ 黷
20　27

dú　ㄉㄨˊ　duk⁹〔毒〕

〈書〉①輕率,濫用:～武｜～刑。②玷污,褻瀆:～禮｜～慢。

〈說解〉 黷,黑部,左右結構,形聲字。賣簡化爲卖,偏旁類推簡化。

鑣 ‖ 鑣
20　23

biāo　ㄅㄧㄠ　biu¹〔標〕

①〈書〉馬嚼子的兩端露出嘴外的部分:分道揚～。②同"鏢"。

〈說解〉 鑣,钅部,左右結構,形聲字。釒簡化爲钅,偏旁類推簡化。

鑞 ‖ 鑞
20　23

là　ㄌㄚˋ　lap⁹〔臘〕

錫和鉛的合金。通常叫焊錫或錫鑞。

〈說解〉 鑞,钅部,左右結構,形聲字。釒簡化爲钅,偏旁類推簡化。

臜 ‖ 臜
20　23

zā　ㄗㄚ　dzim¹〔尖〕

【腌臜】āzā ①不乾淨,髒。②不舒暢,不痛快。

〈說解〉 臜,月部,左右結構,形聲字。貝簡化爲贝,偏旁類推簡化。
＊臜字舊歸肉部。

鱖 ‖ 鳜
20　23

guì　ㄍㄨㄟˋ　gwɐi³〔貴〕

鱖魚,口大,鱗片細小,背部黃綠色,全身有黑色斑點,肉味鮮美,生活在淡水中,是中國的特產:桃花流水～魚肥。

〈說解〉 鱥,鱼部,左右結構,形聲字。魚簡化爲鱼,偏旁類推簡化。

鱔‖鱔
20　23

shàn　ㄕㄢˋ　sin⁵〔善低上〕

鱔魚,身體像蛇而無鱗,黃褐色,有黑色斑點,生活在水邊泥洞裏。通稱黃鱔。

〈說解〉 鱔,鱼部,左右結構,形聲字。魚簡化爲鱼,偏旁類推簡化。

鱗‖鱗
20　23

lín　ㄌㄧㄣˊ　lœn⁴〔倫〕

①魚類、爬行動物和某些哺乳動物身體表面具有保護作用的薄片狀組織:～甲丨～片丨魚～。②像魚鱗的:～莖丨～波丨遍體～傷。

〈說解〉 鱗,鱼部,左右結構,形聲字。魚簡化爲鱼,偏旁類推簡化。

鱒‖鱒
20　23

zūn　ㄗㄨㄣ　dzyn¹〔尊〕　dzyn³〔鑽〕

鱒魚,背部淡青稍帶褐色,側綫下部銀白色,全身有黑點。

〈說解〉 鱒,鱼部,左右結構,形聲字。魚簡化爲鱼,偏旁類推簡化。

驤‖驤
20　27

xiāng　ㄒㄧㄤ　sœŋ¹〔商〕

〈書〉①馬奔跑:騰～。②仰起,高舉:高～。

〈說解〉 驤,马部,左右結構,形聲字。馬簡化爲马,偏旁類推簡化。

二 十 一 畫

顰 ‖ 顰
21 24

pín ㄆㄧㄣ pen⁴ 〔頻〕

〈書〉皺眉：～眉｜～蹙｜一～一笑。

〈說解〉 顰，頁部，上下結構，形聲字。頁簡化爲页，偏旁類推簡化。

躪 ‖ 躪
21 26

lìn ㄌㄧㄣ loen⁶ 〔論〕

【蹂躪】 róulìn 踐踏，比喻用暴力欺壓、侮辱、侵害。

〈說解〉 躪，足部，左右結構，形聲字。門簡化爲门，偏旁類推簡化。

鱧 ‖ 鱧
21 24

lǐ ㄌㄧˇ lɐi⁵ 〔禮〕

魚類的一科，身體圓筒形，頭扁，背鰭和臀鰭很長，頭部和軀幹部都有鱗片。

〈說解〉 鱧，鱼部，左右結構，形聲字。魚簡化爲鱼，偏旁類推簡化。

鱣 ‖ 鱣
21 24

zhān ㄓㄢ dzin¹ 〔煎〕

古書上指鱘一類的魚。

〈說解〉 鱣，鱼部，左右結構，形聲字。魚簡化爲鱼，偏旁類推簡化。

癲 ‖ 癲
21 24

| diān ㄉㄧㄢ din¹〔顚〕

精神錯亂:～狂丨瘋～丨假痴不～。

〈說解〉 癲,疒部,左上半包圍結構,形聲字。頁簡化爲页,偏旁類推簡化。

贛 ‖ 赣
21 24

| gàn ㄍㄢˋ gɐm³〔禁〕

①贛江,水名,在江西。②江西的別稱:～劇。

〈說解〉 贛,立部,左右結構,形聲字。貝簡化爲贝,偏旁類推簡化。
* 贛字舊歸貝部。

灝 ‖ 灏
21 24

| hào ㄏㄠˋ hou⁶〔浩〕

〈書〉①同"浩"。②同"皓"。

〈說解〉 灝,氵部,左中右結構,形聲字。頁簡化爲页,偏旁類推簡化。

十九以上

二十二畫

鹳 ‖ 鸛

₂₂　₂₈　guàn　ㄍㄨㄢ　gun³〔貫〕

鳥類的一屬,形狀像白鶴,嘴長而直,羽毛灰色、白色或黑色,生活在水邊。

〈說解〉 鸛,鳥部,左右結構,形聲字。鳥簡化爲鸟,偏旁類推簡化。

十九以上

镶 ‖ 鑲

₂₂　₂₅　xiāng　ㄒㄧㄤ　sœŋ¹〔商〕

把物體嵌入另一物體內或圍在另一物體的邊緣:～牙丨～嵌丨～邊。

〈說解〉 鑲,钅部,左右結構,形聲字。金簡化爲钅,偏旁類推簡化。

二 十 三 畫

趲 ‖ 趲
23　　26

zǎn　ㄗㄢˇ　dzan² 〔盞〕

加快行動，快走：～路｜～行｜緊～一程。

〈說解〉 趲，走部，左下半包圍結構，形聲字。貝簡化爲贝，偏旁類推簡化。

十九以上

顴 ‖ 顴
23　　26

quán　ㄑㄩㄢˊ　kyn⁴ 〔權〕

顴骨，眼下邊兩腮上面突出的顏面骨。

〈說解〉 顴，頁部，左右結構，形聲字。頁簡化爲页，偏旁類推簡化。

躦 ‖ 躦
23　　26

zuān　ㄗㄨㄢ　dzyn¹ 〔專〕

向上或向前衝。

〈說解〉 躦，足部，左右結構，形聲字。貝簡化爲贝，偏旁類推簡化。

二 十 五 畫

十
九
以
上

鑺 ‖ 鑺
25　　28

jué　　ㄐㄩㄝˊ　　fɔk⁸〔霍〕

"鐝"。

〈說解〉 鑺,钅部,左右結構,形聲字。金簡化爲钅,偏旁類推簡化。

饢 ‖ 饢
25　　30

(一) náng　　ㄋㄤˊ　　nɔŋ⁴〔囊〕

一種烤製成的麵餅,維吾爾等民族的主食。

(二) nǎng　　ㄋㄤˇ　　nɔŋ⁵〔曩〕

拼命地往嘴裏塞食物。

〈說解〉 饢,饣部,左右結構,形聲字。飠簡化爲饣,偏旁類推簡化。

戇 ‖ 戇
25　　28

zhuàng　　ㄓㄨㄤˋ　　dzɔŋ³〔壯〕　　ŋɔŋ⁶〔昂低去〕

〈書〉戇直:～直。

〈說解〉 戇,心部,上下結構,形聲字。貝簡化爲贝,偏旁類推簡化。

漢語拼音音序索引

fan

（ㄈㄢ）

烦〔煩〕	339
矾〔礬〕	166
钒〔釩〕	180
贩〔販〕	178
饭〔飯〕	127
范〔範〕	160

fang

（ㄈㄤ）

钫〔鈁〕	255
鲂〔魴〕	443
访〔訪〕	84
纺〔紡〕	152

fei

（ㄈㄟ）

绯〔緋〕	410
鲱〔鯡〕	559
飞〔飛〕	8
诽〔誹〕	348
废〔廢〕	194
费〔費〕	286
镄〔鐨〕	517

fen

（ㄈㄣ）

纷〔紛〕	151
坟〔墳〕	101
豮〔豶〕	553
粪〔糞〕	448
愤〔憤〕	450
偾〔僨〕	383
奋〔奮〕	168

feng

（ㄈㄥ）

丰〔豐〕	10
沣〔灃〕	135
锋〔鋒〕	435
风〔風〕	20
沨〔渢〕	136
疯〔瘋〕	269
枫〔楓〕	164
砜〔碸〕	236
冯〔馮〕	39
缝〔縫〕	500
讽〔諷〕	84
凤〔鳳〕	20
赗〔賵〕	476

fu

（ㄈㄨ）

麸〔麩〕	358
肤〔膚〕	188
辐〔輻〕	472
韨〔韍〕	221
绂〔紱〕	215
凫〔鳧〕	74
绋〔紼〕	217
辅〔輔〕	368
抚〔撫〕	96
赋〔賦〕	429
赙〔賻〕	513
缚〔縛〕	500
讣〔訃〕	23
复〔復〕	257
〔複〕	258
鳆〔鰒〕	573
驸〔駙〕	212
鲋〔鮒〕	486
负〔負〕	73
妇〔婦〕	88

G

ga

（ㄍㄚ）

钆〔釓〕	65

gai

（ㄍㄞ）

该〔該〕	207
赅〔賅〕	317
盖〔蓋〕	393
钙〔鈣〕	251

gan

（ㄍㄢ）

干〔乾〕	3
〔幹〕	3
尴〔尷〕	471

li

（ㄌㄧ）

厘〔釐〕	235	
离〔離〕	337	
漓〔灕〕	494	
篱〔籬〕	558	
缡〔縭〕	501	
骊〔驪〕	353	
鹂〔鸝〕	421	
鲡〔鱺〕	544	
礼〔禮〕	42	
逦〔邐〕	306	
里〔裏〕	113	
锂〔鋰〕	434	
鲤〔鯉〕	545	
鳢〔鱧〕	590	
丽〔麗〕	107	
俪〔儷〕	259	
郦〔酈〕	234	
厉〔厲〕	29	
励〔勵〕	108	
砺〔礪〕	307	
历〔歷〕	13	
〔曆〕	13	
沥〔瀝〕	135	
坜〔壢〕	98	
疬〔癧〕	269	
雳〔靂〕	422	
枥〔櫪〕	161	
苈〔藶〕	104	

呖〔嚦〕	114	
疠〔癘〕	194	
粝〔糲〕	394	
砾〔礫〕	307	
蛎〔蠣〕	370	
栎〔櫟〕	233	
轹〔轢〕	240	
隶〔隸〕	209	

lia

（ㄌㄧㄚ）

俩〔倆〕	259

lian

（ㄌㄧㄢ）

帘〔簾〕	202
镰〔鐮〕	578
联〔聯〕	418
连〔連〕	110
涟〔漣〕	342
莲〔蓮〕	301
鲢〔鰱〕	544
琏〔璉〕	357
奁〔奩〕	109
怜〔憐〕	200
敛〔斂〕	386
蔹〔蘞〕	505
脸〔臉〕	387
恋〔戀〕	335
链〔鏈〕	432
炼〔煉〕	274

练〔練〕	215
潋〔瀲〕	525
殓〔殮〕	367
裣〔襝〕	452
裢〔褳〕	452

liang

（ㄌㄧㄤ）

粮〔糧〕	492
两〔兩〕	107
俩〔倆〕	259
啢〔喇〕	313
魉〔魍〕	558
谅〔諒〕	350
辆〔輛〕	368
靓〔靚〕	415

liao

（ㄌㄧㄠ）

鹩〔鷯〕	566
缭〔繚〕	550
疗〔療〕	130
辽〔遼〕	45
了〔瞭〕	2
钌〔釕〕	121
镣〔鐐〕	568

lie

（ㄌㄧㄝ）

猎〔獵〕	388
鴷〔鴷〕	366

lin

（ㄌㄧㄣ）

辚〔轔〕	554
鳞〔鱗〕	589
临〔臨〕	242
邻〔鄰〕	124
蔺〔藺〕	505
躏〔躪〕	590
赁〔賃〕	328

ling

（ㄌㄧㄥ）

鲮〔鯪〕	559
绫〔綾〕	409
龄〔齡〕	473
铃〔鈴〕	322
鸰〔鴒〕	329
灵〔靈〕	144
棂〔欞〕	363
领〔領〕	387
岭〔嶺〕	176

liu

（ㄌㄧㄡ）

飗〔飀〕	522
刘〔劉〕	76
浏〔瀏〕	278
骝〔騮〕	499
镏〔鎦〕	541
绺〔綹〕	412

馏〔餾〕	489
鹨〔鷚〕	564
陆〔陸〕	145

long

（ㄌㄨㄥ）

龙〔龍〕	29
泷〔瀧〕	198
珑〔瓏〕	220
聋〔聾〕	366
栊〔櫳〕	232
砻〔礱〕	307
笼〔籠〕	382
茏〔蘢〕	159
咙〔嚨〕	173
眬〔矓〕	243
胧〔朧〕	261
垄〔壟〕	169
拢〔攏〕	157
陇〔隴〕	146

lou

（ㄌㄡ）

瞜〔瞜〕	510
娄〔婁〕	273
偻〔僂〕	384
喽〔嘍〕	428
楼〔樓〕	469
溇〔漊〕	451
蒌〔蔞〕	419
髅〔髏〕	577

蝼〔螻〕	539
耧〔耬〕	532
搂〔摟〕	418
嵝〔嶁〕	429
篓〔簍〕	543
镂〔鏤〕	517
瘘〔瘻〕	524

lu

（ㄌㄨ）

噜〔嚕〕	539
庐〔廬〕	131
炉〔爐〕	197
芦〔蘆〕	105
卢〔盧〕	31
泸〔瀘〕	198
垆〔壚〕	156
栌〔櫨〕	233
颅〔顱〕	368
鸬〔鸕〕	310
胪〔臚〕	262
鲈〔鱸〕	485
舻〔艫〕	385
卤〔鹵〕	111
〔滷〕	111
虏〔虜〕	172
掳〔擄〕	358
鲁〔魯〕	443
橹〔櫓〕	552
镥〔鑥〕	569
辘〔轆〕	536

鳌〔鰲〕　584

ming

（ㄇㄧㄥ）

鸣〔鳴〕　174
铭〔銘〕　379

miu

（ㄇㄧㄡ）

谬〔謬〕　498
缪〔繆〕　531

mo

（ㄇㄛ）

谟〔謨〕　453
馍〔饃〕　489
蓦〔驀〕　466
脉〔脈〕　263

mou

（ㄇㄡ）

谋〔謀〕　400
缪〔繆〕　531

mu

（ㄇㄨ）

亩〔畝〕　129
钼〔鉬〕　320

N

na

（ㄋㄚ）

镎〔錏〕　541
钠〔鈉〕　253
纳〔納〕　150

nan

（ㄋㄢ）

难〔難〕　353

nang

（ㄋㄤ）

馕〔饢〕　594

nao

（ㄋㄠ）

挠〔撓〕　223
蛲〔蟯〕　427
铙〔鐃〕　374
恼〔惱〕　281
脑〔腦〕　331
闹〔鬧〕　195

ne

（ㄋㄜ）

讷〔訥〕　82

nei

（ㄋㄟ）

馁〔餒〕　334

ni

（ㄋㄧ）

鲵〔鯢〕　560
铌〔鈮〕　324
拟〔擬〕　102
腻〔膩〕　484

nian

（ㄋㄧㄢ）

鲇〔鮎〕　485
鲶〔鯰〕　560
辇〔輦〕　415
撵〔攆〕　532

niang

（ㄋㄧㄤ）

酿〔釀〕　507

niao

（ㄋㄧㄠ）

鸟〔鳥〕　38
茑〔蔦〕　160
袅〔裊〕　333

〔罎〕	97	滕〔滕〕	579
谭〔譚〕	527		

ti

（ㄊㄧ）

昙〔曇〕	173
弹〔彈〕	405
钽〔鉭〕	320
叹〔嘆〕	35

锑〔銻〕	437
鹏〔鵜〕	543
鹈〔鵜〕	449
绨〔綈〕	356
缇〔緹〕	459
题〔題〕	537
体〔體〕	122

ting

（ㄊㄧㄥ）

厅〔廳〕	13
烃〔烴〕	275
听〔聽〕	117
颋〔頲〕	439
铤〔鋌〕	377

tang

（ㄊㄤ）

镗〔鏜〕	556
汤〔湯〕	79
傥〔儻〕	440
镋〔钂〕	540
烫〔燙〕	344

tian

（ㄊㄧㄢ）

阗〔闐〕	491

tong

（ㄊㄨㄥ）

铜〔銅〕	375
鲖〔鮦〕	521
统〔統〕	292
恸〔慟〕	280

tao

（ㄊㄠ）

涛〔濤〕	341
韬〔韜〕	503
绦〔縧〕	356
焘〔燾〕	357
讨〔討〕	44

tiao

（ㄊㄧㄠ）

条〔條〕	125
鲦〔鰷〕	545
龆〔齠〕	474
调〔調〕	350
粜〔糶〕	406

tou

（ㄊㄡ）

头〔頭〕	40

tu

（ㄊㄨ）

图〔圖〕	179
涂〔塗〕	343
钍〔釷〕	179

te

（ㄊㄜ）

铽〔鋱〕	432

tie

（ㄊㄧㄝ）

贴〔貼〕	250
铁〔鐵〕	321

tuan

（ㄊㄨㄢ）

抟〔摶〕	97
团〔團〕	62
〔糰〕	62

teng

（ㄊㄥ）

誊〔謄〕	492
腾〔騰〕	484

Z

za

（ㄗㄚ）

扎〔紮〕	12
朕〔臢〕	588
杂〔雜〕	73

zai

（ㄗㄞ）

灾〔災〕	139
载〔載〕	296

zan

（ㄗㄢ）

趱〔趲〕	593
攒〔攢〕	582
錾〔鏨〕	553
暂〔暫〕	423
赞〔贊〕	557
瓒〔瓚〕	587

zang

（ㄗㄤ）

赃〔臟〕	317
脏〔臟〕	330
〔髒〕	330
驵〔駔〕	211

zao

（ㄗㄠ）

凿〔鑿〕	425
枣〔棗〕	166
灶〔竈〕	134

ze

（ㄗㄜ）

责〔責〕	154
赜〔賾〕	534
啧〔嘖〕	368
帻〔幘〕	371
箦〔簀〕	518
则〔則〕	64
泽〔澤〕	200
择〔擇〕	159

zei

（ㄗㄟ）

贼〔賊〕	316
鲗〔鰂〕	521

zen

（ㄗㄣ）

谮〔譖〕	527

zeng

（ㄗㄥ）

缯〔繒〕	550
赠〔贈〕	555
锃〔鋥〕	433

zha

（ㄓㄚ）

扎〔紮〕	12
札〔劄〕	29
铡〔鍘〕	376
闸〔閘〕	195
轧〔軋〕	31
羞〔鮺〕	524
鲊〔鮓〕	485
诈〔詐〕	142

zhai

（ㄓㄞ）

债〔債〕	327

zhan

（ㄓㄢ）

鹯〔鸇〕	580
鳣〔鱣〕	590
毡〔氈〕	256
谵〔譫〕	549
斩〔斬〕	170
崭〔嶄〕	372
盏〔盞〕	296
辗〔輾〕	509
绽〔綻〕	413
颤〔顫〕	585
栈〔棧〕	232
占〔佔〕	31
战〔戰〕	241

zong

（ㄗㄨㄥ）

综〔綜〕412
枞〔樅〕163
总〔總〕274
纵〔縱〕151

zou

（ㄗㄡ）

诹〔諏〕347
鲰〔鯫〕559

驺〔騶〕213
邹〔鄒〕126

zu

（ㄗㄨ）

镞〔鏃〕557
诅〔詛〕141
组〔組〕215

zuan

（ㄗㄨㄢ）

钻〔鑽〕320

躜〔躦〕593
缵〔纘〕586
赚〔賺〕513

zun

（ㄗㄨㄣ）

鳟〔鱒〕589

zuo

（ㄗㄨㄛ）

凿〔鑿〕425